Deutsche Erzähler

Ausgewählt und eingeleitet von

Hugo von Hofmannsthal.

Band 2

CLASSIC PAGES

Hofmannsthal, Hugo von (Hg.)

Deutsche Erzähler Band 2

Reihe: *classic pages*

ISBN: 978-3-86741-411-1

Auflage: 1
Erscheinungsjahr: 2010
Erscheinungsort: Bremen, Deutschland

Bei diesem Titel handelt es sich um den Nachdruck eines historischen, lange vergriffenen Buches aus dem Insel-Verlag, Leipzig (1912). Da elektronische Druckvorlagen für diese Titel nicht existieren, musste auf alte Vorlagen zurückgegriffen werden. Hieraus zwangsläufig resultierende Qualitätsverluste bitten wir zu entschuldigen.

Inhalt

Jeremias Gotthelf

Barthli der Korber

Im rueßigen Graben am südlichen Abhang hing ein kleines Häuschen. Man begriff nicht, warum es noch da hing und nicht längst den Graben hinuntergerutscht war, denn es machte akkurat die Figur eines Menschen, der, in vollem Lauf einen Berg hinunterspringend, plötzlich die Beine verstellt, stillhalten will und nicht recht kann. Wenn man das Dach betrachtete, so kam es einem vor, als höre man den Wind pfeifen, als kriege man Stöße. Es sah aus wie der Sack eines Bettlers, der das Flicken übel nötig hätte, jedoch bei allem Flicken ein Bettlersack bleiben wird. Die kleinen Türen zu Ställchen und Tenn stunden alle schief, nach einem ganz eigenen Baustil. Hinter dem Hause fand man, wenn er nämlich nicht gerade zu Nutzen angelegt war, einen kleinen Düngerhaufen, ungefähr von Gestalt und Größe eines ansehnlichen Zuckerhutes. Vor dem Hause war ein Gärtchen, in welchem elf Mangoldstauden ihre breiten, ausdruckslosen Gesichter sonneten, sieben Bohnenstauden kühn an gebrechlichen Stecken hingen, zwischen denen zwei blühende Rosenstöcke gar freundlich hervorblickten. Um dasselbe lagen im Frieden die Gerüste eines ehemaligen Zaunes, harrend einer helfenden Hand zum Auferstehen. Im Häuschen wohnten hinten eine Ziege und ihr Zicklein. Es war eine stattliche Ziege. Achtunggebietend trug sie ihr Haupt, und in glänzendem, zottigem Felle ging sie würdigen Schrittes einher, während hinter ihr her, gleichsam der Hanswurst, das Töchterlein graziöse, lustige Sprünge machte. Vornen wohnten ebenfalls zwei Personen, ein alter, lahmer Korber oder Korbmacher und sein nicht lahmes Töchterlein. Der Alte hätte wirklich, was Anstand und Würde in Gang und Haltung betraf, viel von seiner Ziege lernen

können, in beiden stund er ihr beträchtlich nach. Indessen der gute
Alte war kaum mehr bildungsfähig, wenigstens sah man an ihm
weder entschiedenen noch unentschiedenen Fortschritt, sondern gar
keinen. Dagegen, wir gestehen es aufrichtig, gefiele uns das Töchter=
lein viel besser als das junge Geißlein. Dasselbe ist gar so anmutig
und lieblich, kann auch springen leicht und hoch, daß es uns lieber
wäre als zehn Geißlein, wenn man uns die Wahl gelassen hätte,
hinten oder vornen in dem Häuschen zu wohnen, so hätten wir,
ungeachtet der Würdigkeit der alten Ziege, unbedenklich dem vor=
dern Teile den Vorzug gegeben, wohlverstanden nicht von wegen
dem alten, lahmen Korber, sondern wegen seinem schönen Töchter=
lein. Dasselbe wußte nicht einmal, wie hübsch es war, und das war
nicht das Mindeste an ihm. Wenn es sich auch im Spiegel besah,
kam es doch nicht zu umfassender Einsicht, denn erstlich bestund sein
Spiegel nur aus einer dreieckigen Scherbe, zweitens durfte es sich
bloß am Sonntag mit Muße waschen, so recht um und um, und
bis am Dienstag, vielleicht schon am Montag hatte es bereits
vergessen, wie es gestaltet war, andere Leute brachten es ihm auch
nicht in Erinnerung.

Im rußigen Graben machten die Leute sich selten Komplimente.
Zudem war Züseli nicht besonders nach ihrem Geschmack; wenn
es einen halben Zentner schwerer gewesen wäre, es hätte ihnen un=
endlich besser gefallen. Wärs in Österreich gewesen, es wäre ihm
eine Arsenikkur angeraten worden. Arsenikfressen macht nämlich
fett, wie man sagt. Wird aber mit Verstand geschehen müssen,
sonst könnts fehlen. Es war nicht bloß ein liebliches, sondern auch
ein liebes, emsiges Kind, das von früh bis spät nach dem Willen
des Vaters tat und nie unwillig und ebenfalls vom Werte dieser
Eigenschaften keine Ahndung hatte, viel weniger mit Geräusch sich
geltend machte. Oder, um gebildet zu reden, es war ohne alle An=
sprüche. Eigentlich ist dieses ein dummes Wort, hat aber dennoch
einen tiefen Sinn. Die eigentliche Anspruchslosigkeit ist nichts an=
deres als der demütige kindliche Sinn, dem, wie Christus selbst sagt,
das Himmelreich gehört, der keiner Verdienste sich bewußt ist, aber
ein inniges Danken hat für jede Gabe, jedes Zeichen der Liebe,
nichts sehnlicher wünscht, an nichts größere Freude hat, als lieb zu
sein Gott und Menschen, Gott und Menschen es recht zu machen.
Die harmlosen, bescheidenen Naturen sind nicht moderne Naturen.

Der alte Korber war dagegen nichts weniger als liebenswürdig,
weder innen noch außen; man konnte eigentlich nicht begreifen, be=
sonders am Sonntag nicht, wo Züseli um und um gewaschen war,
wie die beiden zusammenkamen und noch dazu als Vater und Toch=
ter. Der alte Barthli war häfsig und häßlich, Sauersehen seine
Freundlichkeit, gute Worte gab er nicht für Geld, geschweige um=
sonst, und dennoch galt er etwas in der Welt, denn er war etwas,
eine Persönlichkeit, ein Charakter würde man heutzutage sagen.
Er war ein ausgezeichneter Korber, sehr ehrlich auf seine Weise,
hielt Wort. Ja, da ist es einem Menschen wohl erlaubt, saugrob
zu sein. Er war überdies noch sehr arbeitsam und sehr sparsam.
Wenn er sich recht rühmen wollte, so sagte er, er hätte noch nie=
manden plaget, die Gemeinde nicht und andere Leute auch nicht.
Das war wirklich viel gemacht in unserer Zeit, wo viele meinen,
sie schenken der Gemeinde etwas, wenn sie ihre Hilfe nicht in An=
spruch nehmen, einer so reichen und geduldigen Person was schenken
sei ja dumm. Barthlis Verdienst war nicht groß, aber er besaß
das Ehrgefühl eines Mannes, er begriff, daß, wer selbständig sein
wolle, vor allem instande sein müsse, sich und die Seinigen selbst zu
erhalten mit Gottes Hilfe. Es wäre gut, dieses Ehrgefühl wäre
im Zu= statt im Abnehmen, dann wäre der Friede größer in der
Welt; es wäre gut, wenn mancher Schöne und manche Schöne
den wüsten Barthli zum Exempel nehmen würden und nichts be=
gehren, was sie nicht selbst verdienen können, keiner fliegen wollte,
der keine Flügel hat.

Das Häuschen hatte er von seinem Vater geerbt und so viel
Land dazu, daß er etwas pflanzen und zwei Ziegen halten konnte,
wenn er die Zäune seiner Nachbarn nicht schonte und die Tiere
lange Hälse hatten, um über die Zäune hinüber im jenseitigen
Grase hospitieren zu können. Mit Reparaturen an der Hütte hatte
er sich nie abgegeben. Ihm sei sie gut so, wenn sie ihn nur aushalte,
hernach könnten die sehn, wo nachkämen, sagte er. Er galt für sehr
ehrlich, obgleich er sich in dieser Beziehung bedenkliche Freiheiten
herausnahm, nämlich mit den Weidenruten, welche er zu seinen
Körben brauchte. Eine bedeutende Zeit des Jahres brachte er bei
Bauern auf sogenannten Stören zu, wo er ihnen Körbe flocht und
ausbesserte. Indessen machte er auch Körbe auf den Kauf, und
namentlich sein Meitschi machte solche, denn dieses nahm er auf

die Stören nicht mit, es mußte daheim zu Haus und Hof sehen. Die Ruten nun zu diesen Körben nahm er, wo er sie fand, unbekümmert darum, wem die Weiden gehörten, an denen sie gewachsen waren. Er trieb dieses nicht im verborgenen mit äußerster Vorsicht, um nicht gesehen zu werden, er sagte offenherzig, sein Vater und sein Großvater seien Korber gewesen, hätten aber nie einen Kreuzer für Ruten ausgegeben, sondern die Wydli genommen, wo sie gewachsen, ein Bauer würde sich geschämt haben, einem armen Mannli einen Kreuzer dafür abzunehmen. Körbe habe man ihnen gemacht, alte plätzet, öppe wohlfeil genug, damit seien beide Teile wohl zufrieden gewesen. Jetzt sollte man ihnen jedes Wydli übergülden, dazu noch grusam danken, daß man fast um den Atem komme, und obendrein machten sie alle Weidenstöcke aus, nur hie und da ein alter Bauer lasse noch einen stehen zum Andenken und damit die Kinder wüßten, wie so ein Weidstock gewesen. Dann könnten die Bauern seinetwegen Körbe flechten lassen aus den Schmachtzotteln, welche ihre Töchter über die Stirne herabzwängten mit Tüfelsgewalt.

Trotzdem kam Barthli nie in Verlegenheit, keine Strenge, kein Verbot ward gegen ihn angewendet. Wohl hob hie und da ein Bauer die Hand drohend auf und sagte: „Barthli, Barthli, du machst es mir wohl gut, nimm dich in acht, sonst mache ich dir den Marsch. Ich habe bald nicht mehr Wydli für ein Erdäpfelkörbchen, und selb ist mir doch dann nicht anständig." „Warum gönnst mir das Maul nicht und sagst, wenn du Körbe mangelst? Mir kann es nicht in Sinn kommen, und d'Wydli muß man nehmen, wenn es Zeit ist, und hausieren damit wirst du kaum wollen", so antwortete Barthli keck. Und sanftmütig redete der Bauer mit ihm eine Stör ab, sagte bloß: „D'Wydli bringst dann mit. Ein andermal wollte ich sie doch dann lieber selbst hauen." „Warum nicht," antwortete Barthli, „die Mühe mag ich dir wohl gönnen, aber machs zur rechten Zeit, sonst fahre ich zu." „Aber frage doch dann zuerst", meinte der Bauer. „Man kanns machen, wenn mans nicht vergißt", entgegnete Barthli. „Fragen", setzte er hinzu, „ist auch so eine neue Mode vom Tüfel. Man sagt, Fragen schade nichts, ja wolle, nichts schaden! Ich habs erfahren. Frage um nichts mehr, mein Lebtag, wenn es nicht sein muß und es ungefragt auch zu machen ist."

Diese Schonung kam aus dem gleichen Grunde, aus welchem
Barthli seine Rechte nahm, es war auch so eine Art von Grundrecht,
entstanden aus uralter Gewohnheit, welches man ihm noch still=
schweigend zugestand, trotz der neuen Sitte, aus allem so viel Geld
als möglich zu machen, welche man gegen alle andern mit aller
Strenge in Anwendung brachte. In diesem Punkte ist allerdings
eine bedenkliche Änderung erfolgt, welche man bei Beurteilung
des Verhältnisses der untern Klassen zu den obern Klassen nicht
außer acht lassen darf.

In früheren Zeiten war viel wildes, viel fast herrenloses Land;
was auf solchem Lande wuchs, war beutepreis, und arme Leute
hatten da eine reiche Fundgrube von allerlei, welches sie entweder
selbst brauchen oder zu Geld machen konnten. Viele Handwerker,
Rechenmacher, Küfer, Korber, Besenbinder, selbst Wagner hatten
gleichsam Hoheitsrechte auf solchem Lande, sie nahmen, was ihnen
beliebte, und zwar unentgeltlich und ungefragt. In solchem Lande
weideten die armen Leute den Sommer über Schafe und Ziegen,
sammelten für den Winter Streu und Futter. Das ist anders ge=
worden. Viel Land ist urbar gemacht, und herrenloses Land wird
rar sein im Lande Kanaan. Was nicht Privaten angehört, hat
der Staat an sich genommen, und wo dem Staate sieben magere
Gräslein wachsen an einer Straße magerem Rande, verpachtet er
sie, und um zu soliden Pächtern zu kommen, werden Steigerungen
abgehalten, ganz splendide. So machen es auch die Privaten, und
was einen Kreuzer giltet, verwerten sie in ihrem Nutzen. Sie ha=
ben vollkommen das Recht dazu, aber — jedenfalls sollte ob dem
Kreuzer der Nächste nie vergessen werden.

Mit den Körben, welche Barthli zu Hause machte, schickte er
Züsi hausieren oder ging selbsten mit. Obgleich er kaum zwei Stun=
den von Bern entfernt wohnte, ging er doch selten dahin und ungern.
Er möge mit den Stadtweibern nichts zu tun haben, sagte er, die
hätten keinen Verstand von der Sache. Die bildeten sich ein, sie
müßten bei allen Dingen markten bis zum Schwitzen, das sei die
Hauptsache beim Handeln. Schätze er ihnen einen Korb um sieben
Batzen, so böten sie ihm fünf Batzen, und schätze er ihnen ein ander=
mal den gleichen Korb für vier Batzen, so seien sie imstande, ihm
zwei Batzen zu bieten, so viel Verstand hätten sie. „Aber Barthli,
da ist ja gut helfen“, sagte man ihm oft. „Schätze deine Körbe

alle um neun Batzen, dann haft du ja immer sieben richtig." Das
wollte aber Barthli nicht. Jede Sache habe ihr Maß, sagte
er, darüber aus fahre er nicht. Er wolle nicht, daß es heiße, der
Barthli im rueßigen Graben sei ein Narr geworden. Sie könn=
ten seinethalben in der Stadt sehen, wo sie ihre Körbe her=
bekämen, den seinen käme er sonstwo ab, wo die Leute Verstand
hätten.

Sein Töchterlein hatte es umgekehrt. Tage in der Stadt waren
ihm ganz andere als die übrigen Tage; Tage, wie die Juden sie sich
im Tausendjährigen Reiche dachten, wo die Sonne siebenmal größer
ist und die Stadttore zu Jerusalem aus Diamanten und Rubinen
gemacht, alle Bäume voll der süßesten Früchte, die Zäune voll
Weintrauben, jede ungefähr so groß wie Goliath und die Beeren
wie Kürbisse.

Man denke aber auch die schönen Herren und Damen, die Läden
voll Gold, Silber und freßbarer Herrlichkeiten, Schweinefleisch,
daß es eine helle Pracht war, Brot und Brötchen von allen Sor=
ten, und Bänder und Sachen unter Glas und hinter Glas, denen
es keinen Namen wußte, sondern dabei denken mußte, die kämen
geradenwegs vom Himmel her. Man sieht oft Kinder in der Stadt,
die offenbar nicht mehr wissen, sind sie über der Erde oder unter
der Erde. Sie sperren Augen, Nase, Mund auf, daß das ganze
Gesicht nur ein Loch ist, durch das die guten Kinder alle die Herr=
lichkeiten in sich hineinziehen möchten. Man kann sie stoßen, treten,
sie merken es kaum, ja es ist zweifelhaft, ob sie es merken würden,
wenn man sie zertreten täte. Manchmal hängt so ein Kind mit
einer Hand an der Rocktasche des Vaters oder am Kittel der Mut=
ter. Wie Schleppdampfschiffe segeln die Alten voraus, bewußtlos
wird das Kind nachgezogen mit den aufgesperrten Löchern, und
glücklich ist der Vater, wenn das Kind ihm noch am Rocke hängt,
wenn er landet in einer Wirtschaft oder endlich hinaussegelt aus
den Toren ins Weite. Dann macht das Kind das Gesicht zu. Das
Chaos der Eindrücke beginnt sich zu ordnen, die einen schwinden,
andere treten bestimmter hervor, prägen sich aus; Fragen, Erzäh=
len beginnt, und sind die Menschen zu Bette, geht das Träumen
an, eine neue Welt ist entstanden, ein bewegtes Leben regt sich,
manchmal bleibts, manchmal stirbts wieder. Das eine bleibt, wächst
auf zu des Herrn Freude, anderes gestaltet sich zum Distelfelde,

auf dem vor allem der Neid wächst und Begehrlichkeiten von allen
Arten.

Bei Barthlis Töchterlein ging es nicht so schlimm. Die Herr=
lichkeiten alle stunden so weit außerhalb seines Lebens, daß es an
keinen Besitz dachte, sondern eine reine Freude daran hatte, sie zu
betrachten. Nun, ein Evatöchterchen war Züsi sicher auch, wie sie
alle sind, aber es fehlte die Schlange. Der alte Barthli hatte keine
Anlagen, die Schlange zu machen, er war eher zum Michael ge=
eignet, der Weibern die Mücken austreibt, und mit niemandem
als dem Vater lief es in der Stadt herum.

Aber es war noch eins, was das Meitschi in die Stadt zog.
Wenn Barthli hinein mußte, so wollte er darin auch wohl leben,
nahm in einer Wirtschaft für einen halben Batzen Branntwein,
und dem Meitschi ließ er für einen Kreuzer Suppe geben, dazu
aßen sie das Brot oder schnitten es ein, welches sie von Hause ge=
bracht, und einmal erhielt Züseli von der Wirtin eine Küchelschnitte
geschenkt und ein andermal ein kreuzeriges Bernerweggli, welches
ein Gast übriggelassen. Und das war allemal eine Suppe, von
welcher man im rueßigen Graben gar keinen Begriff hatte, ja wo
man gar keine Ahnung hatte, daß so was Gutes in der Welt sein
könnte. Oh, arme Leute haben auch ein großes Wohlleben, zu
welchem viele Reiche nie kommen und um so weniger, je besser sie
leben wollen; denn darauf kömmt es nicht an, was man genießt
und wie viel es kostet, sondern wie es schmeckt. Für seinen Kreuzer
lebte Züseli viel besser als mancher Große, wenn er es sich hundert
Louisdor kosten läßt.

An Barthli ging die Zeit scheinbar machtlos vorüber, er achtete
sich ihrer bloß, wenn die Weiden grünten und die Wydli reif zum
Schneiden waren; und wenn die Wydstöcke wieder gemindert hat=
ten, seine Ernte wieder geringer ausfiel und mühsamer zusammen=
gebracht werden mußte, dann fluchte er über die böse Zeit und sagte,
es nehme ihn doch wunder, wie das am Ende kommen solle. Wenn
es so fortgehe, so gebe es am Ende gar keine Wydli mehr. Dann
was machen? Das möchte er wissen, das solle ihm doch einer
sagen.

Daß sein Töchterlein größer wurde, aus einem Kinde ein er=
wachsen Meitschi, das merkte Barthli lange nicht, und als man es
ihm zu merken gab, wollte er es erst nicht glauben. Züsi blieb wun=

derſam lang ein anſpruchsloſes Mädchen und plagte den Vater nicht mit Begehrlichkeiten, wie viele Mädchen alsbald damit anfangen, ſobald ſie entwöhnt ſind. Es kam ganz ſpöttiſch ſchlecht daher, ſein dünnes Kitteli war manchmal einen halben Fuß und mehr zu kurz, denn das Mädchen wuchs; vom übrigen Firlefanz war keine Rede, und das Meitſchi plagte den Vater nicht damit. Sie ſeien gar gruſam arm, der Vater vermöge das nicht, pflegte es zu ſagen, wenn eine Geſpielin ihns fragte, ob es dieſes und jenes nicht anſchaffen wolle. Mit den Kleidern zum erſten Abendmahl, wo ſonſt ſo gerne der Teufel ſich einmiſcht und Streit ſtiftet, wo gerade der Friede anfangen ſoll, hatte eine Gotte nachgeholfen und Züſi mit einem alten Kittel und einem neuen Halstuch glücklich gemacht. Was das Schönſte an Züſi war, es ſchämte ſich ſeines Vaters nie. Man ſollte nicht glauben, daß dieſes als etwas Beſonderes anzuführen wäre, denn warum ſollten ſich Kinder ihrer Eltern ſchämen, wenn ſie nichts Schlechtes machen, welches den Kindern Schande bringt? Aber man würde ſich ſehr irren, wenn man es ſo meinte, denn nur zu viele Kinder ſchämen ſich der Eltern, haben keine Urſache dazu, ſondern wegen Dummheiten und ganz beſonders wegen ihrer eigenen Dummheit. Sie ſchämen ſich derſelben, weil ſie altväteriſch gekleidet ſind, altväteriſch reden, altväteriſch denken, ſich gebärden; aber wäre es denn ſchön, wenn die Alten die Jungen ſpielen, jung ſich kleiden, jung ſich gebärden wollten? Sie ſchämen ſich ihrer, weil ſie alt ſind und nicht mehr jung, aber iſt das geſcheut oder dumm, und was hat man für ein Mittel, nicht alt zu werden, als ſich jung zu hängen? Eine holdſelige Erſcheinung war der alte Barthli jedenfalls nicht, und eben anmutig tat er nicht, aber Züſi wußte nichts anderes, als daß einmal der Vater ſo war und ſo tat, und ging neben ihm und ſaß neben ihm und aß neben ihm, jetzt als es größer war, um einen halben Batzen Suppe, alles unbeſchwert. Es fing eher umgekehrt an zu fehlen. Ein hübſches Meitſchi ward zu jeder Zeit bemerkt, es iſt ein Ding, das nie außer Kurs kam und nie außer Kurs kommen wird. Man ſah Züſeli an, man ſprach es an, und wenn Barthli mit ihm nach Bern ging, hatte das Tüfelwerk kein Ende. Hier ſagte ein Küher: „Meitſchi, wotſch ryte, hock ufe Karre, ih zieh dih.“ Dort ſagte einer, es ſolle die Körbe auflegen, ſie ſeien ein gar unkommod Tragen. Und wenn Barthli in eine Wirtſchaft kam, wollte man es dem Meitschi bringen, rühmte, wie hübsch es sei, fragte, ob es einen Schatz habe oder vielleicht schon zwei?

Das trieb den Alten fast aus der Haut. Und dann noch das Meitschi obendrein, wie das ihn zornig machte! Wenn man es ihm brachte, so trank es, und wenn man von einem Schatz sprach, so plärrete es nicht, es lachte eher. Es sei, wie wenn der Teufel in ihns gefahren, klagte er. Das Meitschi hätte sich ganz g'änderet. Das sei jetzt daheim ein Waschen und Strählen, es hätte keine Art. Ehedem sei es genug gewesen, wenn es, wie üblich und brüchlich, es alle Wochen gemacht, jetzt geschehe das in der Woche, es wisse kein Mensch wie oft; fast allemal, wenn es vom Hause gehe, müsse das Spiel angehen mit Strählen und Waschen, und dazu hätte es einen Trieb von Haus weg, er hätte das nie erlebt. Statt daß es ihm z'wider sein sollte, wenn er ihns irgendwohin schickte, lächere es ihns schier. Und mit den Kleidern fange es auch an, ihn zu plagen, und rede von Fürtüchern und Hemdern und meine, er solle neue machen lassen. Oh, selb einmal noch nicht, oben im Trögli sei noch manches Stück von seiner Alten selig, das müsse erst gebraucht sein, ehe er neues machen lasse. Er wüßte nicht, wo das Geld nehmen dazu, er möchte jetzt schon fast gar nit g'fahre und alle Jahre böse es noch.

Züsi konnte dem Vater nichts mehr recht machen, es hatte bös bei ihm, die Leute hatten recht Erbarmen mit ihm. Er schäme sich des Meitschis, sagte der Alte, er dürfe nirgends mehr hingehen mit ihm; wenn auf hundert Stunden herum ein Mannsvolk sei, so lache das einander an, und es sei ein Tschäder, er hätte es nie so gehört. Zu seiner Zeit sei das nicht so gewesen, er habe erst vierzehn Tage nach seiner Hochzeit z'grechtem angefangen mit seiner Frau zu reden. Wenn ers vermöchte, er ließe vor den rueßigen Graben einen Gatter machen hundert Schuh hoch, und dahinter müßte ihm das Meitschi bleiben und könnte dann seinethalb lachen, wenn ein paar Mannshosen von weitem vorbeigingen. Er tat vor den Leuten wüst mit dem Meitschi und putzte es in öffentlichen Wirtschaften aus, wenn ihns ein Mannsbild angesehen oder es einem geantwortet hatte. Das hatte Folgen, man kann es sich denken. Es gab Leute, besonders Weiber, die bedauerten das Mädchen aufrichtig und sagten es ihm auch. „Du kannst mich erbarmen," sagten sie, „du armes Tröpfli was du bist, er ist ein rechter Unflat gegen dich.

Ich blieb nicht bei ihm, ich lief ihm fort, so gequält wollte ich nicht sein. Ein Meitschi wie du findet Platz überall, macht schönen Lohn, kommt zu Kleidern." Es wisse in Gotts Namen nicht, was es dem Vater z'wider dienet, jammerte es dann. Es habe mit keinem Buben nichts, es lueg nebe ume so viel möglich, wenn einer daherkomme, aber daß sie es anluegten und ein Wort mit ihm redeten, dessen vermöge es sich doch weiß Gott nichts, es könne ihnen das nicht verbieten. Der Vater solle es verbieten, wenn er könne, ihm sei's recht. Daheim könne es nicht fort. Wer wollte die Sache machen, pflanzen, melken, den Hühnern die Eier greifen und finden, wo sie legen, von dem verstehe der Vater hell nichts. Aber er sei seit einiger Zeit so grusam wunderlich, es müsse ihn jemand aufweisen, aber wer es sei, darüber könne es nicht kommen. Aber lieber sterben wolle es, als immer so dabei sein, und dazu weinte es bitterlich, und das Weinen stund ihm gar tufigs wohl an, zehnmal besser oder hundertmal als einer alten Frau das Lachen. Etwas anderes war aber noch viel schlimmer. Eine bekannte Sache ist, daß sobald jemand etwas Besonders haßt und dieses Hassen auf eine auffallende oder komische Weise an Tag gibt, es allen bösen Buben ein Herrenfressen ist, diesem Menschen zu machen, was er haßt, wie Schuljungen alle Hunde reizen, welche ihnen tapfer nachbellen. Es gibt immerhin einen schönen Spektakel und kostet nicht viel, als allfällig ein Loch in die Hosen.

Sobald merkbar wurde, wie der alte Korber grimmig werde, wenn man sein Züsi ansehe oder mit ihm rede oder gar Miene mache, irgendwie mit ihm zu schätzeln, so wars, als seien alle bösen Geister los. Es schien dem Alten, als wolle alles mit Züsi reden. Sein Lebtag hatten sich nie so viel Leute auf dem Wege gestellt und ein Gespräch angefangen von Sonne, Mond und Sternen oder sonst von nichts und wieder nichts und dann von Tanzen, Kiltern usw. Und Züsi weinte nicht dazu, sprang nicht über die Zäune, ja blieb manchmal sogar ebenfalls stehen — man denke! Ja die Bursche kamen sogar bis in den rueßigen Graben, klopften an Züsis Fensterchen und baten um Einlaß. Es fehlte nicht viel, so fuhr der Alte wie eine Büchsenkugel aus dem Laufe aus der Haut durchs Fensterchen den Burschen an Kopf. Wohl, die würden gegangen sein, anders als vor des Alten Drohungen mit Schießen, Hauen und Stechen, welche weidlich verlacht wurden. Ja er erlebte sogar,

daß er einen, als er von einer Stör heimkam, abends vor seiner
Küchentüre traf, und die war Notabene offen, ganz offen, und in=
wendig der Türe stand sein sauberes Züsi und sprach nicht bloß mit
dem Burschen, sondern sie hatten beide gelacht, er hatte es selbst
gehört, und zwar mit eigenen Ohren. Wohl, das gab ein Donner=
wetter von den Mehbessern, und der Bursche erschrak nicht ein=
mal schrecklich, stob nicht davon wie auf den Flügeln des Sturm=
windes, sondern sagte ziemlich kaltblütig: „Alter, tue nicht so wüst,
das ist dumm, damit erschreckst mich nicht. Ich habs nicht gehört
verlesen, daß es verboten sei, mit deinem Meitschi zu reden und
noch dazu am heiter hellen Tage. Das Meitschi gefällt mir, und dich
fürchte ich nicht, und das wirst du dir müssen gefallen lassen." Der
Alte spie Feuer, aber was halfs? Trotzig und unversehrt ging der
Bursche endlich. Es war dazu nur ein Knechtlein auf einem be=
nachbarten Hofe, aber ein gutes, wie sie rar sind in diesen Zeiten.

Man kann sich vorstellen, was das dem Alten für einen Ver=
druß machte, daß er die Möglichkeit erlebte, wie in seiner Abwesen=
heit Bursche zum Hause kommen konnten zu Züsi, und wie das
mit ihnen rede und sogar lache, statt mit Ofengabeln und mutzen
Besen gegen sie zu agieren. Was halfs ihm nun, wenn er des
Nachts schon wachte besser als der beste Haushund, wenn sie des
Tags kamen, während er auf der Stör war? Da hatte er jetzt eine
Qual, welche er mit sich herumschleppen mußte, wohin er ging, daß
er denken mußte: Ist wohl aber einer vor der Türe und lachet mit
ihm? Ja und so eine ist nüt z'gut dafür, er geit noch einist inne für.
U de? Wie konnte er davor sein, was dagegen machen? Auf die
Stören mußte er, das Meitschi einschließen konnte er auch nicht, in
der Stube konnte es nicht pflanzen, mit auf die Stören nehmen
ging wiederum nicht wegen der Geiß und dem Kitzi, und die auch
mitnehmen auf die Stör, wäre den Bauern kaum anständig ge=
wesen; wenn er mit dem sämtlichen Haus= und Viehstand aufge=
zogen wäre, die Hühner noch hintendrein, sie hätten kuriose Gesich=
ter gemacht.

Und wenn er dann sein Elend Leuten klagte, so fand er weder
Mitleiden noch Trost. „Barthli," hieß es, „tue nit dumm und
schick dich drein, du wirst die Welt nit anders machen, und Weiber=
volk und Mannevolk kam immer zusammen und gehört zusammen,
sonst hätte unser Herrgott sie nicht so erschaffen. Und wenn schon

dein Meitschi mit einem Mannsbild redet, so ist das lange noch
nichts Schlechtes, und g'setzt, es nähme einen Mann, und dann?
Nahmst du nicht auch eine Frau? Du wirst es dem Meitschi nicht
erwehren. Mach den Weltlauf anders, wenn du kannst."

Das beelendete Barthli noch mehr, Religion sei keine mehr in
der Welt und keine brave Manne. Er könne klagen, wie er wolle,
so lache man dazu, wolle d'Sach mit Verlachen machen, statt wie
ehemals mit Plärren und Beten. So komme es nicht gut, er wünsche
nichts, als daß sie das gleiche an ihren Meitschene erleben müßten,
es nähme ihn wunder, ob sie es dann auch nur mit Lachen machen
wollten. Das gehe mit den braven Leuten akkurat wie mit den
Wydli, je weniger diesere, desto weniger o äyre.

Dem Meitschi war nichts vorzuwerfen, aber allgemach begann
es ihm zu gehen wie der Eva im Paradies, denn jetzt waren Schlangen gekommen und als Hauptschlange gerade der Vater. Was war
natürlicher, als daß, wenn der Vater über das Mannsvolk
schimpfte, als ob es aus lauter Ufläte und Uhünge bestünde, es
sich achtete, ob es dann wirklich so sei, genauer es ansah? Und da
fand es, daß der Vater wirklich übertreibe, daß es gar nicht übel
aussehe, und als es genauer hinsah, fand es sogar recht hübsche
Bursche darunter, die ihm immer besser gefielen und namentlich
das Knechtlein, von dem schon früher die Rede war. Zudem hörte
es gerade über diesen noch recht viel Gutes, und daß er gar kein
Hudel sei und seine alte Mutter nicht vergesse. Da mußte es diesen
doch wiederum ansehen, ob das wohl wahr sein könne oder etwa erlogen. Und da schien es ihm -- je länger, je mehr --, erlogen könne
das nicht sein, denn so b'sunderbar ein lieblich Gesicht habe es noch
nie gesehen. Wenn es sich zutragen sollte, daß es ein Kind haben
müßte und sogar einen Buben, so möchte es einen gerade mit einem
solchen Gesicht, von wegen es wüßte dann, Vater und Mutter
hätten sich seiner z'trösten im Alter.

Natürlich waren noch viele Schlangen und Schlänglein, die
es lockten zu laufen und zu reutern im Lande herum, wo es lustig
zuging, oder z'leerem auf breiter Straße einem guten Schick nach.
Ach Gott, und der gute Schick dieser armen, verblendeten Tröpflein, worin besteht denn der? Wir wollen es euch sagen, ihr armen
Tröpflein. Der besteht darin, einen Mann zu kriegen oder vielmehr
zu pressen in Ängsten und Nöten, der nichts besitzt als eine Tabaks-

pfeife, einen großen Zottel an der Kappe, viel Himmeldonner im
Maul und namhaft Schulden beim Krämer, keine Meisterfrau
zu haben, die des Morgens aufjagt und den Tag über oft sagt:
„Mach! Mach!" des Abends nieder zu können mit den Hühnern
und z'Mittag kochen zu können alles, was man hat, auf einmal,
ohne sich mit dem dummen Abteilen quälen zu müssen, plaudern
zu können stehenden Fußes, von einer Tagheitere zur andern, unbe=
kümmert, wer d'Sach mache. Das ist die Herrlichkeit drei Tage
oder drei Wochen lang, dann kommt das Elend: immer mehr Kin=
der, immer weniger Brot, immer schlechtere Kleider und bösere
Worte von Mann und Kindern sechs Tage lang, am Sonntag
Schläge zum Trinkgeld, schließlich das Betteln, halb nackt, Som=
mer und Winter, das Liegen auf schlechtem Laubsack, das schreck=
liche Frieren Tag und Nacht, nie mehr erwarmen können, bis der
Tod kömmt, der ganz kalt macht, aber dann spürt mans doch nicht,
muß nicht mehr höpperlen auf den hartgefrornen Straßen in bösen
Schuhen und Strümpfen den dünnen Brotrinden nach. Das sind
die Herrlichkeiten, welche auf den Heerstraßen die mannssüchtigen
Mädchen erreutern, errennen.

Nun, Züseli erzwang das Reutern nicht, lief seinem Alten
nicht davon. Aber wenn es des Sonntags im rußigen Graben
saß, auf der Küchenschwelle den Hühnern zusah und die Geißen
weidete, so mußte es doch denken, wie es lustiger zugehen werde in
der Welt, als hier im rußigen Graben. Mitzumachen begehre
es nicht, dachte es, nur zusehen von weitem möchte es, um zu sehen,
um zu wissen, wie es eigentlich auch ginge. Es juckte ihns wirklich
manchmal, wenn der Alte schlief oder wenn er den Wydliwuchs
beaugenscheinigte in seinen Revieren, draus zu laufen und sich das
Ding recht zu besehen, besonders da, wo Tanz war oder sonst be=
rühmte Lustbarkeiten. Aber es traute sich doch nicht, Schläge hätte
es bar gehabt, und es fiel ihm gar nicht ein, den Vater nicht für den
Vater zu halten. Es liebte ihn eigentlich; wenn er gestorben wäre,
so hätte es sich kaum trösten lassen. Und auch der Vater liebte sein
Töchterlein, wenn er es schon selbst nicht wußte, es war sein Schatz
und sein Kleinod, seine Plackereien eigentlich nichts als Eifersucht
und Angst, es möchte ihm jemand denselben rauben oder denselben
mit ihm teilen wollen. Wie der rechte Geizhals, dem das Geld sein
Gott ist, sich dessen nicht rühmt und groß damit tut, sondern sich

arm stellt und wegen Armut jammert, ungefähr so hatte es Barthli mit seinem Töchterlein und umgekehrt wie die Väter und besonders die Mütter mit ihren Töchtern, denen sie gerne los wären, gerne sie glücklich machen, d. h. an Mann bringen würden. Sie hatten aber auch ein ähnlich Schicksal, den umgekehrten Kummer, Barthli, es wolle ihm jeder sein Meitschi nehmen, die andern, die ihren wolle keiner, denn was man am nötlichsten sucht, findet man nicht, sondern das Gegenteil.

Barthli mußte einmal wieder z'Märit nach Bern, denn es gibt Zeiten im Jahr, wo man auf dem Lande keine Körbe absetzt. Züsi mußte mit, er hatte viele Körbe, und nahm ers mit, hatte er es wenigstens unter Augen. Daheim hütete es ihm niemand, denn eine Nachbarin, welche sonst ein Auge auf ihns haben sollte, ging auch z'Märit. Züsi ging auch gerne. Wenn es schon nicht mehr so in Entzücken versank, so sah es doch vieles, an welches es denken konnte in seiner Einsamkeit, und wenn ihm die Suppe auch nicht mehr so vorkam wie eine Speise von den Tafeln aus dem Tausendjährigen Reiche, so lebte es doch wohl daran, und wenn sie guten Verkauf hatten, ließ der Vater wohl auch ein Stücklein Fleisch und etwas, sah aus wie Wein, aufmarschieren. Er gab hie und da einen schwachen Schimmer von sich, als dürfe er sich etwas mehr gönnen als früher, aber bemerkte es jemand, so tat er auf lange kümmerlicher als je.

Wer an einem großen Markttage an einer Hauptstraße steht, findet Stoff zu mancher gottseligen Betrachtung, zu mancher Predigt, er sieht sichtbarlich vor sich die Lebensstraße. Es rennen die einen dem Getriebe des Marktes zu, wie unwillkürlich durch einen Magnet oder einen Strudel angezogen. Es wandern andere besonnen und behaglich dahin, meiden die Steine, suchen den besten Weg, verkürzen sich den Weg mit Plaudern, haben vergnügliche Gesichter und zuversichtliche, daß ihnen was Gutes nicht fehlen werde. Es karren und trappen die dritten mühsam daher, möchten auch eilen, aber es geht nicht, sie kommen hinterher durch dick und dünn, haben Angst, sie kämen zu spät zu den guten Dingen, und kommen doch nicht vorwärts. Wie die den vorübersprengenden Fuhrwerken nachsehen, die einen schmerzlich, die andern zornig! „Fahr nur, so stark du magst, so kommst desto früher zum Lumpentürli; dann kannst wieder mit mir laufen, wenn du noch laufen magst! Ich

sprengte auch und mochte nicht warten, bis ich in einem Gasthof
saß. Jetzt weiß ich wieder, wie das Laufen ist, und wäre zufrieden,
wenn ich einen Batzen hätte und zu einem Schluck Branntwein
käme." So führt mancher Selbstgespräche, hängt jedem dahin=
eilenden Fuhrwerke eine Lebensskizze der darin Sitzenden an samt
etwelchen frommen Wünschen und Weissagungen. Humpelt aber
noch einer mit ihm, so führen sie zusammen erbauliche Gespräche,
machen sich vertrauliche Mitteilungen über ihre Nächsten und
streiten sich darüber, ob diese sich seinerzeit selbst hängen oder ob sie
gehängt werden würden, und was sie noch alles darüber aus ver=
dient.

Barthli und Züseli gehörten unter die Karrenden, doch nicht
unter die unglücklichen und von Grund aus mißvergnügten.
Barthli wäre für heut mit der Welt zufrieden gewesen, wenn nur
gar kein Mannsbild auf der Straße gewesen wäre, und Züseli sah
ganz vergnügt aus. Sie kamen früh in die Stadt, so wurde am
besten der gefährlichste Teil des Volkes gemieden, der junge. Man=
chen Ärger über die Stadtweiber hatte Barthli auszustehen, sorgte
aber soweit billig für Entschädigung.

Züseli machte indessen noch bessere Geschäfte, denn mit ihm
machte man lieber Geschäfte als mit dem rußigen Alten, und als
Trinkgeld obendrein bekam es nicht selten die Bemerkung: „Es
scharmants Meitschi! Wäre das recht angezogen, so machte das
Puff." „Mach nur nicht, daß es das hört," sagte dann wohl eine
Begleiterin; „es wäre imstande, es käme in die Stadt. Wohl, das
würde ein sauber Dirnlein abgeben!" Wer weiß, was die Red=
nerin selbst abgegeben hätte, wenn sie hübsch gewesen wäre, wovor
sie aber Gott bewahrt hatte. Wird seine Gründe gehabt haben,
der liebe Gott.

Neben dem Ärger über die Stadtfrauen hatte Barthli noch
großen Zorn zu verwerchen über die Gensdarmes. Er könne nicht
glauben, daß der liebe Gott die ganze Welt erschaffen, sagte er.
Der liebe Gott sei ein weiser Mann. Zweier Gattig Kreaturen
hätte er nicht gemacht, Kröten und Gensdarmes (wenns noch Land=
jäger wären, er wollte nicht so viel sagen). Von denen wisse er
nicht, und kein Mensch habe es ihm sagen können, für was die
gut seien, und allen Leuten gruse es drob. „Wohl, Barthli," sagte
ihm ein Kamerad, „das kann ich dir sagen. Lue e Krot oder e Gens=

darme recht a, und dann wirst du Gott danken, daß er es geordnet,
daß du der Barthli geworden und nit e Krot oder e Gensdarme.
Dafür hat er sie gemacht." „Ja sieh," sagte Barthli, „das ist das
nichtsnutzigst Volk auf Gottes Erdboden, gerade das, wo sie wehren
sollen, machen sie selbst. Sie sollen heute machen, daß der Weg
nicht gesperrt sei, sondern jedermann passieren könne, und gerade
sie stehen dem ganzen Volk im Weg. Unsereiner sollte nirgends
sein; wenn sie ein alt Mannli sehen, so kujonieren sie es, es ist nie
am rechten Ort, schon dreimal hat mich heute einer angeflucht um
nichts und wieder nichts. Und die Obrigkeit wird ihm doch nicht
den Lohn geben, daß er die Leute das Fluchen lehre und wie man
umgehen müsse mit alten Leuten. Dagegen steht der Aff da vor
meinem Meitli, es weiß kein Mensch wie lang, verstopft den
Leuten das Loch, hält dem Meitschi die Kunden ab, macht ihm den
Kopf groß, das steht ihm immer am rechten Ort. Das muß gehen,
sich zu waschen, von wegen ich habe immer gehört, wenn ein Gens=
darme ein Meitschi lang ansehe, so werde es krätzig oder bekomme
aufs wenigste eine Haut, wie eine vierhundertjährige Eiche Rinde
habe. Dem Hagel darf ich nichts machen, nicht einmal was sagen,
aber ich will es der Obrigkeit eintreiben, wenn ich der was zuleide
tun kann, so will ich es gewiß nicht sparen."

Natürlich mußte es einstweilen das Meitschi entgelten, dem
er kein gutes Wort gab und im Wirtshaus es so kurz als möglich
abspeiste, daß es recht hungrig blieb und Augenwasser bekam vor
Elend. Wenn es nur schon daheim wäre, dachte es, so könnte es
doch den Hunger g'stellen. Wenn sie nur schon daheim wären, dachte
der Alte, dann müsse ihm das Meitschi nicht bald wieder z'Märit,
daß es ein Gensdarme nach dem andern angrännen könne. Da es
ihnen beiden pressierte, kamen sie also auch aus der Stadt, aber
viele Worte gönnten sie einander nicht.

An einem Markttage geht es lustig zu, überall sind die Geigen
los, und wo ein Schild an einem Häuschen hängt, da stehen die
Fenster offen, damit Geigen und Trampeln das Häuschen nicht
versprengen. An diesen allen müssen die Heimkehrenden vorbei,
haben so die Musik umsonst. Für Mädchen, die nicht einkehren
dürfen, sondern auf der Straße bleiben müssen, ist es eine Art von
Spießrutenlaufen, besonders wenn sie weite Herzen haben, für
viele Platz darin, und nun denken, hier innen kann ein Schatz sein

und dort wieder einer und so fort. Züseli war noch nie auf einem
Tanzboden gewesen. Es könne nicht tanzen, sagte es, und könnts
nie lernen und begehre sonst nicht zu gehen. Wohl, der Vater würde
ihm! — Es dachte nicht daran, daß es viele Mädchen mit dem
Tanzen haben, wie junge Hunde mit dem Schwimmen. Man
werfe nur einen ins Wasser, so kann man sehen, wie er das erstemal
schon munter fortkömmt. Züsi tat es also nicht weh im Herzen,
wenn es an einem zitternden Häuschen voll Geigen vorbeiging,
etwas kürzer wurden wohl seine Schritte, die Musik gefiel ihm.

Schon mehr als halbwegs waren sie und eben fast wieder an
einem Wirtshause vorbei, als ein Bursche zur Türe ausstürzte,
Züsi packte: „Jetzt mußt du kommen und einen mit mir haben",
schrie und mit ihm fahren wollte dem Wirtshause zu, wie es üblich
und bräuchlich ist. Das Meitschi wehrte sich, der Alte brüllte:
„Willst mir das Meitschi sein. lassen, du Uhung du!" und faßte
auf der andern Seite und riß auch. Sie rissen und brüllten; es war
ein Mordspektakel, wäre jedoch kaum beachtet worden, wenns bloß
gewöhnlicher Schryß gewesen wäre. Ein Mädchen hat Schryß,
heißt soviel als: es ist fetiert, gesucht. Es sollen nämlich die Mäd=
chen, wenn Bursche sie zu Wein und Tanz führen wollen, sich erst
tapfer wehren, tuns jedoch nicht alle, wenigstens nicht nötlich, aus
Furcht, die Bursche könnten nicht recht anwenden, zögen gerne den
kürzern und ließen ab. Nun geschieht es auch, daß zwei Bursche
an einem Mädchen zerren, bis Kleider und Arme fast vom Leibe
gehen, oder wenn ein Mädchen im Ernst heim will, sie es förmlich
zurückschleppen, daß ein Fremder meinen würde, sie hätten Befehl
erhalten, das Mensch tot oder lebendig einzubringen. Diesmal
schien es mehr oder weniger eine abgeredete Sache zu sein, Züsi
mal ins Wirtshaus zu bringen, dem Alten z'Hohn und z'Trotz,
denn aus den Fenstern brüllte es: „Benz, wehr dich, Benz, setz
nicht ab, zieh brav, bist e Leide, daß du der Alt nit magst!" So
mußte Benz alle seine Kraft anwenden und schwur dazu alle Zei=
chen, sie möchten sich wehren, wie sie wollten, Züsi müsse einmal
ins Wirtshaus, das sei fertig; und er schleppte sie beide wirklich
hinter sich her, zur Bürgerlust der Zuschauer. „Alter, setz ab, heute
zwängst du nichts, du reißest ja deinem Meitschi den Arm aus dem
Leibe. Komm mit, z'trinke mußt haben so viel du magst. Benz,
zieh recht, und wenn du nicht fahren magst, so wollen wir kommen

und dir helfen", so scholl es aus den Fenstern. „Nit nötig", rief
Benz, tat frisch einen mächtigen Ruck, daß der Alte das Mädchen
lassen mußte und Benz samt dem Mädchen bei einem Haar über-
purzelt wäre. Ein furchtbar Gelächter erscholl. Desto schneller
machte sich Benz mit dem förmlich eroberten Mädchen ins Haus.

Drunten blieb der Alte fluchend stehen und wünschte der mut-
willigen Jugend alle Hagelwetter auf den Hals, schalt sie Räuber,
Mörder und merkte nicht, daß er da eine Komödie aufführe, und
dazu noch unentgeltlich, zum Ergötzen des Publikums. Endlich kam
die Wirtin, eine resolute couragierte Frau mit gutem Herzen.
„Das ist öppe nüt Witzigs von euch, ein alt Mannli so z'plage,
wollt so vornehme Bauernsöhne sein. Hätte geglaubt, zu einem
solchen Lümmelstückli wäret ihr zu stolz. Und für was seid ihr denn
da?" schnauzte sie gegen einen Gensdarme. „Unglücksmacher seid
ihr, wenn man euch brauchen könnte, sieht man euch nicht, und wo
ihr abwehren solltet, da helft ihr noch. Komm, Barthli, hinauf,
trink, was sie dir ja angeboten, laß das Meitschi es paar halten,
dann müssen sie es dir lassen, wann du willst, ich bin dir gut dafür.
Ich will schon Ordnung machen, ich! Dazu brauche ich niemanden,
und wenn er eine Montur anhätte und ein Säbeli am H . . ."

Als Barthli hinaufkam mit der Wirtin, da war Züsi, zum
großen Arger des Alten, bereits mitten im Tanzen. Es war ihm
wirklich zu seinem eignen Erstaunen gegangen, wie, doch per se nicht
zusammengezählt, einem jungen Hunde, und seine Beine bewegten
sich ung'sinnet und ungeheißen, wie der Geiger es aufmachte. Gar
freundlich wurde Barthli oben empfangen, mit Wein und Speisen
reich regaliert, Gläser von allen Seiten ihm dargestreckt, man
wollte ihn versäumen, mit Wein zudecken, daß er Pressieren und
Heimgehen vergäße.

Aber Barthli war nicht erst gestern auf die Welt gekommen
und von Natur nicht dumm. Ein Glas Wein, wenn es ihn nichts
kostete, trank er nicht ungern, er teilte diese Schwachheit mit noch
ganz anderen Leuten; aber das Spiel mit sich treiben ließ er nicht
gerne, den Posten, anderer Narr zu sein, liebte er nicht, auch wenn
er was eintrug und er, Barthli, geizig war. Er nahm, bis es ihn
dünkte, er hätte genug und drei Tänze sollten getanzt sein. Da
wollte er sein Meitschi haben und fort; aber man lachte ihn aus,
und der Spektakel ging von neuem an. Das Meitschi hörte es,

und obgleich es ihm beim Tanzen war, als sei es halb selig, so
stellte es doch dasselbe ein, wollte keinen Fuß mehr versetzen, son=
dern mit dem Vater heim. Aber Benz wollte es nicht gehen lassen,
sondern zerrte immer frisch an ihm. Da kam die Wirtin wieder
und sagte: „Jetzt laßt mir das Meitschi, ich versprach es dem
Alten, und er soll es haben, und wer es nur noch anrührt, den treffe
ich, und wenn es an einem Mal nicht genug ist, zweimal. Es
nimmt mich wunder, ob in meinem Hause die Leute nicht ein= und
ausgehen dürfen, wie sie wollen." „Aber Wirtin, hätte geglaubt,
du hättest mehr Verstand als so. Seit wann ists Sitte, mit einem
Mädchen zu tanzen und es so z'trocknem laufen zu lassen? Das
tut dir kein rechter Bursche, besonders wenn er noch einen Kreuzer
Geld im Sacke hat", hieß es von allen Seiten. „Mir wärs manch=
mal lieber gewesen, z'trocknem zu gehen, als so einem Schnürfli
ein Glas abzunehmen", antwortete die Wirtin. „Aber meinet=
wegen! Soll ich eine Halbe bringen?"

Als die Halbe getrunken war, fing die Geschichte wieder von
vornen an. Benz wollte das Meitschi nicht lassen, erst jetzt habe
er recht Mut zum Tanzen, und mit dem Trinken sei es nicht ge=
macht, es müsse gegessen auch sein, die Wirtschaft solle aufwarten
mit dem, wo zu haben sei, heute müsse was gehen, er setze nicht ab.
Das Mädchen weinte, und der Alte war fuchswild. Benz schimpfte
ihn mit allen möglichen Ehrentiteln aus und fing den Schrytß wie=
der an.

Da erschien die Wirtin, warf Benz mit ihrem mächtigen Arm
in die lachenden Zuschauer hinein, daß er davonfuhr wie ein Kegel,
von gewaltiger Kugel getroffen. „Jetzt, Alter, nimm das Meit=
schi und mach, daß du mit ihm fortkommst, und daß mir sie keiner
anrühre oder plage, sonst treffe ich ihn, daß er weiß, daß er ge=
troffen ist", so rief das zornige Weib.

Und unangetastet im Frieden zog der Alte mit seinem Kleinod
ab. Man glaubt nicht, was so eine mutige Wirtin für eine Herr=
schaft übt. Der Wirt ist immer nur ein Fösel dagegen.

Der Alte fuhr wie ein großer Feuerteufel oder feuerspeiender
Berg dahin, schimpfte über alles im Himmel und auf Erden und
nicht am wenigsten über sein Töchterlein, daß das einen Fuß zum
Tanzen aufgehoben, gäb wie das sagte, es hätte nicht anders kön=
nen, es hätte sich ja gewehrt, bis z'ußerist usе. „Zum Schein, du

Täschli," polterte der Alte, „wenn es dir Ernst gewesen, du hättest
dich g'stabelig gemacht wie ein buchenes Scheit, daß der Tüfel
g'hört hätt, mit dir z'tanze, ja wolle!"

Ja so ein alter Barthli, ein sechzigjährig Kudermannli hat
gut reden; so einer, der von Natur g'stabelig ist wie ein Garben=
knebel, der weiß nicht, was das Ung'hürigs wär für ein achtzehn=
jährig Meitschi, wenn es sich g'stabelig machen sollte, wenn der
Geiger einen recht Lustigen aufmacht und ein Benz mit ihm tanzen
will. Dem Meitschi gings ganz wunderlich im Kopf herum, bitter
und süß durcheinander. Das Schelten des Alten tat ihm weh. Das
Wüsttun von Benz plagte ihns. Daß er so einer sei, so wüst tun
könnte, hätte es keiner sterblichen Seele geglaubt, dachte es, und
zu diesen Gedanken machte der Geiger lustig auf, die Töne zuckten
ihm durch den ganzen Leib, die Füße trippelten im Takt. Es war
in dem seltsamen Zustand, wo man oben weint und unten tanzt,
Füße und Augen allen Rapport zueinander verloren haben.

So kamen sie heim, und d's Meitschi sollte die Haushaltung
machen, und zwar hinten und vornen im Hause. Wie die Ziegen
mit ihrem Traktament zufrieden waren, wissen wir nicht, Klagen
darüber kamen uns keine zu Ohren, aber über das seine schimpfte
Barthli ungemessen, und zwar hatte er etwas recht, wir müssen es
sagen. Der Kaffee war ganz ohne Sinn und Verstand, das Meit=
schi hatte das Pulver vergessen, er kam ganz weiß aus der Kanne.
Die Erdäpfelrösti war schwarz wie ein Wollhut, ungesalzen und
ungeschmalzen. Die Milch war ein unerhört, nie erlebt Getränke,
denn im Verschuß hatte Züseli Salz und Butter in die Milch ge=
tan statt in die Rösti. Man kann sich denken, was für den hung=
rigen Barthli für ein Herrenleben war. Er war drauf und dran,
was er sonst nie machte, ins Wirtshaus zu gehen und nachzu=
bessern und den Leuten zu klagen, wie es ihm ergangen und was
er für ein Meitschi habe. Zu gutem Glück fiel ihm noch zu rech=
ter Zeit ein, der Teufel sei von je ein Schelm gewesen, es wäre sehr
möglich, daß er es jetzt noch wäre und Benz und Züseli zusammen=
führen könnte, so oder so. Er besserte sein Hundefressen mit einem
Stück Käs aus, trank frische Geißmilch dazu und paßte scharf
auf Züseli, in welcher Richtung dessen Augen gingen, ob es wohl
jemanden erwarte oder nicht. Und als es ihm sagte, es wolle zu
Bette, es sei müde und schläfrig, da ward ihm die Sache erst recht

verdächtig. „Aber wart, du Täschli, du bist mir noch lange z'wenig, Barthli ist dir und andern schlau genug, du Täsche. Wart bis morgen, dann will ich dir die Schlauheit auflegen, daß du sie faustdick am Leibe greifen kannst", brummelte der Schlaue. Nun machte es der Alte schlau. Er stellte sich in die sieben Bohnensteken, von denen aus er die Zugänge zum Häuschen übersah und namentlich die Fensterchen allzumal, die blinden und die halbblinden. Da lauerte er wie die Katze auf die Maus und dachte: Wartet nur, der alte Barthli ist euch schlau genug, der tut euch Pulver in die Kanne und Salz in die Rösti. Er machte sich g'stabelig wie ein buchenes Scheit in seinen Bohnenstecken, und das war ihm keine Kunst, denn er war von Natur schon fast so, und spitzte die Ohren wie ein Has in einem Kabisplätz. Er hörte immer etwas, bald hinten, bald vornen, bald links, bald rechts, es knisterte was im Laube, es trappete auf der Straße, es schlich etwas, es hustete, kurz er hörte alles mögliche, aber es kam niemand. Es fror ihn, es fiel ihm ein, der Kerl könnte schon drinnen sein, er hörte drinnen was. Richtig, da redete es. Barthli schlich wie eine Spinne, wenn sie eine Fliege um ihr Netz surren hört, gegen seiner Tochter Bett, stand stille und wollte wissen, wer da spräche und was, und wenns Benz sei, ihn prügeln nicht für Spaß. Aber er verstand sich nicht auf die Töne, bis er dicht vor dem Bette stund. Da hörte er, wie Züseli brummte, drli drli, drli drli, drlum drlum drlum, drlurili drlurili. Das gute Meitschi tanzte im Schlaf und machte den Geiger dazu und war sicherlich selig in seiner Freude. Es fehlte aber nicht viel, der Alte hätte sie ihm rauh vertrieben und ihm zugemessen, was er Benz zugedacht. Hart rüttelte er das Meitschi auf und gab ihm einen väterlichen Zuspruch, nicht bloß aus dem Salz, sondern aus dem Pfeffer, der aber dennoch nicht tief ging, denn kaum stand der Alte wieder in seinen Bohnenstecken, so summste es im Stübchen wieder, drlü drlü, drli drli, und lustig gings in des Mädchens Seele zu, während draußen der Alte fror und fluchte und alles umsonst.

Benz kam nicht, aber kommen hatte er wirklich wollen, der Geist wäre willig gewesen, aber das Fleisch war zu schwach. Er war hart betrunken, fand den Weg nicht, fand überhaupt keinen Weg mehr, und wie und wann er nach Hause kam, darüber gehen verschiedene Gerede. Als Benz wieder zu ordentlicher Besinnung

kam, da ward sein Gewissen beschwert durch die Art und Weise,
wie er Barthli behandelt und tituliert hatte. Das Meitschi stak
ihm im Herzen und d's Hüsli im Kopf, und beide tief. Das Meit=
schi gefiel ihm wohl, es war eingezogen, flink und fleißig, hübsch
genug für ihn, wie er sagte, aber es chöm nit alles uf d'Hübschi
a, sondern d's meiste uf's Ordelitue, und dann könne er einmal
noch ein ganzes (die Löcher im Dache rechnete Benz für nichts)
Hüsli erben, da brauche man keinen Hauszins, könne pflanzen, ja
das wäre ein schöner Anfang und viel gewonnen. Wenn man
ein Meitschi gerne möchte, so schien es Benz denn doch nicht als
zweckmäßige Präliminarien, den künftigen Schwäher zu miß=
handeln, er erachtete, der Schaden müsse ausgebessert werden,
aber das Wie, das gab ihm lang zu sinnen. Endlich fiel ihm was
ein. Er stahl seiner Meisterfrau einige alte zerrissene Körbe und
machte sich nach dem Feierabend mit denselben dem rueßigen Gra=
ben zu. Er fand den Alten auf dem Bänkli vor dem Häuschen.
Das Meitschi saß neben ihm auf dem Tritt der Stege, die ins
Obergaden führte.

Die Meisterfrau schickte ihn, sagte Benz, er hätte da einige
alte Körbe zum Flicken, wenn es sich der Mühe lohne, er solle sie
g'schauen, und somit saß er ohne weitere Komplimente neben den
Alten auf das Bänkli ab. Der Alte hatte alsbald die Trümmer
der Körbe zur Hand genommen und geriet in schauerlichen Zorn.
Er ließ ihn zuerst los über die Bauernweiber, wie die immer
hundshäriger würden, wüst Gytüng. Da solle er Körbe flicken,
fordere er mehr als zwei Kreuzer für einen, so sage sie ihm wüst,
und habe er mit demselben doch mehr zu tun als mit einem neuen
dreibatzigen. So gehe man mit armen Leuten um, nachdem man
sie blutt gemacht, wolle man sie noch schinden.

Nachdem er alles gemustert, wandte sich   sein Zorn. „Los
Bub," sagte er, „mit solchem Zeug schickt dich keine Bäurin, wenn
sie recht im Kopf ist, und das ist deine, das ist eine rechte Frau.
Du Lumpenkerli willst anfangen, wo du es gelassen, ich soll dein
Narr sein, aber du bist am Lätzen, stell einen hölzernen an, wenn
du einen Narren haben mußt, oder sei ihn selbst, aber den Barthli
laß ruhig, der zeigt dir sonst den Weg unsauber. Nimm den Zeug
und packe dich, und daß du mir nicht mehr unter das Dach kom=
mest, sonst mache ich, was gut ist."

Benz blieb sitzen und sagte ruhig: „Etwas recht hast und etwas
nicht. D'Meisterfrau hat mir in der Tat diesen Zeug nicht gegeben, sondern ich kam aus mir selbst, und weißt warum? Ich
wollte schon am Märitabend kommen, es war aber besser, ich kam
nicht, ich war z'volle, mein Lebtag nie so, wie ein Kalb, sag ich dir.
Nachher kams mir, ich sei wohl grob mit dir umgegangen, und
es war mir leid, von wegen sieh, es geschah nicht aus Absicht oder
gar aus Bosheit, sondern wegen der Bekanntschaft. Sieh, ich
will es dir graduse säge, dein Meitschi g'fallt mir, es dünkt mich,
es schicke sich niemand besser zueinander, als ich und es. Wir sind
beide jung und hübsch genug füreinander, können beide wohl verdienen, es bekömmt ein Hüsli und ich keins, es hat einen Atti und
ich ein Müetti, beide alt, wegen der Hübschi haben sie einander
nichts vorzuhalten. Wenn du und es einander heirateten, so
brauchte ich für d's Müetti keinen Hauszins mehr, es könnte die
Haushaltung machen und d's Meitschi desto besser verdienen, und
wenn denn da alles zusammenkäme, so hätten wir bald Geld z'weg
und könnten entweder mehr Land kaufen oder das Hüsli neu un-
terziehen lassen, es mangelt dasselbe grusam. Wenn du mir d's
Meitschi gä wotsch, es hat nichts dawider, ich wüßt nicht was
es wett ha, so b'sinn dih nit lang und sägs, daß ih mih rangieren
cha. Mit Werche mag mich keiner, und sparsam bin ich auch.
Daß ich mich vollgesoffen letzthin, daran stoß dich nicht, das geschieht des Jahrs nicht manchmal, und selb macht nichts, sagt
man. Die Mutter ist huslich, für Schmutzigs z'spare i d'Suppe,
i d's Krut u sust, kratzet sie alle Egge us. Die erspart dir manche
Krone des Jahrs. Lue, du bist afe alt und lang wirst es nicht
mehr machen, aber du sollst deine Sache haben, wie recht und
brüchlich, für einen Hund sollst nicht gehalten werden, wie es an
manchem vornehmen Orte der Brauch ist, wir wollen dich für e
Atti ha, seiest wunderlich oder nicht, krank oder g'sund. Ich habe
gedacht, du werdest froh sein, wenn dein Meitschi einen habe, ehe
du davon müssest. Da habe ich gedacht, du gebest mir die Tochter,
sie machts auf my Armi Türi besser mit mir als mit einem, der
manch tausend Gulden hat, daneben dann aber ein Hudel ist, und
dann ists auch nicht, daß ich ganz nichts hätte. Oder was meinst,
Barthli, nicht wahr, du gibst mir d'Tochter?"

„Ja, ja, ja, einem solchen Lausbub wie du die Tochter geben,

ja, ja, ja, das wäre es witzigs Stückli vo Barthli, einem, wo nichts
als plagen kann und damit anfängt, mich zum Narren halten zu
wollen. Ich glaube, du möchtest gern es Hüsli und dazu noch mir
deine Alte, die wüste Schnupfdrucke, anhängen, so käme noch
manchem Narr in Sinn. Mein Meitschi mangelt keinen Mann,
wir mögen die Sache, welche wir pflanzen, selbst fressen, brauchen
keinen Schmarotzer und Uflat dazu. Und jetzt mach, daß du fort=
kömmst, und das Gnist, wo du gebracht, nimm mit, oder ich
schlage es dir ums Gesicht."

Benz wollte frisch ansetzen, versuchte Barthli darzutun, wie
kommod in alle Spiel ein Tochtermann wäre, wie er doch einen
haben müsse, und viel besser täte, einen zu nehmen, der am Tag
komme, als einen, den ihm das Meitschi z'Nacht zueche schleipfe.
Er sollte nur das Meitschi fragen, ob es ihn wolle oder nicht. Aber
Barthli fragte das Meitschi nit: wotsch oder wotsch nit? Benz
hatte seine Sache nur schlimmer gemacht, den Verdacht gehei=
men Einverständnisses erweckt und jetzt wirklich Zeit zu gehen,
wenn er nicht fremde Hände am Kopf haben wollte. „Sag," rief
ihm Barthli nach, „deinem alten Kratte, wenn sie einen Mann
wolle, solle sie sich einen kuderigen machen lassen, andern bekomme
sie keinen"; da drehte sich Benz um und sagte: „Jetzt schweig, Al=
ter, und wart du nur, es kömmt einmal die Zeit, wo du froh über
Benz wärest, aber dann kannst du lange pfeifen, du alte Wydli=
mauser du, was d'bist."

Züseli war bei der ganzen Verhandlung gewesen, aber nicht ge=
fragt, hatte es auch nichts dazu gesagt. Der Alte fragte ihns auch
nachher nicht, ob er es ihm recht gemacht, sondern behandelte es
als Mitschuldige. E Dirne, e wüsts Bubemeitschi sei's, nit trocke
hinter den Ohren und schon einen Mann wollen, pfy Tüfel!
Kabiswasser saufen müß es ihm, bis solche Mücken vergangen
seien. Daß es ihm nicht d's Herrgotts sei, mehr einen anzusehen,
sonst wolle er ihm die Augen schon vermachen mit Harz oder
Schnupf, was er zuerst bei der Hand habe. Er wolle ihm das Gaf=
fen und Liebäugeln vertreiben! Es sei nichts besser dafür als eine
Drucke voll Schnupf i d's Gefräß. Er möchte doch wissen, was sie
da mit einem Tochtermann, mit so e mene Gränni machen sollten
in dem kleinen Hüsli, wo sie kaum selbst Platz hätten. Es sei jetzt
mehr als zehn Jahre, daß seine Alte gestorben, sie hätten es seit=

her machen können ohne Tochtermann, er wüßte gar nicht, warum
sie jetzt auf einmal einen nötig haben sollten, so ne Kerli, wo freß
für zwei, Platz versperr und nichts könne, als die andern versäumen! Wir mangeln keinen Tochtermann, wir können es alleine,
gibt die Geiß ja längs Stück für uns kaum oder gar nicht Milch,
verschweige dann für ein so groß Kalb.

Von diesem Standpunkt aus sah Barthli die Sache an. Es
wird sicher niemanden und namentlich keiner lieben Leserin unerwartet kommen, wenn wir sagen, daß Züseli nicht von diesem Ge-
sichtspunkte aus die Lage der Dinge betrachtete. Das Tanzen und
der Tochtermann hatten in seinem Köpfchen sich Platz gemacht
und drehten sich darin miteinander herum, daß ihm fast alles Sinnen und Denken verging. Kaum achtzehn Jahre alt und hätte
schon einen Mann haben können, und ist manche schon siebenzig
Jahre alt und hat noch keinen! Dann hätte es mit ihm z'Märit
gehen können und beim Heimgehen tanzen, drli, drlü. Und wenn der
Alte nicht dabei war, so probierte Züseli richtig, ob es es noch könne.

Man sieht, Züseli hätte mit einem Tochtermann seines Vaters schon was anzufangen gewußt. Aber es sollte ihn ja nicht
haben, sollte keinen Mann haben, denn der Alte wollte ja keinen
Tochtermann, nie mit einem vom Märit heimgehen und mit ihm
tanzen! Das kam ihm fast übers Herz, es mußte weinen, es mochte
wollen oder nicht, es mußte an Benz denken. Der hätte sich doch
so wohl geschickt, fand es je länger je mehr; die Mutter hätte es
eben auch nicht begehrt, aber ihn wohl, und zu brauchen wäre er
sicher auch gewesen, was er nicht gekonnt beim Korben, hätte
man ihn b'richten können.

Bis jetzt hatte Barthli mit Recht nicht über Züseli klagen
können, sondern Ursache gehabt, dem lieben Gott für das Meitschi
zu danken, denn es war nicht bloß die Stütze, sondern auch die
Blume seines Alters. Nun begann es zu ändern. Böses machte,
soviel wir wissen, das Meitschi nichts, aber mit seinen Sinnen
und Gedanken war dasselbe nicht mehr da, wo es sein sollte, sie flogen ihm davon, es wußte selbst kaum wohin. Das eine vergaß es,
das andere machte es verkehrt, daß der Alte wirklich manchmal
schlimm daran war. Bald war nicht gekocht, bald nicht gemolken,
die beiden Handhaben an einem Korbe auf der nämlichen Seite,
oder gar feuerte es mit Korbwydlene an.

Dazu begann das Meitschi schlecht auszusehen, müde zu werden, plärrete viel, daß der Alte wirklich ans Krankwerden dachte und eine alte Nachbarin zu Rate zog. Die tröstete ihn. Das sei nicht anders bei jungen Mädchen, sagte sie, das gebe es oft und werde schon bessern. Da sei nichts besser dafür, als ab Bocksbart zu trinken, der sei b'sunderbar gut i selligen Umständen. Zu all seinem Elend mußte nun Züseli ab Bocksbart trinken, der schmeckte ihm aber grundschlecht, und man sah gar nicht, daß es ihm anschlug, eher das Gegenteil. Je weniger er aber anschlug, desto böser wurde der Alte mit Züseli. „Du suffst ume z'wenig," sagte er, „es würde sonst schon bessern, der ist ja expreß gut dafür. Wotsch sufe oder nit!" Wegen Bocksbart konnte er fragen, wotsch oder wotsch nit, hätte er wegem Tochtermann so gefragt, es hätte vielleicht besser angeschlagen.

Ob Züseli in dieser Zeit Benz nie gesehen, nie gesprochen, wissen wir nicht, wir haben Ursache zu glauben, daß sie sich gesehen haben. Wenigstens wollte es eine Nachbarin behaupten, nicht daß sie dieselben beieinander gesehen, aber Züseli suche das Futter für die Geißen und den Bocksbart gar oft am nämlichen Orte und an einem Orte, wo nüt Aparts für die Geißen wachse, und der Verstand gebe es doch mit, daß am nämlichen Orte nicht stets etwas zu finden sei. Aber von dort sehe man den Hof, wo Benz diene, und von dorther gehe man herunter ins Dorf, das komme ihr sehr kurios vor. Uns dagegen gar nicht, denn jedem achtzehnjährigen Meitschi ist bekannt, daß ein solches Mädchen in einem Zimmer, wo drei Fenster sind, von denen eins gegen das Haus seines Schatzes sieht, sich immer an dieses Fenster setzt, auch wenn es gar keine Hoffnung hat, mit dem Schatz hinter den Fenstern zusammenzutreffen. Es ist immer Hoffnung, vielleicht ein Bein oder einen Kuttenflecken des Geliebten zu sehen, jedenfalls hat man einen sichern Haltpunkt für seine Gedanken, und schaden kann es ja doch nicht viel!

Wir wollen nicht entscheiden, wie es sich verhielt, das wissen wir, daß am zweiten Sonntag im August vergangenen Jahres Züseli daheim vor dem Häuschen saß und grusam Langeweile hatte und ein Blangen dazu, daß es ihm sein kleines Herz fast versprengen wollte.

Die Bewohner des rueßigen Grabens meinten nicht, daß sie

alle Sonntage zur Kirche müßten. Wenn man die Sonntagsklei-
der alle Sonntage anziehen wollte, man wäre ja alsbald fertig damit, meinten sie. Barthli ging noch zuweilen und manchmal nur,
damit das Meitschi daheim bleiben müsse, um zu hüten, denn das
sah er sehr ungern gehen und legte ihm, wenn es einmal gehen
wollte, Hindernisse in den Weg, wie er nur konnte und mochte.
Ledigen Leuten sollte man d's Chilchegah ganz verbiete, meinte er.
Es sei ihnen doch nie wegen Gottes Wort, sondern nur, daß ein
Löhl den andern angaffen könne, und daraus entstünden böse Sachen, wie man Exempel genug hätte. Mit Lesen gab Züseli sich
auch nicht besonders ab, und Barthli gab ihm das Beispiel nicht.
Sie hatten wohl eine Bibel, aber nicht großen Appetit dazu. Hier
ist das Sprichwort besonders wahr, der Appetit kömmt überm
Essen. Man muß früh anfangen zu lesen und gut lesen, nicht bloß
halb buchstabieren können, wenn man Freude am Lesen bekommen
soll. Der Sonntagmorgen ging noch an. Es hatte für Menschen
und Vieh zu sorgen, sich recht zu waschen und zu kämmen; statt
Kartoffeln machte es einen Eiertätsch oder ein Eierbrot. Fleisch
hatten sie des Jahres nicht oft auf dem Tisch. Diese Mahlzeit
wurde schon um eilf Uhr eingenommen, lang vor Zwölfe war man
mit allem fertig, mit Essen und Abwaschen, und jetzt? Nun
manchmal ging Züseli beeren im Walde. Erd-, Heidel-, Him-
und Brombeeren fanden sich zur Genüge. Wohl flocht es auch
niedliche Körbchen mit allerlei Kunstwerken für sich, denn eigentliche Arbeit duldete der alte Korber am Sonntag nicht. Das sei
das beste Zeichen, um wie viel die Menschen geschlechtet hätten
und nichtsnutziger geworden seien, ehedem hätten sie arbeiten können in sechs Tagen, daß sie sieben Tage zu leben gehabt, jetzt schaff-
ten viele sieben Tag und brächten es nicht z'weg, daß sie sich des
Bettelns erwehren könnten, behauptete er. Aber auf die Straße,
ins Dorf hinunter, wo Wirtshäuser waren, dahin ließ es der
Alte nicht, von wegen er war da nicht mit der Schnupfdrucke bei
der Hand, um zu rechter Zeit vor allfälligem Schaden sein zu
können. Da gab es lange Sonntagnachmittage und viel Seufzens.

So war es eben an jenem genannten Sonntagnachmittag. Die
Ziege meckerte im Stalle, und der Alte sagte, es sei ihm in den
Gliedern, es nehme ihn wunder, ob es ein Wetter geben würde.
Er wolle hinaustrappen auf die Egg, dort sehe man am besten,

was werden wolle. Es finge sich fast an zu fürchten, sagte Züseli. Vor acht Tagen hätte es so grusam Unglück gegeben vom Wasser, und man sage, es gebe gerne zwei Wassergrößen hintereinander, und die zweite sei größer als die erste. Es wollte, er bliebe da, oder es wolle mit ihm kommen.

„Dumm," sagte Barthli, „es muß jemand daheim sein, um Bescheid zu geben; wenn es schon ein wenig Wasser gibt, und daß es gibt, ist noch lange nicht gesagt, das will ich eben gehen zu gukken, so wird dir doch hier oben die Emme nichts tun und die Aare nichts, und wenn es wäre, könnte ich dir doch nichts helfen und die Sündflut wäre nicht mehr weit." „Man kann nie wissen", sagte Züseli kläglich. „Dumm", sagte Barthli und ging langsam der Egg zu.

Wenn es doch dann an einem Sonntag von Hause weg sein müßte, so sei es doch überall der Brauch, daß die Jungen gingen und nicht die Alten, dachte Züseli traurig. Aber es sei ein armes Tröpfli, es wollte bald lieber sterben als so dabei sein, keine Freude, keine Gesellschaft, von Lustbarkeit wolle es nicht einmal reden. Es setzte sich aufs Bänklein und hätte wahrscheinlich geweint, wenn es nicht Gesellschaft bekommen hätte. Seine Hühner kamen daher, nicht des Fressens wegen, sondern als ob sie bei ihm Schutz suchen wollten. Es wird ein Vogel in der Nähe sein, dachte es. Aber die Hühner wollten nicht wieder von ihm weg, wie sie sonst tun, wenn sie den Vogel weitergeflogen glauben. Wie halb krank stunden sie um ihns herum und versetzten keinen Fuß, um Futter zu suchen. Warum doch die Hühner so mudrig seien, dachte es. Wenn sie nur nicht was Böses gefressen, ihm nur nicht daraufgingen, es ginge ihm viel zu übel. Der Vater wolle kein Fleisch kaufen und Brot so wenig als möglich; wenn es nicht zuweilen was von Eiern machen könnte, so hätten sie d's Jahr ein, d's Jahr aus nichts als Kaffee und Erdäpfel, und selb wär denn doch gar zu läntwylig.

Es donnerte dumpf, das Meitschi wußte nicht von welcher Seite her. Es wurde dunkler, es sei fast, als ob es Nacht werden wollte, kein Wunder, daß die Hühner gekommen, sie würden gemeint haben, es sei schon Zeit z'Sädel zu gehen, meinte es. Es fürchte sich schier, wenn nur d'r tusig Gottswille d'r Atti wieder da wär, sagte es zu sich selbst. Es stund vor das Dach hinaus, und über sich sah es den Himmel schwarz wie ein ungeheures schwarzes

Grab. „So habe ich es nie gesehen," sagte es zu seinen Hühnern, „wenn doch nur der Atti käme, was braucht doch der seine G'wundernase auf die Egg hinaufzutragen!"

Still war es auch wie im Grabe, kein Vogel zeigte sich mehr, von ferne hörte man ein Gerolle: es war, als wenn ein gewaltiger Totengräber Erde würfe auf einen eben versenkten Sarg. Schwere Tropfen fielen.

Eine Nachbarin stand zu Züseli und sagte: „Es ist mir so angst, ich bekomme fast den Atem nicht, ich weiß nicht, was es geben will." „Ja," sagte Züseli, „und Atti ist noch nicht heim, wollte auf den Egg nach dem Wetter sehen, und wenn er nur das täte, so dünkt mich, er sollte heimkommen, aber er wird sich mit Klappern versäumen."

„Sieh, dort kömmt er, und es pressiert ihm", sagte die Nachbarin. „Hätte nicht geglaubt, daß Barthli noch so schnelle Beine hätte." Da flammte es vor ihren Augen, als ob Feuer vom Himmel falle, daß beide die Hände vor die Augen schlugen; ein entsetzlicher Donner betäubte die Menschen, die Erde erzitterte; und ehe sie noch zueinander gesagt: Gott, mein Gott! brachen Wasserströme aus den Tiefen des Himmels, der schwarze Sarg war geborsten, und seine Wasser platzten zur Erde. Beide stürzten ihren Häuschen zu, einige Schritte weit, sie erreichten sie zur Not, naß bis auf die Haut, außer Atem. Kaum hatte Züseli ihn wieder, jammerte es: „Mein Gott, mein Gott, der Vater!"

Es war, als ob Gott ihn bringe, er stürzte unter Dach: „Mein Gott, mein Gott, so habe ichs noch nie erlebt", keuchte Barthli. Sie flüchteten sich in die Küche, um den Herd stunden betäubt die Hühner, hinten im Stalle schrie wehlich die Ziege, man hörte zuweilen ihre jammervolle Stimme durch das Rauschen der Wasser, zwischen den betäubenden Donnerschlägen.

„Wenn wir nur die Geiß hier hätten," sagte Barthli, „die hat grusam Angst, und dort ist das Dach nicht am besten."

„Will probieren," sagte Züseli, „sie zu holen." Dreimal setzte das Meitschi an, um aus der Küche zu kommen, dreimal schlugen es die Wasser des Himmels, denn es war kein Regen mehr, es war ein Strom, der aus dem Himmel brach, zurück. Endlich kam es zum Ställchen, konnte die Türe öffnen, da fuhr Feuer durch die Gewässer, blendete ihm die Augen, betäubt lehnte es sich an

die Wand. Als es wieder Besinnung hatte, nach wenigen Se=
kunden, war die Ziege weg, das Kitzlein auch; furchtbar braußten
die Wasser, es donnerte, wie es in des Blitzes Glut gesehen, ein
gewaltiger Bach durch den Graben, wo sonst nur in nassen Zei=
ten ein klein Wässerchen lief, das zur Not ein Rädchen trieb, wie
Kinder in Bächen einzuhängen pflegen.

Züseli floh zur Küche, naß bis auf die Knochen. „Vater, d'Geiß
wird da sein", rief es. „Als ich den Stall auftat, kam der Blitz,
und als ich wieder sah, war keine Geiß mehr da."

„Sie wird in der Angst ums Häuschen sein, man muß ihr
rufen," sagte Barthli und rief ihr mit seiner rauhen Stimme:
„Gybe sä sä, chum sä sä!" Aber Barthlis Stimme war zu dünn,
drang nicht durch den Donner Gottes und das Brausen der Was=
ser, Gybe kam nicht. Er drang in seinem Eifer vor die Türe, da
sah er denn im Scheine der ununterbrochen flammenden Blitze
den donnernden Bach, die Breite des Grabens füllend, höher und
höher steigend, mit Gebüsch und jungen Tannen den breiten trü=
ben Rücken bedeckt. „O, o Züseli, o Züseli, wir müssen sterben",
schrie Barthli und vergaß die Ziege. Sie dachten einen Augen=
blick an Flucht, aber wohin in den wogenden Wassern? Sie dach=
ten an den Jüngsten Tag, und wenn der komme, so komme er
ihnen auf den Bergen oder in den Tälern oder in den schäumenden
Wellen. Sie beteten, was sie konnten, erwarteten zitternd das
Vergehen von Himmel und Erde. Die Wasser braußten, die Hütte
wankte, sie hatten sich ihrem Gott ergeben, achteten sich nicht mehr
der Zeit, sie warteten auf das Öffnen der Tore der Ewigkeit. Da
ward es wieder heller, die Blitze minder feurig, die einzelnen Don=
nerschläge ließen sich unterscheiden, waren weniger betäubend,
wurden majestätischer; die armen Sterblichen atmeten wieder, sie
hofften wieder: über die Gerichteten sei aufgegangen die Sonne
der Gnade.

Da kam plötzlich eine Stimme durch die Küchentüre: „Barthli,
lebst noch?" „U de?" war alles, was Barthli hervorbringen
konnte. „G'schwing, g'schwing komm, sonst nimmts dir d's Hüsli
weg." Ohne weitern Übergang brachte dieser Ruf Barthli ur=
plötzlich aus allen höheren Stimmungen heraus in die Gegen=
wart, er machte sich hinaus. Durch Züseli bebte es wunderbar, es
hatte sich ergeben, alsbald vor Gott zu stehen, jetzt kam plötzlich

Benzens Stimme zur Türe hinein. Es konnte nicht aufstehen, der
Atem fehlte ihm, die Glieder waren wie gelähmt, Ströme fluteten
um sein Herz, die Ströme ums Hüsli vergaß es.

Bedenklich sah es um das letztere aus, schon war eine Ecke
untergraben, und die Wasser mehrten sich noch. Aber Benz tat
klug und kühn das Nötigste, den Strom zu brechen, den Zorn desselben abzuleiten. Barthli schleppte Material herbei, ihr wehlicher
Ruf um Beistand scholl weit hin, brachte Helfende herbei, und das
Häuschen ward zur Not aufrecht erhalten; aber es war die höchste
Zeit gewesen, daß dazugetan wurde, in wenigen Minuten wäre
es verschlungen gewesen.

Nun ward es durch gemeinsame Anstrengungen außer Gefahr
gestellt, die Wasser begannen zu mindern glücklicherweise, ihren
Lauf konnte man wieder meistern, die nachhaltige Kraft der Menschen siegte über die rasch verbrausende Gewalt des Elements. Die
Angst wich aus den Herzen der Menschen, machte aber bei vielen nur dem Jammer Platz, absonderlich bei Barthli. Er gehörte,
wie man gesehen haben wird, unter die Jammersüchtigen, welche
immer Ursache haben zum Wehklagen, nie zum Frohlocken, über
Verlorenes klagen, des Geretteten nicht gedenken, nie dankbar
sind in der Glückseligkeit, aber fort und fort mit der Vorsehung
hadern über jede Widerwärtigkeit. Wie ihm die Nachbarn auch
sein Glück priesen, daß er, sein Kind und das Häuschen gerettet
worden, er hatte keine Ohren dafür, er jammerte nur über seine
verlorenen Geißen. Wie die alte gebe es keine mehr, weder im
Oberland noch im Unterland, kein Ratsherr sei so witzig wie sie
gewesen, die hätte gewußt, wo das Gras melchiger sei, außer dem
Zaun oder inner dem Zaun, und wo sie innerhalb hätte grafen
wollen, habe es ihr kein Zaun gewehrt, und dazu sei sie wenigstens
acht Taler wert gewesen. Wenn das Kitzi geworden wäre wie die
Geiß, so wäre es auch acht Taler wert geworden, zusammen also
sechszehn Taler, woher jetzt die nehmen? Und wenn man sie auch
je wieder zusammenbrächte, wo dann Geißen finden so melchig
und witzig und merkiger als kei Ratsherr? Was nütze so das
Hausen, wenn dann der Herrgott selbst komme und die Sache
verherrge, daß es kei Art und Gattig habe, man sein Lebtag sie
nicht wieder z'wegbringe?

Solche Rede ärgerte die Leute stark, und während sie starke

Antworten beizten, meckerte es hinter Barthli erst grob, dann
fein. Hastig sah er sich um, es waren seine Ziegen, welche ihm die
Antwort brachten, hellauf und wohlbehalten, und Benz wars,
der sie hielt. Da war wieder, größer als die Freude über die Geißen, der Ärger, daß Benz es war, der sie hielt. „Hieltest sie versteckt, hätten sie dir vielleicht auch gefallen?" sagte er giftig. „He,"
sagte Benz kaltblütig, „wie kam ich zu ihnen? Wo es so wetterte,
daß man nicht wußte, bleibt etwas ganz auf dem Erdboden oder
ists Matthäi am letzten, da sagte mir der Meister: ‚Benz, und
unsere Ware im Schürli! Die erbarmet mich, darfst es wagen und
sehen, ob ihnen zu helfen ist?' Meister," sagte ich, „warum nicht,
wenns aus ist, so kömmt es in eins, bin ich hier oder draußen, und
allweg ists den armen Tieren ein Trost, wenn jemand Vernünftiges bei ihnen ist." Als er z'Not hinausgekommen, denn bald
habe ihn der Wind genommen, bald das Wasser, habe er nebem
Schürli meckern hören und da die Geiß gefunden, die sich dahin
unter Dach geflüchtet und schön Wind ab. „Ja," sagte Barthli,
„die ist witziger als mancher Ratsherr, hab ich ja gesagt." Er
habe sie in Stall gelassen, fuhr Benz fort, und weil er sie erkannt,
habe er gleich gedacht, die sei unten dem Wasser entronnen, und
Barthlis könnte ein Unglück begegnet sein, und als er für das
Schürlein gesorgt und gesehen, daß es demselben nichts mehr tue,
sei er daher gekommen, wie, wisse er nicht, das Häuschen sei noch
gestanden, aber not z'wehre hätte es getan; wenn ihm die Geiß
die Beine nicht gleitig gemacht, wer weiß, ob der Alt und das
Meitschi noch am Leben wären.

„He, ja, ja, man hätte eigentlich Ursache, dir zu danken, aber
was soll ich jetzt mit den Geißen anfangen, wo soll ich sie hintun?
Das Ställi hanget ja in der Luft und hat keinen Boden mehr,
und d's Hüsli ist über Ort, was soll ich jetzt mit den Geißen, wo
wir nicht wissen wohin", antwortete Barthli häffig. „Barthli, du
bist doch der Wüstest, hättest Ursache, dem lieben Gott zu danken,
daß du mit dem Leben davongekommen, hast ja auch die Geißen
wieder und tust nichts als brummen und zanken", sagte ein Nachbar.

„Dank du, wenn es dir drum ist", antwortete Barthli. „Jetzt
noch danken für ein solches Wetter, wie nie eins erhört worden ist
seit Noahs Zeiten." Darin hatte Barthli recht, daß in dieser Ge-

gend nie ein solches Gewitter erhört worden war, es mußten Wol=
ken geborsten sein vom Druck gewaltiger Wassermassen, die dann
über den Rücken und an den Seiten einer nicht hohen Hügelkette
hinstürzten, wo sie nicht wie in einem Trichter sich fingen und ge=
preßt zu einem Loch aus mußten, sondern wo von allen Seiten Ab=
fluß war in verschiedene Täler, verschiedenen Flüssen zu, nach Ost
und nach West.

Barthlis Häuschen hing über der halben Höhe des Berges, die
Wasser, welche dort hinunterbrachen, flossen in ganz kleinem
Raume zusammen, und doch brachten sie über hundert Zentner
schwere Steine zu Tale, trugen unter Barthlis Hütte von einem
Hause einen schweren steinernen Brunnentrog weg und begruben
ihn weit unten im Tale tief in den Schlamm, wo er lange nicht
gefunden wurde. Als in der Tat das Ställchen unbewohnbar ge=
funden wurde, sagte der gutmütige Benz, den Barthlis schlechter
Dank nicht gekränkt hatte: „He, weißt was, das Meitschi söll
se melche, de nihme ih se i üses Schürli, uf es paar Hämpfeli
Futter chunts dem Meister nit a, und es ist nit wyt, am Abe und
am Morge cha das Meitschi se cho melche."

Da sah der Barthli den Benz an mit einem unbeschreiblichen
Blick. „Meinst, Bürschli, meinst", sagte er. „Hans," wandte er
sich zu einem Nachbar, „du nimmst mir sie zu deinen, will sehen,
daß ich fürs Fressen sorge."

Die Nachbarn hatten Spaß und Ärger ob Barthli. Natürlich
war Benzens Abferggete bekannt, und wie Barthli gesagt, er
wüßte nicht, für was er einen Tochtermann nötig hätte. Natür=
lich hielten es alle mit Benz. Die Antwort ward zum Sprich=
wort, und wenn man Barthli einen Streich spielen konnte, so
sparte es sicherlich niemand. Er war eben eine, bei der immer grö=
ßeren Abgeschliffenheit der Menschen, der immer größer werden=
den Menge ohne Gepräge, immer seltener werdende Persönlich=
keit, vor der man eine Art Respekt hat und doch, sooft man sie
sieht, lachen muß und Lust verspürt, sie zu helfen oder zum besten
zu halten.

„Nein, Barthli, nein," sagte Hans, „Platz für deine Geißen
habe ich nicht, und wenn ich hätte, so schickten sie sich nicht zusam=
men, meine Geißen sind gar zu dumm und deine ja witzig wie ein
Ratsherr. Die wird gewußt haben, warum sie da hinauf zu Ben=

zens Schürli lief. Sei nicht dümmer jetzt als die Geiß und laß
sie gehen mit Benz. Und daneben glaube ich, wir haben das Wetter deinetwegen leiden müssen. Unser Herrgott wird dir haben zeigen wollen, für was man einen Tochtermann brauchen kann."
„Oppis dumms e so," brummte Barthli, „üse Herrgott wird sih
sellige Sache achte! Für e Geiß z'fah, braucht man kein Tochtermann zu sein, das kann jeder Maulaff, und für ein solch Wetter
wird man, so Gott will, keine Hilf mehr brauchen, es ist genug,
wenn man eins erlebt, wie dumm wärs, deretwegen e Tochtermann anzustellen, für e Sach, die nimme chunt, was soll ne mit
em ne sölige Mulaff afah? Wenn Hans d'r Kolder macht, so
nimmst du mir sie, Niggi, nicht wahr?" sagte Barthli zu einem
andern Nachbar. „Nein, Barthli, nein, brauch Verstand,
denke, was Gott zusammengefügt hat, soll der Mensch nit
scheide. Junge, fahr mit dene Geiße dr Berg uf, su hört das
G'stürm uf."

Benz begriff das, rief Züseli, das begreiflich nicht weit davon
stund, zu: „Um sechsi, hörst, ist g'futtert und wird g'mulche, chast
mache, daß d'ufmagst und d'obe bist, nachher b'schließe ih wieder
und chöntisch nit yche, u jez milch g'schwing, was noch da isch, su
chan ih fahre, muß gah zur War luege."

Züseli tat das geschwind und schweigend ab, und Benz sagte
auch nicht viel, wahrscheinlich befaßten sie sich mehr mit der Zukunft als mit der Vergangenheit. Und als gemolken war, folgte
stolz mit hoch emporgehobenem Haupte, wie wirklich ein Ratsherr es nicht besser gekonnt hätte, die Ziege ohne Widerstand Benz
nach, als ob sie wüßte, was sie verrichtet hätte. Lustig tanzte das
Kitzlein um sie herum, akkurat wie ein achtzehnjährig Meitschi,
wenn es vernimmt, es gäbe nächstens eine Hochzeit, wo es Brautjungfer sein müsse und dann tanzen könne nach Herzenslust und
dann vielleicht, man kann nicht wissen, einen Mann auflesen, und
dann wiederum eine Hochzeit und dazu eine noch lustigere, denn
Braut sein ist doch lustiger als Brautjungfer sein, oder ist Bratis essen nicht besser als Bratis riechen — wir fragen!

Morgen wirst dich kaum verschlafen, Meitschi!" lachte Niggi.
„Danebe vergiß nicht, was dein Alter mit Schein noch nicht weiß,
daß, was Gott tut, wohlgetan ist. Als es anfing zu donnern und
als die Wasserbäche kamen, da dachtest du nicht daran, was die

Sache für einen Austrag nehmen würde." Züseli vergaß es aber
auch nicht, und selbe Nacht schlief es nicht, verschlief sich am Mor=
gen nicht. Die ganze Nacht stund der gestrige Nachmittag vor
seinen Augen, als wie ein großes bewegliches Gemälde. Es dachte
nicht, es schaute nur, fühlte die Angst rieseln durch Mark und
Bein; es war ihm das Herz eingeklemmt, daß es oft kaum Atem
hatte, und doch war ihm wohl dabei, es war ihm, als ob hinter dem
Graus die Sonne stehe und bald schöner als nie scheinen werde und
die Greuel verklären und alles vergehen bis an Benz und Geiß
und Kitzlein und sonst noch allerlei. So lag es da und sah, was
vor ihm stund, bis es ung'sinnet graute draußen. Dann machte
es sich auf, leise, um den Alten nicht zu wecken, der gar tapfer
schnarchte.

Der hatte auch lange nicht schlafen können, aber daran nicht
so wohl gelebt, wie sein Meitschi, im Gegenteil sehr schlecht. Er
war zornig über den lieben Gott und über seine Nachbarn, rech=
nete seinen Schaden nach und ärgerte sich über die Schadenfreude.
Er hätte nicht geglaubt, daß die Menschen so schlecht sein könnten,
ihm ein solch Unglück noch zu gönnen, das G'spött mit ihm zu trei=
ben und mit einem solchen Schnürfli gegen ihn zusammen zu spie=
len. Aber wohl, denen wolle er vor der Freude sein, die müßten ihn
nicht auslachen. Morgen wolle er gehen und die Geiß melken, das
werde kein Hexenwerk sein, und g'setzt, er brächte die Milch nicht
alle heraus und die Geiß würde wüst tun, so werde das nicht alles
zwingen, und sie hätten doch dann nichts zum Lachen. Er sei ge=
straft genug mit dem Hüsli, das er müsse plätzen lassen, das
Meitschi müsse ihm nicht noch heiraten obendrein, er wolle nicht
zwei Unglück aufeinander, wo eins größer sei als das andere. Er
wälzte Vorsätze in seinem Gemüte, groß, wild, trüb, fast wie die
Wasserwogen am gestrigen Abend. Und mittendrein schlich der
Schlaf, gaukelte ihm immer Wilderes vor, band ihm leise die
Glieder, drückte ihm die Augen zu, entriß ihm das Bewußtsein,
blies ihm die Einbildungskraft noch einmal tapfer an und ließ
dann das miteinander machen; weiß Gott, wo Barthli war, in
welchem Weltteil oder gar im Himmel oder der Hölle, als sein
Meitschi ihm davonlief, und zwar noch lange, ehe es sechs Uhr
war.

Diesmal war der Himmel nicht trüb, wie er sonst oft ist nach

solch gewaltigen Ergüssen, in klarer Bahn ging die Sonne, und
frisch und schön war es auf Erden, wo die Wasser gestern nicht
gehauset; wo sie gewütet, war es fürchterlich. Züseli hatte Mühe,
zum Wasser zu kommen, wo es gewöhnlich mit Hilfe eines alten
zwilchenen Lumpens Toilette machte und dabei eine schönere Haut
hervorbrachte, strahlender vom Bache kam, als je eine Hochge-
borne von ihrer Toilette und deren tausendfältigem Kram von
Seifen, Pomaden, Essenzen, Bürsten, Kämmen, Zangen und
Scheren und anderlei unnennbaren Dingen. Diesmal, vielleicht
zum erstenmal, war es Züseli dran gelegen, anzuwenden und sich so
schön zu machen als möglich mit Hilfe von Wasser und dem zwilchenen Lumpen, der einer dahingegangenen Kutte des alten Barthli
entstammte. Der gewöhnliche Weg zum Bach war fortgerissen,
es rutschte hinunter, kam nicht bloß zum Wasser, sondern ins
Wasser und weit mehr, als nötig und ihm lieb war. Überdem war
das Wasser trüb und häßlich und mörderlich kalt. Desto mehr
wandte Züseli an, desto kräftiger drehte es seinen Lumpen aus,
fing wieder von vornen an, und als es mit Vorsicht am zerrissenen Uferrand emporstieg, erschien es oben lieblich und glänzte fast
wie der Morgenstern oder wie die Morgenröte, wenn sie das
Haupt der großen Jungfrau im Berner Oberlande verklärt. Davon aber wußte Züseli denn doch nichts, hatte nicht einmal einen
Spiegel, um sich über den Erfolg seiner Anstrengungen zu ver-
gewissern, dachte auch nicht daran, sondern nahm das Milchgeschirr
und eilte damit den Berg auf. Es möchte sich verspäten, das war
seine Sorge. Gar zu ungerne hätte es gehabt, wenn Benz geglaubt,
es seie e fule Hung. So ein Meitschi wie Züseli setzt seinen Stolz
in Arbeitsamkeit und Arbeitsgeschick, es hat keinen Begriff davon, daß man mit Klavierspielen und Affektieren zu einem Mann
kommen könne. Es sucht dahin zu kommen, daß die Leute sagen:
Der ist g'fellig, wo das bekömmt, von wegen es ist ein b'sunderbar
werchbar Mensch, versteht alles wohl und dreht sich des Tags
nicht bloß einmal.

Doch lief das Meitschi nicht in gleichem Schritte bis oben. Der
müsse doch nicht meinen, daß es ihm so pressiere, daß es nicht warten möge, bis es bei ihm sei, er könnte sonst meinen, wie viel ihm
an ihm gelegen sei.

Benz war schon fertig mit Melken, als Züseli daherkam. „Hast

Zeit," sagte er, „hätt nit lang meh g'wartet, bei uns steht man des Morgens auf und nicht erst mittags."

Züseli wollte diesen Vorwurf nicht leiden, begehrte auf, da meckerte es im Stall zweistimmig, die Tiere hatten seine Stimme erkannt, und als sie es sahen, taten sie zärtlich, daß Benz das Wasser im Munde zusammenlief. Die Alte stund an Züseli auf und leckte ihm das Gesicht, das Kleine stieß ihns mit dem Kopf und tanzte ihm um die Füße.

„Seh, gib das Melchterli," sagte er, „so kömmst nicht aus Melken." Aber so meinte es die Alte nicht, sie wollte ihm nicht stillehalten, ihn gar nicht dulden, eines so groben Kerlis war sie nicht gewohnt, Züseli mußte sein alt Amt verrichten. Wie hätte die alte Geiß erst getan, wenn der alte Barthli an ihr hätte rupfen wollen!

Unterdessen gewann Benz des Kitzleins Freundschaft mit einigen Handvoll schönen Grases, so daß, als Züseli fertig war und dem Kitzlein auch flattieren wollte, dasselbe in große Verlegenheit kam, von wem es sich eigentlich rechtmäßig sollte flattieren lassen, und schön war es anzusehen, wie Benz und Züseli an dem verlegenen Kitzlein wetteiferten im Flattieren, jedes dem andern zeigen wollte, daß es doch am schönsten und wirksamsten flattieren könnte. Da hätte man gar nicht glauben sollen, daß eins oder das andere von ihnen pressiert sei.

Am Ende mußte es doch geschieden sein, was seine Not hatte, und zwar eigentlich wegen den Geißen, die mit Gewalt Züseli nach wollten und mit Mühe in die Trennung sich fügten.

Das freute Züseli sehr. „Siehst du," sagte es, „sie haben mich doch noch lieber als dich. Ich habe es mit allen Tieren so, mit den Hühnern und den Katzen auch. Die Tiere wissens, wer wohlmeinig ist oder nicht, und können die Liebe erzeigen wie Menschen und d's Gunträri auch. Aber mein Gott, was wird der Vater sagen, daß ich so lang mache, adie", und fort wars. Benz sah ihm nach und schüttelte den Kopf. „Ist das trümpft oder sonst g'stochen", sagte er. „Meint es dann, die Tiere hasseten mich, weil die alte dumme Geiß mich nicht wollte melken lassen? Wohl, das will ich anders b'richten, und zwar schon diesen Abend."

Als Züseli heimkam, war Barthli eben am Erwachen, grunzte bedenklich und hob mühsam sein struppicht Haupt aus dem Bett empor. Als er das Meitschi angezogen sah, sagte er: „Mach b's Morge, drwyle will ich gehn und melche, bis b'fertig bist, bin ich wieder da."

„Vater, es ist g'mulche, ich bin wieder da, und wenn Ihr auf seid, ist b's Morge fertig." Was da der Alte für ein Gesicht machte, und wie er mit dem Meitschi brüllte, was es so hätte zu pressieren gebraucht, seit wann man nach Mitternacht melke, und was die Leute sagen würden, was es für ein wüstes, mannsüchtiges Meitschi sei, man kann es sich kaum vorstellen. Züseli verteidigte sich mit der Abrede und mit der Zeit, und wie kein Mensch was Böses denken werde, sie wären ja dabei gewesen, wo man die Sache abgeredet usw. Aber das half alles nichts, denn der Alte war eine von den glücklichen Naturen, die auf keine Einrede achten, immer= fort reden in einem Zuge, und antworte man oder antworte man nicht, es kommt auf eins, sie tun, als hätten sie keine Ohren; selbst der Stand der Sonne, und wäre auch der Mond neben ihr gestanden, überzeugten ihn nicht, daß er sich verschlafen habe. Es geschah ihm sonst nicht, daher hielt er es für eine Unmöglichkeit, es schien ihm viel natürlicher, daß ob dem gestrigen Wetter die Sonne sturm geworden, daher den rechten Weg verfehlt, daher sich verspätet hätte. „Es ist gut für einmal," sagte er endlich, „zum zweitenmal wirst du nicht melken da oben."

Nach schöner Landessitte erscheinen bei großen Unglücksfällen, Feuersbrünsten, Überschwemmungen usw. nähere und fernere Nachbarn mit passendem Werkzeuge, schaffen den Schutt weg, machen, was not scheint, nicht bloß unentgeltlich, sondern viele brin= gen noch Lebensmittel mit und nicht bloß für sich, sondern auch für die Geschädigten. So geschah es auch am Montag nach dem ver= hängnisvollen Sonntag im rueßigen Graben.

Die ersten erschienen schon, während Barthli noch haderte mit seinem Meitschi; dadurch neugierig gemacht, vernahmen sie leicht von den nächsten Nachbarn des Haders Grund und Ursache. Es gab Stoff zum Lachen, und der arme Barthli war verkauft und verraten, keiner hielt es mit ihm, alle waren gegen ihn. Als man sich gehörig umgesehen, wurde Rat gehalten, wo anzufangen, was anzugreifen sei. Barthli redete stark von seinem Häuschen, das vor allem herzustellen sei.

„Selb meine er auch", sagte eine Stimme hinter ihm, und als

Barthli hastig sich umdrehte, stand Benz hinter ihm, hoch die Schaufel auf der Achsel, als Abgeordneter seines Meisters.

„Bist auch schon da, was hast du dein Maul dreinzuhängen, was geht das dich an", schnauzte Barthli ihn ab. „Hättest daheim bleiben können, wirst doch nit viel verrichte."

„E, e, Barthli," rief ihm ein Nachbar zu, „vergiß nicht, was er gestern verrichtet hat, und allweg gehts den Tochtermann was an, wie es des Schwähers Häuschen geht." „Er ist es einmal noch nicht", brummte Barthli und drehte Benz den Rücken zu, als ob er ihn sein Lebtag nicht mehr ansehen wolle.

Vor allem aus räumte man die Gräben und Straßen, verschaffte dem Wasser freien Lauf, kurz, schaffte da, wo ein wachsender Schade war. Ob der fleißigen Arbeit läutete es Mittag, bald hier, bald da von einem Kirchlein her, man merkte, daß man hungrig war, denn so ein Mittagsläuten ist für die Landleute das Gläschen, welches die Städter zu sich nehmen, um sich Appetit zu machen. Man stieß die Werkhölzer in die Erde, suchte sein Säcklein mit dem Vorrat, suchte ein schattig Plätzchen, eine Küche, das eine oder das andere sich wärmen zu lassen, z. B. Milch, wer sie nicht kalt vertragen konnte. Am meisten sammelte man sich um Barthlis Häuschen, welches Schattseite lag und große Bäume in der Nähe hatte. Züseli hatte vollauf zu tun mit Wärmen und Leihen von allerlei Geschirr und sollte dazu Bescheid geben auf gar allerlei Reden, grobe und feine, und daß Benz nicht weit von der Küchentüre war, versteht sich von selbst. So gabs viel Lachens, und Züseli wußte wirklich nicht, wo ihm der Kopf stund, es summte und surrete ihm in den Ohren, als ob es den mächtigsten Schwindel hätte. In Angst suchte es allen, die was wollten, zu entsprechen, hatte daher nicht Zeit, Rede zu stehen, höchstens hie und da zu einer kurzen Antwort, hörte das meiste nicht, was geredet wurde, und das gefiel den Leuten. Es sei ein recht Meitschi, sagten sie, öppe nit es nverschamts und aläffig, behilflich und gutmeinig, es gefiel ihnen am ganzen Leib besser, als der alte Korber am kleinen Finger, und es wäre schade, wenn das nicht bald heiratete.

„Nimms," hieß es dann zu Benz, „nimms, sust nimmts e andere. Oppe der hübschist Schwäher bekommst nit, aber was frägt man des Schwähers Hübschi nah, sie ist mängist noh drzu e

uchumligi Sach, b'sunderbar, wenn er Wittlig ist u sust e Vogel.
D's Meitschi ist allweg e Ma wert öppe wie du, d'Geiße nit
gerechnet, dem Hüsli ist sih öppe nit viel z'achte." Dem Korber
ward gesagt: „Seh, Alte, du heißest uns dann z'Hochzeit cho, es
wird doch e Niedersinget gäh? U schieße wei mr, wenn d's Pulver
zahlst, daß me im Aärgäu glaubt, d'Franzose chöme." Grob ant=
wortete der Alte, und je gröber ers gab, desto lustiger gings.

Zum Glück ging es nachmittags wie üblich, wo Gottes Hand
mächtig gewaltet über den Menschenkindern, eine große Menge
von Leuten kam daher, die Verheerungen zu betrachten. Aus Neu=
gierde kamen sie, und die meisten gingen mit Erbauung, denn auf
solchen Stätten sieht der Mensch am klarsten seine Ohnmacht
und des Herrn Gewalt, solche Stätten predigen am gewaltigsten:
Ich bin der Herr und sonst keiner mehr, der ich dem Licht rufe
und schaffe die Finsternis, ich, der Herr, tue dieses alles. Dann
kommt Erbarmen in viele Herzen, und mancher schöne Batzen
fließt in die Hand der Geschlagenen, und manche Gabe wird her=
gesandt in den folgenden Tagen.

Als es Barthli war, als sei er in einem Wespen= oder gar Hor=
nissennest, sah er einen alten Bauer unweit von sich stehen, der
auch gekommen war, das Unglück zu sehen, und eben Barthlis
Häuschen betrachtete. Er war sein Schulkamerad gewesen und,
was noch mehr sagen will, mit ihm erst zum Herrn gegangen und
dann zu des Herrn Tisch, in die Unterweisung, dann zum Nacht=
mahl. Das alte trauliche Verhältnis war geblieben, der reiche
Hans Uli war Barthlis treuster Gönner. Zu dem flüchtete sich
Barthli.

„Kömmst auch mein Unglück zu sehen?" sagte er. „Warum
mußte ich das erleben und noch dazu mit dem Leben davonkom=
men, was soll ich mehr auf der Welt? Was habe ich, als böse
Leute und böse Tage!" „Nit, nit, Barthli, versündige dich nicht,"
sagte der Bauer, „hast Ursache, dem lieben Gott zu danken, daß
es dir noch so leicht abgegangen. Aber du bist immer der gleiche,
siehst immer nur, was zu klagen ist, und nie, wofür zu danken
wäre, bist übrigens nicht der einzige, haben es noch viele wie du,
aber das ist eben läts."

„Aber was habe ich dann da zu danken?" frug Barthli, „d's
Hüsli halber fort und d's Herz voll Verdruß und e Zorn, daß

ih ne nit verwerche mah und wenn ih hundert Jahr alt würd. Ih möcht doch de da frage, was da b'sunderbars z'danke sy sött?"

„Du bist ein wüster Barthli, weißt es nur", sagte der Alte. „Wie leicht hättest können um das Meitschi kommen, die Geißen kriegtest auch wieder, das ist d'Hauptsach, ums Hüsli und die paar Bohnenstauden ist nicht viel g'sochte, und du weißt nit, warum danke?" „Wüßt nit, warum ich zu danken hätte, wenn man mir meine Sache ruhig läßt und mir nicht nimmt, was mein ist. Da hätte ich ja nichts zu tun, als zu danken und jedem Hund zu scharwenzeln, der mich nicht frißt. Aber z'klage habe ich, wenn mir einer, sei's, wer es wolle, nimmt, was mein ist, und dazu muß ich mich lassen ausspotten, daß es mich vor Zorn fast versprengt. Daß es keine Frömmigkeit mehr gibt auf der Welt, sagte ich schon lange, aber daß es so schlechte Leute geben könnte, hätte ich doch nicht gedacht."

„Was ist dir geschehen, ward dir etwa noch gestohlen?" frug der Bauer. „Aparti g'stohle nit," antwortete Barthli, „aber mehr als g'stohle. Da ist so ein wüster Schnürfli, der will für 's Tüfels G'walt Tochtermann werde, und d's Meitschi, die Täsche, hets wie die andere, es hätt nichts dagegen, ich glaub gar, es wär ihm noch anständig. Und wie das unter die Leute kam, weiß ich nicht, aber da hält mir ein jeder Lausbub den Tochtermann vor, rühmt ihn an spottweise, preisen ihn dem Meitschi an und hetzen den Lümmel ans Meitschi, und der stolpert ihm nach, und dem muß ich zusehen und wie das Meitschi keinen Verstand hat und keine Scham, es wär sonst über alle Berge, und die ersten Tage täte es niemand hier sehen. Und statt dessen bleibt es da, ja denk, Hans Uli, gibt ihm sogar Bescheid und wartet ihm." „Es wird doch nicht der sein, wo die Leute sagen, er habe euch das Leben gerettet und die Geißen hätten ihn so gleichsam herbeigerufen?" fragte der Alte.

„Wohl, grade der ists. Meinethalb hätte er gar nicht zu kommen brauchen. Und sei es ihn oder sei es ihn nicht, so brauche ich keinen Tochtermann, zwei Unglück aufeinander will ich nicht, es ist genug, wenn ich Kosten haben muß für das Hüsli z'plätzen und nicht weiß, wo das Geld hernehmen, ich will noch nicht auf alles hin auch einen Tochtermann, für daß er uns die Speise, wo wir längs Stück d's Halbe mehr nähmen, vor dem Maul weg=

freſſe. Ich ſagte es ihm, ich brauche keinen Tochtermann, wir könn=
ten alles ſelber eſſen, und er tut nichts darum, will es zwängen, dä
Uflat. Aber wegen Retten mag ich nichts hören, es war nicht
halb ſo gefährlich. Es hat nicht ſein ſollen, darum kamen wir da=
von; wenn es hätte ſein ſollen, ſo würde der Kerli wenig dran ha=
ben machen können, hätte lange können brüllen. Jetzt hintendrein
iſts kommod, ſich zu rühmen, was man alles getan."

„Hör, Barthli, du biſt ein wüſter Mann und tuſt ungattlich,
es kommt dir ſo nicht gut, zähl darauf. Den Burſchen kenne ich
wohl, er iſt ein guter z'werche und danebe e freine Schlufi und
huslich, grad einen beſſern findeſt nicht, und wenn du mußt bauen
laſſen, ſo wirſt es erfahren, wozu du einen Tochtermann brauchen
kannſt", ſagte Hans Uli.

Nun begehrte Barthli erſt recht auf, was er ſinne mit dem
Bauen, z'wegmache z'Not, daß d'Geiß nicht erfriere, das werde
ſein müſſen, aber von mehr ſei keine Rede. „Ein Kreuzer, den du
verpläßeſt, iſt g'ſchändet", ſagte Hans Uli. „Geh den Bauern
nach um Holz. Wenn du ſchon ein wunderlicher Barthli biſt, daß
es kei Gattig hat, ſo haſt doch gut Lüt, kriegſt Holz mehr als
genug, und wenn du das haſt, koſtet dich der Reſt nicht mehr viel,
hundert oder zweihundert Taler iſt aller Handel, mehr als genug."

„Ja, ja, hundert oder zweihundert Taler iſt bald geſagt, wenn
man es hat, aber wenn man es nicht hat, wo nehmen und nicht
ſtehlen, und Schulden machen will ich nicht, wer ſollte ſie zahlen
und, wenn ich ſchon wollte, wer vertraute mir einen Batzen an?"

„G'ſtürm", ſagte Hans Uli. „Aber hör, Barthli, weil wir ein=
mal bei dieſem Kapitel ſind, muß ich dich doch etwas fragen, was
mich ſchon lange wundernahm. Es gibt Leute, welche guten Ver=
dienſt haben und wenig zu brauchen ſcheinen, von denen man glau=
ben ſollte, ſie äufneten ſich, und wenn es lange währe, müßten ſie
notwendig reich werden. Und doch ſieht man nichts davon, ſie ſind
immer nötig oder tun nötlich, kommen nicht vorwärts, gehen oft
unerwartet zugrunde. Wenn man dann unterſuchte, fand man
immer ein heimlich Loch, wo der Sack rann, daß es niemand merkte.
Da begriff man dann bald, wo es hielt, daß es dem ſo ging, daß
er eine Eiterbeule am Leibe hatte, welche alle guten Säfte einſog
und verzehrte. Gerade ſo einer biſt, Barthli, auch du. Verdient
haſt ſeit vielen Jahren ſchwer Geld."

Potz, wie polterte Barthli da über den Verdienst und die Miß=
gunst der Bauern, wenn ein arm Mannli nicht Hungers verreble;
und lange kam Hans Uli nicht zum Fortfahren.

„Verdient hast viel allweg und dem Schein nach wenig ge=
braucht. Im Wirtshaus sah man dich wunderselten, mit der Hof=
fart übertatest du es auch nicht, deine Leute hatten es eben nicht am
besten, hattest sie nicht im Salb, hättest sie lieber ins Paradies ge=
schickt, wo man es mit Feigenblättern wohlfeil machen konnte.
Jetzt, Barthli, mußt du Geld haben oder hast ein geheim Loch im
Sack, wo es rinnt. Wo hast das, hast etwa irgendwo jemanden,
dem du es anhängst? Aber es dünkt mich, in der langen Zeit wäre
es dir an den Tag gekommen, und ich vernahm doch nie etwas der
Art von dir. Glaub, es wäre dir lieber, unser Herrgott hätte nur
einer Gattig Leute erschaffen statt zweier Gattig.“

Nun begehrte Barthli wieder schrecklich auf über solche Ver=
leumdungen und Zumutungen und wie reiche Bauern nie glauben
könnten, daß arme Leute so ehrlich sein könnten als die reichen
Schindhunde, und er werde ihn doch nicht, mit einem Fuß im
Grabe, zu einem schlechten Manne machen wollen. Er solle es
probieren, wenn er könne, aber er wolle sich wehren, wie mans
nicht denken sollte.

Aber in unerschütterlicher Ruhe stand der Alte vor dem belfern=
den Barthli und entgegnete endlich: „Und sag mir, was du willst,
so ists, wie ich sage. Ich habe zu lange gelebt, als daß ich mich so
leicht anders berichten lasse. Entweder, Barthli, hast ein geheimes
Loch oder lange mehr Geld, als für ein neu Hüsli nötig ist, und
anders berichtest du mich nicht.“

„Los neuis“, knurrte Barthli, winkte seinem alten Kameraden
und ging mit ihm weit hin auf einen freien Platz, wo weder Baum,
noch Strauch, noch Graben war, daß jemand unbemerkt hätte
lauschen können.

Da stund er still und sagte: „Hans Uli, du bist ein schlauer
Mann, hätte es nicht geglaubt. Ja, was recht hast du, aber schlecht
sollst du mich nicht machen. Du weißt, wie das Weibervolk ist, wo
es an einem Orte einen Batzen schmöckt, möchte es zwei brauchen.
Nit, meine Frau selig war nicht die schlechtest und d's Meitschi
könnte auch noch schlechter sein, es laufen gottlob viele herum, die
dreimal schlechter sind als es, aber wenn sie nit gnug hätte müsse

glaube, wir pfiffen auf dem letzten Löchlein, es weiß ke Hung, wi si ta hätte. Darum tat ich immer nötlich, und wenn ich einen Kreuzer Geld hatte, so ließ ich sie es nie merken, sondern tat just am nötlichsten."

„Aber wo kamst mit dem Gelde hin?" frug Hans Uli.

„Ich will es dir wohl sagen," antwortete Barthli, „aber du mußt mir bei deiner Seele Seligkeit versprechen, es keinem Menschen zu sagen, und hältst du es nicht, soll deine Seele keine Ruhe haben im Grabe, sondern umgehen müssen eine Ewigkeit nach der andern. Einmal, als ich von einer Stör heimkam, wo ich, wie meine Alte wußte, ein Büscheli Geld bekommen, plagte sie mich wieder bis aufs Blut um warme Strümpfe für sich und wegen Lederschuhen fürs Meitschi, es wäre mir nichts übriggeblieben, wenn ich alles hätte nachsagen wollen, was sie mir vorgesagt, und hätte ich nicht nachgesagt, so hätte sie es sonst genommen, sie ließ sich nichts einschließen, und behielt ich etwas im Sack, so erlas sie mir nachts die Hosen. Ich will ihr nichts Böses nachreden, denn daneben war sie huslich; aber das war dir eine, wo man wußte, daß man eine Frau hatte. Das müsse ändern, dachte ich, und als sie einmal beide einen ganzen Tag fort waren, machte ich unter dem Bett ein großes Loch, stellte einen Kübel hinein und machte die Laden schön wieder zu, daß man es nicht merkte, wenn man es nicht wußte. Dort war es am sichersten, denn wir zogen das Bett nie hervor, und unter dasselbe kam man z'Not mit dem Besen. D'Frau selig merkte es auch nicht, aber manchmal g'schirrete sie mit mir aus, daß ich heimlich Geld verbrauche, und wollte wissen womit. Aber ich hatte ein gut Gewissen und hielt ihr die Stange. Da ist nun ein schöner Schübel Geld und allweg mehr als genug zum Bauen; aber es reut mich, es ist eine harte Sache, und dann noch einen Tochtermann obendrauf, es ist mir nicht zu helfen, denk doch auch, Hans Uli, und noch dazu ume so ne Benz!"

„Aber Barthli, wie dumm, aber Barthli, was trägt dir das Geld unter dem Bett ab, hättest es ausgeliehen, hätte es dir Zins getragen", sagte der Bauer. „Oppis dumms e so," sagte Barthli, „meinst, wenn man gewußt, daß ich Geld hätte, ich hätte es können beieinander behalten? Erst dann hätten sie recht an die Sache tun wollen, und d'Bube wäre dem Meitschi erst recht nachgestrichen, hätte mir d's Hüsli voll g'schnürfelt und d's Meitschi hochmütig

g'macht, hätts nit könne erwehre und hätt nüt als Kummer ge=
habt, ich müßte es verliere, bekomme es nicht wieder. Dä Weg
hatte ich es doch, konnte, wenn niemand in der Nähe war, es
g'schauen und hatte große Freude, wenn ich dachte, was die
Manne, wenn sie nach meinem Tode kämen, das Hüsli zu erlesen,
sagen würden, wenn sie so viel Geld beim alte Korber finden wür=
den."

„Wie hätten sie aber Geld finden wollen, wem wäre in Sinn
gekommen, unter deinem Nest Geld zu suchen?" frug der Alte
lachend. „Oh," antwortete Barthli, „dafür habe ich gesorget, so
dumm bin ich denn doch nicht. Sieh da in meinem alten Kalender,
den ich immer bei mir trage, steht geschrieben, gerade vorn drin, es
hats mir ein Schulkind müssen dreinmachen: Manne, suchit, so
werdet ihr finden!"

„Und wenn sie es nicht gefunden hätten?" frug Hans Uli.

„O sövli dumm Manne wird man doch, so Gott will, nie an
Gemeindrat wählen, die, wenn es ausdrücklich heißt: suchit, so
werdet ihr finden, nicht suchten, bis sie es hätten." „Aber, und
wenn das Wasser heute noch ein wenig mächtiger gekommen und
dir das ganze Hüsli samt dem Kübel weggenommen hätte, und
dann?" „He nu," sagte Barthli, „wenn üse Herrgott d's Wüsteßt
alles an mir machen will, su mach er, wenn dann die Leute über
nüt chöme und alli nüt meh hei, so ist er selber schuld und kanns
meinethalben haben und denken: selber ta, selber ha. Danebe wird
es ihn selbst gedünkt haben, er habe mich genug geplaget, es sei
Zeit lugg zu lassen." „O Barthli, Barthli, was bist du für e
Christ! Du wirst nie wie ein anderer Mensch, und wenn du alt
würdest wie Methusalem. Aber jetzt komm, wir wollen das Hüsli
g'schaue und abrate, was zu machen und wo allfällig ein neues
abzustellen sei."

Das geschah. Es ließen sich noch andere Bauern herbei, Gön=
ner, denen Barthli die Weiden fleißig stumpete, untersuchten die
Sachlage; allgemein war die Ansicht, am Hüsli sei nichts zu plätzen,
um einen jeden Nagel sei's schade, den man einschlage, zu bewohnen
sei es kaum mehr, höchstens bei ganz trocknem Wetter, regne es zwei
Tage hintereinander, so rutsche wahrscheinlich die ganze Pastete in
den Bach hinunter. Ein neu Hüsli, wie Barthli es mangle, sei
bald auf dem Platz, wenn man einander helfe, und zur Not be=

wohnbar zu machen, im Frühjahr könne man dann vollständig aus=
bauen. Die kundigen Bauern machten Voranschläge über das
nötige Holz von allen Sorten, und sicher richtigere als manche
Zimmerleute, die nicht selten ihren Bauherren dreimal falsch rech=
nen, sie dreimal in der Welt herumsenden nach fehlendem Holz und
vielleicht zum vierten Male, weil sie einen Teil des Holzes zu dünn
behauen, den andern zu kurz versägt. Oh, es gibt große Künstler
unter den Zimmermannen!

Barthli war ganz wie verstaunet, wie die Bauern die Sache
ihm so rasch und klug z'weglegten und ob ihrem Gutmeinen, wo
er nicht gedacht, daß ein solches zu finden sei in Israel. Aber, wie
gesagt, er war eine Persönlichkeit, man konnte sich auf ihn verlas=
sen und über ihn lachen, und beides ist dem Bauer gleich anständig.

Plötzlich fuhr er auf, fing mörderlich an zu fluchen und wollte
davon. „Was hast, hat dich ein Wespi gestochen“, frug ein Bauer
und hielt ihn mit starker Hand. „Laß mich gehen,“ rief Barthli
sich sträubend, „dort läuft das Donners Täschli schon wieder, wart,
dem will ich die Haut salben, aber nit mit Öl!“ Man sah hin, wo
Barthli hinzeigte, und erblickte ein Meitschi, welches mit Milch=
geschirr in der Hand den Berg aufging. Barthli hatte nicht ge=
merkt, wie es bald Abend werde, und das Melken vergessen. Züseli
mußte ja exakt sein, sonst hätte Benz glauben können, es sei nichts
nutz, und wollte den Vater nicht stören in seiner wichtigen Unter=
haltung und war, als die Zeit um war, gegangen, begreiflich eher
zu früh als zu spät.

„He,“ sagte einer, „das ist ja dein Meitschi, es wird die Geißen
melken wollen.“

„Das soll es eben nicht, wollte sie selbst melken, es soll mir nicht
mehr da zu dem Hagel auf den Berg. Wollt, der Teufel hätte die
Geißen geholt und den Hagel dazu. Laß mich gehen, die müssen
nicht Freude haben, mich zum Narren zu halten; denen will ich,
ja wolle!“

Es merkten jetzt alle den Handel, lachten herzlich, ließen aber
den Barthli nicht laufen. „Bleib du nur, zwängst doch nichts, er=
täubst sie nur, was willst wehren, wirst den Naturlauf nicht än=
dern, und gönnst dem Meitschi den nicht, nimmts einen andern,
der zehnmal ärger ist. Es ist schon manchem Alten so gegangen;
er wollte dem Meitschi den Rechten nicht lassen, nachher kam ein

anderer, und der Alte hätte sich die Finger vor abbeißen mögen aus
Verdruß, daß er es das erstemal gewehrt. Denk, wenn du Werk=
leute bekömmst, was die für Rustig mitbringen, wo der Teufel
nicht sicher ist, verschweige ein Meitschi. Wie viel wöhler bist
dann, wenn das Meitschi am Schatten ist, als wenn du es hüten
solltest Tag und Nacht. Daneben kömmt dir der Tochtermann
kommod in allen Teilen, hilft dir zur Sache sehen, und während
du jetzt bald mit den Weiden machen mußt, ist er daheim und sieht,
daß gearbeitet wird und nichts verpfuscht." Kurz, man sprach ihm
von allen Seiten zu, aber stellte sein Brummen nicht, brachte seine
Einwilligung nicht heraus.

Derweilen stieg Züseli, unbekümmert um die diplomatischen
Unterhaltungen, den Berg auf, aber nicht langsam. Oben stund
Benz unter der Stalltüre. „Komm, sieh meine Kühe, ob die mich
kennen oder nicht", sagte er zum Willkomm, ging mit der Läck=
täsche den Kühen nach und gab ihnen das übliche G'läck oder Salz,
eins von beiden. Das war nun wahr, aller Augen sahen auf ihn,
alle Köpfe drehten sich nach ihm, und kam er in die Nähe, rieben
sie sich die Köpfe an ihm, er war der wahrhaftige Löwe im Stall,
um den sich alles drehte, es war wirklich zum Eifersüchtigwerden,
wo irgendwie Anlage dazu da war. „Gäll," sagte er, „die kennen
mich auch, so gut als dich deine Geißen, sie wissen es aber auch, daß
ich es gut mit ihnen meine, und lieben mich deretwegen." „Ja
Späß," sagte Züseli, „d's G'läck lieben sie, dir würden sie wenig
nachfragen ohne G'läck." Das nahm Benz übel, es gab Händel
zwischen ihnen, Händel, wie sie gewöhnlich enden zwischen solchen
Personen, ohne Schläge und ohne Schelten. Benz wollte wissen,
ob er ohne G'läck nicht lieb sein könne, und Züseli behauptete, seine
Geißen flattierten ihm viel uneigennütziger und zärtlicher als die
Kühe dem Benz.

Darob hätte Züseli bald das Melken versäumt, wenn ihm nicht
der Vater eingefallen wäre. „Ach Gott, was wird der Vater sa=
gen!" rief es erschrocken aus und machte sich alsbald an die Arbeit.
Nun fing Benz vom Vater an und wollte wissen, warum er ihm
eigentlich so z'wider sei, hätte doch nicht Ursache, z'leid ta hätte er
ihm nichts, d's Gegenteil. Er müsse anfangen zu glauben, Züseli
weise ihn auf, warum, das begreife er auch nicht, er meine es ehr=
lich und wäre noch immer gleichen Sinnes, wenn d's Hüsli auch

nicht mehr drei Kreuzer wert sei. Es sei ihm doch dann nicht haupt=
sächlich wegem Hüsli gsy, wenn d's Meitschi nit gsy wär, er
hätt em Hüsli nit sövli nachg'fragt und er wetts noh jetzt. Eine
Reiche bekomme er doch nicht, er müß auf eine Arbeitsame und
Huslige luege, und danebe auch uf eine, wo man Freud habe, bei
ihr zu sein, und ke wüste Hung, und deretwegen wett er Züseli,
wenn der Alt nit so wüst tun wollte. Danebe könnte er jetzt er=
fahre, daß ihm ein Tochtermann kommod komme, für das Hüsli
helfe z'weg z'mache, wenns möglich sei, öppe Kosten sollte es nicht
viel geben, er verstehe sich auf mehr, als man ihm ansehe.

„Nein, wäger ist das nicht wahr, daß ich den Vater aufgreiset,
ich wüßte nicht warum. Wenn es mir g'ordnet ist z'heiraten, war=
um sollte ich es nicht tun, und wenn mir ein Armer g'ordnet ist,
was hülf wehre? Und wenn es mir nicht g'ordnet wär, was wett
ih uf ene Ryche warte, sellig luege armi Meitli nit a fürs Hürate.
Daneben, wenn ich auch nicht viel mehr habe, bin ich doch nicht
brüchig, kanns mit wenig mache, und mit Arbeiten fürchte ich keine.
Der Vater hat mich dazu gehalten, daß es eine Art hatte. Drnebe
bist m'r nit unanständig. Wüst tun kannst zwar auch, aber
was will man, das ist Mannevolks Art, es macht ja jeder,
was er kann. Nein, gewiß nicht, Benz, den Vater habe ich
nicht aufgreiset, sonst frag ihn selbst, wenn du mir nicht glauben
willst."

„Man kanns mache, aber zuerst schlag ein, du wollest mich",
sagte Benz und streckte seine Hand aus, und Züseli schlug zwar
nicht ein, gab aber sittig und ohne Zögern die Hand, was wohl
gleich viel zu bedeuten hatte. Sie wurden rätig, Benz solle mor=
gen früh vor dem Melken hinunterkommen und fragen. „Und
will dann das alt Kudermannli nicht," setzte Benz hinzu, „so
mache ich beim — was gut ist."

Diese Unterhandlungen hatten ziemliche Zeit verzehrt. Züseli
erschien fast schlotternd vor dem Vater, war jedoch nicht so dumm,
sich zu entschuldigen, ehe es angefahren wurde, was immer das
beste Mittel ist, sich ein hartes Donnerwetter auf den Hals zu
ziehen. Aber der Alte sagte nichts, er munkelte bloß, brummte
allerlei Unverständliches, daß Züseli nicht wußte, war er bei Troste
oder nicht oder waren dies Präparationen auf eine gründliche Ab=
waschung seiner Sünden. Es machte daher, daß es zu Bette kam

sobald möglich, es wußte aus Erfahrung, daß man die schärfsten
Predigten um so leichter erträgt, je besser man schläft.

Am Morgen früh kam richtig Benz und wollte eine Rede dartun; aber kaum hatte er angefangen, fuhr zu seiner Verwunderung
der Alte ihn an: „Schweig mit dem G'stürm, weiß schon, was
d'witt, es mangelt des Redens nüt, wenns wottst, so nimms. Aber
daß du dich stellst und hilfst und nit meinst, du sygist ume Fresses
t'wege da, es muß g'schaffet sy jetzt, wenn m'r vor em Winter unter Dach wei."

Züseli hörte das drinnen und erschrak. „Mein Gott, was hets
em Vater gäh, ist er vrhürschet im Kopf?" Endlich vernahmen
sie den Beschluß, daß das Hüsli neu gebaut werden müsse und daß
man Barthli geb'richtet, dabei wäre ein Meitschi übel zu hüten,
dagegen ein Tochtermann kommod zu brauchen. Darum Benz den
Dienst aufsagen und sich alsbald heranmachen müsse, sonst nehme
er einen andern.

Wie es einem ist, wenn man aus dunkelm Keller plötzlich in die
Sonne tritt, werden wohl die meisten erfahren haben. Geradeso
war es den beiden, die so plötzlich zu Brautleuten wurden ohne
Sturm, Blitz und Donner, sie wußten nicht, wo sie waren, stunden sie auf dem Kopf oder auf den Füßen. Darum glotzte Benz
den Alten mit großen Augen an und behielt z'leerem den Mund
offen, bis der Alte sagte: „So, jetzt ists dir nicht recht, laß es hocken,
es gibt drei für einen."

Da wurde es Züseli drinnen todangst, jetzt könnte es noch fehlen;
es taget Meitschine immer am ersten, wenn es ums Heiraten zu
tun ist; es kam ganz wie von ungefähr zur Türe aus, wünschte
guten Tag, damit kam Benz die Sprache wieder, mit wenig Worten wurde die Sache richtig und Benz ganz feurig, wollte ans Abbrechen des Häuschens hin, sobald er die Kühe gemolken. Mit
Mühe war er zu b'richten, mit Abbrechen sei es frühe genug,
wenn man zum Aufrichten z'weg sei, wo sie hinsollten unterdessen?
Benz ließ sich endlich b'richten, obschon er es lange im Kopf hatte,
eine provisorische Hütte aufzuschlagen im Walde wie die Zigeu-
ner. „Wenn d's Hüsli verbrannt wäre, was wollten sie anders?"
frug er. „Es ist drum nit verbrannt", antwortete der Alte. Das
schlug dann Benz, denn darauf wußte er nichts zu antworten.

Barthli hatte keinen Begriff vom Bauen, Benz nicht viel, da-

gegen begriff er leicht, was Verständigere rieten, Barthli gar
nichts, er fragte immer nur nach den Kosten, und wenn dieselben
drei Kreuzer überstiegen, jammerte er, als ob es um seinen letzten
Heller ginge. Der alte Hans Uli mußte sich der Sache annehmen,
angeben, wie das Hüsli sein müsse, mit den Meistern akkordieren
usw. Holz wurde ihm verheißen mehr als zur Genüge, unentgeltlich zugeführt, auch Steine führten benachbarte Bauern gerne
ohne Lohn.

Bräuchlich ists, daß, wenn man auch nicht eigentliche Fuhr-
mähler anstellt, man doch den Fuhrleuten nach dem Abladen etwas
von Wein oder Schnaps und Käs und Brot gibt. Da hatte man
mit Barthli seine liebe Not. Wenn er mit einem Kreuzer aus-
rücken sollte, tat er, als ob er sich hängen wolle. Züseli hatte seine
schwere Not. Die Donners Bauern vermöchten es besser als er,
Wein und Schnaps zu zahlen, die täten ihre Knechte daheim füttern, die Knechte hätten nichts nötig in der Zwischenzeit. Sie hielten ihm nichts darauf, täten es ihm auslegen als Hochmut und
Vertunlichkeit.

Nun achtete sich Züseli besser dessen, was die Leute sprachen,
und Benz wußte aus eigener Erfahrung, wie es die Knechte hatten
und was sie erwarteten, beide kannten die öffentliche Meinung,
also das Urteil des Publikums, welches ihrer wartete. Sie besser-
ten nach Vermögen nach, Benz gab dabei seine ganze Barschaft
hin. Barthli schien das nicht zu sehen, sah es aber doch, und es
lächerte ihn gar herzlich, daß er den Tochtermann schwitzen lassen
und ihm sein Geld abpressen konnte, statt daß es sonst umgekehrt
der Fall ist.

Da wärs wohl gegangen, aber es kam Barthli noch was ganz
anderes, wo weder Benz noch Züseli ihm helfen konnten. Maurer
und Zimmermann hatten die Arbeit in die Hände genommen, keiner von ihnen hatte überflüssiges Geld, die Gesellen noch weniger,
wollten, wenn nicht Vorschuß, so doch alle acht Tage den Lohn,
zudem war es ihnen nicht zu verargen, wenn sie wissen wollten, ob
die Arbeit ihnen wirklich auch bezahlt werden würde. Sie klopften
bei Barthli ganz unverdächtig an. Am Freitag kam der Maurer
und sagte, er möchte gerne wissen, wie es mit dem Zahlen sei, damit er sich rangieren könne. Morgen müsse er seine Gesellen auszahlen, und wenn er das Geld gleich hier haben könnte, so brauchte

er nicht welches mitzunehmen. „He, bring nur Geld," antwortete
Barthli, „es düecht mih, du sollteft erst anfangen, ehe du schon
wollteft zahlt sein. Ich muß meine Körbe auch erst verkaufen, wenn
sie fertig sind, und nicht, wenn ich dran hingegangen." Der Mau=
rer zog ein flämisch Gesicht, sagte: „Es ist in allem ein Unterschied,
du mit den Körben kannst es machen, wie du willst, kannst sie be=
halten, wenn sie dir niemand bezahlt, aber was soll ich mit der
Arbeit machen, wenn sie einmal gemacht ist an deinem Hüsli, die
kann ich nicht mehr brauchen. Daneben ists nicht, daß ich so ufe
sei mit Geld und söphi hungerig, wenn man nur immer wüßte, daß
es einmal käme, so könnte man schon zuweilen Geduld haben."

„He, wenn du meinst, du werdest nicht bezahlt, so kannst ja
machen, was du willst, du wirst nicht der einzige Maurer sein auf
Gottes Erdboden", sagte Barthli.

Barthli hätte wahrscheinlich nicht ungern gesehen, wenn alle
Arbeiter davongelaufen wären, denn das Bauen war ihm alle
Tage widerlicher. Das Donnerwerk werde am Ende zahlt sein
müssen, und er möchte doch wissen, was er davon hätte. In der
alten Hütte wäre es ihm lange wohl gewesen, aber üse Herrgott
habe dies ihm nicht gönnen mögen, räsonierte er.

Am folgenden Morgen trat ihn der Zimmermann an mit sei=
nem Spruch. „Was ich dir sagen wollte," sprach er, „ich sollte
neuis vo Geld ha für de G'selle könne ufz'warte, ih bi uff. Hätt y
z'zieh, aber es wott nit ygah, es ist bös mit d'm Geld, es ist nie so
gsy, ih glaub, es schlüf i Bode. Gäll, du machst z'weg; wenns
Fürabe is, sött ihs ha, öppe zwanzig Gulde oder was, oder wenn
es dir gleich ist, so mach gleich hundert, ih bruche dih de am andere
Samste nit z'plage."

Potz Himmelblau und Türkenbund, wie da Barthli auffuhr,
als wollte er eines Satzes in Himmel hinauf! Er frug den armen
Zimmermann, ob er ein Narr sei oder sonst sturm; er werde mei=
nen, er könne mit ihm machen, was er wolle, weil er nur ein arm
Mannli sei, aber er sei am Lätzen, lebendig lasse er sich nicht schin=
den. Er solle da einziehen, wo man ihm schon lange schuldig sei,
selb sei billig, und nicht da, wo er die Arbeit nicht einmal z'grechtem
angefangen.

Der Zimmermann schlotterte aber nicht leicht, mit Worten
schoß man ihm keine Löcher in den Leib, er erklärte rundweg, am

Abend müſſe er Geld haben, und rücke Barthli nicht aus, nehme er ab, und Barthli ſehe ihn einſtweilen nicht wieder.

Barthli ſagte ebenſo kurz: „E mach was d'witt", und dachte dazu: „Geh du nur, mir iſts das rechte, kannſt lange warten, ehe ich dich heiße wiederkommen."

Als es Feierabend wurde, ſuchten die Meiſter den Bauherrn, aber fanden ihn nicht, Züſeli und Benz wußten nichts von ihm, er war verſchwunden. Da brach großer Zorn aus, worob Benz und Züſeli ſehr erſchraken, als ſie den Grund davon vernahmen. Sie ſollten erſt heiraten, wenn das Häuschen bewohnbar war, und wann käms dazu, wenn die Meiſter aufpackten und mit all ihrem Werkzeug weiterzogen? Sie boten allem auf, die Meiſter zu be= gütigen, und Benz verſprach, für Geld zu ſorgen, wenn der Alte nicht geben wolle. Sie glaubten nicht, daß er dieſen Augenblick ihnen begegnen könne, denn viel Geld hätten ſie nie bei ihm bemerkt, aber vielleicht ſei er eben um Geld aus und habe noch keines be= kommen können. Wenn er keins bringe, ſo wolle er, Benz, für welches ſorgen zur Not, er wiſſe, wo er bekomme. Endlich ſetzten ſich die Meiſter, verſprachen am Montag wiederzukommen, aber unter dem heitern Vorbehalt, daß in der nächſten Woche Geld auf den Laden müſſe.

Als es dunkelte, kam Barthli heim. Die jungen Leute hatten ſein mit Bangen geharrt, ja Züſeli ſogar daran gedacht, er könnte ſich ein Leid angetan haben, weil er um Geld gedrängt worden ſei und keins gehabt hätte. Aber in ſeinem Geſichte war keine Spur von Leid, und als die Jungen ihm jammerten, zog er die Maul= ecken z'weg und ſagte: „G'ſchäch nüt Böſers, er wett, er g'ſäch ſe nie meh angers als am Rücken, u be noh vo wytem." Natürlich ließen dies die beiden nicht ſo kaltblütig hingehen, aber Barthli ſagte eben ſo kaltblütig: „He nu ſo de, ſu machits angers, we der cheut", und ging ſchlafen.

Am folgenden Morgen hatte Hans Uli, der alte Bauer, einen ſtrengen Tag und ſagte mehr als einmal, das hätte man davon, wenn man ſich eines Menſchen annehme, Plag vom Tüfel. Wenn er nicht dächte, das ſei eben d's Tüfels Bosheit, um den Menſchen es gründlich zu erleiden, etwas um Gottes willen zu tun, er hätte längſt mit der Geißel vom Leib gejagt, wer was von ihm gewollt, Rat oder Geld oder ſonſt Hilf. Es kam ihm nämlich am Morgen,

er hatte kaum noch Schuhe an den Füßen, der Zimmermann, begehrte mit ihm auf, daß er ihn hineingesprengt und in großen
Schaden gebracht, er werde sich jedoch an ihn halten, mit ihm habe
er akkordiert. Aber so hättens die Donners Bauren, sie hülfen
gerne mit Worten, wo nichts kosteten, aber d'Sach solle ein anderer machen, und wenn sie so einen armen Handwerker hineingesprengt, so hätten sie des Teufels Freude dran und lachten den
Buckel voll.

Kaum hatte er sich vom Zimmermann losgemacht, stieg der
Maurer daher und noch viel zorniger, an einem Fuß hätte man
ihn gradaus halten können, so steif hatte ihn der Zorn gemacht.
Hans Uli ward wärmer und fertigte den Maurer etwas unglimpf-
licher ab. Er sagte ihm, es sei unanständig, gleich die erste Woche
Geld zu wollen von einem armen Mannli, einem reichen hätten sie
es kaum gemacht. Übrigens sollte er wissen, daß er, Hans Uli,
noch niemanden hineingesprengt, und wenn er nicht gewußt, daß
sie bezahlt würden, hätte er ihnen die Arbeit nicht angetragen. Es
sei aber gut für ein andermal, sie sollten künftig seinetwegen keinen
Kummer mehr haben. Diese Worte kehrten den Maurer wie einen
Handschuh, er ließ sich nieder wie ein Strohfeuer, sagte, es sei
nicht böse gemeint, er solle ihm die Worte nicht bös aufnehmen, es
seien so schlechte Zeiten, das Geld so rar, daß er oft nicht wisse,
wo nehmen und nicht stehlen, und seine Gesellen müßten den Lohn
haben, es vermöchte keiner zu warten. Wenn die Erdäpfel gefehlt,
müßte man alles kaufen, da läng kein Geld. Wenn doch üse
Herrgott nur die Erdäpfel wieder einmal g'raten ließe, es dünke
einen, die Leute sollten ihn doch afe erbarme, b'sunderbar die
arme King.

Hans Uli wurde es heiß ums Haupt. „Schön g'redt wär das,"
sagte er, „aber nicht witzig. Unser Herrgott wird wissen, was er
macht. Er wird einmal zeigen wollen, wer Meister ist und woher
alles kommt. Das wißt gerade Ihr nicht, Meister Maurer, und
bis Ihr es erkennet, wird er die Not wohl stehen lassen. Gerade
du bist auch einer von denen, welche Tag für Tag die Reichen ver-
fluchen und Rache predigen gegen sie, als wären sie an allem schuld,
und an unsern Gott, Schöpfer des Himmels und der Erde, denkst
du das ganze Jahr nicht. Und wenn du ihn auch ins Maul nimmst,
so ists ungefähr, als ob du einen Knittel in die Hand nehmen wür-

deſt, es iſt nur um deinen Nächſten zu treffen. Und weil ich doch
dran bin, ſo will ich dich noch fragen, warum ſolle ſich Gott der
Menſchen erbarmen, da ſie ſich untereinander nicht erbarmen?"
„Ja," ſagte der Maurer, „da habt Ihr ganz recht, das iſt gerade
auch meine Meinung. Da läßt man ganze Haushaltungen ver=
rebeln und verhungern, und kein Menſch erbarmet ſich ihrer, und
wenn man es noch ſo wohl hätte und ſo ring könnte." „Ja, Mau=
rer, du haſt recht, du haſt den Nagel auf den Kopf getroffen, und
wer erbarmet ſich am allerwenigſten?" „He, die, wo es am beſten
könnten", ſagte der Maurer. „Sag lieber, die, wo es am erſten
ſollten, Vater und Mutter. Maurer, ich will dir deine Sünden
nicht vorhalten, und deine Kinder werden kaum hungrig vom Tiſch
gegangen ſein, daneben weiß ichs nicht. Wenn es aber wäre, wer
wäre ſchuld als du, du könnteſt ein hablicher Mann ſein, aber
deine Naſe koſtet dich zu viel, du hängſt alles an ſie. Es wäre beſ=
ſer, du ſorgteſt für grüne Pflanzplätze ſtatt für eine blaue Naſe.
Und deine Frau ſtaffiert ihr älteſt Meitſchi aus, es iſt eine wahre
Schande, hergegen die jungen Kinder läßt ſie barfuß laufen und
in armen Hüdelene halb erfrieren. Was haſt dann erſt für Ge=
ſellen und wie erbarmen ſich die ihrer Kinder! Für ein Gläslein
Schnaps jagten ſie dieſelben dem Teufel barfuß zu, und will ſie
wer anders zum Guten halten, ſo brüllt ihr, als ob man ſie ans
Meſſer ſtecken wollte, und achtet es einem Raube gleich, wenn
man für ihre Seele ſorgen will. So iſt es, Maurer, daß es du
nur weißt, und wenn ihr wollt, daß unſer Herrgott Erbarmen er=
zeigen ſoll, ſo müßt ihr darum tun." „Ja, und andere auch noch",
ſagte der Maurer. „Und alſo ſoll ich Geld bekommen, auf wann
kann ich rechnen, damit ich mich danach rangieren kann?" „In der
andern Woche kannſt zu mir kommen, da ſollſt Geld kriegen, im
Verhältnis zur Arbeit, aber auf Vorſchuß zähl nit." „Davon
hab ich noch nichts geſagt, wenn ich nur ſchon hätte, was ich ver=
dient, ich wäre z'friede", antwortete der Maurer unwirſch und
fuhr ab mit Geräuſch.

Kaum war er fort, erſchien Benz in großer Not. Sein Meiſter
konnte mit Geld ihm nicht helfen, er hatte es in dieſem Augen=
blick wirklich ſelbſt nicht. Jetzt was machen? Drauf und dran war
Hans Uli, Benz klar Waſſer einzuſchenken und ihm zu ſagen,
wo Geld zur Genüge ſei. Indeſſen, er hatte Stillſchweigen ge=

lobt, tröstete ihn bestens mit der Verheißung, daß zu rechter Zeit
Geld da sein werde, er solle sich nur nicht ängstigen.

Kaum war der fort, kam Hans Ulis Tochter aus der Kirche und
sagte, Barthlis Züseli lasse ihm dr tusig Gottes wille anhalten, er
solle nachmittags hinaufkommen, es wisse seines Lebens nichts mehr
anzufangen, es wollte am liebsten, es wäre sechs Schuhe unter dem
Herd. Es hätte briegget, es hätte einen Stein erbarmet, man hätte
die Hände unter seinen Augen waschen können. „Wer kommt wohl
noch?" sagte Hans Uli; „jetzt hätte ich es bald satt."

Doch es kam niemand mehr, Barthli hütete sich wohl, der fünfte
zu sein, er hatte ja auch nichts zu fragen oder zu klagen, war froh,
wenn niemand des Häuschens wegen etwas zu ihm sagte. Es war
Hans Uli z'wider, am Sonntag blieb er am liebsten daheim und
lebte wohl an der Sabbatsruhe auf dem Bänklein vor seinem
Hause. Er mußte aber wohl, daß Barthli in seinem Eigensinn nicht
zu ihm kommen würde, und wenn er ihn siebenmal kommen hieße;
darum machte er sich gegen Abend auf, dem rueßigen Gräben zu.
Barthli erschrak, als er Hans Uli sah. Hätte er ihn früh genug
erblickt, er wäre nicht mehr zu finden gewesen. Als Hans Uli ihn
beiseite hatte, begann er ihm den Text zu lesen, und zwar scharf.

Keine Manier sei es, sagte er, wenn man es gut mit ihm meine,
dann zum Dank mit solchem Koldern einen zu plagen. Er hätte ja
Geld mehr als genug, warum nicht zahlen, was er schuldig sei, ein=
mal müsse es doch geschehen, oder ob er sich einbilde, es sei einer
auf der Welt Narrs genug, es für ihn zu tun? Er solle machen,
daß morgen Geld da sei, er solle denken, wie ungern er selber es
habe, wenn man ihn von einer Stör unbezahlt entlasse. Barthli
wand sich wie ein Aal zwischen Brummen und Flattieren, meinte,
Hans Uli solle vorstrecken, er habe so ans Bauen gesetzt, ohne ihn
hätte er es nicht unternommen, er habe ihm ja gesagt, er habe viele
gute Leute, darum habe er sich auch darauf verlassen, er werde ihm
vorschießen, nach und nach könne er es wieder abverdienen.

Hans Uli stund fast auf dem Kopf ob solcher Rede: „Aber hast
du mich dann angelogen, als du mir sagtest, du hättest einen ver=
steckten Schatz und darin mehr als genug für ein Häuschen?"
fuhr er ihn an. „Wäger nicht", sagte Barthli. „Aber wie soll
ich aus dem Kübel Geld nehmen? Tags kann ich nicht, da stürmt
alles aus und ein, nachts kann ich nicht, da merkt es d's Meitschi, es

ist nit z'mache, wäger nit!" „Und warum soll es das Meitschi nüt
wüsse?" frug Hans Uli und stellte Barthli handgreiflich die Dumm=
heit vor, den Schatz den jungen Leuten länger verheimlichen zu
wollen. Nichts dagegen hätte er, wenn er denselben des weitern
nicht austrommeln ließe. Aber Barthli war wie ein beinerner Esel,
tat keinen Wank. Erst stellte er sehr beredt die nachteiligen Folgen
für die jungen Leute vor, wenn sie den Schatz entdecken würden.
Alle Laster täten sie kriegen, sagte er, würden hoffärtig, hochmütig,
vertunlich, Uhüng in alle Wege.

Als Hans Uli ihm daraus nichts gehen ließ und sagte: „Und
dann nachher, wenn du tot bist, was dann? Es ist doch besser, du
legest das Geld jetzt z'Nutzen an, als sie kriegen es nach deinem
Tode; jetzt kannst du wehren, bist tot, kannst nichts mehr dazu
sagen", sagte Barthli: „Und hör uf, u säg, was d'witt, es nützt
dih alles nüt, un ih tu es nit, u vo dem Geld bruche ih nüt a nimme
nüt drvo! Soll ih vrgebe bös gha ha u mih g'freut, was d'Manne
säge wërde, wenn si d's Geld finde, u wie d'Lüt d'Naselöcher uf=
mache werde, wenns heißt, dä alt wüst Korber het e ganze Kübel
voll Geld hinterlah, wer hätt das glaubt, wer hätts dem agseh?
Er wird nit so dumm gsy sy als me ne drfür agluegt het. U das
alls soll nüt sy, und all my Freud vrgebe! Nei, bim Donner, Hans
Uli, das mut m'r nit zu, das tue nih nit, lieber will mih noh hüt
henke, de cheu sis de morn füreloche, ih bi doch de gstorbe, u d'Sach
geit, wie mih däicht ha."

So was war Hans Uli wirklich nicht vorgekommen, er erschrak
fast ob solchen Reden, er kannte Barthli mit seinem Eigensinn und
wußte, wie solche Leute so leicht etwas zu Gemüte fassen und so
schwer es nehmen, daß es sie zum Äußersten bringt. Es war von
Barthli freilich eine ärgerliche Wunderlichkeit, aber sie berührte
seinen Lebenszweck und war seit Jahren eingewurzelt, sein ganzes
inneres Leben ging in ihr auf, so daß Hans Uli dachte, da könnte
einer sich übel verfehlen und etwas zwingen, woraus er sich sein
Lebtag ein Gewissen machen müßte.

Er kapitulierte lange, lange mit Barthli hin und her, bis end=
lich dieser sagte: „Es kommt mir ja nicht drauf an, sei der Kübel
unter meinem Bette oder sei er in deinen Händen, aber ich will
nicht wissen, wieviel darin ist, will nichts daraus nehmen, die schö=
nen Stücke, die ich drein getan, kann ich nicht draus nehmen, und

d's Meitschi und sein Löhl sollen nichts darum wissen. Es müßte
kein Mensch, wie die täten, vor dem Vollmond wär alles fort,
die Lumpenleute würden noch sagen, es sei mir recht geschehen, und
tapfer mich auslachen."

„Aber nun die Arbeitsleute, wer soll die zahlen?" frug Hans
Uli. „Du, wer anders," antwortete Barthli, „nimm du es draus."
„Selb ist mir z'wider," sagte Hans Uli, „und zuerst müßte ge=
zählt werden, was drinnen ist." „G'hörst," fuhr Barthli auf,
„von dem will ich nichts wissen und nicht, was du ausgibst, und
wenn ich was verdiene und beiseite machen kann, will ich es dir
geben. Den Lumpenleuten kannst du es dann einmal sagen, wo der
Barthli mit dem Gelde hingekommen."

Dem Hans Uli war dieser seltsame Handel sehr zuwider, und
wäre Barthli nicht der alte Schulkamerad gewesen, derselbe wäre
nicht zustande gekommen. Hans Uli erbarmte sich, wurde mit
Barthli endlich rätig, derselbe solle den jungen Leuten ein paar
Batzen geben und sie ins Wirtshaus schicken, dann, wenns finster
sei, den Schatz in Hans Ulis Haus schaffen, derselbe solle ihn ge=
heimhalten, bis Barthli sterbe, und für den Fall, daß Hans Uli
früher sterben sollte, es irgendwo vernamsen, wem das Geld ge=
höre und was mit zu machen sei.

Barthli brachte das Geld. Aber wie es verabredet war, machte
Hans Uli es nicht; durch zwei vertraute Männer ließ er das Geld
zählen und legte ihre Bescheinigung oben drauf.

Die jungen Leute hatten sich sehr verwundert über Barthlis
noch nie erlebte Großmut und hätten das Opfer kaum angenom=
men, wenn Hans Uli, der dabei war, nicht gesagt, sie sollten es
nehmen, wenn der Vater es geben wolle, es könnte vielleicht lange
gehen, bis den Alten wieder so was ankäme. Es sei ein Zeichen der
Zufriedenheit, und solche dürfe man nie ausschlagen. Sie sollten
ihm fürder treu sein und von der Bürde das schwerere Ort auf ihre
Achseln nehmen, sie seien jung und sollten auch stärker sein als Sie=
benzigjährige. Sie gingen endlich, aber Züseli war immer das
Weinen z'vorderst. Das sei eine Änderung vor dem Tode, es
könne es nicht anders einsehen, sagte es. Hans Uli hätte lange ein=
reden können, wenn dem Vater nicht etwas Übernatürliches ange=
kommen wäre, denn was er nicht im Kopf gehabt, das hätte ihm
kein sterblicher Mensch hineingebracht, kaum der Herrgott.

Am Montag stellten die Arbeiter sich ein mit kühnen Gesich=
tern, auf denen geschrieben stand: „Wart, du alter, Schelm, dir
wollen wir es zeigen, wenn du heute nicht ausrückst." Der Maurer
mochte fast nicht warten bis am Abend, um zu erfahren, wie es
stehe, es versprengte ihn fast vor Ungeduld. Ehe es noch recht Abend
war, trat er den Barthli an mit der Frage: „Und jetzt wotst füre
mache oder nit, möchts gerne wissen?" „Wer hat gesagt, daß es
heute sein müsse?" frug Barthli. „Hans Uli hat es verheißen",
antwortete der Maurer. „He nu, wenn es der verheißen hat, war=
um fragst du mich? Geh zu Hans Uli, der wird schon halten, was
er versprochen." Erst begehrte der Maurer auf, er wolle seinem
Gelde nicht nachlaufen und wahrscheinlich um nichts und wieder
nichts. Wenn Barthli einen Narren haben wolle, so solle er sich
einen eisernen machen lassen. Benz, dem es natürlich himmelangst
war, beschwichtigte, so gut er konnte, und am wirksamsten mit dem
Bescheid, daß Hans Uli gestern dagewesen und sicher eine Abrede
werde getroffen worden sein. Der Vater könne nicht rechnen,
kenne keine Zahl und das Geld übel, so werde Hans Uli die Zah=
lungen übernommen haben.

„Kann sein," meinte der Maurer; „aber warum sagte der alte
Schalk es nicht? Wenn er es so machen will, so soll es dem einge=
trieben werden."

„Und warum wollt ihr mich plagen," sagte Barthli, „nicht
acht Tage arbeiten ohne Bezahlung? Probiert mih z'trybe, es
wird sih de scho zeige, wer z'letzt Meister wird."

Wir glauben, Barthli mit seiner zähen Schlauheit wäre Mei=
ster geworden, war aber nicht nötig. Als die Arbeiter Geld sahen
und wußten, daß Hans Uli seine Hand in der Sache habe, ließen
sie die Flausen fahren und förderten die Arbeit so, daß das Häus=
chen unerwartet schnell zu beziehen war.

Nun ließen die jungen Leute verkünden, meinten endlich glücklich
am Ziele zu sein, da kam ein Neues dazwischen, eine neue Ver=
legenheit, an die sie nicht gedacht; es sollte bei ihnen sich so recht
erwahren per ardua ad astra, d. h. durch dick und dünn zum Him=
mel. Es ist Sitte, daß man zum Hochzeithalten sich neue Kleider
machen läßt. Es herrscht der Glaube, daß, sowie die Hochzeit=
kleider, namentlich die Hochzeitschuhe brechen, auch die Liebe aus=
einander gehe. Bekanntlich halten nun in der Regel neue Kleider

länger als alte, ja viele hängen den ganzen Anzug in den Spycher,
tragen denselben selten oder nie mehr und glauben auf diese Weise
für eine ewig junge Liebe vollständig gesorgt zu haben. Wäre
allerdings ein ring Mittel und sehr zu empfehlen, wenn es probat
erfunden würde, als Universalmittel zu Erhaltung ewig junger
Liebe. Es fiel den jungen Leuten ein, daß sie solche Kleider haben
müßten notwendig, besonders Züseli, aber woher das Geld dazu
nehmen, ohne es zu stehlen? Benz hatte das seine fast ganz in
Barthlis Nutzen verbraucht, Züseli nie welches gehabt, und zwei
ganze B'kleidige, sie mochten so wohlfein rechnen, wie sie wollten,
kosteten immer schon eine Summe. Sie hätten wahrscheinlich es
machen können wie andere, auf Borg nehmen, aber sie schämten
sich dessen und wußten, daß man auf diese Weise alles teurer be=
zahlen muß. Da sie nun an eine Zukunft dachten, so graute es
ihnen vor Schulden und unnötigen Ausgaben.

Als Barthli einmal guter Laune schien, chlütterlete ihm Zü=
seli sehr, hätte ihm fast vorgetanzt wie dem Herodes seines Wei=
bes Tochter, und als er eben recht ermürbet schien, rückte Züseli
aus mit seinem Anliegen. Aber potz Himmelblau, wie gabs da
plötzlich schwarze Wolken, und wie blitzte und donnerte es aus den=
selben schrecklich! Was ihn das angehe, begehrte er auf, er wolle
es ja nicht heiraten, wer es haben wolle, der solle ihm auch für die
Kleider sorgen, er sei mit einem Tochtermann gestraft genug, er
wüßte nicht, aus wes Grund er jetzt noch mit solchen Kosten solle
geplagt werden; kurz, er machte es ungefähr so wie mit den Arbei=
tern, hatte es mit der Tochter wie mit dem Hüsli, am liebsten
wäre es ihm gewesen, wenn es beim alten geblieben wäre. Züseli
wollte ihm vorstellen, wie Benz bereits so viel Geld in Barthlis
Nutzen verwendet, so manche Maß Brönz oder Wein und anderes
mehr angeschafft usw. „Wer hat ihn geheißen," brüllte Barthli,
„wer ihn geheißen hat, der soll es ihm wiedergegeben. Wenn eins
von euch einen guten Blutstropfen hätte, ihr kämet mir nicht mit
solchem Anmuten, jetzt, wo ich solche Kosten habe, worob ich fast
z'hinterfür g'rate."

Wie das Züseli weh tat, besonders wegen Benz, und wie es
sich vor ihm schämte, kann man denken. Es dachte oft, am Ende
könne es ja auch in seinen alten Kleidern gehen, es werde doch an
denen allein die Liebe nicht hängen. Wenn es sein möglichstes tue

mit Arbeiten, Huse, Liebha und Benz die Hände unter die Füße
lege, so könne es doch fast nicht glauben, daß es gestraft werden
sollte für eine Sache, deren es sich so gar nichts vermöge.

Einmal, als es alleine vor dem Häuschen saß, Erdäpfel rüstete
und dazu bitterlich weinte, kam Hans Uli dazu und wollte wissen,
was es habe. Nach vielen Ausflüchten beichtete endlich Züseli.
Erst wurde Hans Uli zornig, dann lachte er und sagte: „Dr Alt
ist noch immer der gleiche, den könnte man in einem Mörser zer=
stoßen von unten bis oben, er bliebe der Barthli und würde um
kein Haar anders. Aber tröste dich, du mußt Kleider haben und
Benz auch, der Alte muß zahlen, er mag wollen oder nicht, ich
verrechne ihm dieses in die Baukosten." „Das nit, Hans Uli, ume
das nit. Ich betrog den Vater mein Lebtag nie um einen Kreuzer,
obschon ich es oft nötig gehabt wegen Hunger und Durst; jetzt
will ich nicht anfangen und b'sunderbar nicht mit den Hochzeit=
kleidern, was hülfen neue Kleider, wenn sie mit veruntreutem
Gelde angeschafft wären, ich müßte mich ja drinnen schämen, ich
dürfte nicht vor aufluegen!" antwortete Züseli. „Du bist ein wun=
derlich Ding," sagte Hans Uli, „und wenn du alt wirst, wirst einen
Kopf haben akkurat wie dein Alter, vielleicht nit so e wüste, aber
uf das allerwenigst ebe so ne wunderliche." Glücklicherweise kam
Barthli zufällig zu diesem Handel. Hans Uli wusch ihm tapfer die
Kutteln, sagte ihm, er sei der wüstest Alt gegen seine Kinder im gan=
zen Emmental, und wenn sie nit warten möchten, bis er aufhören
würde sie anzugrännen und auszubranzen, so geschähe es ihm recht,
denn er wäre selbst schuld daran. Mit diesen und ähnlichen kräf=
tigen Redensarten brachte er es endlich dahin, daß Barthli sagte,
des Tüfels Zwängs hätte er bald genug. Das werde schön her=
auskommen, wenn jedes Bettelmensch in Seide und Sammet
z'Chilche well. Er solle machen, was er wolle, es gehe zum andern,
er wäre alt genug, um in solchen Sachen Verstand zu brauchen.
Daneben sei es ihm ganz gleich, am Ende müßten sie denn doch
sehen, wer zahle. Schulden seien bald gemacht, aber wiedergeben,
das habe eine Nase, sie würden es erfahren. Er machte Züseli bit=
terlich angst, es wollte verzichten auf neue Kleider, aber Hans Uli
tröstete und sagte, hoffärtig habe er die Leute nicht gerne, aber
wer bei solchen Anlässen nicht tue wie üblich und bräuchlich, werde
später reuig oder ein Kolder, der sein Lebtag tromsigs drin sei.

„Das ist grober Tabak", sagte Barthli. „Kannst mit machen, was du willst," lachte Hans Uli, „ihn liegen lassen oder schnupfen, es stößt dir ihn niemand in die Nase."

Züseli war ein recht schönes Bräutchen und hatte wirklich kind= liche Freude an sich selbsten, die recht rührend war. Es hatte sich selbst noch nie in einem ordentlichen Anzuge, wo alles zueinander paßte, gesehen. Wenn es schon zuweilen zu was Neuem kam, so machte das Neue das übrige nur älter und schäbiger zu scheinen. Es ward gar nicht satt, an den neuen Schuhen, den neuen Strümp= fen und an einem Stück nach dem andern sich zu ergötzen, gerade wie ein Kind bei der Weihnachtsbescherung. Dasselbe läuft ums Bäumchen, an welchem die schönen Sachen hängen, herum, von einem Stück zum andern, hat bei jedem neue Freude und jedesmal noch größere, als die früheren Male.

Es war aber nicht bloß an einem Tage glücklich, wie es leider Gott so manchem armen Bräutchen geschieht, sondern alle Tage glücklicher. Züseli war, seit die Mutter gestorben, an freundliche Worte gar nicht gewöhnt, wenn es das ganze Jahr durch drei oder vier der Art vom Vater erhielt, so war es aller Handel. Nun, Benz war auch kein Zuckerstengel, indessen kriegte Züseli doch alle Tage einige gute von ihm, und die andern waren doch wenig= stens nicht böse und schnauzig. Zudem ging ihm eine schöne Zu= kunft auf. Benz tat zum Korben geschickt, gab schon im ersten Winter dem Alten wenig nach.

Hans Uli fragte Barthli einmal: „Und jetzt, wie gehts mit dem Tochtermann, weißt ihn jetzt was zu brauchen?" „He," sagte Barthli, „es ging, z'arbeite ist er e Gute, und wenn er d's Korbe g'lert hätt und nit d'r Tochtermann wär, es hätt m'r chönne übel gah; er mah mih bald mit d'r Arbeit, und es rückt ihm us d'r Hand, wie wenn er scho lang drbi gsy wär. Aber zum Tisch, da ist er e Uchumligé, e Uhung, daß ih's graduse säge, dä frißt d'r nit wie es arms Mannli, sondere wie e ryche Bur, wo zehn Küh im Stall hat." „O säg du, Barthli," sagte Hans Uli lachend, „u de du? Du hast oft an meinem Tische gegessen, und wenn einer mehr mochte, ich oder du, so warst du es." „O ja, da will ich nichts sagen, so z'Ungradem oder auf der Stör," erwiderte Barthli ruhig; „aber ich meine nicht das, ich meine z'Ordinäri daheim, einen Tag was den andern. Das ist ganz was anderes, das g'spürt me, du

glaubſts nit." „Wohl, das glaub ich," ſagte Hans Uli, „habs
auch ſchon erfahren. Oder meinſt, e Bur g'ſpürs nit o, wenn
ihm einer frißt wie angerhalbe Metzgerhung?" „Er wird wohl,"
antwortete Barthli; „aber was frag ich dem nach. Er wird drfür
das ſy, oder wofür wär er ſuſt da?" „So, du biſt m'r e Luſtige",
ſagte Hans Uli. „Meinſt du dann, wir ſeien hagenbuchig g'füt=
tert? Wenn drnah öpper g'hörti, wie d'redſt, du bekämſt kei ein=
zigi Stör mehr." „Was frag ich den Stören nach," ſagte Barthli,
„wenn ih ume d'Wydli ha, ich komme viel weiter, wenn ich ſie
brauchen kann, wie ich will, als wenn ich ſie den Bauern verkor=
ben muß und dabei kaum das lautere Waſſer verdiene." „Aber
meinſt, man laſſe dir die Wydli, da ſteckt man dir den Nagel",
ſagte Hans Uli. „O hä," ſagte Barthli, „ſelb tut man nicht.
Die Bauren begehren nicht, daß ich einmal wiederkomme und in
ihren Matten den Weiden nachgehe, und das täte ich, müßt ja
nachholen, was ſie mich verſäumt; ſie begehren nicht, daß ich zu=
ſehe, wie ſie einander das Waſſer ſtehlen, oder in trüben Nächten
den alten Bauren, welche auch wiederkommen müſſen, erzähle,
was für Uhüng es us ihre Bube gäh heig."

Barthlis Mundſtück blieb das nämliche, aber ſeine Kräfte nah=
men ſichtlich ab, die Erlebniſſe im Sommer hatten ſein ganzes
Eingericht erſchüttert und aus dem Gleichgewicht gebracht. Er
klagte es nicht, er hüſtelte nur etwas mehr als ſonſt und wurde
nie böſer, als wenn Züſeli ihm zumutete, er ſolle doch was brau=
chen, Tee oder Doktorzeug. Er ſtrengte ſich dann nur mehr an
zur Arbeit und verbarg ſeine Schwäche um ſo ſorgfältiger. Ein=
mal brachte ihm Züſeli eine Halbe roten Wein, da begehrte er
über die Verſchwendung grimmiglich auf; ſo aufgebracht hatte
ihn Züſeli kaum je geſehen, es fehlte nicht viel, er hätte ihm die
Flaſche ins Geſicht geſchlagen. Solange das alte Häuschen ge=
ſtanden, ſei kein Wein dareingekommen, jetzt, ſobald ein neues
habe ſein müſſen, habe der Teufel ſeine Eier dreingelegt, und jetzt
könne er ſchon ſehen, wie es gehen werde, wenn er einmal die
Augen zuhabe. Aber er täte es ihnen nicht zu Gefallen, Platz
z'machen, er wolle eine Weile ihnen zeigen, wodurch es gehen
müſſe.

Solche Reden ſind aber vermeſſen und ſtehen dem Menſchen
nicht zu, es iſt ein anderer Meiſter. Am folgenden Morgen war

Barthli tot im Bette, aber umgedreht war ihm der Hals nicht;
er schien eines ganz friedlichen Todes gestorben zu sein.

Züseli ging dieser Tod nahe zu Herzen; daß Benz trauriger ge=
wesen als andere Tochtermänner, die einen wunderlichen Schwie=
gervater verloren, können wir nicht behaupten. Aber in großer
Angst und Verlegenheit waren beide, wo Geld nehmen und was
mit den Schulden anfangen, welche da sein mußten.

Begreiflich ging Benz alsbald zu Hans Uli, um Rat und
Trost zu fassen. „Geh zum Pfarrer und gib ihn an, und mit der
Gräbt machts wohlfeil, allweg bloß eine Käsgräbt im Hause,
keine Fleischgräbt im Wirtshaus. Ich werde noch manchmal
Langeweile nach ihm haben, daneben ists ein Glück für euch und
ihn, daß er nicht lange krank sein mußte, das hätte eine schwere
Not gegeben“, sagte Hans Uli. Benz frug noch, wo er wohl
Wein und Käs nehmen sollte, daß sie es am wohlfeilsten machten,
er müßte ohnehin fast nicht, wie zahlen; sie hätten kaum zehn
Batzen Geld im Hause. Mit der Zeit könnten sie es schon bezah=
len, wenn ihnen nur jetzt jemand dings geben wollte. „Warum
nicht, sag nur, man hätte euch diesen Morgen alles versiegelt, und
geh gleich zu einem Gerichtsäß und laß wirklich versiegeln, da darf
es dir kaum jemand absagen; ohnehin tät es kaum jemand, man
ist mit euch zufrieden, und bei solchen Gelegenheiten erfährt man
es, was der Name macht.“

Als nun Benz von weiterm noch reden wollte, sagte Hans Uli:
„Geh jetzt, mach, wie ich gesagt. Am Begräbnistag am Abend
komm dann mit Züseli, so will ich euch über d’Sach b’richte.
Fürchtet euch einstweilen nicht, so bös ist d’Sach nicht.“

Das war ein Trost, aber vollständige Beruhigung brachte er
doch nicht. Daß sie blangeten auf den verhängnisvollen Abend, wird
man begreifen. Die Nachbarn zeigten sich recht gut gegen das
junge Ehepaar, sie boten sich an zu wachen bei der Leiche, zu lau=
fen für sie, wenn sie was zu verrichten hätten, und wenn sie irgend=
was nötig hätten, sollten sie es sagen ohne Komplimente. Ihrer
Leben lang hätten sie nicht geglaubt, daß die Leute es so gut mit
ihnen meinten, sagten Benz und Züseli. Sie hatten die Menschen
noch nicht gründlich erfahren. Es ist keine Frage, die Menschen
sind gutmütig, doch nicht gerne lange hintereinander, sie sind mit=
leidig, aber jemand, mit dem sie in die Länge zu tun haben sollten,

wird ihnen sehr leicht lästig. Nun, so vom Tode bis zum Be=
gräbnis und bei den Bessern einige Tage darüber, da geht es
schon.

Es kamen noch viele Leute mit Barthli zu Grabe, und an der
Käsgräbt führten sich alle bescheiden auf, allgemein war die Rede,
die jungen Eheleute hätten einen bösen Anfang und müßten zur
Sache sehen, wenn sie g'fahren wollten.

Den Nachmittag füllten sie mit Waschen und Fegen, und am
Abend machten sie mit schwerem Herzen zu Hans Uli sich auf.
Dort mußten sie erst essen und trinken, ehe Hans Uli an die Ge=
schäfte wollte. Es kam ihnen vor, als seien sie am Henkermähli,
und erst als der Alte sah, daß nichts mehr runter wollte, führte er
sie ins Stübli. Dort lagen Papiere auf dem Tische, und in der
Mitte war ein alter wüster Kübel und was drinnen. Züseli mochte
gar nicht hinsehen, was es sei, aber es dachte, sellig Sache putze
man sonst fort, ehe man fremde Leute in ein Gemach führe. Die
Papiere enthielten Rechnungen und Quittungen über den Bau.
„Herr Jesus, wie viel!" seufzte Züseli aus gepreßtem Herzen,
„das wird e Usumm mache!"

„Ho," sagte der Alte, „es macht sich, man hausete, soviel man
konnte, man hätte leicht d's Halb mehr brauchen können, und fer=
tig seid ihr noch nicht. Wenn ihr machen lassen wollt, was nötig
ist, so kostet es noch einen Büschel Geld, und ich wollte es fertig
machen. Es ist nichts wüster anzusehen und nachteiliger, als so
unausgemachte Häuser. Läßt man sie einmal liegen, so bleiben sie
liegen, solche Häuser werden nie mehr ausgemacht, aber z'plätzen
hat man an ihnen fort und fort, solange sie stehen."

„Aber wieviel würden wir dann schuldig, das wir verzinsen
müßten?" fragte Benz mit beklommener Stimme. „Der Vater
selig mußte nichts verzinsen und konnte es kaum machen."

„He," sagte Hans Uli, „rechnet selbst, es werden ungefähr
dreihundert Taler ausgegeben sein, und mit hundert Talern läßt
sich noch viel machen, wären also zusammen vierhundert Taler. Es
kostet mehr, als ich anfangs dachte, aber ich dachte, es sei besser,
d'Sach gleich recht zu machen." „Wieviel macht das Zins?" frug
Züseli halblaut. „He, sechzehn Taler machts, wenn man das Geld
schuldig ist." „Sechzehn Taler im Jahr!" seufzte Züseli. „Es
ist schon ein Geld, wer es zahlen muß," sagte Hans Uli; „aber ihr

müßt es nicht zahlen, ihr seid mir das Geld nicht schuldig, es war Barthlis Geld."

Da stunden beide und hielten das Maul offen. „D's Vaters?" fragte endlich Züseli. „Ja, d's Vaters," sagte Hans Uli, „und seht, da ist noch mehr", und somit schob er ihnen den wüsten Kübel dar, nahm das Papier weg, welches drin lag, und fast halbvoll grober Silberstücke war er.

Da verschmeieten beide fast, und Züseli sah den Alten an mit einem Blicke, als ob es sagen wollte: „Warum hältst du uns zum besten?" „Sieh mich nur an, Fraueli, ja es war eures Vaters Geld, jetzt ists euer Geld"; und nun erzählte ihnen Hans Uli den Hergang, gab ihnen das Papier zur Hand, auf welchem von den Männern verzeichnet stand, wieviel sie im Kübel vorgefunden, woraus sich ergab, daß der bessere Teil noch vorhanden war.

Sie stunden da, daß es wohl kein großer Unterschied war zwischen ihren Gesichtern und dem Gesicht, welches Lots Weib machte und das man noch in der Kirche zu Doberan, freilich etwas verblichen, sehen kann, als es hinter sich sah und die brennenden Städte ihm in die Augen fielen; indessen der Ausgang war anders. Züselis Gesicht versteinerte nicht, kriegte zuerst Leben, und Wasserbäche strömten aus seinen Augen, daß der Vater so bös gehabt und so viel Geld, daß er sich nichts gegönnt und nur für sie gehauset, daß sie es nicht gewußt und nichts für ihn getan, nicht den Doktor geholt oder ihm wenigstens doch eine Laxierig oder andern Zeug gegeben hätten.

„Nun," sagte endlich Hans Uli, „es freut mich, daß du daran sinnest und z'erst plärrest und nicht jauchzest. Daneben höre jetzt mit Plärren auf und plage dich nicht zu fast mit dem Kummer, er habe seine Sache nicht gehabt. Er wollte es so, und das war seine Freude, und wie das Sprichwort sagt: es habe jeder Narr Freude an seiner Kappe, so ists meine Meinung, daß man ihm diese Freude nicht störe, das ist sein Wohlleben, und wenn er euch jetzt gesehen und eure Gesichter, so hätte es ihn gelächert wie sein Lebtag noch nie. Diese Freude wollen wir ihm wohl gönnen, aber nicht mehr, andere Leute brauchen nicht zu verstaunen über Barthlis Schatz. Wenn es auf mich abkäme, ich ließe davon nichts unter die Leute. Daneben macht, was ihr wollt; dir, Fraueli, wäre das ein schwer Zumuten."

Benz sagte, er danke für den Rat, er sei ganz der Meinung, die Leute wären jetzt so gut; wenn sie vernähmen, wie reich sie geworden, würden sie mißgünstig. Das best werde sein, daß sie Land kauften, daß sie eine Kuh halten könnten.

Da lachte der Alte herzlich, sagte endlich: „Häbs nit für ungut, aber das wäre gerade das Dümmst. Meinst nit, es nähme die Leute wunder, woher du das Geld hättest, wenn du dich plötzlich so aufließest? Doch d'Hauptsach ist die: du willst ein Korber werden, und das ist recht, du siehst, es hat seinen silbernen Boden. Aber was ihr verdient, was die Haushaltung kostet, überhaupt wie das Haushalten geht, das wißt ihr nicht. Jetzt hürschet nicht alles durcheinander, meinet, es möge sich alles ergeben, alles erleiden, auf welche Weise die meisten Weibergütlein dahingehen, man weiß nicht wie, und wo man obendrein noch Trom und Boden verliert. D's Hüsli laßt ausbauen, dann hüselet fort ungefähr so wie bisher. So erfahret ihr genau, was ihr verdienet und was ihr brauchst, ob ihr übrig habt oder z'wenig, und d's Vaters Geld laßt einstweilen ruhig, als ob es gar nicht da wäre. Läßt Gott euch gesund, so werdet ihr ohne Zweifel mehr verdienen als brauchen, daraus könnt ihr euch nach und nach Sachen anschaffen, und deren braucht ihr viel, denn ihr habt von allen Sachen nichts, in mancher Bettlerhaushaltung hat man mehr. Unterdessen laßt das Geld arbeiten, man findet ihm schon Platz, daß es hierherum nicht bekannt wird. Seid ihr dann durch eure Arbeit gut in Stand gekommen, im Handwerk b'rühmt und b'liebt, dann ist noch allezeit Land und Kuh zu kaufen, wenn es sich wohl schickt und ihr noch Lust dazu habt. Dann freut es die Leute noch, sie halten euch viel darauf und sagen: husligere Leute gebe es nicht, aber es sei ihnen z'gönnen, sie arbeiteten danach, z'Unnutz sehe man sie keinen Kreuzer vertun, wenn alle so wären, es gäbe weniger Arme und es ginge besser auf der Welt."

Wie die jungen Leute dem Alten dankten, kann jeder sich denken. Er war selbst über die Innigkeit gerührt und ließ sich erbitten, ihnen den Schatz ferner zu verwalten.

Stumm gingen sie lange nebeneinander auf dem Heimweg. Endlich sagte Züseli, es möchte abhocken und beten. Als sie wieder aufstunden, fiel Züseli dem Benz um den Hals und sagte: „O Benz, wie sy mr jetzt z'weg so ungsinnt! Aber gäll, hochmütig und gyzig wei mr nie werde, zum Krüzer luege und i dr Liebe blybe und nie vrgesse für e Vater z'bete alli Tag, und nie vrgesse, woher alles chunt und wem mr alles z'vrdanke hei?"

Benz drückte sein Weibchen ans Herz, und stumm Hand in Hand wanderten sie ihrem Häuschen zu und werden darin, so Gott will, den Frieden auf Erden finden und dabei sorgen für den Frieden im Himmel.

De La Motte-Fouqué

Undine

*

Erstes Kapitel
Wie der Ritter zu dem Fischer kam

Es mögen nun wohl schon viele hundert Jahre her sein, da gab
es einmal einen alten guten Fischer, der saß eines schönen
Abends vor der Tür und flickte seine Netze. Er wohnte aber in
einer überaus anmutigen Gegend. Der grüne Boden, worauf seine
Hütte gebaut war, streckte sich weit in einen großen Landsee hin=
aus, und es schien ebensowohl, die Erdzunge habe sich aus Liebe zu
der bläulich klaren, wunderhellen Flut in diese hineingedrängt,
als auch, das Wasser habe mit verliebten Armen nach der schönen
Aue gegriffen, nach ihren hochschwankenden Gräsern und Blu=
men und nach dem erquicklichen Schatten ihrer Bäume. Eins
ging bei dem andern zu Gaste, und eben deshalb war jegliches so
schön. Von Menschen freilich war an dieser hübschen Stelle we=
nig oder gar nichts anzutreffen, den Fischer und seine Hausleute
ausgenommen. Denn hinter der Erdzunge lag ein sehr wilder Wald,
den die mehrsten Leute wegen seiner Finsternis und Unwegsamkeit,
wie auch wegen der wundersamen Kreaturen und Gaukeleien, die
man darin antreffen sollte, allzusehr scheueten, um sich ohne Not
hinein zu begeben. Der alte fromme Fischer jedoch durchschritt ihn
ohne Anfechtung zu vielen Malen, wenn er die köstlichen Fische,
die er auf seiner schönen Landzunge fing, nach einer großen Stadt
trug, welche nicht sehr weit hinter dem großen Walde lag. Es
ward ihm wohl mehrenteils deswegen so leicht, durch den Forst zu
ziehen, weil er fast keine andre als fromme Gedanken hegte, und
noch außerdem jedesmal, wenn er die verrufenen Schatten betrat,
ein geistliches Lied aus heller Kehle und aufrichtigem Herzen anzu=
stimmen gewohnt war.

Da er nun an diesem Abend ganz arglos bei den Netzen saß,

kam ihn doch ein unverſehener Schrecken an, als er es im Wal=
desdunkel rauſchen hörte wie Roß und Mann und ſich das Ge=
räuſch immer näher nach der Landzunge herauszog. Was er in
manchen ſtürmigen Nächten von den Geheimniſſen des Forſtes ge=
träumt hatte, zuckte ihm nun auf einmal durch den Sinn, vor
allem das Bild eines rieſenmäßig langen, ſchneeweißen Mannes,
der unaufhörlich auf eine ſeltſame Art mit dem Kopfe nickte. Ja,
als er die Augen nach dem Walde aufhob, kam es ihm ganz ei=
gentlich vor, als ſehe er durch das Laubgegitter den nickenden Mann
hervorkommen. Er nahm ſich aber bald zuſammen, erwägend,
wie ihm doch niemals in dem Walde ſelbſten was Bedenkliches
widerfahren ſei und alſo auf der freien Landzunge der böſe Geiſt
wohl noch minder Gewalt über ihn ausüben dürfe. Zugleich be=
tete er recht kräftiglich einen bibliſchen Spruch laut aus dem Her=
zen heraus, wodurch ihm der kecke Mut auch zurückkam und er
faſt lachend ſah, wie ſehr er ſich geirrt hatte. Der weiße, nickende
Mann ward nämlich urplötzlich zu einem ihm längſt wohlbe=
kannten Bächlein, das ſchäumend aus dem Forſte hervorrann und
ſich in den Landſee ergoß. Wer aber das Geräuſch verurſacht hatte,
war ein ſchön geſchmückter Ritter, der zu Roß durch den Baum=
ſchatten gegen die Hütte vorgeritten kam. Ein ſcharlachroter Man=
tel hing ihm über ſein veilchenblaues goldgeſticktes Wams herab;
von dem goldfarbigen Barette wallten rote und veilchenblaue Fe=
dern, am goldnen Wehrgehenke blitzte ein ausnehmend ſchönes
und reichverziertes Schwert. Der weiße Hengſt, der den Ritter
trug, war ſchlankeren Baues, als man es ſonſt bei Streitroſſen
zu ſehen gewohnt iſt, und trat ſo leicht über den Raſen hin, daß
dieſer grünbunte Teppich auch nicht die mindeſte Verletzung davon
zu empfangen ſchien. Dem alten Fiſcher war es noch immer nicht
ganz geheuer zumut, obwohl er einzuſehen meinte, daß von einer
ſo holden Erſcheinung nichts Übles zu befahren ſei, weshalb er
auch ſeinen Hut ganz ſittig vor dem näherkommenden Herrn ab=
zog und gelaſſen bei ſeinen Netzen verblieb. Da hielt der Ritter
ſtille und fragte, ob er wohl mit ſeinem Pferde auf dieſe Nacht
hier Unterkommen und Pflege finden könne. — „Was Euer
Pferd betrifft, lieber Herr,“ entgegnete der Fiſcher, „ſo weiß ich
ihm keinen beſſern Stall anzuweiſen, als dieſe beſchattete Wieſe,
und kein beſſeres Futter, als das Gras, welches darauf wächſt.

Euch selbst aber will ich gerne in meinem kleinen Hause mit
Abendbrot und Nachtlager bewirten, so gut es unsereiner hat."
— Der Ritter war damit ganz wohl zufrieden, er stieg von seinem
Rosse, welches die beiden gemeinschaftlich losgürteten und loszügel=
ten, und ließ es alsdann auf den blumigen Anger hinlaufen, zu
seinem Wirte sprechend: „Hätt ich Euch auch minder gastlich und
wohlmeinend gefunden, mein lieber alter Fischer, Ihr wäret
mich dennoch wohl für heute nicht wieder losgeworden; denn, wie
ich sehe, liegt vor uns ein breiter See, und mit sinkendem Abend
in den wunderlichen Wald zurückzureiten, davor bewahre mich der
liebe Gott!" — „Wir wollen nicht allzuviel davon reden", sagte
der Fischer und führte seinen Gast in die Hütte.

Darinnen saß bei dem Herde, von welchem aus ein spärliches
Feuer die dämmernde, reinliche Stube erhellte, auf einem großen
Stuhle des Fischers betagte Frau; beim Eintritte des vornehmen
Gastes stand sie freundlich grüßend auf, setzte sich aber an ihren
Ehrenplatz wieder hin, ohne diesen dem Fremdling anzubieten, wo=
bei der Fischer lächelnd sagte: „Ihr müßt es ihr nicht verübeln,
junger Herr, daß sie Euch den bequemsten Stuhl im Hause nicht
abtritt; das ist so Sitte bei armen Leuten, daß der den Alten ganz
ausschließlich gehört." — „Ei, Mann," sagte die Frau mit ruhi=
gem Lächeln, „wo denkst du auch hin? Unser Gast wird doch zu
den Christenmenschen gehören, und wie könnte es alsdann dem lie=
ben jungen Blut einfallen, alte Leute von ihren Sitzen zu ver=
jagen?" — „Setzt Euch, mein junger Herr," fuhr sie, gegen den
Ritter gewandt, fort; „es steht dorten noch ein recht artiges Ses=
selein, nur müßt Ihr nicht allzu ungestüm damit hin und her
rutschen; denn das eine Bein ist nicht allzu feste mehr." — Der
Ritter holte den Sessel achtsam herbei, ließ sich freundlich darauf
nieder, und es war ihm zumute, als sei er mit diesem kleinen Haus=
halt verwandt und eben jetzt aus der Ferne dahin heimgekehrt.

Die drei guten Leute fingen an, höchst freundlich und vertrau=
lich miteinander zu sprechen. Vom Walde, nach welchem sich der
Ritter einige Male erkundigte, wollte der alte Mann freilich
nicht viel wissen; am wenigsten, meinte er, passe sich das Reden
davon jetzt in der einbrechenden Nacht; aber von ihrer Wirtschaft
und sonstigem Treiben erzählten die beiden Eheleute desto mehr
und hörten auch gerne zu, als ihnen der Rittersmann von seinen

Reisen vorsprach, und daß er eine Burg an den Quellen der Do=
nau habe und Herr Huldbrand von Ringstetten geheißen sei. Mit=
ten durch das Gespräch hatte der Fremde schon bisweilen ein Plät=
schern am niedrigen Fensterlein vernommen, als spritze jemand
Wasser dagegen. Der Alte runzelte bei diesem Geräusche jedes=
mal unzufrieden die Stirn; als aber endlich ein ganzer Guß ge=
gen die Scheiben flog und durch den schlecht verwahrten Rahmen
in die Stube hereinsprudelte, stand er unwillig auf und rief
drohend nach dem Fenster hin: „Undine! wirst du endlich einmal
die Kindereien lassen? Und ist noch obenein heut ein fremder Herr
bei uns in der Hütte.“ — Es ward auch draußen stille, nur ein
leises Gekicher ließ sich noch vernehmen, und der Fischer sagte, zu=
rückkommend: „Das müßt Ihr nun schon zugute halten, mein
ehrenwerter Gast, und vielleicht noch manche Ungezogenheit mehr,
aber sie meint es nicht böse. Es ist nämlich unsere Pflegetochter
Undine, die sich das kindische Wesen gar nicht abgewöhnen will,
ob sie gleich bereits in ihr achtzehntes Jahr gehen mag. Aber wie
gesagt, im Grunde ist sie doch von ganzem Herzen gut.“ — „Du
kannst wohl sprechen!“ entgegnete kopfschüttelnd die Alte. „Wenn
du so vom Fischfang heimkommst oder von der Reise, da mag es
mit ihren Schäkereien ganz was Artiges sein. Aber sie den gan=
zen Tag lang auf dem Halse haben und kein kluges Wort hören,
und statt bei wachsendem Alter Hülfe im Haushalte zu finden,
immer nur dafür sorgen zu müssen, daß uns ihre Torheiten nicht
vollends zugrunde richten, — da ist es gar ein andres, und die hei=
lige Geduld selbsten würd es am Ende satt.“ — „Nun, nun,“ lä=
chelte der Hausherr, „du hast es mit Undinen und ich mit dem
See. Reißt mir der doch auch oftmals meine Dämme und Netze
durch, aber ich hab ihn dennoch gern, und du mit allem Kreuz und
Elend das zierliche Kindlein auch. Nicht wahr?“ — „Ganz böse
kann man ihr eben nicht werden“, sagte die Alte und lächelte bei=
fällig.

Da flog die Tür auf, und ein wunderschönes Blondchen schlüpfte
lachend herein und sagte: „Ihr habt mich nur gefoppt, Vater;
wo ist denn nun Euer Gast?“ — Selben Augenblicks aber ward
sie auch den Ritter gewahr und blieb staunend vor dem schönen
Jünglinge stehen. Huldbrand ergötzte sich an der holden Gestalt
und wollte sich die lieblichen Züge recht achtsam einprägen, weil

er meinte, nur ihre Überraschung laſſe ihm Zeit dazu, und ſie
werde ſich bald nachher in zwiefacher Blödigkeit vor ſeinen Blik=
ken abwenden. Es kam aber ganz anders. Denn als ſie ihn nun
recht lange angeſehen hatte, trat ſie zutraulich näher, kniete vor
ihm nieder und ſagte, mit einem goldnen Schaupfennige, den er
an einer reichen Kette auf der Bruſt trug, ſpielend: „Ei du ſchö=
ner, du freundlicher Gaſt, wie biſt du denn endlich in unſere arme
Hütte gekommen? Mußteſt du denn jahrelang in der Welt her=
umſtreifen, bevor du dich auch einmal zu uns fandeſt? Kommſt du
aus dem wüſten Walde, du ſchöner Freund?" — Die ſcheltende
Alte ließ ihm zur Antwort keine Zeit. Sie ermahnte das Mäd=
chen, fein ſittig aufzuſtehen und ſich an ihre Arbeit zu begeben.
Undine aber zog, ohne zu antworten, eine kleine Fußbank neben
Huldbrands Stuhl, ſetzte ſich mit ihrem Gewebe darauf nieder
und ſagte freundlich: „Hier will ich arbeiten." Der alte Mann
tat, wie Eltern mit verzognen Kindern zu tun pflegen. Er ſtellte
ſich, als merkte er von Undinens Unart nichts, und wollte von
etwas anderm anfangen. Aber das Mädchen ließ ihn nicht dazu.
Sie ſagte: „Woher unſer holder Gaſt kommt, habe ich ihn ge=
fragt, und er hat mir noch nicht geantwortet." — „Aus dem
Walde komme ich, du ſchönes Bildchen", entgegnete Huldbrand,
und ſie ſprach weiter: „So mußt du mir erzählen, wie du da hin=
einkamſt, denn die Menſchen ſcheuen ihn ſonſt, und was für wun=
derliche Abenteuer du darinnen erlebt haſt, weil es doch ohne der=
gleichen dorten nicht abgehen ſoll." — Huldbrand empfing einen
kleinen Schauer bei dieſer Erinnerung und blickte unwillkürlich
nach dem Fenſter, weil es ihm zumute war, als müſſe eine von den
ſeltſamlichen Geſtalten, die ihm im Forſte begegnet waren, von
dort hereingrinſen; er ſah nichts als die tiefe, ſchwarze Nacht, die
nun bereits draußen vor den Scheiben lag. Dann nahm er ſich zu=
ſammen und wollte eben ſeine Geſchichte anfangen, als ihn der
Alte mit den Worten unterbrach: „Nicht alſo, Herr Ritter; zu
dergleichen iſt jetzund keine gute Zeit." — Undine aber ſprang zorn=
mütig von ihrem Bänkchen auf, ſetzte die ſchönen Arme in die
Seiten und rief, ſich dicht vor den Fiſcher hinſtellend: „Er ſoll nicht
erzählen, Vater? Er ſoll nicht? Ich aber wills; er ſoll! Er ſoll
doch!" — Und damit trat das zierliche Füßchen heftig gegen den
Boden, aber das alles mit ſolch einem drollig anmutigen Anſtande,

daß Huldbrand jetzt in ihrem Zorn fast weniger noch die Augen
von ihr wegbringen konnte, als vorher in ihrer Freundlichkeit. Bei
dem Alten hingegen brach der zurückgehaltene Unwille in volle
Flammen aus. Er schalt heftig auf Undinens Ungehorsam und
unsittiges Betragen gegen den Fremden, und die gute alte Frau
stimmte mit ein. Da sagte Undine: „Wenn ihr zanken wollt und
nicht tun, was ich haben will, so schlaft allein in eurer alten,
räuchrigen Hütte!" — Und wie ein Pfeil war sie aus der Tür und
flüchtigen Laufes in die finstere Nacht hinaus.

*

Zweites Kapitel
Auf welche Weise Undine zu dem Fischer
gekommen war

Huldbrand und der Fischer sprangen von ihren Sitzen und woll=
ten dem zürnenden Mädchen nach. Ehe sie aber in die Hüttentür
gelangten, war Undine schon lange in dem wolkigen Dunkel drau=
ßen verschwunden, und auch kein Geräusch ihrer leichten Füße
verriet, wohin sie ihren Lauf wohl gerichtet haben könne. Huld=
brand sah fragend nach seinem Wirte; fast kam es ihm vor, als
sei die ganze liebliche Erscheinung, die so schnell in die Nacht wie=
der untergetaucht war, nichts andres gewesen, als eine Fortsetzung
der wunderlichen Gebilde, die früher im Forste ihr loses Spiel mit
ihm getrieben hatten, aber der alte Mann murmelte in seinen
Bart: „Es ist nicht das erstemal, daß sie es uns also macht. Nun
hat man die Angst auf dem Herzen und den Schlaf aus den
Augen für die ganze Nacht; denn wer weiß, ob sie nicht dennoch
einmal Schaden nimmt, wenn sie so draußen im Dunkel allein
ist bis an das Morgenrot." — „So laßt uns ihr doch nach Vater,
um Gott!" rief Huldbrand ängstlich aus. Der Alte erwiderte:
„Wozu das? Es wär ein sündlich Werk, ließ ich Euch in Nacht
und Einsamkeit dem törichten Mädchen so ganz alleine folgen,
und meine alten Beine holen den Springinsfeld nicht ein, wenn
man auch wüßte, wohin sie gerannt ist." — „Nun müssen wir ihr
doch nachrufen mindestens und sie bitten, daß sie wiederkehrt",
sagte Huldbrand und begann auf das beweglichste zu rufen: „Un=
dine! Ach Undine! Komm doch zurück!" — Der Alte wiegte sein

Haupt hin und her, sprechend, all das Geschrei helfe am Ende zu nichts; der Ritter wisse noch nicht, wie trotzig die Kleine sei. Dabei aber konnte er es doch nicht unterlassen, öfters mit in die finstere Nacht hinauszurufen: „Undine! Ach liebe Undine! Ich bitte dich, komm nur dies eine Mal zurück."

Es ging indessen, wie es der Fischer gesagt hatte. Keine Undine ließ sich hören oder sehen, und weil der Alte durchaus nicht zugeben wollte, daß Huldbrand der Entflohenen nachspürte, mußten sie endlich beide wieder in die Hütte gehen. Hier fanden sie das Feuer des Herdes beinahe erloschen, und die Hausfrau, die sich Undinens Flucht und Gefahr bei weitem nicht so zu Herzen nahm als ihr Mann, war bereits zur Ruhe gegangen. Der Alte hauchte die Kohlen wieder an, legte trocknes Holz darauf und suchte bei der wieder auflodernden Flamme einen Krug mit Wein hervor, den er zwischen sich und seinen Gast stellte. „Euch ist auch angst wegen des dummen Mädchens, Herr Ritter," sagte er, „und wir wollen lieber einen Teil der Nacht verplaudern und vertrinken, als uns auf den Schilfmatten vergebens nach dem Schlafe herumwälzen. Nicht wahr?" Huldbrand war gerne damit zufrieden, der Fischer nötigte ihn auf den ledigen Ehrenplatz der schlafen gegangenen Hausfrau, und beide tranken und sprachen miteinander, wie es zwei wackern und zutraulichen Männern geziemt. Freilich, sooft sich vor den Fenstern das geringste regte, oder auch bisweilen, wenn sich gar nichts regte, sah einer von beiden in die Höhe, sprechend: „Sie kommt." Dann wurden sie ein paar Augenblicke stille und fuhren nachher, da nichts erschien, kopfschüttelnd und seufzend in ihren Reden fort.

Weil aber nun beide an fast gar nichts anders zu denken vermochten als an Undinen, so wußten sie auch nichts Besseres, als, der Ritter zu hören, welchergestalt Undine zu dem alten Fischer gekommen sei, der alte Fischer, eben diese Geschichte zu erzählen. Deshalben hub er folgendermaßen an:

„Es sind nun wohl funfzehn Jahre vergangen, da zog ich einmal durch den wüsten Wald mit meiner Ware nach der Stadt. Meine Frau war daheim geblieben wie gewöhnlich; und solches zu der Zeit auch noch um einer gar hübschen Ursache willen, denn Gott hatte uns, in unserm damals schon ziemlich hohen Alter, ein wunderschönes Kindlein beschert. Es war ein Mägdlein, und die

Rede ging bereits unter uns, ob wir nicht, dem neuen Ankömm=
linge zu Frommen, unsre schöne Landzunge verlassen wollten, um
die liebe Himmelsgabe künftig an bewohnbaren Orten besser auf=
zuziehen. Es ist freilich bei armen Leuten nicht so damit, wie Ihr
es meinen mögt, Herr Ritter; aber lieber Gott! jedermann muß
doch einmal tun, was er vermag. — Nun, mir ging unterwegs
die Geschichte ziemlich im Kopfe herum. Diese Landzunge war
mir so im Herzen lieb, und ich fuhr ordentlich zusammen, wenn
ich unter dem Lärm und Gezänke in der Stadt bei mir selbsten
denken mußte: in solcher Wirtschaft nimmst auch du nun mit
nächstem deinen Wohnsitz, oder doch in einer nicht viel stillern! —
Dabei aber hab ich nicht gegen unsern lieben Herrgott gemurret,
vielmehr ihm im stillen für das Neugeborne gedankt; ich müßte
auch lügen, wenn ich sagen wollte, mir wäre auf dem Hin= oder
Rückwege durch den Wald irgend etwas Bedenklicheres aufgesto=
ßen als sonst, wie ich denn nie etwas Unheimliches dorten gesehen
habe. Der Herr war immer mit mir in den verwunderlichen
Schatten."

Da zog er sein Mützchen von dem kahlen Schädel und blieb
eine Zeitlang in betenden Gedanken sitzen. Dann bedeckte er sich
wieder und sprach fort:

„Diesseits des Waldes, ach, diesseits, da zog mir das Elend
entgegen. Meine Frau kam gegangen mit strömenden Augen wie
zwei Bäche; sie hatte Trauerkleider angelegt. ‚O lieber Gott,'
ächzte ich, ‚wo ist unser liebes Kind? Sag an.' — ‚Bei dem, den
du rufest, lieber Mann', entgegnete sie, und wir gingen nun still
weinend miteinander in die Hütte. — Ich suchte nach der kleinen
Leiche; da erfuhr ich erst, wie alles gekommen war. Am Seeufer
hatte meine Frau mit dem Kinde gesessen, und wie sie so recht
sorglos und selig mit ihm spielt, bückt sich die Kleine auf einmal
vor, als sähe sie etwas ganz Wunderschönes im Wasser; meine
Frau sieht sie noch lachen, den lieben Engel, und mit den Händ=
chen greifen; aber im Augenblick schießt sie ihr durch die rasche
Bewegung aus den Armen und in den feuchten Spiegel hinunter.
Ich habe viel gesucht nach der kleinen Toten; es war zu nichts;
auch keine Spur von ihr war zu finden.

Nun, wir verwaisten Eltern saßen denn noch selbigen Abends
still beisammen in der Hütte; zu reden hatte keiner Lust von uns,

wenn man es auch gekonnt hätte vor Tränen. Wir sahen so in
das Feuer des Herdes hinein. Da raschelt was draußen an der
Tür; sie springt auf, und ein wunderschönes Mägdlein von etwa
drei, vier Jahren steht reich gepußt auf der Schwelle und lächelt
uns an. Wir blieben ganz stumm vor Erstaunen, und ich wußte
erst nicht, war es ein ordentlicher kleiner Mensch, war es bloß ein
gaukelhaftes Bildnis. Da sah ich aber das Wasser von den gold=
nen Haaren und den reichen Kleidern herabtröpfeln und merkte
nun wohl, das schöne Kindlein habe im Wasser gelegen und Hülfe
tue ihm not. ‚Frau,‘ sagte ich, ‚uns hat niemand unser liebes Kind
erretten können; wir wollen doch wenigstens an andern Leuten tun,
was uns selig auf Erden machen würde, vermöchte es jemand an
uns zu tun.‘ — Wir zogen die Kleine aus, brachten sie zu Bett
und reichten ihr wärmende Getränke, wobei sie kein Wort sprach
und uns bloß aus den beiden seeblauen Augenhimmeln immerfort
lächelnd anstarrte.

Des andern Morgens ließ sich wohl abnehmen, daß sie keinen
weitern Schaden genommen hatte, und ich fragte nun nach ihren
Eltern und wie sie hierher gekommen sei. Das aber gab eine ver=
worrne, wundersamliche Geschichte. Von weit her muß sie wohl
gebürtig sein, denn nicht nur, daß ich diese funfzehn Jahre her
nichts von ihrer Herkunft erforschen konnte, so sprach und spricht
sie auch bisweilen so absonderliche Dinge, daß unsereins nicht weiß,
ob sie am Ende nicht gar vom Monde herunter gekommen sein
könne. Da ist die Rede von goldnen Schlössern, von kristallnen
Dächern, und Gott weiß, wovon noch mehr. Was sie am deut=
lichsten erzählte, war, sie sei mit ihrer Mutter auf dem großen
See spazieren gefahren, aus der Barke ins Wasser gefallen und
habe ihre Sinne erst hier unter den Bäumen wiedergefunden, wo
ihr an dem lustigen Ufer recht behaglich zumute geworden sei.

Nun hatten wir noch eine große Bedenklichkeit und Sorge
auf dem Herzen. Daß wir an der lieben Ertrunkenen Stelle die
Gefundene behalten und auferziehen wollten, war freilich sehr bald
ausgemacht; aber wer konnte nun wissen, ob das Kind getauft sei
oder nicht? Sie selber wußte darüber keine Auskunft zu geben.
Daß sie eine Kreatur sei, zu Gottes Preis und Freude geschaffen,
wisse sie wohl, antwortete sie uns mehrenteils, und was zu Gottes
Preis und Freude gereicht, sei sie auch bereit, mit sich vornehmen

zu lassen. — Meine Frau und ich dachten so: ist sie nicht getauft, so gibts da nichts zu zögern; ist sie es aber doch, so kann bei guten Dingen zu wenig eher schaden als zu viel. Und demzufolge sannen wir auf einen guten Namen für das Kind, das wir ohnehin noch nicht ordentlich zu rufen wußten. Wir meinten endlich, Dorothea werde sich am besten für sie schicken, weil ich einmal gehört hatte, das heiße Gottesgabe, und sie uns doch von Gott als eine Gabe zugesandt war, als ein Trost in unserm Elend. Sie hingegen wollte nichts davon hören und meinte, Undine sei sie von ihren Eltern genannt worden, Undine wolle sie auch ferner heißen. Nun kam mir das wie ein heidnischer Name vor, der in keinem Kalender stehe, und ich holte mir deshalb Rat bei einem Priester in der Stadt. Der wollte auch nichts von dem Undinennamen hören und kam auf mein vieles Bitten mit mir durch den verwunderlichen Wald zu Vollziehung der Taufhandlung hier herein in meine Hütte. Die Kleine stand so hübsch geschmückt und holdselig vor uns, daß dem Priester alsbald sein ganzes Herz vor ihr aufging, und sie wußte ihm so artig zu schmeicheln und mitunter so drollig zu trotzen, daß er sich endlich auf keinen der Gründe, die er gegen den Namen Undine vorrätig gehabt hatte, mehr besinnen konnte. Sie ward denn also Undine getauft und betrug sich während der heiligen Handlung außerordentlich sittig und anmutig, so wild und unstet sie auch übrigens immer war. Denn darin hat meine Frau ganz recht: was Tüchtiges haben wir mit ihr auszustehen gehabt. Wenn ich Euch erzählen sollte . . ."

Der Ritter unterbrach den Fischer, um ihn auf ein Geräusch wie von gewaltig rauschenden Wasserfluten aufmerksam zu machen, das er schon früher zwischen den Reden des Alten vernommen hatte und das nun mit wachsendem Ungestüm vor den Hüttenfenstern dahinströmte. Beide sprangen nach der Tür. Da sahen sie draußen im jetzt aufgegangenen Mondenlicht den Bach, der aus dem Walde hervorrann, wild über seine Ufer hinausgerissen und Steine und Holzstämme in reißenden Wirbeln mit sich fortschleudern. Der Sturm brach, wie von dem Getöse erweckt, aus den nächtigen Gewölken, diese pfeilschnell über den Mond hinjagend, hervor, der See heulte unter des Windes schlagenden Fittichen, die Bäume der Landzunge ächzten von Wurzel zu Wipfel hinauf und beugten sich wie schwindelnd über die reißenden Ge-

wässer: „Undine! Um Gottes willen, Undine!" riefen die zwei
beängstigten Männer. — Keine Antwort kam ihnen zurück, und
achtlos nun jeglicher andern Erwägung, rannten sie, suchend und
rufend, einer hier, der andre dort hin, aus der Hütte fort.

*

Drittes Kapitel
Wie sie Undinen wiederfanden

Dem Huldbrand ward es immer ängstlicher und verworrner zu
Sinn, je länger er unter den nächtlichen Schatten suchte, ohne
zu finden. Der Gedanke, Undine sei nur eine bloße Walderschei-
nung gewesen, bekam aufs neue Macht über ihn, ja er hätte unter dem Geheul der Wellen und Stürme, dem Krachen der
Bäume, der gänzlichen Umgestaltung der kaum noch so still anmutigen Gegend die ganze Landzunge samt der Hütte und ihren
Bewohnern fast für eine trügerisch neckende Bildung gehalten;
aber von fern hörte er doch immer noch des Fischers ängstliches
Rufen nach Undinen, der alten Hausfrau lautes Beten und Singen durch das Gebraus. Da kam er endlich dicht an des übergetretenen Baches Rand und sah im Mondenlicht, wie dieser seinen
ungezähmten Lauf gerade vor den unheimlichen Wald hin genommen hatte, so daß er nun die Erdspitze zur Insel machte. — O lieber Gott, dachte er bei sich selbst, wenn es Undine gewagt hätte,
ein paar Schritte in den fürchterlichen Forst hineinzutun; vielleicht
eben in ihrem anmutigen Eigensinn, weil ich ihr nichts davon erzählen sollte, — und nun wäre der Strom dazwischen gerollt, und
sie weinte nun einsam drüben bei den Gespenstern! — Ein Schrei
des Entsetzens entfuhr ihm, und er klomm einige Steine und um-
gestürzte Fichtenstämme hinab, um in den reißenden Strom zu
treten und, watend oder schwimmend, die Verirrte drüben zu suchen. Es fiel ihm zwar alles Grauenvolle und Wunderliche ein,
was ihm schon bei Tage unter den jetzt rauschenden und heulen-
den Zweigen begegnet war. Vorzüglich kam es ihm vor, als stehe
ein langer weißer Mann, den er nur allzu gut kannte, grinsend
und nickend am jenseitigen Ufer; aber eben diese ungeheuern Bilder rissen ihn gewaltig nach sich hin, weil er bedachte, daß Undine
in Todesängsten unter ihnen sei, und allein.

Schon hatte er einen starken Fichtenast ergriffen und stand,
auf diesen gestützt, in den wirbelnden Fluten, gegen die er sich kaum
aufrecht zu halten vermochte; aber er schritt getrosten Mutes tiefer hinein. Da rief es neben ihm mit anmutiger Stimme: „Trau
nicht, trau nicht! Er ist tückisch, der Alte, der Strom!" — Er
kannte diese lieblichen Laute, er stand wie betört unter den Schatten, die sich eben dunkel über den Mond gelegt hatten, und ihm
schwindelte vor dem Gerolle der Wogen, die er pfeilschnell an seinen Schenkeln hinschießen sah. Dennoch wollte er nicht ablassen.
„Bist du nicht wirklich da, gaukelst du nur neblicht um mich her,
so mag auch ich nicht leben und will ein Schatten werden wie du,
du liebe, liebe Undine!" Dies rief er laut und schritt wieder tiefer
in den Strom. „Sieh dich doch um, ei, sieh dich doch um, du schöner,
betörter Jüngling!" so rief es abermals dicht bei ihm, und seitwärts blickend sah er im eben sich wieder enthüllenden Mondlicht
unter den Zweigen hoch verschlungener Bäume auf einer durch die
Überschwemmung gebildeten kleinen Insel Undinen lächelnd und
lieblich in die blühenden Gräser hineingeschmiegt.

O wie viel freudiger brauchte nun der junge Mann seinen
Fichtenast zum Stabe als vorhin! Mit wenigen Schritten war
er durch die Flut, die zwischen ihm und dem Mägdlein hinstürmte,
und neben ihr stand er auf der kleinen Rasenstelle, heimlich und
sicher von den uralten Bäumen überrauscht und beschirmt. Undine
hatte sich etwas emporgerichtet und schlang nun in dem grünen
Laubgezelte ihre Arme um seinen Nacken, so daß sie ihn auf ihren
weichen Sitz neben sich niederzog. „Hier sollst du mir erzählen,
hübscher Freund," sagte sie leise flüsternd; „hier hören uns die
grämlichen Alten nicht. Und so viel als ihre ärmliche Hütte ist
doch hier unser Blätterdach wohl noch immer wert." — „Es ist
der Himmel!" sagte Huldbrand und umschlang inbrünstig küssend
die schmeichelnde Schöne.

Da war unterdessen der alte Fischer an das Ufer des Stromes
gekommen und rief zu den beiden jungen Leuten herüber: „Ei, Herr
Ritter, ich habe Euch aufgenommen, wie es ein biederherziger
Mann dem andern zu tun pflegt, und nun kost Ihr mit meinem
Pflegekinde so heimlich und laßt mich noch obendrein in der Angst
nach ihr durch die Nacht umherlaufen." — „Ich habe sie selbst
erst eben jetzt gefunden, alter Vater", rief ihm der Ritter zurück.

— „Defto beffer," fagte der Fifcher, „aber nun bringt fie mir auch
ohne Verzögern an das fefte Land herüber." Davon aber wollte
Undine wieder gar nichts hören. Sie meinte, eher wolle fie mit dem
fchönen Fremden in den wilden Forft vollends hinein, als wieder
in die Hütte zurück, wo man ihr nicht ihren Willen tue, und aus
welcher der hübfche Ritter doch über kurz oder lang fcheiden werde.
Mit unfäglicher Anmut fang fie, Huldbranden umfchlingend:

> Aus dunftgem Tal die Welle,
> Sie rann und fucht' ihr Glück!
> Sie kam ins Meer zur Stelle
> Und rinnt nicht mehr zurück.

Der alte Fifcher weinte bitterlich in ihr Lied, aber es fchien fie
nicht fonderlich zu rühren. Sie küßte und ftreichelte ihren Liebling,
der endlich zu ihr fagte: „Undine, wenn dir des alten Mannes
Jammer das Herz nicht trifft, fo trifft ers mir. Wir wollen zu=
rück zu ihm." — Verwundert fchlug fie die großen blauen Augen
gegen ihn auf und fprach endlich langfam und zögernd: „Wenn du
es fo meinft — gut; mir ift alles recht, was du meinft. Aber ver=
fprechen muß mir erft der alte Mann da drüben, daß er dich ohne
Widerrede will erzählen laffen, was du im Walde gefehen haft,
und — nun das andre findet fich wohl." — „Komm nur, komm!"
rief der Fifcher ihr zu, ohne mehr Worte herausbringen zu können.
Zugleich ftreckte er feine Arme weit über die Flut ihr entgegen und
nickte mit dem Kopfe, um ihr die Erfüllung ihrer Forderung zuzu=
fagen, wobei ihm die weißen Haare feltfam über das Geficht her=
überfielen und Huldbrand an den nickenden weißen Mann im
Forfte denken mußte. Ohne fich aber durch irgend etwas irremachen
zu laffen, faßte der junge Rittersmann das fchöne Mädchen in
feine Arme und trug fie über den kleinen Raum, welchen der Strom
zwifchen ihrem Infelchen und dem feften Ufer durchbraufte. Der
Alte fiel um Undinens Hals und konnte fich gar nicht fatt freuen
und küffen; auch die alte Frau kam herbei und fchmeichelte der
Wiedergefundenen auf das herzlichfte. Von Vorwürfen war gar
nicht die Rede mehr, um fo minder, da auch Undine, ihres Trotzes
vergeffend, die beiden Pflegeeltern mit anmutigen Worten und
Liebkofungen faft überfchüttete.

Als man endlich nach der Freude des Wiederhabens fich recht
befann, blickte fchon das Morgenrot leuchtend über den Landfee

herein, der Sturm war stille geworden, die Vöglein sangen lustig
auf den genäßten Zweigen. Weil nun Undine auf die Erzählung
der verheißnen Geschichte des Ritters bestand, fügten sich die beiden
Alten lächelnd und willig in ihr Begehr. Man brachte ein Früh=
stück unter die Bäume, welche hinter der Hütte gegen den See zu
standen, und setzte sich, von Herzen vergnügt, dabei nieder, Undine,
weil sie es durchaus nicht anders haben wollte, zu den Füßen des
Ritters ins Gras. Hierauf begann Huldbrand folgendermaßen zu
sprechen.

*

Viertes Kapitel
Von dem, was dem Ritter im Walde begegnet war

Es mögen nun etwa acht Tage her sein, da ritt ich in die freie
Reichsstadt ein, welche dort jenseits des Forstes gelegen ist. Bald
darauf gab es darin ein schönes Turnieren und Ringelrennen, und
ich schonte meinen Gaul und meine Lanze nicht. Als ich nun ein=
mal an den Schranken still halte, um von der lustigen Arbeit zu
rasten, und den Helm an einen meiner Knappen zurückreiche, fällt
mir ein wunderschönes Frauenbild in die Augen, das im allerherr=
lichsten Schmuck auf einem der Altane stand und zusah. Ich fragte
meinen Nachbar und erfuhr, die reizende Jungfrau heiße Bertalda
und sei die Pflegetochter eines der mächtigen Herzoge, die in dieser
Gegend wohnen. Ich merkte, daß sie auch mich ansah, und wie es
nun bei uns jungen Rittern zu kommen pflegt: hatte ich erst brav
geritten, so ging es nun noch ganz anders los. Den Abend beim
Tanze war ich Bertaldas Gefährte, und das blieb so alle die Tage
des Festes hindurch."

Ein empfindlicher Schmerz an seiner linken, herunterhängenden
Hand unterbrach hier Huldbrands Rede und zog seine Blicke nach
der schmerzenden Stelle. Undine hatte ihre Perlenzähne scharf in
seine Finger gesetzt und sah dabei recht finster und unwillig aus.
Plötzlich aber schaute sie ihm freundlich wehmütig in die Augen
und flüsterte ganz leise: „Ihr macht es auch danach." Dann ver=
hüllte sie ihr Gesicht, und der Ritter fuhr seltsam verwirrt und
nachdenklich in seiner Geschichte fort:

„Es ist eine hochmütige, wunderliche Maid, diese Bertalda.
Sie gefiel mir auch am zweiten Tage schon lange nicht mehr wie

am erſten, und am dritten noch minder. Aber ich blieb um ſie, weil
ſie freundlicher gegen mich war als gegen andre Ritter, und ſo kam
es auch, daß ich ſie im Scherz um einen ihrer Handſchuhe bat.
‚Wenn Ihr mir Nachricht bringt und Ihr ganz allein,‘ ſagte ſie,
‚wie es im berüchtigten Forſte ausſieht.‘ Mir lag eben nicht ſo viel
an ihrem Handſchuhe, aber geſprochen war geſprochen, und ein ehr=
liebender Rittersmann läßt ſich zu ſolchem Probeſtücke nicht zwei=
mal mahnen.“

„Ich denke, ſie hatte Euch lieb“, unterbrach ihn Undine.

„Es ſah ſo aus“, entgegnete Huldbrand.

„Nun,“ rief das Mädchen lachend, „die muß recht dumm ſein.
Von ſich zu jagen, was einem lieb iſt! Und vollends in einen ver=
rufnen Wald hinein. Da hätte der Wald und ſein Geheimnis
lange für mich warten können.“

„Ich machte mich denn geſtern morgen auf den Weg“, fuhr
der Ritter, Undinen freundlich anlächelnd, fort. „Die Baum=
ſtämme blitzten ſo rot und ſchlank im Morgenlichte, das ſich hell
auf dem grünen Raſen hinſtreckte, die Blätter flüſterten ſo luſtig
miteinander, daß ich in meinem Herzen über die Leute lachen
mußte, die an dieſem vergnüglichen Orte irgend etwas Unheimliches
erwarten konnten. ‚Der Wald ſoll bald durchtrabt ſein, hin und
zurück‘, ſagte ich in behaglicher Fröhlichkeit zu mir ſelbſt, und eh
ich noch daran dachte, war ich tief in die grünenden Schatten hinein
und nahm nichts mehr von der hinter mir liegenden Ebene wahr.
Da fiel es mir erſt aufs Herz, daß ich mich auch in dem gewaltigen
Forſte gar leichtlich verirren könne und daß dieſes vielleicht die ein=
zige Gefahr ſei, welche den Wandersmann allhier bedrohe. Ich
hielt daher ſtille und ſah mich nach dem Stande der Sonne um,
die unterdeſſen etwas höher gerückt war. Indem ich nun ſo empor=
blicke, ſehe ich ein ſchwarzes Ding in den Zweigen einer hohen Eiche.
Ich denke ſchon, es iſt ein Bär, und faſſe nach meiner Klinge; da
ſagt es mit einer Menſchenſtimme, aber recht rauh und häßlich,
herunter: ‚Wenn ich hier oben nicht die Zweige abknuſperte, wo=
ran ſollteſt du denn heut um Mitternacht gebraten werden, Herr
Naſeweis?‘ Und dabei grinſt es und raſchelt mit den Aſten, daß
mein Gaul toll wird und mit mir durchgeht, eh ich noch Zeit ge=
winnen konnte, zu ſehen, was es denn eigentlich für eine Teufels=
beſtie war.“

„Den müßt Ihr nicht nennen", sagte der alte Fischer und kreuzte sich; die Hausfrau tat schweigend desgleichen; Undine sah ihren Liebling mit hellen Augen an, sprechend: „Das beste bei der Geschichte ist, daß sie ihn doch nicht wirklich gebraten haben. Weiter, du hübscher Jüngling."

Der Ritter fuhr in seiner Erzählung fort: „Ich wäre mit meinem scheuen Pferde fast gegen Baumstämme und Äste angerannt; es triefte von Angst und Erhitzung und wollte sich doch noch immer nicht halten lassen. Zuletzt ging es gerade auf einen steinigen Abgrund los; da kam mirs plötzlich vor, als werfe sich ein langer, weißer Mann dem tollen Hengste quer vor in seinen Weg, der entsetzte sich davor und stand; ich kriegte ihn wieder in meine Gewalt und sah nun erst, daß mein Retter kein weißer Mann war, sondern ein silberheller Bach, der sich neben mir von einem Hügel herunterstürzte, meines Rosses Lauf ungestüm kreuzend und hemmend."

„Danke, lieber Bach!" rief Undine, in die Händchen klopfend. Der alte Mann aber sah kopfschüttelnd in tiefen Sinnen vor sich nieder.

„Ich hatte mich noch kaum im Sattel wieder zurechtgesetzt und die Zügel wieder ordentlich recht gefaßt," fuhr Huldbrand fort, „so stand auch schon ein wunderliches Männlein zu meiner Seiten, winzig und häßlich über alle Maßen, ganz braungelb und mit einer Nase, die nicht viel kleiner war als der ganze übrige Bursche selbst. Dabei grinste er mit einer recht dummen Höflichkeit aus dem breit geschlitzten Maule hervor und machte viele tausend Scharrfüße und Bücklinge gegen mich. Weil mir nun das Possenspiel sehr mißhagte, dankte ich ihm ganz kurz, warf meinen noch immer zitternden Gaul herum und gedachte, mir ein andres Abenteuer oder, dafern ich keines fände, den Heimweg zu suchen, denn die Sonne war während meiner tollen Jagd schon über die Mittagshöhe gen Westen gegangen. Da sprang aber der kleine Kerl mit einer blitzschnellen Wendung herum und stand abermals vor meinem Hengste. — ‚Platz da!' sagte ich verdrießlich, ‚das Tier ist wild und rennet dich leichtlich um.' — ‚Ei,' schnarrte das Kerlchen und lachte noch viel entsetzlich dummer, ‚schenkt mir doch erst ein Trinkgeld, denn ich hab ja Euer Rösselein aufgefangen; lägt Ihr doch ohne mich samt Eurem Rösselein in der Steinkluft da unten,

hu!' — ‚Schneide nur keine Gesichter weiter,‘ sagte ich, ‚und nimm
dein Geld hin, wenn du auch lügst, denn siehe, der gute Bach dorten
hat mich gerettet, nicht aber du, höchst ärmlicher Wicht.‘ Und zugleich ließ ich ein Goldstück in seine wunderliche Mütze fallen, die
er bettelnd vor mir abgezogen hatte. Dann trabte ich weiter; er
aber schrie hinter mir drein und war plötzlich mit unbegreiflicher
Schnelligkeit neben mir. Ich sprengte mein Roß im Galopp an;
er galoppierte mit, so sauer es ihm zu werden schien und so wunderliche, halb lächerliche, halb gräßliche Verrenkungen er dabei mit
seinem Leibe vornahm, wobei er immerfort das Goldstück in die
Höhe hielt und bei jedem Galoppsprunge schrie: ‚Falsch Geld!
Falsche Münze! Falsche Münze! Falsch Geld!‘ Und das krächzte
er aus so hohler Brust heraus, daß man meinte, er müsse nach jeg-
lichem Schreie tot zu Boden stürzen. Auch hing ihm die häßlich
rote Zunge weit aus dem Schlunde. Ich hielt verstört; ich fragte:
‚Was willst du mit deinem Geschrei? Nimm noch ein Goldstück,
nimm noch zwei, aber dann laß ab von mir.‘ — Da fing er wieder
mit seinem häßlich höflichen Grüßen an und schnarrte: ‚Gold eben
nicht, Gold soll es eben nicht sein, mein Jungherrlein, des Spaßes
hab ich selbsten allzuviel; wills Euch mal zeigen.‘

Da ward es mir auf einmal, als könnt ich durch den grünen
festen Boden durchsehen, als sei er grünes Glas und die ebene Erde
kugelrund, und drinnen hielten eine Menge Kobolde ihr Spiel mit
Silber und Gold. Kopfauf, kopfunten kugelten sie sich herum,
schmissen einander zum Spaß mit den edlen Metallen und puste-
ten sich den Goldstaub neckend ins Gesicht. Mein häßlicher Gefährte stand halb drinnen, halb draußen; er ließ sich sehr, sehr viel
Gold von den andern heraufreichen und zeigte es mir lachend und
schmiß es dann immer wieder klingend in die unermeßlichen Klüfte
hinab. Dann zeigte er wieder mein Goldstück, was ich ihm geschenkt
hatte, den Kobolden drunten, und die wollten sich drüber halb tot-
lachen und zischten mich aus. Endlich reckten sie alle die spitzigen,
metallschmutzigen Finger gegen mich aus, und wilder und wilder,
und dichter und dichter, und toller und toller klomm das Gewim-
mel gegen mich herauf; — da erfaßte mich ein Entsetzen, wie vorhin
meinen Gaul. Ich gab ihm beide Sporen und weiß nicht, wie weit
ich zum zweiten Male toll in den Wald hineingejagt bin.

Als ich nun endlich wieder still hielt, war es abendkühl um

mich her. Durch die Zweige sah ich einen weißen Fußpfad leuch=
ten, von dem ich meinte, er müsse aus dem Forste nach der Stadt
zurückführen. Ich wollte mich dahin durcharbeiten, aber ein ganz
weißes, undeutliches Antlitz, mit immer wechselnden Zügen, sah
mir zwischen den Blättern entgegen; ich wollte ihm ausweichen,
aber wo ich hinkam, war es auch. Ergrimmt gedacht ich endlich
mein Roß darauflos zu treiben, da sprudelte es mir und dem Pferde
weißen Schaum entgegen, daß wir beide geblendet umwenden muß=
ten. So trieb es uns von Schritt zu Schritt, immer von dem Fuß=
steige abwärts, und ließ uns überhaupt nur nach einer einzigen
Richtung hin den Weg noch frei. Zogen wir aber auf dieser fort,
so war es wohl dicht hinter uns, tat uns jedoch nicht das geringste
zuleide. Wenn ich mich dann bisweilen nach ihm umsah, merkte
ich wohl, daß das weiße, sprudelnde Antlitz auf einem ebenso wei=
ßen, höchst riesenmäßigen Körper saß. Manchmal dacht ich auch,
als sei es ein wandelnder Springbronn, aber ich konnte niemals
recht darüber zu Gewißheit kommen. Ermüdet gaben Roß und
Reiter dem treibenden, weißen Manne nach, der uns immer mit
dem Kopfe zunickte, als wolle er sagen: ‚Schon recht! Schon recht!'
— Und so sind wir endlich an das Ende des Waldes hier heraus=
gekommen, wo ich Rasen und Seeflut und eure Hütte sah, und wo
der lange weiße Mann verschwand."

„Gut, daß er fort ist", sagte der alte Fischer, und nun begann
er davon zu sprechen, wie sein Gast auf die beste Weise wieder zu
seinen Leuten nach der Stadt zurückgelangen könne. Darüber fing
Undine an, ganz leise in sich selbst hinein zu kichern. Huldbrand
merkte es und sagte: „Ich dachte, du sähest mich gern hier; was
freust du dich denn nun, da von meiner Abreise die Rede ist?"

„Weil du nicht fort kannst", entgegnete Undine. „Prob es doch
mal, durch den übergetretenen Waldstrom zu setzen, mit Kahn,
mit Roß oder allein, wie du Lust hast. Oder prob es lieber nicht,
denn du würdest zerschellt werden von den blitzschnell getriebenen
Stämmen und Steinen. Und was den See angeht, da weiß ich
wohl, der Vater darf mit seinem Kahne nicht weit genug darauf
hinaus."

Huldbrand erhob sich lächelnd, um zu sehen, ob es so sei, wie
ihm Undine gesagt hatte, der Alte begleitete ihn, und das Mäd=
chen gaukelte scherzend neben den Männern her. Sie fanden es in

der Tat, wie Undine gesagt hatte, und der Ritter mußte sich drein
ergeben, auf der zur Insel gewordenen Landspitze zu bleiben, bis
die Fluten sich verliefen. Als die drei nach ihrer Wanderung wie=
der der Hütte zugingen, sagte der Ritter der Kleinen ins Ohr:
„Nun, wie ist es, Undinchen? Bist du böse, daß ich bleibe?" —
„Ach," entgegnete sie mürrisch, „laßt nur. Wenn ich Euch nicht
gebissen hätte, wer weiß, was noch alles von der Bertalda in Eurer
Geschichte vorgekommen wäre!"

*

Fünftes Kapitel
Wie der Ritter auf der Seespitze lebte

Du bist vielleicht, mein lieber Leser, schon irgendwo, nach mannig=
fachem Auf= und Abtreiben in der Welt, an einen Ort gekommen,
wo dir es wohl war; die jedwedem eingeborene Liebe zu eignem
Herd und stillem Frieden ging wieder auf in dir; du meintest, die
Heimat blühe mit allen Blumen der Kindheit und der allerreinsten,
innigsten Liebe wieder aus teuren Grabstätten hervor, und hier
müsse gut Wohnen und Hüttenbauen sein. Ob du dich darin ge=
irrt und den Irrtum nachher schmerzlich abgebüßt hast, das soll
hier nichts zur Sache tun, und du wirst dich auch selbst wohl mit
dem herben Nachgeschmack nicht freiwillig betrüben wollen. Aber
rufe jene unaussprechliche süße Ahnung, jenen englischen Gruß
des Friedens wieder in dir herauf, und du wirst ungefähr wissen
können, wie dem Ritter Huldbrand während seines Lebens auf der
Seespitze zu Sinne war.

Er sah oftmals mit innigem Wohlbehagen, wie der Wald=
strom mit jedem Tage wilder einherrollte, wie er sich sein Bette
breiter und breiter riß und die Abgeschiedenheit auf der Insel so
für immer längere Zeit ausdehnte. Einen Teil des Tages über
strich er mit einer alten Armbrust, die er in einem Winkel der Hütte
gefunden und sich ausgebessert hatte, umher, nach den vorüberflie=
genden Vögeln lauernd und, was er von ihnen treffen konnte, als
guten Braten in die Küche liefernd. Brachte er nun seine Beute
zurück, so unterließ Undine fast niemals, ihn auszuschelten, daß er
den lieben, lustigen Tierchen oben im blauen Luftmeer so feindlich
ihr fröhliches Leben stehle, ja, sie weinte oftmals bitterlich bei dem

Anblicke des toten Geflügels. Kam er aber dann ein andermal wie=
der heim und hatte nichts geschossen, so schalt sie ihn nicht minder
ernstlich darüber aus, daß man nun um seines Ungeschicks und sei=
ner Nachlässigkeit willen mit Fischen und Krebsen vorliebnehmen
müsse. Er freute sich allemal herzinniglich auf ihr anmutiges Zür=
nen, um so mehr, da sie gewöhnlich nachher ihre üble Laune durch
die holdesten Liebkosungen wieder gutzumachen suchte. Die Alten
hatten sich in die Vertraulichkeit der beiden jungen Leute gefunden;
sie kamen ihnen vor wie Verlobte oder gar wie ein Ehepaar, das
ihnen zum Beistand im Alter mit auf der abgerissenen Insel
wohne. Eben diese Abgeschiedenheit brachte auch den jungen Huld=
brand ganz fest auf den Gedanken, er sei bereits Undinens Bräuti=
gam. Ihm war zumute, als gäbe es keine Welt mehr jenseits dieser
umgebenden Fluten, oder als könne man doch nie wieder da hinüber
zur Vereinigung mit andern Menschen gelangen; und wenn ihn
auch bisweilen sein weidendes Roß anwieherte, wie nach Ritter=
taten fragend und mahnend, oder sein Wappenschild ihm von der
Stickerei des Sattels und der Pferdedecke ernst entgegenleuchtete,
oder sein schönes Schwert unversehens vom Nagel, an welchem
es in der Hütte hing, im Sturze aus der Scheide gleitend, — so be=
ruhigte er sein zweifelndes Gemüt damit: Undine sei gar keine
Fischerstochter, sei vielmehr, aller Wahrscheinlichkeit nach, aus
einem wundersamen hochfürstlichen Hause der Fremde gebürtig.
Nur das war ihm in der Seele zuwider, wenn die alte Frau Un=
dinen in seiner Gegenwart schalt. Das launische Mädchen lachte
zwar meist, ohne alles Hehl, ganz ausgelassen darüber; aber ihm
war es, als taste man seine Ehre an, und doch mußte er der alten
Fischerin nicht unrecht zu geben, denn Undine verdiente immer zum
wenigsten zehnfach so viel Schelte, als sie bekam; daher er denn
auch der Hauswirtin im Herzen gewogen blieb und das ganze Leben
seinen stillen vergnüglichen Gang fürder ging.

Es kam aber doch endlich eine Störung hinein; der Fischer und
der Ritter waren nämlich gewohnt gewesen, beim Mittagmahle
und des Abends, wenn der Wind draußen heulte, wie er es fast
immer gegen die Nacht zu tun pflegte, sich miteinander bei einem
Kruge Wein zu ergötzen. Nun war aber der ganze Vorrat zu
Ende gegangen, den der Fischer früher von der Stadt nach und
nach mitgebracht hatte, und die beiden Männer wurden darüber

ganz verdrießlich. Undine lachte sie den Tag über wacker aus, ohne
daß beide so lustig wie gewöhnlich in ihre Scherze einstimmten.
Gegen Abend war sie aus der Hütte gegangen: sie sagte, um den
zwei langen und langweiligen Gesichtern zu entgehen. Weil es nun
in der Dämmerung wieder nach Sturm aussah und das Wasser
bereits heulte und rauschte, sprangen der Ritter und der Fischer
erschreckt vor die Tür, um das Mädchen heimzuholen, der Angst
jener Nacht gedenkend, wo Huldbrand zum erstenmal in der Hütte
gewesen war. Undine aber trat ihnen entgegen, freundlich in ihre
Händchen klopfend. „Was gebt ihr mir, wenn ich euch Wein ver=
schaffe? Oder vielmehr, ihr braucht mir nichts zu geben," fuhr sie
fort, „denn ich bin schon zufrieden, wenn ihr lustiger ausseht und
bessere Einfälle habt, als diesen letzten, langweiligen Tag hindurch.
Kommt nur mit! Der Waldstrom hat ein Faß an das Ufer ge=
trieben, und ich will verdammt sein, eine ganze Woche lang zu
schlafen, wenn es nicht ein Weinfaß ist." — Die Männer folgten
ihr nach und fanden wirklich an einer umbuschten Bucht des Ufers
ein Faß, welches ihnen Hoffnung gab, als enthalte es den edlen
Trank, wonach sie verlangten. Sie wälzten es vor allem aufs
schleunigste in die Hütte, denn ein schweres Wetter zog wieder am
Abendhimmel herauf, und man konnte in der Dämmerung be=
merken, wie die Wogen des Sees ihre weißen Häupter schäumend
emporrichteten, als sähen sie sich nach dem Regen um, der nun
bald auf sie herunterrauschen sollte. Undine half den beiden nach
Kräften und sagte, als das Regenwetter plötzlich allzu schnell her=
aufheulte, lustig drohend in die schweren Wolken hinein: „Du! du!
Hüte dich, daß du uns nicht naß machst; wir sind noch lange nicht
unter Dach." — Der Alte verwies ihr solches als eine sündhafte
Vermessenheit; aber sie kicherte leise vor sich hin, und es widerfuhr
auch niemandem etwas Übles darum. Vielmehr gelangten alle drei,
wider Vermutung, mit ihrer Beute trocken an den behaglichen
Herd, und erst als man das Faß geöffnet und erprobt hatte, daß
es einen wundersam trefflichen Wein enthalte, riß sich der Re=
gen aus dem dunkeln Gewölke los und rauschte der Sturm
durch die Wipfel der Bäume und über des Sees empörte Wo=
gen hin.

Einige Flaschen waren bald aus dem großen Fasse gefüllt, das
für viele Tage Vorrat verhieß, man saß trinkend und scherzend

und heimisch gesichert vor dem tobenden Unwetter an der Glut des
Herdes beisammen. Da sagte der alte Fischer und ward plötzlich
sehr ernst: „Ach großer Gott, wir freuen uns hier der edlen Gabe,
und der, welchem sie zuerst angehörte und vom Strome genommen
ward, hat wohl gar das liebe Leben drum lassen müssen." „Er
wird ja nicht gerade!" meinte Undine und schenkte dem Ritter lä=
chelnd ein. Der aber sagte: „Bei meiner höchsten Ehre, alter Va=
ter, wüßt ich ihn zu finden und zu retten, mich sollte kein Gang
in die Nacht hinaus dauern und keine Gefahr. So viel aber kann
ich Euch versichern, komm ich je wieder zu bewohntern Landen, so
will ich ihn oder seine Erben schon ausfindig machen und diesen
Wein doppelt und dreifach ersetzen." — Das freute den alten
Mann; er nickte dem Ritter billigend zu und trank nun seinen Be=
cher mit besserm Gewissen und Behagen leer. Undine aber sagte
zu Huldbranden: „Mit der Entschädigung mit deinem Golde
halt es, wie du willst. Das aber mit dem Nachlaufen und Suchen
war dumm geredet. Ich weinte mir die Augen aus, wenn du dar=
über verloren gingst, und, nicht wahr, du möchtest auch lieber bei
mir bleiben und bei dem guten Wein?" — „Das freilich", entgeg=
nete Huldbrand lächelnd. „Nun," sagte Undine, „also hast du
dumm gesprochen. Denn jeder ist sich doch selbst der nächste, und
was gehen einen die andern Leute an." — Die Hauswirtin wandte
sich seufzend und kopfschüttelnd von ihr ab, der Fischer vergaß sei=
ner sonstigen Vorliebe für das zierliche Mägdlein und schalt. „Als
ob dich Heiden und Türken erzogen hätten, klingt ja das," schloß
er seine Rede; „Gott verzeih es mir und dir, du ungeratenes
Kind." — „Ja, aber mir ist doch nun einmal so zumute," entgeg=
nete Undine, „habe mich erzogen, wer da will, und was können
da all eure Worte helfen." — „Schweig!" fuhr der Fischer sie an,
und sie, die ungeachtet ihrer Keckheit doch äußerst schreckhaft war,
fuhr zusammen, schmiegte sich zitternd an Huldbrand und fragte
ihn ganz leise: „Bist du auch böse, schöner Freund?" Der Ritter
drückte ihr die zarte Hand und streichelte ihre Locken. Sagen
konnte er nichts, weil ihm der Ärger über des Alten Härte gegen
Undinen die Lippen schloß, und so saßen beide Paare mit einem
Male unwillig und im verlegnen Schweigen einander gegenüber.

*

Sechstes Kapitel
Von einer Trauung

Ein leises Klopfen an die Tür klang durch diese Stille und erschreckte alle, die in der Hütte saßen, wie es denn wohl bisweilen
zu kommen pflegt, daß auch eine Kleinigkeit, die ganz unvermutet
geschieht, einem den Sinn recht furchtbarlich aufregen kann. Aber
hier kam noch dazu, daß der verrufene Forst sehr nahe lag und
daß die Seespitze für menschliche Besuche jetzt unzugänglich schien.
Man sah einander zweifelnd an, das Pochen wiederholte sich, von
einem tiefen Ächzen begleitet; der Ritter ging nach seinem Schwerte.
Da sagte aber der alte Mann leise: „Wenn es das ist, was ich
fürchte, hilft uns keine Waffe." — Undine näherte sich indessen
der Tür und rief ganz unwillig und keck: „Wenn ihr Unfug treiben wollt, ihr Erdgeister, so soll euch Kühleborn was Bessers lehren." — Das Entsetzen der andern ward durch diese wunderlichen Worte vermehrt, sie sahen das Mädchen scheu an, und
Huldbrand wollte sich eben zu einer Frage an sie ermannen,
da sagte es von draußen: „Ich bin kein Erdgeist, wohl aber
ein Geist, der noch im irdischen Körper hauset. Wollt ihr mir
helfen und fürchtet ihr Gott, ihr drinnen in der Hütte, so tut
mir auf." Undine hatte bei diesen Worten die Tür bereits geöffnet und leuchtete mit einer Ampel in die stürmische Nacht hinaus,
so daß man draußen einen alten Priester wahrnahm, der vor dem
unversehnen Anblicke des wunderschönen Mägdleins erschreckt
zurücktrat. Er mochte wohl denken, es müsse Spuk und Zauberei
mit im Spiele sein, wo ein so herrliches Bild aus eine so niedern Hüttenpforte erscheine; deshalb fing er an zu beten: „Alle
guten Geister loben Gott den Herrn!" — „Ich bin kein Gespenst,"
sagte Undine lächelnd, „seh ich denn so häßlich aus? Zudem
könnt Ihr wohl merken, daß mich kein frommer Spruch erschreckt. Ich weiß doch auch von Gott und versteh ihn auch zu
loben, jedweder auf seine Weise freilich, und dazu hat er uns
erschaffen. Tretet herein, ehrwürdiger Vater, Ihr kommt zu
guten Leuten!"

Der Geistliche kam neigend und umblickend herein und sah gar
lieb und ehrwürdig aus. Aber das Wasser troff aus allen Falten
seines dunkeln Kleides und aus dem langen weißen Bart und den

weißen Locken des Haupthaares. Der Fischer und der Ritter führ=
ten ihn in eine Kammer und gaben ihm andre Kleider, während
sie den Weibern die Gewande des Priesters zum Trocknen in das
Zimmer reichten. Der fremde Greis dankte aufs demütigste und
freundlichste, aber des Ritters glänzenden Mantel, den ihm die=
ser entgegenhielt, wollte er auf keine Weise umnehmen; er wählte
statt dessen ein altes graues Oberkleid des Fischers. So kamen
sie denn in das Gemach zurück, die Hausfrau räumte dem Priester
alsbald ihren großen Sessel und ruhte nicht eher, bis er sich dar=
auf niedergelassen hatte: „denn", sagte sie, „Ihr seid alt und er=
schöpft und geistlich obendrein." — Undine schob den Füßen des
Fremden ihr kleines Bänkchen unter, worauf sie sonst neben Huld=
branden zu sitzen pflegte, und bewies sich überhaupt in der Pflege
des guten Alten höchst sittig und anmutig. Huldbrand flüsterte
ihr darüber eine Neckerei ins Ohr, sie aber entgegnete sehr ernst:
„Er dient ja dem, der uns alle geschaffen hat; damit ist nicht zu
spaßen." — Der Ritter und der Fischer labten darauf den Priester
mit Speise und Wein, und dieser fing, nachdem er sich etwas er=
holt hatte, zu erzählen an, wie er gestern aus seinem Kloster, das
fern über den großen Landsee hinaus liege, nach dem Sitze des Bi=
schofs habe reisen sollen, um demselben die Not kundzutun, in
welche durch die jetzigen wunderbaren Überschwemmungen das
Kloster und dessen Zinsdörfer geraten seien. Da habe er nach lan=
gen Umwegen, um eben dieser Überschwemmung willen, sich heute
gegen Abend dennoch genötigt gesehen, einen übergetretnen Arm
des Sees mit Hülfe zweier guten Fährleute zu überschiffen. —
„Kaum aber", fuhr fort, „hatte unser kleines Fahrzeug die Wel=
len berührt, so brach auch schon der ungeheure Sturm los, der
noch jetzt über unsern Häuptern fortwütet. Es war, als hätten
die Fluten nur auf uns gewartet, um die allertollsten, strudelndsten
Tänze mit uns zu beginnen. Die Ruder waren bald aus meiner
Führer Händen gerissen und trieben zerschmettert auf den Wogen
weiter und weiter vor uns hinaus. Wir selbst flogen, hülflos und
der tauben Naturkraft hingegeben, auf die Höhe des Sees zu euren
fernen Ufern herüber, die wir schon zwischen den Nebeln und
Wasserschäumen emporstreben sahen. Da drehte sich endlich der
Nachen immer wilder und schwindliger; ich weiß nicht, stürzte er
um, stürzte ich heraus. Im dunkeln Ängstigen des nahen, schreck=

lichen Todes trieb ich weiter, bis mich eine Welle hier unter die Bäume an eure Insel warf."

„Ja, Insel!" sagte der Fischer. „Vor kurzem wars noch eine Landspitze. Nun aber, seit Waldstrom und See schier toll geworden sind, sieht es ganz anders mit uns aus."

„Ich merkte so etwas," sagte der Priester, „indem ich im Dunkeln das Wasser entlängst schlich und, ringsum nur wildes Gebrause antreffend, endlich schaute, wie sich ein betretner Fußpfad gerade in das Getos hinein verlor. Nun sah ich das Licht in eurer Hütte und wagte mich hierher, wo ich denn meinem himmlischen Vater nicht genug danken kann, daß er mich nach meiner Rettung aus dem Gewässer auch noch zu so frommen Leuten geführt hat, als zu euch, und das um so mehr, da ich nicht wissen kann, ob ich außer euch Vieren noch in diesem Leben andre Menschen wieder zu sehen bekomme."

„Wie meint Ihr das?" fragte der Fischer.

„Wißt Ihr denn, wie lange dieses Treiben der Elemente währen soll?" entgegnete der Geistliche. „Und ich bin alt an Jahren. Gar leichtlich mag mein Lebensstrom eher versiegend unter die Erde gehen als die Überschwemmung des Waldstromes da draußen. Und überhaupt, es wäre ja nicht unmöglich, daß mehr und mehr des schäumenden Wassers sich zwischen euch und den jenseitigen Forst drängte, bis ihr so weit von der übrigen Erde abgerissen würdet, daß euer Fischerkähnlein nicht mehr hinüberreichte und die Bewohner des festen Landes in ihren Zerstreuungen euer Alter gänzlich vergessen."

Die alte Hausfrau fuhr hierüber zusammen, kreuzte sich und sagte: „Das verhüte Gott!" — Aber der Fischer sah sie lächelnd an und sprach: „Wie doch auch nun der Mensch ist! Es wäre ja dann nicht anders, wenigstens nicht für dich, liebe Frau, als es nun ist. Bist du denn seit vielen Jahren weiter gekommen als an die Grenze des Forstes? Und hast du andre Menschen gesehen als Undinen und mich? — Seit kurzem sind nun noch der Ritter und der Priester zu uns gekommen. Die blieben bei uns, wenn wir zur vergessenen Insel würden; also hättest du ja den besten Gewinn davon."

„Ich weiß nicht," sagte die alte Frau, „es wird einem doch unheimlich zumute, wenn man sichs nun so vorstellt, daß man unwie-

derbringlich von den andern Leuten geschieden wäre, ob man sie
übrigens auch weder kennt noch sieht."

„Du bliebest dann bei uns, du bliebest dann bei uns!" flüsterte
Undine ganz leise, halb singend, und schmiegte sich inniger an Huldbrands Seite. Dieser aber war in tiefen und seltsamen Gebilden
seines Innern verloren. Die Gegend jenseit des Waldwassers zog
sich seit des Priesters letzten Worten immer ferner und dunkler
von ihm ab, die blühende Insel, auf welcher er lebte, grünte und
lachte immer frischer in sein Gemüt herein. Die Braut glühte
als die schönste Rose dieses kleinen Erdstriches und auch der ganzen
Welt hervor, der Priester war zur Stelle. Dazu kam noch eben,
daß ein zürnender Blick der Hausfrau das schöne Mädchen traf,
weil sie sich in Gegenwart des geistlichen Herrn so dicht an ihren
Liebling lehnte, und es schien, als wollte ein Strom von unerfreu-
lichen Worten folgen. Da brach es aus des Ritters Munde, daß
er, gegen den Priester gewandt, sagte: „Ihr seht hier ein Brautpaar vor Euch, ehrwürdiger Herr, und wenn dies Mädchen und
die guten, alten Fischersleute nichts dawider haben, sollt Ihr uns
heute abend noch zusammengeben."

Die beiden alten Eheleute waren sehr verwundert. Sie hatten
zwar bisher oft so etwas gedacht, aber ausgesprochen hatten sie es
doch niemals, und wie nun der Ritter dies tat, kam es ihnen als
etwas ganz Neues und Unerhörtes vor. Undine war plötzlich ernst
geworden und sah tiefsinnig vor sich nieder, während der Priester
nach den nähern Umständen fragte und sich bei den Alten nach
ihrer Einwilligung erkundigte. Man kam nach mannigfachem
Hin- und Herreden miteinander aufs reine; die Hausfrau ging,
um den jungen Leuten das Brautgemach zu ordnen und zwei ge-
weihte Kerzen, die sie seit langer Zeit verwahrt hielt, für die
Trauungsfeierlichkeit hervorzusuchen. Der Ritter nestelte indes an
seiner goldnen Kette und wollte zwei Ringe losdrehen, um sie mit
der Braut wechseln zu können. Diese aber fuhr, es bemerkend,
aus ihrem tiefen Sinnen auf und sprach: „Nicht also! Ganz bet-
telarm haben mich meine Eltern nicht in die Welt hineingeschickt;
vielmehr haben sie gewißlich schon frühe darauf gerechnet, daß ein
solcher Abend aufgehen solle." — Damit war sie schnell aus der
Tür und kam gleich darauf mit zwei kostbaren Ringen zurück,
deren einen sie ihrem Bräutigam gab und den andern für sich be-

hielt. Der alte Fischer war ganz erstaunt darüber, und noch mehr die Hausfrau, die eben wieder hereintrat, daß beide diese Kleinodien noch niemals bei dem Kinde gesehen hatten. — „Meine Eltern", entgegnete Undine, „ließen mir diese Dingerchen in das schöne Kleid nähen, das ich gerade anhatte, da ich zu euch kam. Sie verboten mir auch, auf irgendeine Weise jemanden davon zu sagen vor meinem Hochzeitabend. Da habe ich sie denn also stille herausgetrennt und verborgen gehalten bis heute." — Der Priester unterbrach das weitere Fragen und Verwundern, indem er die geweihten Kerzen anzündete, sie auf einen Tisch stellte und das Brautpaar sich gegenübertreten hieß. Er gab sie sodann mit kurzen, feierlichen Worten zusammen, die alten Eheleute segneten die jungen, und die Braut lehnte sich leise zitternd und nachdenklich an den Ritter. Da sagte der Priester mit einem Male: „Ihr Leute seid doch seltsam! Was sagt ihr mir denn, ihr wäret die einzigen Menschen hier auf der Insel? Und während der ganzen Trauhandlung sah zu dem Fenster mir gegenüber ein ansehnlicher, langer Mann im weißen Mantel herein. Er muß noch vor der Türe stehen, wenn ihr ihn etwa mit ins Haus nötigen wollt." — „Gott bewahre!" sagte die Wirtin, zusammenfahrend, der alte Fischer schüttelte schweigend den Kopf, und Huldbrand sprang nach dem Fenster. Es war ihm selbst, als sehe er noch einen weißen Streif, der aber bald im Dunkel gänzlich verschwand. Er redete dem Priester ein, daß er sich durchaus geirrt haben müsse, und man setzte sich vertraulich mitsammen um den Herd.

*

Siebentes Kapitel
Was sich weiter am Hochzeitabend begab

Gar sittig und still hatte sich Undine vor und während der Trauung bewiesen, nun aber war es, als schäumten alle die wunderlichen Grillen, welche in ihr hausten, um so dreister und kecklicher auf die Oberfläche hervor. Sie neckte Bräutigam und Pflegeeltern und selbst den noch kaum so hochverehrten Priester mit allerhand kindischen Streichen, und als die Wirtin etwas dagegen sagen wollte, brachten diese ein paar ernste Worte des Ritters, worin er Undinen mit großer Bedeutsamkeit seine Hausfrau nannte, zum Schweigen.

Ihm selbst indessen, dem Ritter, gefiel Undinens kindisches Be=
zeigen ebensowenig; aber da half kein Winken und kein Räuspern
und keine tadelnde Rede. Sooft die Braut ihres Lieblings Unzu=
friedenheit merkte — und das geschah einigemal —, ward sie freilich
stiller, setzte sich neben ihn, streichelte ihn, flüsterte ihm lächelnd
etwas in das Ohr und glättete so die aufsteigenden Falten seiner
Stirn. Aber gleich darauf riß sie irgendein toller Einfall wieder
in das gaukelnde Treiben hinein, und es ging nur ärger als zuvor.
Da sagte der Priester sehr ernsthaft und sehr freundlich: „Mein
anmutiges junges Mägdlein, man kann Euch zwar nicht ohne
Ergötzen ansehen, aber denkt darauf, Eure Seele beizeiten so zu
stimmen, daß sie immer die Harmonie zu der Seele Eures ange=
trauten Bräutigams anklingen lasse." „Seele!" lachte ihn Un=
dine an, „das klingt recht hübsch und mag auch für die mehrsten
Leute eine gar erbauliche und nutzreiche Regel sein. Aber wenn
nun eins gar keine Seele hat, bitt Euch, was soll es denn da stim=
men? Und so geht es mir." — Der Priester schwieg tief verletzt, im
frommen Zürnen, und kehrte sein Antlitz wehmütig von dem Mäd=
chen weg. Sie aber ging schmeichelnd auf ihn zu und sagte: „Nein,
hört doch erst ordentlich, eh Ihr böse ausseht, denn Euer Böseaus=
sehen tut mir weh, und Ihr müßt doch keiner Kreatur weh tun,
die Euch ihrerseits nichts zuleide getan hat. Zeigt Euch nur duld=
sam gegen mich, und ich wills Euch ordentlich sagen, wie ichs
meine."

Man sah, sie stellte sich in Bereitschaft, etwas recht Ausführ=
liches zu erzählen, aber plötzlich stockte sie, wie von einem innern
Schauer ergriffen, und brach in einen reichen Strom der wehmütig=
sten Tränen aus. Sie wußten alle nicht mehr, was sie recht aus
ihr machen sollten, und starrten sie in unterschiedlichen Besorgnissen
schweigend an. Da sagte sie endlich, sich ihre Tränen abtrocknend
und den Priester ernsthaft ansehend: „Es muß etwas Liebes, aber
auch etwas höchst Furchtbares um eine Seele sein. Um Gott, mein
frommer Mann, wäre es nicht besser, man würde ihrer nie teil=
haftig?" Sie schwieg wieder still, wie auf Antwort wartend, ihre
Tränen waren gehemmt. Alle in der Hütte hatten sich von ihren
Sitzen erhoben und traten schaudernd vor ihr zurück. Sie aber
schien nur für den Geistlichen Augen zu haben, auf ihren Zügen
malte sich der Ausdruck einer fürchtenden Neubegier, die eben des=

halb den andern höchſt furchtbar vorkam. — „Schwer muß die
Seele laſten," fuhr ſie fort, da ihr noch niemand antwortete, „ſehr
ſchwer! Denn ſchon ihr annahendes Bild überſchattet mich mit
Angſt und Trauer. Und ach, ich war ſo leicht, ſo luſtig ſonſt!"
Und in einen erneuten Tränenſtrom brach ſie aus und ſchlug das
Gewand vor ihrem Antlitze zuſammen. Da trat der Prieſter, ern=
ſten Anſehens, auf ſie zu und ſprach ſie an, und beſchwur ſie bei den
heiligſten Namen, ſie ſolle die lichte Hülle abwerfen, falls etwas
Böſes in ihr ſei. Sie aber ſank vor ihm in die Kniee, alles Fromme
wiederholend, was er ſprach, und Gott lobend, und beteuernd,
ſie meine es gut mit der ganzen Welt. Da ſagte endlich der
Prieſter zum Ritter: „Herr Bräutigam, ich laſſe Euch allein
mit der, die ich Euch angetraut habe. Soviel ich ergründen
kann, iſt nichts Übles an ihr, wohl aber des Wunderſamen
viel. Ich empfehle Euch Vorſicht, Liebe und Treue." — Da=
mit ging er hinaus, die Fiſchersleute folgten ihm, ſich bekreu=
zend.

Undine war auf die Kniee geſunken, ſie entſchleierte ihr Angeſicht
und ſagte, ſcheu nach Huldbranden umblickend: „Ach, nun willſt
du mich gewiß nicht behalten; und hab ich doch nichts Böſes getan,
ich armes, armes Kind!" — Sie ſah dabei ſo unendlich anmutig und
rührend aus, daß ihr Bräutigam alles Grauens und aller Rätſel=
haftigkeit vergaß, zu ihr hineilend und ſie in ſeinen Armen empor=
richtend. Da lächelte ſie durch ihre Tränen; es war, als wenn das
Morgenrot auf kleinen Bächen ſpielt. — „Du kannſt nicht von
mir laſſen!" flüſterte ſie vertraulich und ſicher und ſtreichelte mit
den zarten Händchen des Ritters Wangen. Dieſer wandte ſich
darüber von den furchtbaren Gedanken ab, die noch im Hinter=
grunde ſeiner Seele lauerten und ihm einreden wollten, er ſei an
eine Fei oder ſonſt ein böslich neckendes Weſen der Geiſterwelt
angetraut; nur noch die einzige Frage ging faſt unverſehens über
ſeine Lippen: „Liebes Undinchen, ſage mir doch das eine, was war
es, daß du von Erdgeiſtern ſprachſt, da der Prieſter an die Tür
klopfte, und von Kühleborn?" — „Märchen! Kindermärchen!"
ſagte Undine lachend und ganz wieder in ihrer gewohnten Luſtig=
keit. „Erſt hab ich euch damit bange gemacht, am Ende habt ihrs
mich. Das iſt das Ende vom Liede und vom ganzen Hochzeitabend."
— „Nein, das iſt es nicht", ſagte der von Liebe berauſchte Ritter,

löschte die Kerzen und trug seine schöne Geliebte unter tausend
Küssen, vom Monde, der hell durch die Fenster hereinsah, anmutig
beleuchtet, zu der Brautkammer hinein.

*

Achtes Kapitel
Der Tag nach der Hochzeit

Ein frisches Morgenlicht weckte die jungen Eheleute. Undine
verbarg sich schamhaft unter ihre Decken, und Huldbrand lag still
sinnend vor sich hin. Sooft er in der ·Nacht eingeschlafen war,
hatten ihn wunderlich grausende Träume verstört von Gespenstern,
die sich heimlich grinsend in schöne Frauen zu verkleiden strebten,
von schönen Frauen, die mit einem Male Drachengesichter be=
kamen. Und wenn er von den häßlichen Gebilden in die Höhe fuhr,
stand das Mondlicht bleich und kalt draußen vor den Fenstern, ent=
setzt blickte er nach Undinen, an deren Busen er eingeschlafen war
und die in unverwandelter Schönheit und Anmut neben ihm ruhte.
Dann drückte er einen leichten Kuß auf die rosigen Lippen und
schlief wieder ein, um von neuen Schrecken erweckt zu werden.
Nachdem er sich nun alles dieses recht im vollen Wachen überlegt
hatte, schalt er sich selbst über jedweden Zweifel, der ihn an
seiner schönen Frau hatte irremachen können. Er bat ihr auch sein
Unrecht mit klaren Worten ab, sie aber reichte ihm nur die schöne
Hand, seufzte aus tiefem Herzen und blieb still. Aber ein unendlich
inniger Blick aus ihren Augen, wie er ihn noch nie gesehen hatte,
ließ ihm keinen Zweifel, daß Undine von keinem Unwillen gegen
ihn wisse. Er stand dann heiter auf und ging zu den Hausgenossen
in das gemeinsame Zimmer vor. Die drei saßen mit besorglichen
Mienen um den Herd, ohne daß sich einer getraut hätte, seine
Worte laut werden zu lassen. Es sah aus, als bete der Priester in
seinem Innern um Abwendung alles Übels. Da man nun aber
den jungen Ehemann so vergnügt hervorgehen sah, glätteten sich
auch die Falten in den übrigen Angesichtern; ja, der alte Fischer
fing an, mit dem Ritter zu scherzen, auf eine recht sittige, ehrbare
Weise, so daß selbst die alte Hausfrau ganz freundlich dazu lächelte.
Darüber war endlich Undine auch fertig geworden und trat nun
in die Tür; alle wollten ihr entgegengehen, und alle blieben voll

Verwunderung stehen, so fremd kam ihnen die junge Frau vor,
und doch so wohlbekannt. Der Priester schritt zuerst mit Vater=
liebe in den leuchtenden Blicken auf sie zu, und wie er die Hand
zum Segnen emporhob, sank das schöne Weib andächtig schauernd
vor ihm in die Kniee. Sie bat ihn darauf mit einigen freundlich de=
mütigen Worten wegen des Törichten, das sie gestern gesprochen
haben möge, um Verzeihung und ersuchte ihn mit sehr bewegtem
Tone, daß er für das Heil ihrer Seele beten wolle. Dann erhob
sie sich, küßte ihre Pflegeeltern und sagte, für alles genossene Gute
dankend: „O, jetzt fühle ich es im innersten Herzen, wie viel, wie
unendlich viel ihr für mich getan habt, ihr lieben, lieben Leute!" —
Sie konnte erst gar nicht wieder von ihren Liebkosungen abbrechen,
kaum gewahrte sie, daß die Hausfrau nach dem Frühstücke hinsah,
so stand sie auch bereits am Herde, kochte und ordnete an und litt
nicht, daß die gute alte Mutter auch nur die geringste Mühwal=
tung über sich nahm.

Sie blieb den ganzen Tag lang so; still, freundlich und achtsam,
ein Hausmütterlein und ein zart verschämtes, jungfräuliches Wesen
zugleich. Die drei, welche sich schon länger kannten, dachten in jedem
Augenblick irgendein wunderliches Wechselspiel ihres launischen
Sinnes hervorbrechen zu sehen. Aber sie warteten vergebens dar=
auf. Undine blieb engelmild und sanft. Der Priester konnte seine
Augen gar nicht von ihr wegwenden und sagte mehrere Male zum
Bräutigam: „Herr, einen Schatz hat Euch gestern die himmlische
Güte durch mich Unwürdigen anvertraut; wahrt ihn, wie es sich
gebührt, so wird er Euer ewiges und zeitliches Heil befördern."

Gegen Abend hing sich Undine mit demütiger Zärtlichkeit an
des Ritters Arm und zog ihn sanft vor die Tür hinaus, wo die
sinkende Sonne anmutig über den frischen Gräsern und um die
hohen, schlanken Baumstämme leuchtete. In den Augen der jun=
gen Frau schwamm es wie Tau der Wehmut und der Liebe, auf
ihren Lippen schwebte es wie ein zartes, besorgliches Geheimnis,
das sich aber nur in kaum vernehmlichen Seufzern kundgab. Sie
führte ihren Liebling schweigend immer weiter mit sich fort; was
er sagte, beantwortete sie nur mit Blicken, in denen zwar keine
unmittelbare Auskunft auf seine Fragen, wohl aber ein ganzer
Himmel der Liebe und schüchternen Ergebenheit lag. So gelangte
sie an das Ufer des übergetretenen Waldstroms, und der Ritter

erſtaunte, dieſen in leiſen Wellen verrinnend dahinrieſelnd zu ſehen,
ſo daß keine Spur ſeiner vorigen Wildheit und Fülle mehr anzu=
treffen war. — „Bis morgen wird er ganz verſiegt ſein,“ ſagte die
ſchöne Frau weinerlich, „und du kannſt dann ohne Widerſpruch
reiſen, wohinaus du willſt.“ — „Nicht ohne dich, Undinchen,“ ent=
gegnete der lachende Ritter, „denke doch, wenn ich auch Luſt hätte
auszureiſen, ſo müßte ja Kirche und Geiſtlichkeit und Kaiſer und
Reich dreinſchlagen und dir den Flüchtling wiederbringen.“ —
„Kommt alles auf dich an, kommt alles auf dich an“, flüſterte die
Kleine halb weinend, halb lächelnd. „Ich denke aber doch, du wirſt
mich wohl behalten; ich bin dir ja gar zu innig gut. Trage mich
nun hinüber auf die kleine Inſel, die vor uns liegt. Da ſoll ſichs
entſcheiden. Ich könnte wohl leichtlich ſelbſt durch die Wellen
ſchlüpfen, aber in deinen Armen ruht ſichs ſo gut, und verſtößeſt
du mich, ſo hab ich doch noch zum letzten Male anmutig darin
geruht.“ — Huldbrand, voll von einer ſeltſamen Bangigkeit und
Rührung, wußte ihr nichts zu erwidern. Er nahm ſie in ſeine Arme
und trug ſie hinüber, ſich erſt beſinnend, daß es dieſelbe kleine In=
ſel war, von wo er ſie in jener erſten Nacht dem alten Fiſcher
zurückgetragen hatte. Jenſeits ließ er ſie in das weiche Gras nieder
und wollte ſich ſchmeichelnd neben ſeine ſchöne Bürde ſetzen, ſie aber
ſagte: „Nein, dorthin, mir gegenüber. Ich will in deinen Augen
leſen, noch ehe deine Lippen ſprechen. Höre nun recht achtſam zu,
was ich dir erzählen will.“ Und ſie begann:

„Du ſollſt wiſſen, mein ſüßer Liebling, daß es in den Elementen
Weſen gibt, die faſt ausſehen wie ihr und ſich doch nur ſelten vor
euch blicken laſſen. In den Flammen glitzen und ſpielen die wun=
derlichen Salamander, in der Erden tief hauſen die dürren, tücki=
ſchen Gnomen, durch die Wälder ſtreifen die Waldleute, die der
Luft angehören, und in den Seen und Strömen und Bächen lebt
der Waſſergeiſter ausgebreitetes Geſchlecht. In klingenden Kri=
ſtallgewölben, durch die der Himmel mit Sonn und Sternen her=
einſieht, wohnt ſichs ſchön; hohe Korallenbäume mit blau und roten
Früchten leuchten in den Gärten; über reinlichen Meeresſand
wandelt man und über ſchöne bunte Muſcheln, und was die alte
Welt des alſo Schönen beſaß, daß die heutige nicht mehr ſich dran
zu freuen würdig iſt, das überzogen die Fluten mit ihren heimlichen
Silberſchleiern, und unten prangen nun die edlen Denkmale, hoch

und ernst, und anmutig betaut vom liebenden Gewässer, das aus
ihnen schöne Moosblumen und kränzende Schilfbüschel hervor-
lockt. Die aber dorten wohnen, sind gar hold und lieblich anzuschauen, meist schöner, als die Menschen sind. Manch einem Fischer
ward es schon so gut, ein zartes Wasserweib zu belauschen, wie sie
über die Fluten hervorstieg und sang. Der erzählte dann von ihrer
Schöne weiter, und solche wundersame Frauen werden von den
Menschen Undinen genannt. Du aber siehst jetzt wirklich eine Undine, lieber Freund."

Der Ritter wollte sich einreden, seiner schönen Frau sei irgendeine ihrer seltsamen Launen wach geworden, und sie finde ihre Lust
daran, ihn mit bunt erdachten Geschichten zu necken. Aber so sehr
er sich dies auch vorsagte, konnte er doch keinen Augenblick daran
glauben; ein seltsamer Schauer zog durch sein Inneres; unfähig,
ein Wort hervorzubringen, starrte er unverwandten Auges die
holde Erzählerin an. Diese schüttelte betrübt den Kopf, seufzte aus
vollem Herzen und fuhr alsdann folgendermaßen fort:

„Wir wären weit besser daran, als ihr andern Menschen —
denn Menschen nennen wir uns auch, wie wir es denn der Bildung und dem Leibe nach sind —; aber es ist ein gar Übles dabei.
Wir und unsresgleichen in den andern Elementen, wir zerstieben
und vergehen mit Geist und Leib, daß keine Spur von uns rück-
bleibt, und wenn ihr andern dermaleinst zu einem reinern Leben
erwacht, sind wir geblieben, wo Sand und Funk und Wind und
Welle blieb. Darum haben wir auch keine Seelen; das Element
bewegt uns, gehorcht uns oft, solange wir leben, zerstäubt uns
immer, sobald wir sterben, und wir sind lustig, ohne uns irgend zu
grämen, wie es die Nachtigallen und Goldfischlein und andre hübsche Kinder der Natur ja gleichfalls sind. Aber alles will höher,
als es steht. So wollte mein Vater, der ein mächtiger Wasserfürst
im Mittelländischen Meere ist, seine einzige Tochter solle einer
Seele teilhaftig werden und müsse sie darüber auch viele Leiden der
beseelten Leute bestehen. Eine Seele aber kann unsersgleichen nur
durch den innigsten Verein der Liebe mit einem eures Geschlechtes
gewinnen. Nun bin ich beseelt, dir dank ich die Seele, o du unaussprechlich Geliebter, und dir werd ich es danken, wenn du mich auch
mein ganzes Leben hindurch elend machst. Denn was soll aus mir
werden, wenn du mich scheuest und mich verstößest? Durch Trug

aber mocht ich dich nicht behalten. Und willſt du mich verſtoßen,
ſo tu es nun, ſo geh allein ans Ufer zurück. Ich tauche mich in
dieſen Bach, der mein Oheim iſt und hier im Walde ſein wunderliches Einſiedlerleben, von den übrigen Freunden entfernet, führt.
Er iſt aber mächtig und vielen großen Strömen wert und teuer,
und wie er mich herführte zu den Fiſchern, mich leichtes und lachen-
des Kind, wird er mich auch wieder heimführen zu den Eltern, mich
beſeelte, liebende, leidende Frau."

Sie wollte noch mehr ſagen, aber Huldbrand umfaßte ſie, voll
der innigſten Rührung und Liebe, und trug ſie wieder ans Ufer zurück. Hier erſt ſchwur er unter Tränen und Küſſen, ſein holdes Weib
niemals zu verlaſſen, und pries ſich glücklicher als den griechiſchen
Bildner Pygmalion, welchem Frau Venus ſeinen ſchönen Stein
zur Geliebten belebt habe. Im ſüßen Vertrauen wandelte Undine
an ſeinem Arme nach der Hütte zurück und empfand nun erſt von
ganzem Herzen, wie wenig ſie die verlaſſenen Kriſtallpaläſte ihres
wunderſamen Vaters bedauern dürfe.

*

Neuntes Kapitel
Wie der Ritter ſeine junge Frau mit ſich führte

Als Huldbrand am andern Morgen vom Schlaf erwachte, fehlte
ſeine ſchöne Genoſſin an ſeiner Seiten, und er fing ſchon an, wieder
den wunderlichen Gedanken nachzuhängen, die ihm ſeine Ehe und
die reizende Undine ſelbſt als ein flüchtiges Blendwerk und Gaukel-
ſpiel vorſtellen wollten. Aber da trat ſie eben zur Tür herein, küßte
ihn, ſetzte ſich zu ihm aufs Bett und ſagte: „Ich bin etwas früh
hinaus geweſen, um zu ſehen, ob der Oheim Wort halte. Er hat
ſchon alle Fluten wieder in ſein ſtilles Bett zurückgelenkt und rinnt
nun nach wie vor einſiedleriſch und ſinnend durch den Wald. Seine
Freunde in Waſſer und Luft haben ſich auch zur Ruhe gegeben;
es wird wieder alles ordentlich und ruhig in dieſen Gegenden zugehen, und du kannſt trocknen Fußes heimreiſen, ſobald du willſt."
— Es war Huldbranden zumute, als träumte er wachend fort, ſo
wenig konnte er ſich in die ſeltſame Verwandtſchaft ſeiner Frau
finden. Dennoch ließ er ſich nichts merken, und die unendliche Anmut des holden Weibes wiegte auch bald jedwede unheimliche

Ahnung zur Ruhe. — Als er nach einer Weile mit ihr vor der
Tür stand und die grünende Seespitze mit ihren klaren Wasser=
grenzen überschaute, ward es ihm so wohl in dieser Wiege seiner
Liebe, daß er sagte: „Was sollen wir denn auch heute schon reisen?
Wir finden wohl keine vergnügtern Tage in der Welt haußen,
als wir sie an diesem heimlichen Schutzörtlein verlebten. Laß uns
immer noch zwei= oder dreimal die Sonne hier untergehen sehen."
— „Wie mein Herr es gebeut", entgegnete Undine in freundlicher
Demut. „Es ist nur, daß sich die alten Leute ohnehin schon mit
Schmerzen von mir trennen werden, und wenn sie nun erst die
treue Seele in mir spüren, und wie ich jetzt innig lieben und ehren
kann, bricht ihnen wohl gar vor vielen Tränen das schwache Augen=
licht. Noch halten sie meine Stille und Frömmigkeit für nichts
Besseres, als es sonst in mir bedeutete, für die Ruhe des Sees,
wenn eben die Luft still ist, und sie werden sich nun ebensogut einem
Bäumchen oder Blümlein befreunden lernen als mir. Laß mich
ihnen dies neugeschenkte, von Liebe wallende Herz nicht kundgeben,
in Augenblicken, wo sie es für diese Erde verlieren sollen, und wie
könnt ich es bergen, blieben wir länger zusammen?" —

Huldbrand gab ihr recht; er ging zu den Alten und besprach die
Reise mit ihnen, die noch in dieser Stunde vor sich gehen sollte.
Der Priester bot sich den beiden jungen Eheleuten zum Begleiter
an, er und der Ritter hoben nach kurzem Abschied die schöne Frau
aufs Pferd und schritten mit ihr über das ausgetrocknete Bette des
Waldstroms eilig dem Forste zu. Undine weinte still, aber bitter=
lich, die alten Leute klagten ihr laut nach. Es schien, als sei diesen
eine Ahnung aufgegangen von dem, was sie eben jetzt an der holden
Pflegetochter verloren.

Die drei Reisenden waren schweigend in die dichtesten Schatten
des Waldes gelangt. Es mochte hübsch anzusehen sein in dem grü=
nen Blättersaal, wie die schöne Frauengestalt auf dem edlen, zier=
lich geschmückten Pferde saß, und von einer Seite der ehrwürdige
Priester in seiner weißen Ordenstracht, von der andern der blühende
junge Ritter in bunten, hellen Kleidern, mit seinem prächtigen
Schwerte umgürtet, achtsam beiher schritten. Huldbrand hatte nur
Augen für sein holdes Weib; Undine, die ihre lieben Tränen ge=
trocknet hatte, nur Augen für ihn, und sie gerieten bald in ein stil=
les, lautloses Gespräch mit Blicken und Winken, aus dem sie erst

spät durch ein leises Reden erweckt wurden, welches der Priester
mit einem vierten Reisegesellschafter hielt, der indes unbemerkt zu
ihnen gekommen war.

Er trug ein weißes Kleid, fast wie des Priesters Ordenshabit,
nur daß ihm die Kappe ganz tief ins Gesicht hereinhing und das
Ganze in so weiten Falten um ihn herflog, daß er alle Augenblicke
mit Aufraffen und Über=den=Arm=Schlagen oder sonst dergleichen
Anordnungen zu tun hatte, ohne daß er doch dadurch im geringsten
im Gehen behindert schien. Als die jungen Eheleute seiner gewahr
wurden, sagte er eben: „Und so wohn ich denn seit vielen Jahren
hier im Walde, mein ehrwürdiger Herr, ohne daß man mich Eurem
Sinne nach einen Eremiten nennen könnte. Denn, wie gesagt, von
Buße weiß ich nichts und glaube sie auch nicht sonderlich zu bedür=
fen. Ich habe nur deswegen den Wald so lieb, weil es sich auf eine
ganz eigne Weise hübsch ausnimmt und mir Spaß macht, wenn
ich in meinen flatternden weißen Kleidern durch die finstern Schat=
ten und Blätter hingehe und dann bisweilen ein süßer Sonnen=
strahl unvermutet auf mich herunterblitzt." — „Ihr seid ein höchst
seltsamer Mann," entgegnete der Priester, „und ich möchte wohl
nähere Kunde von Euch haben." — „Und wer seid Ihr denn, von
einem aufs andre zu kommen?" fragte der Fremde. „Sie nennen
mich den Pater Heilmann," sprach der Geistliche, „und ich komme
aus Kloster Mariagruß von jenseit des Sees." — „So, so", ant=
wortete der Fremde. „Ich heiße Kühleborn, und wenn es auf Höf=
lichkeit ankommt, könnte man mich auch wohl ebensogut Herr von
Kühleborn betiteln, oder Freiherr von Kühleborn; denn frei bin
ich wie der Vogel im Walde, und wohl noch ein bißchen drüber.
Zum Exempel: jetzt hab ich der jungen Frau dorten etwas zu er=
zählen." Und ehe man sichs versah, war er auf der andern Seite
des Priesters, dicht neben Undinen, und reckte sich hoch in die Höhe,
um ihr etwas ins Ohr zu flüstern. Sie aber wandte sich erschrocken
ab, sagend: „Ich habe nichts mit Euch mehr zu schaffen." — „Ho=
ho," lachte der Fremde, „was für eine ungeheuer vornehme Heirat
habt Ihr denn getan, daß Ihr Eure Verwandten nicht mehr
kennt? Wißt Ihr denn nicht vom Oheim Kühleborn, der Euch
auf seinem Rücken so treu in diese Gegend trug?" — „Ich bitte
Euch aber," entgegnete Undine, „daß Ihr Euch nicht wieder vor
mir sehen laßt. Jetzt fürcht ich Euch; und soll mein Mann mich

scheuen lernen, wenn er mich in so seltsamer Gesellschaft und Ver=
wandtschaft sieht?" — „Nichtchen," sagte Kühleborn, „Ihr müßt
nicht vergessen, daß ich hier zum Geleiter bei Euch bin; die spuken=
den Erdgeister möchten sonst dummen Spaß mit Euch treiben.
Laßt mich also doch immer ruhig mitgehen; der alte Priester dort
wußte sich übrigens meiner besser zu erinnern, als Ihr es zu tun
scheint, denn er versicherte vorhin, ich käme ihm sehr bekannt vor,
und ich müsse wohl mit im Nachen gewesen sein, aus dem er ins
Wasser fiel. Das war ich auch freilich, denn ich war just die Was=
serhose, die ihn herausriß, und schwemmt' ihn hernach zu deiner
Trauung vollends ans Land."

Undine und der Ritter sahen nach Pater Heilmann; der aber
schien in einem wandelnden Traume fortzugehen und von allem,
was gesprochen ward, nichts mehr zu vernehmen. Da sagte Undine
zu Kühleborn: „Ich sehe dort schon das Ende des Waldes. Wir
brauchen Eurer Hülfe nicht mehr, und nichts macht uns Grauen
als Ihr. Drum bitt Euch in Lieb und Güte, verschwindet und
laßt uns in Frieden ziehen." Darüber schien Kühleborn unwillig
zu werden: er zog ein häßliches Gesicht und grinste Undinen an,
die laut aufschrie und ihren Freund zu Hülfe rief. Wie ein Blitz
war der Ritter um das Pferd herum und schwang die scharfe
Klinge gegen Kühleborns Haupt. Aber er hieb in einen Wasser=
fall, der von einer hohen Klippe neben ihnen herabschäumte und
sie plötzlich mit einem Geplätscher, das beinahe wie Lachen klang,
übergoß und bis auf die Haut durchnetzte. Der Priester sagte, wie
plötzlich erwachend: „Das hab ich lange gedacht, weil der Bach so
dicht auf der Anhöhe neben uns herlief. Anfangs wollt es mir gar
vorkommen, als wär er ein Mensch und könne sprechen." In Huld=
brands Ohr rauschte der Wasserfall ganz vernehmlich diese Worte:
„Rascher Ritter, rüstger Ritter, ich zürne nicht, ich zanke nicht;
schirm nur dein reizend Weiblein stets so gut, du Ritter rüstig, du
rasches Blut!"

Nach wenigen Schritten waren sie im Freien. Die Reichsstadt
lag glänzend vor ihnen, und die Abendsonne, welche deren Türme
vergoldete, trocknete freundlich die Kleider der durchnäßten Wand=
rer.

*

Zehntes Kapitel

Wie sie in der Stadt lebten

Daß der junge Ritter Huldbrand von Ringstetten so plötzlich ver=
mißt worden war, hatte großes Aufsehen in der Reichsstadt erregt
und Bekümmernis bei den Leuten, die ihn allesamt wegen seiner
Gewandtheit bei Turnier und Tanz, wie auch wegen seiner milden,
freundlichen Sitten liebgewonnen hatten. Seine Diener wollten
nicht ohne ihren Herrn von dem Orte wieder weg, ohne daß doch
einer den Mut gefaßt hätte, ihm in die Schatten des gefürchteten
Forstes nachzureiten. Sie blieben also in ihrer Herberge, untätig
hoffend, wie es die Menschen zu tun pflegen, und durch ihre Kla=
gen das Andenken des Verlornen lebendig erhaltend. Wie nun
bald darauf die großen Unwetter und Überschwemmungen merk=
barer wurden, zweifelte man um so minder an dem gewissen Unter=
gange des schönen Fremden, den auch Bertalda ganz unverhohlen
betrauerte und sich selbst verwünschte, daß sie ihn zu dem unseligen
Ritte nach dem Walde gelockt habe. Ihre herzoglichen Pflege=
eltern waren gekommen, sie abzuholen, aber Bertalda bewog sie,
mit ihr zu bleiben, bis man gewisse Nachricht von Huldbrands
Leben oder Tod einziehe. Sie suchte verschiedne junge Ritter, die
emsig um sie waren, zu bewegen, daß sie dem edlen Abenteurer in
den Forst nachziehen möchten. Aber ihre Hand mochte sie nicht
zum Preise des Wagestücks ausstellen, weil sie vielleicht noch immer
hoffte, dem Wiederkehrenden angehören zu können, und um Hand=
schuh oder Band oder auch selbst um einen Kuß wollte niemand
sein Leben daransetzen, einen so gar gefährlichen Nebenbuhler
zurückzuholen.

Nun, da Huldbrand unerwartet und plötzlich erschien, freuten
sich Diener und Stadtbewohner und überhaupt fast alle Leute,
nur Bertalda eben nicht, denn wenn es den andern auch ganz lieb
war, daß er eine so wunderschöne Frau mitbrachte und den Pater
Heilmann als Zeugen der Trauung, so konnte doch Bertalda nicht
anders als sich deshalb betrüben. Erstlich hatte sie den jungen Rit=
tersmann wirklich von ganzer Seele liebgewonnen, und dann war
durch ihre Trauer über sein Wegbleiben den Augen der Menschen
weit mehr davon kund geworden, als sich nun eben schicken wollte.
Sie tat deswegen aber doch immer als ein kluges Weib, fand sich

in die Umstände und lebte aufs allerfreundlichste mit Undinen, die
man in der ganzen Stadt für eine Prinzessin hielt, welche Huld=
brand im Walde von irgendeinem bösen Zauber erlöst habe. Wenn
man sie selbst oder ihren Eheherrn darüber befragte, wußten sie zu
schweigen oder geschickt auszuweichen, des Pater Heilmann Lippen
waren für jedes eitle Geschwätz versiegelt, und ohnehin war er gleich
nach Huldbrands Ankunft wieder in sein Kloster zurückgegangen,
so daß sich die Leute mit ihren seltsamen Mutmaßungen behelfen
mußten und auch selbst Bertalda nicht mehr als jeder andre von
der Wahrheit erfuhr.

Undine gewann übrigens dies anmutige Mädchen mit jedem
Tage lieber. „Wir müssen uns einander schon eher gekannt haben,"
pflegte sie ihr öfters zu sagen, „oder es muß sonst irgendeine wun=
dersame Beziehung unter uns geben, denn so ganz ohne Ursache,
versteht mich, ohne tiefe, geheime Ursache, gewinnt man ein andres
nicht so lieb, als ich Euch gleich vom ersten Anblicke her gewann."
Und auch Bertalda konnte sich nicht ableugnen, daß sie einen Zug
der Vertraulichkeit und Liebe zu Undinen empfinde, wie sehr sie
übrigens meinte, Ursache zu den bittersten Klagen über diese glück=
liche Nebenbuhlerin zu haben. In dieser gegenseitigen Neigung
wußte die eine bei ihren Pflegeeltern, die andre bei ihrem Ehegatten
den Tag der Abreise weiter und weiter hinauszuschieben; ja, es war
schon die Rede davon gewesen, Bertalda solle Undinen auf einige
Zeit nach Burg Ringstetten an die Quellen der Donau begleiten.

Sie sprachen auch einmal eines schönen Abends davon, als sie
eben bei Sternenschein auf dem mit hohen Bäumen eingefaßten
Markte der Reichsstadt umherwandelten. Die beiden jungen Ehe=
leute hatten Bertalden noch spät zu einem Spaziergange abgeholt,
und alle drei zogen vertraulich unter dem tiefblauen Himmel auf
und ab, oftmals in ihren Gesprächen durch die Bewunderung un=
terbrochen, die sie dem kostbaren Springborn in der Mitte des
Platzes und seinem wundersamen Rauschen und Sprudeln zollen
mußten. Es war ihnen so lieb und heimlich zu Sinn; zwischen den
Baumschatten durch stahlen sich die Lichtschimmer der nahen Häu=
ser, ein stilles Gesumse von spielenden Kindern und andern lust=
wandelnden Menschen wogte um sie her; man war so allein und
doch so freundlich in der heitern, lebendigen Welt mitten inne; was
bei Tage Schwierigkeit geschienen hatte, das ebnete sich nun wie

von selber, und die drei Freunde konnten gar nicht mehr begreifen, warum wegen Bertaldas Mitreise auch nur die geringste Bedenklichkeit habe obwalten mögen. Da kam, als sie eben den Tag ihrer gemeinschaftlichen Abreise bestimmen wollten, ein langer Mann von der Mitte des Marktplatzes her auf sie zugegangen, neigte sich ehrerbietig vor der Gesellschaft und sagte der jungen Frau etwas ins Ohr. Sie trat, unzufrieden über die Störung und über den Störer, einige Schritte mit dem Fremden zur Seite, und beide begannen miteinander zu flüstern, es schien in einer fremden Sprache. Huldbrand glaubte den seltsamen Mann zu kennen und sah so starr auf ihn hin, daß er Bertaldens staunende Fragen weder hörte noch beantwortete. Mit einem Male klopfte Undine freudig in die Hände und ließ den Fremden lachend stehen, der sich mit vielem Kopfschütteln und hastigen, unzufriedenen Schritten entfernte und in den Brunnen hineinstieg. Nun glaubte Huldbrand seiner Sache ganz gewiß zu sein. Bertalda aber fragte: „Was wollte dir denn der Brunnenmeister, liebe Undine?" Die junge Frau lachte heimlich in sich hinein und erwiderte: „Übermorgen, auf deinen Namenstag, sollst du's erfahren, du liebliches Kind." Und weiter war nichts aus ihr herauszubringen. Sie lud nun Bertalden und durch sie ihre Pflegeeltern an dem bestimmten Tage zur Mittagstafel, und man ging bald darauf auseinander.

„Kühleborn?" fragte Huldbrand mit einem geheimen Schauder seine schöne Gattin, als sie von Bertalda Abschied genommen hatten und nun allein durch die dunkler werdenden Gassen nach Haus gingen. „Ja, er war es," antwortete Undine, „und er wollte mir auch allerhand dummes Zeug vorsprechen! Aber mitten darin hat er mich, ganz gegen seine Absicht, mit einer höchst willkommenen Botschaft erfreut. Willst du diese nun gleich wissen, mein holder Herr und Gemahl, so brauchst du nur zu gebieten, und ich spreche mir alles vom Herzen los. Wolltest du aber deiner Undine eine recht, recht große Freude gönnen, so ließest du es bis übermorgen und hättest dann auch an der Überraschung dein Teil."

Der Ritter gewährte seiner Gattin gern, warum sie so anmutig bat, und noch im Entschlummern lispelte sie lächelnd vor sich hin: „Was sie sich freuen wird und sich wundern über ihres Brunnenmeisters Botschaft, die liebe, liebe Bertalda!"

*

Elftes Kapitel

Bertaldens Namensfeier

Die Gesellschaft saß bei Tafel, Bertalda, mit Kleinodien und
Blumen, den mannigfachen Geschenken ihrer Pflegeeltern und
Freunde, geschmückt wie eine Frühlingsgöttin, obenan, zu ihrer
Seiten Undine und Huldbrand. Als das reiche Mahl zu Ende
ging und man den Nachtisch auftrug, blieben die Türen offen;
nach alter guter Sitte in deutschen Landen, damit auch das Volk
zusehen könne und sich an der Lustigkeit der Herrschaften mit
freuen. Bediente trugen Wein und Kuchen unter den Zuschauern
herum. Huldbrand und Bertalda warteten mit heimlicher Ungeduld auf die versprochene Erklärung und verwandten, so sehr es
sich tun ließ, kein Auge von Undinen. Aber die schöne Frau blieb
noch immer still und lächelte nur heimlich und innig froh vor sich
hin. Wer um ihre getane Verheißung wußte, konnte sehen, daß
sie ihr erquickendes Geheimnis alle Augenblick verraten wollte und
es doch noch immer in lüsterner Entsagung zurücklegte, wie es
Kinder bisweilen mit ihren liebsten Leckerbissen tun. Bertalda und
Huldbrand teilten dies wonnige Gefühl, in hoffender Bangigkeit
das neue Glück erwartend, welches von ihrer Freundin Lippen
auf sie herniedertauen sollte. Da baten verschiedene von der
Gesellschaft Undinen um ein Lied. Es schien ihr gelegen zu kommen, sie ließ sich sogleich ihre Laute bringen und sang folgende
Worte:

> Morgen so hell,
> Blumen so bunt,
> Gräser so duftig und hoch
> An wallenden Sees Gestade!
> Was zwischen den Gräsern
> Schimmert so licht?
> Ists eine Blüte weiß und groß,
> Vom Himmel gefallen in Wiesenschoß?
> Ach, ist ein zartes Kind! —
> Unbewußt mit Blumen tändelts,
> Faßt nach goldnen Morgenlichtern; —
> O woher? Woher, du Holdes? —
> Fern vom unbekannten Strande

Trug es hier der See heran;
Nein, fasse nicht, du zartes Leben,
Mit deiner kleinen Hand herum;
Nicht Hand wird dir zurückgegeben:
Die Blumen sind so fremd und stumm.

Die wissen wohl, sich schön zu schmücken
Zu duften auch nach Herzenslust,
Doch keine mag dich an sich drücken,
Fern ist die traute Mutterbrust.

So früh noch an des Lebens Toren,
Noch Himmelslächeln im Gesicht,
Hast du das Beste schon verloren,
O armes Kind, und weißt es nicht.

Ein edler Herzog kommt geritten
Und hemmt vor dir des Rosses Lauf;
Zu hoher Kunst und reinen Sitten
Zieht er in seiner Burg dich auf.

Du hast unendlich viel gewonnen,
Du blühst, die Schönst im ganzen Land,
Doch ach! die allerbesten Wonnen
Ließt'st du am unbekannten Strand.

Undine senkte mit einem wehmütigen Lächeln ihre Laute; die
Augen der herzoglichen Pflegeeltern Bertaldas standen voller Trä=
nen. „So war es am Morgen, wo ich dich fand, du arme, holde
Waise,“ sagte der Herzog tief bewegt; „die schöne Sängerin hat
wohl recht; das Beste haben wir dir dennoch nicht zu geben ver=
mocht.“ —

„Wir müssen aber auch hören, wie es den armen Eltern er=
gangen ist,“ sagte Undine, schlug die Saiten an und sang:

Mutter geht durch ihre Kammern,
Räumt die Schränke ein und aus,
Sucht und weiß nicht was, mit Jammern,
Findet nichts als leeres Haus.

Leeres Haus! O Wort der Klage
Dem, der einst ein holdes Kind
Drin gegängelt hat am Tage,
Drin gewiegt in Nächten lind.

Wieder grünen wohl die Buchen,
Wieder kommt der Sonne Licht,
Aber, Mutter, laß dein Suchen,
Wieder kommt dein Liebes nicht.

Und wenn Abendlüfte fächeln,
Vater heim zum Herde kehrt,
Regt sichs fast in ihm wie Lächeln,
Dran doch gleich die Träne zehrt.

Vater weiß, in seinen Zimmern
Findet er die Todesruh,
Hört nur bleicher Mutter Wimmern,
Und kein Kindlein lacht ihm zu.

„O, um Gott, Undine, wo sind meine Eltern?" rief die weinende
Bertalda. „Du weißt es gewiß, du hast es erfahren, du wundersame Frau, denn sonst hättest du mir das Herz nicht so zerrissen.
Sind sie vielleicht schon hier? Wär es?" — Ihr Auge durchflog
die glänzende Gesellschaft und weilte auf einer regierenden Herrin,
die ihrem Pflegevater zunächst saß. Da beugte sich Undine nach
der Tür zurück, ihre Augen flossen in der süßesten Rührung über.
„Wo sind denn die armen, harrenden Eltern?" fragte sie, und der
alte Fischer mit seiner Frau wankten aus dem Haufen der Zuschauer vor. Ihre Augen hingen fragend bald an Undinen, bald
an dem schönen Fräulein, das ihre Tochter sein sollte. „Sie ist es!"
stammelte die entzückte Geberin, und die zwei alten Leute hingen
laut weinend und Gott preisend an dem Halse der Wiedergefund-
nen.
Aber entsetzt und zürnend riß sich Bertalda aus ihrer Umarmung los. Es war zuviel für dieses stolze Gemüt, eine solche
Wiedererkennung in dem Augenblicke, wo sie fest gemeint hatte,
ihren bisherigen Glanz noch zu steigern, und die Hoffnung Thron-
himmel und Kronen über ihr Haupt herunterregnen ließ. Es kam
ihr vor, als habe ihre Nebenbuhlerin dies alles ersonnen, um sie nur
recht ausgesucht vor Huldbranden und aller Welt zu demütigen.
Sie schalt Undinen, sie schalt die beiden Alten; die häßlichen
Worte: „Betrügerin und erkauftes Volk!" rissen sich von ihren
Lippen. Da sagte die alte Fischerfrau nur ganz leise vor sich hin:

„Ach Gott, sie ist ein böses Weibsbild geworden; und dennoch fühl ichs im Herzen, daß sie von mir geboren ist." Der alte Fischer aber hatte seine Hände gefaltet und betete still, daß die hier seine Tochter nicht sein möge. Undine wankte todesbleich von den Eltern zu Bertalden, von Bertalden zu den Eltern, plötzlich aus all den Himmeln, die sie sich geträumt hatte, in eine Angst und ein Ent=setzen gestürzt, das ihr bisher auch nicht im Traume kund gewor=den war. „Hast du denn eine Seele? Hast du denn wirklich eine Seele, Bertalda?" schrie sie einige Male in ihre zürnende Freun=din hinein, als wolle sie sich aus einem plötzlichen Wahnsinn oder einem tollmachenden Nachtgesichte gewaltsam zur Besinnung bringen. Als aber Bertalda nur immer noch ungestümer wütete, als die verstoßenen Eltern laut zu heulen anfingen und die Gesell=schaft sich streitend und eifernd in verschiedne Parten teilte, erbat sie sich mit einem Male so würdig und ernst die Freiheit, in den Zimmern ihres Mannes zu reden, daß alles um sie her wie auf einen Wink stille ward. Sie trat darauf an das obere Ende des Tisches, wo Bertalda gesessen hatte, demütig und stolz, und sprach, während sich aller Augen unverwandt auf sie richteten, folgender=gestalt:

„Ihr Leute, die ihr so feindlich ausseht und so zerstört, und mir mein liebes Fest so grimm zerreißt, ach Gott, ich wußte von euren törichten Sitten und eurer harten Sinnesweise nichts, und werde mich wohl mein lebelang nicht drein finden. Daß ich alles verkehrt angefangen habe, liegt nicht an mir; glaubt nur, es liegt einzig an euch, so wenig es euch auch danach aussehen mag. Ich habe euch auch deshalb nur wenig zu sagen, aber das eine muß sein: ich habe nicht gelogen. Beweise kann und will ich euch außer meiner Ver=sicherung nicht geben, aber beschwören will ich es. Mir hat es derselbe gesagt, der Bertalden von ihren Eltern weg ins Wasser lockte und sie nachher dem Herzog in seinen Weg auf die grüne Wiese legte."

„Sie ist eine Zauberin," rief Bertalda, „eine Hexe, die mit bösen Geistern Umgang hat! Sie bekennt es ja selbst."

„Das tue ich nicht", sagte Undine, einen ganzen Himmel der Unschuld und Zuversicht in ihren Augen. „Ich bin auch keine Hexe; seht mich nur darauf an."

„So lügt sie und prahlt", fiel Bertalda ein, „und kann nicht

behaupten, daß ich dieser niedern Leute Kind sei. Meine herzog=
lichen Eltern, ich bitte euch, führt mich aus dieser Gesellschaft fort
und aus dieser Stadt, wo man nur darauf ausgeht, mich zu
schmähen."

Der alte, ehrsame Herzog aber blieb fest stehen, und seine Ge=
mahlin sagte: „Wir müssen durchaus wissen, woran wir sind. Gott
sei vor, daß ich eher nur einen Fuß aus diesem Saale setze." Da
näherte sich die alte Fischerin, beugte sich tief vor der Herzogin
und sagte: „Ihr schließt mir das Herz auf, hohe, gottesfürchtige
Frau. Ich muß Euch sagen, wenn dieses böse Fräulein meine
Tochter ist, trägt sie ein Mal, gleich einem Veilchen, zwischen bei=
den Schultern und ein gleiches auf dem Spann ihres linken Fu=
ßes. Wenn sie sich nur mit mir aus dem Saale entfernen wollte."
— „Ich entblöße mich nicht vor der Bäuerin", sagte Bertalda,
ihr stolz den Rücken wendend. — „Aber vor mir doch wohl", ent=
gegnete die Herzogin mit großem Ernst. „Ihr werdet mir in jenes
Gemach folgen, Jungfrau, und die gute Alte kommt mit." Die
drei verschwanden, und alle übrigen blieben in großer Erwartung
schweigend zurück. Nach einer kleinen Weile kamen die Frauen
wieder, Bertalda totenbleich, und die Herzogin sagte: „Recht muß
Recht bleiben; deshalb erklär ich, daß unsre Frau Wirtin vollkom=
men wahr gesprochen hat. Bertalda ist des Fischers Tochter, und
so viel ist, als man hier zu wissen braucht." Das fürstliche Ehepaar
ging mit der Pflegetochter fort; auf einen Wink des Herzogs folgte
ihnen der Fischer mit seiner Frau. Die andern Gäste entfernten
sich schweigend oder heimlich murmelnd, und Undine sank herzlich
weinend in Huldbrands Arme.

*

Zwölftes Kapitel

Wie sie aus der Reichsstadt abreisten

Dem Herrn von Ringstetten wär es freilich lieber gewesen,
wenn sich alles an diesem Tage anders gefügt hätte; aber auch so,
wie es nun einmal war, konnte es ihm nicht unlieb sein, da sich
seine reizende Frau so fromm und gutmütig und herzlich bewies.
— „Wenn ich ihr eine Seele gegeben habe," mußt er bei sich sel=
ber sagen, „gab ich ihr wohl eine bessere, als meine eigne ist"; und

nun dachte er einzig darauf, die Weinende zufrieden zu sprechen und gleich des andern Tages einen Ort mit ihr zu verlassen, der ihr seit diesem Vorfalle zuwider sein mußte. Zwar ist es an dem, daß man sie eben nicht ungleich beurteilte. Weil man schon früher etwas Wunderbares von ihr erwartete, fiel die seltsame Entdek= kung von Bertaldens Herkommen nicht allzusehr auf, und nur gegen diese war jedermann, der die Geschichte und ihr stürmisches Betragen dabei erfuhr, übel gesinnt. Davon wußten aber der Ritter und seine Frau noch nichts; außerdem wäre eins für Un= dinen so schmerzhaft gewesen als das andre, und so hatte man nichts Besseres zu tun, als die Mauern der alten Stadt baldmöglichst hinter sich zu lassen.

Mit den ersten Strahlen des Morgens hielt ein zierlicher Wagen für Undinen vor dem Tore der Herberge: Huldbrands und seiner Knappen Hengste stampften daneben das Pflaster. Der Ritter führte seine schöne Frau aus der Tür, da trat ihnen ein Fischermädchen in den Weg. „Wir brauchen deine Ware nicht," sagte Huldbrand zu ihr, „wir reisen eben fort." Da fing das Fischermädchen bitterlich an zu weinen, und nun erst sahen die Eheleute, daß es Bertalda war. Sie traten gleich mit ihr in das Gemach zurück und erfuhren von ihr, der Herzog und die Herzo= gin seien so erzürnt über ihre gestrige Härte und Heftigkeit, daß sie die Hand gänzlich von ihr abgezogen hätten, nicht ohne ihr jedoch vorher eine reiche Aussteuer zu schenken. Der Fischer sei gleich= falls wohl begabt worden und habe noch gestern abends mit sei= ner Frau wieder den Weg nach der Seespitze eingeschlagen.

„Ich wollte mit ihnen gehen," fuhr sie fort; „aber der alte Fischer, der mein Vater sein soll . . ."

„Er ist es auch wahrhaftig, Bertalda," unterbrach sie Undine.

„Sieh nur, der, welchen du für den Brunnenmeister ansahst, er= zählte mirs ausführlich. Er wollte mich abreden, daß ich dich nicht mit nach Burg Ringstetten nehmen sollte, und da fuhr ihm dieses Geheimnis heraus."

„Nun denn," sagte Bertalda, „mein Vater — wenn es denn so sein soll —, mein Vater sprach: ‚Ich nehme dich nicht mit, bis du anders worden bist. Wage dich allein durch den verrufenen Wald zu uns hinaus; das soll die Probe sein, ob du dir etwas aus uns machst. Aber komm mir nicht wie ein Fräulein, wie eine

Fiſcherdirne komm!' — Da will ich denn tun, wie er geſagt hat;
denn von aller Welt bin ich verlaſſen, und will als ein armes Fi=
ſcherkind bei den ärmlichen Eltern einſam leben und ſterben. Vor
dem Wald graut es mir freilich ſehr. Es ſollen abſcheuliche Ge=
ſpenſter drinnen hauſen, und ich bin ſo furchtſam. Aber was hilfts?
— Hierher kam ich nur noch, um bei der edlen Frau von Ring=
ſtetten Verzeihung dafür zu erflehen, daß ich mich geſtern ſo un=
gebührlich erzeigte. Ich fühle wohl, Ihr habt es gut gemeint, holde
Dame, aber Ihr wußtet nicht, wie Ihr mich verletzen würdet,
und da ſtrömte mir denn in der Angſt und Überraſchung gar manch
unſinnig verwegnes Wort über die Lippen. Ach verzeiht, verzeiht!
Ich bin ja ſo unglücklich ſchon. Denkt nur ſelbſten, was ich noch
geſtern in der Frühe war, noch geſtern zu Anfang Eures Feſtes,
und was nun heut!"

Die Worte gingen ihr unter in einem ſchmerzlichen Tränen=
ſtrom, und gleichfalls bitterlich weinend fiel ihr Undine um den
Hals. Es dauerte lange, bis die tiefgerührte Frau ein Wort her=
vorbringen konnte; dann aber ſagte ſie: „Du ſollſt ja mit uns nach
Ringſtetten; es ſoll ja alles bleiben, wie es früher abgeredet war:
nur nenne mich wieder du und nicht mehr Dame und edle Frau!
Sieh, wir wurden als Kinder miteinander vertauſcht; da ſchon
verzweigte ſich unſer Geſchick, und wir wollen es fürder ſo innig
verzweigen, daß es keine menſchliche Gewalt zu trennen imſtande
ſein ſoll. Nur erſt mit uns nach Ringſtetten! Wie wir als Schwe=
ſtern miteinander teilen wollen, beſprechen wir dort." — Bertalda
ſah ſcheu nach Huldbrand empor. Ihn jammerte des ſchönen, be=
drängten Mägdleins; er bot ihr die Hand und redete ihr koſend zu,
ſich ihm und ſeiner Gattin anzuvertrauen. — „Euren Eltern",
ſagte er, „ſchicken wir Botſchaft, warum Ihr nicht gekommen
ſeid" — und noch manches wollte er wegen der guten Fiſchersleute
hinzuſetzen, aber er ſah, wie Bertalda bei deren Erwähnung
ſchmerzhaft zuſammenfuhr, und ließ alſo lieber das Reden davon
ſein. Aber unter den Arm faßte er ſie, hob ſie zuerſt in den Wa=
gen, Undinen ihr nach, und trabte fröhlich beiher, trieb auch den
Fuhrmann ſo wacker an, daß ſie das Gebiet der Reichsſtadt und
mit ihm alle trüben Erinnerungen in kurzer Zeit überflogen hat=
ten, und nun die Frauen mit beſſerer Luſt durch die ſchönen Gegen=
den hinrollten, welche ihr Weg ſie entlängſt führte.

Nach einigen Tagereisen kamen sie eines schönen Abends auf Burg Ringstetten an. Dem jungen Rittersmann hatten seine Vögte und Mannen viel zu berichten, so daß Undine mit Bertalden allein blieb. Die beiden ergingen sich auf dem hohen Wall der Feste und freuten sich an der anmutigen Landschaft, die sich rings= um durch das gesegnete Schwaben ausbreitete. Da trat ein langer Mann zu ihnen, der sie höflich grüßte und der Bertalden beinah vorkam wie jener Brunnenmeister in der Reichsstadt. Noch un= verkennbarer ward ihr die Ähnlichkeit, als Undine ihm unwillig, ja drohend zurückwinkte und er sich mit eiligen Schritten und schüttelndem Kopfe fortmachte, wie damals, worauf er in einem nahen Gebüsche verschwand. Undine aber sagte: „Fürchte dich nicht, liebes Bertaldchen; diesmal soll dir der häßliche Brunnen= meister nichts zuleide tun." Und damit erzählte sie ihr die ganze Geschichte ausführlich, und auch wer sie selbst sei, und wie Ber= talda von den Fischersleuten weg, Undine aber dahin gekommen war. Die Jungfrau entsetzte sich anfänglich vor diesen Reden; sie glaubte, ihre Freundin sei von einem schnellen Wahnsinn befallen. Aber mehr und mehr überzeugte sie sich, daß alles wahr sei, an Undinens zusammenhängenden Worten, die zu den bisherigen Be= gebenheiten so gut paßten, und noch mehr an dem innern Gefühl, mit welchem sich die Wahrheit uns kundzugeben nie ermangelt. Es war ihr seltsam, daß sie nun selbst wie mitten in einem von den Märchen lebe, die sie sonst nur erzählen gehört. Sie starrte Un= dinen mit Ehrfurcht an, konnte sich aber eines Schauders, der zwischen sie und ihre Freundin trat, nicht mehr erwehren und mußte sich beim Abendbrot sehr darüber wundern, wie der Ritter gegen ein Wesen so verliebt und freundlich tat, welches ihr seit den letzten Entdeckungen mehr gespenstig als menschlich vorkam.

*

Dreizehntes Kapitel
Wie sie auf Burg Ringstetten lebten

Der diese Geschichte aufschreibt, weil sie ihm das Herz bewegt und weil er wünscht, daß sie auch andern ein gleiches tun möge, bittet dich, lieber Leser, um eine Gunst. Sieh es ihm nach, wenn er jetzt über einen ziemlich langen Zeitraum mit kurzen Worten

hingeht und dir nur im allgemeinen sagt, was sich darin begeben hat.
Er weiß wohl, daß man es recht kunstgemäß und Schritt vor Schritt
entwickeln könnte, wie Huldbrands Gemüt begann, sich von Un=
dinen ab= und Bertalden zuzuwenden, wie Bertalda dem jungen
Mann mit glühender Liebe immer mehr entgegenkam und er und
sie die arme Ehefrau als ein fremdartiges Wesen mehr zu fürchten
als zu bemitleiden schienen, wie Undine weinte und ihre Tränen
Gewissensbisse in des Ritters Herzen anregten, ohne jedoch die
alte Liebe zu erwecken, so daß er ihr wohl bisweilen freundlich
tat, aber ein kalter Schauer ihn bald von ihr weg und dem Men=
schenkinde Bertalda entgegentrieb; — man könnte dies alles, weiß
der Schreiber, ordentlich ausführen, vielleicht sollte mans auch.
Aber das Herz tut ihm dabei allzu weh, denn er hat ähnliche
Dinge erlebt und scheut sich in der Erinnerung auch noch vor ihrem
Schatten. Du kennst wahrscheinlich ein ähnliches Gefühl, lieber
Leser, denn so ist nun einmal der sterblichen Menschen Geschick.
Wohl dir, wenn du dabei mehr empfangen als ausgeteilt hast,
denn hier ist Nehmen seliger als Geben. Dann schleicht dir nur
ein geliebter Schmerz bei solchen Erwähnungen durch die Seele,
und vielleicht eine linde Träne die Wange herab, um deine ver=
welkten Blumenbeete, deren du dich so herzlich gefreut hattest. Da=
mit sei es aber auch genug; wir wollen uns nicht mit tausendfach
vereinzelten Stichen das Herz durchprickeln, sondern nur kurz da=
beibleiben, daß es nun einmal so gekommen war, wie ich es vor=
hin sagte. Die arme Undine war sehr betrübt, die andern beiden
waren auch nicht eben vergnügt; sonderlich meinte Bertalda bei
der geringsten Abweichung von dem, was sie wünschte, den eifer=
süchtigen Druck der beleidigten Hausfrau zu spüren. Sie hatte
sich deshalb ordentlich ein herrisches Wesen angewöhnt, dem Un=
dine in wehmütiger Entsagung nachgab und das durch den ver=
blendeten Huldbrand gewöhnlich aufs entschiedenste unterstützt
ward. — Was die Burggesellschaft noch mehr verstörte, waren
allerhand wunderliche Spukereien, die Huldbranden und Bertal=
den in den gewölbten Gängen des Schlosses begegneten und von
denen vorher seit Menschengedenken nichts gehört worden war.
Der lange, weiße Mann, in welchem Huldbrand den Oheim
Kühleborn, Bertalda den gespenstischen Brunnenmeister nur all=
zu wohl erkannte, trat oftmals drohend vor beide, vorzüglich aber

vor Bertalden hin, so daß diese schon einigemal vor Schrecken krank darniedergelegen hatte und manchmal daran dachte, die Burg zu verlassen. Teils aber war ihr Huldbrand allzu lieb, und sie stützte sich dabei auf ihre Unschuld, weil es nie zu einer eigentlichen Erklärung unter ihnen gekommen war; teils auch wußte sie nicht, wohin sie sonst ihre Schritte richten solle. Der alte Fischer hatte auf des Herrn von Ringstetten Botschaft, daß Bertalda bei ihm sei, mit einigen schwer zu lesenden Federzügen, so wie sie ihm Alter und lange Gewöhnung verstatteten, geantwortet: „Ich bin nun ein armer alter Witwer worden, denn meine liebe treue Frau ist mir gestorben. Wie sehr ich aber auch allein in der Hütte sitzen mag, Bertalda ist mir lieber dort, als bei mir. Nur daß sie meiner lieben Undine nichts zuleide tue! Sonst hätte sie meinen Fluch." Die letztern Worte schlug Bertalda in den Wind, aber das wegen des Wegbleibens von dem Vater behielt sie gut, so wie wir Menschen in ähnlichen Fällen es immer zu machen pflegen.

Eines Tages war Huldbrand eben ausgeritten, als Undine das Hausgesinde versammelte, einen großen Stein herbeibringen hieß und den prächtigen Brunnen, der sich in der Mitte des Schloß-hofes befand, sorgfältig damit zu bedecken befahl. Die Leute wandten ein, sie würden alsdann das Wasser weit unten aus dem Tale heraufzuholen haben. Undine lächelte wehmütig. — „Es tut mir leid um eure vermehrte Arbeit, liebe Kinder," entgegnete sie; „ich möchte lieber selbst die Wasserkrüge heraufholen, aber dieser Brunnen muß nun einmal zu. Glaubt es mir aufs Wort, daß es nicht anders angeht und daß wir nur dadurch ein größeres Unheil zu vermeiden imstande sind." — Die ganze Dienerschaft freute sich, ihrer sanften Hausfrau gefällig sein zu können; man fragte nicht weiter, sondern ergriff den ungeheuern Stein. Dieser hob sich unter ihren Händen und schwebte bereits über dem Brunnen; da kam Bertalda gelaufen und rief, man solle innehalten, aus diesem Brunnen lasse sie das Waschwasser holen, welches ihrer Haut so vorteilhaft sei, und sie werde nimmermehr zugeben, daß man ihn verschließe. Undine aber blieb diesmal, obgleich auf gewohnte Weise sanft, dennoch auf ungewohnte Weise bei ihrer Meinung fest; sie sagte, als Hausfrau gebühre ihr, alle Anordnungen der Wirtschaft nach bester Überzeugung einzurichten, und niemand habe sie darüber Rechenschaft abzulegen als ihrem Ehegemahl und

Herrn. — „Seht, o seht doch," rief Bertalda unwillig und ängstlich, „das arme, schöne Wasser kräuselt sich und windet sich, weil
es vor der klaren Sonne versteckt werden soll und vor dem erfreulichen Anblick der Menschengesichter, zu deren Spiegel es erschaffen ist!" — In der Tat zischte und regte sich die Flut im Borne
ganz wunderlich: es war, als wollte sich etwas daraus hervorrin-
gen; aber Undine drang nur um so ernstlicher auf die Erfüllung
ihrer Befehle. Es brauchte dieses Ernstes kaum. Das Schloßge-
sinde war ebenso froh, seiner milden Herrin zu gehorchen, als Bertaldas Trotz zu brechen, und so ungebärdig diese auch schelten und
drohen mochte, lag dennoch in kurzer Zeit der Stein über der
Öffnung des Brunnens fest. Undine legte sich sinnend darüber hin
und schrieb mit den schönen Fingern auf der Fläche. Sie mußte
aber wohl etwas sehr Scharfes und Ätzendes dabei in der Hand
gehabt haben, denn als sie sich abwandte und die andern näher
hinzutraten, nahmen sie allerhand seltsame Zeichen auf dem Steine
wahr, die keiner vorher an demselben gesehen haben wollte.

Den heimkehrenden Ritter empfing am Abend Bertalda mit
Tränen und Klagen über Undinens Verfahren. Er warf ernste
Blicke auf diese, und die arme Frau sah betrübt vor sich nieder.
Doch sagte sie mit großer Fassung: „Mein Herr und Ehegemahl
schilt ja keinen Leibeignen, bevor er ihn hört, wie minder dann sein
angetrautes Weib." — „Sprich, was dich zu jener seltsamen Tat
bewog", sagte der Ritter mit finsterm Antlitz. — „Ganz allein
möcht ich es dir sagen!" seufzte Undine. — „Du kannst es ebensogut in Bertaldas Gegenwart", entgegnete er. — „Ja, wenn du es
gebeutst," sagte Undine; „aber gebeut es nicht! O bitte, bitte, gebeut es nicht!" — Sie sah so demütig, hold und gehorsam aus, daß
des Ritters Herz sich einem Sonnenblick aus bessern Zeiten er-
schloß. Er faßte sie freundlich unter den Arm und führte sie in
sein Gemach, wo sie folgendermaßen zu sprechen begann:

„Du kennst ja den bösen Oheim Kühleborn, mein geliebter
Herr, und bist ihm öfters unwillig in den Gängen dieser Burg
begegnet. Bertalden hat er gar bisweilen zum Krankwerden erschreckt. Das macht, er ist seelenlos, ein bloßer elementarischer
Spiegel der Außenwelt, der das Innere nicht widerzustrahlen
vermag. Da sieht er denn bisweilen, daß du unzufrieden mit mir
bist, daß ich in meinem kindischen Sinne darüber weine, daß Ber-

talda vielleicht eben in derselben Stunde zufällig lacht. Nun bil=
det er sich allerhand Ungleiches ein und mischt sich auf vielfache
Weise ungebeten in unsern Kreis. Was hilfts, daß ich ihn aus=
schelte? Daß ich ihn unfreundlich wegschicke? Er glaubt mir nicht
ein Wort. Sein armes Leben hat keine Ahnung davon, wie Lie=
besleiden und Liebesfreuden einander so anmutig gleich sehen und
so innig verschwistert sind, daß keine Gewalt sie zu trennen ver=
mag. Unter der Träne quillt das Lächeln vor, das Lächeln lockt
die Träne aus ihren Kammern."

Sie sah lächelnd und weinend nach Huldbrand in die Höhe, der
allen Zauber der alten Liebe wieder in seinem Herzen empfand.
Sie fühlte das, drückte ihn inniger an sich und fuhr unter freu=
digen Tränen also fort:

„Da sich der Friedenstörer nicht mit Worten weisen ließ, mußte
ich wohl die Tür vor ihm zusperren. Und die einzige Tür, die er
zu uns hat, ist jener Brunnen. Mit den andern Quellgeistern hier
in der Gegend ist er entzweit, von den nächsten Tälern an, und erst
weiterhin auf der Donau, wenn einige seiner guten Freunde hin=
eingeströmt sind, fängt sein Reich wieder an. Darum ließ ich den
Stein über des Brunnens Öffnung wälzen und schrieb Zeichen
darauf, die alle Kraft des eifernden Oheims lähmen, so daß er
nun weder dir, noch mir, noch Bertalden in den Weg kommen soll.
Menschen freilich können trotz der Zeichen mit ganz gewöhnlichem
Bemühen den Stein wieder abheben; die hindert es nicht. Willst
du also, so tu nach Bertaldas Begehr, aber wahrhaftig, sie weiß
nicht, was sie bittet. Auf sie hat es der ungezogne Kühleborn ganz
vorzüglich abgesehen, und wenn manches käme, was er mir pro=
phezeien wollte und was doch wohl geschehen könnte, ohne daß du
es übel meintest, — ach Lieber, so wärest ja auch du nicht außer Ge=
fahr!"

Huldbrand fühlte tief im Herzen die Großmut seiner holden
Frau, wie sie ihren furchtbaren Beschützer so emsig aussperrte und
noch dazu von Bertalden darüber gescholten worden war. Er
drückte sie daher aufs liebreichste in seine Arme und sagte gerührt:
„Der Stein bleibt liegen, und alles bleibt und soll immer bleiben,
wie du es haben willst, mein holdes Undinchen." Sie schmeichelte
ihm demütig froh über die lang entbehrten Worte der Liebe und
sagte endlich: „Mein allerliebster Freund, da du heute so überaus

mild und gütig bift, dürft ich es wohl wagen, dir eine Bitte vorzu=
tragen? Sieh nur, es ift mit dir wie mit dem Sommer. Eben in
feiner beften Herrlichkeit fetzt fich der flammende und donnernde
Kronen von fchönen Gewittern auf, darin er als ein rechter König
und Erdengott anzufehen ift. So fchiltft auch du bisweilen und
wetterleuchteft mit Zung und Augen, und das fteht dir fehr gut,
wenn ich auch bisweilen in meiner Torheit darüber zu weinen an=
fange. Aber tu das nie gegen mich auf einem Waffer, oder wo
wir auch nur einem Gewäffer nahe find. Siehe, dann bekämen die
Verwandten ein Recht über mich. Unerbittlich würden fie mich von
dir reißen in ihrem Grimm, weil fie meinten, daß eine ihres Ge=
fchlechts beleidigt fei, und ich müßte lebenslang drunten in den
Kriftallpaläften wohnen und dürfte nie wieder zu dir herauf,
oder fendeten fie mich zu dir herauf, o Gott, dann wär es noch
unendlich fchlimmer. Nein, nein, du füßer Freund, dahin laß es
nicht kommen, fo lieb dir die arme Undine ift."

Er verhieß feierlich, zu tun, wie fie begehre, und die beiden Ehe=
leute traten unendlich froh und liebevoll wieder aus dem Gemach.
Da kam Bertalda mit einigen Werkleuten, die fie unterdes fchon
hatte befcheiden laffen, und fagte mit einer mürrifchen Art, die fie
fich zeither angenommen hatte: "Nun ift doch wohl das geheime
Gefpräch zu Ende, und der Stein kann herab. Geht nur hin, ihr
Leute, und richtets aus." Der Ritter aber, ihre Unart empört
fühlend, fagte in kurzen und fehr ernftlichen Worten: "Der Stein
bleibt liegen." Auch verwies er Bertalden ihre Heftigkeit gegen
feine Frau, worauf die Werkleute mit heimlich vergnügtem Lä=
cheln fortgingen, Bertalda aber von der andern Seite erbleichend
nach ihren Zimmern eilte.

Die Stunde des Abendeffens kam heran, und Bertalda ließ
fich vergeblich erwarten. Man fchickte nach ihr: da fand der Käm=
merling ihre Gemächer leer und brachte nur ein verfiegeltes Blatt,
an den Ritter überfchrieben, mit zurück. Diefer öffnete es beftürzt
und las:

"Ich fühle mit Befchämung, wie ich nur eine arme Fifchers=
dirne bin. Daß ich es auf Augenblicke vergaß, will ich in der
ärmlichen Hütte meiner Eltern büßen. Lebt wohl mit Eurer fchö=
nen Frau!"

Undine war von Herzen betrübt. Sie bat Huldbranden in=

brünſtig, der entflohenen Freundin nachzueilen und ſie wieder mit
zurückzubringen. Ach, ſie hatte nicht nötig zu treiben! Seine Nei=
gung für Bertalda brach wieder heftig hervor. Er eilte im ganzen
Schloß umher, fragend, ob niemand geſehen habe, welches Weges
die ſchöne Flüchtige gegangen ſei. Er konnte nichts erfahren und
ſaß ſchon im Burghofe zu Pferde, entſchloſſen, aufs Geratewohl
dem Wege nachzureiten, den er Bertalden hierher geführt hatte.
Da kam ein Schildbub und verſicherte, er ſei dem Fräulein auf
dem Pfade nach dem Schwarztale begegnet. Wie ein Pfeil
ſprengte der Ritter durch das Tor, der angewieſenen Richtung
nach, ohne Undinens ängſtliche Stimme zu hören, die ihm aus
dem Fenſter nachrief: „Nach dem Schwarztal? O dahin nicht!
Huldbrand, dahin nicht! Oder um Gottes willen, nimm mich
mit!" — Als ſie aber all ihr Rufen vergeblich ſah, ließ ſie eilig
ihren weißen Zelter ſatteln und trabte dem Ritter nach, ohne
irgendeines Dieners Begleitung annehmen zu wollen.

*

Vierzehntes Kapitel
Wie Bertalda mit dem Ritter heimfuhr

Das Schwarztal liegt tief in die Berge hinein. Wie es jetzo
heißt, kann man nicht wiſſen. Damals nannten es die Landleute
ſo wegen der tiefen Dunkelheit, welche von hohen Bäumen, wor=
unter es vorzüglich viele Tannen gab, in die Niederung herunter=
geſtreuet ward. Selbſt der Bach, der zwiſchen den Klippen hin=
ſtrudelte, ſah davon ganz ſchwarz aus und gar nicht ſo fröhlich,
wie es Gewäſſer wohl zu tun pflegen, die den blauen Himmel
unmittelbar über ſich haben. Nun, in der hereinbrechenden Däm=
merung, war es vollends ſehr wild und finſter zwiſchen den Höhen
geworden. Der Ritter trabte ängſtlich die Bachesufer entlängſt;
er fürchtete bald, durch Verzögerung die Flüchtige zu weit vor=
aus zu laſſen, bald wieder, in der großen Eile ſie irgendwo, dafern
ſie ſich vor ihm verſtecken wolle, zu überſehen. Er war indes ſchon
ziemlich tief in das Tal hineingekommen und konnte nun denken,
das Mägdlein bald eingeholt zu haben, wenn er anders auf der
rechten Spur war. Die Ahnung, daß er das auch wohl nicht ſein
könne, trieb ſein Herz zu immer ängſtlichern Schlägen. Wo ſollte

die zarte Bertalda bleiben, wenn er sie nicht fand, in der drohen=
den Wetternacht, die sich immer furchtbarer über das Tal her=
einbog? Da sah er endlich etwas Weißes am Hange des Berges
durch die Zweige schimmern. Er glaubte Bertaldas Gewand zu
erkennen und machte sich hinzu. Sein Roß aber wollte nicht hin=
an; es bäumte sich so ungestüm, und er wollte so wenig Zeit ver=
lieren, daß er — zumal da ihm wohl ohnehin zu Pferde das Ge=
sträuch allzu hinderlich geworden wäre — absaß und den schnau=
benden Hengst an eine Rüster band, worauf er sich dann vorsichtig
durch die Büsche hinarbeitete. Die Zweige schlugen ihm unfreund=
lich Stirn und Wangen mit der kalten Nässe des Abendtaus,
ein ferner Donner murmelte jenseit der Berge hin, es sah alles
so seltsam aus, daß er anfing, eine Scheu vor der weißen Gestalt
zu empfinden, die nun schon unfern von ihm am Boden lag. Doch
konnte er ganz deutlich unterscheiden, daß es ein schlafendes oder
ohnmächtiges Frauenzimmer in langen, weißen Gewändern war,
wie sie Bertalda heute getragen hatte. Er trat dicht vor sie hin,
rauschte an den Zweigen, klirrte an seinem Schwerte, — sie regte
sich nicht. — „Bertalda!" sprach er, erst leise dann immer lauter,
— sie hörte nicht. Als er zuletzt den teuern Namen mit gewaltsamer
Anstrengung rief, hallte ein dumpfes Echo aus den Berghöhlen
des Tales lallend zurück: „Bertalda!" — aber die Schläferin
blieb unerweckt. Er beugte sich zu ihr nieder; die Dunkelheit des
Tales und der einbrechenden Nacht ließen keinen ihrer Gesichts=
züge unterscheiden. Als er sich nun eben mit einigem gramvollen
Zweifel ganz nahe zu ihr an den Boden gedrückt hatte, fuhr ein
Blitz schnell erleuchtend über das Tal hin. Er sah ein abscheulich
verzerrtes Antlitz dicht vor sich, das mit dumpfer Stimme rief:
„Gib mir 'nen Kuß, du verliebter Schäfer." Vor Entsetzen
schreiend, fuhr Huldbrand in die Höhe, die häßliche Gestalt ihm
nach. — „Zu Haus!" murmelte sie, „die Unholde sind wach. Zu
Haus! Sonst hab ich dich!" — Und es griff nach ihm mit langen
weißen Armen. — „Tückischer Kühleborn," rief der Ritter, sich
ermannend, „was gilts, du bist es, du Kobold! Da hast du 'nen
Kuß!" Und wütend hieb er mit dem Schwerte gegen die Gestalt.
Aber die zerstob, und ein durchnässender Wasserguß ließ dem Rit=
ter keinen Zweifel darüber, mit welchem Feinde er gestritten habe.

    „Er will mich zurückschrecken von Bertalden," sagte er laut zu

sich selbst; „er denkt, ich soll mich vor seinen albernen Spukereien
fürchten und ihm das arme, geängstigte Mädchen hingeben, da=
mit er sie seine Rache könne fühlen lassen. Das soll er doch nicht,
der schwächliche Elementargeist. Was eine Menschenbrust ver=
mag, wenn sie so recht will, so recht aus ihrem besten Leben will,
das versteht der ohnmächtige Gaukler nicht." — Er fühlte die
Wahrheit seiner Worte und daß er sich selbst dadurch einen ganz
erneuten Mut in das Herz gesprochen habe. Auch schien es, als
trete das Glück mit ihm in Bund, denn noch war er nicht wieder
bei seinem angebundenen Rosse, da hörte er schon ganz deutlich
Bertaldens klagende Stimme, wie sie unfern von ihm durch das
immer lauter werdende Geräusch des Donners und Sturmwindes
herüberweinte. Beflügelten Fußes eilt' er dem Schalle nach und
fand die erbebende Jungfrau, wie sie eben die Höhe hinanzuklim=
men versuchte, um sich auf alle Weise aus dem schaurigen Dunkel
dieses Tales zu retten. Er aber trat ihr liebkosend in den Weg,
und so kühn und stolz auch früher ihr Entschluß mochte gewesen
sein, empfand sie doch jetzt nur allzu lebendig das Glück, daß ihr
im Herzen geliebter Freund sie aus der furchtbaren Einsamkeit
erlöse und das helle Leben in der befreundeten Burg so anmutige
Arme nach ihr ausstrecke. Sie folgte fast ohne Widerspruch, aber
so ermattet, daß der Ritter froh war, sie bis zu seinem Rosse gelei=
tet zu haben, welches er nun eilig losknüpfte, um die schöne Wan=
drerin hinaufzuheben, und es alsdann am Zügel sich durch die
ungewissen Schatten der Talgegend vorsichtig nachzuleiten.

Aber das Pferd war ganz verwildert durch Kühleborns tolle
Erscheinung. Selbst der Ritter würde Mühe gebraucht haben,
auf des bäumenden, wildschnaubenden Tieres Rücken zu springen;
die zitternde Bertalda hinaufzuheben, war eine völlige Unmöglich=
keit. Man beschloß also, zu Fuße heimzukehren. Das Roß am
Zügel nachzerrend, unterstützte der Ritter mit der andern Hand das
schwankende Mägdlein. Bertalda machte sich so stark als möglich,
um den furchtbaren Talgrund schnell zu durchwandeln; aber wie
Blei zog die Müdigkeit sie herab, und zugleich bebten ihr alle Glie=
der zusammen, teils noch von mancher überstandnen Angst, womit
Kühleborn sie vorwärts gehetzt hatte, teils auch in der fortdauernden
Bangigkeit vor dem Geheul des Sturmes und Donners durch die
Waldung des Gebirges.

Endlich entglitt sie dem stützenden Arm ihres Führers, und auf das Moos hingesunken, sagte sie: „Laßt mich nur hier liegen, edler Herr. Ich büße meiner Torheit Schuld und muß nun doch auf alle Weise hier verkommen vor Mattigkeit und Angst." — „Nimmermehr, holde Freundin, verlaß ich Euch!" rief Huld= brand, vergeblich bemüht, den brausenden Hengst an seiner Hand zu bändigen, der ärger als vorhin zu tosen und zu schäumen begann; der Ritter war endlich nur froh, daß er ihn von der hingesunkenen Jungfrau fern genug hielt, um sie nicht durch die Furcht vor ihm noch mehr zu erschrecken. Wie er sich aber mit dem tollen Pferde nur kaum einige Schritte entfernte, begann sie auch gleich, ihm auf das allerjämmerlichste nachzurufen, des Glaubens, er wolle sie wirklich hier in der entsetzlichen Wildnis verlassen. Er wußte gar nicht mehr, was er beginnen sollte. Gern hätte er dem wütenden Tiere volle Freiheit gegeben, durch die Nacht hinzustürmen und seine Raserei auszutoben, hätte er nur nicht fürchten müssen, es würde in diesem engen Paß mit seinen beerzten Hufen eben über die Stelle hindonnern, wo Bertalda lag.

Während dieser großen Not und Verlegenheit war es ihm un= endlich trostreich, daß er einen Wagen langsam den steinigen Weg hinter sich herabfahren hörte. Er rief um Beistand; eine männliche Stimme antwortete, verwies ihn zur Geduld, aber versprach zu helfen, und bald darauf leuchteten schon zwei Schimmel durch das Gebüsch, der weiße Kärrnerkittel ihres Führers nebenher, worauf sich denn auch die große, weiße Leinewand sehen ließ, mit welcher die Waren, die er bei sich führen mochte, überdeckt waren. Auf ein lautes Brr! aus dem Munde ihres Herrn standen die gehorsamen Schimmel. Er kam gegen den Ritter heran und half ihm das schäumende Tier bändigen. — „Ich merke wohl," sagte er dabei, „was der Bestie fehlt. Als ich zuerst durch diese Gegend zog, ging es meinen Pferden nicht besser. Das macht, hier wohnt ein böser Wassernix, der an solchen Neckereien Lust hat. Aber ich hab ein Sprüchlein gelernt; wenn Ihr mir vergönnen wolltet, dem Rosse das ins Ohr zu sagen, so sollt es gleich so ruhig stehen wie meine Schimmel da." — „Versucht Euer Heil, und helft nur bald!" schrie der ungeduldige Ritter. Da bog der Fuhrmann den Kopf des bäumenden Pferdes zu sich herunter und sagte ihm einige Worte ins Ohr. Augenblicklich stand der Hengst gezähmt und friedlich

still, und nur ein erhitztes Keuchen und Dampfen zeugte noch von
der vorherigen Unbändigkeit. Es war nicht viel Zeit für Huld=
branden, lange zu fragen, wie dies zugegangen sei. Er ward mit
dem Kärrner einig, daß er Bertalden auf den Wagen nehmen
solle, wo, seiner Aussage nach, die weichste Baumwolle in Ballen
lag, und so möge er sie bis nach Burg Ringstetten führen; der
Ritter wolle den Zug zu Pferde begleiten. Aber das Roß schien
von seinem vorigen Toben zu erschöpft, um noch seinen Herrn so
weit zu tragen, weshalb diesem der Kärrner zuredete, mit Bertalden
in den Wagen zu steigen, das Pferd könnte man ja hinten anbin=
den. — „Es geht bergunter,“ sagte er, „und da wirds meinen
Schimmeln leicht.“ — Der Ritter nahm dies Erbieten an, er be=
stieg mit Bertalden den Wagen, der Hengst folgte geduldig nach,
und rüstig und achtsam schritt der Fuhrmann beiher.

In der Stille der tiefer dunkelnden Nacht, aus der das Ge=
witter immer ferner und schweigsamer abdonnerte, in dem behag=
lichen Gefühl der Sicherheit und des bequemen Fortkommens ent=
spann sich zwischen Huldbrand und Bertalda ein trauliches Ge=
spräch. Mit schmeichelnden Worten schalt er sie um ihr trotziges
Flüchten; mit Demut und Rührung entschuldigte sie sich, und aus
allem, was sie sprach, leuchtete es hervor, gleich einer Lampe, die
dem Geliebten zwischen Nacht und Geheimnis kundgibt, die Ge=
liebte harre noch sein. Der Ritter fühlte den Sinn dieser Reden
weit mehr, als daß er auf die Bedeutung der Worte achtgegeben
hätte, und antwortete auch einzig auf jenen. Da rief der Fuhrmann
plötzlich mit kreischender Stimme: „Hoch, ihr Schimmel! Hoch
den Fuß! Nehmt euch zusammen, Schimmel! Denkt hübsch, was
ihr seid!“ — Der Ritter beugte sich aus dem Wagen und sah, wie
die Pferde mitten im schäumenden Wasser dahinschritten oder fast
schon schwammen, des Wagens Räder wie Mühlenräder blinkten
und rauschten, der Kärrner vor der wachsenden Flut auf das Fuhr=
werk gestiegen war. — „Was soll das für ein Weg sein? Der geht
ja mitten in den Strom!“ rief Huldbrand seinem Führer zu.
„Nein, Herr,“ lachte dieser zurück; „es ist grad umgekehrt. Der
Strom geht mitten in unsern Weg. Seht Euch nur um, wie
alles übergetreten ist.“

In der Tat wogte und rauschte der ganze Talgrund von plötz=
lich empörten, sichtbar steigenden Wellen. „Das ist der Kühleborn,

der böse Wassernix, der uns ersäufen will!" rief der Ritter. „Weißt
du kein Sprüchlein wider ihn, Gesell?" — „Ich müßte wohl eins,"
sagte der Fuhrmann, „aber ich kann und mag es nicht eher brau=
chen, als bis Ihr wißt, wer ich bin." — „Ist es hier Zeit zu Rät=
seln?" schrie der Ritter. „Die Flut steigt immer höher, und was
geht es mich an, zu wissen, wer du bist?" — „Es geht Euch aber
doch was an," sagte der Fuhrmann, „denn ich bin Kühleborn."
Damit lachte er, verzerrten Antlitzes, zum Wagen herein, aber
der Wagen blieb nicht Wagen mehr, die Schimmel nicht Schim=
mel; alles verschäumte, verrann in zischenden Wogen, und selbst
der Fuhrmann bäumte sich als eine riesige Welle empor, riß den
vergeblich arbeitenden Hengst unter die Gewässer hinab und wuchs
dann wieder, und wuchs über den Häuptern des schwimmenden
Paares wie zu einem feuchten Turme an und wollte sie eben ret=
tungslos begraben. —

Da scholl Undines anmutige Stimme durch das Getöse hin,
der Mond trat aus den Wolken, und mit ihm ward Undine auf
den Höhen des Talgrundes sichtbar. Sie schalt, sie drohte in die
Fluten hinab, die drohende Turmeswoge verschwand murrend und
murmelnd, leise rannen die Wasser im Mondglanze dahin, und
wie eine weiße Taube sah man Undinen von der Höhe hinabtauchen,
den Ritter und Bertalden erfassen und mit sich nach einem frischen,
grünen Rasenfleck auf der Höhe emporheben, wo sie mit ausge=
suchten Labungen Ohnmacht und Schrecken vertrieb; dann half sie
Bertalden zu dem weißen Zelter, der sie selbst hergetragen hatte,
hinaufheben, und so gelangten alle drei nach Burg Ringstetten
zurück.

*

Funfzehntes Kapitel
Die Reise nach Wien

Es lebte sich seit der letzten Begebenheit still und ruhig auf dem
Schloß Der Ritter erkannte mehr und mehr seiner Frauen himm=
lische Güte, die sich durch ihr Nacheilen und Retten im Schwarz=
tale, wo Kühleborns Gewalt wieder anging, so herrlich offenbart
hatte; Undine selbst empfand den Frieden und die Sicherheit, deren
ein Gemüt nie ermangelt, solange es mit Besonnenheit fühlt, daß

es auf dem rechten Wege sei, und zudem gingen ihr in der neu
erwachenden Liebe und Achtung ihres Ehemannes vielfache Schim=
mer der Hoffnung und Freude auf. Bertalda hingegen zeigte sich
dankbar, demütig und scheu, ohne daß sie wieder diese Äußerungen
als etwas Verdienstliches angeschlagen hätte. Sooft ihr eines der
Eheleute über die Verdeckung des Brunnens oder über die Aben=
teuer im Schwarztale irgend etwas Erklärendes sagen wollte, bat
sie inbrünstig, man möge sie damit verschonen, weil sie wegen des
Brunnens allzu viele Beschämung und wegen des Schwarztales
allzu viele Schrecken empfinde. Sie erfuhr daher auch von beiden
weiter nichts; und wozu schien es auch nötig zu sein? Der Friede
und die Freude hatten ja ihren sichtbaren Wohnsitz in Burg Ring=
stetten genommen. Man ward darüber ganz sicher und meinte,
nun könne das Leben gar nichts mehr tragen als anmutige Blumen
und Früchte.

Ju so erlabenden Verhältnissen war der Winter gekommen
und vorübergegangen, und der Frühling sah mit seinen hellgrünen
Sprossen und seinem lichtblauen Himmel zu den fröhlichen Men=
schen herein. Ihm war zumut wie ihnen und ihnen wie ihm.
Was Wunder, daß seine Störche und Schwalben auch in ihnen
die Reiselust anregten! Während sie einmal nach den Donauquel=
len hinab lustwandelten, erzählte Huldbrand von der Herrlichkeit
des edlen Stromes und wie er wachsend durch gesegnete Länder
fließe, wie das köstliche Wien an seinen Ufern emporglänze und
er überhaupt mit jedem Schritte seiner Fahrt an Macht und
Lieblichkeit gewinne. — „Es müßte herrlich sein, ihn so bis Wien
einmal hinabzufahren!" brach Bertalda aus, aber gleich darauf in
ihre jetzige Demut und Bescheidenheit zurückgesunken, schwieg sie
errötend still. Eben dies rührte Undinen sehr, und im lebhaftesten
Wunsch, der lieben Freundin eine Lust zu machen, sagte sie: „Wer
hindert uns denn, die Reise anzutreten?" — Bertalda hüpfte vor
Freuden in die Höhe, und die beiden Frauen begannen sogleich, sich
die anmutige Donaufahrt mit den allerhellsten Farben vor die
Sinne zu rufen. Auch Huldbrand stimmte fröhlich darin ein; nur
sagte er einmal besorgt Undinen ins Ohr: „Aber weiterhin ist
Kühleborn wieder gewaltig?" — „Laß ihn nur kommen," entgeg=
nete sie lachend; „ich bin ja dabei, und vor mir wagt er sich mit
keinem Unheil hervor." Damit war das letzte Hindernis gehoben,

man rüstete sich zur Fahrt und trat sie alsbald mit frischem Mut
und den heitersten Hoffnungen an.

Wundert euch aber nur nicht, ihr Menschen, wenn es dann
immer ganz anders kommt, als man gemeint hat. Die tückische
Macht, die lauert, uns zu verderben, singt ihr auserkornes Opfer
gern mit süßen Liedern und goldnen Märchen in den Schlaf. Dagegen pocht der rettende Himmelsbote oftmals scharf und erschrek-
kend an unsre Tür.

Sie waren die ersten Tage ihrer Donaufahrt hindurch außerordentlich vergnügt gewesen. Es ward auch alles immer besser und
schöner, sowie sie den stolzen, flutenden Strom weit hinunter
schifften. Aber in einer sonst höchst anmutigen Gegend, von deren
erfreulichem Anblick sie sich die beste Freude versprochen hatten,
fing der unbändige Kühleborn ganz unverhohlen an, seine hier ein-
greifende Macht zu zeigen. Es blieben zwar bloß Neckereien, weil
Undine oftmals in die empörten Wellen oder in die hemmenden
Winde hinein schalt und sich dann die Gewalt des Feindseligen
augenblicklich in Demut ergab, aber wieder kamen die Angriffe,
und wieder brauchte es der Mahnung Undinens, so daß die Lustigkeit der kleinen Reisegesellschaft eine gänzliche Störung erlitt. Dabei zischelten sich noch immer die Fährleute zagend in die Ohren und
sahen mißtrauisch auf die drei Herrschaften, deren Diener selbsten
mehr und mehr etwas Unheimliches zu ahnen begannen und ihre
Gebieter mit seltsamen Blicken verfolgten. Huldbrand sagte öfters
bei sich im stillen Gemüte: „Das kommt davon, wenn Gleich sich
nicht zu Gleich gesellt, wenn Mensch und Meerfräulein ein wunderliches Bündnis schließen." Sich entschuldigend, wie wir es denn
überhaupt lieben, dachte er freilich oftmals dabei: „Ich hab es ja
nicht gewußt, daß sie ein Meerfräulein war. Mein ist das Unheil,
das jeden meiner Schritte durch der tollen Verwandtschaft Grillen
bannt und stört, aber mein ist nicht die Schuld." Durch solcherlei
Gedanken fühlte er sich einigermaßen gestärkt, aber dagegen ward
er immer verdrießlicher, ja feindseliger wider Undinen gestimmt.
Er sah sie schon mit mürrischen Blicken an, und die arme Frau
verstand deren Bedeutung wohl. Dadurch, und durch die beständige
Anstrengung wider Kühleborns Listen erschöpft, sank sie gegen
Abend, von der sanft gleitenden Barke angenehm gewiegt, in einen
tiefen Schlaf.

Kaum aber, daß sie die Augen geschlossen hatte, so wähnte
jedermann im Schiffe, nach der Seite, wo er gerade hinaussah,
ein ganz abscheuliches Menschenhaupt zu erblicken, das sich aus den
Wellen emporhob, nicht wie das eines Schwimmenden, sondern
ganz senkrecht, wie auf den Wasserspiegel gerade eingepfählt, aber
mitschwimmend, so wie die Barke schwamm. Jeder wollte dem
andern zeigen, was ihn erschreckte, und jeder fand zwar auf des
andern Gesicht das gleiche Entsetzen, Hand und Auge aber nach
einer andern Richtung hinzeigend, als wo ihm selbst das halb
lachende, halb dräuende Scheusal vor Augen stand. Wie sie sich
nun aber einander darüber verständigen wollten und alles rief:
„Sieh dorthin, nein dorthin!“ — da wurden jedwedem die Greuel=
bilder aller sichtbar, und die ganze Flut um das Schiff her wim=
melte von den entsetzlichsten Gestalten. Von dem Geschrei, das sich
darüber erhob, erwachte Undine. Vor ihren aufgehenden Augen=
lichtern verschwand der mißgeschaffenen Gesichter tolle Schar.
Aber Huldbrand war empört über so viele häßliche Gaukeleien. Er
wäre in wilde Verwünschungen ausgebrochen, nur daß Undine
mit den demütigsten Blicken und ganz leise bittend sagte: „Um
Gott, mein Eheherr, wir sind auf den Fluten, zürne jetzt nicht auf
mich.“ Der Ritter schwieg, setzte sich und versank in ein tiefes
Nachdenken. Undine sagte ihm ins Ohr: „Wär es nicht besser,
mein Liebling, wir ließen die törichte Reise und kehrten nach Burg
Ringstetten in Frieden zurück?“ Aber Huldbrand murmelte feind=
selig: „Also ein Gefangener soll ich sein auf meiner eigenen Burg?
Und atmen nur können, solange der Brunnen zu ist? So wollt ich,
daß die tolle Verwandtschaft . . .“ Da drückte Undine schmeichelnd
ihre schöne Hand auf seine Lippen. Er schwieg auch und hielt sich
still, so manches, was ihm Undine früher gesagt hatte, erwägend.

Indessen hatte Bertalda sich allerhand seltsam umschweifenden
Gedanken überlassen. Sie wußte vieles von Undinens Herkommen
und doch nicht alles, und vorzüglich war ihr der furchtbare Kühle=
born ein schreckliches, aber noch immer ganz dunkles Rätsel ge=
blieben, so daß sie nicht einmal seinen Namen je vernommen hatte.
Über alle diese wunderlichen Dinge nachsinnend, knüpfte sie, ohne
sich dessen recht bewußt zu werden, ein goldnes Halsband los, wel=
ches ihr Huldbrand auf einer der letzten Tagereisen von einem
herumziehenden Handelsmann gekauft hatte, und ließ es dicht über

der Oberfläche des Wassers spielen, sich, halb träumend, an dem
lichten Schimmer ergötzend, den es in die abendhellen Gewässer
warf. Da griff plötzlich eine große Hand aus der Donau herauf,
erfaßte das Halsband und fuhr damit unter die Fluten. Bertalda
schrie laut auf, und ein höhnisches Gelächter schallte aus den Tiefen
des Stromes drein. Nun hielt sich des Ritters Zorn nicht länger.
Aufspringend schalt er in die Gewässer hinein, verwünschte alle,
die sich in seine Verwandtschaft und sein Leben drängen wollten,
und forderte sie auf, Nix oder Sirene, sich vor sein blankes Schwert
zu stellen. Bertalda weinte indes um den verlornen, ihr so innig
lieben Schmuck und goß mit ihren Tränen Öl in des Ritters Zorn,
während Undine ihre Hand über den Schiffsbord in die Wellen
getaucht hielt, in einem fort sacht vor sich hinmurmelnd und nur
manchmal ihr seltsam heimliches Geflüster unterbrechend, indem
sie bittend zu ihrem Eheherrn sprach: „Mein Herzlichlieber, hier
schilt mich nicht, schilt alles, was du willst, aber hier mich nicht.
Du weißt ja!" — Und wirklich enthielt sich seine vor Zorn stam=
melnde Zunge noch jedes Wortes unmittelbar wider sie. Da
brachte sie mit der feuchten Hand, die sie unter den Wogen gehal=
ten hatte, ein wunderschönes Korallenhalsband hervor, so herrlich
blitzend, daß allen davon die Augen fast geblendet wurden. „Nimm
hin," sagte sie, es Bertalden freundlich hinhaltend, „das hab ich
dir zum Ersatz bringen lassen, und sei nicht weiter betrübt, du
armes Kind." Aber der Ritter sprang dazwischen. Er riß den
schönen Schmuck Undinen aus der Hand, schleuderte ihn wieder
in den Fluß und schrie wutentbrannt: „So hast du denn immer
Verbindung mit ihnen? Bleib bei ihnen in aller Hexen Namen
mit all deinen Geschenken und laß uns Menschen zufrieden, Gauk=
lerin du!" Starren, aber tränenströmenden Blickes sah ihn die
arme Undine an, noch immer die Hand ausgestreckt, mit welcher
sie Bertalden ihr hübsches Geschenk so freundlich hatte hinreichen
wollen. Dann fing sie immer herzlicher an zu weinen, wie ein recht
unverschuldet und recht bitterlich gekränktes, liebes Kind. Endlich
sagte sie ganz matt: „Ach, holder Freund, ach, lebe wohl! Sie
sollen dir nichts tun; nur bleibe treu, daß ich sie dir abwehren kann.
Ach, aber fort muß ich, muß fort auf diese ganze junge Lebenszeit.
O weh, o weh, was hast du angerichtet! O weh, o weh!"
    Und über den Rand der Barke schwand sie hinaus. Stieg sie

hinüber in die Flut, verſtrömte ſie darin, man wußt es nicht, es
war wie beides und wie keins. Bald aber war ſie in die Donau
ganz verronnen; nur flüſterten noch kleine Wellchen ſchluchzend
um den Kahn, und faſt vernehmlich wars, als ſprächen ſie: „O
weh, o weh! Ach bleibe treu! O weh!" —

Huldbrand aber lag in heißen Tränen auf dem Verdecke des
Schiffes, und eine tiefe Ohnmacht hüllte den Unglücklichen bald
in ihre mildernden Schleier ein.

*

Sechzehntes Kapitel
Von Huldbrands fürderm Ergehen

Soll man ſagen leider! oder zum Glück! daß es mit unſrer Trauer
keinen rechten Beſtand hat? Ich meine, mit unſrer ſo recht tiefen
und aus dem Borne des Lebens ſchöpfenden Trauer, die mit dem
verlorenen Geliebten ſo eines wird, daß er ihr nicht mehr verloren
iſt und ſie ein geweihtes Prieſtertum an ſeinem Bilde durch das
ganze Leben durchführen will, bis die Schranke, die ihm gefallen
iſt, auch uns zerfällt! Freilich bleiben wohl gute Menſchen wirk=
lich ſolche Prieſter, aber es iſt doch nicht die erſte, rechte Trauer
mehr. Andre, fremdartige Bilder haben ſich dazwiſchen gedrängt,
wir erfahren endlich die Vergänglichkeit aller irdiſchen Dinge ſo=
gar an unſerm Schmerz, und ſo muß ich denn ſagen: „Leider, daß
es mit unſrer Trauer keinen rechten Beſtand hat!"

Der Herr von Ringſtetten erfuhr das auch: ob zu ſeinem Heile,
werden wir im Verfolg dieſer Geſchichte hören. Anfänglich konnte
er nichts als immer recht bitterlich weinen, wie die arme, freund=
liche Undine geweint hatte, als er ihr den blanken Schmuck aus
der Hand riß, mit dem ſie alles ſo ſchön und gut machen wollte.
Und dann ſtreckte er die Hand aus, wie ſie es getan hatte, und
weinte immer wieder von neuem, wie ſie. Er hegte die heimliche
Hoffnung, endlich auch ganz in Tränen zu verrinnen, und iſt nicht
ſelbſt manchem von uns andern in großem Leide der ähnliche Ge=
danke mit ſchmerzender Luſt durch den Sinn gezogen? Bertalda
weinte mit, und ſie lebten lange ganz ſtill beieinander auf Burg
Ringſtetten, Undinens Andenken feiernd und der ehemaligen Nei=
gung faſt gänzlich vergeſſen habend. Dafür kam auch um dieſe

Zeit oftmals die gute Undine zu Huldbrands Träumen; sie streichelte ihn sanft und freundlich und ging dann still weinend wieder
fort, so daß er im Erwachen oftmals nicht recht wußte, wovon seine
Wangen so naß waren: kam es von ihren oder bloß von seinen
Tränen?

Die Traumgesichte wurden aber mit der Zeit seltener, der Gram
des Ritters matter, und dennoch hätte er vielleicht nie in seinem
Leben einen andern Wunsch gehegt, als so stille fort Undinens zu
gedenken und von ihr zu sprechen, wär nicht der alte Fischer unvermutet auf dem Schloß erschienen und hätte Bertalden nun alles
Ernstes als sein Kind zurückgeheischt. Undinens Verschwinden war
ihm kund geworden, und er wollte es nicht länger zugeben, daß
Bertalda bei dem unverehelichten Herrn auf der Burg verweile.
— „Denn ob meine Tochter mich lieb hat oder nicht," sprach er,
„will ich jetzt gar nicht wissen, aber die Ehrbarkeit ist im Spiel,
und wo die spricht, hat nichts andres mehr mitzureden."

Diese Gesinnung des alten Fischers und die Einsamkeit, die den
Ritter aus allen Sälen und Gängen der verödeten Burg schauerlich nach Bertaldens Abreise zu erfassen drohte, brachten zum Aus-
bruch, was früher entschlummert und in dem Gram über Undinen
ganz vergessen war: die Neigung Huldbrands für die schöne Bertalda. Der Fischer hatte vieles gegen die vorgeschlagene Heirat
einzuwenden. Undine war dem alten Manne sehr lieb gewesen,
und er meinte, man wisse ja noch kaum, ob die liebe Verschwun-
dene recht eigentlich tot sei. Liege aber ihr Leichnam wirklich starr
und kalt auf dem Grunde der Donau oder treibe mit den Fluten
ins Weltmeer hinaus, so habe Bertalda an ihrem Tode mit schuld,
und nicht gezieme es ihr, an den Platz der armen Verdrängten zu
treten. Aber auch den Ritter hatte der Fischer sehr lieb; die Bitten
der Tochter, die um vieles sanfter und ergebner geworden war,
wie auch ihre Tränen um Undinen kamen dazu, und er mußte wohl
endlich seine Einwilligung gegeben haben, denn er blieb ohne Widerrede auf der Burg, und ein Eilbote ward abgesandt, den Pater
Heilmann, der in frühern glücklichen Tagen Undinen und Huldbranden eingesegnet hatte, zur zweiten Trauung des Ritters nach
dem Schlosse zu holen.

Der fromme Mann aber hatte kaum den Brief des Herrn von
Ringstetten durchlesen, so machte er sich in noch viel größerer Eile

nach dem Schloſſe auf den Weg, als der Bote von dorten zu ihm
gekommen war. Wenn ihm auf dem ſchnellen Gange der Atem
fehlte oder die alten Glieder ſchmerzten vor Müdigkeit, pflegte er
zu ſich ſelber zu ſagen: „Vielleicht iſt noch Unrecht zu hindern;
ſinke nicht eher als am Ziele, du verdorrter Leib!" — Und mit er=
neuter Kraft riß er ſich alsdann auf und wallte und wallte, ohne
Raſt und Ruh, bis er eines Abends ſpät in den belaubten Hof der
Burg Ringſtetten eintrat.

Die Brautleute ſaßen Arm in Arm unter den Bäumen, der
alte Fiſcher nachdenklich neben ihnen. Kaum nun, daß ſie den
Pater Heilmann erkannten, ſo ſprangen ſie auf und drängten ſich
bewillkommend um ihn her. Aber er, ohne viele Worte zu machen,
wollte den Bräutigam mit ſich in die Burg ziehen; als indeſſen
dieſer ſtaunte und zögerte, den ernſten Winken zu gehorchen, ſagte
der fromme Geiſtliche: „Was halte ich mich denn lange dabei auf,
Euch insgeheim ſprechen zu wollen, Herr von Ringſtetten? Was
ich zu ſagen habe, geht Bertalden und den Fiſcher ebenſogut mit
an, und was einer doch irgendeinmal hören muß, mag er lieber
gleich ſo bald hören, als es nur möglich iſt. Seid Ihr denn ſo gar
gewiß, Ritter Huldbrand, daß Eure erſte Gattin wirklich geſtor=
ben iſt? Mir kommt es kaum ſo vor. Ich will zwar weiter nichts
darüber ſprechen, welch eine wunderſame Bewandtnis es mit ihr
gehabt haben mag, weiß auch davon nichts Gewiſſes. Aber ein
frommes, vielgetreues Weib war ſie, ſo viel iſt außer allem Zwei=
fel. Und ſeit vierzehn Nächten hat ſie in Träumen an meinem
Bette geſtanden, ängſtlich die zarten Händlein ringend und in einem
fort ſeufzend: ‚Ach, hindr' ihn, lieber Vater! Ich lebe noch! Ach,
rett ihm den Leib! Ach, rett ihm die Seele!' — Ich verſtand nicht,
was das Nachtgeſicht haben wollte; da kam Euer Bote, und nun
eilt ich hierher, nicht zu trauen, wohl aber zu trennen, was nicht
zuſammen gehören darf. Laß von ihr, Huldbrand! Laß von ihm,
Bertalda! Er gehört noch einer andern, und ſiehſt du nicht den
Gram um die verſchwundene Gattin auf ſeinen bleichen Wangen?
So ſieht kein Bräutigam aus, und der Geiſt ſagt es mir: ‚Ob du
ihn auch nicht läſſeſt, doch nimmer wirſt du ſeiner froh.'"

Die drei empfanden im innerſten Herzen, daß der Pater Heil=
mann die Wahrheit ſprach, aber ſie wollten es nun einmal nicht
glauben. Selbſt der alte Fiſcher war nun bereits ſo betört, daß er

meinte, anders könne es gar nicht kommen, als sie es in diesen Tagen
ja schon oft miteinander besprochen hätten. Daher stritten sie denn
alle mit einer wilden trüben Hast gegen des Geistlichen Warnun=
gen, bis dieser sich endlich kopfschüttelnd und traurig aus der Burg
entfernte, ohne die dargebotene Herberge auch nur für diese Nacht
annehmen zu wollen oder irgendeine der herbeigeholten Labungen
zu genießen. Huldbrand aber überredete sich, der Geistliche sei ein
Grillenfänger, und sandte mit Tagesanbruch nach einem Pater
aus dem nächsten Kloster, der auch ohne Weigerung verhieß, die
Einsegnung in wenigen Tagen zu vollziehen.

*

Siebzehntes Kapitel
Des Ritters Traum

Es war zwischen Morgendämmerung und Nacht, da lag der
Ritter, halb wachend, halb schlafend, auf seinem Lager. Wenn er
vollends einschlummern wollte, war es, als stände ihm ein Schrek=
ken entgegen und scheuchte ihn zurück, weil es Gespenster gäbe im
Schlaf. Dachte er aber sich alles Ernstes zu ermuntern, so wehte
es um ihn her wie mit Schwanenfittichen und mit schmeichelndem
Wogenklang, davon er allemal wieder in den zweifelhaften Zu=
stand angenehm betört zurücktaumelte. Endlich aber mochte er doch
wohl ganz entschlafen sein, denn es kam ihm vor, als ergreife ihn
das Schwanengesäusel auf ordentlichen Fittichen und trage ihn
weit fort über Land und See und singe immer aufs anmutigste
dazu. „Schwanenklang! Schwanengesang!" mußte er immerfort
zu sich selbst sagen; „das bedeutet ja wohl den Tod?" Aber es
hatte vermutlich noch eine andere Bedeutung. Ihm ward nämlich
auf einmal, als schwebe er über dem Mittelländischen Meer. Ein
Schwan sang ihm gar tönend in die Ohren, dies sei das Mittel=
ländische Meer. Und während er in die Fluten hinuntersah, wur=
den sie zu lauterm Kristalle, daß er hineinschauen konnte bis auf
den Grund. Er freute sich sehr darüber, denn er konnte Undinen
sehen, wie sie unter den hellen Kristallgewölben saß. Freilich weinte
sie sehr und sah viel betrübter aus als in den glücklichen Zeiten,
die sie auf Burg Ringstetten miteinander verlebt hatten, vorzüglich
zu Anfang und auch nachher, kurz ehe sie die unselige Donaufahrt

begannen. Der Ritter mußte an alle das sehr ausführlich und innig denken, aber es schien nicht, als werde Undine seiner gewahr. In=deffen war Kühleborn zu ihr getreten und wollte sie über ihr Wei=nen ausschelten. Da nahm sie sich zusammen und sah ihn vornehm und gebietend an, daß er fast davor erschrak. „Wenn ich hier auch unter den Waffern wohne," sagte sie, „so hab ich doch meine Seele mit heruntergebracht. Und darum darf ich wohl weinen, wenn du auch gar nicht erraten kannst, was solche Tränen sind. Auch die sind selig, wie alles selig ist dem, in welchem treue Seele lebt."
Er schüttelte ungläubig mit dem Kopfe und sagte nach einigem Besinnen: „Und doch, Nichte, seid Ihr unseren Elementargesetzen unterworfen, und doch müßt Ihr ihn richtend ums Leben bringen, dafern er sich wieder verehelicht und Euch untreu wird." — „Er ist noch bis diese Stunde ein Witwer", sagte Undine, „und hat mich aus traurigem Herzen lieb." — „Zugleich ist er aber auch ein Bräutigam," lachte Kühleborn höhnisch, „und laßt nur erst ein paar Tage hingehen, dann ist die priesterliche Einsegnung erfolgt, und dann müßt Ihr doch zu des Zweiweibigen Tode hinauf." — „Ich kann ja nicht", lächelte Undine zurück. „Ich habe ja den Brunnen versiegelt, für mich und meinesgleichen fest." — „Aber wenn er von seiner Burg geht," sagte Kühleborn, „oder wenn er einmal den Brunnen wieder öffnen läßt! Denn er denkt gewiß blutwenig an alle diese Dinge." — „Eben deshalb," sprach Undine und lächelte noch immer unter ihren Tränen, „eben deshalb schwebt er jetzt im Geiste über dem Mittelmeer und träumt zur War=nung dies unser Gespräch. Ich habe es wohlbedächtig so eingerich=tet." Da sah Kühleborn ingrimmig zu dem Ritter hinauf, dräuete, stampfte mit den Füßen und schoß gleich darauf pfeilschnell unter den Wellen fort. Es war, als schwelle er vor Bosheit zu einem Walfisch auf. Die Schwäne begannen wieder zu tönen, zu fächeln, zu fliegen; dem Ritter war es, als schwebe er über Alpen und Ströme hin, schwebe endlich zur Burg Ringstetten herein und er=wache auf seinem Lager.
Wirklich erwachte er auf seinem Lager, und eben trat sein Knappe herein und berichtete ihm, der Pater Heilmann weile noch immer hier in der Gegend; er habe ihn gestern zu Nacht im Forste getroffen, unter einer Hütte, die er sich von Baumästen zusammen=gebogen habe und mit Moos und Reisig belegt. Auf die Frage,

was er denn hier mache? denn einsegnen wolle er ja doch nicht! sei
die Antwort gewesen: „Es gibt noch andere Einsegnungen als die
am Trandaltar, und bin ich nicht zur Hochzeit gekommen, so kann
es ja doch zu einer andern Feier gewesen sein. Man muß alles
abwarten. Zudem ist ja Traum und Trauern gar nicht so weit
auseinander, und wer sich nicht mutwillig verblendet, sieht es wohl
ein."

Der Ritter machte sich allerhand wunderliche Gedanken über
diese Worte und über seinen Traum. Aber es hält sehr schwer, ein
Ding zu hintertreiben, was sich der Mensch einmal als gewiß in
den Kopf gesetzt hat, und so blieb denn auch alles beim alten.

*

Achtzehntes Kapitel
Wie der Ritter Huldbrand Hochzeit hielt

Wenn ich euch erzählen sollte, wie es bei der Hochzeitfeier auf
Burg Ringstetten zuging, so würde euch zumute werden, als sähet
ihr eine Menge von blanken und erfreulichen Dingen aufgehäuft,
aber drüberhin einen schwarzen Trauerflor gebreitet, aus dessen ver=
dunkelnder Hülle hervor die ganze Herrlichkeit minder einer Lust
gliche als einem Spott über die Nichtigkeit aller irdischen Freuden.
Es war nicht etwa, daß irgendein gespenstisches Unwesen die fest=
liche Geselligkeit verstört hätte, denn wir wissen ja, daß die Burg
vor den Spukereien der dräuenden Wassergeister eine gefreite
Stätte war. Aber es war dem Ritter und dem Fischer und allen
Gästen zumut, als fehle noch die Hauptperson bei dem Feste und
als müsse diese Hauptperson die allgeliebte freundliche Undine sein.
Sooft eine Tür aufging, starrten aller Augen unwillkürlich dahin,
und wenn es dann weiter nichts war als der Hausmeister mit neuen
Schüsseln, oder der Schenk mit einem Trunk noch edlern Weins,
blickte man wieder trüb vor sich hin, und die Funken, die etwa hin
und her von Scherz und Freude aufgeblitzt waren, erloschen in dem
Tau wehmütigen Erinnerns. Die Braut war von allen die Leicht=
sinnigste und daher auch die Vergnügteste; aber selbst ihr kam es
bisweilen wunderlich vor, daß sie in dem grünen Kranze und den
goldgestickten Kleidern an der Oberstelle der Tafel sitze, während
Undine als Leichnam starr und kalt auf dem Grunde der Donau

liege oder mit den Fluten forttreibe ins Weltmeer hinaus. Denn seit ihr Vater ähnliche Worte gesprochen hatte, klangen sie ihr immer vor den Ohren und wollten vorzüglich heute weder wanken noch weichen.

Die Gesellschaft verlor sich bei kaum eingebrochner Nacht; nicht aufgelöst durch des Bräutigams hoffende Ungeduld, wie sonsten Hochzeitversammlungen, sondern nur ganz trüb und schwer aus= einandergedrückt durch freudlose Schwermut und Unheil kündende Ahnungen. Bertalda ging mit ihren Frauen, der Ritter mit sei= nen Dienern, sich auszukleiden: von dem scherzend fröhlichen Geleit der Jungfrauen und Junggesellen bei Braut und Bräutigam war an diesem trüben Fest die Rede nicht.

Bertalda wollte sich aufheitern: sie ließ einen prächtigen Schmuck, den Huldbrand ihr geschenkt hatte, samt reichen Gewan= den und Schleiern vor sich ausbreiten, ihren morgenden Anzug aufs schönste und heiterste daraus zu wählen. Ihre Dienerinnen freueten sich des Anlasses, Vieles und Fröhliches der jungen Herrin vorzu= sprechen, wobei sie nicht ermangelten, die Schönheit der Neuver= mählten mit den lebhaftesten Worten zu preisen. Man vertiefte sich mehr und mehr in diese Betrachtungen, bis endlich Bertalda, in einen Spiegel blickend, seufzte: „Ach, aber seht ihr wohl die werdenden Sommersprossen hier seitwärts am Halse?" Sie sahen hin und fanden es freilich, wie es die schöne Herrin gesagt hatte, aber ein liebliches Mal nannten sie's, einen kleinen Flecken, der die Weiße der zarten Haut noch erhöhe. Bertalda schüttelte den Kopf und meinte, ein Makel bleib es doch immer. „Und ich könnt es los sein," seufzte sie endlich; „aber der Schloßbrunnen ist zu, aus dem ich sonst immer das köstliche, hautreinigende Wasser schöpfen ließ. Wenn ich doch heut nur eine Flasche davon hätte!" — „Ist es nur das?" lachte die behende Dienerin und schlüpfte aus dem Gemach. „Sie wird doch nicht so toll sein," fragte Bertalda wohlgefällig erstaunt, „noch heut abend den Brunnenstein abwälzen zu lassen?" Da hörte man bereits, daß Männer über den Hof gingen, und konnte aus dem Fenster sehen, wie die gefällige Dienerin sie gerade auf den Brunnen los führte und sie Hebebäume und anderes Werk= zeug auf den Schultern trugen. „Es ist freilich mein Wille," lächelte Bertalda; „wenn es nur nicht zu lange währt." Und froh, im Gefühl, daß ein Wink von ihr jetzt vermöge, was ihr vormals so schmerzhaft geweigert worden war, schaute sie auf die Arbeit in den mondhellen Burghof hinab.

Die Männer hoben mit Anstrengung an dem großen Stein; bisweilen seufzte wohl einer dabei, sich erinnernd, daß man hier der geliebten vorigen Herrin Werk zerstöre. Aber die Arbeit ging übrigens viel leichter, als man gemeint hatte. Es war, als hülfe eine Kraft aus dem Brunnen heraus, den Stein emporbringen. „Es ist ja," sagten die Arbeiter erstaunt zueinander, „als wäre das Wasser drinnen zum Springborne worden." Und mehr und mehr hob sich der Stein, und fast ohne Beistand der Werkleute rollte er langsam mit dumpfem Schallen auf das Pflaster hin. Aber aus des Brunnens Öffnung stieg es gleich einer weißen Wassersäule feierlich herauf; sie dachten erst, es würde mit dem Springbrunnen ernst, bis sie gewahrten, daß die aufsteigende Gestalt ein bleiches, weißverschleiertes Weibsbild war. Das weinte bitterlich, das hob die Hände ängstlich ringend über das Haupt und schritt mit langsam ernstem Gange nach dem Schloßgebäu. Auseinander stob das Burggesind vom Brunnen fort, bleich stand, Entsetzens starr, mit ihren Dienerinnen die Braut am Fenster. Als die Gestalt nun dicht unter deren Kammern hinschritt, schaute sie winselnd nach ihr empor, und Bertalda meinte, unter dem Schleier Undinens bleiche Gesichtszüge zu erkennen. Vorüber aber zog die Jammernde, schwer, gezwungen, zögernd, wie zum Hochgericht. Bertalda schrie, man solle den Ritter rufen; es wagte sich keine der Zofen aus der Stelle, und auch die Braut verstummte wieder, wie vor ihrem eigenen Laut erbebend.

Während jene noch immer bang am Fenster standen, wie Bildsäulen regungslos, war die seltsame Wandrerin in die Burg gelangt, die wohlbekannten Treppen hinauf, die wohlbekannten Hallen durch, immer in ihren Tränen still. Ach, wie so anders war sie einstens hier umhergewandelt! —

Der Ritter aber hatte seine Diener entlassen. Halb ausgekleidet, im betrübten Sinnen, stand er vor einem großen Spiegel; die Kerze brannte dunkel neben ihm. Da klopfte es an die Tür mit leisem, leisem Finger. Undine hatte sonst wohl so geklopft, wenn sie ihn freundlich necken wollte. „Es ist alles nur Phantasterei!" sagte er zu sich selbst. „Ich muß ins Hochzeitbett." — „Das mußt du, aber in ein kaltes!" hörte er eine weinende Stimme draußen

vor dem Gemache sagen, und dann sah er im Spiegel, wie die Türe
aufging, langsam, langsam, und wie die weiße Wandrerin herein=
trat und sittig das Schloß wieder hinter sich zudrückte. „Sie haben
den Brunnen aufgemacht," sagte sie leise, „und nun bin ich hier,
und nun mußt du sterben." Er fühlte in seinem stockenden Herzen,
daß es auch gar nicht anders sein könne, deckte aber die Hände über
die Augen und sagte: „Mache mich nicht in meiner Todesstunde
durch Schrecken toll. Wenn du ein entsetzliches Antlitz hinter dem
Schleier trägst, so lüfte ihn nicht, und richte mich, ohne daß ich
dich schaue." – „Ach," entgegnete die Wandrerin, „willst du mich
denn nicht noch ein einziges Mal sehen? Ich bin schön, wie als
du auf der Seespitze um mich warbst." – „O, wenn das wäre!"
seufzte Huldbrand, „und wenn ich sterben dürfte an einem Kusse
von dir." – „Recht gern, mein Liebling", sagte sie. Und ihre
Schleier schlug sie zurück, und himmlisch schön lächelte ihr holdes
Antlitz daraus hervor. Bebend vor Liebe und Todesnähe neigte sich
der Ritter ihr entgegen, sie küßte ihn mit einem himmlischen Kusse,
aber sie ließ ihn nicht mehr los, sie drückte ihn inniger an sich und
weinte, als wolle sie ihre Seele fortweinen. Die Tränen drangen
in des Ritters Augen und wogten im lieblichen Wehe durch seine
Brust, bis ihm endlich der Atem entging und er aus den schönen
Armen als ein Leichnam sanft auf die Kissen des Ruhebettes zu=
rücksank.

„Ich habe ihn totgeweint!" sagte sie zu einigen Dienern, die
ihr im Vorzimmer begegneten, und schritt durch die Mitte der
Erschreckten langsam nach dem Brunnen hinaus.

*

Neunzehntes Kapitel
Wie der Ritter Huldbrand begraben ward

Der Pater Heilmann war auf das Schloß gekommen, sobald des
Herrn von Ringstetten Tod in der Gegend kund geworden war,
und just zur selben Stunde erschien er, wo der Mönch, welcher die
unglücklichen Vermählten getraut hatte, von Schreck und Grau=
sen überwältigt, aus den Toren floh. – „Es ist schon recht," ent=
gegnete Heilmann, als man ihm dieses ansagte, „und nun geht
mein Amt an, und ich brauche keines Gefährten." Darauf begann

er die Braut, welche zur Witwe worden war, zu trösten, so wenig
Frucht es auch in ihrem weltlich lebhaften Gemüte trug. Der alte
Fischer hingegen fand sich, obzwar von Herzen betrübt, weit besser
in das Geschick, welches Tochter und Schwiegersohn betroffen
hatte, und während Bertalda nicht ablassen konnte, Undinen Mör=
derin zu schelten und Zauberin, sagte der alte Mann gelassen: „Es
konnte nun einmal nicht anders sein. Ich sehe nichts darin als die
Gerichte Gottes, und es ist wohl niemandem Huldbrands Tod
mehr zu Herzen gegangen als der, die ihn verhängen mußte, der
armen, verlaßnen Undine!" Dabei half er die Begräbnisfeier an·
ordnen, wie es dem Range des Toten geziemte. Dieser sollte in
einem Kirchdorfe begraben werden, auf dessen Gottesacker alle
Gräber seiner Ahnherren standen und welches sie, wie er selbst, mit
reichlichen Freiheiten und Gaben geehrt hatten. Schild und Helm
lagen bereits auf dem Sarge, um mit in die Gruft versenkt zu
werden, denn Herr Huldbrand von Ringstetten war als der Letzte
seines Stammes verstorben; die Trauerleute begannen ihren
schmerzvollen Zug, Klagelieder in das heiterstille Himmelblau hin=
aufsingend, Heilmann schritt mit einem hohen Kruzifix voran, und
die trostlose Bertalda folgte, auf ihren alten Vater gestützt. — Da
nahm man plötzlich inmitten der schwarzen Klagefrauen in der
Wittib Gefolge eine schneeweiße Gestalt wahr, tief verschleiert,
und die ihre Hände inbrünstig jammernd emporwand. Die, neben
welchen sie ging, kam ein heimliches Grauen an, sie wichen zurück
oder seitwärts, durch ihre Bewegung die andern, neben die nun die
weiße Fremde zu gehen kam, noch sorglicher erschreckend, so daß
schier darob eine Unordnung unter dem Trauergefolge zu entstehen
begann. Es waren einige Kriegsleute so dreist, die Gestalt anzu=
reden und aus dem Zuge fortweisen zu wollen, aber denen war sie
wie unter den Händen fort und ward dennoch gleich wieder mit
langsam feierlichem Schritte unter dem Leichengefolge mitziehend
gesehen. Zuletzt kam sie während des beständigen Ausweichens der
Dienerinnen bis dicht hinter Bertalda. Nun hielt sie sich höchst
langsam in ihrem Gange, so daß die Wittib ihrer nicht gewahr
ward und sie sehr demütig und sittig hinter dieser ungestört fort=
wandelte.

Das währte, bis man auf den Kirchhof kam und der Leichenzug
einen Kreis um die offne Grabstätte schloß. Da sah Bertalda die

ungebetene Begleiterin, und halb im Zorn, halb im Schreck auf=
fahrend, gebot sie ihr, von der Ruhestätte des Ritters zu weichen.
Die Verschleierte aber schüttelte sanft verneinend ihr Haupt und
hob die Hände wie zu einer demütigen Bitte gegen Bertalda auf,
davon diese sich sehr bewegt fand und mit Tränen daran denken
mußte, wie ihr Undine auf der Donau das Korallenhalsband so
freundlich hatte schenken wollen. Zudem winkte Pater Heilmann
und gebot Stille, da man über dem Leichnam, dessen Hügel sich eben
zu häufen begann, in stiller Andacht beten wolle. Bertalda schwieg
und kniete, und alles kniete, und die Totengräber auch, als sie
fertig geschaufelt hatten. Da man sich aber wieder erhob, war die
weiße Fremde verschwunden; an der Stelle, wo sie gekniet hatte.
quoll ein silberhelles Brünnlein aus dem Rasen, das rieselte und
rieselte fort, bis es den Grabhügel des Ritters fast ganz umzogen
hatte, dann rannte es fürder und ergoß sich in einen stillen
Weiher, der zur Seite des Gottesackers lag. Noch in späten Zei=
ten sollen die Bewohner des Dorfes die Quelle gezeigt und fest die
Meinung gehegt haben, dies sei die arme, verstoßene Undine, die
auf diese Art noch immer mit freundlichen Armen ihren Liebling
umfasse.

Ludwig Tieck

Der blonde Eckbert

In einer Gegend des Harzes wohnte ein Ritter, den man gewöhnlich nur den blonden Eckbert nannte. Er war ohngefähr vierzig Jahr alt, kaum von mittler Größe, und kurze hellblonde Haare lagen schlicht und dicht an seinem blassen eingefallenen Gesichte. Er lebte sehr ruhig für sich und war niemals in den Fehden seiner Nachbarn verwickelt, auch sah man ihn nur selten außerhalb den Ringmauern seines kleinen Schlosses. Sein Weib liebte die Einsamkeit ebensosehr, und beide schienen sich von Herzen zu lieben, nur klagten sie gewöhnlich darüber, daß der Himmel ihre Ehe mit keinen Kindern segnen wolle.

Nur selten wurde Eckbert von Gästen besucht, und wenn es auch geschah, so wurde ihretwegen fast nichts in dem gewöhnlichen Gange des Lebens geändert, die Mäßigkeit wohnte dort, und die Sparsamkeit selbst schien alles anzuordnen. Eckbert war alsdann heiter und aufgeräumt, nur wenn er allein war, bemerkte man an ihm eine gewisse Verschlossenheit, eine stille zurückhaltende Melancholie.

Niemand kam so häufig auf die Burg als Philipp Walter, ein Mann, dem sich Eckbert angeschlossen hatte, weil er an diesem ohngefähr dieselbe Art zu denken fand, der auch er am meisten zugetan war. Dieser wohnte eigentlich in Franken, hielt sich aber oft über ein halbes Jahr in der Nähe von Eckberts Burg auf, sammelte Kräuter und Steine, und beschäftigte sich damit, sie in Ordnung zu bringen; er lebte von einem kleinen Vermögen und war von niemand abhängig. Eckbert begleitete ihn oft auf seinen einsamen Spaziergängen, und mit jedem Jahre entspann sich zwischen ihnen eine innigere Freundschaft.

Es gibt Stunden, in denen es den Menschen ängstigt, wenn er vor seinem Freunde ein Geheimnis haben soll, was er bis dahin oft mit vieler Sorgfalt verborgen hat; die Seele fühlt dann einen unwiderstehlichen Trieb, sich ganz mitzuteilen, dem Freunde auch das Innerste aufzuschließen, damit er um so mehr unser Freund werde. In diesen Augenblicken geben sich die zarten Seelen einander zu erkennen, und zuweilen geschieht es wohl auch, daß einer vor der Bekanntschaft des andern zurückschreckt.

Es war schon im Herbst, als Eckbert an einem neblichten Abend mit seinem Freunde und seinem Weibe Berta um das Feuer eines Kamines saß. Die Flamme warf einen hellen Schein durch das Gemach und spielte oben an der Decke, die Nacht sah schwarz zu den Fenstern herein, und die Bäume draußen schüttelten sich vor nasser Kälte. Walter klagte über den weiten Rückweg, den er habe, und Eckbert schlug ihm vor, bei ihm zu bleiben, die halbe Nacht unter traulichen Gesprächen hinzubringen und dann in einem Gemache des Hauses bis am Morgen zu schlafen. Walter ging den Vorschlag ein, und nun ward Wein und die Abendmahlzeit hereingebracht, das Feuer durch Holz vermehrt und das Gespräch der Freunde heitrer und vertraulicher.

Als das Abendessen abgetragen war und sich die Knechte wieder entfernt hatten, nahm Eckbert die Hand Walters und sagte: „Freund, Ihr solltet Euch einmal von meiner Frau die Geschichte ihrer Jugend erzählen lassen, die seltsam genug ist." — „Gern", sagte Walter, und man setzte sich wieder um den Kamin.

Es war jetzt gerade Mitternacht, der Mond sah abwechselnd durch die vorüberflatternden Wolken. „Ihr müßt mich nicht für zudringlich halten," fing Berta an, „mein Mann sagt, daß Ihr so edel denkt, daß es unrecht sei, Euch etwas zu verhehlen. Nur haltet meine Erzählung für kein Märchen, so sonderbar sie auch klingen mag.

Ich bin in einem Dorfe geboren, mein Vater war ein armer Hirte. Die Haushaltung bei meinen Eltern war nicht zum besten bestellt, sie wußten sehr oft nicht, wo sie das Brot hernehmen sollten. Was mich aber noch weit mehr jammerte, war, daß mein Vater und meine Mutter sich oft über ihre Armut entzweiten und einer dem andern dann bittere Vorwürfe machte. Sonst hört

ich beständig von mir, daß ich ein einfältiges dummes Kind sei,
das nicht das unbedeutendste Geschäft auszurichten wisse, und wirk=
lich war ich äußerst ungeschickt und unbeholfen, ich ließ alles aus
den Händen fallen, ich lernte weder nähen noch spinnen, ich konnte
nichts in der Wirtschaft helfen, nur die Not meiner Eltern ver=
stand ich sehr gut. Oft saß ich dann im Winkel und füllte meine
Vorstellungen damit an, wie ich ihnen helfen wollte, wenn ich plötz=
lich reich würde, wie ich sie mit Gold und Silber überschütten und
mich an ihrem Erstaunen laben möchte; dann sah ich Geister her=
aufschweben, die mir unterirdische Schätze entdeckten oder mir kleine
Kiesel gaben, die sich in Edelsteine verwandelten, kurz, die wun=
derbarsten Phantasieen beschäftigten mich, und wenn ich nun auf=
stehn mußte, um irgend etwas zu helfen oder zu tragen, so zeigte
ich mich noch viel ungeschickter, weil mir der Kopf von allen den
seltsamen Vorstellungen schwindelte.

Mein Vater war immer sehr ergrimmt auf mich, daß ich eine
so ganz unnütze Last des Hauswesens sei, er behandelte mich daher
oft ziemlich grausam, und es war selten, daß ich ein freundliches
Wort von ihm vernahm. So war ich ungefähr acht Jahre alt
geworden, und es wurden nun ernstliche Anstalten gemacht, daß
ich etwas tun oder lernen sollte. Mein Vater glaubte, es wäre
nur Eigensinn oder Trägheit von mir, um meine Tage in Müßig=
gang hinzubringen, genug, er setzte mir mit Drohungen unbe=
schreiblich zu; da diese aber doch nichts fruchteten, züchtigte er mich
auf die grausamste Art, indem er sagte, daß diese Strafe mit je=
dem Tage wiederkehren sollte, weil ich doch nur ein unnützes Ge=
schöpf sei.

Die ganze Nacht hindurch weint ich herzlich, ich fühlte mich so
außerordentlich verlassen, ich hatte ein solches Mitleid mit mir
selber, daß ich zu sterben wünschte. Ich fürchtete den Anbruch des
Tages, ich wußte durchaus nicht, was ich anfangen sollte; ich
wünschte mir alle mögliche Geschicklichkeit und konnte gar nicht be=
greifen, warum ich einfältiger sei als die übrigen Kinder meiner
Bekanntschaft. Ich war der Verzweiflung nahe.

Als der Tag graute, stand ich auf und eröffnete, fast ohne daß
ich es wußte, die Tür unsrer kleinen Hütte. Ich stand auf dem
freien Felde, bald darauf war ich in einem Walde, in den der
Tag kaum noch hineinblickte. Ich lief immerfort, ohne mich um=

zusehn, ich fühlte keine Müdigkeit, denn ich glaubte immer, mein
Vater würde mich noch wieder einholen und, durch meine Flucht
gereizt, mich noch grausamer behandeln.

Als ich aus dem Walde wieder heraustrat, stand die Sonne
schon ziemlich hoch, ich sah jetzt etwas Dunkles vor mir liegen,
welches ein dichter Nebel bedeckte. Bald mußte ich über Hügel
klettern, bald durch einen zwischen Felsen gewundenen Weg gehn,
und ich erriet nun, daß ich mich wohl in dem benachbarten Ge=
birge befinden müsse, worüber ich anfing, mich in der Einsamkeit
zu fürchten. Denn ich hatte in der Ebene noch keine Berge ge=
sehn, und das bloße Wort Gebirge, wenn ich davon hatte reden
hören, war meinem kindischen Ohr ein fürchterlicher Ton gewesen.
Ich hatte nicht das Herz zurückzugehn, meine Angst trieb mich
vorwärts; oft sah ich mich erschrocken um, wenn der Wind über
mir weg durch die Bäume fuhr oder ein ferner Holzschlag weit
durch den stillen Morgen hintönte. Als mir Köhler und Berg=
leute endlich begegneten und ich eine fremde Aussprache hörte,
wäre ich vor Entsetzen fast in Ohnmacht gesunken.

Ich kam durch mehrere Dörfer und bettelte, weil ich jetzt Hun=
ger und Durst empfand, ich half mir so ziemlich mit meinen Ant=
worten durch, wenn ich gefragt wurde. — So war ich ohngefähr
vier Tage fortgewandert, als ich auf einen kleinen Fußsteig ge=
riet, der mich von der großen Straße immer mehr entfernte. Die
Felsen um mich her gewannen jetzt eine andre, weit seltsamere
Gestalt. Es waren Klippen, so aufeinander gepackt, daß es das An=
sehen hatte, als wenn sie der erste Windstoß durcheinander werfen
würde. Ich wußte nicht, ob ich weitergehn sollte. Ich hatte des
Nachts immer im Walde geschlafen, denn es war gerade zur
schönsten Jahrszeit, oder in abgelegenen Schäferhütten; hier traf
ich aber gar keine menschliche Wohnung und konnte auch nicht
vermuten, in dieser Wildnis auf eine zu stoßen; die Felsen wurden
immer furchtbarer, ich mußte oft dicht an schwindlichten Abgrün=
den vorbeigehn, und endlich hörte sogar der Weg unter meinen
Füßen auf. Ich war ganz trostlos, ich weinte und schrie, und in
den Felsentälern hallte meine Stimme auf eine schreckliche Art
zurück. Nun brach die Nacht herein, und ich suchte mir eine
Moosstelle aus, um dort zu ruhn. Ich konnte nicht schlafen; in
der Nacht hörte ich die seltsamsten Töne: bald hielt ich es für

wilde Tiere, bald für den Wind, der durch die Felsen klage, bald
für fremde Vögel. Ich betete, und ich schlief nur spät gegen Mor=
gen ein.

Ich erwachte, als mir der Tag ins Gesicht schien. Vor mir
war ein steiler Felsen, ich kletterte in der Hoffnung hinauf, von
dort den Ausgang aus der Wildnis zu entdecken und vielleicht
Wohnungen oder Menschen gewahr zu werden. Als ich aber oben
stand, war alles, soweit nur mein Auge reichte, eben so wie um
mich her, alles war mit einem neblichten Dufte überzogen, der Tag
war grau und trübe, und keinen Baum, keine Wiese, selbst kein
Gebüsch konnte mein Auge erspähn, einzelne Sträucher ausgenom=
men, die einsam und betrübt in engen Felsenritzen emporgeschossen
waren. Es ist unbeschreiblich, welche Sehnsucht ich empfand, nur
eines Menschen ansichtig zu werden, wäre es auch, daß ich mich
vor ihm hätte fürchten müssen. Zugleich fühlte ich einen peini=
genden Hunger; ich setzte mich nieder und beschloß zu sterben. Aber
nach einiger Zeit trug die Lust zu leben dennoch den Sieg davon,
ich raffte mich auf und ging unter Tränen, unter abgebrochenen
Seufzern den ganzen Tag hindurch; am Ende war ich mir meiner
kaum noch bewußt, ich war müde und erschöpft, ich wünschte kaum
noch zu leben und fürchtete doch den Tod.

Gegen Abend schien die Gegend umher etwas freundlicher zu
werden, meine Gedanken, meine Wünsche lebten wieder auf, die
Lust zum Leben erwachte in allen meinen Adern. Ich glaubte jetzt,
das Gesause einer Mühle aus der Ferne zu hören, ich verdop=
pelte meine Schritte, und wie wohl, wie leicht ward mir, als ich
endlich wirklich die Grenzen der öden Felsen erreichte! Ich sah
Wälder und Wiesen mit fernen angenehmen Bergen wieder vor
mir liegen. Mir war, als wenn ich aus der Hölle in ein Paradies
getreten wäre, die Einsamkeit und meine Hülflosigkeit schienen mir
nun gar nicht fürchterlich.

Statt der gehofften Mühle stieß ich auf einen Wasserfall,
der meine Freude freilich um vieles minderte; ich schöpfte mit der
Hand einen Trunk aus dem Bache, als mir plötzlich war, als
höre ich in einiger Entfernung ein leises Husten. Nie bin ich so
angenehm überrascht worden als in diesem Augenblick; ich ging
näher und ward an der Ecke des Waldes eine alte Frau gewahr,
die auszuruhen schien. Sie war fast ganz schwarz gekleidet, und

eine schwarze Kappe bedeckte ihren Kopf und einen großen Teil des
Gesichtes, in der Hand hielt sie einen Krückenstock.

Ich näherte mich ihr und bat um ihre Hülfe; sie ließ mich ne=
ben sich niedersitzen und gab mir Brot und etwas Wein. Indem
ich aß, sang sie mit kreischendem Ton ein geistliches Lied. Als sie
geendet hatte, sagte sie mir, ich möchte ihr folgen.

Ich war über diesen Antrag sehr erfreut, so wunderlich mir
auch die Stimme und das Wesen der Alten vorkam. Mit ihrem
Krückenstocke ging sie ziemlich behende, und bei jedem Schritte ver=
zog sie ihr Gesicht so, daß ich im Anfange darüber lachen mußte.
Die wilden Felsen traten immer weiter hinter uns zurück, wir
gingen über eine angenehme Wiese und dann durch einen ziem=
lich langen Wald. Als wir heraustraten, ging die Sonne gerade
unter, und ich werde den Anblick und die Empfindung dieses
Abends nie vergessen. In das sanfteste Rot und Gold war alles
verschmolzen, die Bäume standen mit ihren Wipfeln in der
Abendröte, und über den Feldern lag der entzückende Schein; die
Wälder und die Blätter der Bäume standen still, der reine Him=
mel sah aus wie ein aufgeschlossenes Paradies, und das Rieseln
der Quellen und von Zeit zu Zeit das Flüstern der Bäume tönte
durch die heitre Stille wie in wehmütiger Freude. Meine junge
Seele bekam jetzt zuerst ein Ahndung von der Welt und ihren
Begebenheiten. Ich vergaß mich und meine Führerin, mein Geist
und meine Augen schwärmten nur zwischen den goldnen Wolken.

Wir stiegen nun einen Hügel hinan, der mit Birken bepflanzt
war, von oben sah man in ein grünes Tal voller Birken hinein,
und unten mitten in den Bäumen lag eine kleine Hütte. Ein
munteres Bellen kam uns entgegen, und bald sprang ein kleiner
behender Hund die Alte an und wedelte, dann kam er zu mir, be=
sah mich von allen Seiten und kehrte mit freundlichen Gebärden
zur Alten zurück.

Als wir vom Hügel hinuntergingen, hörte ich einen wunder=
baren Gesang, der aus der Hütte zu kommen schien, wie von einem
Vogel; es sang also:

> Waldeinsamkeit,
> Die mich erfreut,
> So morgen wie heut,
> In ewger Zeit!

O wie mich freut
Waldeinsamkeit!

Diese wenigen Worte wurden beständig wiederholt; wenn ich
es beschreiben soll, so war es fast, als wenn Waldhorn und Schal=
meie ganz in der Ferne durcheinander spielen.

Meine Neugier war außerordentlich gespannt; ohne daß ich
auf den Befehl der Alten wartete, trat ich mit in die Hütte.
Die Dämmerung war schon eingebrochen, alles war ordentlich
aufgeräumt, einige Becher standen auf einem Wandschranke,
fremdartige Gefäße auf einem Tische, in einem glänzenden Käfig
hing ein Vogel am Fenster, und er war es wirklich, der die Worte
sang. — Die Alte keichte und hustete, sie schien sich gar nicht wie=
der erholen zu können, bald streichelte sie den kleinen Hund, bald
sprach sie mit dem Vogel, der ihr nur mit seinem gewöhnlichen
Liede Antwort gab; übrigens tat sie gar nicht, als wenn ich zu=
gegen wäre. Indem ich sie so betrachtete, überlief mich mancher
Schauer, denn ihr Gesicht war in einer ewigen Bewegung, indem
sie dazu wie vor Alter mit dem Kopfe schüttelte, so daß ich durch=
aus nicht wissen konnte, wie ihr eigentliches Aussehen beschaffen war.

Als sie sich erholt hatte, zündete sie Licht an, deckte einen ganz
kleinen Tisch und trug das Abendessen auf. Jetzt sah sie sich nach
mir um und hieß mir einen von den geflochtenen Rohrstühlen neh=
men. So saß ich ihr nun dicht gegenüber, und das Licht stand
zwischen uns. Sie faltete ihre knöchernen Hände und betete laut,
indem sie ihre Gesichtsverzerrungen machte, so daß es mich bei=
nahe wieder zum Lachen gebracht hätte; aber ich nahm mich sehr
in acht, um sie nicht zu erbosen.

Nach dem Abendessen betete sie wieder, und dann wies sie mir
in einer niedrigen und engen Kammer ein Bett an; sie schlief in
der Stube. Ich blieb nicht lange munter, ich war halb betäubt,
aber in der Nacht wachte ich einigemal auf, und dann hörte ich
die Alte husten und mit dem Hunde sprechen und den Vogel da=
zwischen, der im Traum zu sein schien und immer nur einzelne
Worte von seinem Liede sang. Das machte mit den Birken, die
vor dem Fenster rauschten, und mit dem Gesang einer entfernten
Nachtigall ein so wunderbares Gemisch, daß es mir immer nicht
war, als sei ich erwacht, sondern als fiele ich nur in einen andern
noch seltsamern Traum.

Am Morgen weckte mich die Alte und wies mich bald nach=
her zur Arbeit an, ich mußte spinnen, und ich begriff es auch bald,
dabei hatte ich noch für den Hund und für den Vogel zu sorgen.
Ich lernte mich schnell in die Wirtschaft finden, und alle Gegen=
stände umher wurden mir bekannt; nun war mir, als müßte alles
so sein, ich dachte gar nicht mehr daran, daß die Alte etwas Selt=
sames an sich habe, daß die Wohnung abenteuerlich und von allen
Menschen entfernt liege, und daß an dem Vogel etwas Außer=
ordentliches sei. Seine Schönheit fiel mir zwar immer auf, denn
seine Federn glänzten mit allen möglichen Farben: das schönste
Hellblau und das brennendste Rot wechselten an seinem Halse und
Leibe, und wenn er sang, blähte er sich stolz auf, so daß sie seine
Federn noch prächtiger zeigten.

Oft ging die Alte aus und kam erst am Abend zurück, ich ging
ihr dann mit dem Hunde entgegen, und sie nannte mich Kind und
Tochter. Ich ward ihr endlich von Herzen gut, wie sich unser
Sinn denn an alles, besonders in der Kindheit, gewöhnt. In den
Abendstunden lehrte sie mich lesen, ich fand mich leicht in die Kunst,
und es ward nachher in meiner Einsamkeit eine Quelle von un=
endlichem Vergnügen, denn sie hatte einige alte geschriebene Bü=
cher, die wunderbare Geschichten enthielten.

Die Erinnerung an meine damalige Lebensart ist mir noch bis
jetzt immer seltsam: von keinem menschlichen Geschöpfte besucht,
nur in einem so kleinen Familienzirkel einheimisch, denn der Hund
und der Vogel machten denselben Eindruck auf mich, den sonst
nur längst gekannte Freunde hervorbringen. Ich habe mich immer
nicht wieder auf den seltsamen Namen des Hundes besinnen kön=
nen, sooft ich ihn auch damals nannte.

Vier Jahre hatte ich so mit der Alten gelebt, und ich mochte
ohngefähr zwölf Jahr alt sein, als sie mir endlich mehr vertraute
und mir ein Geheimnis entdeckte. Der Vogel legte nämlich an je=
dem Tage ein Ei, in dem sich eine Perl oder ein Edelstein befand.
Ich hatte schon immer bemerkt, daß sie heimlich in dem Käfige
wirtschafte, mich aber nie genauer darum bekümmert. Sie trug
mir jetzt das Geschäft auf, in ihrer Abwesenheit diese Eier zu neh=
men und in den fremdartigen Gefäßen wohl zu verwahren. Sie
ließ mir meine Nahrung zurück und blieb nun länger aus, Wo=
chen, Monate; mein Rädchen schnurrte, der Hund bellte, der

wunderbare Vogel sang, und dabei war alles so still in der Ge=
gend umher, daß ich mich in der ganzen Zeit keines Sturmwindes,
keines Gewitters erinnere. Kein Mensch verirrte sich dorthin,
kein Wild kam unserer Behausung nahe, ich war zufrieden und
arbeitete von einem Tage zum andern hinüber. – Der Mensch
wäre vielleicht recht glücklich, wenn er so ungestört sein Leben bis
ans Ende fortführen könnte.

Aus dem wenigen, was ich las, bildete ich mir ganz wunderliche
Vorstellungen von der Welt und den Menschen, alles war von
mir und meiner Gesellschaft hergenommen; wenn von lustigen Leu=
ten die Rede war, konnte ich sie mir nicht anders vorstellen wie den
kleinen Spitz, prächtige Damen sahen immer wie der Vogel aus,
alle alte Frauen wie meine wunderliche Alte. – Ich hatte auch
von Liebe etwas gelesen und spielte nun in meiner Phantasie selt=
same Geschichten mit mir selber. Ich dachte mir den schönsten Rit=
ter von der Welt, ich schmückte ihn mit allen Vortrefflichkeiten
aus, ohne eigentlich zu wissen, wie er nun nach allen meinen Be=
mühungen aussah: aber ich konnte ein rechtes Mitleid mit mir sel=
ber haben, wenn er mich nicht wiederliebte; dann sagte ich lange
rührende Reden in Gedanken her, zuweilen auch wohl laut, um ihn
nur zu gewinnen. – Ihr lächelt! Wir sind jetzt freilich alle über
diese Zeit der Jugend hinüber.

Es war mir jetzt lieber, wenn ich allein war, denn alsdann war
ich selbst die Gebieterin im Hause. Der Hund liebte mich sehr
und tat alles, was ich wollte, der Vogel antwortete mir in seinem
Liede auf alle meine Fragen, mein Rädchen drehte sich immer mun=
ter, und so fühlte ich im Grunde nie einen Wunsch nach Veränder=
rung. Wenn die Alte von ihren langen Wanderungen zurückkam,
lobte sie meine Aufmerksamkeit, sie sagte, daß ihre Haushaltung,
seit ich dazu gehöre, weit ordentlicher geführt werde, sie freute sich
über mein Wachstum und mein gesundes Aussehn, kurz, sie ging
ganz mit mir wie mit einer Tochter um.

‚Du bist brav, mein Kind!‘ sagte sie einst zu mir mit einem
schnarrenden Tone; ‚wenn du so fortfährst, wird es dir auch immer
gut gehn: aber nie gedeiht es, wenn man von der rechten Bahn ab=
weicht, die Strafe folgt nach, wenn auch noch so spät.‘ – Indem
sie das sagte, achtete ich eben nicht sehr darauf, denn ich war in
allen meinen Bewegungen und meinem ganzen Wesen sehr leb=

haft; aber in der Nacht fiel es mir wieder ein, und ich konnte nicht begreifen, was sie damit hatte sagen wollen. Ich überlegte alle Worte genau, ich hatte wohl von Reichtümern gelesen, und am Ende fiel mir ein, daß ihre Perlen und Edelsteine wohl etwas Kostbares sein könnten. Dieser Gedanke wurde mir bald noch deut= licher. Aber was konnte sie mit der rechten Bahn meinen? Ganz konnte ich den Sinn ihrer Worte noch immer nicht fassen.

Ich war jetzt vierzehn Jahr alt, und es ist ein Unglück für den Menschen, daß er seinen Verstand nur darum bekömmt, um die Un= schuld seiner Seele zu verlieren. Ich begriff nämlich wohl, daß es nur auf mich ankomme, in der Abwesenheit der Alten den Vo= gel und die Kleinodien zu nehmen und damit die Welt, von der ich gelesen hatte, aufzusuchen. Zugleich war es mir dann viel= leicht möglich, den überaus schönen Ritter anzutreffen, der mir immer noch im Gedächtnisse lag.

Im Anfange war dieser Gedanke nichts weiter als jeder andre Gedanke, aber wenn ich so an meinem Rade saß, so kam er mir immer wider Willen zurück, und ich verlor mich so in ihm, daß ich mich schon herrlich geschmückt sah, und Ritter und Prinzen um mich her. Wenn ich mich so vergessen hatte, konnte ich ordentlich betrübt werden, wenn ich wieder aufschaute und mich in der klei= nen Wohnung antraf. Übrigens, wenn ich meine Geschäfte tat, bekümmerte sich die Alte nicht weiter um mein Wesen.

An einem Tage ging meine Wirtin wieder fort und sagte mir, daß sie diesmal länger als gewöhnlich ausbleiben werde, ich solle ja auf alles ordentlich achtgeben und mir die Zeit nicht lang wer= den lassen. Ich nahm mit einer gewissen Bangigkeit von ihr Abschied, denn es war mir, als würde ich sie nicht wiedersehn. Ich sah ihr lange nach und wußte selbst nicht, warum ich so beängstigt war, es war fast, als wenn mein Vorhaben schon vor mir stände, ohne mich dessen deutlich bewußt zu sein.

Nie hab ich des Hundes und des Vogels mit einer solchen Em= sigkeit gepflegt, sie lagen mir näher am Herzen als sonst. Die Alte war schon einige Tage abwesend, als ich mit dem festen Vor= satze aufstand, mit dem Vogel die Hütte zu verlassen und die so= genannte Welt aufzusuchen. Es war mir enge und bedrängt zu Sinne, ich wünschte wieder dazubleiben, und doch war mir der Gedanke widerwärtig; es war ein seltsamer Kampf in meiner Seele, wie ein Streiten von zwei widerspenstigen Geistern in mir. In einem Augenblicke kam mir die ruhige Einsamkeit so schön vor, dann entzückte mich wieder die Vorstellung einer neuen Welt mit allen ihren wunderbaren Mannigfaltigkeiten.

Ich wußte nicht, was ich aus mir selber machen sollte, der Hund sprang mich unaufhörlich an, der Sonnenschein breitete sich munter über die Felder aus, die grünen Birken funkelten: ich hatte die Empfindung, als wenn ich etwas sehr Eiliges zu tun hätte, ich griff also den kleinen Hund, band ihn in der Stube fest und nahm dann den Käfig mit dem Vogel unter den Arm. Der Hund krümmte sich und winselte über diese ungewohnte Behand=lung, er sah mich mit bittenden Augen an, aber ich fürchtete mich, ihn mit mir zu nehmen. Noch nahm ich eins von den Gefäßen, das mit Edelsteinen angefüllt war, und steckte es zu mir, die übrigen ließ ich stehn.

Der Vogel drehte den Kopf auf eine wunderliche Weise, als ich mit ihm zur Tür hinaustrat, der Hund strengte sich sehr an, mir nachzukommen, aber er mußte zurückbleiben.

Ich vermied den Weg nach den wilden Felsen und ging nach der entgegengesetzten Seite. Der Hund bellte und winselte immer=fort, und es rührte mich recht inniglich; der Vogel wollte einigemal zu singen anfangen, aber da er getragen ward, mußte es ihm wohl unbequem fallen.

Sowie ich weiterging, hörte ich das Bellen immer schwächer, und endlich hörte es ganz auf. Ich weinte und wäre beinahe wie=der umgekehrt, aber die Sucht, etwas Neues zu sehn, trieb mich vorwärts.

Schon war ich über Berge und durch einige Wälder gekom=men, als es Abend ward und ich in einem Dorfe einkehren mußte. Ich war sehr blöde, als ich in die Schenke trat; man wies mir eine Stube und ein Bette an, ich schlief ziemlich ruhig, nur daß ich von der Alten träumte, die mir drohte.

Meine Reise war ziemlich einförmig, aber je weiter ich ging, je mehr ängstigte mich die Vorstellung von der Alten und dem kleinen Hunde; ich dachte daran, daß er wahrscheinlich ohne meine Hülfe verhungern müsse, im Walde glaubt ich oft, die Alte würde mir plötzlich entgegentreten. So legte ich unter Tränen und Seuf=zen den Weg zurück; sooft ich ruhte und den Käfig auf den Bo=

den stellte, sang der Vogel sein wunderliches Lied, und ich erinnerte mich dabei recht lebhaft des schönen verlassenen Aufenthalts. Wie die menschliche Natur vergeßlich ist, so glaubt ich jetzt, meine vor= malige Reise in der Kindheit sei nicht so trübselig gewesen als meine jetzige, ich wünschte wieder in derselben Lage zu sein.

Ich hatte einige Edelsteine verkauft und kam nun nach einer Wanderschaft von vielen Tagen in einem Dorfe an. Schon beim Eintritt ward mir wundersam zumute, ich erschrak und wußte nicht worüber; aber bald erkannt ich mich, denn es war dasselbe Dorf, in welchem ich geboren war. Wie ward ich überrascht! wie liefen mir vor Freuden, wegen tausend seltsamer Erinnerungen, die Tränen von den Wangen! Vieles war verändert, es waren neue Häuser entstanden, andre, die man damals erst errichtet hatte, wa= ren jetzt verfallen, ich traf auf Brandstellen; alles war weit klei= ner, gedrängter, als ich erwartet hatte. Unendlich freute ich mich darauf, meine Eltern nun nach so manchen Jahren wiederzusehn; ich fand das kleine Haus, die wohlbekannte Schwelle, der Griff der Tür war noch ganz so wie damals, es war mir, als hätte ich sie nur gestern angelehnt; mein Herz klopfte ungestüm, ich öffnete sie hastig, — aber ganz fremde Gesichter saßen in der Stube um= her und stierten mich an. Ich fragte nach dem Schäfer Martin, und man sagte mir, er sei schon seit drei Jahren mit seiner Frau gestorben. — Ich trat schnell zurück und ging laut weinend aus dem Dorfe hinaus.

Ich hatte es mir so schön gedacht, sie mit meinem Reichtume zu überraschen, durch den seltsamsten Zufall war das nun wirk= lich geworden, was ich in der Kindheit immer nur träumte, — und jetzt war alles umsonst, sie konnten sich nicht mit mir freuen, und das, worauf ich am meisten immer im Leben gehofft hatte, war für mich auf ewig verloren.

In einer angenehmen Stadt mietete ich mir ein kleines Haus mit einem Garten und nahm eine Aufwärterin zu mir. So wun= derbar, als ich es vermutet hatte, kam mir die Welt nicht vor, aber ich vergaß die Alte und meinen ehemaligen Aufenthalt etwas mehr, und so lebte ich im ganzen recht zufrieden.

Der Vogel hatte schon lange nicht mehr gesungen, ich erschrak daher nicht wenig, als er in einer Nacht plötzlich wieder anfing, und zwar mit einem veränderten Liede. Er sang:

Waldeinsamkeit,
Wie liegst du weit!
O dich gereut
Einst mit der Zeit.
Ach, einzge Freud
Waldeinsamkeit!

Ich konnte die Nacht hindurch nicht schlafen, alles fiel mir von neuem in die Gedanken, und mehr als jemals fühlt ich, daß ich unrecht getan hatte. Als ich aufstand, war mir der Anblick des Vogels ordentlich zuwider, er sah immer nach mir hin, und seine Gegenwart ängstigte mich. Er hörte nun mit seinem Liede gar nicht wieder auf, und er sang es lauter und schallender, als er es sonst gewohnt gewesen war. Je mehr ich ihn betrachtete, je bänger machte er mich; ich öffnete endlich den Käfig, steckte die Hand hinein und faßte seinen Hals, herzhaft drückte ich die Finger zusammen, er sah mich bittend an, ich ließ los, aber er war schon gestorben. — Ich begrub ihn im Garten.

Jetzt wandelte mich oft eine Furcht vor meiner Aufwärterin an, ich dachte an mich selbst zurück und glaubte, daß sie mich auch einst berauben oder wohl gar ermorden könne. — Schon lange kannt ich einen jungen Ritter, der mir überaus gefiel, ich gab ihm meine Hand, — und hiermit, Herr Walter, ist meine Geschichte geendigt. "

Ihr hättet sie damals sehen sollen," fiel Eckbert haftig ein, „ihre Jugend, ihre Schönheit, und welch einen unbeschreiblichen Reiz ihr ihre einsame Erziehung gegeben hatte. Sie kam mir vor wie ein Wunder, und ich liebte sie ganz über alles Maß. Ich hatte kein Vermögen, aber durch ihre Liebe kam ich in diesen Wohlstand, wir zogen hieher, und unsere Verbindung hat uns bis jetzt noch keinen Augenblick gereut."

„Aber über unser Schwatzen", fing Berta wieder an, „ist es schon tief in die Nacht geworden, wir wollen uns schlafen legen!"

Sie stand auf und ging nach ihrer Kammer, Walter wünschte ihr mit einem Handkusse eine gute Nacht und sagte: „Edle Frau, ich danke Euch; ich kann mir Euch recht vorstellen mit dem seltsamen Vogel, und wie Ihr den kleinen S t r o h m i a n füttert."

Auch Walter legte sich schlafen, nur Eckbert ging noch unruhig

im Saale auf und ab. — „Ist der Mensch nicht ein Tor?" fing
er endlich an; „ich bin erst die Veranlassung, daß meine Frau
ihre Geschichte erzählt, und jetzt gereut mich diese Vertraulichkeit!
— Wird er sie nicht mißbrauchen? Wird er sie nicht andern mit-
teilen? Wird er nicht vielleicht, denn das ist die Natur des Menschen, eine unselige Habsucht nach unsern Edelgesteinen empfinden und deswegen Plane anlegen und sich verstellen?"

Es fiel ihm ein, daß Walter nicht so herzlich von ihm Abschied genommen hatte, als es nach einer solchen Vertraulichkeit
wohl natürlich gewesen wäre. Wenn die Seele erst einmal zum
Argwohn gespannt ist, so trifft sie auch in allen Kleinigkeiten Be-
stätigungen an. Dann warf sich Eckbert wieder sein unedles Mißtrauen gegen seinen wackern Freund vor und konnte doch nicht
davon zurückkehren. Er schlug sich die ganze Nacht mit diesen Vorstellungen herum und schlief nur wenig.

Berta war krank und konnte nicht zum Frühstück erscheinen,
Walter schien sich nicht viel darum zu kümmern und verließ auch
den Ritter ziemlich gleichgültig. Eckbert konnte sein Betragen
nicht begreifen, er besuchte seine Gattin, sie lag in einer Fieberhitze
und sagte, die Erzählung in der Nacht müsse sie auf diese Art
gespannt haben.

Seit diesem Abend besuchte Walter nur selten die Burg seines Freundes, und wenn er auch kam, ging er nach einigen unbedeutenden Worten wieder weg. Eckbert ward durch dieses Betragen im äußersten Grade gepeinigt; er ließ sich zwar gegen Berta
und Walter nichts davon merken, aber jeder mußte doch seine
innerliche Unruhe an ihm gewahr werden.

Mit Bertas Krankheit ward es immer bedenklicher; der Arzt
ward ängstlich: die Röte von ihren Wangen war verschwunden, und
ihre Augen wurden immer glühender. — An einem Morgen ließ sie
ihren Mann an ihr Bette rufen, die Mägde mußten sich entfernen.

„Lieber Mann," fing sie an, „ich muß dir etwas entdecken, das
mich fast um meinen Verstand gebracht hat, das meine Gesundheit
zerrüttet, so eine unbedeutende Kleinigkeit es auch an sich scheinen
möchte. — Du weißt, daß ich mich immer nicht, sooft ich von meiner
Kindheit sprach, trotz aller angewandten Mühe auf den Namen
des kleinen Hundes besinnen konnte, mit welchem ich so lange um-
ging. — An jenem Abend sagte Walter beim Abschiede plötzlich

zu mir: ‚Ich kann mir Euch recht vorstellen, wie Ihr den kleinen S t r o h m i a n füttert.‘ — Ist das Zufall? Hat er den Namen erraten, weiß er ihn und hat er ihn mit Vorsatz genannt? Und wie hängt dieser Mensch dann mit meinem Schicksale zusammen? — Zuweilen kämpfe ich mit mir, als ob ich mir diese Seltsamkeit nur einbilde, aber es ist gewiß, nur zu gewiß. — Ein gewaltiges Entsetzen befiel mich, als mir ein fremder Mensch so zu meinen Erinnerungen half. Was sagst du, Eckbert?"

Eckbert sah seine leidende Gattin mit einem tiefen Gefühle an, er schwieg und dachte bei sich nach, dann sagte er ihr einige tröstende Worte und verließ sie. — In einem abgelegenen Gemache ging er in unbeschreiblicher Unruhe auf und ab. Walter war seit vielen Jahren sein einziger Umgang gewesen, und doch war dieser Mensch jetzt der einzige in der Welt, dessen Dasein ihn drückte und peinigte. Es schien ihm, als würde ihm froh und leicht sein, wenn nur dieses einzige Wesen aus seinem Wege gerückt werden könnte. — Er nahm seine Armbrust, um sich zu zerstreuen und auf die Jagd zu gehn.

Es war ein rauher, stürmischer Wintertag, tiefer Schnee lag auf den Bergen und bog die Zweige der Bäume nieder. Er streifte umher, der Schweiß stand ihm auf der Stirne, er traf auf kein Wild, und das vermehrte seinen Unmut. Plötzlich sah er sich etwas in der Ferne bewegen, es war Walter, der Moos von den Bäumen sammelte; ohne zu wissen, was er tat, legte er an, Walter sah sich um und drohte mit einer stummen Gebärde, aber indem flog der Bolzen ab, und Walter stürzte nieder.

Eckbert fühlte sich leicht und beruhigt, und doch trieb ihn ein Schaudern nach seiner Burg zurück; er hatte einen großen Weg zu machen, denn er war weit hinein in die Wälder verirrt. — Als er ankam, war Berta schon gestorben; sie hatte vor ihrem Tode noch viel von Walter und der Alten gesprochen.

Eckbert lebte nun eine lange Zeit in der größten Einsamkeit; er war schon sonst immer schwermütig gewesen, weil ihn die seltsame Geschichte seiner Gattin beunruhigte und er irgendeinen unglücklichen Vorfall, der sich ereignen könnte, befürchtete: aber jetzt war er ganz mit sich zerfallen. Die Ermordung seines Freundes stand ihm unaufhörlich vor Augen, er lebte unter ewigen innern Vorwürfen.

Um sich zu zerstreuen, begab er sich zuweilen nach der näch=
sten großen Stadt, wo er Gesellschaften und Feste besuchte. Er
wünschte durch irgendeinen Freund die Leere in seiner Seele aus=
zufüllen, und wenn er dann wieder an Walter zurückdachte, so
erschrak er vor dem Gedanken, einen Freund zu finden, denn er
war überzeugt, daß er nur unglücklich mit jedwedem Freunde sein
könne. Er hatte so lange mit Berta in einer schönen Ruhe gelebt,
die Freundschaft Walters hatte ihn so manches Jahr hindurch
beglückt, und jetzt waren beide so plötzlich dahingerafft, daß ihm
sein Leben in manchen Augenblicken mehr wie ein seltsames Mär=
chen als wie ein wirklicher Lebenslauf erschien.

Ein junger Ritter, Hugo, schloß sich an den stillen, betrübten
Eckbert und schien eine wahrhafte Zuneigung gegen ihn zu emp=
finden. Eckbert fand sich auf eine wunderbare Art überrascht, er
kam der Freundschaft des Ritters um so schneller entgegen, je we=
niger er sie vermutet hatte. Beide waren nun häufig beisammen,
der Fremde erzeigte Eckbert alle möglichen Gefälligkeiten, einer
ritt fast nicht mehr ohne den andern aus; in allen Gesellschaften
trafen sie sich, kurz, sie schienen unzertrennlich.

Eckbert war immer nur auf kurze Augenblicke froh, denn er
fühlte es deutlich, daß ihn Hugo nur aus einem Irrtume liebe;
jener kannte ihn nicht, wußte seine Geschichte nicht, und er fühlte
wieder denselben Drang, sich ihm ganz mitzuteilen, damit er ver=
sichert sein könne, ob jener auch wahrhaft sein Freund sei. Dann
hielten ihn wieder Bedenklichkeiten und die Furcht, verabscheut zu
werden, zurück. In manchen Stunden war er so sehr von seiner
Nichtswürdigkeit überzeugt, daß er glaubte, kein Mensch, für den
er nicht ein völliger Fremdling sei, könne ihn seine Achtung wür=
digen. Aber dennoch konnte er sich nicht widerstehn; auf einem ein=
samen Spazierritte entdeckte er seinem Freunde seine ganze Ge=
schichte und fragte ihn dann, ob er wohl einen Mörder lieben
könne. Hugo war gerührt und suchte ihn zu trösten, Eckbert folgte
ihm mit leichterm Herzen zur Stadt.

Es schien aber seine Verdammnis zu sein, gerade in der Stunde
des Vertrauens Argwohn zu schöpfen, denn kaum waren sie in
den Saal getreten, als ihm beim Schein der vielen Lichter die
Mienen seines Freundes nicht gefielen. Er glaubte ein hämisches
Lächeln zu bemerken, es fiel ihm auf, daß er nur wenig mit ihm

spreche, daß er mit den Anwesenden viel rede und seiner gar nicht
zu achten scheine. Ein alter Ritter war in der Gesellschaft, der sich
immer als den Gegner Eckberts gezeigt und sich oft nach seinem
Reichtum und seiner Frau auf eine eigne Weise erkundigt hatte;
zu diesem gesellte sich Hugo, und beide sprachen eine Zeitlang
heimlich, indem sie nach Eckbert hindeuteten. Dieser sah jetzt seinen Argwohn bestätigt, er glaubte sich verraten, und eine schreck=
liche Wut bemeisterte sich seiner. Indem er noch immer hinstarrte,
sah er plötzlich Walters Gesicht, alle seine Mienen, die ganze, ihm
so wohlbekannte Gestalt; er sah noch immer hin und ward über=
zeugt, daß niemand als W a l t e r mit dem Alten spreche. —
Sein Entsetzen war unbeschreiblich, außer sich stürzte er hinaus,
verließ noch in der Nacht die Stadt und kehrte nach vielen Irr=
wegen auf seine Burg zurück.

Wie ein unruhiger Geist eilte er jetzt von Gemach zu Gemach,
kein Gedanke hielt ihm stand, er verfiel von entsetzlichen Vorstel=
lungen auf noch entsetzlichere, und kein Schlaf kam in seine Augen.
Oft dachte er, daß er wahnsinnig sei und sich nur selber durch seine
Einbildung alles erschaffe; dann erinnerte er sich wieder der Züge
Walters, und alles ward ihm immer mehr ein Rätsel. Er beschloß eine Reise zu machen, um seine Vorstellungen wieder zu
ordnen; den Gedanken an Freundschaft, den Wunsch nach Um=
gang hatte er nun auf ewig aufgegeben.

Er zog fort, ohne sich einen bestimmten Weg vorzusetzen, ja
er betrachtete die Gegenden nur wenig, die vor ihm lagen. Als
er im stärksten Trabe seines Pferdes einige Tage so fortgeeilt war,
sah er sich plötzlich in einem Gewinde von Felsen verirrt, in denen
sich nirgend ein Ausweg entdecken ließ. Endlich traf er auf einen
alten Bauer, der ihm einen Pfad, einem Wasserfall vorüber,
zeigte: er wollte ihm zur Danksagung einige Münzen geben, der
Bauer aber schlug sie aus. — „Was gilts?" sagte Eckbert zu sich
selber, „ich könnte mir wieder einbilden, daß dies niemand anders
als Walter sei", — und indem sah er sich noch einmal um, und
es war niemand als Walter. — Eckbert spornte sein Roß, so schnell
es nur laufen konnte, durch Wiesen und Wälder, bis es erschöpft
unter ihm zusammenstürzte. Unbekümmert darüber setzte er nun
seine Reise zu Fuß fort.

Er stieg träumend einen Hügel hinan, es war, als wenn er

ein nahes munteres Bellen vernahm, Birken säuselten dazwischen,
und er hörte mit wunderlichen Tönen ein Lied singen:

> Waldeinsamkeit
> Mich wieder freut,
> Mir geschieht kein Leid,
> Hier wohnt kein Neid;
> Von neuem mich freut
> Waldeinsamkeit.

Jetzt war es um das Bewußtsein, um die Sinne Eckberts ge=
schehen, er konnte sich nicht aus dem Rätsel herausfinden, ob er
jetzt träume oder ehemals von einem Weibe Berta geträumt habe;
das Wunderbarste vermischte sich mit dem Gewöhnlichsten, die
Welt um ihn her war verzaubert und er keines Gedankens, keiner
Erinnerung mächtig.

Eine krummgebückte Alte schlich hustend mit einer Krücke den
Hügel heran. — „Bringst du mir meinen Vogel? meine Perlen?
meinen Hund?" schrie sie ihm entgegen. „Siehe, das Unrecht
bestraft sich selbst: niemand als ich war dein Freund Walter,
dein Hugo!"

„Gott im Himmel!" sagte Eckbert stille vor sich hin, „in wel=
cher entsetzlichen Einsamkeit hab ich dann mein Leben hingebracht!"

„Und Berta war deine Schwester!"

Eckbert fiel zu Boden.

„Warum verließ sie mich tückisch? Sonst hätte sich alles gut
und schön geendet, ihre Probezeit war ja schon vorüber. Sie war
die Tochter eines Ritters, die er bei einem Hirten erziehen ließ, die
Tochter deines Vaters."

„Warum hab ich diesen schrecklichen Gedanken immer geahn=
det?" rief Eckbert aus.

„Weil du in früher Jugend deinen Vater einst davon erzählen
hörtest: er durfte seiner Frau wegen diese Tochter nicht bei sich
erziehen lassen, denn sie war von einem andern Weibe."

Eckbert lag wahnsinnig und verscheidend auf dem Boden;
dumpf und verworren hörte er die Alte sprechen, den Hund bellen
und den Vogel sein Lied wiederholen.

Clemens Brentano

Geschichte vom braven Kasperl und dem schönen Annerl

Es war Sommersfrühe. Die Nachtigallen sangen erst seit einigen Tagen durch die Straßen und verstummten heut in einer kühlen Nacht, welche von fernen Gewittern zu uns herwehte. Der Nachtwächter rief die elfte Stunde an. Da sah ich, nach Hause gehend, vor der Tür eines großen Gebäudes einen Trupp von allerlei Gesellen, die vom Biere kamen, um jemand, der auf den Türstufen saß, versammelt. Ihr Anteil schien mir so lebhaft, daß ich irgendein Unglück besorgte und mich näherte.

Eine alte Bäuerin saß auf der Treppe, und so lebhaft die Gesellen sich um sie bekümmerten, so wenig ließ sie sich von den neugierigen Fragen und gutmütigen Vorschlägen derselben stören. Es hatte etwas sehr Befremdendes, ja schier Großes, wie die gute, alte Frau so sehr wußte, was sie wollte, daß sie, als sei sie ganz allein in ihrem Kämmerlein, mitten unter den Leuten es sich unter freiem Himmel zur Nachtruhe bequem machte. Sie nahm ihre Schürze als ein Mäntelchen um, zog ihren großen, schwarzen, wachsleinenen Hut tiefer in die Augen, legte sich ihr Bündel unter den Kopf zurecht und gab auf keine Frage Antwort.

„Was fehlt dieser alten Frau?" fragte ich einen der Anwesenden. Da kamen Antworten von allen Seiten: „Sie kömmt sechs Meilen Weges vom Lande, sie kann nicht weiter, sie weiß nicht Bescheid in der Stadt, sie hat Befreundete am andern Ende der Stadt und kann nicht hinfinden." — „Ich wollte sie führen," sagte einer, „aber es ist ein weiter Weg, und ich habe meinen Hausschlüssel nicht bei mir. Auch würde sie das Haus nicht kennen, wo sie hin will. — „Aber hier kann die Frau nicht liegen bleiben", sagte ein Neuhinzugetretener. „Sie will aber platterdings,"

antwortete der erſte, „ich habe es ihr längſt geſagt, ich wolle ſie nach
Haus bringen; doch ſie redet ganz verwirrt, ja ſie muß wohl be=
trunken ſein.“ — „Ich glaube, ſie iſt blödſinnig. Aber hier kann
ſie doch in keinem Falle bleiben,“ wiederholte jener, „die Nacht
iſt kühl und lang.“

Während allem dieſem Gerede war die Alte, grade als ob ſie taub
und blind ſei, ganz ungeſtört mit ihrer Zubereitung fertig gewor=
den, und da der letzte abermals ſagte: „Hier kann ſie doch nicht blei=
ben“, erwiderte ſie mit einer wunderlich tiefen und ernſten Stimme:

„Warum ſoll ich nicht hier bleiben? Iſt dies nicht ein herzog=
liches Haus? Ich bin achtundachtzig Jahre alt, und der Herzog
wird mich gewiß nicht von ſeiner Schwelle treiben. Drei Söhne
ſind in ſeinem Dienſt geſtorben, und mein einziger Enkel hat ſeinen
Abſchied genommen — Gott verzeiht es ihm gewiß, und ich will
nicht ſterben, bis er in ſeinem ehrlichen Grab liegt.“

„Achtundachtzig Jahre und ſechs Meilen gelaufen!“ ſagten die
Umſtehenden. „Sie iſt müd und kindiſch, in ſolchem Alter wird
der Menſch ſchwach.“

„Mutter, Sie kann aber den Schnupfen kriegen und ſehr krank
werden hier, und Langeweile wird Sie auch haben“, ſprach nun
einer der Geſellen und beugte ſich näher zu ihr.

Da ſprach die Alte wieder mit ihrer tiefen Stimme, halb bit=
tend, halb befehlend:

„O laßt mir meine Ruhe und ſeid nicht unvernünftig! ich
brauch keinen Schnupfen, ich brauche keine Langeweile; es iſt ja
ſchon ſpät an der Zeit, achtundachtzig bin ich alt, der Morgen
wird bald anbrechen, da geh ich zu meinen Befreundeten. Wenn
ein Menſch fromm iſt und hat Schickſale und kann beten, ſo
kann er die paar armen Stunden auch noch wohl hinbringen.“

Die Leute hatten ſich nach und nach verloren, und die letzten,
welche noch daſtanden, eilten auch hinweg, weil der Nachtwächter
durch die Straße kam und ſie ſich von ihm ihre Wohnungen woll=
ten öffnen laſſen. So war ich allein noch gegenwärtig. Die Straße
ward ruhiger. Ich wandelte nachdenkend unter den Bäumen des
vor mir liegenden freien Platzes auf und nieder; das Weſen der
Bäuerin, ihr beſtimmter, ernſter Ton, ihre Sicherheit im Leben,
das ſie achtundachtzigmal mit ſeinen Jahreszeiten hatte zurückkeh=
ren ſehen und das ihr nur wie ein Vorſaal im Bethauſe erſchien,

hatten mich mannigfach erschüttert. „Was sind alle Leiden, alle
Begierden meiner Brust? Die Sterne gehen ewig unbekümmert
ihren Weg, wozu suche ich Erquickung und Labung, und von wem
suche ich sie und für wen? Alles, was ich hier suche und liebe und er=
ringe, wird es mich je dahin bringen, so ruhig wie diese gute,
fromme Seele die Nacht auf der Schwelle des Hauses zubringen
zu können, bis der Morgen erscheint, und werde ich dann den
Freund finden wie sie? Ach, ich werde die Stadt gar nicht errei=
chen, ich werde wegemüde schon in dem Sande vor dem Tore um=
sinken und vielleicht gar in die Hände der Räuber fallen." So
sprach ich zu mir selbst, und als ich durch den Lindengang mich der
Alten wieder näherte, hörte ich sie halblaut mit gesenktem Kopfe vor
sich hin beten. Ich war wunderbar gerührt und trat zu ihr hin und
sprach: „Mit Gott, fromme Mutter, bete Sie auch ein wenig
für mich!" bei welchen Worten ich ihr einen Taler in die Schürze
warf.

Die Alte sagte hierauf ganz ruhig: „Hab tausend Dank, mein
lieber Herr, daß du mein Gebet erhört."

Ich glaubte, sie spreche mit mir, und sagte: „Mutter, habt
Ihr mich denn um etwas gebeten? Ich wüßte nicht."

Da fuhr die Alte überrascht auf und sprach: „Lieber Herr, gehe
Er doch nach Haus und bete Er fein und lege Er sich schlafen! Was
zieht Er so spät noch auf der Gasse herum? Das ist jungen Gesel=
len gar nichts nütze, denn der Feind geht um und suchet, wo er sich
einen erfange. Es ist mancher durch solch Nachtlaufen verdorben.
Wen sucht Er? Den Herrn? Der ist in des Menschen Herz, so
er züchtiglich lebt, und nicht auf der Gasse! Sucht Er aber den
Feind, so hat Er ihn schon; gehe Er hübsch nach Haus und bete
Er, daß Er ihn los werde! Gute Nacht!"

Nach diesen Worten wendete sie sich ganz ruhig nach der an=
dern Seite und steckte den Taler in ihren Reisesack. Alles, was die
Alte tat, machte einen eigentümlichen ernsten Eindruck auf mich,
und ich sprach zu ihr: „Liebe Mutter, Ihr habt wohl recht, aber
Ihr selbst seid es, was mich hier hält. Ich hörte Euch beten und
wollte Euch ansprechen, meiner dabei zu gedenken."

„Das ist schon geschehen", sagte sie. „Als ich Ihn so durch den
Lindengang wandeln sah, bat ich Gott, er möge Euch gute Gedan=
ken geben. Nun habe Er sie und gehe Er fein schlafen!"

Ich aber ſetzte mich zu ihr nieder auf die Treppe und ergriff
ihre dürre Hand und ſagte: „Laſſet mich hier bei Euch ſitzen die
Nacht hindurch und erzählet mir, woher Ihr ſeid und was Ihr
hier in der Stadt ſucht; Ihr habt hier keine Hülfe, in Eurem
Alter iſt man Gott näher als den Menſchen; die Welt hat ſich
verändert, ſeit Ihr jung wart."

„Daß ich nicht wüßte," erwiderte die Alte, „ich habs mein Le=
betag ganz einerlei gefunden. Er iſt noch zu jung, da verwundert
man ſich über alles: mir iſt alles ſchon ſo oft wieder vorgekommen,
daß ich es nur noch mit Freuden anſehe, weil es Gott ſo treulich
damit meinet. Aber man ſoll keinen guten Willen von ſich weiſen,
wenn er einem auch gerade nicht not tut, ſonſt möchte der liebe
Freund ausbleiben, wenn er ein andermal gar willkommen wäre;
bleibe Er drum immer ſitzen und ſehe Er, was Er mir helfen
kann. Ich will Ihm erzählen, was mich in die Stadt den wei=
ten Weg hertreibt. Ich hätt es nicht gedacht, wieder hierher zu
kommen. Es ſind ſiebenzig Jahre, daß ich hier in dem Hauſe als
Magd gedient habe, auf deſſen Schwelle ich ſitze, ſeitdem war ich
nicht mehr in der Stadt; was die Zeit herumgeht! Es iſt, als
wenn man eine Hand umwendet. Wie oft habe ich hier am Abend
geſeſſen vor ſiebzig Jahren und habe auf meinen Schatz gewartet,
der bei der Garde ſtand! Hier haben wir uns auch verſprochen.
Wenn er hier — aber ſtill, da kömmt die Runde vorbei."

Da hob ſie an, mit gemäßigter Stimme, wie etwa junge
Mägde und Diener in ſchönen Mondnächten, vor der Tür zu
ſingen, und ich hörte mit innigem Vergnügen folgendes ſchöne, alte
Lied von ihr:

Wann der Jüngſte Tag wird werden,
Dann fallen die Sternelein auf die Erden,
Ihr Toten, ihr Toten ſollt auferſtehn,
Ihr ſollt vor das Jüngſte Gerichte gehn;
Ihr ſollt treten auf die Spitzen,
Da die lieben Engelein ſitzen.
Da kam der liebe Gott gezogen
Mit einem ſchönen Regenbogen.
Da kamen die falſchen Juden gegangen,
Die führten einſt unſern Herrn Chriſtum gefangen.
Die hohen Bäum' erleuchten ſehr,

Die harten Stein' zerknirschten sehr.
Wer dies Gebetlein beten kann,
Der bets des Tages nur einmal:
Die Seele wird vor Gott bestehn,
Wann wir werden zum Himmel eingehn!
Amen.

Als die Runde uns näher kam, wurde die gute Alte gerührt. „Ach," sagte sie, „es ist heute der sechzehnte Mai, es ist doch alles einerlei, grade wie damals, nur haben sie andere Mützen auf und keine Zöpfe mehr. Tut nichts, wenns Herz nur gut ist!"

Der Offizier der Runde blieb bei uns stehen und wollte eben fragen, was wir hier so spät zu schaffen hätten, als ich den Fähnd= rich Graf Grossinger, einen Bekannten, in ihm erkannte. Ich sagte ihm kurz den ganzen Handel, und er sagte mit einer Art von Er= schütterung: „Hier haben Sie einen Taler für die Alte und eine Rose" — die er in der Hand trug — „so alte Bauersleute haben Freude an Blumen. Bitten Sie die Alte, Ihnen morgen das Lied in die Feder zu sagen, und bringen Sie mir es. Ich habe lange nach dem Lied getrachtet, aber es nie ganz habhaft werden können." Hiermit schieden wir, denn der Posten der nahgelegenen Haupt= wache, bis zu welcher ich ihn über den Platz begleitet hatte, rief: „Wer da!" Er sagte mir noch, daß er die Wache am Schlosse habe, ich solle ihn dort besuchen. Ich ging zu der Alten zurück und gab ihr die Rose und den Taler.

Die Rose ergriff sie mit einer rührenden Heftigkeit und befestigte sie sich auf ihren Hut, indem sie mit einer etwas feineren Stimme und fast weinend die Worte sprach:

Rosen, die Blumen, auf meinem Hut,
Hätt ich viel Geld, das wäre gut,
Rosen und mein Liebchen.

Ich sagte zu ihr: „Ei, Mütterchen, Ihr seid ja ganz munter geworden", und sie erwiderte:

„Munter, munter,
Immer bunter,
Immer runder.
Oben stund er,
Nun hergunter,
's ist kein Wunder!

Schau Er, lieber Menſch, iſt es nicht gut, daß ich hier ſitzen ge=
blieben? Es iſt alles einerlei, glaub Er mir. Heut ſind es ſiebenzig
Jahre, da ſaß ich hier vor der Türe; ich war eine flinke Magd und
ſang gern alle Lieder. Da ſang ich auch das Lied vom Jüngſten
Gericht wie heute, da die Runde vorbeiging, und da warf mir ein
Grenadier im Vorübergehn eine Roſe in den Schoß — die Blätter
hab ich noch in meiner Bibel liegen —: das war meine erſte Be=
kanntſchaft mit meinem ſeligen Mann. Am andern Morgen hatte
ich die Roſe vorgeſteckt in der Kirche, und da fand er mich, und es
ward bald richtig. Drum hat es mich gar ſehr gefreut, daß mir
heut wieder eine Roſe ward. Es iſt ein Zeichen, daß ich zu ihm
kommen ſoll, und darauf freu ich mich herzlich. Vier Söhne und
eine Tochter ſind mir geſtorben, vorgeſtern hat mein Enkel ſeinen
Abſchied genommen — Gott helfe ihm und erbarme ſich ſeiner! —
und morgen verläßt mich eine andre gute Seele. Aber was ſag
ich: morgen? iſt es nicht ſchon Mitternacht vorbei?"

„Es iſt zwölfe vorüber", erwiderte ich, verwundert über ihre
Rede.

„Gott gebe ihr Troſt und Ruhe die vier Stündlein, die ſie noch
hat!" ſagte die Alte und ward ſtill, indem ſie die Hände faltete.
Ich konnte nicht ſprechen, ſo erſchütterten mich ihre Worte und ihr
ganzes Weſen. Da ſie aber ganz ſtille blieb und der Taler des Offi=
ziers noch in ihrer Schürze lag, ſagte ich zu ihr: „Mutter, ſteckt
den Taler zu Euch, Ihr könntet ihn verlieren."

„Den wollen wir nicht weglegen, den wollen wir meiner Be=
freundeten ſchenken in ihrer letzten Not!" erwiderte ſie. „Den erſten
Taler nehm ich morgen wieder mit nach Haus, der gehört meinem
Enkel, der ſoll ihn genießen. Ja ſeht, es iſt immer ein herrlicher
Junge geweſen und hielt etwas auf ſeinen Leib und auf ſeine Seele
— ach Gott, auf ſeine Seele! — Ich habe gebetet den ganzen Weg,
es iſt nicht möglich, der liebe Herr läßt ihn gewiß nicht verderben.
Unter allen Burſchen war er immer der reinlichſte und fleißigſte
in der Schule, aber auf die Ehre war er vor allem ganz erſtaunlich.
Sein Leutnant hat auch immer geſprochen: ‚Wenn meine Schwa=
dron Ehre im Leibe hat, ſo ſitzt ſie bei dem Finkel im Quartier.‘ Er
war unter den Ulanen. Als er zum erſtenmal aus Frankreich zu=
rückkam, erzählte er allerlei ſchöne Geſchichten, aber immer war
von der Ehre dabei die Rede. Sein Vater und ſein Stiefbruder

waren bei dem Landsturm und kamen oft mit ihm wegen der Ehre
in Streit, denn was er zu viel hatte, hatten sie nicht genug. Gott
verzeih mir meine schwere Sünde, ich will nicht schlecht von ihnen
reden, jeder hat sein Bündel zu tragen: aber meine selige Tochter,
f e i n e Mutter, hat sich zu Tode gearbeitet bei dem Faulpelz,
sie konnte nicht erschwingen, seine Schulden zu tilgen. Der Ulan
erzählte von den Franzosen, und als der Vater und Stiefbruder
sie ganz schlecht machen wollten, sagte der Ulan: ‚Vater, das versteht Ihr nicht, sie haben doch viel Ehre im Leibe!' Da ward der
Stiefbruder tückisch und sagte: ‚Wie kannst du deinem Vater so
viel von der Ehre vorschwatzen? War er doch Unteroffizier im
N . . . schen Regiment und muß es besser als du verstehen, der nur
Gemeiner ist.' — ‚Ja,' sagte da der alte Finkel, der nun auch rebel-
lisch ward, ‚das war ich und habe manchen vorlauten Burschen
fünfundzwanzig aufgezählt; hätte ich nur Franzosen in der Kom-
panie gehabt, die sollten sie noch besser gefühlt haben, mit ihrer
Ehre!' Die Rede tat dem Ulanen gar weh, und er sagte: ‚Ich will
ein Stückchen von einem französischen Unteroffizier erzählen, das
gefällt mir besser. Unterm vorigen König sollten auf einmal die
Prügel bei der französischen Armee eingeführt werden. Der Befehl des Kriegsministers wurde zu Straßburg bei einer großen
Parade bekannt gemacht, und die Truppen hörten in Reih und
Glied die Bekanntmachung mit stillem Grimm an. Da aber noch
am Schluß der Parade ein Gemeiner einen Exzeß machte, wurde
sein Unteroffizier vorkommandiert, ihm zwölf Hiebe zu geben. Es
wurde ihm mit Strenge befohlen, und er mußte es tun. Als er
aber fertig war, nahm er das Gewehr des Mannes, den er geschlagen hatte, stellte es vor sich an die Erde und drückte mit dem
Fuße los, daß ihm die Kugel durch den Kopf fuhr und er tot niedersank. Das wurde an den König berichtet, und der Befehl, Prügel
zu geben, ward gleich zurückgenommen. Seht, Vater, das war ein
Kerl, der Ehre im Leib hatte!' — ‚Ein Narr war es!' sprach der
Bruder. — ‚Freß deine Ehre, wenn du Hunger hast!' brummte der
Vater. Da nahm mein Enkel seinen Säbel und ging aus dem
Haus und kam zu mir in mein Häuschen, und erzählte mir alles
und weinte die bittern Tränen. Ich konnte ihm nicht helfen. Die
Geschichte, die er mir auch erzählte, konnte ich zwar nicht ganz
verwerfen, aber ich sagte ihm doch immer zuletzt: ‚Gib Gott allein

die Ehre!" Ich gab ihm noch den Segen, denn sein Urlaub war am
andern Tage aus, und er wollte noch eine Meile umreiten nach
dem Orte, wo ein Patchen von mir auf dem Edelhof diente, auf die
er gar viel hielt, er wollte einmal mit ihr hausen. — Sie werden
auch wohl bald zusammenkommen, wenn Gott mein Gebet erhört.
Er hat seinen Abschied schon genommen, mein Patchen wird ihn
heut erhalten, und die Aussteuer hab ich auch schon beisammen, es
soll auf der Hochzeit weiter niemand sein als ich." Da ward die
Alte wieder still und schien zu beten. Ich war in allerlei Gedanken
über die Ehre, und ob ein Christ den Tod des Unteroffiziers schön
finden dürfe. Ich wollte, es sagte mir einmal einer etwas Hin=
reichendes darüber.

Als der Wächter ein Uhr anrief, sagte die Alte: „Nun habe
ich noch zwei Stunden. Ei, ist Er noch da, warum geht Er nicht
schlafen? Er wird morgen nicht arbeiten können und mit seinem
Meister Händel kriegen; von welchem Handwerk ist Er denn, mein
guter Mensch?"

Da wußte ich nicht recht, wie ich es ihr deutlich machen sollte,
daß ich ein Schriftsteller sei. Ich bin ein Gestudierter, durfte ich
nicht sagen, ohne zu lügen. Es ist wunderbar, daß ein Deutscher
immer sich ein wenig schämt, zu sagen: er sei ein Schriftsteller; zu
Leuten aus den untern Ständen sagt man es am ungernsten, weil
diesen gar leicht die Schriftgelehrten und Pharisäer aus der Bibel
dabei einfallen. Der Name Schriftsteller ist nicht so eingebürgert
bei uns, wie das Homme des lettres bei den Franzosen, welche über=
haupt als Schriftsteller zünftig sind und in ihren Arbeiten mehr
hergebrachtes Gesetz haben, ja bei denen man auch fragt: „Où
avez-vous fait votre philosophie? wo haben Sie Ihre Philoso=
phie gemacht?" Wie denn ein Franzose selbst viel mehr von einem
gemachten Manne hat. Doch diese nicht deutsche Sitte ist es nicht
allein, welche das Wort Schriftsteller so schwer auf der Zunge
macht, wenn man am Tore um seinen Charakter gefragt wird, son=
dern eine gewisse innere Scham hält uns zurück, ein Gefühl, wel=
ches jeden befällt, der mit freien und geistigen Gütern, mit unmit=
telbaren Geschenken des Himmels Handel treibt. Gelehrte brau=
chen sich weniger zu schämen als Dichter, denn sie haben gewöhn=
lich Lehrgeld gegeben, sind meist in Ämtern des Staats, spalten an
groben Klötzen oder arbeiten in Schachten, wo viel wilde Wasser

auszupumpen ſind. Aber ein ſogenannter Dichter iſt am übelſten
daran, weil er meiſtens aus dem Schulgarten nach dem Parnaß
entlaufen, und es iſt auch wirklich ein verdächtiges Ding um einen
Dichter von Profeſſion, der es nicht nur nebenher iſt. Man kann
ſehr leicht zu ihm ſagen: „Mein Herr, ein jeder Menſch hat, wie
Hirn, Herz, Magen, Milz, Leber und dergleichen, auch eine Poeſie
im Leibe; wer aber eines dieſer Glieder überfüttert, verfüttert oder
mäſtet und es über alle andre hinübertreibt, ja es gar zum Erwerb=
zweig macht, der muß ſich ſchämen vor ſeinem ganzen übrigen
Menſchen." Einer, der von der Poeſie lebt, hat das Gleichgewicht
verloren, und eine übergroße Gänſeleber, ſie mag noch ſo gut
ſchmecken, ſetzt doch immer eine kranke Gans voraus. Alle Men=
ſchen, welche ihr Brot nicht im Schweiß ihres Angeſichts verdie=
nen, müſſen ſich einigermaßen ſchämen; und das fühlt einer, der
noch nicht ganz in der Tinte war, wenn er ſagen ſoll, er ſei ein
Schriftſteller. So dachte ich allerlei und beſann mich, was ich der
Alten ſagen ſollte, welche, über mein Zögern verwundert, mich
anſchaute und ſprach:

„Welch ein Handwerk Er treibt, frage ich. Warum will Er
mirs nicht ſagen? Treibt Er kein ehrlich Handwerk, ſo greif Ers
noch an, es hat einen goldnen Boden. Er iſt doch nicht etwa gar
ein Henker oder Spion, der mich ausholen will? Meinethalben
ſei Er, wer Er will, ſag Ers, wer Er iſt! Wenn Er bei Tage ſo
hier ſäße, würde ich glauben, Er ſei ein Lehnerich, ſo ein Tagedieb,
der ſich an die Häuſer lehnt, damit er nicht umfällt vor Faulheit."

Da fiel mir ein Wort ein, das mir vielleicht eine Brücke zu
ihrem Verſtändnis ſchlagen könnte: „Liebe Mutter," ſagte ich,
„ich bin ein Schreiber." — „Nun," ſagte ſie, „das hätte Er gleich
ſagen ſollen. Er iſt alſo ein Mann von der Feder, dazu gehören
feine Köpfe und ſchnelle Finger und ein gutes Herz, ſonſt wird
einem draufgeklopft. Ein Schreiber iſt Er? Kann Er mir dann
wohl eine Bittſchrift aufſetzen an den Herzog, die aber gewiß er=
hört wird und nicht bei den vielen andern liegen bleibt?"

„Eine Bittſchrift, liebe Mutter," ſprach ich, „kann ich Ihr
wohl aufſetzen, und ich will mir alle Mühe geben, daß ſie recht
eindringlich abgefaßt ſein ſoll."

„Nun, das iſt brav von Ihm," erwiderte ſie; „Gott lohn es
Ihm und laſſe Ihn älter werden als mich und gebe Ihm auch in

Seinem Alter einen so geruhigen Mut und eine so schöne Nacht
mit Rosen und Talern wie mir und auch einen Freund, der Ihm
eine Bittschrift macht, wenn es Ihm not tut. Aber jetzt gehe Er
nach Haus, lieber Freund, und kaufe Er sich einen Bogen Papier
und schreibe Er die Bittschrift; ich will hier auf Ihn warten. Noch
eine Stunde, dann gehe ich zu meiner Pate, Er kann mitgehen; sie
wird sich auch freuen an der Bittschrift. Sie hat gewiß ein gut
Herz, aber Gottes Gerichte sind wunderbar!"

Nach diesen Worten ward die Alte wieder still, senkte den Kopf
und schien zu beten. Der Taler lag noch auf ihrem Schoß. Sie
weinte. „Liebe Mutter, was fehlet Euch, was tut Euch so weh?
Ihr weinet?" sprach ich.

„Nun, warum soll ich denn nicht weinen? Ich weine auf den
Taler, ich weine auf die Bittschrift, auf alles weine ich. Aber es
hilft nichts, es ist doch alles viel, viel besser auf Erden, als wir
Menschen es verdienen, und gallenbittre Tränen sind noch viel zu
süße. Sehe Er nur einmal das goldne Kamel da drüben an der
Apotheke. Wie doch Gott alles so herrlich und wunderbar geschaffen hat, aber der Mensch erkennt es nicht! Und ein solch Kamel geht eher durch ein Nadelöhr, als ein Reicher in das Himmelreich. — Aber was sitzt Er denn immer da? Gehe Er, den Bogen
Papier zu kaufen, und bringe Er mir die Bittschrift."

„Liebe Mutter," sagte ich, „wie kann ich Euch die Bittschrift
machen, wenn Ihr mir nicht sagt, was ich hineinschreiben soll?"

„Das muß ich Ihm sagen?" erwiderte sie, „dann ist es freilich
keine Kunst, und wundere ich mich nicht mehr, daß Er sich einen
Schreiber zu nennen schämte, wenn man Ihm alles sagen soll.
Nun, ich will mein mögliches tun. Setz Er in die Bittschrift, daß
zwei Liebende beieinander ruhen sollen und daß sie einen nicht auf
die Anatomie bringen sollen, damit man seine Glieder beisammen
hat, wenn es heißt: Ihr Toten, ihr Toten sollt auferstehn, ihr sollt
vor das Jüngste Gerichte gehn!" Da fing sie wieder bitterlich an
zu weinen.

Ich ahnete, ein schweres Leid müsse auf ihr lasten, aber sie fühle
bei der Bürde ihrer Jahre nur in einzelnen Momenten sich schmerzlich gerührt. Sie weinte, ohne zu klagen, ihre Worte waren immer gleich ruhig und kalt. Ich bat sie nochmals, mir die ganze Veranlassung zu ihrer Reise in die Stadt zu erzählen, und sie sprach

„Mein Enkel, der Ulan, von dem ich Ihm erzählte, hatte doch mein Patchen sehr lieb, wie ich Ihm vorher sagte, und sprach der schönen Annerl, wie die Leute sie ihres glatten Spiegels wegen nannten, immer von der Ehre vor und sagte ihr immer, sie solle auf ihre Ehre halten und auch auf seine Ehre. Da kriegte dann das Mädchen etwas ganz Apartes in ihr Gesicht und ihre Kleidung von der Ehre; sie war feiner und manierlicher als alle andere Dirnen. Alles saß ihr knapper am Leibe, und wenn sie ein Bursche einmal ein wenig derb beim Tanze anfaßte oder sie etwa höher als den Steg der Baßgeige schwang, so konnte sie bitterlich darüber bei mir weinen und sprach dabei immer, es sei wider ihre Ehre. Ach, das Annerl ist ein eignes Mädchen immer gewesen. Manchmal, wenn kein Mensch es sich versah, fuhr sie mit beiden Händen nach ihrer Schürze und riß sie sich vom Leibe, als ob Feuer drin sei, und dann fing sie gleich entsetzlich an zu weinen; aber das hat seine Ursache: es hat sie mit Zähnen hingerissen, der Feind ruht nicht. Wäre das Kind nur nicht stets so hinter der Ehre her gewesen und hätte sich lieber an unsren lieben Gott gehalten, hätte ihn nie von sich gelassen in aller Not und hätte seinetwillen Schande und Verachtung ertragen statt ihrer Menschenehre! Der Herr hätte sich gewiß erbarmt und wird es auch noch. Ach, sie kommen gewiß zusammen, Gottes Wille geschehe!

Der Ulan stand wieder in Frankreich, er hatte lange nicht geschrieben, und wir glaubten ihn fast tot und weinten oft um ihn. Er war aber im Hospital an einer schweren Blessur krank gelegen, und als er wieder zu seinen Kameraden kam und zum Unteroffizier ernannt wurde, fiel ihm ein, daß ihm vor zwei Jahren sein Stiefbruder so übers Maul gefahren, er sei nur Gemeiner und der Vater Korporal, und dann die Geschichte von dem französischen Unteroffizier, und wie er seinem Annerl von der Ehre so viel geredet, als er Abschied genommen. Da verlor er seine Ruhe und kriegte das Heimweh und sagte zu seinem Rittmeister, der ihn um sein Leid fragte: ‚Ach, Herr Rittmeister, es ist, als ob es mich mit den Zähnen nach Hause zöge.‘ Da ließen sie ihn heimreiten mit seinem Pferde, denn alle seine Offiziere trauten ihm. Er kriegte auf drei Monate Urlaub und sollte mit der Remonte wieder zurückkommen. Er eilte, so sehr er konnte, ohne seinem Pferde wehe zu tun, welches er besser pflegte als jemals, weil es ihm war anver-

traut worden. An einem Tage trieb es ihn ganz entſetzlich, nach
Hauſe zu eilen. Es war der Tag vor dem Sterbetage ſeiner Mut=
ter, und es war ihm immer, als laufe ſie vor ſeinem Pferde her und
riefe: ‚Kaſper, tue mir eine Ehre an!‘ Ach, ich ſaß an dieſem Tage
auf ihrem Grabe ganz allein und dachte auch: wenn Kaſper doch
bei mir wäre! Ich hatte Blümelein Vergißnichtmein in einen
Kranz gebunden und an das eingeſunkene Kreuz gehängt und maß
mir den Platz umher aus und dachte: Hier will ich liegen, und da
ſoll Kaſper liegen, wenn ihm Gott ſein Grab in der Heimat ſchenkt,
daß wir fein beiſammen ſind, wenns heißt: Ihr Toten, ihr Toten
ſollt auferſtehn, ihr ſollt zum Jüngſten Gerichte gehn! Aber Kaſ=
per kam nicht, ich wußte auch nicht, daß er ſo nahe war und wohl
hätte kommen können. Es trieb ihn auch gar ſehr, zu eilen, denn
er hatte wohl oft an dieſen Tag in Frankreich gedacht und hatte
einen kleinen Kranz von ſchönen Goldblumen von daher mitge=
bracht, um das Grab ſeiner Mutter zu ſchmücken, und auch einen
Kranz für Annerl, den ſollte ſie ſich bis zu ihrem Ehrentage be=
wahren.“

Hier ward die Alte ſtill und ſchüttelte mit dem Kopf; als ich
aber die letzten Worte wiederholte: „Den ſollte ſie ſich bis zu ihrem
Ehrentag bewahren“, fuhr ſie fort: „Wer weiß, ob ich es nicht
erflehen kann, ach, wenn ich den Herzog nur wecken dürfte!“ —
„Wozu?“ fragte ich, „welch Anliegen habt Ihr denn, Mutter?“
Da ſagte ſie ernſt: „Oh, was läge am ganzen Leben, wenns kein
End nähme! was läge am Leben, wenn es nicht ewig wäre!“ und
fuhr dann in ihrer Erzählung fort:

„Kaſper wäre noch recht gut zu Mittag in unſerm Dorfe an=
gekommen, aber morgens hatte ihm ſein Wirt im Stalle gezeigt,
daß ſein Pferd gedrückt ſei, und dabei geſagt: ‚Mein Freund, das
macht dem Reiter keine Ehre.‘ Das Wort hatte Kaſper tief emp=
funden, er legte deswegen den Sattel hohl und leicht auf, tat alles,
ihm die Wunde zu heilen, und ſetzte ſeine Reiſe, das Pferd am
Zügel führend, zu Fuße fort. So kam er am ſpäten Abend bis an
eine Mühle, eine Meile von unſerm Dorf, und weil er den Mül=
ler als einen alten Freund ſeines Vaters kannte, ſprach er bei ihm
ein und wurde wie ein recht lieber Gaſt aus der Fremde empfangen.
Kaſper zog ſein Pferd in den Stall, legte den Sattel und ſein
Felleiſen in einen Winkel und ging nun zu dem Müller in die

Stube. Da fragte er dann nach den Seinigen und hörte, daß ich
alte Großmutter noch lebe und daß sein Vater und sein Stief=
bruder gesund seien und daß es recht gut mit ihnen gehe; sie wären
erst gestern mit Getreide auf der Mühle gewesen, sein Vater habe
sich auf den Roß= und Ochsenhandel gelegt und gedeihe dabei recht
gut, auch halte er jetzt etwas auf seine Ehre und gehe nicht mehr
so zerrissen umher. Darüber war der gute Kasper nun herzlich
froh, und da er nach der schönen Annerl fragte, sagte ihm der
Müller, er kenne sie nicht, aber wenn es die sei, die auf dem Rosen=
hof gedient habe, die hätte sich, wie er gehört, in der Hauptstadt
vermietet, weil sie da eher etwas lernen könne und mehr Ehre dabei
sei; so habe er vor einem Jahre von dem Knecht auf dem Rosenhof
gehört. Das freute den Kasper auch; wenn es ihm gleich leid tat,
daß er sie nicht gleich sehen sollte, so hoffte er sie doch in der Haupt=
stadt bald recht fein und schmuck zu finden, daß es ihm als einem
Unteroffizier auch eine rechte Ehre sei, mit ihr am Sonntag spa=
zieren zu gehn. Nun erzählte er dem Müller noch mancherlei aus
Frankreich; sie aßen und tranken miteinander, er half ihm Korn
aufschütten, und dann brachte ihn der Müller in die Oberstube zu
Bett und legte sich selbst unten auf einigen Säcken zur Ruhe. Das
Geklapper der Mühle und die Sehnsucht nach der Heimat ließen
den guten Kasper, wenn er gleich sehr müde war, nicht fest ein=
schlafen. Er war sehr unruhig und dachte an seine selige Mutter
und an das schöne Annerl und an die Ehre, die ihm bevorstehe, wenn
er als Unteroffizier vor die Seinigen treten würde. So entschlum=
merte er endlich leis und wurde von ängstlichen Träumen oft auf=
geschreckt: es war ihm mehrmals, als trete seine selige Mutter zu
ihm und bäte ihn händeringend um Hülfe; dann war es ihm, als
sei er gestorben und würde begraben, gehe aber selbst zu Fuße als
Toter mit zu Grabe und schön Annerl gehe ihm zur Seite; er
weine heftig, daß ihn seine Kameraden nicht begleiteten, und da
er auf den Kirchhof komme, sei sein Grab neben dem seiner Mutter,
und Annerls Grab sei auch dabei, und er gebe Annerl das Kränz=
lein, das er ihr mitgebracht, und hänge das der Mutter an ihr
Grab, und dann habe er sich umgeschaut und niemand mehr ge=
sehen als mich und die Annerl, die habe einer an der Schürze ins
Grab gerissen, und er sei dann auch ins Grab gestiegen und habe
gesagt: ‚Ist denn niemand hier, der mir die letzte Ehre antut und

mir ins Grab schießen will als einem braven Soldaten?' und da
habe er sein Pistol gezogen und sich selbst ins Grab geschossen. Aber
dem Schuß wachte er mit großem Schrecken auf, denn es war ihm,
als klirrten die Fenster davon; er sah um sich in der Stube: da
hörte er noch einen Schuß fallen und hörte Getöse in der Mühle
und Geschrei durch das Geklapper. Er sprang aus dem Bett und
griff nach seinem Säbel; in dem Augenblick ging seine Türe auf,
und er sah beim Vollmondschein zwei Männer mit berußten Gesichtern mit Knitteln auf sich zustürzen. Aber er setzte sich zur
Wehre und hieb den einen über den Arm, und so entflohen beide,
indem sie die Türe, welche nach außen aufging und einen Riegel
draußen hatte, hinter sich verriegelten. Kasper versuchte umsonst,
ihnen nachzukommen, endlich gelang es ihm, eine Tafel in der
Türe einzutreten. Er eilte durch das Loch die Treppe hinunter und
hörte das Wehgeschrei des Müllers, den er geknebelt zwischen den
Kornsäcken liegend fand. Kasper band ihn los und eilte dann gleich
in den Stall, nach seinem Pferd und Felleisen, aber beides war
geraubt. Mit großem Jammer eilte er in die Mühle zurück und
klagte dem Müller sein Unglück, daß ihm all sein Hab und Gut
und das ihm anvertraute Pferd gestohlen sei, über welches letztere
er sich gar nicht zufrieden geben konnte. Der Müller aber stand
mit einem vollen Geldsack vor ihm, er hatte ihn in der Oberstube
aus dem Schranke geholt und sagte zu dem Ulan: ‚Lieber Kasper,
sei Er zufrieden! Ich verdanke Ihm die Rettung meines Vermö-
gens; auf diesen Sack, der oben in Seiner Stube lag, hatten es
die Räuber gemünzt, und Seiner Verteidigung danke ich alles,
mir ist nichts gestohlen. Die Sein Pferd und Sein Felleisen im
Stall fanden, müssen ausgestellte Diebeswachen gewesen sein; sie
zeigten durch die Schüsse an, daß Gefahr da sei, weil sie wahrscheinlich am Sattelzeug erkannten, daß ein Kavallerist im Hause
herberge. Nun soll Er meinethalben keine Not haben, ich will mir
alle Mühe geben und kein Geld sparen, Ihm Seinen Gaul wiederzufinden, und finde ich ihn nicht, so will ich Ihm einen kaufen,
so teuer er sein mag.' Kasper sagte: ‚Geschenkt nehme ich nichts,
das ist gegen meine Ehre; aber wenn Er mir im Notfall siebzig
Taler vorschießen will, so kriegt Er meine Verschreibung, ich
schaffe sie in zwei Jahren wieder.' Hierüber wurden sie einig, und
der Ulan trennte sich von ihm, um nach seinem Dorfe zu eilen, wo

auch ein Gerichtshalter der umliegenden Edelleute wohnt, bei dem er die Sache berichten wollte. Der Müller blieb zurück, um seine Frau und seinen Sohn zu erwarten, welche auf einem Dorfe in der Nähe bei einer Hochzeit waren. Dann wollte er dem Ulanen nachkommen und die Anzeige vor Gericht auch machen.

Er kann sich denken, lieber Herr Schreiber, mit welcher Betrübnis der arme Kasper den Weg nach unserm Dorfe eilte, zu Fuß und arm, wo er hatte stolz einreiten wollen; einundfunzig Taler, die er erbeutet hatte, sein Patent als Unteroffizier, sein Urlaub und die Kränze auf seiner Mutter Grab und für die schöne Annerl waren ihm gestohlen. Es war ihm ganz verzweifelt zumute, und so kam er um ein Uhr in der Nacht in seiner Heimat an und pochte gleich an der Türe des Gerichtshalters, dessen Haus das erste vor dem Dorfe ist. Er ward eingelassen und machte seine Anzeige und gab alles an, was ihm geraubt worden war. Der Gerichtshalter trug ihm auf, er solle gleich zu seinem Vater gehn, welches der einzige Bauer im Dorfe sei, der Pferde habe, und solle mit diesem und seinem Bruder in der Gegend herum patrouillieren, ob er vielleicht den Räubern auf die Spur komme; indessen wolle er andre Leute zu Fuß aussenden und den Müller, wenn er komme, um die weiteren Umstände vernehmen. Kasper ging nun von dem Gerichtshalter weg nach dem väterlichen Hause. Da er aber an meiner Hütte vorüber mußte und durch das Fenster hörte, daß ich ein geistliches Lied sang, wie ich denn vor Gedanken an seine selige Mutter nicht schlafen konnte, so pochte er an und sagte: ,Gelobt sei Jesus Christus! Liebe Großmutter, Kasper ist hier.' Ach! wie fuhren mir die Worte durch Mark und Bein, ich stürzte an das Fenster, öffnete es und küßte und drückte ihn mit unendlichen Tränen. Er erzählte mir sein Unglück mit großer Eile und sagte, welchen Auftrag er an seinen Vater vom Gerichtshalter habe; er müsse drum jetzt gleich hin, um den Dieben nachzusetzen, denn seine Ehre hänge davon ab, daß er sein Pferd wieder erhalte.

Ich weiß nicht, aber das Wort E h r e fuhr mir recht durch alle Glieder, denn ich wußte schwere Gerichte, die ihm bevorstanden. ,Tue deine Pflicht und gib Gott allein die Ehre!' sagte ich, und er eilte von mir nach Finkels Hof, der am andern Ende des Dorfs liegt. Ich sank, als er fort war, auf die Kniee und betete zu Gott, er möge ihn doch in seinen Schutz nehmen, ach! ich betete mit einer

Angſt wie niemals und mußte dabei immer ſagen: ,Herr, dein
Wille geſchehe wie im Himmel ſo auf Erden.'

Der Kaſper lief zu ſeinem Vater mit einer entſetzlichen Angſt.
Er ſtieg hinten über den Gartenzaun, er hörte die Plumpe gehen,
er hörte im Stall wiehern, das fuhr ihm durch die Seele; er ſtand
ſtill, er ſah im Mondſchein, daß zwei Männer ſich wuſchen, es
wollte ihm das Herz brechen. Der eine ſprach: ,Das verfluchte
Zeug geht nicht herunter'; da ſagte der andre: ,Komm erſt in den
Stall, dem Gaul den Schwanz abzuſchlagen und die Mähnen zu
verſchneiden. Haſt du das Felleiſen auch tief genug unterm Miſt
begraben?' — ,Ja', ſagte der andre. Da gingen ſie nach dem Stall,
und Kaſper, vor Jammer wie ein Raſender, ſprang hervor und
ſchloß die Stalltüre hinter ihnen und ſchrie: ,Im Namen des
Herzogs! Ergebt Euch! Wer ſich widerſetzt, den ſchieße ich nieder!'
Ach, da hatte er ſeinen Vater und ſeinen Stiefbruder als die Räuber ſeines Pferdes gefangen. ,Meine Ehre, meine Ehre iſt verloren!' ſchrie er, ,ich bin der Sohn eines ehrloſen Diebes.' Als die
beiden dieſe Worte hörten, iſt ihnen bös zumute geworden; ſie
ſchrieen: ,Kaſper, lieber Kaſper, um Gottes willen, bringe uns
nicht ins Elend! Kaſper, du ſollſt ja alles wieder haben! Um deiner ſeligen Mutter willen, deren Sterbetag heute iſt, erbarme
dich deines Vaters und Bruders!' Kaſper aber war wie verzweifelt, er ſchrie nur immer: ,Meine Ehre, meine Pflicht!' Und da
ſie nun mit Gewalt die Türe erbrechen wollten und ein Fach in
der Lehmwand einſtoßen, um zu entkommen, ſchoß er ein Piſtol
in die Luft und ſchrie: ,Hülfe, Hülfe, Diebe, Hülfe!' Die Bauern,
von dem Gerichtshalter erweckt, welche ſchon herannahten, um ſich
über die verſchiedenen Wege zu bereden, auf denen ſie die Einbre-
cher in die Mühle verfolgen wollten, ſtürzten auf den Schuß und
das Geſchrei ins Haus. Der alte Finkel flehte immer noch, der
Sohn ſolle ihm die Tür öffnen, der aber ſagte: ,Ich bin ein Soldat und muß der Gerechtigkeit dienen.' Da traten der Gerichtshalter und die Bauern heran. Kaſper ſagte: ,Um Gottes Barmherzigkeit willen, Herr Gerichtshalter, mein Vater, mein Bruder ſind
ſelbſt die Diebe, oh, daß ich nie geboren wäre! Hier im Stalle habe
ich ſie gefangen, mein Felleiſen liegt im Miſte vergraben.' Da
ſprangen die Bauern in den Stall und banden den alten Finkel
und ſeinen Sohn und ſchleppten ſie in ihre Stube. Kaſper aber

grub das Felleisen hervor und nahm die zwei Kränze heraus und
ging nicht in die Stube, er ging nach dem Kirchhofe an das Grab
seiner Mutter. Der Tag war angebrochen. Ich war auf der
Wiese gewesen und hatte für mich und für Kasper zwei Kränze
von Blümelein Vergißnichtmein geflochten; ich dachte: er soll mit
mir das Grab seiner Mutter schmücken, wenn er von seinem Ritt
zurückkommt. Da hörte ich allerlei ungewohnten Lärm im Dorf,
und weil ich das Getümmel nicht mag und am liebsten alleine bin,
so ging ich ums Dorf herum nach dem Kirchhof. Da fiel ein
Schuß, ich sah den Dampf in die Höhe steigen, ich eilte auf den
Kirchhof. O du lieber Heiland! erbarme dich sein: Kasper lag tot
auf dem Grabe seiner Mutter. Er hatte sich die Kugel durch das
Herz geschossen, auf welches er sich das Kränzlein, das er für schön
Annerl mitgebracht, am Knopfe befestigt hatte; durch diesen
Kranz hatte er sich ins Herz geschossen. Den Kranz für die Mut=
ter hatte er schon an das Kreuz befestigt. Ich meinte, die Erde täte
sich unter mir auf bei dem Anblick, ich stürzte über ihn hin und
schrie immer: ‚Kasper, o du unglückseliger Mensch, was hast du
getan? Ach, wer hat dir denn dein Elend erzählt? Oh, warum
habe ich dich von mir gelassen, ehe ich dir alles gesagt! Gott, was
wird dein armer Vater, dein Bruder sagen, wenn sie dich so fin=
den.' Ich wußte nicht, daß er sich wegen diesen das Leid angetan,
ich glaubte, es habe eine ganz andere Ursache. Da kam es noch
ärger: der Gerichtshalter und die Bauern brachten den alten Fin=
kel und seinen Sohn mit Stricken gebunden; der Jammer erstickte
mir die Stimme in der Kehle, ich konnte kein Wort sprechen.
Der Gerichtshalter fragte mich, ob ich meinen Enkel nicht gesehn?
Ich zeigte hin, wo er lag. Er trat zu ihm, er glaubte, er weine auf
dem Grabe; er schüttelte ihn, da sah er das Blut niederstürzen.
‚Jesus Marie!' rief er aus, ‚der Kasper hat Hand an sich gelegt.'
Da sahen die beiden Gefangenen sich schrecklich an; man nahm den
Leib des Kaspers und trug ihn neben ihnen her nach dem Hause
des Gerichtshalters. Es war ein Wehgeschrei im ganzen Dorfe,
die Bauerweiber führten mich nach. Ach, das war wohl der
schrecklichste Weg in meinem Leben!"

Da ward die Alte wieder still, und ich sagte zu ihr: „Liebe
Mutter, Euer Leid ist entsetzlich, aber Gott hat Euch auch recht
lieb; die er am härtesten schlägt, sind seine liebsten Kinder. Sagt

mir nun, liebe Mutter, was Euch bewogen hat, den weiten Weg
hieher zu gehen, und um was Ihr die Bittschrift einreichen
wollt!"

„Ei, das kann Er sich doch wohl denken," fuhr sie ganz ruhig
fort, „um ein ehrliches Grab für Kasper und die schöne Annerl,
der ich das Kränzlein zu ihrem Ehrentag mitbringe. Es ist ganz
mit Kaspers Blut unterlaufen, seh Er einmal!"

Da zog sie einen kleinen Kranz von Flittergold aus ihrem Bün=
del und zeigte ihn mir. Ich konnte bei dem anbrechenden Tage
sehen, daß er vom Pulver geschwärzt und mit Blut besprengt war.
Ich war ganz zerrissen von dem Unglück der guten Alten, und die
Größe und Festigkeit, womit sie es trug, erfüllte mich mit Ver=
ehrung. „Ach, liebe Mutter," sagte ich, „ wie werdet Ihr der
armen Annerl aber ihr Elend beibringen, daß sie nicht gleich vor
Schrecken tot niedersinkt, und was ist denn das für ein Ehrentag,
zu welchem Ihr dem Annerl den traurigen Kranz bringet?"

„Lieber Mensch," sprach sie, „komme Er nur mit, Er kann
mich zu ihr begleiten, ich kann doch nicht geschwind fort, so werden
wir sie gerade zu rechter Zeit noch finden. Ich will Ihm unter=
wegs noch alles erzählen."

Nun stand sie auf und betete ihren Morgensegen ganz ruhig
und brachte ihre Kleider in Ordnung, und ihren Bündel hängte
sie dann an meinen Arm. Es war zwei Uhr des Morgens, der
Tag graute, und wir wandelten durch die stillen Gassen.

„Seh Er," erzählte die Alte fort, „als der Finkel und sein
Sohn eingesperrt waren, mußte ich zum Gerichtshalter auf die
Gerichtsstube. Der tote Kasper wurde auf einen Tisch gelegt und
mit seinem Ulanenmantel bedeckt hereingetragen, und nun mußte
ich alles dem Gerichtshalter sagen, was ich von ihm wußte und was
er mir heute morgen durch das Fenster gesagt hatte. Das schrieb
er alles auf sein Papier nieder, das vor ihm lag; dann sah er die
Schreibtafel durch, die sie bei Kasper gefunden; da standen man=
cherlei Rechnungen drin, einige Geschichten von der Ehre und auch
die von dem französischen Unteroffizier, und hinter ihr war mit
Bleistift etwas geschrieben." Da gab mir die Alte die Brief=
tasche, und ich las folgende letzte Worte des unglücklichen Kaspers:
„Auch ich kann meine Schande nicht überleben; mein Vater und
mein Bruder sind Diebe, sie haben mich selbst bestohlen; mein Herz

brach mir, aber ich mußte sie gefangen nehmen und den Gerichten
übergeben, denn ich bin ein Soldat meines Fürsten, und meine
Ehre erlaubt mir keine Schonung. Ich habe meinen Vater und
Bruder der Rache übergeben um der Ehre willen. Ach! bitte doch
jedermann für mich, daß man mir hier, wo ich gefallen bin, ein
ehrliches Grab neben meiner Mutter vergönne. Das Kränzlein,
durch welches ich mich erschossen, soll die Großmutter der schönen
Annerl schicken und sie von mir grüßen; ach, sie tut mir leid durch
Mark und Bein, aber sie soll doch den Sohn eines Diebes nicht
heiraten, denn sie hat immer viel auf Ehre gehalten. Liebe schöne
Annerl, mögest Du nicht so sehr erschrecken über mich, gib Dich
zufrieden, und wenn Du mir jemals ein wenig gut warst, so rede
nicht schlecht von mir. Ich kann ja nichts für meine Schande!
Ich hatte mir so viele Mühe gegeben, in Ehren zu bleiben mein
Leben lang, ich war schon Unteroffizier und hatte den besten Ruf
bei der Schwadron, ich wäre gewiß noch einmal Offizier gewor=
den, und, Annerl, Dich hätte ich doch nicht verlassen und hätte
keine Vornehmere gefreit — aber der Sohn eines Diebes, der sei=
nen Vater aus Ehre selbst fangen und richten lassen muß, kann
seine Schande nicht überleben. Annerl, liebes Annerl, nimm doch
ja das Kränzlein: ich bin Dir immer treu gewesen, so Gott mir
gnädig sei! Ich gebe Dir nun Deine Freiheit wieder, aber tue mir
die Ehre und heirate nie einen, der schlechter wäre als ich. Und
wenn Du kannst, so bitte für mich, daß ich ein ehrliches Grab ne=
ben meiner Mutter erhalte. Und wenn Du hier in unserm Ort
sterben solltest, so lasse Dich auch bei uns begraben; die gute Groß=
mutter wird auch zu uns kommen, da sind wir alle beisammen. Ich
habe funfzig Taler in meinem Felleisen, die sollen auf Interessen
gelegt werden für Dein erstes Kind. Meine silberne Uhr soll der
Herr Pfarrer haben, wenn ich ehrlich begraben werde. Mein
Pferd, die Uniform und Waffen gehören dem Herzog, diese meine
Brieftasche gehört Dein. Adies, herztausender Schatz, adies, liebe
Großmutter, betet für mich und lebt alle wohl — Gott erbarme
sich meiner — ach, meine Verzweiflung ist groß!"

Ich konnte diese letzten Worte eines gewiß edeln, unglücklichen
Menschen nicht ohne bittere Tränen lesen. — „Der Kasper muß
ein gar guter Mensch gewesen sein, liebe Mutter", sagte ich zu
der Alten, welche nach diesen Worten stehen blieb und meine

Hand drückte und mit tief bewegter Stimme sagte: „Ja, es war der beste Mensch auf der Welt. Aber die letzten Worte von der Verzweiflung hätte er nicht schreiben sollen, die bringen ihn um sein ehrliches Grab, die bringen ihn auf die Anatomie. Ach, lieber Schreiber, wenn Er hierin nur helfen könnte."

„Wieso, liebe Mutter?" fragte ich, „was können diese letzten Worte dazu beitragen?" — „Ja gewiß," erwiderte sie, „der Gerichtshalter hat es mir selbst gesagt. Es ist ein Befehl an alle Gerichte ergangen, daß nur die Selbstmörder aus Melancholie ehrlich sollen begraben werden; alle aber, die aus Verzweiflung Hand an sich gelegt, sollen auf die Anatomie, und der Gerichts= halter hat mir gesagt, daß er den Kasper, weil er selbst seine Ver= zweiflung eingestanden, auf die Anatomie schicken müsse."

„Das ist ein wunderlich Gesetz," sagte ich, „denn man könnte wohl bei jedem Selbstmord einen Prozeß anstellen, ob er aus Me= lancholie oder Verzweiflung entstanden, der so lange dauern müßte, daß der Richter und die Advokaten drüber in Melancholie und Verzweiflung fielen und auf die Anatomie kämen. Aber seid nur getröstet, liebe Mutter, unser Herzog ist ein so guter Herr: wenn er die ganze Sache hört, wird er dem armen Kasper gewiß sein Plätzchen neben der Mutter vergönnen."

„Das gebe Gott!" erwiderte die Alte, „sehe Er nun, lieber Mensch: als der Gerichtshalter alles zu Papier gebracht hatte, gab er mir die Brieftasche und den Kranz für die schöne Annerl, und so bin ich dann gestern hierher gelaufen, damit ich ihr an ihrem Ehrentag den Trost noch mit auf den Weg geben kann. — Der Kasper ist zu rechter Zeit gestorben: hätte er alles gewußt, er wäre närrisch geworden vor Betrübnis."

„Was ist es denn nun mit der schönen Annerl?" fragte ich die Alte. „Bald sagt Ihr, sie habe nur noch wenige Stunden, bald sprecht Ihr von ihrem Ehrentag, und sie werde Trost gewinnen durch Eure traurige Nachricht. Sagt mir doch alles heraus: will sie Hochzeit halten mit einem andern? Ist sie tot, krank? Ich muß alles wissen, damit ich es in die Bittschrift setzen kann."

Da erwiderte die Alte: „Ach, lieber Schreiber, es ist nun so, Gottes Wille geschehe! Sehe Er: als Kasper kam, war ich doch nicht recht froh; als Kasper sich das Leben nahm, war ich doch nicht recht traurig; ich hätte es nicht überleben können, wenn Gott

sich meiner nicht erbarmt gehabt hätte mit größerem Leid. Ja, ich
sage Ihm: es war mir ein Stein vor das Herz gelegt, wie ein
Eisbrecher, und alle die Schmerzen, die wie Grundeis gegen mich
stürzten und mir das Herz gewiß abgestoßen hätten, die zerbrachen
an diesem Stein und trieben kalt vorüber. Ich will Ihm etwas er=
zählen, das ist betrübt.

Als mein Patchen, die schöne Annerl, ihre Mutter verlor, die
eine Base von mir war und sieben Meilen von uns wohnte, war
ich bei der kranken Frau. Sie war die Witwe eines armen
Bauern und hatte in ihrer Jugend einen Jäger liebgehabt, ihn
aber wegen seines wilden Lebens nicht genommen. Der Jäger
war endlich in solch Elend gekommen, daß er auf Tod und Leben
wegen eines Mordes gefangen saß. Das erfuhr meine Base auf
ihrem Krankenlager, und es tat ihr so weh, daß sie täglich schlim=
mer wurde und endlich in ihrer Todesstunde, als sie mir die liebe,
schöne Annerl als mein Patchen übergab und Abschied von mir
nahm, noch in den letzten Augenblicken zu mir sagte: 'Liebe Anne
Margret, wenn du durch das Städtchen kömmst, wo der arme
Jürge gefangen liegt, so lasse ihm sagen durch den Gefangenwär=
ter, daß ich ihn bitte auf meinem Todesbett, er solle sich zu Gott
bekehren, und daß ich herzlich für ihn gebetet habe in meiner letz=
ten Stunde und daß ich ihn schön grüßen lasse.' — Bald nach die=
sen Worten starb die gute Base, und als sie begraben war, nahm
ich die kleine Annerl, die drei Jahr alt war, auf den Arm und
ging mit ihr nach Haus.

Vor dem Städtchen, durch das ich mußte, kam ich an der
Scharfrichterei vorüber, und weil der Meister berühmt war als
ein Viehdoktor, sollte ich einige Arznei mitnehmen für unsern
Schulzen. Ich trat in die Stube und sagte dem Meister, was ich
wollte, und er antwortete, daß ich ihm auf den Boden folgen solle,
wo er die Kräuter liegen habe, und ihm helfen aussuchen. Ich ließ
Annerl in der Stube und folgte ihm. Als wir zurück in die Stube
traten, stand Annerl vor einem kleinen Schranke, der an der
Wand befestigt war, und sprach: ‚Großmutter, da ist eine Maus
drin! hört, wie es klappert! da ist eine Maus drin!'

Auf diese Rede des Kindes machte der Meister ein sehr ernst=
haftes Gesicht, riß den Schrank auf und sprach: ‚Gott sei uns
gnädig!' denn er sah sein Richtschwert, das allein in dem Schranke

an einem Nagel hing, hin und her wanken. Er nahm das Schwert
herunter, und mir ſchauderte. ‚Liebe Frau,' ſagte er, ‚wenn Ihr
das kleine, liebe Annerl liebhabt, ſo erſchreckt nicht, wenn ich ihm
mit meinem Schwert rings um das Hälschen die Haut ein wenig
aufritze: denn das Schwert hat vor ihm gewankt, es hat nach ſei‐
nem Blut verlangt, und wenn ich ihm den Hals damit nicht ritze,
ſo ſteht dem Kinde groß Elend im Leben bevor.' Da faßte er das
Kind, welches entſetzlich zu ſchreien begann, ich ſchrie auch und riß
das Annerl zurück. Indem trat der Bürgermeiſter des Städt‐
chens herein, der von der Jagd kam und dem Richter einen kran‐
ken Hund zur Heilung bringen wollte. Er fragte nach der Urſache
des Geſchreis, Annerl ſchrie: ‚Er will mich umbringen!' Ich war
außer mir vor Entſetzen. Der Richter erzählte dem Bürgermeiſter
das Ereignis. Dieſer verwies ihm ſeinen Aberglauben, wie er es
nannte, heftig und unter ſcharfen Drohungen; der Richter blieb
ganz ruhig dabei und ſprach: ‚So habens meine Väter gehalten,
ſo halt ichs.' Da ſprach der Bürgermeiſter: ‚Meiſter Franz,
wenn Ihr glaubtet, Euer Schwert habe ſich gerührt, weil ich Euch
hiermit anzeige, daß morgen früh um ſechs Uhr der Jäger Jürge
von Euch ſoll geköpft werden, ſo wollt ich es noch verzeihen; aber
daß Ihr daraus etwas auf dies liebe Kind ſchließen wollt, das iſt
unvernünftig und toll. Es könnte ſo etwas einen Menſchen in
Verzweiflung bringen, wenn man es ihm ſpäter in ſeinem Alter
ſagte, daß es ihm in ſeiner Jugend geſchehen ſei. Man ſoll kei‐
nen Menſchen in Verſuchung führen.' — ‚Aber auch keines Rich‐
ters Schwert', ſagte Meiſter Franz vor ſich und hing ſein Schwert
wieder in den Schrank. Nun küßte der Bürgermeiſter das An‐
nerl und gab ihm eine Semmel aus ſeiner Jagdtaſche, und da er
mich gefragt, wer ich ſei, wo ich herkomme und hinwolle, und ich
ihm den Tod meiner Baſe erzählt hatte und auch den Auftrag an
den Jäger Jürge, ſagte er mir: ‚Ihr ſollt ihn ausrichten, ich will
Euch ſelbſt zu ihm führen; er hat ein hartes Herz, vielleicht wird
ihn das Andenken einer guten Sterbenden in ſeinen letzten Stun‐
den rühren.' Da nahm der gute Herr mich und Annerl auf ſeinen
Wagen, der vor der Tür hielt, und fuhr mit uns in das Städt‐
chen hinein.

Er hieß mich zu ſeiner Köchin gehn; da kriegten wir gutes Eſſen,
und gegen Abend ging er mit mir zu dem armen Sünder. Und

als ich dem die letzten Worte meiner Base erzählte, fing er bitter=
lich an zu weinen und schrie: ‚Ach Gott! Wenn sie mein Weib ge=
worden, wäre es nicht so weit mit mir gekommen.‘ Dann begehrte
er, man solle den Herrn Pfarrer doch noch einmal zu ihm bitten,
er wolle mit ihm beten. Das versprach ihm der Bürgermeister und
lobte ihn wegen seiner Sinnesveränderung und fragte ihn, ob er
vor seinem Tode noch einen Wunsch hätte, den er ihm erfüllen
könne. Da sagte der Jäger Jürge: ‚Ach bittet hier die gute, alte
Mutter, daß sie doch morgen mit dem Töchterlein ihrer seligen
Base bei meinem Rechte zugegen sein mögen, das wird mir das
Herz stärken in meiner letzten Stunde.‘ Da bat mich der Bürger=
meister, und so graulich es mir war, so konnte ich es dem armen,
elenden Menschen nicht abschlagen. Ich mußte ihm die Hand geben
und es ihm feierlich versprechen, und er sank weinend auf das Stroh.
Der Bürgermeister ging dann mit mir zu seinem Freunde, dem
Pfarrer, dem ich nochmals alles erzählen mußte, ehe er sich ins
Gefängnis begab.

Die Nacht mußte ich mit dem Kinde in des Bürgermeisters
Haus schlafen, und am andern Morgen ging ich den schweren
Gang zu der Hinrichtung des Jägers Jürge. Ich stand neben dem
Bürgermeister im Kreis und sah, wie er das Stäblein brach. Da
hielt der Jäger Jürge noch eine schöne Rede, und alle Leute
weinten, und er sah mich und die kleine Annerl, die vor mir stand,
gar beweglich an, und dann küßte er den Meister Franz, der
Pfarrer betete mit ihm, die Augen wurden ihm verbunden, und er
kniete nieder. Da gab ihm der Richter den Todesstreich. ‚Jesus,
Maria, Joseph!‘ schrie ich aus; denn der Kopf des Jürgen flog
gegen Annerl zu und biß mit seinen Zähnen dem Kinde in sein
Röckchen, das ganz entsetzlich schrie. Ich riß meine Schürze vom
Leibe und warf sie über den scheußlichen Kopf, und Meister Franz
eilte herbei, riß ihn los und sprach: ‚Mutter, Mutter, was habe
ich gestern morgen gesagt? Ich kenne mein Schwert, es ist leben=
dig!‘ — Ich war niedergesunken vor Schreck, das Annerl schrie
entsetzlich. Der Bürgermeister war ganz bestürzt und ließ mich
und das Kind nach seinem Hause fahren. Da schenkte mir seine
Frau andre Kleider für mich und das Kind, und nachmittag
schenkte uns der Bürgermeister noch Geld, und viele Leute des
Städtchens auch, die Annerl sehen wollten, so daß ich an zwanzig

Taler und viele Kleider für sie bekam. Am Abend kam der Pfarrer ins Haus und redete mir lange zu, daß ich das Annerl nur recht in der Gottesfurcht erziehen sollte und auf alle die betrübten Zeichen gar nichts geben: das seien nur Schlingen des Satans, die man verachten müsse, und dann schenkte er mir noch eine schöne Bibel für das Annerl, die sie noch hat; und dann ließ uns der gute Bürgermeister am andern Morgen noch an drei Meilen weit nach Haus fahren. Ach, du mein Gott, und alles ist doch eingetroffen!" sagte die Alte und schwieg.

Eine schauerliche Ahnung ergriff mich, die Erzählung der Alten hatte mich ganz zermalmt. "Um Gottes willen, Mutter!" rief ich aus, "was ist es mit der armen Annerl geworden, ist denn gar nicht zu helfen?"

"Es hat sie mit den Zähnen dazu gerissen," sagte die Alte, "heut wird sie gerichtet! Aber sie hat es in der Verzweiflung getan: die Ehre, die Ehre lag ihr im Sinn. Sie war zuschanden gekommen aus Ehrsucht, sie wurde verführt von einem Vornehmen, er hat sie sitzen lassen, sie hat ihr Kind erstickt in derselben Schürze, die ich damals über den Kopf des Jägers Jürge warf und die sie mir heimlich entwendet hat. Ach, es hat sie mit Zähnen dazu gerissen, sie hat es in der Verwirrung getan. Der Verführer hatte ihr die Ehe versprochen und gesagt, der Kasper sei in Frankreich geblieben. Dann ist sie verzweifelt und hat das Böse getan und hat sich selbst bei den Gerichten angegeben. Um vier Uhr wird sie gerichtet. Sie hat mir geschrieben, ich möchte noch zu ihr kommen; das will ich nun tun und ihr das Kränzlein und den Gruß von dem armen Kasper bringen und die Rose, die ich heut nacht erhalten, das wird sie trösten. Ach, lieber Schreiber, wenn Er es nur in der Bittschrift auswirken kann, daß ihr Leib und auch der Kasper dürfen auf unsern Kirchhof gebracht werden."

"Alles, alles will ich versuchen!" rief ich aus. "Gleich will ich nach dem Schlosse laufen; mein Freund, der Ihr die Rose gab, hat die Wache dort, er soll mir den Herzog wecken. Ich will vor sein Bett knieen und ihn um Pardon für Annerl bitten."

"Pardon?" sagte die Alte kalt. "Es hat sie ja mit Zähnen dazu gezogen! Hör Er, lieber Freund: Gerechtigkeit ist besser als Pardon. Was hilft aller Pardon auf Erden, wir müssen doch alle vor das Gericht:

Ihr Toten, ihr Toten sollt auferstehn,
Ihr sollt vor das Jüngste Gerichte gehn.

Seht: sie will keinen Pardon, man hat ihn ihr angeboten, wenn
sie den Vater des Kindes nennen wolle, aber das Annerl hat ge=
sagt: ‚Ich habe sein Kind ermordet und will sterben und ihn nicht
unglücklich machen; ich muß meine Strafe leiden, daß ich zu mei=
nem Kinde komme, aber ihn kann es verderben, wenn ich ihn nenne.‘
Darüber wurde ihr das Schwert zuerkannt. Gehe Er zum Herzog
und bitte Er für Kasper und Annerl um ein ehrlich Grab! Gehe
Er gleich! Seh Er, dort geht der Herr Pfarrer ins Gefängnis,
ich will ihn ansprechen, daß er mich mit hinein zum schönen Annerl
nimmt. Wenn Er sich eilt, so kann Er uns draußen am Gerichte
vielleicht den Trost noch bringen mit dem ehrlichen Grab für
Kasper und Annerl."

Unter diesen Worten waren wir mit dem Prediger zusammen=
getroffen. Die Alte erzählte ihr Verhältnis zu der Gefangenen,
und er nahm sie freundlich mit zum Gefängnis. Ich aber eilte nun,
wie ich noch nie gelaufen, nach dem Schlosse, und es machte mir
einen tröstenden Eindruck, es war mir wie ein Zeichen der Hoff=
nung, als ich an Graf Grossingers Hause vorüberstürzte und aus
einem offnen Fenster des Gartenhauses eine liebliche Stimme zur
Laute singen hörte:

Die Gnade sprach von Liebe,
Die Ehre aber wacht
Und wünscht voll Lieb der Gnade
In Ehren gute Nacht.
Die Gnade nimmt den Schleier,
Wenn Liebe Rosen gibt,
Die Ehre grüßt den Freier,
Weil sie die Gnade liebt.

Ach, ich hatte der guten Wahrzeichen noch mehr: einhundert
Schritte weiter fand ich einen weißen Schleier auf der Straße
liegend; ich raffte ihn auf, er war voll von duftenden Rosen. Ich
hielt ihn in der Hand und lief weiter, mit dem Gedanken: „Ach
Gott, das ist die Gnade." Als ich um die Ecke bog, sah ich einen
Mann, der sich in seinen Mantel verhüllte, als ich vor ihm vor=
übereilte, und mir heftig den Rücken wandte, um nicht gesehen zu
werden. Er hätte es nicht nötig gehabt, ich sah und hörte nichts

in meinem Innern als: Gnade, Gnade! und ſtürzte durch das Gittertor in den Schloßhof. Gott ſei Dank, der Fähndrich Graf Groſſinger, der unter den blühenden Kaſtanienbäumen vor der Wache auf und ab ging, trat mir ſchon entgegen.

„Lieber Graf,“ ſagte ich mit Ungeſtüm, „Sie müſſen mich gleich zum Herzog bringen, gleich auf der Stelle, oder alles iſt zu ſpät, alles iſt verloren!“

Er ſchien verlegen über dieſen Antrag und ſagte: „Was fällt Ihnen ein, zu dieſer ungewohnten Stunde? Es iſt nicht möglich. Kommen Sie zur Parade, da will ich Sie vorſtellen.“

Mir brannte der Boden unter den Füßen. „Jetzt“, rief ich aus, „oder nie! Es muß ſein, es betrifft das Leben eines Menſchen.“

„Es kann jetzt nicht ſein“, erwiderte Groſſinger ſcharf abſprechend. „Es betrifft meine Ehre; es iſt mir unterſagt, heute nacht irgendeine Meldung zu tun.“

Das Wort Ehre machte mich verzweifeln; ich dachte an Kaſpers Ehre, an Annerls Ehre und ſagte: „Die vermaledeite Ehre! Gerade um die letzte Hülfe zu leiſten, welche ſo eine Ehre übriggelaſſen, muß ich zum Herzoge. Sie müſſen mich melden, oder ich ſchreie laut nach dem Herzog.“

„So Sie ſich rühren,“ ſagte Groſſinger heftig, „laſſe ich Sie in die Wache werfen. Sie ſind ein Phantaſt, Sie kennen keine Verhältniſſe.“

„Oh, ich kenne Verhältniſſe, ſchreckliche Verhältniſſe! Ich muß zum Herzoge, jede Minute iſt unerkäuflich!“ verſetzte ich. „Wollen Sie mich nicht gleich melden, ſo eile ich allein zu ihm.“

Mit dieſen Worten wollte ich nach der Treppe, die zu den Gemächern des Herzogs hinaufführte, als ich den nämlichen in einem Mantel Verhüllten, der mir begegnete, nach dieſer Treppe eilend bemerkte. Groſſinger drehte mich mit Gewalt um, daß ich dieſen nicht ſehen ſollte. „Was machen Sie, Töriger?“ flüſterte er mir zu. „Schweigen Sie, ruhen Sie, Sie machen mich unglücklich!“

„Warum halten Sie den Mann nicht zurück, der da hinaufging?“ ſagte ich. „Er kann nichts Dringenderes vorzubringen haben als ich. Ach, es iſt ſo dringend, ich muß, ich muß! Es betrifft das Schickſal eines unglücklichen, verführten, armen Geſchöpfs.“

Groſſinger erwiderte: „Sie haben den Mann hinaufgehen ſehen; wenn Sie je ein Wort davon äußern, ſo kommen Sie vor

meine Klinge. Gerade weil e r hinaufging, können S i e n i c h t
hinauf, der Herzog hat Geschäfte mit ihm."

Da erleuchteten sich die Fenster des Herzogs. „Gott, er hat
Licht, er ist auf!" sagte ich. „Ich muß ihn sprechen, um des Himmels willen, lassen Sie mich, oder ich schreie Hülfe!"

Grossinger faßte mich beim Arm und sagte: „Sie sind betrunken, kommen Sie in die Wache. Ich bin Ihr Freund, schlafen
Sie aus und sagen Sie mir das Lied, das die Alte heut nacht an
der Tür sang, als ich die Runde vorüberführte; das Lied inter-
essiert mich sehr."

„Gerade wegen der Alten und den Ihrigen muß ich mit dem
Herzoge sprechen!" rief ich aus.

„Wegen der Alten?" versetzte Grossinger. „Wegen der sprechen Sie mit mir! Die großen Herrn haben keinen Sinn für so
etwas; geschwind, kommen Sie nach der Wache."

Er wollte mich fortziehen, da schlug die Schloßuhr halb vier,
der Klang schnitt mir wie ein Schrei der Not durch die Seele,
und ich schrie aus voller Brust zu den Fenstern des Herzogs hinauf:

„Hülfe! um Gottes willen, Hülfe für ein elendes, verführtes
Geschöpf!" Da ward Grossinger wie unsinnig, er wollte mir den
Mund zuhalten, aber ich rang mit ihm; er stieß mich in den Nak-
ken, er schimpfte, ich fühlte, ich hörte nichts. Er rief nach der
Wache, der Korporal eilte mit etlichen Soldaten herbei, mich zu
greifen, aber in dem Augenblick ging des Herzogs Fenster auf, und
es rief herunter:

„Fähndrich Graf Grossinger, was ist das für ein Skandal?
Bringen Sie den Menschen herauf, gleich auf der Stelle!"

Ich wartete nicht auf den Fähndrich; ich stürzte die Treppe
hinauf, ich fiel nieder zu den Füßen des Herzogs, der mich betroffen und unwillig aufstehen hieß. Er hatte Stiefel und Sporen an und doch einen Schlafrock, den er sorgfältig über der Brust
zusammenhielt.

Ich trug dem Herzoge alles, was mir die Alte von dem Selbst-
morde des Ulans, von der Geschichte der schönen Annerl erzählt
hatte, so gedrängt vor, als es die Not erforderte, und flehte wenigstens um den Aufschub der Hinrichtung auf wenige Stunden
und um ein ehrliches Grab für die beiden Unglücklichen an, wenn
Gnaden unmöglich sei. — „Ach, Gnade, Gnade!" rief ich aus, in-

dem ich den gefundenen weißen Schleier voll Rosen aus dem Bu=
sen zog. „Dieser Schleier, den ich auf meinem Wege hierher ge=
funden, schien mir Gnade zu verheißen."

Der Herzog griff mit Ungestüm nach dem Schleier und war
heftig bewegt; er drückte den Schleier in seinen Händen, und als
ich die Worte aussprach: „Euer Durchlaucht! dieses arme Mäd=
chen ist ein Opfer falscher Ehrsucht, ein Vornehmer hat sie ver=
führt und ihr die Ehe versprochen; ach, sie ist so gut, daß sie lieber
sterben will, als ihn nennen" — da unterbrach mich der Herzog mit
Tränen in den Augen und sagte: „Schweigen Sie, ums Him=
mels willen, schweigen Sie!" — Und nun wendete er sich zu dem
Fähnrich, der an der Türe stand, und sagte mit dringender Eile:
„Fort, eilend zu Pferde mit diesem Menschen hier. Reiten Sie
das Pferd tot; nur nach dem Gerichte hin. Heften Sie diesen
Schleier an Ihren Degen, winken und schreien Sie: Gnade,
Gnade! — Ich komme nach."

Grossinger nahm den Schleier. Er war ganz verwandelt, er
sah aus wie ein Gespenst vor Angst und Eile. Wir stürzten in
den Stall, saßen zu Pferd und ritten im Galopp, er stürmte wie
ein Wahnsinniger zum Tore hinaus. Als er den Schleier an seine
Degenspitze heftete, schrie er: „Herr Jesus, meine Schwester!"
Ich verstand nicht, was er wollte. Er stand hoch im Bügel und
wehte und schrie: „Gnade, Gnade!" Wir sahen auf dem Hügel
die Menge um das Gericht versammelt. Mein Pferd scheute vor
dem wehenden Tuch. Ich bin ein schlechter Reiter, ich konnte den
Grossinger nicht einholen, er flog im schnellsten Karriere; ich
strengte alle Kräfte an. Trauriges Schicksal! die Artillerie exer=
zierte in der Nähe, der Kanonendonner machte es unmöglich, un=
ser Geschrei aus der Ferne zu hören. Grossinger stürzte, das Volk
stob auseinander, ich sah in den Kreis, ich sah einen Stahlblitz in
der frühen Sonne — ach Gott, es war der Schwertblitz des Rich=
ters! — Ich sprengte heran, ich hörte das Wehklagen der Menge.
„Pardon, Pardon!" schrie Grossinger und stürzte mit wehendem
Schleier durch den Kreis wie ein Rasender; aber der Richter hielt
ihm das blutende Haupt der schönen Annerl entgegen, das ihn
wehmütig anlächelte. Da schrie er: „Gott sei mir gnädig!" und
fiel auf die Leiche hin zur Erde. „Tötet mich, tötet mich, ihr Men=
schen: ich habe sie verführt, ich bin ihr Mörder!"

Eine rächende Wut ergriff die Menge; die Weiber und Jung=
frauen drangen heran und rissen ihn von der Leiche und traten ihn
mit Füßen, er wehrte sich nicht; die Wachen konnten das wütende
Volk nicht bändigen. Da erhob sich das Geschrei: „Der Herzog,
der Herzog!" Er kam im offnen Wagen gefahren; ein blutjunger
Mensch, den Hut tief ins Gesicht gedrückt, in einen Mantel ge=
hüllt, saß neben ihm. Die Menschen schleiften Grossinger herbei.
„Jesus, mein Bruder!" schrie der junge Offizier mit der weib=
lichsten Stimme aus dem Wagen. Der Herzog sprach bestürzt
zu ihm: „Schweigen Sie!" Er sprang aus dem Wagen, der junge
Mensch wollte folgen; der Herzog drängte ihn schier unsanft zu=
rück; aber so beförderte sich die Entdeckung, daß der junge Mensch
die als Offizier verkleidete Schwester Grossingers sei. Der Herzog
ließ den mißhandelten, blutenden, ohnmächtigen Grossinger in den
Wagen legen, die Schwester nahm keine Rücksicht mehr, sie warf
ihren Mantel über ihn; jedermann sah sie in weiblicher Kleidung.
Der Herzog war verlegen, aber er sammelte sich und befahl, den
Wagen sogleich umzuwenden und die Gräfin mit ihrem Bruder
nach ihrer Wohnung zu fahren. Dieses Ereignis hatte die Wut
der Menge einigermaßen gestillt. Der Herzog sagte laut zu dem
wachthabenden Offizier: „Die Gräfin Grossinger hat ihren Bru=
der an ihrem Hause vorbeireiten sehen, den Pardon zu bringen,
und wollte diesem freudigen Ereignis beiwohnen; als ich zu dem=
selben Zwecke vorüberfuhr, stand sie am Fenster und bat mich,
sie in meinem Wagen mitzunehmen; ich konnte es dem gutmütigen
Kinde nicht abschlagen. Sie nahm einen Mantel und Hut ihres
Bruders, um kein Aufsehen zu erregen, und hat, von dem unglück=
lichen Zufall überrascht, die Sache gerade dadurch zu einem aben=
teuerlichen Skandal gemacht. Aber wie konnten Sie, Herr Leut=
nant, den unglücklichen Grafen Grossinger nicht vor dem Pöbel
schützen? Es ist ein gräßlicher Fall, daß er, mit dem Pferde stür=
zend, zu spät kam; er kann doch aber nichts dafür. Ich will die
Mißhandler des Grafen verhaftet und bestraft wissen."

Auf diese Rede des Herzogs erhob sich ein allgemeines Geschrei:
„Er ist ein Schurke, er ist der Verführer, der Mörder der schö=
nen Annerl gewesen; er hat es selbst gesagt, der elende, der
schlechte Kerl!"

Als dies von allen Seiten hertönte und auch der Prediger und

der Offizier und die Gerichtsperſonen es beſtätigten, war der Her=
zog ſo tief erſchüttert, daß er nichts ſagte als: „Entſetzlich, entſetz=
lich, o der elende Menſch!"

Nun trat der Herzog blaß und bleich in den Kreis, er wollte
die Leiche der ſchönen Annerl ſehen. Sie lag auf dem grünen Ra=
ſen in einem ſchwarzen Kleide mit weißen Schleifen. Die alte
Großmutter, welche ſich um alles, was vorging, nicht bekümmerte,
hatte ihr das Haupt an den Rumpf gelegt und die ſchreckliche
Trennung mit ihrer Schürze bedeckt. Sie war beſchäftigt, ihr die
Hände über die Bibel zu falten, welche der Pfarrer in dem kleinen
Städtchen der kleinen Annerl geſchenkt hatte, das goldene Kränz=
lein band ſie ihr auf den Kopf und ſteckte die Roſe vor die Bruſt,
welche ihr Groſſinger in der Nacht gegeben hatte, ohne zu wiſſen,
wem er ſie gab.

Der Herzog ſprach bei dieſem Anblick: „Schönes, unglückliches
Annerl! Schändlicher Verführer, du kamſt zu ſpät! – Arme, alte
Mutter, du biſt ihr allein treu geblieben, bis in den Tod!" Als
er mich bei dieſen Worten in ſeiner Nähe ſah, ſprach er zu mir:
„Sie ſagten mir von einem letzten Willen des Korporal Kaſper,
haben Sie ihn bei ſich?" Da wendete ich mich zu der Alten und
ſagte: „Arme Mutter, gebt mir die Brieftaſche Kaſpers; Seine
Durchlaucht wollen ſeinen letzten Willen leſen."

Die Alte, welche ſich um nichts bekümmerte, ſagte mürriſch:
„Iſt Er auch wieder da? Er hätte lieber ganz zu Hauſe bleiben
können. Hat Er die Bittſchrift? Jetzt iſt es zu ſpät. Ich habe dem
armen Kinde den Troſt nicht geben können, daß ſie zu Kaſper in
ein ehrliches Grab ſoll; ach, ich hab es ihr vorgelogen, aber ſie hat
mir nicht geglaubt."

Der Herzog unterbrach ſie und ſprach: „Ihr habt nicht gelogen,
gute Mutter. Der Menſch hat ſein möglichſtes getan, der Sturz
des Pferdes iſt an allem ſchuld. Aber ſie ſoll ein ehrliches Grab
haben bei ihrer Mutter und bei Kaſper, der ein braver Kerl war.
Es ſoll ihnen beiden eine Leichenpredigt gehalten werden über die
Worte: Gebt Gott allein die Ehre! Der Kaſper ſoll als Fähndrich
begraben werden, ſeine Schwadron ſoll ihm dreimal ins Grab
ſchießen, und des Verderbers Groſſingers Degen ſoll auf ſeinen
Sarg gelegt werden."

Nach dieſen Worten ergriff er Groſſingers Degen, der mit

dem Schleier noch an der Erde lag, nahm den Schleier herunter, bedeckte Annerl damit und sprach: „Dieser unglückliche Schleier, der ihr so gerne Gnade gebracht hätte, soll ihr die Ehre wieder= geben, sie ist ehrlich und begnadigt gestorben, der Schleier soll mit ihr begraben werden."

Den Degen gab er dem Offizier der Wache mit den Worten: „Sie werden heute noch meine Befehle wegen der Bestattung des Ulanen und dieses armen Mädchens bei der Parade empfangen."

Nun las er auch die letzten Worte Kaspers laut mit viel Rüh= rung; die alte Großmutter umarmte mit Freudentränen seine Füße, als wäre sie das glücklichste Weib. Er sagte zu ihr: „Gebe Sie sich zufrieden. Sie soll eine Pension haben bis an Ihr seliges Ende, ich will Ihrem Enkel und der Annerl einen Denkstein setzen lassen." Nun befahl er dem Prediger, mit der Alten und einem Sarge, in welchen die Gerichtete gelegt wurde, nach seiner Woh= nung zu fahren und sie dann nach ihrer Heimat zu bringen und das Begräbnis zu besorgen. Da währenddem seine Adjutanten mit Pferden gekommen waren, sagte er noch zu mir: „Geben Sie meinem Adjutanten Ihren Namen an, ich werde Sie rufen las= sen. Sie haben einen schönen menschlichen Eifer gezeigt." Der Adjutant schrieb meinen Namen in seine Schreibtafel und machte mir ein verbindliches Kompliment. Dann sprengte der Herzog, von den Segenswünschen der Menge begleitet, in die Stadt. Die Leiche der schönen Annerl ward nun mit der guten, alten Groß= mutter in das Haus des Pfarrers gebracht, und in der folgenden Nacht fuhr dieser mit ihr nach der Heimat zurück. Der Offizier traf mit dem Degen Grossingers und einer Schwadron Ulanen auch daselbst am folgenden Abend ein. Da wurde nun der brave Kasper, mit Grossingers Degen auf der Bahre und dem Fähnd= richspatent, neben der schönen Annerl zur Seite seiner Mutter begraben. Ich war auch hingeeilt und führte die alte Mutter, welche kindisch vor Freude war, aber wenig redete; und als die Ulanen dem Kasper zum drittenmal ins Grab schossen, fiel sie mir tot in die Arme: sie hat ihr Grab auch neben den Ihrigen emp= fangen. Gott gebe ihnen allen eine freudige Auferstehung!

Sie sollen treten auf die Spitzen,
    Wo die lieben Engelein sitzen,
    Wo kömmt der liebe Gott gezogen

Mit einem schönen Regenbogen;
Da sollen ihre Seelen vor Gott bestehn,
Wann wir werden zum Himmel eingehn!
Amen.

Als ich in die Hauptstadt zurückkam, hörte ich, Graf Gros=
singer sei gestorben, er habe Gift genommen; in meiner Wohnung
fand ich einen Brief von ihm. Er sagte mir darin:

„Ich habe Ihnen viel zu danken, Sie haben meine Schande,
die mir lange das Herz abnagte, zutage gebracht. Jenes Lied der
Alten kannte ich wohl, die Annerl hatte es mir oft vorgesagt, sie
war ein unbeschreiblich edles Geschöpf. Ich war ein elender Ver=
brecher; sie hatte ein schriftliches Eheversprechen von mir gehabt
und hat es verbrannt. Sie diente bei einer alten Tante von mir,
sie litt oft an Melancholie. Ich habe mich durch gewisse medizi=
nische Mittel, die etwas Magisches haben, ihrer Seele bemäch=
tigt. — Gott sei mir gnädig! — Sie haben auch die Ehre meiner
Schwester gerettet, der Herzog liebt sie, ich war sein Günstling —
die Geschichte hat ihn erschüttert. — Gott helfe mir, ich habe Gift
genommen.   Josef Graf Grossinger.“

Die Schürze der schönen Annerl, in welche ihr der Kopf des
Jägers Jürge bei seiner Enthauptung gebissen, ist auf der herzog=
lichen Kunstkammer bewahrt worden. Man sagt, die Schwester
des Grafen Grossinger werde der Herzog mit dem Namen Voile
de Grâce, auf deutsch Gnadenschleier, in den Fürstenstand erheben
und sich mit ihr vermählen. Bei der nächsten Revue in der Gegend
von D . . . soll das Monument auf den Gräbern der beiden un=
glücklichen Ehrenopfer auf dem Kirchhof des Dorfes errichtet und
eingeweiht werden; der Herzog wird mit der Fürstin selbst zugegen
sein. Er ist ausnehmend zufrieden damit; die Idee soll von der
Fürstin und dem Herzoge zusammen erfunden sein. Es stellt die
falsche und wahre Ehre vor, die sich vor einem Kreuze beiderseits
gleich tief zur Erde beugen, die Gerechtigkeit steht mit dem ge=
schwungenen Schwerte zur einen Seite, die Gnade zur andern
Seite und wirft einen Schleier heran. Man will im Kopfe der
Gerechtigkeit Ähnlichkeit mit dem Herzoge, in dem Kopfe der
Gnade Ähnlichkeit mit dem Gesichte der Fürstin finden.

Charles Sealsfield

Die Erzählung des Obersten Morse

Unser Wirt war ein fröhlicher Kentuckier und machte seinem Geburtsstaate in jeder Hinsicht Ehre. Unsere Aufnahme war die herzlichste, die es geben konnte. Wir hatten dafür nichts zu entrichten als die Neuigkeiten, die wir von Hause mitbrachten. Aber Sie können sich auch schwerlich einen Begriff von der Gier, der Ängstlichkeit machen, mit der unsere Landsleute in der Fremde Berichte von Hause anhören. Die Spannung ist wirklich fieberisch, und nicht bloß bei Männern, auch bei Frauen und Kindern. Wer sich von dieser wirklich fieberischen Anhänglichkeit unserer Bürger an ihr Vaterland einen Begriff geben will, sollte in der Tat nach Texas oder irgendeinem fremden Lande auswandern und mit da angesiedelten Landsleuten zusammentreffen. Wir waren nachmittags angekommen, und die Morgensonne des folgenden Tages traf uns noch am Erzählen und Debattieren – die ganze Familie um uns herum. Kaum daß wir einige Stunden geschlafen, wurden wir von unsern lieben Wirtsleuten bereits wieder aufgeweckt. Einige zwanzig bis dreißig Rinder sollten eingefangen und nach New Orleans auf den Markt versandt werden. Die Art Jagd, die bei einem solchen Einfangen stattfindet, ist immer interessant, selten gefährlich. Wir ließen uns die freundliche Einladung, wie Sie wohl denken mögen, nicht zweimal sagen, sprangen auf, kleideten uns an, frühstückten und bestiegen dann unsere Mustangs. Wir hatten vier bis fünf Meilen zu reiten, ehe wir zu den Tieren kamen, die in Herden von dreißig bis fünfzig Köpfen teils weideten, teils sich im Grase herumtummelten, die schönsten Rinder, die ich je gesehen, alle hochbeinig, weit höher als die unsrigen, schlanker und besser geformt. Auch die Hörner sind länger und gleichen, in der Ferne gesehen, mehr den Geweihen der Edelhirsche denn Rinderhörnern. Obwohl Sommer und Winter sich selbst überlassen und in der Prärie, arten sie doch nie aus; nur wenn sie Wölfe oder Bären wittern, werden sie wild und selbst gefährlich. Die ganze Herde tobt dann in wütenden Sätzen dem Verstecke zu, wo das Raubtier lauert, und dann ist es heilsam, aus dem Wege zu gehen. Übrigens sind sie beinahe gar keinen Krankheiten ausgesetzt; von der Leberkrankheit, die unter den Herden in Louisiana so große Verwüstungen anrichtet, weiß man da nichts; selbst die Salzätzung ist überflüssig, da Salzquellen allenthalben im Überflusse vorhanden sind.

Wir waren ein halbes Dutzend Reiter, nämlich Mister Neal, mein Freund, ich und drei Neger. Unsere Aufgabe bestand darin, die Tiere dem Hause zuzutreiben, wo die für den Markt bestimmten mit dem Lasso eingefangen und sofort nach Brazoria abgeführt werden sollten. Ich ritt meinen Mustang. Wir hatten uns der ersten Herde, die aus etwa fünzig bis sechzig Stück bestand, auf eine Viertelmeile genähert. Die Tiere blieben ganz ruhig. Sie umreitend, suchten wir der zweiten den Wind abzugewinnen. Auch diese blieb ruhig, und so ritten wir weiter und weiter, und die letzte und äußerste Truppe hinter uns, begannen wir uns zu trennen, um sämtliche Herden in einen Halbkreis zu schließen und dem Hause zuzutreiben. Mein Mustang hatte sich bisher recht gut gehalten, munter und lustig fortkapriolierend, keine seiner Tücken gezeigt, aber jetzt — wir waren noch keine zweihundert Schritte auseinander — erwachte der alte Unhold. Etwa tausend Schritte von uns weideten nämlich die Mustangs der Pflanzung, und kaum hatte er diese ersehen, als er auch in Kreuz- und Quersprünge ausbrach, die mich, obwohl sonst kein ungeübter Reiter, beinahe aus dem Sattel brachten. — Noch hielt ich mich jedoch. Aber unglücklicherweise hatte ich, dem Rate Mister Neals entgegen, nicht nur statt des mexikanischen Gebisses mein amerikanisches angelegt, ich hatte auch den Lasso, der mir das Tier bisher mehr als selbst das Gebiß regieren geholfen, zurückgelassen, und wo dieser fehlt, ist mit einem Mustang in der Prärie nichts anzufangen. Alle meine Reitergeschicklichkeit vermochte hier nichts, wie ein wilder Stier sprang es etwa fünfhundert Schritte der Herde zu, hielt aber, ehe es in ihrer Mitte anlangte, so plötzlich an, warf die Hinterfüße so unerwartet

in die Luft, den Kopf zwischen die Vorderfüße, daß ich über denselben herabgeflogen war, ehe ich mir die Möglichkeit träumen
ließ. Auf Zügel und Trense mit beiden Vorderfüßen zugleich springen, den Zaum abstreifen und dann mit wildem Gewieher der
Herde zuspringen, das war dem Kobolde das Werk eines Augenblicks.

Wütend erhob ich mich aus dem ellenhohen Grase. Mein näch-
ster Nachbar, einer der Neger, sprengte zu meinem Beistande herbei und bat mich, das Tier einstweilen laufen zu lassen, Anthony
der Jäger würde es schon wieder erwischen; aber in meinem Zorne
hörte ich nicht. Rasend gebot ich ihm, abzusteigen und mir sein
Pferd zu überlassen. Vergebens bat der Schwarze, ja um Himmels willen dem Tiere nicht nachzureiten, es lieber zu allen Teufeln
laufen zu lassen; ich wollte nicht hören, sprang auf den Rücken seines Mustangs und schoß dem Flüchtling nach. Mister Neal war
unterdessen selbst herbeigesprengt und schrie so stark, als er vermochte, ich möchte ja bleiben, um Himmels willen bleiben, ich wisse
nicht, was ich unternehme, wenn ich einem ausgerissenen Mustang
auf die Prärie nachreite, eine Texasprärie sei keine Virginia- oder
Karolinawiese. Ich hörte nichts mehr, wollte nichts mehr hören;
der Streich, den mir die Bestie gespielt, hatte mir alle Besonnenheit geraubt; wie toll galoppierte ich nach.

Das Tier war der Pferdeherde zugesprungen und ließ mich auf
etwa dreihundert Schritte herankommen, den Lasso, der glücklicherweise am Sattel befestigt war, zurechtlegen, und dann riß es abermals aus. Ich wieder nach. Wieder hielt es eine Weile an, und
dann galoppierte es wieder weiter; ich immer toller nach. In der
Entfernung einer halben Meile hielt es wieder an, und als ich bis
auf drei- oder zweihundert Schritte herangekommen, brach es wieder mit wildem, schadenfrohem Gewieher auf und davon. Ich ritt
langsamer, auch der Mustang fiel in einen langsameren Schritt;
ich ritt schneller, auch er wurde schneller. Wohl zehnmal ließ er
mich an die zweihundert Schritte herankommen, und ebensooft riß
er wieder aus. Jetzt wäre es allerdings hohe Zeit gewesen, von der
wilden Jagd abzustehen, sie Erfahrenern zu überlassen; wer aber
je in einem solchen Falle gewesen, wird auch wissen, daß ruhige
Besonnenheit richtig immer gleichzeitig Reißaus nimmt. Ich ritt
wie betrunken dem Tiere nach, es ließ mich näher und näher kom-

men, und dann brach es mit einem lachenden, schadenfrohen Ge=
wieher richtig wieder aus. Dieses Gewieher war es eigentlich, was
mich so erbitterte, blind und taub machte — es war so boshaft, gellte
mir so ganz wie wilder Triumph in die Ohren, daß ich immer wil=
der wurde. Endlich wurde es mir aber doch zu toll, ich wollte nur
noch einen letzten Versuch wagen, dann aber gewiß umkehren. Es
hielt vor einer der sogenannten Inseln. Diese wollte ich umreiten,
mich durch die Baumgruppe schleichen und ihm, das ganz nahe am
Rande graste, von diesem aus den Lasso über den Kopf werfen oder
es wenigstens der Pflanzung zutreiben. Ich glaubte meinen Plan
sehr geschickt angelegt zu haben, ritt demnach um die Insel herum,
dann durch, und kam auf dem Punkte heraus, wo ich meinen Mu=
stang sicher glaubte; allein obwohl ich mich so vorsichtig, als ritte
ich auf Eiern, dem Rande näherte, keine Spur war mehr von mei=
nem Mustang zu sehen. Ich ritt nun ganz aus der Insel heraus
— er war verschwunden. Ich verwünschte ihn in die Hölle, gab mei=
nem Pferde die Sporen und ritt, oder glaubte wieder zurück=, das
heißt der Pflanzung zuzureiten.“

Der Oberst holte tiefer Atem und fuhr fort: „Zwar sah ich
diese nicht mehr, selbst die Herde der Mustangs und der Rinder
war verschwunden, aber das machte mich nicht bange. Glaubte ich
doch die Richtung vor Augen, die Insel vom Hause aus gesehen zu
haben. Auch fand ich allenthalben der Pferdespuren so viele, daß
mir die Möglichkeit, verirrt zu sein, gar nicht beifiel. So ritt ich
denn unbekümmert weiter.

Eine Stunde mochte ich so geritten sein. Nach und nach wurde
mir die Zeit etwas lange. Meine Uhr wies auf eins — Schlag neun
waren wir ausgeritten. — Ich war also vier Stunden im Sattel,
und wenn ich anderthalb Stunden auf die Rinderumkreisung rech=
nete, so kamen drittehalb auf meine eigene wilde Jagdrechnung.
Ich konnte mich denn doch weiter von der Pflanzung entfernt ha=
ben, als ich dachte. Auch mein Appetit begann sich stark zu regen.
Es war gegen Ende des Märzes, der Tag heiter und frisch wie
einer unserer Maryland=Maitage. Die Sonne stand zwar jetzt gol=
den am Himmel, aber der Morgen war trübe und neblig gewesen,
und fatalerweise waren wir erst den Tag zuvor, und gerade nach=
mittags, auf der Pflanzung angelangt, hatten uns sogleich zu
Tische gesetzt und den ganzen Abend und die Nacht verplaudert,

so daß ich keine Gelegenheit wahrgenommen, mich über die Lage des Hauses zu orientieren. Dieses Übersehen begann mich nun einigermaßen zu ängstigen, auch fielen mir die dringenden Bitten des Negers, die Zurufe Mister Neals ein — aber doch tröstete ich mich noch immer; gewiß war ich jedenfalls nicht weiter als zehn bis fünfzehn Meilen von der Pflanzung, die Herden mußten jeden Augenblick auftauchen, und dann konnte es mir ja gar nicht fehlen. Diese tröstende Stimmung hielt nicht lange an, es kam wieder eine bange; denn abermals war ich eine Stunde geritten und noch immer keine Spur von etwas wie einer Herde oder Pflanzung. Ich wurde ungeduldig, ja böse gegen den armen Mister Neal. Warum sandte er mir nicht einen oder ein paar seiner faulen Neger oder seinen Jäger nach? Aber der war nach Anahuac gegangen, erinnerte ich mich gehört zu haben, konnte vor ein paar Tagen nicht zurück sein. — Aber ein Signal mit einem oder ein paar Flintenschüssen konnte mir der Kentuckier doch geben! Ich hielt an, ich horchte: kein Laut — tiefe Stille ringsumher — selbst die Vögel in den Inseln schwiegen; die ganze Natur hielt Siesta, für mich eine sehr beklemmende Siesta. Soweit nur das Auge reichte, ein wallendes, wogendes Meer von Gräsern, hie und da Baumgruppen, aber keine Spur eines menschlichen Daseins. Endlich glaubte ich etwas entdeckt zu haben. Die nächste der Baumgruppen, gewiß war sie dieselbe, die ich bei unserm Austritte aus dem Hause sehr bewundert; wie eine Schlange, die sich zum Sprunge aufringelt, lag sie aufgerollt. Ich hatte sie rechts, von der Pflanzung etwa sechs bis sieben Meilen, gesehen — es konnte nicht fehlen, wenn ich die Richtung nun links nahm. Und frisch nahm ich sie, trabte eine Stunde, eine zweite in der Richtung, in der das Haus liegen sollte, trabte unermüdet fort. — Mehrere Stunden war ich so fortgeritten, anhaltend, horchend, ob sich denn gar nichts hören ließe — kein Schuß, kein Schrei. Gar nichts ließ sich hören. Dafür aber ließ sich etwas sehen, eine Entdeckung, die mir gar nicht gefallen wollte. In der Richtung, in der wir ausgeritten, waren die Gräser häufiger, die Blumen seltener gewesen; die Prärie, durch die ich jetzt ritt, bot aber mehr einen Blumengarten dar — einen Blumengarten, in dem kaum mehr das Grün zu sehen war. Der bunteste rote, gelbe, violette, blaue Blumenteppich, den ich je geschaut, Millionen der herrlichsten Prärierosen, Tuberosen, Dahlien, Astern, wie sie kein botanischer Garten

der Erde so schön, so üppig aufziehen kann. Mein Mustang ver=
mochte sich kaum durch dieses Blumengewirr hindurch zu arbeiten.
Eine Weile staunte ich diese außerordentliche Pracht an, die in der
Ferne erschien, als ob Regenbogen auf Regenbogen über der Wiese
hingebreitet zitterten — aber das Gefühl war kein freudiges, dem
peinlicher Angst zu nahe verwandt. Bald sollte diese meiner ganz
Meister werden. Ich war nämlich wieder an einer Insel vorbei=
geritten, als sich mir in einer Entfernung von etwa zwei Meilen
ein Anblick darbot, ein Anblick so wunderbar, als er alles weit
übertraf, was ich von außerordentlichen Erscheinungen hierzulande
oder in den Staaten je gesehen.

Ein Koloß glänzte mir entgegen, eine gediegene, ungeheure
Masse — ein Hügel, ein Berg des glänzendsten, reinsten Silbers.
Gerade war die Sonne hinter einer Wolke vorgetreten, und wie
jetzt ihre schrägen Strahlen das außerordentliche Phänomen auf=
leuchteten, hielt ich an, in sprachlosem Staunen starrend und star=
rend, aber wenn mir alle Schätze der Erde geboten worden wären,
nicht instande, diese außerordentliche, wirklich außerordentliche Er=
scheinung zu erklären. Bald glänzte es mir wie ein silberner Hügel,
bald wie ein Schloß mit Zinnen und Türmen, bald wieder wie ein
zauberischer Koloß — aber immer von gediegenem Silber und über
alle Beschreibung prachtvoll entgegen. Was war das? In meinem
Leben hatte ich nichts dem Ähnliches gesehen. Der Anblick ver=
wirrte mich, es kam mir jetzt vor, als ob es hier nicht geheuer, ich
mich auf verzaubertem Grund und Boden befände, irgendein
Spukgeist sein Wesen mit mir triebe; denn daß ich mich nun wirk=
lich verirrt, in ganz neue Regionen hineingeraten, daran konnte ich
nicht mehr zweifeln. Eine Flut trüber, düsterer Gedanken kam zu=
gleich mit dieser entsetzlichen Gewißheit — alles, was ich von Ver=
irrten, Verlorengegangenen gehört, tauchte mit einemmal und in
den grausigsten Bildern vor mir auf; keine Märchen, sondern Tat=
sachen, die mir von den glaubwürdigsten Personen erzählt worden,
bei welchen Gelegenheiten man mich auch immer ernstlich warnte,
ja nicht ohne Begleitung oder Kompaß in die Prärieen hinaus zu
schweifen; selbst Pflanzer, die hier zu Hause waren, täten das nie,
denn hügel= und berglos, wie das Land ist, habe der Verirrte auch
nicht das geringste Wahrzeichen, er könne tage=, ja wochenlang in
diesem Wieseozeane, Labyrinthe von Inseln herumirren, ohne

Aussicht, seinen Weg je herauszufinden. Freilich im Sommer oder
Herbste wäre eine solche Verirrung aus dem Grunde minder gefährlich, weil dann die Inseln einen Überfluß der deliziösesten
Früchte lieferten, die wenigstens vor dem Hungertode schützten. Die
herrlichsten Weintrauben, Parsimonen, Pflaumen, Pfirsiche sind
dann allenthalben im Überflusse zu finden, aber nun war der Frühling erst seit wenigen Tagen angebrochen; ich traf zwar allenthalben auf Weinreben, Pfirsich- und Pflaumenbäume, deren Früchte
mir als die köstlichsten geschildert waren und die ich in der Tat
später so gefunden, aber für mich hatten sie kaum abgeblüht. Auch
Wild sah ich vorbeischießen, aber ohne Gewehr stand ich inmitten
des reichsten Landes der Erde, vielleicht, ja wahrscheinlich dem
Hungertode preisgegeben. Der entsetzliche Gedanke kam jedoch nicht
in folgerechter Ordnung, wie ich ihn hier entwickle — er schoß mir
vielmehr verwirrt, verdumpfend und doch wieder so blitzartig durch
das Gehirn; jedesmal, wenn er mich durchzuckte, fühlte ich einen
Stich, der mir Krämpfe und Schmerzen verursachte. Doch kamen
auch wieder tröstendere Gedanken. Ich war ja bereits vier Wochen
im Lande, hatte einen großen Teil desselben in jeder Richtung durch-
streift, diese Streifereien waren alle durch Prärieen gegangen! —
Natürlich, denn das ganze Land war ja eine Prärie, und dann
hatte ich meinen Kompaß und war immer in Gesellschaft. Dies
hatte mich auch sicher gemacht, so daß ich stupiderweise nun, gegen
jede Mahnung und Warnung taub, wie toll der wilden Bestie
nachgejagt, uneingedenk, daß vier Wochen kaum hinreichten, mich
im Umkreise von zwanzig Meilen, viel weniger in einem Lande,
dreimal größer als der Staat New York, zu orientieren. Immerhin tröstete ich mich doch noch; von der eigentlichen Größe der Gefahr hatte ich noch immer keinen deutlichen Begriff; die Blitzfun-
ken eines sanguinischen Temperamentes zuckten denn doch noch
häufig, ja oft trotzig hervor. Ich hielt es für unmöglich, mich in
den wenigen Stunden so gänzlich verirrt zu haben, daß nicht
Mister Neal oder seine Neger meine Spur einholen sollten. Auch
die Sonne, die jetzt hinter den dunstumflorten Inseln im Nord-
westen unterging, die Dämmerung hereinbrechen ließ, beruhigte
mich wieder wunderbar. Ein seltsamer Beruhigungsgrund! Häus-
lich erzogen und von Kindesbeinen an Ordnung gewöhnt, war es
mir zur Regel geworden, nachts zu Hause oder wenigstens unter

Obdach zu sein. So sehr hatte sich diese Gewohnheit mit meinem ganzen Dasein verschwistert, daß es mir absolut unmöglich erschien, die Nacht hindurch ohne Obdach zu bleiben. So fix wurde die Idee, dieses Obdach sei in der Nähe, daß ich meinem Mustang unwillkürlich die Sporen gab, fest überzeugt, das Haus Mister Neals in der Dämmerung auftauchen, die Lichter herüberschimmern zu sehen. Jeden Augenblick glaubte ich das Bellen der Hunde, das Gebrülle der Rinder, das Lachen der Kinder hören zu müssen. Wirklich sah ich auch jetzt das Haus vor mir, meine Phantasie ließ mich deutlich die Lichter im Parlour sehen; ich ritt hastiger, aber als ich endlich dem, was Haus sein sollte, näher kam, wurde es wieder zur Insel. Was ich für Lichter gehalten, waren Feuerkäfer, die mir in Klumpen aus der düstern Nacht der Insel entgegenglänzten, nun in dem auch über die Prärie hereinbrechenden Dunkel auf allen Seiten ihre blauen Flämmchen leuchten ließen, bald so hell leuchten ließen, daß ich wie auf einem bengalischen Feuersee mich umhertreibend wähnte. Etwas die Sinne mehr Verwirrendes läßt sich schwerlich denken, als ein solcher Ritt in einer warmen Märznacht durch die endlos einsame Prärie. Über mir das tief dunkelblaue Firmament mit seinem hellfunkelnden Sternenheere, zu den Füßen ein Ozean magischen Lichtes, Millionen von Leuchtkäferchen entstrahlend! — Es war mir eine neue, verzauberte Welt. Jedes Gras, jede Blume, jeden Baum konnte ich unterscheiden, aber auch jedes Gras, jede Blume erschien in einem magisch übersinnlichen Lichte. Prärierosen und Tuberosen, Dahlien und Astern, Geranien und Weinranken begannen sich zu regen, zu bewegen, zum Reigen zu ordnen. Die ganze Blumen- und Pflanzenwelt begann um mich herum zu tanzen. — Auf einmal schallte ein laut langgezogener Ton aus dem Feuermeere zu mir herüber. Ich hielt an, horchte, schaute verwirrt um mich. Nichts war mehr zu hören. Wieder ritt ich weiter. Abermals der langgezogene Ton, diesmal aber melancholisch klagend. Wieder hielt ich an, wieder ritt ich weiter. Jetzt ließen sich die Klagelaute ein drittes Mal hören. Sie kamen aus einer Insel, von einer Whippoorwill, sie sang ihr Nachtlied. Wie sie das viertemal ihr Whippoorwill in die flammende Nacht hinausklagte, antwortete ihr eine mutwillige Katydid. O, wie ich da aufjauchzte, die Nachtsänger meines teuren Maryland zu hören! In dem Augenblicke standen das teure Va-

terhaus, die Negerhütten, die heimatliche Pflanzung vor mir. Ich
hörte das Gemurmel der Kreek, die an den Negerhütten vorbei-
plätscherte. So überwältigend war die Täuschung, der ich mich
nicht hingab, nein, die mich hinriß, daß ich meinem Mustang die
Sporen gab, fest überzeugt, das Vaterhaus liege vor mir. Auch
ähnelte die Insel, aus welcher der Nachtgesang herüberkam, in
dem magischen Zauberlichte den Waldsäumen, die meines Vaters
Haus umgaben, so täuschend, daß ich wohl eine halbe Stunde ritt,
dann aber hielt und abstieg und Charon Tommy rief. Charon
Tommy war der Fährmann. Die Kreek, die durch die väterliche
Pflanzung floß, war tief und nur wenige Monate im Jahre über-
setzbar. Charon Tommy hatte von mir seine klassische Taufe erhalten. Ich rief ein-, zwei-, ein drittes, ein viertes Mal — kein
Charon Tommy antwortete. Erst nachdem ich oftmals vergebens
gerufen, erwachte ich.

Ein süßer Traum, ein schmerzliches Erwachen! Die Gefühle zu
beschreiben, die sich meiner bemächtigten, ist nicht möglich. Alles
lag so dumpf, so sinneverwirrend auf mir, das Gehirn schien sich
mir im Kopfe, der Kopf auf dem Rumpfe umherzudrehen. Ich
war nicht so müde und matt, so hungrig und durstig, daß ich eine
Abnahme meiner Kräfte gefühlt hätte; aber die Angst, die Furcht,
die wunderbaren Erscheinungen, sie brachten einen Schwindel, einen
Taumel über mich, der mich wie einen Nachtwandler umhertrieb.
Absolut keines Gedankens mehr fähig, stand und starrte ich in die
blaue Flammenwelt hinein, wie lange, weiß ich nicht. Mechanisch
tat ich endlich, was ich während meines vierwöchigen Aufenthaltes
im Lande andere tun gesehen, grub nämlich mit meinem Taschen-
messer, das ich glücklicherweise bei mir hatte, ein Loch in den schwarzen Wiesenboden, legte das Lassoende hinein, stampfte das Loch
wieder zu; nachdem ich die Schlinge dem Tiere über den Kopf geworfen und ihm Sattel und Zaum abgenommen, ließ ich es weiden,
mich außerhalb des Kreises, den es beschreiben konnte, niederlegend.
Eine etwas seltene Art, die Pferde zu sichern, werden Sie sagen,
aber immerhin die natürlichste und bequemste in einem Lande, wo
Sie oft fünfzig Meilen im Umkreise kein Haus und fünfundzwanzig weder Strauch noch Baum sehen.

Schlafen ließ es mich jedoch nicht, denn von mehreren Seiten
ließ sich ein Geheul vernehmen, das ich bald als das von Wölfen

und Jaguaren erkannte — wahrlich, nirgendwo eine sehr an=
genehme Nachtmusik, hier aber in diesem Feuerozeane, dieser rät=
selhaften Zauberwelt, klang dieses Geheul so entsetzlich, daß es mir
durch Mark und Knochen schallte, ich wahnsinnig zu werden be=
fürchtete. Meine Fibern und Nerven waren in Aufruhr, und ich
weiß in der Tat nicht, was aus mir geworden wäre, wenn ich mich
nicht glücklicherweise besonnen, daß mir ja meine Zigarrenbüchse
und ein Röllchen Virginiadulzissimus treu geblieben — unbezahl=
bare Schätze in diesem Augenblicke, die auch nicht verfehlten, meine
trübe Phantasie wieder heiterer zu stimmen.

Wahrlich, wenn der herrlich ritterliche Sir Walter kein ande=
res Verdienst um die Menschheit gehabt hätte, dieses allein sollte
ihn allen jugendlichen Abenteurern für ewige Zeiten zum Patron
heiligen! Ein paar Havannas — ich hatte natürlich — ein ziemlich
starker Raucher — das Feuerzeug bei mir — brachten einen wohl=
tätigen Rausch über mich, in dem ich endlich doch entschlummerte.
Der Tag war schon angebrochen, als ich erwachte. Mit den Träu=
men waren auch die trüben Gedanken verschwunden; ich fühlte
scharfen Appetit, aber mich doch noch frisch und munter. Nüchtern,
wie ich war, beschloß ich, auch nüchtern die Richtung, die ich zu
nehmen hätte, zu erwägen, legte vor allem den Sattel, den Zaum
an, grub den Knoten aus dem Loche, brachte den Lasso in Ordnung
und bestieg dann meinen Mustang. Ein neckender Geist hatte einen
ganzen Tag seine Possen mit mir getrieben, mich meine Unbeson=
nenheit büßen lassen; dafür, hoffte ich, würde er mir heute gnädiger
mitspielen, den Scherz nicht zu sehr Ernst werden lassen. Ich
hoffte so, und in dieser Hoffnung begann ich meinen Ritt.

Ich kam an mehreren wunderschönen Inseln, den herrlichsten
Pekans=, Pflaumen=, Pfirsichbauminseln vorbei. Es haben aber diese
Inseln, sowie überhaupt die Wälder in Texas das Eigentümliche,
daß ihre Baumarten nicht gemischt, sondern gewöhnlich ganz rein
in ihren Baumschlägen sind. Selten treffen Sie eine Insel mit
zweierlei Baumschlägen. Wie die verschiedenen Tiere des Wal=
des sich zueinander halten, so halten sich hier Lebenseichen zu Le=
benseichen, Pflaumen zu Pflaumen, Pekans zu Pekans — nur die
Rebe ist allen gemeinsam. Sie verwebt, verschlingt sie alle mit ihren
zarten und doch kräftigen Banden. Mehrere dieser herrlichen In=
seln betrat ich. Da sie nie sehr groß und weder Gesträuch noch Ge=

strüpp, stets aber das herrlichste Grün zum Fußteppich haben, so erscheinen sie so frisch, so rein, daß ich mich bei jedem solchen Eintritt auch immer verwundert umschaute. Es schien mir unmöglich, daß die sich selbst überlassene Natur so unglaublich rein sich erhalten sollte — unwillkürlich schaute ich mich um nach der Hand des Menschen, des Künstlers, sah aber nichts als Rudel von Hirschen, die mich mit ihren treuen Augen unschuldig naiv anschauten und erst, wenn ich näher kam, ausbrachen. Was hätte ich jetzt für ein Lot Pulver, eine Unze Blei und eine Kentucky-Rifle gegeben! Immerhin heiterte mich der Anblick der Tiere auf, gab mir wieder eine gewisse Springkraft, eine Körper- und Geistesfrische, die mich ordentlich trieb, den Tieren nachzujagen. Auch mein Mustang schien etwas Ähnliches zu verspüren, er tanzte dann immer mehr mit mir, als er ging, wieherte frisch und munter in den Morgen hinein.

So ritt ich denn getrost weiter, Stunde auf Stunde. Der Morgen verging, Mittag kam heran, die Sonne stand hoch oben am wolkenlosen Himmel; der Appetit begann sich nun stärker zu melden, bald zum wahren Heißhunger zu werden, der schneidend in mir nagte. Ein gewisses Zehren in den Eingeweiden, ein krebsartiges Nagen, das allmählich eine schmerzlich peinigende Empfindung aufregte. Ich spürte die Fühlhörner, die Zangen, wie sie in meinen Eingeweiden herumwühlten, die zartesten Teile meines Lebensprinzipes angriffen. Auch meine Kräfte, am Morgen beim Erwachen so frisch lebendig, fühlte ich zusehends abnehmen, eine gewisse Squeamishness, Geschmacklosigkeit, Ermattung über mich kommen.

Nagte jedoch der Hunger peinigend, so quälte mich der Durst folternd. Dieser Durst war wirklich eine folternde, eine höllische Empfindung, doch hielt er, so wie der Hunger, nie lange an; auch die Mattigkeit verging wieder, und es kam jedesmal nach einem solchen Anfalle wieder eine Pause, während welcher ich mich recht leidlich fühlte. Die dreißig oder mehr Stunden, die ich nichts zu mir genommen, hatten meine von Natur starken Nerven mehr an- als abgespannt; — aber doch begann mir klar zu werden, daß dieses wiederholte Anspannen nicht lange mehr währen könne, ohne mich auch abzuspannen, denn bereits meldeten sich die Vorboten. Die Zuversicht und Besonnenheit, die mich im ganzen genommen

doch noch immer aufrechterhalten, begannen zu schwinden, eine gewisse Verzagtheit, Geistesabwesenheit sich dafür einzustellen, in
der mich so entsetzlich unbestimmte Traumbilder umschwirrten, daß
mir die Sinne wirre wurden, ich wie ein Betrunkener von meinem
Mustang herabhing. — Solche Vorboten, halbe Ohnmachten,
währten bis jetzt zwar nicht lange, immer kam ich wieder zu mir,
gab dann dem Tiere die Sporen und eilte wieder rascher vorwärts.
Aber die qualvolle Empfindung, das entsetzliche Bewußtsein der
Verlassenheit, die mich bei einem solchen Erwachen jedesmal durchdrang! Wie ich dann so hastig, gierig, halb wahnsinnig herumstierte
— schaute, mir beinahe die Augen ausschaute, und doch nichts erschaute als den ewigen und ewigen Ozean von Gräsern und Inseln!

Diese Empfindungen zu schildern!

Ich war oft der Verzweiflung nahe, meine Angst so entsetzlich,
daß ich wie ein Kind weinte, ja betete. Ja, zu beten begann ich jetzt,
und seltsam, wie ich das Gebet des Herrn anfing, war es mir, als
ob eine Stimme mir zuriefe, vorwürfe, warum ich mich nicht früher
an ihn gewendet, der allein hier helfen könne? Ich betete nun so
hastig, flehte so inbrünstig, in meinem Leben habe ich nicht so heiß
gefleht. Auch kam, wie ich jetzt nach diesem Gebete meine Augen
zu ihm erhob, der in dieser seiner herrlichen Welt so sichtbar thronte,
eine Zuversicht über mich, eine unbeschreiblich fromme, kindliche
Zuversicht! Es war mir, als müßte ich erhört werden. Ich fühlte
so gewiß, daß ich ganz getrost auf- und umherschaute, überzeugt, zu
finden, was ich suche. — Und wie ich so schaue, denken Sie sich mein
unaussprechliches Erstaunen, Entzücken! erschaue ich ganz in der
Nähe, keine zehn Schritte, Pferd- und Reiterspuren. Bei dieser
Entdeckung entfuhr mir ein Freudenschrei, der mir geradezu in die
Himmel als Jubeldank für mein erhörtes Gebet dringen zu müssen schien. Es durchfuhr mich wie ein elektrischer Funke. Meine
ganze Kraft und Zuversicht waren auf einmal wiedergekehrt. Es
trieb mich, vom Pferde zu springen, die Erde, die diese Spuren
trug, zu küssen. Freudentränen rollten mir aus den Augen, über
die Wangen, wie ich nun jubelnd meinem Tiere die Zügel schießen
ließ und mit einer Hast davonritt, als ob die Geliebte meines Herzens mir vom Ziele herüberwinkte. Nie hatte ich gegen die Vorsehung so dankbar gefühlt als in dieser Stunde. Während ich ritt,

betete ich, und während ich betete, trat mir wieder die Größe meines
Schöpfers so siegend aus seinen herrlichen Werken vor Augen!
Ich öffnete sie jetzt weiter denn je, um mich ganz von ihm und seiner
herrlichen Natur durchdringen zu lassen. — Wohl herrlichen Natur! Der Mensch, der auf diesem Boden steht und nicht von der
Größe und Allmacht seines Schöpfers durchdrungen wird, der
muß Tier, ganz Tier sein. Der Gott Moses, der aus dem glühenden Dornbusche sprach, ist ein Kindergott gegen den Gott, der hier
allgreifend vor die Augen tritt, klar greiflich aus dieser unermeßlichen Wiesen-, Insel- und Baumwelt vor Augen tritt. Nie zuvor war er mir so groß vorgekommen. Ich erschaute ihn so klar,
ich glaubte ihn greifen zu können, seine Stimme tönte mir in die
Ohren, seine Herrlichkeit durchdrang mich, erfüllte meine Seele
mit einem süßen Rausche, der etwas von Verzückung an sich hatte.
Nun ich das Ende meiner Pein, meine Rettung mit Gewißheit
voraussah, wollte ich mich gleichsam zum Abschiede noch letzen mit
ihm und seinem herrlichen Werke. Es lag so grandios vor mir, so
ruhig, so ozeanartig mit seinen Hunderte von Meilen in jeder
Richtung hinwogenden Gräsern, den schwankend schwimmenden
Inseln, die in den goldenen Strahlen der Nachmittagssonne wirklich schwebend und schwimmend erschienen, während wieder hinten
und seitwärts wogende Blumenfelder, in den fernen Äther hinauf-
schwellend, Himmel und Erde in eine und dieselbe Glorie verschmolzen. So bot sich die Prärie gegen Westen dem Auge dar. Gegen
Süden erschien sie womöglich noch zauberischer. Lichte, golden und
blau gewirkte Schleier umhingen da die entfernteren Inselgrup-
pen, ihnen zeitweilig ein dunkles Bronzekolorit verleihend, das wieder in der nächsten Minute durch einen leichten Luftzug in die hellste
Farbenpracht aufflammte. Wie siegend brachen bei jedem solchen
Luftzuge die Strahlen der Sonne durch, diese himmlischen Schleier,
und die kolossalen Baummassen schienen mit dem Luftstrome heran-
zuschwimmen, zu tanzen durch die unglaublich transparente Atmosphäre. Ein unbeschreiblich glorioser Anblick! Vor mir der endlose
Wiesen- und Blumenteppich mit seinen Myriaden von Prärierosen, Tuberosen und Mimosen, dieser so lieblich, sinnig zarten
Pflanze, die, sowie ihr in ihre Nähe kommt, mit ihren Stengeln
und Blättern sich aufrichtet, euch gleichsam anschaut, und dann
zurückschrickt, so sichtbar zurückschrickt, daß ihr staunend anhaltet

und schaut, gerade als ob ihr erwartet, sie würde euch klagen, diese seltsame Pflanze! Ehe die Hufe meines Mustangs oder seine Füße sie berührten, schrak sie schon zurück; in der Entfernung von fünf Schritten sah ich sie schon aufzucken, mich gleichsam scheu, verschämt, vorwurfsvoll anblicken und dann zusammenschrecken. Der Stoß nämlich, den der Pferde= oder Menschentritt verursacht, wird der Pflanze durch ihre langen, horizontal liegenden Wurzeln mitgeteilt, die, erschüttert, auch Stengel und Blätter zucken machen. Ein wirklich seltsames Zusammenzucken — Schrecken! Erst wenn ihr eine Strecke geritten, erhebt sie sich wieder, aber zitternd und bebend und ganz wie eine holde Jungfrau, die, durch eine rohe Hand betastet, auch bestürzt und errötend das Köpfchen, die Arme sinken läßt, sie erst, wenn der Rohe gegangen, wieder erhebt.

In einer Lage, wie die war, in der ich mich befand, ist man eigentümlich weich und empfindsam gestimmt. Unsere Roastbeefs, glauben Sie mir, tragen viel dazu bei, uns mit ihrem Fleische und Safte auch halb und halb die dicke Haut der vierfüßigen Tiere, von denen sie stammen, beizulegen. Aber nun hatte ich die vierzig oder mehr Stunden weder Roastbeef noch sonst etwas Genießbares über die Zunge gebracht, und daher denn auch die zarten, frommen Empfindungen. Sie sind wieder großenteils späteren Eindrücken gewichen, bis auf eine, die ich eine Offenbarung meines Gottes nennen möchte und die mich durchdrang, um nimmermehr zu weichen. Ich habe mir, so mag ich wohl sagen, einen neuen, einen lebendigen Gott gewonnen, einen Gott, den ich früher nicht kannte, denn mein früherer Gott war der Gott meines Predigers; der, den ich in der Prärie kennen gelernt, ist aber mein eigener Gott, mein Schöpfer, der sich mir in der Herrlichkeit seiner Werke geoffenbart, der mir von dieser Stunde an vor Augen stand und stehen wird, solange Odem in mir ist.

Doch zurückzukehren zu meiner glücklich gefundenen Spur, so ritt ich und ritt wohl eine Stunde, als ich plötzlich mir zur Seite eine zweite Spur erschaute. Sie lief in paralleler Richtung mit der, welcher ich folgte. — Wäre es möglich gewesen, meinen Jubel zu erhöhen, so würde diese gefundene zweite Spur es bewirkt haben; so stärkte sie bloß meine Zuversicht. Jetzt schien es mir unmöglich, nicht den Ausweg aus dieser entsetzlichen Prärie zu finden. Zwar fiel es mir als einigermaßen sonderbar auf, daß zwei Reiter in die-

fer endlosen Wiese zusammengetroffen, ihren Weg fortgesetzt ha=
ben sollten; aber die beiden Pferdespuren waren einmal da, liefen
traulich nebeneinander, setzten ihr Dagewesensein außer allen Zwei=
fel. Auch zeigte ihre Frische, daß sie nicht vor langer Zeit durch=
geritten sein konnten. Vielleicht daß es noch möglich war, sie ein=
zuholen? Der Gedanke trieb mich zur größtmöglichen Eile. Ich ritt,
was mein Mustang nur durch die ellenhohen Gräser und Blumen
traben konnte; aber obwohl ich nun eine — zwei — ja drei Stunden
wieder scharf ritt, Reiter bekam ich doch keine zu sehen. Zehn
Meilen konnte ich ringsum überschauen, aber nirgends etwas
Reiterähnliches! Zwar lagen einige Inseln vor mir, aus einer dieser
Inseln glänzte mir ein ähnliches Silberphänomen wie das, wel=
ches ich den vergangenen Tag gesehen, entgegen; aber jetzt zog mich
kein Phänomenglanz mehr an. Um einen der Reiter hätte ich alle
Phänomene, alle Silberwerke der Erde gegeben. Zuletzt mußte ich
doch auf sie treffen, denn die Spuren lagen vor mir, mußten zu
ihnen führen, wenn — ich sie nur nicht verlor? Daß dieses Unglück
mir nicht begegne, war meine größte Sorge. Alle meine Geistes=
kräfte im Auge konzentriert, ritt ich nun Schritt für Schritt. —
So verging wieder eine Stunde — eine zweite — der Nachmittag
wandte sich dem Abend zu — die Spuren liefen immer noch fort, das
tröstete mich. Zwar begannen jetzt meine Kräfte zusehends abzu=
nehmen — ich merkbar matter zu fühlen, das krebsartige Nagen
kam heftiger, der Mund wurde mir faul, geschmacklos, das In=
nere kalt, der Magen schlaff, die Glieder wurden schwer, das
Blut fühlte kalt in den Adern; — die Anwandlungen von Ohn=
macht meldeten sich häufiger, stärker; aber eigentlichen Hunger
und Durst fühlte ich nicht mehr an diesem zweiten Nachmittage,
nur, wie bemerkt, eine starke Abnahme der Kräfte, und mit dieser
stellte sich eine Schwäche aller Organe, aller Sinne ein, die mich mit
neuem Schrecken erfüllte. Es wurde mir trübe vor den Augen,
dumpf um die Ohren, der Zaum begann mir kalt und schwer zwi=
schen den Fingern zu liegen, in den Gliedern wurde eine gewisse
schmerzhafte Empfindsamkeit fühlbar, es war mir, als ob Nacht
über mich, mein Sein hereinbräche.

　　Immer ritt ich jedoch fort und fort. Endlich mußte ich doch auf
einen Ausweg stoßen, die Prärie irgendwo ein Ende haben. Frei=
lich war das ganze südliche Texas eine Prärie, aber doch hatte diese

Prärie wieder Flüsse, und in der Nähe dieser Flüsse mußte ich auf
Ansiedelungen stoßen; ich durfte nur dem Laufe eines dieser Flüsse
fünf oder sechs Meilen folgen und war gewiß, auf Häuser und
Pflanzungen zu treffen. Wie ich so mich tröstend fortritt und
schaute, und abermals schaute, ob denn noch keiner der Reiter zu
sehen, gewahre ich plötzlich eine dritte Pferdespur, in der Tat und
Wahrheit eine dritte Pferdespur, die wieder parallel mit den
zweien, denen ich nachritt, fortlief. Nun waren meine seit einigen
Stunden gesunkenen Hoffnungen plötzlich wieder neu belebt. Jetzt
konnte es mir doch gewiß nicht mehr fehlen; drei Reiter mußten
eine bestimmte, zu irgendeinem Ziele führende Richtung genommen
haben; welche, war mir gleichviel, wenn sie nur zu Menschen führ=
te. Zu Menschen, zu Menschen! rief ich jauchzend, meinen Mu=
stang zu erneuerter Eile antreibend.

Die Sonne sank das zweitemal hinter den hohen Baumwipfeln
der westlichen Inseln hinab; — die in diesen südlichen Breitegraden
so schnell einbrechende Nacht brach abermals herein; — von den
drei Reitern aber — war noch immer nichts zu sehen. Ich fürchtete,
in der so schnell überhandnehmenden Dunkelheit die Spuren zu
verlieren, hielt daher, als die Dämmerung in Nacht zu verschwim=
men begann, vor einer Insel an, schlang das eine Ende des Lasso
um einen Baumast, die Schlinge um den Hals des Pferdes, und
warf mich dann ins Gras.

Rauchen konnte ich nicht mehr, die Zigarren schmeckten mir so
wenig als der Dulzissimus, schlafen konnte ich ebensowenig. Kam
auch zuweilen der Schlummer, so wurde er jedesmal durch krampf=
haftes Auf= und Zusammenschrecken unterbrochen. — Es gibt nichts
Gräßlicheres, als, matt und schwach und von Hunger und Durst
gefoltert und zernagt, nach Schlaf zu ringen, und doch nicht schlafen
zu können! Es war mir, als ob zwanzig Zangen und Marterwerk=
zeuge in meinem Innern wüteten. Solange die Bewegung zu
Pferde angehalten, hatte ich diese Pein weniger gespürt, aber jetzt
wurde sie wahrhaft furchtbar. Zugleich spielten so gräßliche Phan=
tome um mich herum! — Ich werde diese Nacht alle Tage meines
Lebens nicht vergessen.

Kaum war die Morgendämmerung angebrochen, so raffte ich
mich auch wieder auf; aber es dauerte lange, ehe ich den Mustang
gerüstet hatte. Der Sattel war mir so schwer geworden, daß ich

ihn nur mit Mühe dem Tiere auf den Rücken hob; sonst warf ich
ihn mit zwei Fingern auf, jetzt vermochte ich es kaum mit An=
strengung aller meiner Kräfte. Noch größere Mühe kostete es
mich, den Gurt zu befestigen; doch kam ich endlich zustande und be=
stieg abermals mein Tier, die Spur so rasch verfolgend, als es
uns beiden nur möglich war. Mein Mustang war — wie Sie
leicht denken mögen, von dem achtundvierzigstündigen Ritte gleich
stark mitgenommen, ein Glück übrigens für mich, denn frisch und
munter hätte er mich bei dem ersten Seitensprunge abgeworfen.
Selbst jetzt vermochte ich mich kaum mehr im Sattel zu halten,
hing wie ein Automat von dem Rücken des Tieres herab, das we=
der um Sporen noch Zügel sich mehr viel kümmern zu wollen schien.

So mochte ich wieder eine oder zwei Stunden geritten sein, als
ich plötzlich und zu meinem größten Schrecken die drei Pferdespu=
ren — verschwunden sah. Ich schaute, ich starrte; mein Schrecken
wurde zum Entsetzen, aber sie waren und blieben verschwunden.
Noch immer traute ich meinen Augen nicht. Ich schaute, prüfte
nochmals, ritt zurück, wieder vorwärts, schaute auf allen Sei=
ten, prüfte aufmerksam, nahm, wie wir zu sagen pflegen, alle
Geisteskräfte im Sehorgane zusammen; — aber sie waren und
blieben verschwunden. Sie kamen bis auf den Punkt, wo ich hielt,
hier aber hörten sie auf; auch nicht die geringste Spur weiter.
Bis hierher waren die Reiter gekommen und keinen Schritt wei=
ter. Sie mußten hier gelagert haben, denn ich fand das Gras in
einem Umkreise von fünfzig bis sechszig Fuß zertreten. Wie ich so
schaue, gewahre ich etwas Weißes im Grase. Ich steige ab, gehe
darauf zu, hebe es auf. Gott im Himmel! Es war das Papier, in
das ich meinen Virginiadulzissimus gewickelt, das ich die letzte
Nacht weggeworfen! Ich war auf derselben Stelle, wo ich über=
nachtet, war also meiner eigenen Spur nachgeritten, im Zirkel
herumgeritten!

Ich stand wie vernichtet, keines Gedankens mehr fähig. So
hatte mich die gräßliche Entdeckung niedergeschmettert, daß ich
wie ein Klotz in dumpfer Verzweiflung neben meinem Mustang
niedersank, nichts wünschend, als so schnell wie möglich zu sterben.
— Ein Schlag vor den Kopf, der mich aus der Welt gefördert,
wäre mir jetzt als die größte Wohltat erschienen.

Wie lange ich lag, weiß ich nicht. Lange mußte es gewesen

sein, denn als ich mich endlich doch wieder aufraffte, war die
Sonne tief am westlichen Himmel herabgesunken. Ich verwünschte
sie jetzt samt der Prärie und war so wild! — Wäre ich bei Kräften gewesen, ich hätte sehr wild getan, aber ein dreitägiges Fasten
in einer Prärie zähmt jede, auch die exorbitanteste Wildheit, versichere Sie. Ich war nicht nur körperlich, sondern auch geistig so
reduziert, daß ich weder Flüche, noch einen andern Gedanken festzu-
halten vermochte, mir absolut nicht erklären konnte, wie es gekommen, daß ich meiner eigenen Spur nachgeritten. Später wurde
mir dieses freilich klar. Was ich für fremde Reiterspuren gehalten, waren meine eigenen gewesen. Ohne Landmarke, ohne Weg-
weiser war ich im Zirkel herum — und während ich vorwärts zu
kommen glaubte, rückwärts geritten. Ich war, wie ich später erfuhr, in der Jacintoprärie, einer der schönsten von Texas, an die
siebzig Meilen lang und breit, ein wahres Eden, die auch das mit
dem Paradiese gemein hat, daß sie so leicht verführt. Selbst er-
fahrene Jäger wagten sich nicht so leicht ohne Kompaß in diese
von Menschen kaum noch betretene Wiesen- und Inselwelt. Wie
hätte ich mich also zurechtfinden sollen, ein soeben vom Kollegium
gekommener, zweiundzwanzigjähriger, unerfahrener Frischling!
Meine Lage war in der Tat gräßlich. So ganz hatte mir die
furchtbare Entdeckung die Kraft geraubt, daß ich mich nur mit vieler Anstrengung auf dem Rücken meines Tieres hielt, mich ihm
absolut willen-, ja kraftlos überließ. Was jetzt noch kam, war
mir gleichgültig. Den Zaum um die Hand gewunden, klammerte
ich mich so stark, als ich es vermochte, an Sattel und Mähne, das
Tier in Frieden gehen lassend. Hätte ich es doch früher getan!
Wahrscheinlich wäre ich dann nicht in diese äußerste Not geraten,
der Instinkt würde das Tier zweifelsohne einer Pflanzung zugeführt haben. Das ist jedoch das Eigentümliche unserer Unbesonnen-
heiten, daß die erste immer ein ganzes Heer anderer nach sich zieht,
so unaufhaltsam nach sich zieht, daß man gar nicht mehr zu einer
ruhigen, leidenschaftslosen Anschauung kommen kann. — Die
erste Unbesonnenheit begangen, war ich kopflos wie ein wahrer
Tor herumgeritten, und doch! käme heute ein anderer in meine
Lage, hundert wollte ich gegen eins wetten, er zöge sich nicht besser
aus der Teufelei.

Nur so viel weiß ich mich von diesen entsetzlichen Stunden her

noch zu erinnern, daß mein Mustang einigemal in der Luft herum=
schnupperte, dann aber eine entgegengesetzte Richtung, und zwar so
rasch einschlug, daß ich nur mit größter Mühe mich in dem Sat=
tel zu behaupten vermochte; denn jetzt schmerzten alle meine Glieder so
furchtbar, daß jeder Tritt des Tieres mir zur wahren Folter wurde,
ich oft in Versuchung kam, Knopf und Mähne fahren und mich
herabsinken zu lassen. Wie lange ich so herumgeschleppt ward,
weiß ich nicht, noch, wie ich bei einbrechender Nacht von dem Rük=
ken des Tieres kam. Wahrscheinlich verdankte ich es dem Lasso,
daß es so geduldig mit mir umsprang. — Wie ich die Nacht zu=
gebracht, das mag der Himmel wissen. Ich war keines Gedan=
kens mehr fähig, ja, wenn ich einen zu fassen versuchte, zuckte es
mir so schmerzlich durch das Gehirn, als ob eine Zange darin her=
umwühlte. Alles tat mir weh, die Glieder, die Organe, mein gan=
zer Körper. Ich war wie auf dem Rade zerbrochen. Meine Hände
waren abgemagert, meine Wangen eingefallen, meine Augen la=
gen tief in den Höhlen; wenn ich mir so im Gesichte herumfühlte,
entfuhr mir immer ein idiotisches, halb wahnsinniges Lachen —
ich war in der Tat dem Wahnsinn nahe. — Des Morgens, als
ich aufstand, vermochte ich kaum mich auf den Füßen zu erhalten,
so hatten mich der viertägige Ritt, die Anstrengung, Angst und
Verzweiflung heruntergebracht. Man behauptet, der gesunde
Mann könne neun Tage ohne Nahrung aushalten; vielleicht
kann er es in einer Stube oder einem Gefängnisse, aber sicher nicht
in einer Texasprärie. Ich bin überzeugt, den fünften Tag hätte
ich nicht überstanden. Wie ich auf den Rücken meines Mustang
kam, ist mir noch heute ein Rätsel; wahrscheinlich hatte er, er=
müdet, sich gelagert und war so mit mir, der ich mich in den
Sattel einsetzte, aufgestanden. Sonst wüßte ich wahrhaftig nicht,
wie ich hinaufgekommen; aber hinauf kam ich, dank dem Lasso,
den ich instinktartig, wie der Ertrinkende, keinen Augenblick aus
der Hand gelassen. Jetzt verschwamm alles so chaotisch vor mei=
nen Augen, daß es Momente gab, wo ich mich nicht mehr auf die=
ser Erde wähnte. Ich sah die herrlichsten Städte, wie sie die Phan=
tasie des genialsten Malers nicht grandioser hervorzuzaubern ver=
mag, mit Türmen, Kuppeln, Säulenhallen, die bis zu den Ster=
nen hinaufreichten; wieder die schönsten Seen, statt mit Wasser,
mit flüssigem Golde und Silber gefüllt; Gärten, in den Lüften

schwebend, mit den lockendsten Blumen und Bäumen, mit den herrlichsten Früchten; — aber ich vermochte es nicht mehr, auch nur die Hand nach diesen lüsternen Früchten auszustecken, so schwer waren mir alle meine Glieder geworden. Jeder Schritt des Tieres verursachte mir jetzt die gräßlichsten Schmerzen, die geringste Bewegung, Erschütterung wurde zur wahren Qual; die Eingeweide brannten mir wie glühende Kohlen, es riß darin herum, als wenn Skorpione da wühlten; Gaumen und Zunge waren vertrocknet, die Lungenflügel wie verschrumpft, während die Hände, die Füße zu fühlen waren, als ob sie nicht mehr Teile meines Körpers, nein, fremdartige, mir angesetzte Marterwerkzeuge wären.

Bloß so viel weiß ich mich noch dunkel zu entsinnen, daß es mir plötzlich an den Kopf, um die Ohren schlug — ob wirklich Schläge, ob Laute oder Töne, kann ich nicht sagen; es war etwas wie Gestöhne, das ich zu hören glaubte, ein Röcheln, das mir dumpf in die Ohren drang, vielleicht mein eigenes, vielleicht auch fremdes. — Sinne und Bewußtsein hatten mich nun beinahe gänzlich verlassen. Nur sehr dunkel schwebt es mir vor, als wenn ich an Blätter und Zweige gestreift, denn es sauste mir in den Ohren wie Knakken, Brechen der Äste — auch hielt ich mit der letzten Kraft an etwas — was es war, ob Sattel, ob Mähne oder sonst etwas, weiß ich gleichfalls nicht; dieser Halt entfuhr mir, die Kraft verließ mich — ich sank.

Ein Schlag, wie der Donner eines losgebrannten Vierundzwanzigpfünders, ein Sausen, Brausen wie das des Niagarakataraktes — ein Wirbeln, als ob ich in den Mittelpunkt der Erde hinabgerissen würde, ein Herr der greulichsten Phantome, die von allen Seiten auf mich einstürmten, mich umkreisten, umtobten! — Und dann eine Musik wie aus höheren Sphären, glänzende Lichtgestalten, ein sich vor meinen Blicken öffnendes Elysium!

Wieder ein schmerzlicher Stich, der mir siedend, glühend durch die Kehle, die Eingeweide brannte, mich wie in lichterlohen Flammen auflodernd fühlen ließ. Etwas, als ob der entwichene Lebensfunke wieder zurückkehrte, die Lungenflügel sich öffneten, als ob es heiß durch die Glieder und Adern quirle, mir in Kopf und Augen dränge. Sie öffneten sich.

Ich schaute auf, um mich.

Ich lag auf der Rasenbank eines schmalen, aber tiefen Flus-

ſes. Mir zur Seite ſtand mein Muſtang, neben dieſem ein Mann,
der, die Arme gekreuzt, eine ſtrohumflochtene Weidmannsflaſche
in der Hand hielt. Mehr konnte ich nicht wahrnehmen, denn ich
war zu ſchwach, mich aufzurichten. In meinen Eingeweiden brannte
es wie hölliſches Feuer. Die Kleider, die mir naß am Leibe klebten,
waren ein wahres Labſal.

,Wo bin ich?' röchelte ich.

,Wo Ihr ſeid? Fremdling! Wo Ihr ſeid? Am Jacinto, und
daß Ihr am — und nicht im Jacinto ſeid, iſt, rechne ich, nicht Eure
Schuld — D—n it! Sie iſts nicht. Seid aber am Jacinto, und aufm
— wenn auch nicht im Trocknen.'

Des Mannes höhniſch feindſelig rohes Lachen hatte etwas ſo
unbeſchreiblich widerwärtig Zurückſtoßendes, daß es mir Schmer=
zen in den Ohren verurſachte, jedes Wort, das an die Ohrenfelle
anſchlug, ſchmerzte. Wenn mir die halbe Welt für einen freund=
lichen Blick geboten worden wäre — es wäre mir nicht möglich ge=
weſen, mit ſolchem Grauſen und Abſcheu erfüllte mich dieſes gräß=
liche Hohnlachen.

War es der äußerſt gereizte, im Abſchnappen begriffene Zu=
ſtand meiner Nerven, war es ein ſonſtiger Umſtand, der dieſes
gräßlich diskordante Lachen ſo unſäglich widerwärtig auf mich ein=
wirken ließ, ſo viel kann ich mit Beſtimmtheit verſichern, daß, als
das letzte Wort meine Ohren zerriß, mir auch der gräßliche Cha=
rakter des Lachers mit einer Deutlichkeit, einer Klarheit vor Augen
ſtand, in der ich in meinem ganzen Leben keinen Charakter, ſelbſt
die längſt bekannten, befreundeten, durchſchaut. Ich wußte, daß
er mein Lebensretter, daß er es geweſen, der mich aus dem Fluſſe
gezogen, in den ich köpflings über den Hals meines Muſtangs ge=
ſtürzt, als dieſer, wütend vor Durſt, über die Raſenbank in das
Waſſer hinabſprang; daß ich ohne ihn unfehlbar ertrunken ſein
mußte, ſelbſt wenn der Fluß nicht ſo tief geweſen wäre; daß auch
er es war, der mich mit ſeinem Whisky aus der tödlichen Ohn=
macht zum Bewußtſein zurückgebracht! — Aber wenn er mir zehn
Leben gerettet hätte, ich vermochte es nicht, den unſäglichen Wider=
willen zu überwinden. Es war mir nicht möglich, ihn anzuſehen.

,Scheint mir, daß Euch meine Geſellſchaft zweimal lieb iſt?'
grinſte er mich höhniſch lauernd an.

,Eure Geſellſchaft nicht lieb? Habe ſeit mehr als hundert Stun=

den keine menschliche Seele gesehen, keinen Bissen, keinen Tropfen über die Zunge gebracht.'

,Holla! da lügt Ihr!' brüllte er lachend, ,habt ja einen Mund
voll aus meiner Flasche genommen — zwar nicht eigentlich genommen, aber ihn doch den Rachen hinabgeschüttet. Und wo kommt
Ihr her? Das Tier da ist nicht Eures?'

,Mister Neals!' gab ich zur Antwort.

,Wessen ist es?' fragte er nochmals lauernd.

,Mister Neals!'

,Sehe es am Brand. Aber wie kommt Ihr von Mister Neal
her an den Jacinto? Sind gute siebzig Meilen quer über die Prärie zu Neals Pflanzung. Habt doch nicht mit seinem Mustang
Reißaus genommen?'

,Verirrt, habe seit vier Tagen keinen Bissen über die Zunge bekommen.'

Mehr vermochte ich nicht herauszubringen. Schwäche und Abscheu verschlossen mir den Mund. Die Sprache des Mannes verriet eine Verwilderung, eine Entmenschtheit, die alles weit über-
stieg, was ich derart je gesehen und gehört.

,Vier Tage nichts über die Zunge gebracht, und in einer Texasprärie, und Inseln auf allen Seiten!' lachte der Mann. ,Ah, sehe
es, seid ein Gentleman, sehe es wohl — war auch ein Espèce von
einem. Dachtet, unsere Texasprärieen wären Eure Prärieen in den
Niederlassungen drüben oder den Staaten droben. Ha, ha!'

,Und Ihr mußtet Euch gar nicht zu helfen?' lachte er wieder.
,Saht Ihr denn keine Bienen in der Luft, keine Erdbeeren auf
der Erde?'

,Bienen? Erdbeeren?' wiederholte ich.

,Ei, Bienen, die in hohlen Bäumen hausen; ist unter zwanzig
hohlen Bäumen immer sicher einer, der voll ist, versteht Ihr, voll
Honig! Und Ihr habt keine Biene gesehen? kennt aber vielleicht
die Tiere nicht, denn sie sind nicht ganz so groß wie Wildgänse
oder Truthühner; aber die Erdbeeren kennt Ihr doch, wißt doch
auch, daß sie nicht auf den Bäumen wachsen?'

Alles das sprach der Mann, den Kopf halb über den Rücken
zurückgeworfen, höhnisch lachend.

,Und wenn ich auch Bienen gesehen, wie hätte ich ohne Axt zu
ihrem Honig kommen können — verirrt, wie ich war?'

,Wie kam es, daß Ihr Euch verirrtet?'

,Mein Mustang — ausgebrochen.'

,Verstehe, verstehe. Seid ihm nachgeritten, die Bestie hat ihren
Kopf aufgesetzt, wie sie es immer tun, Euch zum besten gehalten.
Verstehe, verstehe; aber was wollt Ihr nun? Was habt Ihr
vor?'

Noch immer sprach der Mann mit halb über den Rücken ge=
worfenem Kopfe, wie als scheue er meinen Blick.

,Ich fühle mich schwach und matt zum Sterben — dem Tode
nahe — zu Menschen will ich, in ein Haus, eine Herberge.'

,Zu Menschen?' sprach der Mann mit einem höhnischen Lä=
cheln, ,zu Menschen?' brummte er, einige Schritte seitwärts
tretend.

Ich vermochte es kaum, den Kopf seitwärts zu drehen, aber die
Bewegung des Mannes war mir aufgefallen, und ich zwang mich.
Er hatte ein langes Messer aus dem Gürtel gezogen, das er spie=
lend angrinste. Erst jetzt konnte ich ihn näher beschauen. Ein gräß=
licheres Menschenantlitz war mir nie vorgekommen. Seine Züge
waren die verwildertsten, die ich je gesehen. Die blutunterlaufenen
Augen rollten wie glühende Ballen in den Höhlen. Sein Wesen
verriet den wütendsten innern Kampf. Er stand keine drei Se=
kunden still. Bald vorwärts, bald rückwärts, wieder seitwärts
schießend, schien es ihm nicht Ruhe zu lassen, spielten seine Finger
wie die eines Wahnsinnigen mit dem Messer. In seinem Innern
ging zweifelsohne ein Kampf vor, der über mein Sein oder Nicht=
sein auf dieser Erde entschied. Ich war jedoch vollkommen gefaßt;
in meiner Lage hatte der Tod nichts Qualvolles, hing ja mein Le=
ben selbst an einem bloßen Faden! Die Bilder der Heimat, meiner
Mutter, meiner Geschwister, meines Vaters tauchten noch einmal
vor meinen Augen auf, und dann wandte sich mein Blick unwill=
kürlich zu Dem droben! Ich betete.

Er war noch mehr zurückgetreten. Ich zwang mich, soviel ich
es vermochte, und schaute ihm nach. Wie ihm meine Blicke folg=
ten, trat mir dasselbe grandiose Phänomen, das ich am ersten Tage
meiner Verirrung gesehen, abermals vor den Gesichtskreis. Die
kolossale Silbermasse stand keine zweihundert Schritte vor mir.
Er verschwand dahinter, kam aber nach einer Weile langsam und
schwankend wieder hervor. Wie er sich mir jetzt näherte, trat mir

allmählich sein Totalbild vor Augen. Er war lang und hager,
aber starkknochig gebaut. Sein Gesicht, soviel der seit Wochen
nicht geschorene Bart davon sehen ließ, war sonnen- und wetter-
gebräunt wie das eines Indianers, aber der Bart verriet weiße
Abstammung. Die Augen waren jedoch und blieben gräßlich,
wurden es mehr, je länger man sie sah. Die Furien der Hölle
schienen sich in diesen Augen umherzutreiben. Die Haare hingen
ihm struppig um Stirn, Schläfe und Nacken herum. Inneres
und Äußeres erschienen desperat. Um den Kopf trug er ein halbzer-
rissenes Sacktuch mit braunschwarzen dunklen Flecken. Sein
hirschlederner Wams, seine Beinkleider und Mokassins hatten
dieselben Flecken; ohne Zweifel waren es Blutflecken. Das zwei
Fuß lange Jagdmesser mit grobem, hölzernem Griffe hatte er
wieder in den Gürtel gesteckt, dafür aber hielt er jetzt eine Kentucky-
Rifle in der Hand.

Meine Miene, meine Blicke mochten Abscheu verraten, obwohl ich mir alle Mühe gab, ruhig zu scheinen. Nach einem
kurzen Seitenblicke grollte er: ‚Scheint nicht, als ob Ihr viel
Gefallen an meiner Gesellschaft findet. Sehe ich denn gar
so desperat aus? Ist mirs denn gar so leserlich auf der Stirn geschrieben?‘

‚Was soll Euch denn auf der Stirn geschrieben sein?‘

‚Was? Was? So fragt man Narren und Kinder aus.‘

‚Ich will Euch ja nichts ausfragen, aber als Christ, als Landsmann bitte, beschwöre ich Euch.‘

‚Christ!‘ unterbrach er mich hohnlachend. ‚Landsmann!‘ schrie
er, den Stutzen heftig zur Erde stoßend. ‚Das ist mein Christ!‘
schrie er, diesen emporreißend und Stein und Schloß prüfend, ‚der
erlöst von allen Leiden, ist ein treuer Freund. Pooh! Vielleicht
erlöst er auch Euch, bringt Euch zur Ruhe.‘ Die letzten Worte
sprach er abgewandt, mehr zu sich. ‚Machst ihn ruhig, so wie
den . . . Pooh! Einer mehr oder weniger. Vielleicht vertreibt er
das verfluchte Gespenst.‘

Alles das war zur Rifle gesprochen.

‚Verrätst mich auf alle Fälle nicht‘, fuhr er fort.

‚Ein Druck!‘

Und so sagend, warf er das Gewehr vor, die Mündung in ge-
rader Richtung gegen meine Brust.

Ich zitterte nicht, von Furcht konnte keine Rede mehr sein. An
der Schwelle des Todes verliert dieser seine Schrecken; und ich war
an seiner Schwelle, so sterbensschwach! Es brauchte keinen Schuß,
ein leichter Schlag mit dem Kolben löschte den Lebensfunken mit
einem Male aus. Ruhig, ja gleichgültig sah ich in die Mündung
hinein.

,Wenn Ihr es bei Eurem Gotte, meinem und Eurem Schöp‐
fer und Richter, verantworten zu können glaubt, tut, wie Euch
gefällt!‘

Meine ersterbende Stimme mußte wohl einen tiefen Eindruck
in ihm hervorgebracht haben, denn er setzte erschüttert das Ge‐
wehr ab, starrte mich mit offenem Munde an.

,Auch der kommt mit seinem Gott!‘ murmelte er. ,Gott! und
meinem und Eurem Schöp—fer und Richt—ter!‘

Er vermochte es kaum, die Worte herauszubringen, und als
er sie jetzt wiederholte, schienen sie ihn zu würgen, ihm die Kehle
zusammenzuschnüren.

,Sei—nem und mei—nem Richter!‘ stöhnte er wieder. ,Ob es
wohl einen Gott, einen Schöpfer und Richter gibt?‘

Als er so murmelnd stand, wurden ihm die Augen starr.

,Gott!‘ wiederholte er in demselben gedehnt fragenden Tone,
,Schöpfer! Richter!‘ — ,Tut das nicht!‘ schrie er plötzlich.
,Bringt keinen Segen, was Ihr vorhabt! Bin ein toter Mann!
Gott sei mir gnädig und barmherzig! Mein armes Weib, meine
armen Kinder!‘

Die letzteren Worte waren so entsetzlich aus tiefster Brust her‐
aus gestöhnt! Die Rifle entfiel seinen Händen, zugleich schlug er
sich so rasend auf Stirn und Brust. Der Mann wurde mir jetzt
grausig, wie er, gepeitscht von den Furien seines Gewissens, um‐
herschlug. Er mußte Höllenqualen ausstehen, der böse Feind schien
in ihm zu toben.

,Seht Ihr mir nichts an?‘ fragte er, plötzlich auf mich zusprin‐
gend, mit kaum hörbarem Gemurmel.

,Was sollte ich Euch ansehen?‘

Er trat noch näher.

,Schaut mich so recht an, so, was man sagt, in mein Inneres
hinein. Seht Ihr da nichts?‘

,Ich sehe nichts‘, sprach ich.

‚Ah, begreife, könnt nichts sehen. Seid nicht in der Spionier=
laune, kalkuliere ich — nein, nein, seid nicht. Wenn man so die
vier Nächte und Tage nichts über die Zunge gebracht, vergeht
einem wohl 's Spionieren. Zwei Tage habe ichs auch probiert.
Nein, nein, kein Spaß das, kein Spaß, alter Kumpan!' redete er,
wieder nach der Rifle langend, diese an. ,Sage dir, laß mich in
Ruhe, hast genug, genug getan!'

Und so sagend, wandte er sich, drückte ab, aber das Gewehr
versagte.

,Was ist das?' schrie er, Schloß und Zündpfanne untersu=
chend; ,bist du nicht geladen? My! My! wie ich nur . . . versagst
mir, weil ich dich nicht gefüttert, alter Kumpan! nicht gefüttert,
seit du! Ah, hätte ich dich damals lieber nicht gefüttert, wäre viel=
leicht . . . Wohl ist das ein Wink, soll mir eine Warnung sein
— eine Stimme. Sollst ruhen. Schweig stille, alter Hund! Sollst
mich nicht in Versuchung führen, hörst du?'

Alles das sprach er eifrig, heftig zum Stutzen; dann wandte
er sich wieder zu mir.

,So, seid Ihr matt und schwach, sterbensmatt, schwach? Frei=
lich müßt Ihrs sein, denn Ihr seht ja drein, als ob Ihr alle Tage
Eures Lebens am Hungertuche genagt.'

,Matt zum Sterben', röchelte ich.

,Wohl, so kommt und nehmt noch einen Schluck Whisky.
Wird Euch stärken; aber wartet, will ein wenig Wasser ein=
gießen.'

Und so sagend, trat er an den Rand des Flusses, schöpfte mit
der hohlen Hand einigemal Wasser, ließ es in den Hals der Flasche,
und diese an meine Lippen bringend, goß er mir das Getränk ein.

Selbst der blutdürstigste Indianer wird wieder Mensch, wenn
er eine menschliche Handlung geübt. Auch er war auf einmal ein
ganz anderer geworden. Seine Stimme ward weniger rauh, miß=
tönig, sein Wesen sanfter.

,Ihr wollt also in eine Herberge?'

,Um Gottes willen, ja. Habe seit vier Tagen nichts über die
Lippen gebracht als einen Biß Kautabak.'

,Könnt Ihr einen Biß sparen?'

,Alles, was ich habe.'

Ich holte aus meiner Tasche die Zigarrenbüchse, den Dulzis=

simus. Er schnappte mir den letzteren aus der Hand und biß mit
der Heißgier eines Wolfes darein.

‚Ei, von der rechten Sorte, ganz von der rechten Sorte‘, mur=
melte er in sich hinein. ‚Ei, junger Mann, oder alter Mann —
seid ein alter Mann? Wie alt seid Ihr?‘

‚Zweiundzwanzig.‘

Er schaute mich kopfschüttelnd an. ‚Kann es schier nicht glau=
ben; aber vier Tage in der Prärie und nichts über die Zunge ge=
bracht — wohl, mag sein! Aber sage Euch, Fremdling, hätte ich
diesen Rest Kautabak noch vor fünf Tagen gehabt, so . . . so . . .
Oh, einen Biß Kautabak! Nur einen Biß Kautabak! Hätte er
nur einen Biß Kautabak gehabt, vielleicht! — ist ein Biß Kauta=
bak oft viel wert. Liegt mir keiner so am Herzen, als — oh, hätte
er nur einen Biß Kautabak gehabt, nur einen!‘

Seine Stimme, während er so sprach, hatte einen so kläglich
stöhnenden und wieder wild unheimlichen Nachklang!

‚Sage Euch, Fremdling!‘ brach er wieder drohend aus, ‚sag
Euch. Ah, was sage ich? Seht Ihr dort den Lebenseichenbaum?
Seht Ihr ihn? Ist der Patriarch, und einen ehrwürdigeren, ge=
waltigeren werdet Ihr nicht bald finden in den Prärieen, sag es
Euch. Seht Ihr ihn?‘

‚Ich sehe ihn.‘

‚Seht Ihr ihn? Seht Ihr ihn?‘ schrie er wieder plötzlich wild.
‚Was geht Euch der Patriarch und was darunter ist an? Nichts
geht es Euch an. Laßt Eure Neugierde, zähmet sie, rate es Euch!
Wagt es nicht, auch nur einen Fuß darunter zu setzen.‘

Und ein Fluch entfuhr ihm, zu schrecklich, um von einer Chri=
stenzunge wiederholt zu werden.

‚Ist ein Gespenst,‘ schrie er, ‚ein Gespenst darunter, das Euch
schrecken könnte. Geht besser weit weg.‘

‚Ich will ja nicht hin, gerne weit weg. Es fiel mir ja gar nicht
ein. Alles, was ich will, ist der nächste Weg zum nächsten Hause,
gleichviel ob Pflanzung oder Wirtshaus.‘

‚Ah, so recht, Mann, zum nächsten Wirtshaus. Will ihn Euch
zeigen, den Weg zum nächsten Wirtshaus. Will, will.‘

‚Ich will‘, murmelte er in sich hinein.

‚Und ich will Euch ewig als meinem Lebensretter dankbar sein,‘
röchelte ich.

‚Lebensretter! Lebensretter!' lachte er wild. ‚Lebensretter! Pooh! Wüßtet Ihr, was für ein Lebensretter . . . Pooh! Was hilfts, ein Leben zu retten, wenn . . . Doch will, will Eures retten, will, dann läßt mich vielleicht das verfluchte Gespenst . . . So laß mich doch einmal in Ruhe. Willst nicht? Willst nicht?'

Alles das hatte der Mann, zum Lebenseichenbaum gewendet, gesprochen, die ersten Sätze wild, drohend, die letzten bittend, schmeichelnd. Wieder wurde er wild, ballte die Fäuste, starrte einen Augenblick, dann sprang er plötzlich auf den Riesenbaum zu und verschwand unter der Draperie der Silberbärte, die von Ästen und Zweigen auf allen Seiten herabhingen; kam aber bald wieder hervor, einen aufgezäumten Mustang am Lasso vor sich hertreibend.

‚Setzt Euch auf!' rief er mir zu.

‚Ich kann nicht einmal aufstehen.'

‚So will ich Euch helfen.'

Und so sagend, trat er an mich heran, hob mich mit der Rechten, so leicht war ich geworden, in den Sattel meines Mustangs, mit der Linken nahm er das Ende meines Lassos, schwang sich auf den Rücken seines Tieres und zog Pferd und mich nach. Sein Benehmen, während wir nun die sanft aufsteigende Uferbank hinanritten, wurde äußerst seltsam. Bald rutschte er in seinem Sattel herum, mir einen wilden Blick zuwerfend, bald hielt er an, bohrte ängstlich zwischen die spanischen Moosbärte des Patriarchen hinein, warf mir wieder einen scharf beobachtenden Blick zu, schien zu überlegen, stöhnte, seufzte, spähte dann im Walde wie nach einem Ausweg herum, ritt wieder einen Schritt vorwärts, stöhnte abermals, zuckte schaudernd zusammen. Der Lebenseichenbaum schien ihn furchtbar zu quälen; offenbar näherte er sich ihm mit Entsetzen, und doch zog es ihn wieder mit einer so unwiderstehlichen Gewalt hin, als ob sein Schatz da begraben läge.

Auf einmal gab er seinem Tiere wütend die Sporen, so daß es im Galopp ausbrach. Glücklicherweise hatte er in seiner schrecklichen Zerrüttung den Lasso losgelassen, sonst müßte mich der erste Sprung meines Tieres aus dem Sattel geworfen, mir die morschen Glieder gebrochen haben. So schritt dieses langsam nach.

‚Warum kommt Ihr nicht? Was habt Ihr den Patriarchen

immer anzuschauen? Habt Ihr noch keinen Lebenzeichenbaum ge=
sehen?‘ schrie er mir mit einem Fluche zu. Als fürchtete er sich aber
vor meiner Antwort, brach er abermals aus, hielt jedoch, nachdem
er beiläufig zweihundert Schritt fortgesprengt, wieder an, schaute
sich um. Der Patriarch war hinter mehreren kolossalen Sykomoren
verschwunden.

Erst jetzt atmete er freier.

‚Aber wo war nur der Anthony?‘ fragte er, auf einmal sicht=
bar erleichtert.

‚Welcher Anthony?‘

‚Der Anthony, der Jäger, der Halfbreed Mister Neals?‘

‚Nach Anahuac geritten.‘

‚Nach Anahuac geritten?‘ wiederholte er. ‚Uh! Nach Ana=
huac!‘ stöhnte er. ‚Bin auch dahin — aber, aber . . .‘ Er wandte
sich schaudernd um. ‚Er ist doch nicht mehr da, nicht mehr zu
sehen.‘

‚Wer sollte da sein?‘

‚Uh wer, wer?‘ brummte er. ‚Wer?‘

Ich wußte wohl, wer der Wer sei, hütete mich aber, ihn zu
nennen, abermals sein Mißtrauen durch Fragen aufzustacheln.
In dem Zustande, in dem ich war, vergeht Neu= und Wißbegier.

Wir ritten stillschweigend weiter.

Lange waren wir so geritten, ohne daß ein Wort zwischen uns
gewechselt worden wäre. Er sprach zwar fortwährend mit sich; da je=
doch mein Mustang zehn Schritte hinter dem seinigen am Lasso
nachfolgte, hörte ich bloß das Gemurmel. Zuweilen nahm er sei=
nen Stutzen zur Hand, redete ihm bald schmälend, wieder lieb=
losend zu, brachte ihn in eine schußgerechte Lage, setzte ihn wie=
der ab, lachte wieder wild. Dann beugte er sich wieder über den
Sattel hinaus, wie einen Gegenstand auf der Erde suchend. Zu=
weilen schaute er sich, während er so suchte, scheu um, und dann
fiel sein Blick immer forschend auf mich, ob ich ihn auch beobachte.
Wieder tappte, griff er in der Luft herum, und wie er so herum=
tappte, fühlte, hing er so unheimlich auf seinem Mustang! Und
wenn er dann in das unheimliche, hohle, teuflische Lachen ausbrach,
dem wieder ein schauderhaftes Gestöhne folgte, bat ich immer zu
Gott um ein baldiges Ende meines Rittes.

Wir mochten wohl zwei Stunden geritten sein, mein durch den

gewässerten Whisky neu aufgeflammter Lebensfunke war auf dem Punkte gänzlich zu erlöschen, ich fühlte, als müsse ich jeden Augenblick vom Pferde sinken; da gewahrte ich eine rohe Einfriedigung, die endlich eine menschliche Wohnung verkündete.

Ein schwacher Freudenruf entfuhr mir. Ich versuchte es, obwohl vergebens, meinem Tiere die Sporen zu geben.

Mein Begleiter wandte sich, schaute mich mit wild rollenden Augen an und sprach in drohendem Tone: ,Seid ungeduldig, Mann! ungeduldig, sehe ich; glaubt jetzt vielleicht?'

,Ich sterbe, wenn nicht augenblickliche Hilfe . . .'

Mehr vermochte ich nicht über die Lippen zu bringen.

,Pooh! Sterben, sterben. Man stirbt nicht sogleich. Und doch, doch! D—n! Es könnte wahr werden.'

Er sprang aus dem Sattel auf meinen Mustang zu. Es war hohe Zeit, denn unfähig, mich im Sattel zu halten, sank ich herab, ihm in die Arme.

Einige Tropfen Whisky brachten mich abermals zum Bewußtsein. Jetzt setzte er mich vor sich auf seinen Mustang und zog den meinigen am Lasso nach.

Wir umritten noch ein Pataten-, ein Welschkornfeld, eine Insel von Pfirsichbäumen und hatten endlich das Blockhaus vor Augen.

Meine Kräfte waren so gänzlich gewichen, daß der Mann mich auf den Arm nehmen und in die Hütte tragen mußte; selbst da konnte ich nicht mehr stehen, er mußte mich wie ein Windelkind auf die Bank niederlassen. Aber trotz des nun rasch vor sich gehenden Ebbens meiner Lebensgeister weiß ich mich noch sehr deutlich nicht nur auf die Wirtsleute, sondern auch auf das Hausgerät, die Stube, kurz alles zu erinnern. War es der Whisky, der den Geist in meinem hinsterbenden Körper so aufgeregt? In keinem Zeitpunkte meines Lebens habe ich so klar wie in diesem äußere Gegenstände wahrgenommen. Alles, was seit meinem Erwachen aus der Todeslebenskrise vorging, ist mir noch so deutlich eingeprägt, als ob ich es jetzt noch vor Augen sähe: der gräßliche Mann, das erbärmliche Blockhaus — eine Doppelhütte, mit einer Art Tenne in der Mitte — auf der einen Seite die Stube, auf der andern die Küche; die Stube ohne Fenster, mit Löchern, die mit geöltem Papier verklebt waren, dem hartgestampften Fußboden, an dessen

Rändern fußhohes Gras wuchs; in einem Winkel das Bett, in einem andern eine Art Schenktisch, und zwischen diesen beiden Winkeln, wie eine Katze auf dem Sprunge, einherschleichend, eine unaussprechlich widerliche Karikatur, den Wirt vorstellend: rote Haare, rote Schweinsaugen, ein Mund, der grausig scheußlich von einem Ohr zum andern reichte, ein hündisch erdwärts gerich= teter Blick, der lauernd giftig ganz dem schleichenden Katzenschritte entsprach! Alles das steht vor meiner Seele so lebendig, daß ich den Mann, lebte er noch, unter Millionen beim ersten Blick her= ausfände.

Ohne uns nur mit einem Worte, einem Blicke zu bewillkom= men, brachte er eine Bouteille mit zwei Gläsern, stellte sie auf den Tisch, der aus drei Brettern bestand, die auf vier in die Erde ein= gerammte Pfosten genagelt waren und von irgendeinem Schränke oder einer Truhe herkommen mußten, denn sie waren noch zum Teil bemalt, mit drei Anfangsbuchstaben eines Namens und einer Jahreszahl.

Mein Retter hatte den Menschen sein Geschäft schweigend, nur seinen widerwärtigen Bewegungen mit scharfen Blicken fol= gend, verrichten lassen. Jetzt schenkte er eines der Gläser voll, und es mit einem Zuge leerend, sprach er: ‚Johnny!‘

Johnny gab keine Antwort.

‚Dieser Gentleman da hat vier Tage nichts gegessen.‘

‚So?‘ versetzte, ohne aufzublicken, aus einer Ecke in die andere schleichend, Johnny.

‚Vier Tage, sage ich, hörst du? Vier Tage. Und hörst du? Gehst, bringst ihm sogleich Tee, guten, starken Tee. Weiß, habt Tee eingehandelt, und Rum und Zucker. Bringst ihm Tee, und dann eine gute Rindssuppe, und das in einer Stunde. Muß der Tee sogleich, die Rindssuppe in längstens einer Stunde fix und fertig sein, verstehst du? Den Whisky nehme ich, und ein Beef= steak und Pataten. Sagst deiner Sambo das.‘

Johnny schlich, als ob er nicht gehört hätte, fort und fort aus einer Ecke in die andere — wie bei einer Katze war sein letzter Schritt immer springend.

‚Habe Geld, verstehst du, Johnny? Hab es, Mann!‘ nahm mein Führer wieder das Wort, einen ziemlich vollen Beutel aus dem Gürtel ziehend.

Johnny schielte mit einem indefinisablen Blicke nach dem Beutel hin, sprang dann vor, schaute meinen Mann hohnlächelnd an.

Die beiden standen, ohne ein Wort zu sagen. Ein höllisches Grinsen fuhr über Johnnys häßliche Züge. Mein Mann schnappte nach Atem.

‚Habe Geld‘, schrie er auf einmal, den Kolben seiner Rifle zur Erde stoßend. ‚Verstehst du, Johnny? Geld, und zur Not eine Rifle.‘

Und so sagend, schenkte er ein zweites Glas ein, das er abermals mit einem Zuge leerte.

Johnny stahl sich jetzt so leise aus der Stube, daß mein Mann seine Entfernung erst durch das Klappern der Holzklinke gewahr wurde. Kaum war er jedoch diese gewahr, als er auf mich zutrat, mich, ohne ein Wort zu sagen, auf seinen Arm hob und dem Bett zutrug, auf das er mich sanft niederlegte.

‚Ihr macht, als ob Ihr hier zu Hause wäret‘, knurrte der wieder eintretende Johnny.

‚Bin das so gewohnt, tue das immer, wenn ich in ein Wirtshaus komme‘, versetzte mein Mann, ruhig ein frisches Glas einschenkend und leerend. ‚Für heute soll der Gentleman Euer Bett haben. Magst du und deine Sambo meinethalben im Schweinestalle schlafen — habt aber keinen.‘

‚Bob!‘ schrie Johnny wütend.

‚Das ist mein Name, Bob Rock.‘

‚Für jetzt‘, zischte mit schneidendem Hohne Johnny.

‚So wie der deinige Johnny Down‘, lachte wieder Bob. ‚Pooh, Johnny, glaube doch, kennen uns, oder kennen wir uns nicht?‘

‚Kalkuliere, kennen uns‘, versetzte Johnny zähneknirschend.

‚Kennen uns von weit und breit und lang und kurz her‘, lachte wieder Bob.

‚Seid ja der berühmte Bob von Sodoma in Georgien.‘

‚Sodoma in Alabama, Johnny‘, verbesserte ihn lachend Bob. ‚Sodoma in Alabama. Sodoma liegt in Alabama,‘ sprach er, wieder ein Glas nehmend; ‚weißt du das nicht, und warst doch ein geschlagenes Jahr in Kolumbus, und das in allen möglichen schlechten Kapazitäten?‘

‚Besser, Ihr schweigt, Bob‘, zischte Johnny mit einem Dolchblicke auf mich.

‚Pooh! Wird dir kein Haar krümmen, nicht plaudern, bürge dir dafür. Ist ihm die Lust dazu in der Jacintoprärie vergangen. Wenn sonst keiner wäre als der. Aber Sodoma‘, hob er wieder an, ‚liegt in Alabama, Mann! Kolumbus in Georgien, sind durch den Chatahoochie voneinander geschieden, den Chatahoochie! Ah, war das ein lustiges Leben auf diesem Chatahoochie! Aber alles auf der Welt vergänglich, sagte immer mein alter Schulmeister. Pooh! Haben jetzt dem Fasse den Boden ausgeschlagen, die Indianer ein Haus weiter über den Mississippi gesandt. War aber ein glorioses Leben. — War es nicht?‘

Wieder schenkte er ein, wieder trank er aus.

Die Aufschlüsse, die mir die Unterhaltung über den Charakter meiner beiden Gesellschafter gab, dürften für jeden andern wohl wenig Erfreuliches gehabt haben; denn wenn ihre Bekanntschaft von diesem gräßlichen Orte her datierte, mochte sie sich ebensowohl aus der Hölle herleiten. Der ganze Südwesten hatte, Sie wissen es, nichts aufzuweisen, das an Verruchtheit diesem Sodoma, wie es ganz bezeichnend genannt wurde, gleichkam. Es liegt oder lag wenigstens noch vor wenigen Jahren in Alabama, Indianergebietes, der Freihafen aller Mörder und Geächteten des Westens und Südwestens, die hier unter indianischer Gerichtsbarkeit Schutz und Sicherheit gegen die Ahndung des Gesetzes fanden. Schauderhaft waren die Frevel-, ja Greueltaten, die hier täglich vorfielen. Kein Tag verging ohne Mord und Plünderung, und das nicht heimlich, nein, am hellen Tage setzte die Mörderbande, mit Messern, Dolchen, Stutzen bewaffnet, über den Chatahoochie, tobte wie die wilde Jagd in Kolumbus ein, stieß nieder, wer in den Weg kam, brach in die Häuser, raubte, plünderte, mordete, tat Mädchen und Weibern Gewalt an und zog dann jubelnd und triumphierend, mit Beute beladen, über den Fluß in ihre Mordhöhle zurück, der Gesetze nur spottend. An Verfolgung oder Gerechtigkeit war nicht zu denken, denn Sodoma stand unter indianischer Gerichtsbarkeit, ja mehrere der indianischen Häuptlinge waren mit den Mördern einverstanden; ein Grund, der denn auch endlich die Veranlassung zu ihrer Fortschaffung wurde. Diese Fortschaffung hat, wie Sie wissen, die Tränendrüsen aller unserer alten politischen Weiber in hohem Grade geöffnet, erstaunlich viele Gegner unter unsern guten Yankees gefunden -- Echos unserer ebenso gu-

ten Freunde in Großbritannien, denen es freilich nicht angenehm
sein konnte, ihre Verbündeten so gleichsam aus unserer Mitte
gerissen zu sehen. Ah, die britische Humanität, wie liebreich sie,
genauer betrachtet, erscheint! Gar, gar so liebreich! Gott behüte
und bewahre uns nur vor dieser liebreichen englichen Humanität!
Glücklicherweise hatte Jacksons Eisenseele auch keinen Funken
dieses britischen Liebesreichtums. Die Indianer mußten über den
Mississippi, wie Sie wissen, und seit der Zeit sind auch Räuber,
Mörder und — Sodoma verschwunden, und Kolumbus blüht und
gedeiht, eine so respektable, geachtete Stadt als irgendeine im
Westen.

Doch zu meinen beiden Gesellschaftern zurückzukehren, so schien
die Erinnerung an ihre Großtaten sie merklich zutraulicher zu stim=
men. Johnny hatte sich gleichfalls ein volles Glas gebracht, und
die beiden wisperten viel und angelegentlich. Doch konnte ich ihre
Sprache — eine Art Diebes= und Spielerkauderwelsch — nicht
verstehen. Nur hörte ich von meinem Gönner öfters ein wildes
,Nein, nein — ich will bestimmt nicht ausstoßen.' Dann verschwam=
men mir Worte und Gegenstände in vagen Klängen und Umrissen.

Eine ziemlich unsanfte Hand rüttelte mich auf. Ich sah aber
nicht mehr. Erst als mir einige Löffel Tee eingegossen waren,
wurde es mir klarer vor den Augen. Es war eine Mulattin, die
mir zur Seite stand und mir Tee mit einem Löffel eingoß. Die
Miene, die sie dazu machte, lächelte anfangs nichts weniger als
freundlich; erst nachdem sie mir ein halbes Dutzend Löffel einge=
gossen, begann sich etwas wie weibliches Mitgefühl zu zeigen.

Im Herzen des Weibes, welcher Farbe sie auch sei, trifft ein
junger Mann immer wenigstens auf eine Saite, die klingt, wenn
auch nicht die zarteste. Mit jedem Löffel, den sie mir eingoß, wurde
sie freundlicher. Es war aber ein köstliches Gefühl, das mich bei
dieser Atzung durchschauerte. Bei jedem Löffel, den sie mir ein=
goß, war es mir, als ob ein neuer Lebensstrom durch Mund und
Kehle in die Adern rieselte. Jawohl, eine köstliche Empfindung —
sie tat mir ja wohl!

Viel sanfter, als sie mich vom Kissen aufgehoben, ließ sie mich
nieder.

,Gor, Gor!' kreischte sie. ,Was für armer junger Mann das
sein! Aber in einer Stunde, Massa, etwas Suppe nehmen.'

‚Suppe? Wozu Suppe kochen!' knurrte Johnny herüber.

‚Er Suppe nehmen; ich sie kochen', kreischte die Mulattin.

‚Und schlimm für dich, Johnny, wenn sie sie nicht kocht; sage dir, schlimm für dich!' schrie Bob.

Johnny murmelte etwas, was ich jedoch nicht mehr hörte, da abermals ein leichter Schlummer mich in seine Arme genommen.

Nach, was mir bloß wenige Augenblicke schienen, kam richtig die Mulattin mit der Suppe. Hatte mich ihr Tee erquickt, so kräftigte die Suppe erst eigentlich den schwankenden Lebensfun= ken. Ich fühlte zusehends, wie sie mir Kraft in Eingeweide, in Adern und Sehnen eingoß. Bereits konnte ich mich im Bett auf= recht sitzend halten.

Während ich von der Mulattin gefüttert wurde, sah ich auch Bob sein Beefsteak verzehren. Es war ein Stück, das wohl für sechs hingereicht haben dürfte; aber der Mann schien auch seit wenigstens drei Tagen nichts gegessen zu haben. Er schnitt Brok= ken von der Größe einer halben Faust ab, warf sie ohne Brot in den Mund und biß dann in die ungeschälten Pataten ein. Ich hatte nicht bald solchen Heißhunger gesehen. Dazu schüttete er Glas auf Glas ein.

Der Whisky schien ihn zu wecken, sein zerstörtes Wesen in eine gewisse Lustigkeit umzustimmen. Er sprach noch immer mehr mit sich selbst als mit Johnny; aber die Erinnerungen schienen an= genehm, denn er lachte öfters laut auf, nickte sich selbstgefällig zu; einige Male verwies er auch Johnny, daß er ein gar so katzen= artiger, feiger Geselle, ein gar so feiger, heimtückischer, falscher Galgengeselle sei. Er sei zwar, lachte er, auch ein Galgengeselle, aber ein mutiger, offener, ehrlicher Galgengeselle — Johnny aber, Johnny . . .

Johnny sprang auf ihn zu, hielt ihm beide Hände vor den Mund, wofür er aber einen Schlag bekam, der ihn an die Stu= bentür anwarf, durch die er fluchend abzog.

Ich war gerade auf dem Punkte einzuschlummern, als er, den Finger auf dem Munde, leise der Tür zuschlich, da horchte und sich dann dem Bette näherte.

‚Mister!' raunte er mir in die Ohren, ‚Mister, braucht Euch nicht zu fürchten!'

‚Fürchten? Warum sollte ich mich fürchten?'

‚Warum? Darum‘, versetzte er lakonisch.

‚Warum sollte ich fürchten? für mein Leben? Seid Ihr nicht da, der es gerettet, den es nur einen Druck seines Daumens gekostet hätte, es wie ein Talglicht auszulöschen?‘

Der Mann schaute auf. ‚Das ist wahr, mögt auch recht haben! Aber unsere Pflanzer, wißt Ihr, fangen auch oft Büffel und Rinder, um sie erst zu mästen und dann abzutun.‘

‚Aber Ihr seid mein Retter, mein Landsmann, mein Mitchrist, und ich bin kein Rind, Mann!‘

‚Seids nicht, seids nicht!‘ fiel er hastig ein; ‚seids nicht! Und doch . . . doch . . .‘ Er wurde düster, schien sich zu besinnen. „Hört Ihr?‘ wisperte er, ‚versteht Ihr Karten oder Würfel?‘

‚Ich habe nie gespielt.‘

‚Wenn Euch zu raten ist, so spielt auch nicht; hier absolut nicht! Versteht Ihr? Ah, hätte ich das gottverfluchte Spiel nicht! — Kein Spiel, hört Ihr? kein Spiel!‘

Er wandte jetzt den Kopf der Tür zu, horchte, schlich wieder zum Tische, sich einzuschenken — die Bouteille war jedoch leer.

‚Johnny!‘ schrie er, einen Dollar auf den Tisch werfend, ‚sitzen im Trocknen.‘

Johnny steckte den Kopf durch die Tür.

‚Bob, Ihr habt genug.‘

‚Wirst du mir sagen, daß ich genug habe? du?‘ schrie Bob, aufspringend und sein Messer ziehend.

Johnny sprang wie eine Katze davon, aber die Mulattin kam und brachte eine volle Bouteille.

Was weiter vorging, hörte ich nicht mehr, denn abermals kam der wohltätige Schlummer über mich.

Während meines Schlummers hörte ich, wie man im Schlummer hört, lauten Wortwechsel, dazwischen Stöße und Schläge; doch weckte mich nicht der Lärm, sondern der Hunger. Dieser ließ mich nicht mehr schlafen. Wie ich die Augen aufschlug, sah ich die Mulattin, die an meinem Bette saß und die Moskitos abwehrte. Sie brachte mir den Rest der Suppe. Nach zwei Stunden sollte ich ein so köstliches Beefsteak haben, als je aus ihrer Pfanne kam. Nun aber müßte ich wieder schlafen.

Ehe noch die zwei Stunden vergangen, erwachte ich; so rasch ging die Verdauung vor sich. Wie ein Reibeisen arbeitete es in

meinem Magen herum, aber nicht mehr schmerzlich, im Gegen=
teile, es war mehr eine wohltuende Empfindung. Das bereitete
Beefsteak genoß ich mit einer Lust, einem Appetit, der wirklich
nicht zu beschreiben ist. Eine solche Wollust war mir der Genuß
dieses Rindschnittes, daß er mich halb und halb mit den entsetz=
lichen Qualen meines hundertstündigen Fastens wieder versöhnte.
Doch erlaubte mir die Mulattin, die mehrere Fälle dieser Art
erlebt und behandelt, nur ein sehr mäßiges Stück. Dafür brachte
sie mir ein volles Bierglas, aus dem mir ein herrlicher Punsch
entgegendampfte. In meinem Leben hatte ich oder glaubte ich nichts
Köstlicheres genossen zu haben. Auf meine Frage, wo sie den Rum
und Zucker sowie die Zitronen herhabe, erklärte sie, daß sie mit
diesen Artikeln selbst handle, daß Johnny bloß das Haus auf=
geblockt, und zwar schlecht genug aufgeblockt, sie aber das Kapital
zum Betrieb der Wirtschaft hergegeben und nebenbei noch einen
Zucker=, Kaffee= und Schnittwarenhandel führe. Die Zitronen
habe sie vom Squire oder, wie er auch genannt wurde, dem Al=
kalden, der ganze Säcke verschenke.

Allmählich wurde das Weib gesprächiger. Sie begann über
Johnny zu klagen, wie er ein wüster Spieler und wohl noch etwas
Schlechteres sei; wie er viel Geld bereits gehabt, aber alles wieder
verloren — oft flüchtig werden müssen; wie sie ihn im untern Nat=
chez kennen gelernt, von wo er gleichfalls bei Nacht und Nebel
fortgemußt. Aber der Bob sei nicht besser, im Gegenteil — das
Weib machte die Bewegung des Gurgelabschneidens — einer, der
es arg getrieben. Jetzt habe er sich betrunken, Johnny zu Boden
geschlagen und überhaupt sehr wüst getan. Er läge draußen auf
dem Porche, Johnny aber habe sich verborgen; doch brauche ich
mich nicht zu fürchten.

,Fürchten, mein gutes Weib? Warum sollte ich mich fürchten?'

Sie schaute mich eine Weile bedenklich an, dann sprach sie:
,Wenn ich wüßte, was sie wisse, würde ich mich wohl fürchten.'
Sie wolle jedoch auf keine Weise länger bei dem verruchten John=
ny bleiben, sobald als möglich sich um einen andern Partner um=
sehen. Wenn sie nur einen wüßte.

Bei diesen Worten schaute sie mich an.

Ihr Blick sowie ihr ganzes Wesen hatten ein Etwas, das mir
gar nicht gefiel. Die alte Sünderin war ihr in jedem Zuge ein=

gedrückt. Ein häßliches, grob sinnliches Gesicht, in dem Laster und
Ausschweifungen leserliche Spuren zurückgelassen. Aber jetzt war
nicht die Zeit, den zart Empfindsamen zu spielen. Ich versicherte
sie so warm, als ich nur vermochte, daß der Dienst, den sie mir
erwiesen, meine ganze Dankbarkeit in Anspruch nähme, die ihr
auf alle Fälle werden sollte.

Noch sprach sie eine Weile, ich hörte jedoch nicht mehr, denn ich
war wieder eingeschlummert.

Diesmal wurde der Schlummer zum festen Schlafe.

Ich mochte sechs bis sieben Stunden geschlafen haben, als ich
mich am Arme gerüttelt fühlte. Ich erwachte nicht sogleich, aber
das Rütteln wurde so heftig, daß ich laut aufschrie. Es war nicht
sowohl Schmerz über den eisernen Griff, der mich erfaßt, als
Schrecken, der mich aufkreischen machte. Bob stand vor mir. Die
nächtliche Ausschweifung hatte seine Züge bis ins Scheußliche
verzerrt, die blutunterlaufenen Augen waren geschwollen und roll=
ten, wie von Dämonen gepeitscht, der Mund stand ihm weit und
entsetzt offen; aus seinem ganzen Wesen leuchtete die Zerstörtheit
eines Menschen hervor, der soeben von einer schrecklichen Tat ge=
kommen. Er stand vor mir wie der Mörder über dem Leichnam
des gemordeten Bruders. Ich schrak entsetzt zurück.

,Um Gottes willen, Mann, was fehlt Euch?'

Er winkte mir, still zu sein.

,Ihr habt das Fieber, Mann!' rief ich, ,die Ague!'

,Ei, das Fieber,' stöhnte er, und der kalte Schauder überlief
ihn; ,das Fieber, aber nicht das Fieber, das Ihr meint; ein Fie=
ber, junger Mann, ein Fieber, Gott behüte Euch vor einem sol=
chen Fieber!'

Er zitterte, wie er so sprach, am ganzen Leibe.

,Willst du denn gar nicht mehr ruhen? Mich gar keinen
Augenblick mehr in Frieden lassen? Hilft denn gar nichts?' stöhnte
er, die Faust auf die linke Seite drückend. ,Gar nichts? du Gott=
verfluchte! Sag Euch,' brüllte er, ,wüßte ich, daß Ihr mit Eurem
Gott und Schöpfer und Richter, von dem Ihr gestern geschwätzt,
bei Gott! ich wollte . . .'

,Flucht nicht so entsetzlich, Mann! Mein und Euer Gott sieht
und hört Euch ohne Flüche. Bin kein winselnder Pfaffe, aber die=
ses gotteslästerliche Fluchen ist sündhaft, ekelhaft.'

‚Habt recht, habt recht! ist eine häßliche Gewohnheit; aber sage Euch, ja um Gottes willen! was wollte ich sagen?'

‚Ihr wolltet sagen, vom Fieber wolltet Ihr sagen.'

‚Nein, wollte das nicht sagen; weiß jetzt, was ich sagen wollte; bleibt aber ebensogut ungesagt, was ich sagen wollte. Weiß, daß Ihr es nicht heraufbeschworen. Hatte ja vordem auch nicht Ruhe — die ganzen acht Tage schon keine Ruhe — ließ mich nicht ruhen, nicht rasten, trieb mich immer wie den, wie heißt er? der seinen — seinen Bruder kalt gemacht, trieb mich unter den Patriarchen, immer und immer unter den Patriarchen.'

Er hatte diese Worte leise, abgerissen ausgestoßen oder vielmehr gemurmelt. Offenbar sollte ich sie nicht hören.

‚Kurios das!' murmelte er weiter, ‚habe doch mehr als einen kaltgemacht, aber war mir nie so. War vergessen in weniger denn keiner Zeit; ließ mir kein graues Haar um sie wachsen. Kommt jetzt alles auf einmal, die ganze Zeche; kann nicht mehr ruhen, nicht mehr rasten. In der offenen Prärie ists am ärgsten; da steht er gar so deutlich, der alte Mann mit seinem Silberbarte und seinem glänzenden Gewand, und das Gespenst just hinter ihm. Wird mich das furchtbare Gespenst noch zur Verzweiflung bringen. — Soll mich aber doch nicht zur Verzweiflung bringen; soll nicht!' schrie er wieder wild.

Ich tat, als hörte ich nicht.

‚Was sagt Ihr da vom Gespenste?' schrie er mich plötz= lich an.

‚Ich sage nichts, gar nichts', versetzte ich beruhigend.

Seine Augen rollten, er ballte die Hände, öffnete sie wieder, wie der Tiger die Krallen.

‚Sagt nichts, nichts, rate es Euch, nichts!' murmelte er wieder leise.

‚Ich sage nichts, lieber Mann, gar nichts, als daß Ihr Euch Gott und Eurem Schöpfer zuwenden möget.'

‚Gott! Gott! Ei, das ist der alte Mann, kalkuliere ich, im glän= zenden Gewande, mit dem langen Barte, der das Gespenst hinter sich hat. Will nichts mit ihm zu tun haben, soll mich in Ruhe las= sen. Will Ruhe haben! Will, will. — Will, will!' stöhnte er.

‚Wißt Ihr? Müßt mir einen Gefallen tun.'

‚Zehn für einen; alles, was in meinen Kräften steht. Sagt an, was ich tun soll, und es soll getan werden. Ich verdanke Euch mein Leben.'

,Seid ein Gentleman, sehe es, ein Christ. Ihr könnt, Ihr müßt.' Er schnappte nach Atem, wurde wieder unruhig.

,Ihr müßt mit mir zum Squire, zum Alkalden.'

,Zum Squire, zum Alkalden! Mann, was soll ich mit Euch beim Squire, beim Alkalden?'

,Werdet sehen, hören, was Ihr sollt, sehen und hören; hab ihm etwas zu sagen, etwas ins Ohr zu raunen.'

Hier holte er mit einem schweren Seufzer Atem, hielt eine Weile inne, schaute sich auf allen Seiten ängstlich um.

,Etwas,' wisperte er, ,das niemand sonst zu hören braucht.'

,Aber Ihr habt ja Johnny. Warum nehmt Ihr nicht lieber Johnny?'

,Den Johnny?' hohnlachte er, ,den Johnny? Der nicht besser ist, als er sein sollte, ja schlechter, zehnmal schlechter als ich, so schlecht ich bin; und bin schlecht, sag Euch, bin ein arger Geselle — ein sehr arger, aber doch ein offener, ehrlicher, der immer offen, ehr= lich, Stirn gegen Stirn — bis auf dieses Mal; — aber Johnny! — würde seine Mutter zur . . . Ist ein feiger, hündischer, heimtücki= scher Hund, der Johnny.'

Es bedurfte das keiner weiteren Bekräftigung, denn es war ihm wahrlich auf der Stirn geschrieben, ich schwieg also.

,Aber wozu braucht Ihr mich beim Squire?'

,Wozu ich Euch beim Squire brauche? Wozu braucht man die Leute vorm Richter? Ist ein Richter, Mann, ein Richter in Texas, eigentlich ein mexikanischer Richter, aber von uns Amerikanern ge= wählt, ein Amerikaner, wie ich und Ihr. Ist ein Richter der Ge= rechtigkeit.'

,Und wie bald soll ich?'

,Gleich auf der Stelle. Gleich, sobald als möglich. Kann es nicht mehr aushalten. Läßt mich nicht mehr ruhen. Stehe seit den letzten acht Tagen Höllenqual aus, keine ruhige Stunde mehr. Treibt mich unter den Patriarchen, wieder weg, wieder zu. Am ärgsten ist es in der Prärie, da steht der alte Mann im leuchten= den Gewande und hinter ihm das Gespenst; könnte sie beide mit Händen greifen. Treiben mich schrecklich herum. Keine ruhige Stunde, selbst die Flasche hilft nichts mehr. Weder Rum, noch

Whisky, noch Brandy hilft mehr, bannt sie nicht, beim Tarnel! bannt sie nicht. Kurios das! habe gestern getrunken, glaubte es zu vertrinken, sie zu bannen: ließen sich nicht bannen; — kamen richtig beide, trieben mich auf. — Mußte fort, in der Nacht fort. — Ließ mich nicht schlafen, mußte hinüber unter den Patriarchen.'

,Mußtet hinüber unter den Patriarchen, den Lebenseichenbaum?' rief ich entsetzt; ,und Ihr waret in der Nacht drüben unter dem Lebenseichenbaum?'

,Zog mich hin unter den Patriarchen,' stöhnte er; ,komme von daher, komme, komme. Bin fest entschlossen . . .'

,Armer, armer Mann!' rief ich schaudernd.

,Jawohl, armer Mann!' stöhnte er in demselben entsetzlich un= heimlich zutraulichen Tone. ,Sage Euch, läßt mich nicht mehr ruhen, absolut nicht mehr. Ist jetzt acht Tage, daß ich hinüber nach San Felipe wollte. Glaubte schon, San Felipe zu sehen, dicht an San Felipe zu sein; als ich aufschaue, wo meint Ihr, daß ich war? — Unter dem Patriarchen.'

,Armer, armer Mann!' rief ich abermals.

,Jawohl, armer Mann!' wiederholte er mit durch Mark und Knochen dringendem Gestöhne. ,Armer Mann, wo ich gehe und stehe, bei Nacht und bei Tage. Wollte auch nach Anahuac, ritt hinüber, ritt einen ganzen Tag; am Abend, wo glaubt Ihr wohl, daß ich wieder war? Unterm Patriarchen.'

Es lag etwas so Gräßliches in der heimlichen und wieder un= heimlichen Weise, in der er die Worte herausschnellte; der Wahn= sinn des Mörders sprach so laut, so furchtbar deutlich aus seinen wie vom Höllenfeinde gepeitschten Augen. Ich wandte mich bald schaudernd von — wieder mitleidig zu ihm. Bei alledem konnte ich ihm meine Teilnahme nicht versagen.

,Ihr waret also heute schon unter der Lebenseiche?'

,Ei, so war ich, und das Gespenst drohte mir und sagte mir: Ich will dich nicht ruhen lassen, Bob — Bob ist mein Name —, bis du zum Alkalden gegangen, ihm gesagt . . .'

,Dann will ich mit Euch zu diesem Alkalden,' sprach ich, mich aus dem Bett erhebend, ,und das sogleich, wenn Ihr es wünscht.'

,Was wollt Ihr? Wohin wollt Ihr?' krächzte jetzt der herein= schleichende Johnny. ,Nicht von der Stelle sollt Ihr, bis Ihr be= zahlt.'

‚Johnny!' sprach Bob, indem er den um einen Kopf kleineren Gesellen mit beiden Händen an den Schultern erfaßte, ihn wie ein Kind emporhob und wieder niedersetzte, daß ihm die Kniee zusammenbrachen. ‚Johnny! Dieser Gentleman da ist mein Gast, verstehst du? Und hier ist die Zeche, und sage dir, Johnny, sage dir!'

‚Und Ihr wolltet? — Ihr wolltet?' winselte Johnny.

‚Was ich will, geht dich nichts an — nichts, gar nichts geht dich das an; darum, kalkuliere ich, schweigst du besser, bleibst mir vom Halse.'

Johnny schlich sich in den Winkel zurück, wie ein Hund, der einen Fußtritt erhalten; aber die Mulattin schien sich nicht abschrecken lassen zu wollen. Die Arme in die Seite gestemmt, watschelte sie herzhaft vor.

‚Ihr sollt ihn nicht wegnehmen, den Gentleman!' schrie sie belfernd, ‚Ihr sollt nicht. Er ist noch schwach und kann den Ritt nicht aushalten, kaum auf den Füßen stehen.'

Das war nun wirklich der Fall. Stark, wie ich mich im Bett gefühlt, konnte ich mich außer diesem wirklich kaum auf den Füßen erhalten.

Bob schien einen Augenblick unschlüssig, aber nur einen Augenblick, im nächsten hob er die Mulattin, dick und wohlgemästet, wie sie war, in derselben Weise, wie er es mit ihrem Partner getan, einen Fuß über den Estrich empor, trug sie schwebend und kreischend der Tür zu, warf diese mit einem Fuße auf, und sie auf der Schwelle niedersetzend, sprach er: ‚Friede! und einen starken, guten Tee, statt deiner häßlichen Zunge, und ein mürbes, frisches Beefsteak, statt deines stinkenden, verfaulten Selbst, das ist dein Geschäft, und das wird den Gentleman stark machen, du alter braunlederner Sünden- und Lasterschlauch!'

Des Mannes Präzision und Bündigkeit in Wort und Tat wäre unter andern Umständen gar nicht uninteressant gewesen, selbst hier flößten sie einen gewissen Respekt ein. Er war wirklich, wie er sagte, ein arger Geselle, aber offen, geradezu.

Ich hatte angekleidet geschlafen, wollte jetzt die Stube verlassen, Gesicht und Hände zu waschen und nach meinem Mustang zu sehen; Bob ließ es jedoch nicht zu. Johnny mußte Wasser und ein Handtuch bringen, dann befahl er ihm, meinen und seinen Mustang in Bereitschaft zu halten. Seinem Winseln: wenn aber die

Mustangs ausgerissen, sich nicht fangen ließen, begegnete er mit
den kurzen Worten: ‚Müssen in einer Viertelstunde da sein, dürfen
nicht ausgebrochen sein; keine Tricks, verstehst du? keine Kniffe, du
kennst mich!‘

Johnny mußte ihn wohl kennen, denn ehe noch eine Viertel=
stunde vergangen, standen die Tiere gesattelt und gezäumt vor der
Hütte.

Das Frühstück, aus Tee, Butter, Welschkornbrot und zarten
Steaks bestehend, hatte mich auf eine Weise gestärkt, die es mir
möglich machte, meinen Mustang zu besteigen. Zwar schmerzten
noch alle Glieder, aber wir ritten langsam, der Morgen war hei=
ter, die Luft elastisch, mild erfrischend, und der Weg oder vielmehr
Pfad lag wieder durch die Prärie, die auf der einen Seite gegen
den Fluß zu mit Urwald eingesäumt, auf der andern wieder ozean=
artig hinausfloß in die weite Ferne, von zahllosen Inseln beschattet.
Wir trafen auf eine Menge Wildes, das unsern Tieren beinahe
unter den Füßen weglief; aber obwohl Bob sein Gewehr mithatte,
er schien nichts zu sehen, sprach immerfort mit sich. Er schien zu
ordnen, was er dem Richter zu sagen habe, denn ich hörte ihn in
ziemlichem Zusammenhange Sätze vortragen, die mir Aufschlüsse
gaben, welche ich in meiner Stimmung wahrlich gern überhört
hätte. Aber es ließ sich nicht überhören, denn er schrie wie besessen,
und wenn er stockte, schien auch das Gespenst wieder über ihn zu
kommen. Er starrte dann wie wahnsinnig auf einen Punkt hin,
schrak zusammen, stöhnte, die Fieberschauer, der Wahnsinn des
Mörders ergriffen ihn. — Ich war, wie Sie wohl denken mögen,
herzlich froh, als wir endlich das Gehege der Pflanzung erblick=
ten.

Sie schien sehr bedeutend. Das Haus, groß und aus Fachwerk
zusammengesetzt, verriet Wohlstand und selbst Luxus. Es lag in
einer Gruppe von Chinabäumen, die, obwohl offenbar vom Besitzer
seit nicht vielen Jahren gepflanzt, doch bereits hoch aufgeschossen,
Kühle und Schatten gaben. Ich würde sie für zehnjährig gehalten
haben, erfuhr aber später, daß sie kaum vier Jahre gepflanzt wa=
ren. Rechts vom Hause stand einer der Könige unserer Pflanzen=
welt, ein Lebenseichenbaum, der schönste, edelste, festeste Baum
Texas’, der Welt, kann man wohl sagen, denn etwas Majestäti=
scheres, Ehrfurchtgebietenderes als ein solcher Riesenbaum mit sei=

nen Silberschuppen und Bärten, die Jahrhunderte ihm angelegt,
läßt sich nicht denken! Links dehnten sich etwa zweihundert Acker
Kottonfeld gegen den sich hier stark krümmenden Jacinto hin; die
Pflanzung lag so ganz in einer Halbinsel, ungemein reizend, eine
wahre Idylle. Vor dem Hause die unabsehbare, vielleicht zwanzig,
vielleicht fünfzig, ja hundert Meilen gegen Westen hinströmende
Prärie, hie und da ein Archipelagus von Inseln, schwankend und
schimmernd in der transparenten Atmosphäre — zwischen diesen die
grasenden Rinder= und Mustangherden, und links und rechts Kot=
tonfelder und Inseln. Hinter dem Hause waren die Wirtschafts=
gebäude und das Negerdörfchen zu sehen. Über dem Ganzen ruhte
tiefe Stille, die, bloß durch das Anschlagen zweier Hunde unterbro=
chen, der so sinnig träumerisch gelegenen Pflanzung etwas Feier=
liches verlieh, das selbst Bob zu ergreifen schien. Er hielt am Gat=
ter an, schaute zweifelnd auf das Haus hinüber, wie einer, der an
einer gefährlichen Schwelle steht, die zu überschreiten nicht geheuer.

So hielt er wohl einige Minuten.

Ich sprach kein Wort, hätte auch um keinen Preis reden, die
innere Stimme, die ihn trieb, unterbrechen können; ich hätte es für
einen Frevel gehalten. Aber zentnerschwer lag es mir auf der
Brust, wie er so hielt.

Mit einem plötzlichen Rucke, der einen ebenso plötzlichen Ent=
schluß verkündete, riß er das Gattertor auf, und wir ritten durch
zwei mit Orangen, Bananen und Zitronen besetzte Hausgärten,
die, von der Passage durch eine Staketeinfassung getrennt, an
einem Vorhof lehnten, wo ein zweites Gattertor mit einer Glocke
zu sehen war. Als diese anschlug, erschien ein Neger, der die Haus=
tür öffnete.

Er schien Bob sehr gut zu kennen, denn er nickte ihm wie einem
alten Bekannten zu, sagte ihm auch, daß der Squire ihn gebraucht,
einige Male nach ihm gefragt habe. Mich bat er abzusteigen, das
Frühstück würde sogleich bereit sein; für die Pferde werde gesorgt
werden.

Ich bedeutete den Neger, wie ich nicht gekommen, die Gast=
freundschaft des Squire in Anspruch zu nehmen, sondern als Be=
gleiter Bobs, der mit seinem Herrn zu sprechen wünsche. Im Vor=
beigehen sei es bemerkt, paßte auch mein Äußeres nichts weniger
als zu Besuchen — meine Kleider waren beschmutzt, zum Teil auch

zerrissen — ich ganz und gar nicht in der Verfassung, die Gast-freundschaft eines Texas-Granden in Anspruch zu nehmen.

Der Neger schüttelte ungeduldig den Wollkopf: ‚Massa immerhin absteigen, das Frühstück sogleich auftragen, und für die Pferde auch gesorgt werden.‘

Bob fiel ihm in die Rede.

‚Brauchen dein Frühstück nicht, sag ich dir — will mit dem Squire reden.‘

‚Squire noch im Bett sein‘, versetzte der Neger.

‚So sag ihm, er solle aufstehen. Bob habe ihn etwas Wichtiges zu sagen.‘

Der Neger schaute Bob mit einem Blicke an, der dem Gentleman eines englischen Herzogs Ehre gemacht haben würde.

‚Massa noch schlafen, er nicht wegen zehn Bobs aufstehen.‘

‚Aber ich habe ihm etwas Wichtiges, etwas sehr Wichtiges zu sagen‘, versicherte Bob dringlich, beinahe ängstlich.

Der Neger schüttelte abermals den Wollkopf.

‚Etwas Wichtiges, sag ich dir, Ptoly!‘ fuhr er nun schmeichelnd und heftig zugleich fort, die Hand nach dem Wollkopfe ausstreckend, ‚etwas, das Leben und Tod betrifft.‘

Der Neger duckte sich und sprang der Haustüre zu.

‚Massa nicht aufstehen, bis er ausgeschlafen. Ptoly nicht der Narr sein, ihn wegen Bob zu wecken; Massa nicht für zehn Leben und Tode aufstehen.‘

Der aristokratische Neger des aristokratischen Squire würde zu jeder anderen Zeit mein Lachfell gekitzelt haben, hier jedoch hatte der Auftritt etwas Peinigendes; zum Lachen war wahrlich nicht der Zeitpunkt.

‚Wann steht der Squire auf?‘ fragte ich.

‚In einer oder zwei Stunden.‘

Ich sah auf meine Uhr — sie war abgelaufen; aber der Neger sagte, es wäre sieben. Allerdings eine etwas frühe Stunde zu einem Morgenbesuche, der nichts weniger als unterhaltend zu werden versprach, obwohl spät genug, um einen Texas-Squire außer dem Bette zu sehen; doch ging uns sein Langeschlafen nichts an, und ich glaubte vermittelnd eintreten zu müssen. So wandte ich mich also an Bob, ihm bedeutend, daß die Stunde allerdings zu Geschäften zu früh, und wir in Geduld warten oder zurückkehren müßten.

‚Warten, warten mit dieser Höllenpein und dem Gespenste?‘ murmelte Bob. ‚Kann nicht warten; wollen zurück.‘

‚Wollen zurück und in zwei Stunden wiederkommen!‘ bedeutete ich dem Neger.

‚Wenigstens Massa bleiben, Bob allein reiten lassen, Squire Massa gern sehen‘, bat der Neger mit einem vielsagenden, bedenk= lichen Blick auf Bob, der mich wohl zum Bleiben bewogen haben dürfte, wäre meine Verpflichtung gegen den Elenden nicht von der Art gewesen, als ein solches Bleiben zum schwärzesten Un= dank gestempelt haben müßte. Wir ritten also wieder zu Johnnys Gasthütte zurück.

Der sanft bequeme Ritt hatte mich erfrischt, und obgleich er hin und wieder zurück nicht zwei Stunden gewährt, meinen Appetit auf eine Weise geschärft, die mir ein zweites Frühstück zum Be= dürfnis machte. Überhaupt können Sie den Heißhunger, der sich nach einem Ritte in den Prärieen überhaupt und nach einer solchen Hungerkur begreiflicherweise doppelt einstellt, unmöglich begreifen. Man wird ordentlich zum Nimmersatt, der Magen zu einem wahren Schlunde, der alles in seinen Bereich zieht und verschlingt. Kaum daß ich die Zeit erwarten konnte, bis die Mulattin die Steaks brachte. Bob schien mein Appetit ungemein zu freuen. Ein freundlich wehmütiges Grinsen überflog ihn, wenn sein wirrer Blick auf mich fiel; aber trotz meines ermunternden Zuredens ließ er sich nicht bewegen, teilzunehmen. Nüchtern, murmelte er mir zu, müsse das getan werden, was er zu tun habe, und nüchtern wolle er bleiben, bis er abgewälzt habe die Last. So saß er, die Augen stier auf einen Punkt gerichtet, die Gesichtsmuskeln starr. Irgendein Fremder, der eingetreten, müßte ihn für ein Wald= gespenst gehalten haben. Die Leiden des Elenden waren zu gräß= lich, um ihn länger zu quälen. So bestiegen wir denn, nachdem ich mich restauriert, abermals die Pferde.

Diesmal vermochte ich bereits schneller zu reiten; in weniger denn drei Viertelstunden waren wir wieder vor dem Hause.

Wir wurden in ein für Texas recht artig möbliertes Parlour eingeführt, wo wir den Squire, oder richtiger zu sagen, den Al= kalden, seine Zigarre rauchend, trafen. Er hatte soeben gefrüh= stückt, denn Teller und Schüsseln, darunter mehrere unberührt, standen noch auf dem Tische. Von Komplimenten war er offenbar

kein großer Freund, ebensowenig von Kopfbrechen oder unserer
Yankee=Neugier, denn kaum daß er, während er unsern guten
Morgen zurückgab, die Begrüßung mit einem Blick erwiderte.
Beim ersten Anblick sah man, daß er aus Westvirginien oder
Tennessee stammte; denn nur da wachsen diese antidiluvianischen
Riesengestalten. Selbst sitzend ragte er über den die Teller und Ge=
decke stellenden Neger hinaus. Dazu hatte er ganz den westvirgini=
schen Herkulesbau, die enorme Brust, die massiven Gesichtszüge
und Schultern, die scharfen grauen Augen, überhaupt ein En=
semble, das wohl rohen Hinterwäldlern imponieren konnte.

Bob schaute er mit einem langen, forschenden Blick an, mich
dagegen schien er sich für später aufzusparen; denn obwohl der Ne=
ger nun alles zum Frühstück zurechtgelegt, ich auch einen Sessel
genommen, war ich doch noch nicht der Ehre eines näheren Skru=
tiniums gewürdigt worden. Es lag aber auch wieder viel Takt und
Selbstbewußtsein in seiner Art und Weise, wenigstens verriet sie,
daß er einen Alkalden zu repräsentieren verstand. Bob war, den
mit dem blutigen Sacktuch verbundenen Kopf auf die Brust ge=
senkt, stehen geblieben. Er schien Respekt vor dem Squire zu fühlen.

Dieser hob endlich an: ‚Ah, seid Ihr wieder da, Bob? Haben
Euch schon lange nicht gesehen, schier geglaubt, daß Ihr uns ver=
gessen. Sag Euch, haben schier geglaubt, hättet Euch um ein
Haus weiter gemacht. Wohl, wohl, Bob. Hätten uns auch nicht
den Hals abgerissen, denn sag Euch, sind mir Spieler verhaßt,
hasse sie, Mann, ärger als die Skunke.[1] Ist ein liederliches We=
sen mit dem Spiele, hat manchen Mann ruiniert, zeitlich und ewig
ruiniert – hat Euch auch ruiniert.‘

Bob gab keine Antwort.

‚Hätten Euch übrigens letzte Woche gut brauchen können; wäret
überhaupt gut zu brauchen. Ließe sich noch ein wertvolles Glied der
bürgerlichen Gesellschaft aus Euch machen, wenn Ihr nur das
sündige Spielen lassen könntet. Meine Stieftochter letzte Woche
angekommen. Mußten um den Joel senden, uns einen Hirschbock
und ein paar Dutzend Schnepfen zu schießen.‘

Bob gab noch immer keine Antwort.

‚Jetzt geht hinaus in die Küche und laßt Euch zu essen geben.‘

Bob gab weder Antwort, noch ging er.

---

[1] Stinktiere.

‚Hört Ihr nicht? In die Küche sollt Ihr hinaus und Euch zu essen geben lassen. Und Ptoly,‘ sprach er zum Neger, ‚sag der Veny, sie soll ihm eine Pinte Rum bringen.‘

‚Brauche Euren Rum nicht, bin nicht durstig‘, knurrte Bob.

‚Scheint so, scheint so!‘ versetzte lakonisch der Richter. ‚Scheint, als hättet Ihr bereits mehr genommen als nötig. Seht schier aus, als ob Ihr eine wilde Katze lebendig verschlingen könntet.‘

Bob knirschte mit den Zähnen, was aber der Richter zu überhören schien.

‚Und Ihr?‘ wandte er sich jetzt zu mir. — ‚Was Teufel, Ptoly! was stehst du? Siehst du nicht, daß der Mann frühstücken will? Wo bleibt der Kaffee? Oder trinkt Ihr lieber Tee?‘

‚Danke Euch, Alkalde, ich habe soeben gefrühstückt.‘

‚Schaut nicht danach aus. Seid doch nicht krank? Wo kommt Ihr her? Was ist Euch zugestoßen? Habt doch nicht die Ague? Wie kommt Ihr zu Bob?‘

Erst jetzt fiel sein Blick forschender auf mich, dann wieder auf Bob. Offenbar kalkulierte er, was wohl den Besuch veranlaßt, mich in Bobs Gesellschaft gebracht haben könne. Das Resultat seiner physiognomischen Beobachtungen schien weder Bob noch mir sehr günstig.

‚Sollt alles, hören, Richter!‘ beeilte ich mich, ihm zu antworten; ‚verdanke Bob sehr viel, ganz eigentlich mein Leben.‘

‚Euer Leben? Bob verdankt Ihr Euer Leben?‘ rief der Richter, ungläubig den Kopf schüttelnd.

‚Ja, das verdanke ich ihm wirklich, denn ich war auf dem Punkte zu vergehen, als er mich fand. Bin nämlich — in der Jacintoprärie verirrt — vier Tage herumgeirrt, ohne einen Bissen über die Zunge gebracht zu haben. Gestern fand und zog mich Bob aus dem Jacinto.‘

‚Ihr habt Euch doch nicht . . .?‘

‚Nein, nein!‘ fiel ich ein; ‚mein durstiger Mustang sprang mit mir in den Fluß, und kraftlos, wie ich war, fiel ich hinein.‘

‚So!‘ sprach der Richter, ‚so hat Euch also Bob gerettet? Ist das wahr, Bob? Wohl, freut mich, Bob, freut mich das wieder. Wenn Ihr nur von Eurem Johnny lassen könntet. Sage Euch, Bob, der Johnny wird Euch noch ins Verderben bringen. Laßt ihn besser.‘

Alles das war bedächtig, mit Nachdruck gesprochen, dazwischen immer ein Trunk genommen und ein paar Rauchwolken aus der Zigarre gezogen und gestoßen.

‚Ja, Bob,‘ wandte er sich wieder an diesen, ‚wenn Ihr von dem Johnny lassen könntet!‘

‚Ist zu spät!‘ versetzte Bob.

‚Weiß nicht, warum es zu spät sein sollte; ist nie zu spät, ein sündig verdorbenes Lasterleben aufzugeben; nie, Mann!‘

‚Kalkuliere, ists aber doch!‘ versetzte halb trotzig Bob.

‚Ihr kalkuliert, es ist?‘ versetzte der Richter, ihn scharf fixierend. ‚Und warum kalkuliert Ihr? Nehmt ein Glas. Ptoly, ein Glas! — und sagt an, warum es zu spät sein sollte, Mann?‘

‚Habe keinen Durst, Squire‘, versetzte Bob.

‚Reden jetzt nicht vom Durst — ist der Rum nicht gegen den Durst — ist der Rum, mäßig genossen, das Herz und Nieren zu stärken, die blue Devils zu vertreiben; aber mäßig muß er genossen werden.‘

Und so sagend, füllte er sich ein Glas und leerte es zur Hälfte.

‚Reden aber nicht vom Durst,‘ hob er wieder an; ‚reden davon, daß es zu spät sein sollte. Warum sollte es zu spät sein?‘

Und wieder schaute er ihn scharf an.

‚Liegt mir nicht der Rum,‘ brummte wieder Bob, ‚liegt mir etwas anderes im Magen.‘

‚Liegt Euch etwas anderes im Magen?‘ fiel der Richter ein, die Rauchwolken seiner Zigarre von sich blasend. ‚Etwas anderes liegt Euch im Magen? Wohl, Bob, was liegt Euch denn so im Magen? Nehmt eine Zigarre, Mann‘, wandte er sich zu mir. ‚Wollen hören, was ihm im Magen liegt. Oder wollt Ihr unter vier Augen mit mir reden? Ist zwar heute Sonntag, Mann, und am Sonntage sollen die Geschäfte ruhen; aber da Ihr es seid und Magendrücken habt, so wollen wir schauen.‘

‚Habe den Gentleman expreß mitgepracht, daß er Zeuge sein, hören solle‘, versetzte Bob, eine Zigarre nehmend.

Der Richter, obwohl er ihn zu dieser nicht geladen, hielt ihm ganz ruhig das brennende Licht hin.

Bob rauchte die Zigarre an, tat einige Züge, schaute den Richter bedenklich an und warf dann die Zigarre zum Fenster hinaus.

‚Schmeckt mir nicht, Squire, schmeckt mir nichts mehr, wird immer ärger.‘

‚Ah, Bob, wenn Ihr nur Euer ewiges Spielen und Trinken lassen könntet! Sind diese Euer Fieber, Eure Ague-Cakes, Euer Verderben.‘

‚Ist nichts, Squire, hilft alles nichts; muß heraus. Kämpfte, stritt lange mit mir. Glaubte es zu verwinden, niederzudrücken; geht aber nicht. Habe manchen unter die siebente Rippe, aber dieser . . .‘

‚Was habt Ihr?‘ sprach der Richter, der, nachdem er die Zigarre gleichfalls durch das Fenster geworfen, Bob mit einer etwas richterlichen Miene maß. ‚Was gibt es wieder? Was sollen die Reden von siebenten Rippen? Keine Eurer Sodoma- und Unter-Natchez-Sprünge, hoffe so; könnten sie hier nicht brauchen; verstehen hier keine solchen Späße.‘

‚Pooh! Verstehen sie noch weniger drüben in Natchez. Hätten sie sie verstanden, wäre Bob nicht in Texas.‘

‚Aber Eure Knochen bleichten dafür drüben irgendwo an einem Baume oder in einem Graben? Wißen das, wißen das, Bob! Je weniger davon geredet wird, desto beßer. Habt aber hier versprochen, den alten sündigen Menschen aus-, einen neuen anzuziehen, und wollen deshalb alte Geschichten nicht aufrühren.‘

‚Habs wollen, habs wollen,‘ stöhnte Bob; ‚geht aber nicht, hilft alles nichts; muß heraus, sag es Euch, muß heraus. Wird nicht beßer, als bis ich gehängt bin.‘

Ich starrte Bob sprachlos an; der Richter jedoch nahm eine frische Zigarre, zündete sie an, und nachdem er sie in Rauch gesetzt, sprach er ganz gelassen: ‚Nicht beßer, als bis Ihr gehängt seid? Ja, aber warum wollt Ihr denn gehängt sein? Freilich solltet Ihr das schon lange, denn wenn die Zeitungen in Georgien, Alabama und Mississippi nicht alle lügen, so habt Ihr den Strick wenigstens ein dutzendmal verdient, in den Staaten drüben nämlich; aber hier sind wir in Texas, unter mexikanischer Gerichtsbarkeit. Geht uns hier nichts an, was Ihr drüben verbrochen, so Ihr nur hier nichts angestellt. Wo kein Kläger, da ist auch kein Richter.‘

‚Ho! es ist aber doch ein Kläger,‘ versetzte trotzig Bob; ‚ist einer, sag ich Euch‘, setzte er leiser und schaudernd hinzu.

‚Ein Kläger? Und wer sollte der Kläger sein?‘ fragte der Rich=
ter, mich anschauend.

‚Wer der Kläger sein sollte?‘ murmelte Bob. ‚Wer der Kläger
sein sollte?‘ wiederholte er, wechselweise den Richter und wieder
mich anstierend.

‚Sendet den Neger hinaus, Squire‘, unterbrach er sich plötzlich
und nicht ohne Selbstgefühl. ‚Was ein freier weißer Mann, ein
Bürger, zu sagen hat, soll nicht von schwarzen Ohren gehört werden.‘

‚Ptoly, geh hinaus!‘ befahl der Richter; dann wandte er sich
wieder zu Bob. ‚Sagt, was Ihr zu sagen habt oder sagen wollt!
Aber merkts Euch, zwingt Euch niemand dazu. Ist auch nur guter
Wille, daß ich Euch überhaupt höre, ist Sonntag.‘

‚Weiß es,‘ murmelte Bob, ‚weiß es, Squire; läßt mich aber
nicht ruhen, habe alles versucht. Bin hinüber nach San Felipe de
Austin, hinab nach Anahuac, half alles nichts. Wohin ich immer
gehe, das Gespenst folgt mir richtig nach, treibt mich zurück unter
den verfluchten Patriarchen.‘

‚Unter den Patriarchen?‘ fragte der Richter.

‚Ei, unter den Patriarchen!‘ stöhnte Bob. ‚Wißt Ihr den
Patriarchen? — Steht nicht weit von der Furt am Jacinto!‘

‚Weiß, weiß!‘ versetzte der Richter. ‚Und was treibt Euch unter
den Patriarchen?‘

‚Was mich treibt?‘ murmelte Bob in sich hinein. ‚Was treibt
einen — einen, der . . .‘

‚Einen, der?‘ fragte leise der Richter.

‚Einen, der‘ fuhr in demselben leisen Tone Bob fort, ‚einen, der
einem andern eine Unze Blei in den Leib getan. Liegt da, der an=
dere, unterm Patriarchen, den ich . . .‘

‚Den Ihr?‘ fragte wieder leise der Richter.

‚Nun, den ich kalt gemacht‘, schnappte mit einem ungeduldigen
Rucke Bob heraus.

‚Kalt gemacht?‘ fragte in stärkerem, beinahe rauhem Tone der
Richter. ‚Ihr ihn? Wen?‘

‚Je nun, wen? Warum laßt Ihr mich nicht ausreden? Habt
immer Euren Palaver darein‘, brummte verdrießlich Bob.

‚Werdet wieder einmal salzig, Bob!‘ fiel ihm der nun gleich=
falls ungeduldig werdende Richter in einem Tone ein, so zähledern
verdrießlich und doch wieder gleichmütig, daß mir ordentlich unheim=

lich wurde, ich unwillkürlich an den Hals fühlte, ob das Messer noch nicht an der Kehle, denn dieser Ton ließ doch alles befürchten. In meinem Leben hatte ich so nicht von einem Morde verhandeln gehört. Ich horchte, spitzte die Ohren, meine abgespannten Sinne und Nerven hatten mich vielleicht getäuscht. Vielleicht war die Rede von einem ungeschickt kalt gemachten Bären oder Panther. Einen Augenblick dachte ich auch, es müsse so sein; das Gesicht des Richters verriet so gar keine, auch nicht die leiseste Aufregung, war so handwerksmäßig metzgerartig verdrießlich zu schauen; aber dann das Bobs! Diese Angst und Verzweiflung, diese entsetzliche Un= heimlichkeit, mit der es ihm sein Geständnis brockenweise und gleich= sam wider Willen herauszwängte, als ob er vom bösen Feinde be= sessen; die furchtbare Qual, die ihn verzerrte, die rollenden, wie von einer Furie gepeitschten, und wieder stier und entsetzt, wie vor einem Gespenst, erstarrenden Augen! Meine Philosophie war hier zu Ende, alle meine Menschenkenntnis überm Haufen. Der Rich= ter rauchte so ruhig fort, als ob, wie gesagt, die Rede von einem ungeschickt geschlachteten Kalbe oder Rinde gewesen wäre. Mir verging Hören und Sehen bei dieser Gefühllosigkeit, die denn doch alles übertraf, was ich je derart gesehen oder gehört.

Er mochte mir unterdessen die Gedanken so ziemlich im Gesichte ablesen, denn nachdem er mich einen Augenblick fixiert, unterbrach er nicht ohne ein spöttisches Lächeln die Pause.

,Wenn Ihr glaubt, Fremdling, in unserm Lande sogenannte gute Gesellschaft zu finden, werdet Ihr Euch wahrscheinlich früher enttäuscht finden, als Euch angenehm sein dürfte. Haben weder New Yorker noch Bostoner feine Gentlemen hier, brauchen sie auch nicht, können sie leicht entbehren. Wird noch, Gott sei Dank! einige Zeit dauern, bis Eure New Yorker und Londoner und Pariser Fashionables zu uns kommen und uns ihre Manieren oder, besser zu sagen, Unmanieren lehren, die, abgerechnet Sie, vielleicht um kein Haar besser sind, als der arme Teufel, den Ihr hier vor Euch seht. Ei, sind bei uns die Teufel nicht so schwarz und bei Euch die Engel nicht so weiß, wie sie aussehen. Werdet hier noch 'ne andere Philosophie kennen lernen, als die Ihr aus Euren Büchern habt.'

,Laßt weiter hören, Mann!' wandte er sich wieder ruhig zu Bob. ,Kalkuliere, ist doch weiter nichts, als einer Eurer gewöhnlichen Tantarums.'

Bob schüttelte den Kopf.

Der Richter schaute ihn einen Augenblick scharf an und sprach dann in zutraulich ermunterndem Tone: ,Also unterm Patriar= chen, und wie kam er unter den Patriarchen?'

,Schleppte ihn darunter, begrub ihn da, vermute ich', versetzte Bob.

,Schlepptet ihn darunter? Und wie kam es, daß Ihr ihn dar= unter schlepptet?'

,Weil er wohl selbst nicht gehen konnte, mit mehr als einer hal= ben Unze Blei im Leibe.'

,Und die halbe Unze Blei tatet Ihr ihm in den Leib, Bob? Wohl, wenn es Johnny war, habt Ihr dem Lande einen Dienst erwiesen, uns einen Strick erspart.'

Bob schüttelte den Kopf.

,War es nicht, obwohl Johnny — doch mögt hören: Ist, wißt Ihr, gerade zehn Tage, daß Ihr mich ausgezahlt, zahltet mir zwanzig, fünfzig.'

,Richtig! Zwanzig Dollars, fünfzig Cents, Bob! Und mahnte Euch, das Geld stehen zu lassen, bis Ihr ein paar hundert Dol= lars oder so viel beisammen hättet, daß Ihr Euch ein Viertel oder ein Achtel Sitio Land kaufen könntet; aber hilft bei Euch alles Reden nichts.'

,Hilft nichts!' fiel Bob ein; ,treibt mich immer der Teufel, der mich nun schon einmal haben will; trieb mich, und wollte hinab nach San Felipe zu den Mexikanern. Wollte da mein Glück versuchen und auch den Doktor fragen.'

,Wozu braucht Ihr den Doktor? Konntet Euer Fieber längst los sein, wenn Ihr nur vierzehn Tage mit Eurem Trinken aus= setztet; denn sind hier gar nicht so bös, die Fieber. Ist aber mit Euch ein wahres Kreuz, Bob. Seid ein wilder, ungeregelter, gar ungeregelter Bursche, und dann Euer Umgang mit Johnny. Wol= len aber jetzt dem Unwesen mit Johnny ein Ende machen. Sind alle Nachbarn einverstanden. Wohl, waret also auf dem Wege nach San Felipe?'

,Wohl, war auf dem Wege nach San Felipe, und wie ich so meinen Weg ritt, führt mich der Teufel oder mein Unstern, denn der eine oder der andere war es, kalkuliere ich, an Johnnys Hause vorüber. Verspürte wohl Lust zu einem Glase, aber stieg doch nicht ab.

‚Stieg nicht ab,' fuhr er fort; ‚aber wie ich vom Rücken meines Mustangs hineinschaue durch die Fensterläden in die Stube, sehe ich einen Mann am Tische sitzen, der sichs wohl schmecken läßt, bei einer Schüssel Steaks und Pataten und einem Glase Steifen. Machte mir das Appetit, stieg aber doch nicht ab.

Wollte nicht; aber wie ich so schaue und ruminiere, kommt der Satan, der Johnny, geschlichen, wispert mir zu, möchte absteigen, es wäre ein Mann im Hause, mit dem etwas anzufangen wäre, wenn wirs gescheit einfädelten; habe eine Geldkatze um den Leib, die schönste, gespickteste Geldkatze, die man nur sehen könnte; und wenn wir just Spaßes halber ein Spielchen machten, würde er wohl anbeißen. —

Hatte nicht rechte Lust,' fuhr Bob fort, ‚und kalkulierte und ruminierte eine ziemliche Weile; aber knurrte Johnny und tat gar so heimlich und schmeichelnd, und wie er gar so tut, steige ich endlich ab, und wie ich absteige und mir die Dollars im Sacke klimpern, bekomme ich auch Lust, und lustig trete ich ein. — Lustig trete ich ein,' fuhr der Mann wild lachend fort, ‚ein Glas folgt dem andern; Beefsteaks und Pataten waren auch da, ich aß aber nur ein paar Bissen.

Hatte kaum ein paar Bissen drunten und ein drei, vier Gläser, als Johnny Karten und Würfel brachte. Holla, Johnny! Karten und Würfel, Johnny! Habe zwanzig Dollars fünfzig in der Ta=sche, Johnny! Wollen ein Spiel machen, Johnny! wollen, aber nüchtern, sag ich, Johnny! denn kenne dich, Johnny!

Johnny aber lacht gar pfiffig und rüttelt Würfel und Kar=ten; und wir heben zu spielen an.

Spielen, und dazwischen trinken wir; ich aber mehr als Johnny, und mit jedem Glase werde ich hitziger, meiner Dollars aber we=niger. Rechnete auf den Fremden, kalkulierte, würde der eintreten, daß wir ihn rupfen könnten; saß aber da und aß und trank, als ob ihn das Ganze gar nichts anginge. Wurde, ihm Lust zu machen, immer toller, half aber alles nichts; aß und trank ruhig fort. Ehe eine halbe Stunde vergangen, war ich abgetakelt, meine zwanzig, fünfzig beim Teufel oder, was dasselbe ist, Johnnys.

Wie ich kahl war, ward es mir vor den Augen, Squire! just wie grün und blau wars mir. Nicht bald war mirs so gewesen. Hatte hundertmal größere Summen verspielt, Hunderte, ja Tau=

sende von Dollars verspielt, aber diese Hunderte, ja Tausende hat=
ten mich auch nicht den hundertsten, tausendsten Teil der Mühe
gekostet, die mir diese zwanzig, fünfzig nahmen; wißt, habe zwei
volle Monate in Wäldern und Prärieen herumgelegen, mir das
Fieber an den Hals gezogen. Das Fieber hatte ich noch, aber kein
Geld, es zu vertreiben. War Euch so wild, konnte mit einem
Jaguar anbinden; sprang auch wild, wie ich war, auf Johnny zu;
lachte mir nur höhnisch ins Gesicht, klimperte dazu mit meinen Dol=
lars. Bekam dafür eine Kopfnuß, die, wäre er nicht auf die Seite
gesprungen, ihm für acht Tage das Lachen vertrieben hätte.

Hinkt aber doch wieder heran. Hinkt wieder heran, und mir
nach, und winkt mir und raunt mir heimlich zu: Bob, raunt er
mir zu, Bob, seid Ihr denn gar so auf einmal aus der Art ge=
schlagen, ein Hasenherz geworden, daß Ihr nicht seht, nicht die
volle Katze seht, sagt er, mit den Augen auf die Katze hinblinzelnd, die
der Mann um den Leib hatte und die, lachte er, für wenig mehr
als eine halbe Unze Blei zu haben wäre.'

,Sagte er das?' fragte der Richter.

,Ei, sagte ers,' bekräftigte Bob; ,sagte ers. Wollte aber nichts
davon hören — war so wild von wegen der zwanzig Dollars; sagte
ihm, wenn er Lust auf die gespickte Katze habe, möge er sie eben=
sowohl selbst dem Fremden abnehmen, brauche mich nicht dazu, ihm
die Kastanien aus der heißen Asche zu ziehen; solle gehen und ver=
flucht sein. Gab meinem Mustang die Sporen und ritt wild da=
von. — Ritt davon', fuhr Bob fort. ,In meinem Kopfe gings her=
um wie in einer Tretmühle. Lagen mir die zwanzig, fünfzig be=
stialisch im Kopfe. Zu Euch wollte ich nicht, durfte auch nicht,
wußte, würdet gescholten haben.'

,Würde nicht gescholten haben, Bob! Würde zwar gescholten
haben, aber zu Eurem Besten. Würde den Johnny vor mich zitiert,
eine Jury von zwölf Nachbarn zusammenberufen, Euch zu Euren
zwanzig, fünfzig, Johnny aber aus dem Lande oder noch besser,
aus der Welt verholfen haben.'

Die Worte waren zwar noch immer mit vielem Phlegma, aber
auch einer Herzlichkeit, einer Teilnahme gesprochen, die mir eine
etwas bessere Meinung von der Gewissenszartheit des guten Rich=
ters beibrachten. Auch Bob schienen sie wohltätig berührt zu ha=
ben. Er holte einen tiefen Seufzer, schaute den Richter gerührt an.

‚Ist zu spät,' murmelte er, ‚zu spät, Squire.'

‚Nicht zu spät,' versetzte der Richter; ‚doch laßt weiter hören.'

‚Wohl,' hob wieder Bob an, ‚wie ich so herumritt, war bereits Abend, ritt gegen das Palmettofeld zu, wißt Ihr? Am andern Ufer des Jacinto.'

Der Richter nickte.

‚Ritt so am Palmetto hinauf. — Wie ich so reite, höre ich auf einmal Pferdegetrampel. — Höre Pferdegetrampel', fuhr er fort. ‚Wie ich das höre, wird mir so kurios zumute, so kurios, wie mir im Leben nicht gewesen, schauderhaft wird mir zumute, ganz kalt überrieselt es mich. War mir, als ob mir zehntausend böse Geister in die Ohren heulten, verlor die Besinnung, verging mir Sehen und Hören, wußte nicht mehr, wo ich war. Stand mir bloß die gespickte Geldkatze vor Augen und meine zwanzig Dollars, fünf= zig. Sah nichts, hörte nichts anders. Hörte nichts, hörte aber doch, hörte eine Stimme; ruft mich an, die Stimme ruft: ‚Woher des Weges und wohin, Landsmann?'

‚Woher und wohin?' murmele ich; ‚woher und wohin? Zum Teufel,' sage ich, ‚und dahin mögt Ihr gehen und ihm Botschaft bringen.'

‚Die mögt Ihr ihm selbst überbringen,' sagt lachend der Fremde, ‚wenn Ihr Lust habt, mein Weg geht nicht zu ihm.'

‚Und wie er so sagt, schau ich auf und sehe, daß es der Mann ist mit der Geldkatze; wußte es zwar, aber schaute doch auf.

‚Seid Ihr nicht der Mann,' sagt er, ‚den ich drüben in der Herberge gesehen?'

‚Und wenn ichs bin, was geht es Euch an?' sag ich ihm.

‚Nichts, das ich wüßte,' sagt er; ‚geht mich freilich nichts an', sagt er.

‚Wohl, so zieht Eures Weges und sagt, seid dagewesen', sag ich.

‚Will, will!' sagt er. ‚Und nichts für ungut,' sagt er, ‚ein Wort ist kein Pfeil,' sagt er; ‚und kalkuliere, hat Euch Euer Spielverlust eben nicht in kirchengängerische Laune versetzt', sagt er. ‚Wenn ich Ihr wäre, würde wahrlich meine Dollars nicht auf Karte und Würfel setzen', sagt er.

‚Und machte mich das, daß er mir meinen Verlust in die Zähne warf, so giftig; war Euch giftig wie 'ne wilde Katze.

Halte aber doch meinen Zorn zurück. Stieg mir aber auf, die Galle, spürte es: ward tückisch.

‚Seid mir ein sauberer Geselle,‘ sag ich, ‚da einem seinen Spiel= verlust in die Zähne zu reiben, ein elender Geselle!‘

‚Wollte ihn nämlich aufreizen und dann mit ihm anbinden. Hatte aber keine Lust zum Anbinden, sagt ganz demütig: ‚Werfe Euch nichts in die Zähne; behüte mich Gott, Euch Euren Verlust in die Zähne zu reiben; bedaure Euch im Gegenteil. Seht mir nicht aus wie einer, der viele Dollars zu verlieren hat. Seht mir aus wie ein hartschaffender Mann, der sich sein Geld sauer ver= dienen muß.‘

‚Ei wohl, hartschaffiger Mann!‘ sag ich, ‚wohl muß ich mir mein Geld sauer verdienen.‘

‚Und hatten wir so gehalten und waren schier am obern Ende des Canebrake, nahe am Waldsaume, der den Jacinto einsäumt, und hatte mich hart an ihn und der Teufel sich an mich genistet.

‚Wohl, hartschaffiger Mann,‘ sag ich, ‚und alles verloren, alles, keinen Cent zu einem Bissen Kautabak.‘

‚Wenn sonst nichts ist als das,‘ sagt er, ‚da läßt sich wohl abhel= fen. Kaue zwar nicht, bin auch kein reicher Mann, habe Weib und Kind und brauchen jeden Cent, den ich habe; aber einem Landsmann zu helfen, ist Bürgerpflicht. Sollt Geld zu Kautabak und einem Dram haben.‘

Und so sagend, langte er den Beutel aus seiner Tasche, in dem er seine Münze hatte. War ziemlich voll, der Beutel, mochten wohl ein zwanzig Dollars darin sein, und war mir, als ob der Teufel mir aus dem Beutel heraus zulache.

‚Halbpart!‘ sag ich.

‚Nein, das nicht; hab Weib und Kind und gehört denen, was ich habe; aber einen halben Dollar.‘

‚Halbpart!‘ sag ich ‚oder . . .‘

‚Oder?‘ sagt er, und wie er so sagt, steckt er den Beutel wieder in die Tasche und langt nach der Rifle, die er über der Schulter hat. ‚Zwingt mich nicht,‘ sagt er, ‚Euch Leides anzutun. Tut das nicht,‘ sagt er, ‚möchte ich, möchtet Ihr es bereuen! Bringt keinen Segen, was Ihr vorhabt.‘

Ich aber höre nicht mehr, sehe nicht mehr; zehn Millionen böse Geister haben mich ergriffen.

‚Halbpart!' schreie ich, ‚und wie ich so schreie, hopst er auch im Sattel auf, fällt zurück — über den Rücken seines Gauls hinab. ‚Bin ein toter Mann!' röchelte er noch. ‚Gott sei mir gnädig und barmherzig! Mein armes Weib, meine armen Kinder!'

Bob hielt jetzt inne, der Atem stockte ihm, der Schweiß stand ihm in großen Tropfen auf der Stirn. Grausig starrte er in die Ecke des Zimmers hinein.

Auch der Richter war bleich geworden. Ich hatte es versucht aufzustehen, taumelte aber wieder zurück; ohne die Tafel wäre ich gesunken.

Eine düstere Pause trat ein. Endlich murmelte der Richter: ‚Ein harter, harter Fall! — Vater, Mutter, Kind mit einem Schlage! Bob, Ihr seid ein gräßlicher Geselle, ein gräßlicher Geselle, geradezu ein Bösewicht!'

‚Ein gräßlicher Geselle!' stöhnte Bob, ‚die Kugel war ihm mitten durch die Brust gegangen.'

‚Vielleicht war Euch der Hahn abgeschnappt?' sprach leise, wie ängstlich, der Richter; ‚vielleicht wars seine eigene Kugel?'

Bob schüttelte den Kopf.

‚Weiß es wohl, denn steht mir noch so deutlich vor Augen, wie er sagt: Tut das nicht, zwingt mich nicht, Euch Leides anzutun. Möchtet Ihr, möchte ich es bereuen! — Drückte aber ab, war der Teufel, der michs tun hieß. Seine Kugel steckt noch im Rohre. Wie er jetzt vor mir lag,' fuhr er stöhnend fort, ‚wurde mir, kann Euchs gar nicht beschreiben, wie mir wurde. War nicht der erste, den ich kalt gemacht, aber alle Geldkatzen und Beutel der Welt hätte ich jetzt darum gegeben, die Tat ungeschehen zu machen. Nein, soll der letzte sein, soll und muß der letzte sein; denn läßt mich nicht mehr ruhen, nicht mehr rasten. In der Prärie gar, da ists am ärgsten, sag Euchs geradezu, am allerärgsten. Läßt mich nicht mehr in der Prärie, treibt mich immer unter den Patriarchen. Muß ihn auch unter den Patriarchen geschleppt, da mit meinem Weidmesser verscharrt haben, denn fand ihn da.'

‚Fandet ihn da?' murmelte der Richter.

‚Weiß nicht, wie er dahin kam, muß ihn wohl selbst hingebracht haben, denn fand ihn da. Sah aber nichts mehr, hörte nur die Worte: Gott sei mir gnädig und barmherzig! Bin ein toter Mann! Mein armes Weib, meine armen Kinder!'

‚Bringt wohl keinen Segen, was ich getan!' stöhnte er wieder. ‚Bringt keinen, habe es erfahren. Gellen mir die Worte immer und ewig in den Ohren.'

Der Richter war aufgestanden und ging in tiefen Gedanken heftig im Parlour auf und ab. Auf einmal hielt er an.

‚Was habt Ihr mit seinem Gelde getan?'

‚Stand mir immerfort vor Augen', murmelte Bob. ‚Wollte nach San Felipe, hatte seinen Beutel zu mir gesteckt, aber seine Katze mit ihm begraben, auch eine Flasche Rum und Brot und Beefsteaks, die er von Johnny mitgenommen. Ritt den ganzen Tag. Am Abend, wie ich absteige und ins Wirtshaus, das ich vor mir sehe, einzutreten gedenke, wo glaubt Ihr, daß ich war?'

Der Richter und ich starrten ihn an.

‚Unter dem Patriarchen. Hatte, statt mich nach San Felipe zu lassen, der Geist des Gemordeten mich unter den Patriarchen getrieben. Ließ mich da nicht ruhen, bis ich ihn aus- und wieder eingescharrt, aber den Mantelsack nicht.'

Der Richter schüttelte den Kopf.

‚Versuchte es den folgenden Tag mit einer anderen Richtung; brauchte Kautabak, hatte keinen mehr. Reite nach Anahuac, durch die Prärie. Wollte um jeden Preis nach Anahuac, hoffte, mirs da schon aus'm Sinne zu schlagen. Ritt auf Leben und Tod auf Anahuac zu – den ganzen Tag. Am Abend, wie ich aufschaue, die Salzwerke zu sehen glaube, wo glaubt Ihr, daß ich wieder war? Richtig wieder unterm Patriarchen. Grub ihn wieder aus, schaut ihn mir wieder von allen Seiten an, vergrub ihn dann wieder.'

‚Quer das!' versetzte der Richter.

‚Ei, sehr quer!' stimmte Bob bei. ‚Hilft alles nichts, sag es Euch, geben mir nicht Ruhe, hilft alles nichts. Wird nicht besser, als bis ich gehängt bin.'

Bob fühlte sich sichtbar erleichtert, nachdem er dies gesprochen. Aber, so seltsam es klingen mag, auch ich. Unwillkürlich nickte ich beistimmend. Der Richter allein verzog keine Miene.

‚So,' sprach er, ‚so! So glaubt Ihr, es wird nicht besser, als bis Ihr gehängt seid?'

‚Ja', versetzte mit eifriger Hast Bob. ‚Gehängt an demselben Patriarchen, unter dem er begraben liegt.'

Jetzt nahm der Richter eine Zigarre, zündete sie an und sprach dann: ‚Wohl, wenn Ihr es so haben wollt, wollen wir sehen, was sich für Euch tun läßt. Will die Nachbarn morgen zur Jury zusammenrufen lassen.‘

‚Dank Euch, Squire‘, brummte Bob, sichtbar erleichtert.

‚Will sie zu einer Jury zusammenrufen lassen‘, wiederholte der Alkalde, ‚und dann schauen, was sich für Euch tun läßt. Werdet vielleicht andern Sinnes.‘

Ich schaute ihn wieder an, wie aus den Wolken gefallen. Er schien es jedoch nicht zu bemerken.

‚Gibt vielleicht noch einen andern Weg, Euer Leben loszuwer= den, wenn Ihr es müde seid,‘ fuhr er, die Zigarre aus dem Munde nehmend, fort; ‚könnt vielleicht den einschlagen, ohne daß Euer Gewissen Hühneraugen bekommt.‘

Bob schüttelte den Kopf, ich unwillkürlich gleichfalls.

‚Wollen auf alle Fälle hören, was die Nachbarn sagen‘, sprach wieder der Richter.

Bob stand jetzt auf, trat auf den Richter zu, ihm die Hand zum Abschiede zu reichen. Dieser versagte sie. Sich zu mir wen= dend, sprach er: ‚Glaube, Ihr bleibt besser hier.‘

Bob wandte sich ungestüm.

‚Der Gentleman muß mit.‘

‚Warum muß er mit?‘ fragte der Richter.

‚Fragt ihn selbst.‘

Ich erklärte nochmals die Verbindlichkeit, die ich Bob schul= dete, die Art und Weise, wie wir miteinander zusammengetroffen, wie er bei Johnny für mich gesorgt.

Er nickte beifällig, sprach aber dann bestimmt: ‚Ihr bleibt nichtsdestoweniger hier, gerade jetzt um so mehr hier, und Bob, Ihr geht allein. Ihr seid in der Stimmung, Bob, die am besten allein bleibt, in einer gereizten Stimmung, versteht Ihr? Und des= halb laßt Ihr den jungen Mann hier. Könnte noch ein Unglück geben. Ist auf alle Fälle besser hier, als bei Euch oder Johnny aufgehoben. Morgen kommt Ihr wieder, und da wollen wir sehen, was sich für Euch tun läßt.‘

Die Worte des Mannes waren mit jenem Gewichte gesprochen, dem Leute von Bobs Charakter selten zu widerstehen vermögen. Er nickte beifällig und ging.

Ich wieder saß noch immer wie betäubt, den seltsamen Mann anstarrend, er kam mir gar so unmenschlich, beinahe ogreartig vor!"

_ _

„Pferdegetrampel weckte mich am folgenden Morgen. Es war Bob, der angekommen, soeben abstieg. Aber welches Absteigen! Die Glieder schienen ihm den Dienst zu versagen, auseinander= streben — reißen zu wollen, so verrenkt, schwankend, taumelnd wa= ren seine Bewegungen. Anfangs glaubte ich, er sei betrunken, aber er war es nicht. Es war die Todesmüdigkeit des unter der Seelen= qual erliegenden Körpers — er war gerade zu schauen, als ob er von der Folter käme. Die vierundzwanzig Stunden mußten ihm gräßlich mitgespielt haben.

Schaudernd warf ich mich in die Kleider, sprang die Treppe hinab und öffnete die Haustür.

Den Kopf auf dem Nacken seines Mustangs ruhend, die Hände darüber gekreuzt, stand er, wechselsweise zusammenschaudernd und wieder aus tiefster Brust herauf stöhnend.

,Bob, seid Ihr es?'

Keine Antwort.

,Bob wollt Ihr nicht ins Haus?' sprach ich, bemüht, eine seine Hände zu erfassen.

Er schaute auf, stierte mich an, schien mich aber nicht zu er= kennen.

Ich zog ihn vom Mustang weg, band diesen an einen der Pfosten, und führte ihn dann ins Haus. Er ließ es mit sich ge= schehen, folgte willen=, beinahe kraftlos. Wie ich ihm einen Ses= sel stellte, fiel er in diesen hinein, daß der Sessel zusammenkrachte, das ganze Haus erschütterte. Aber kein Wort war aus ihm her= auszubringen. Eben wollte ich mich in meine Schlafkammer zu= rückziehen, um meine Toilette soviel als möglich zu ordnen, als sich aber= und abermals Pferdegetrampel hören ließ. Es waren zwei Reiter, denen in einiger Entfernung mehrere folgten, alle in Jagdblusen, hirschledernen Beinkleidern und Wämsen, mit Rif= les und Bowie=Knifes bewaffnet, feste, trotzige Gesellen, offenbar aus den südwestlichen Staaten, mit dem echten Kentucky=, halb Roß=, halb Alligatorprofile, auch der gehörigen Beigabe von Donner, Blitz und Erdbeben. Ein Dreitausend solcher Männer

konnten es freilich mit einer Armee Mexikaner aufnehmen, wenn
alle den Spindelbeinen gleichen, die ich gesehen, denn jede Hand
dieser Kolosse wog füglich einen ganzen Mexikaner auf. Übrigens
eine sehr behagliche Empfindung, als ich sie mit kentuckischer care
the devil-Miene absteigen, ihrer Pferde Zügel dem Neger in die
Hände werfen und dann in das Haus eintreten sah, ganz wie
Leute, die, überall zu Hause, sich auch in Texas als die Herren
zeigten, mehr so zeigten als die Mexikaner selbst. Das waren allerdings die Männer, die Texas zur Unabhängigkeit erheben konnten! Beim Eintritte in das Parlour nickten sie mir zwar einen guten, aber etwas kalten Morgen zu, ihre Falkenaugen hatten mit
mir zugleich Bob erschaut, ein Zusammentreffen, das ihnen auf-
zufallen schien, obwohl sie dies unter der Maske gleichgültigen
Nichtbeachtens verbargen; doch warfen sie mehrere Male, ohne
sich übrigens in ihrer Unterhaltung stören zu lassen, sehr scharfe
Blicke auf mich. Diese Unterhaltung bezog sich auf Rinder- und
Kottonpreise, auf die Verhandlungen des Cohahuila- und Texas-
und wieder Generalkongresses, auf die Demonstrationen, die von
Metamora aus gegen Texas, wie es hieß, im Anzuge waren und
die auch, wie Sie wissen, kurz darauf stattfanden, die sie aber bis
jetzt nicht im mindesten zu beunruhigen schienen. Man hätte
schwören sollen, daß die drohenden Demonstrationen sie ganz und
gar nichts angingen. Nach und nach kamen ihrer mehrere, so daß
ihre Anzahl auf vierzehn stieg, alle fest entschieden auftretende
Gesellen, bis auf zwei, die mir weniger gefielen. Auch den übrigen
schienen sie nicht sehr zu gefallen, denn keiner reichte ihnen die Hand
und kaum daß sie ihrem good morning ein stummes Nicken ent-
gegengaben. Sie allein traten auf Bob zu, es versuchend, ihn zum
Reden zu bringen, allein vergebens.

Der Richter war mittlerweile, nach dem Geräusche im anstos-
ßenden Kabinette zu schließen, aufgestanden und mit seiner Toilette
beschäftigt, die ihm aber nur wenig Zeit nehmen mochte, denn
kaum waren drei Minuten seit dem Krachen des Bettes verflos-
sen, als auch bereits die Tür aufging und er eintrat.

Zwölf von den Männern traten ihm freundlich, ja herzlich entgegen, die zwei blieben im Hintergrunde — auch schüttelte er nur
den ersteren die Hand.

Als er den zwölfen die Hand geschüttelt, den zweien kalt zu-

genickt, trat er zu mir, nahm mich bei der Hand und stellte mich
seinen Gästen vor. Erst jetzt erfuhr ich, daß ich vor keinen gerin=
geren Personagen als den Beisitzern des Ayuntamiento von San
Felipe de Austin stand, daß zwei meiner derben Landsleute Korre=
gidoren, einer Prokurator, die übrigen aber buenos hombres —
das heißt so viel als Freisassen — Mannen waren, Ehrenbenen=
nungen, die sie übrigens nicht sehr hoch anzuschlagen schienen, denn
sie begrüßten und nannten sich bloß bei ihren Familiennamen.

Jetzt brachte der Neger ein Licht, rückte die Zigarrenkistchen,
die Armsessel zurecht, der Richter deutete auf den Schenktisch, die
Zigarren, und dann ließ er sich nieder.

Einige nahmen einen Schluck, andere Zigarren. Über dem
Einschenken, Trinken, dem Anbrennen, in Rauch Versetzen ver=
ging eine geraume Weile.

Bob krümmte sich währenddem wie ein Wurm.

Jetzt endlich, dachte ich, würde er ans Geschäft gehen, aber ich
schloß fehl.

‚Mister Morse!‘ redete er mich an, ‚seid so gut, helft Euch.‘

Ich schenkte ein; er winkte mir anzustoßen. Ich trat zu ihm,
stieß mit ihm, allen übrigen, bis auf die zwei an.

Noch mußte ich eine Zigarre nehmen, sie anbrennen, und erst als
dies in Ordnung, nickte er zufrieden, die Arme auf die beiden Leh=
nen des Sessels stützend.

Es war etwas pedantisch Langweiliges, aber auch patriarcha=
lisch Würdevolles und wieder Berechnetes in dieser langsamen
Prozedur, die wirklich charakteristisch amerikanisch genannt wer=
den kann. Wie wir alle äußeren Formen entbehren, hat unser
ernster Nationalcharakter in dieser würde= und bedachtvoll einlei=
tenden Langsamkeit sehr glücklich, wie mir scheint, die Formali=
täten, den Pomp und die Repräsentation anderer Völker bei ihren
Gerichts= und öffentlichen Verhandlungen ersetzt.

Nachdem denn endlich alle getrunken, alle ihre Zigarren ange=
raucht, sprach der Richter, die Zigarre absetzend und sein Glas
ergreifend: ‚Männer!‘

‚Squire!‘ sprachen die Männer.

‚Haben ein Geschäft vor uns, ein Geschäft, das, kalkuliere ich,
besser der expliziert, den es betrifft.‘

Die Männer schauten den Squire, dann Bob, dann mich an.

‚Bob Rock! oder was sonst Euer Name, so Ihr etwas zu sagen habt, so sagt es‘, sprach der Alkalde.

‚Habs Euch ja schon gestern gesagt‘, brummte Bob, den Kopf noch immer zwischen den Händen, die Ellenbogen auf den Knieen.

‚Ja, aber müßt es heute wieder sagen. War gestern Sonntag, und ist der Sonntag, wißt Ihr, der Tag der Ruhe, der Feier, und nicht der Geschäfte. Sehe das, was Ihr an einem Sonntage sagt, als nicht gesagt an. Will Euch nicht nach Eurem gestrigen Sagen richten oder richten lassen. Habt es denn auch bloß unter vier Augen gesagt, denn Mister Morse rechne ich nicht, betrachte ihn noch als Fremdling.‘

‚Aber wozu denn das ewige Palaver, wenn die Sache klar‘, knurrte Bob, den Kopf mürrisch erhebend.

Wie jetzt die Männer auf- und ihn anschauten, legte sich ein düsterer, finsterer Ernst um ihre eisernen Gesichter. Er war wirklich schauderhaft zu schauen, das Gesicht schwarzblau, die Wangen hohl, der gräßliche Bart, die blutunterlaufenen Augen, tief in den Höhlen rollend! Es war nichts Menschliches mehr in diesen Zügen.

‚Wie Mississippiwasser‘, versetzte bedächtig der Richter. ‚Klar wie Mississippiwasser, wenn es vierundzwanzig Stunden gestanden. Sag Euch, will weder Euch noch irgend jemanden auf sein Wort verdammen, um so weniger Euch, als Ihr in meinem Hause, zwar nicht in meinem Hause, aber doch in meinem Dienste gestanden, von meinem Brot gegessen. Will Euch nicht verdammen, Mann!‘

Bob holte tief Atem.

‚Habt Euch gestern selbst angeklagt; hat aber Eure Selbstanklage einen Haken, habt das Fieber.‘

‚Hilft alles nichts‘, stöhnte, wie gerührt, Bob. ‚Hilft alles nichts. Sehe, meint es gut. Aber obwohl Ihr mich retten könnt von Menschenhänden, könnt Ihr mich doch nicht retten vor mir selbst. Hilft nichts, muß gehängt sein, an demselben Patriarchen gehängt sein, unter dem er liegt, den ich kalt gemacht.‘

Abermals schauten die Männer auf, sprachen aber kein Wort.

‚Hilft alles nichts‘, fuhr Bob fort. ‚Ja, wenn er mir gedroht, wenn er Streit angefangen, mir nur verweigert hätte, tat das aber nicht. Sagte, gellt mir noch in den Ohren, höre ihn noch, wie

er sagt: Tut das nicht, zwingt mich nicht, etwas zu tun, was Ihr,
was ich bereuen könnte. Tut das nicht, Mann! Habe Weib und
Kind, und bringt keinen Segen, was Ihr vorhabt! – Hörte aber
nicht,' stöhnte er aus tiefster Brust herauf, ,hörte nichts als die
Stimme des Teufels, warf die Rifle vor, schlug an, drückte ab.'

Sein entsetzliches Stöhnen, das wie das unterdrückte Gebrüll
eines Rindes tönte, schien selbst die eisernen Zwölf zu erschüttern.
Sie betrachteten ihn mit scharfen, aber wie verstohlenen Blicken.

,So habt Ihr einen Mann totgemacht?' fragte endlich eine
tiefe Baßstimme.

,Ei, so hab ich!' schnappte Bob heraus.

Und wie ihm die Worte entschnappten, schaute er den Fragen=
den stier an, der Mund blieb ihm weit offen.

,Und wie kam das?' fragte der Mann weiter.

,Wie es kam? Wie es kam? Müßt den Teufel fragen, oder
auch Johnny. Nein, nicht Johnny, kann es Euch doch nicht sagen,
der Johnny. War nicht dabei, der Johnny. Kann nur ich es sagen,
und doch, kann es kaum sagen, weiß selbst nicht, wie es kam. Traf
den Mann bei Johnny, weckte Johnny den Bösen in mir, zeigte
mir seine Geldkatze.'

,Johnny?' fragten mehrere.

,Ei, Johnny! kalkulierte auf seine Geldkatze, war aber zu pfif=
fig, zu gescheit für ihn, und als er mir meine Federn, meine zwan=
zig, fünfzig, ausgerupft . . .'

,Zwanzig Dollars, fünfzig Cents,' erläuterte der Richter, ,die
er von mir für erlegtes Wild und eingefangene Mustangs er=
halten.'

Die Männer nickten.

,Und machtet den Mann, weil er nicht spielen wollte, kalt?'
fragte wieder die Baßstimme.

,Nein, erst einige Stunden darauf am Jacinto, unweit dem
Patriarchen. Begegnete ihm unterhalb und machte ihn kalt
da.'

,Dachte mir wohl, daß da etwas Apartes sein müsse,' nahm ein
anderer das Wort, ,denn war euch doch eine ganze Nation von
Aasvögeln und Geiern und Turkeybussards und derlei Gezüchte
auf und ab, als wir vorüberritten. Nicht wahr, Mister Heart?'

Mister Heart nickte.

,Traf ihn nicht weit vom Patriarchen und forderte halbpart von seinem Gelde‘, hob wieder instinktartig Bob an.

,Wollte mir etwas geben,‘ fuhr er fort, ,einen Quid zu kaufen, und mehr als das, aber nicht halbpart. Sagte, habe Weib und Kind.‘

,Und Ihr?‘ fragte wieder der mit der Baßstimme, die aber jetzt hohl klang.

,Schoß ihn nieder‘, versetzte mit einem heisern, entsetzlichen Lachen Bob.

Eine Weile saßen alle mit zu Boden gerichteten Blicken. Dann fuhr der mit der Baßstimme in dem Verhör weiter.

,Und wer war der Mann?‘

,Ei, wer war er? Fragte ihn nicht, wer er war, stand ihm auch nicht auf der Stirn geschrieben. War ein Bürger, ob aber ein Hoshier, oder Buckeye, oder Mudhead, ist mehr, als ich sagen kann.‘

,Die Sache muß denn doch untersucht werden. Alkalde‘, nahm nach einer langen Pause ein anderer das Wort.

,Das muß sie‘, versetzte der Alkalde.

,Wozu da erst lange untersuchen?‘ brummte unwillig Bob.

,Wozu?‘ entgegnete der Richter. ,Weil wir das uns, dem Kaltgemachten und Euch schuldig sind, Euch nicht verurteilen können, ohne das Corpus delicti gesehen zu haben. — Ist auch ein anderes Item,‘ fuhr er, zu den Männer gewandt, fort, ,auf das ich euch aufmerksam machen muß. Ist der Mann halb und halb außer sich, nicht compos mentis, wie wir sagen. Hat das Fieber, hatte es, als er die Tat beging, war ferner da von Johnny aufgereizt, in desperater Stimmung über seinen Verlust; aber trotz dieser gereizten Stimmung hat er diesem Gentleman da, Mister Edward Nathanael Morse, das Leben gerettet.‘

,Hat er das?‘ fragte der mit der tiefen Baßstimme.

,In jeder Beziehung,‘ versetzte ich, ,nicht nur dadurch, daß er mich aus dem tiefen Flusse zog, in dem ich, sterbend von meinem Mustang geworfen, sicher ertrunken wäre, sondern auch durch die sorgfältigste Pflege, die er dem sogenannten Johnny und seiner Mulattin zu meinen Gunsten abrang. Ohne ihn wäre ich nicht mehr am Leben, das kann ich beschwören.‘

Bob warf mir jetzt einen Blick zu, der mir durch die Nerven

drang. Es war so erschütternd, Tränen in diesen Augen zu treffen!

Die Männer hörten in tiefem Schweigen.

‚Es scheint, daß Ihr durch Johnny aufgereizt worden, Bob?‘ nahm wieder der mit der Baßstimme das Wort.

‚Sagte das nicht. Sagte nur, daß er auf die Geldkatze hinblinzelte, mir sagte . . .‘

‚Was sagte er?‘

‚Was geht Euch aber das, was Johnny gesagt, an? knurrte wieder verdrießlich Bob. ‚Geht Euch nichts an, kalkuliere ich.‘

‚Geht uns aber an,‘ versetzte einer der Männer, ‚geht uns an.‘

‚Wohl, wenn es Euch angeht, mögt Ihr es ebensowohl wissen‘, brummte wieder Bob. ‚Sagte, wie ich so wild aus dem Hause stürze, sagt er: Seid Ihr denn gar so Hühnerherz geworden, Bob, sagt er, daß Ihr da Fersengeld gebt, wenn nicht zehn Schritte von Euch eine so vollgespickte Katze für wenig mehr denn ein Lot Blei zu haben?‘

‚Hat er das gesagt?‘ fragte wieder die Baßstimme.

‚Fragt ihn selbst.‘

‚Wir fragen aber Euch.‘

‚Je nun, er hat es gesagt.‘

‚Hat er es gewiß gesagt?‘

‚Sagt Euch schon, wozu das ewige Palavern? Hats gesagt, aber müßt ihn fragen. Will weder seinem, noch irgendeines andern Gewissen auf die Hühneraugen treten, sind mir die meinigen dick genug, bürg Euch dafür. Will nur die meinigen ausgeschnitten haben, und müssen ausgeschnitten sein. Wollt Ihr sie ihm ausschneiden, müßt Ihr Euch an ihn wenden. Kalkuliere, will bloß für mich reden, für mich gehängt sein.‘

‚Alles recht, alles recht, Bob!‘ nahm wieder der Alkade das Wort. ‚Aber wir können Euch doch nicht hängen, ohne uns zuvor zu überzeugen, daß Ihr es auch verdient. Was sagt Ihr dazu, Mister Wythe? seid Prokurator, und Ihr, Mister Heart und Stone? Helft Euch zu Rum oder Brandy, und Mister Bright und Irwin, eine frische Zigarre. Sind konsiderabel, tolerabel, die Zigarren. Sind sie's nicht? Wohl, Mister Wythe, das in der Diamantflasche ist Brandy, was sagt Ihr dazu?‘

Mein aristokratischer Demokrat war so ganz Demokrat ge-

worden, als mir unter andern Umständen wohl ein Lächeln abge=
nötigt hätte, hier aber verging es mir. Mister Wythe, der Pro=
kurator, hatte sich erhoben, wie ich glaubte, sein Urteil abzugeben,
aber an dem war es noch nicht. Er trat zum Schenktische, stellte
sich gemächlich vor diesen hin, und die Diamantflasche mit der
einen Hand ergreifend, mit der andern das Glas, sprach er: ‚Je
nun, Squire, oder vielmehr Alkalde!‘

Nach dem ‚Alkalde‘ schenkte er das Glas halb mit Rum
voll.

‚Wenns so ist‘, meinte er weiter, einen Viertelzoll Wasser hin=
zugießend.

‚Und‘, fuhr er fort, einige Brocken Zucker nachsendend, ‚Bob
den Mann kalt gemacht hat . . .‘

‚Meuchlings kalt gemacht hat,‘ setzte er hinzu, den Zucker mit
dem hölzernen Stempel zerstoßend und umrührend, ‚so kalkuliere
ich,‘ argumentierte er, das Glas hebend, ‚daß Bob, wenns ihm so
recht ist, gehängt werden sollte‘, schloß er, das Glas zum Munde
bringend und leerend.

Bob schien eine schwere Last von der Brust genommen. Er holte
tief und erleichtert Atem. Die übrigen nickten stumm.

‚Wohl!‘ sprach, aber nicht ohne Kopfschütteln, der Richter.
‚Wenn Ihr so meint und Bob einverstanden ist, so kalkuliere ich,
müssen wir ihm schon seinen Willen tun. Freilich sollte eigentlich
das Ganze noch vor die Distrikt Court nach San Antonio hin=
über; aber da er einer der Unsrigen ist, müssen wir schon ein Auge
zudrücken, ihm Gnade für Recht widerfahren lassen, den Gefallen
tun. Sag Euch aber, tue es nicht gerne. Tue es zwar, aber muß
auf alle Fälle der kalt gemachte Mann noch zuvor untersucht,
auch Johnny verhört werden. Sind das uns, sind es Bob als
unserm Mitbürger schuldig.‘

‚Auf alle Fälle!‘ bekräftigen die sämtlichen Zwölf.

‚Was hat aber der Johnny dabei zu tun?‘ fiel mürrisch Bob
ein. ‚Hab euch schon ein dutzendmal gesagt, war nicht dabei, und
geht ihn nichts an.‘

‚Geht ihn aber doch an‘, entgegnete der Richter. ‚Geht ihn an,
Mann. War zwar nicht dabei, aber sandte Euch dafür, zwar nicht
mit ausdrücklichen Worten, aber mit einem geheimen Sporne.
Wäre Johnny nicht gewesen, hättet Ihr weder Mann noch

Geldkatze gesehen pro primo, pro secundo hättet Ihr Eure zwan=
zig, fünfzig nicht verspielt, und pro tertio wäre Euch nicht die No=
tion ins Gehirn gekommen, Euch durch seine gespickte Katze — ent=
gegen einem Lot Blei — zu entschädigen.'

‚Ist ein Fakt das!' bekräftigten alle.

‚Seid ein greulicher Mörder, Bob! und ein konsiderabler dazu,'
nahm wieder der Richter das Wort; ‚aber sage Euch doch, und
gilt mir gleich, wers hört, sag es Euch ins Gesicht, will Euch nicht
schmeicheln, aber seid mir doch lieber in Eurer Nagelspitze als
der Johnny mit Haut und Haaren. Und tut mir leid um Euch,
denn weiß, seid im Grunde kein Bösewicht, seid aber durch böses
Beispiel, böse Gesellschaft verführt worden. Könntet aber, kalku=
liere ich, noch zurechtgebracht, noch zu manchem gebraucht wer=
den, vielleicht besser gebraucht werden, als Ihr meint. Ist Eure
Rifle eine kapitale Rifle.'

Die letzten Worte machten alle aufschauen. Bob scharf und
fragend fixierend, hielten sie in gespannter Erwartung.

‚Könntet', fuhr der Richter ermutigend fort, ‚vielleicht der
Welt, Euren beleidigten Mitbürgern, dem verletzten Gesetze noch
bessere Dienste leisten, als durch Euer Gehängtwerden da. Seid
immer noch ein Dutzend Mexikaner wert.'

Bob war während der Rede des Richters der Kopf auf die Brust
gefallen. Jetzt hob er ihn, zugleich tief Atem holend.

‚Verstehe, Squire! Weiß, worauf Ihr zielt. Kann aber nicht,
darf nicht; kann nicht so lange warten, mag nicht. Ist mir das
Leben zur Last, quält mich, foltert mich gar grausam. Läßt mir
keine Ruhe, bei Tag und Nacht, wo ich gehe, stehe.'

‚Wohl, so legt Euch!' meinte der Richter.

‚Steht auch da vor mir, treibt mich zurück unter den Pa=
triarchen.'

Hier schauten mehrere den Sprecher an, dann fielen ihre Blicke
zu Boden. Eine Weile saßen sie so in tiefer Stille, endlich hoben
sie die Köpfe, schauten einander forschend an, und der Richter nahm
abermals das Wort: ‚Es bleibt also dabei, Bob. Wollen heute
zum Patriarchen, und morgen kommt Ihr. Seid Ihrs so zu=
frieden?'

‚Um welche Zeit?'

‚Um die zehn Uhr herum.'

‚Könnte es nicht früher sein?' murmelte, ungeduldig den Kopf schüttelnd, Bob.

‚Warum früher? Seid Ihr denn gar so lüstern nach der Hanf= braut?' meinte Mister Heart.

‚Was hilft das Schwätzen und Palavern?' brummte mürrisch Bob. ‚Sag es euch ja, läßt mich nicht ruhen. Muß aus der Welt, treibt mich daraus; darum je eher, desto besser. Bin satt des Le= bens, und wenn ich erst um zehn Uhr komme und ihr da noch ein paar Stunden oder mehr euer Palaver habt und wir dann wie= der eine Stunde oder zwei zum Patriarchen reiten, kommt das Fieber.'

‚Aber wir können doch wegen Eurem Fieber da nicht wie die wilden Gänse zusammen und auseinander schießen', rief ungedul= dig der Prokurator. ‚Habt doch nur ein Einsehen. Mann!'

‚Freilich, freilich!' meinte wieder beinahe demütig Bob.

‚Ist aber ein schlimmer Gast, das Fieber, Mister Wythe!' bemerkte Mister Trace, ein frisches Glas nehmend. ‚Und kalku= liere,' fuhr er fort, es leerend, ‚sollten ihm den Gefallen tun.'

‚Wohl, Squire, was meint Ihr dazu?" fragte der Prokura= tor. ‚Meint Ihr, daß wir ihm zu Willen sein sollen?'

‚Kalkuliere, ist wirklich ein wenig gar zu importun, unbeschei= den da in seinen Forderungen, der Bob,' meinte, sehr verdrießlich den Kopf schüttelnd, der Richter.

Alle schwiegen.

‚Aber wenn ihr dafür haltet und es zufrieden seid,' fuhr er zu dem Ayuntamiento gewendet fort, ‚und weil es Bob ist, weil Ihr es seid, Bob!' wandte er sich an diesen, ‚so kalkuliere ich, müssen wir Euch schon zu Willen sein.'

‚Dank Euch!' sprach sichtlich erleichtert Bob.

‚Nichts zu danken!' brummte, während Bob der Türe zuging, mürrisch der Richter. ‚Nichts zu danken! Aber jetzt geht in die Küche, versteht Ihr? Und laßt Euch da ein tüchtiges Stück Roast= beef mit Zubehör geben, versteht Ihr?'

Auf den Tisch klopfend, hielt er inne.

‚Ein tüchtiges Stück Roabeef und Zubehör dem Bob,' befahl er der eintretenden Diana, ‚und das sogleich, und Ihr seht darauf, daß er es verzehrt. Und zieht Euch anders an, Bob, versteht Ihr? Wie ein Bürger, nicht wie eine wilde Rothaut, versteht Ihr?'

Er winkte der Negerin abzutreten und fuhr dann, zu Bob ge=
wendet, fort: ‚Keine Einrede, Bob! Den Rum wollen wir Euch
senden, sollt essen und trinken, Mann, wie ein vernünftiges Ge=
schöpf, Eurem Geschick als Mann und nicht als ein hirnver=
brannter Narr entgegentreten. Brauchen da keine Sprünge, keine
Hungerkuren, die Euch noch verrückter machen. Sage Euch, tun
keinen Schritt, so Ihr nicht vernünftig eßt und trinkt von den
Gaben Eures Gottes, die er für Hohe und Niedrige, für Böse und
Gute wachsen läßt, Euch wie ein vernunftbegabtes Wesen be=
tragt und kleidet.'

‚Dank Euch!' sprach demütig Bob.

‚Nichts zu danken, sagt Euchs schon!' grollte der Richter.

Bob ging, die Männer blieben sitzen, so ruhig wie immer;
einer oder der andere stand wohl auf, sein Glas zu füllen oder eine
Zigarre zu nehmen, aber ein Eintretender würde schwerlich erra=
ten haben, daß hier ein Ayuntamiento auf Leben und Tod saß. Zu=
weilen ließ sich ein Gebrumme hören, aus dem zu entnehmen war,
daß sie mit der eilfertigen Zudringlichkeit noch immer nicht einver=
standen waren, besonders der Alkalde; allmählich jedoch schien
auch er nachzugeben. Es dauerte jedoch noch eine geraume Weile,
wohl eine Stunde, ehe sie alle ihre Notionen vorgebracht, entwik=
kelt und wieder entwickelt hatten, alles in dem allerruhigsten,
phlegmatischsten Tone. Kein Wort, keine Silbe war zu hören,
lauter als der gewöhnliche Konversationston. Man hätte schwören
sollen, irgendeine Kirchstuhl= oder Predigersmietung werde ver=
handelt; selbst Johnny, der nach aller einstimmigem Urteile ein
sehr gefährliches Subjekt sein mußte, war nicht imstande, sie aus
der Fassung zu bringen. Sie wurden so ruhig einig, ihn zu lynchen,
wie die Hinterwäldlerphrase lautet, als ob die Rede vom Einfan=
gen eines Mustangs gewesen wäre. Als sie diesen Entschluß end=
lich gefaßt, erhoben sie sich, traten alle nochmals zum Schenktisch,
tranken auf des Richters und meine Gesundheit, schüttelten uns
die Hände und verließen Parlour und Haus.

Mir war während dieser grenzenlos zähen Verhandlung so
unwohl geworden, daß ich mich nur mit Mühe auf den Füßen zu
erhalten vermochte. Das hausbacken Derbe, Gefühllose und wie=
der Gefühlvolle dieser Menschen widerstand meinen Nerven.
Mir schmeckte weder Frühstück, Mittag= noch Abendessen. Aber

auch der Richter war sehr übelgelaunt, obwohl der Grund seiner
üblen Laune wieder, wie Sie leicht ermessen können, ganz anders
lautete. Sein Verdruß war wieder, daß das Ayuntamiento auf
seine Motion, Bob dem Gemeinbesten, wie er es nannte, zu erhalten, nicht eingegangen, daß ihm das Gehängtwerden gar so
leicht gemacht worden, der doch seinem Lande, der bürgerlichen Gesellschaft, noch recht gute Dienste hätte leisten mögen. Daß Johnny,
der elende, niederträchtige, feig verräterische Johnny, aus der Welt
geschafft würde, war vollkommen recht, aber daß Bob es gleichfalls würde, erschien ihm stupid, stolid, absurd. Es war vergeblich,
ihn an die Versündigung an der bürgerlichen Gesellschaft, dem
Gesetze Gottes, der Menschen -- den Finger Gottes, das rächende
Gewissen zu erinnern. Bob hatte sich an der bürgerlichen Gesellschaft, an seinem Schöpfer versündigt, diesen stand es zu, Genug-
tuung zu fordern, sie zu bestimmen, nicht aber ihm; sich da feige
aus der Welt, an der er sich versündigt, herauszuschleichen, damit
sei weder Gott noch den Menschen gedient. Unter den vierzehn
Männern seien auch zwei gewesen, die wegen Mordes aus den
Staaten geflüchtet, aber sie trügen ihre Schuld und Last als
Männer, willens, sie als Männer zu büßen, an den Mexikanern
gutzumachen.

Wir gerieten beinahe hart aneinander, sprachen auch den ganzen Tag nur wenig mehr und trennten uns am Abend früh-
zeitig.

Wir saßen am folgenden Morgen beim Frühstück, als ein
ziemlich gut in Schwarz gekleideter Mann angeritten kam, abstieg und vom Richter als Bob angeredet wurde. Es war wirklich
Bob, obwohl kaum mehr zu erkennen. Statt des häßlich blutigen
Sacktuches, das ihm zuletzt in Fetzen um den Kopf gehangen,
hatte er einen Hut auf, statt des Lederwamses und so weiter anständig schwarze Tuchkleider. Der Bart war gleichfalls verschwunden. Der Mann stellte einen Gentleman vor. Mit der
Kleidung war auch ein anderer Mensch angezogen. Er schien
ruhig, gefaßt, sein Wesen resigniert, ja mild. Mit einer gewissen
Wehmut im Blicke streckte er dem Richter die Hand dar, die dieser auch herzlich ergriff und in der seinigen hielt.

‚Ah, Bob!‘ sprach er; ‚ah, Bob! Wenn Ihr Euch doch hättet
sagen lassen, was Euch so oft gesagt worden! Ließ Euch da die

Kleider eigens von New Orleans bringen, um wenigstens an
Sonntagen einen respektabel und dezent aussehenden Mann aus
Euch zu machen. Wie oft habe ich nicht mit Euch gegrollt, sie an=
zuziehen und mit uns zum Meeting zu gehen, wenn Mister Bliß
drüben predigte! War das nicht ohne Ursache, Mann, daß ich Euch
Kleider machen ließ. Hat das Sprichwort: Macht das Kleid den
Mann, viel Wahres, zieht der Mensch mit dem neuen Kleide
wirklich auch etwas wie neue Gesinnungen an. Hättet Ihr diese
neuen Gesinnungen nur zweiundfünfzigmal im Jahre angezogen,
ei! hätten einen heilsamen Bruch zwischen Johnny und Euch her=
vorgebracht. War meine Absicht eine gute.'

Bob gab keine Antwort.

,Brachte Euch just dreimal in sie und in die Meeting; ah,
Bob!'

Bob nickte stumm.

,Wohl, wohl, Bob! Haben alles getan, Euch zu einem Men=
schen, wie er sein soll, zu bekehren, alles, was in unsern Kräften
stand.'

,Das habt Ihr,' sprach erschüttert Bob; ,Gott dank es Euch!'

Jetzt bekam ich Respekt vor dem Richter, ich versichere Sie,
sehr großen Respekt. Ich drückte ihm die Hand. Eine Träne trat
ihm ins Auge, die er aber, auf das Frühstück deutend, unterdrückte.

Bob dankte demütig, versichernd, daß er nüchtern zu bleiben,
nüchtern vor seinen beleidigten Schöpfer und Richter zu treten
wünsche.

,Unserm beleidigten Schöpfer und Richter', versetzte der Al=
kalde ernst, ,werden wir nicht dadurch gefällig, daß wir seine Ga=
ben, die er für uns, seine Kreaturen, geschaffen, zurückweisen, son=
dern daß wir sie vernünftig genießen. Eßt, Mann! trinkt, Mann!
und folgt einmal in Eurem Leben Leuten, die es besser mit Euch
meinen, als Ihr selbst!'

Jetzt setzte sich Bob.

Wir waren gerade mit unserm Frühstück fertig, als die erste
Abteilung der Männer ankam, abstieg und eintrat. Auf ihren
Gesichtern war nichts als das unerschütterliche texasische Phlegma
zu lesen. Sie begrüßten den Richter, mich und Bob gleichmütig,
ohne eine Miene zu verändern, setzten sich, als frische Schüsseln
und Teller aufgetragen waren, an dem Tische nieder, langten zu

und aßen und tranken mit einem Appetit, den sie wenigstens vier=
undzwanzig Stunden geschärft zu haben schienen.

Während sie aßen, kamen die übrigen. Dieselben Grüße, die=
selbe stumme Bewillkommnung und Einladung, derselbe Appetit.
Während des halbstündigen Mahles wurden, ich bin ganz gewiß,
nicht hundert Worte von allen zusammen gesprochen, und diese
waren die gewöhnlichen: Will you help me, yourself . . .

Endlich waren alle gesättigt, und der Alkalde befahl den Ne=
gern, die Tafel zu räumen und dann das Zimmer zu verlassen.

Als die Neger beides getan, nahm der Alkalde am oberen Ende
des Tisches Platz, zu beiden Seiten das Ayuntamiento, vor diesem
Bob. Ich hatte mich natürlich zurückgezogen, so die zwei Män=
ner, die sich Mordes halber aus den Staaten geflüchtet.

Allmählich nahmen auch die Gesichter einen Ausdruck an, der,
weniger phlegmatisch, dem Ernste der Stunde entsprach.

‚Mister Wythe!' hob der Richter an, ‚habt Ihr, als Prokura=
tor, etwas vorzubringen?'

‚Ja, Alkalde!' versetzte der Prokurator. ‚Habe vorzubringen,
daß, kraft meines Auftrags und Amtes, ich mich an den von Bob
Rock, wie er genannt wird, angedeuteten Ort begeben, da einen
getöteten Mann gefunden, und zwar durch eine Schußwunde ge=
töteten, ihm beigebracht durch die Rifle Bob Rocks oder wie er
sonst heißt. Ferner einen Geldgürtel und mehrere Briefe und Emp=
fehlungsschreiben an verschiedene Pflanzer.'

‚Habt Ihr ausgefunden, wer er ist?'

‚Haben es', versetzte der Prokurator. ‚Haben aus den verschiede=
nen Briefen und Schreiben ersehen, daß der Mann ein Bürger,
aus Illinois gekommen, nach San Felipe de Austin gewollt, um
vom Oberst Austin Land zu kaufen und sich anzusiedeln.'

So sagend, holte der Prokurator aus dem Sattelfelleisen, das
ihm zur Seite lag, einen schweren Geldgürtel heraus, den er mit
den Briefschaften auf den Tisch legte. Die Briefe waren offen,
der Gürtel versiegelt.

Der Richter öffnete den Gürtel, zählte das Geld, das etwas
über fünfhundert Dollars in Gold und Silber betrug, dann die
kleinere Summe, die sich im Beutel, den Bob zu sich genommen,
befand. Dann las der Prokurator die Briefe und Schreiben.

Darauf berichtete einer der Korregidoren betreffend Johnny,

daß er sowohl als seine Mulattin entwichen wären. Er, der Kor=
regidor, habe mit seiner Abteilung ihre Spur verfolgt; da diese sich
jedoch geteilt, so hätten sich auch die Männer geteilt, aber obgleich
sie fünfzig, ja siebzig Meilen nachgeritten, hätten sie doch nichts
von ihnen entdecken können.

Der Richter hörte den Bericht sehr unzufrieden an.

‚Bob Rock!‘ rief er dann, ‚tretet vor!‘

Bob trat vor.

‚Bob Rock! oder wie Ihr sonst heißen möget, erkennt Ihr Euch
schuldig, den Mann, an dem diese Briefschaften und Gelder ge=
funden worden, durch einen Schuß getötet zu haben?‘

‚Schuldig!‘ murmelte Bob.

‚Gentlemen von der Jury!‘ sprach wieder der Richter, ‚wollet
ihr abtreten, euer Verdikt zu geben?‘

Die Zwölf erhoben sich und verließen das Parlour, bloß der
Richter, ich, Bob und die zwei Flüchtlinge blieben zurück. Nach
etwa zehn Minuten trat die Jury mit unbedeckten Häuptern ein.
Der Richter nahm seine Kappe gleichfalls ab.

‚Schuldig!‘ sprach der Vordermann.

‚Bob!‘ redete diesen nun der Richter an, ‚Bob Rock, oder wie
Ihr heißen möget! Eure Mitbürger und Pairs haben Euch für
schuldig erkannt, und ich spreche das Urteil aus, daß Ihr beim
Halse aufgehängt werdet, bis Ihr tot seid. Gott sei Eurer Seele
gnädig!‘

‚Amen!‘ sprachen alle.

‚Dank Euch!‘ murmelte Bob.

‚Wollen noch die Verlassenschaft des Gemordeten gehörig ver=
siegeln, ehe wir unsere traurige Pflicht erfüllen!‘ sprach der Richter.

Er rief die Negerin, der er Licht zu bringen befahl, versiegelte
zuerst selbst Gürtel und Papiere, dann der Prokurator, zuletzt die
Korregidores.

‚Hat noch einer etwas einzuwenden, warum das ausgesprochene
Urteil nicht vollzogen werde?‘ hob nochmals der Richter mit einem
scharfen Blicke auf mich an.

‚Er hat mir das Leben gerettet, Richter und Mitbürger!‘ sprach
ich tief erschüttert, ‚das Leben auf eine Weise gerettet ...‘

Bobs Augen wurden, während ich so sprach, starr, ein tiefer
Seufzer hob seine Brust, aber zugleich schüttelte er den Kopf.

‚Laßt uns in Gottes Namen gehen!' sprach der Richter.

Ohne ein Wort weiter zu sagen, verließen wir alle Parlour und Haus und bestiegen die Pferde. Der Richter hatte eine Bibel mitgenommen, aus der er Bob für die Ewigkeit vorbereitete. Auch hörte ihn dieser eine Weile aufmerksam, ja andächtig an. Bald schien er jedoch wieder ungeduldig zu werden; er setzte seinen Mustang in rascheren, bald in so raschen Trab, daß wir zu argwohnen begannen, er suche auszureißen. Aber es war nichts als die Furcht, das Fieber möchte ihn vor seinem Ende übereilen.

Nach Verlauf etwa einer Stunde hatten wir den sogenannten Patriarchen vor uns.

Wohl ein Patriarch, ein wahrer Patriarch der Pflanzenwelt! War es die feierliche Stimmung, der Ernst des Todes, der uns im Innersten durchdrungen, aber alle hielten wir bei seinem Anblicke wie vor einer Erscheinung aus einer höheren, einer überirdischen Welt! Mir wars, als ob die Geister einer unsichtbaren Welt aus diesem Riesenwerke heraussäuselten -- rauschten, diesem kolossalen Naturwunder, das so gar nichts Baumähnliches hatte! Eine ungeheure Masse von Vegetation, die mehrere hundert Fuß im Diameter, wohl hundertunddreißig Fuß emporstarrte, aber so emporstarrte, daß man weder Stamm, noch Äste, noch Zweige, nicht einmal Blätter, nur Millionen weißgrünlicher Schuppen mit unzähligen Silberbärten sah. Diese Millionen grünlicher Silberschuppen glänzten euch mit den zahllosen Silberbärten, die oben kürzer, unten länger, in so seltsam phantastischen Gebilden entgegen, daß ihr beim ersten Anblick geschworen hättet, Hunderte, ja Tausende von Patriarchen schauten euch aus ihren Nischen an! Erst tiefer hingen die Bärte, das bekannte spanische, aber hier nicht schmutzig-, sondern silbergraue Moos, länger und wohl an die vierzig Fuß zur Erde herab, so vollkommen den Stamm verhüllend, daß mehrere Männer absteigen, die Moosbärte auseinanderreißen und uns erst freien Durchgang erzwingen mußten. Innerhalb des ungeheuren Domes angekommen, nahm es noch eine geraume Weile, ehe wir, geblendet, wie wir ins Halbdunkel eintraten, das Innere zu schauen vermochten. Die Strahlen der Sonne, durch Silbermoos und Schuppen und Blätter und Bärte gebrochen, drangen grün und rot und gelb und blau wie durch die gemalten Glasfenster eines Domes ein, ganz das Halbdunkel eines

Domes verbreitend! Der Stamm war wieder ein eigenes Natur=
wunder. Wohl vierzig Fuß emporstarrend, ehe er in die Äste aus=
lief, hatte er der Auswüchse und Buckel so viele und ungeheure,
daß er vollkommen einem unregelmäßigen Felsenkegel glich, von
dem wieder Felsenzacken in jeder Richtung ausliefen, an die erst
sich Massen von Silbermoos und Bärten und Gesträppe und
Zweigen angesetzt. So überwältigt fühlte ich mich durch dieses
Riesenwerk der Schöpfung, daß ich mehrere Minuten stand, stau=
nend und starrend — erst durch das hohle Gemurmel meiner Ge=
fährten zum Bewußtsein gebracht wurde.

Sie hielten innerhalb der Krone des Baumes in einem Kreise,
Bob in der Mitte. Er zitterte wie Espenlaub, die Augen starr
auf einen frischen Erdaufwurf geheftet, der etwa dreißig Schritte
vom Stamme zu sehen war.

Darunter ruhte der Gemordete.

Aber eine herrliche Grabesstätte! Kein Dichter könnte sie schö=
ner wünschen oder träumen. Der zarteste Rasen, die hehrste Na=
turgruft, mit einem ewigen Halbdunkel, so wundersam durchwoben
mit Regenbogenstrahlen!

Bob, der Richter und seine Amtsgenossen waren sitzen geblieben,
etwa die Hälfte der Männer aber abgestiegen. Einer der letzteren
schnitt nun den Lasso vom Sattel Bobs, warf das eine Ende über
einen tiefer sich herabneigenden Ast, und es mit dem andern zu
einer Schlinge verknüpfend, ließ er diese vom Aste herabfallen.

Nach dieser einfachen Vorkehrung nahm der Richter seinen Hut
ab und faltete die Hände; die übrigen folgten seinem Beispiele.

‚Bob!‘ sprach er zu dem stier über den Nacken seines Mustangs
Herabgebeugten, ‚Bob! wir wollen beten für Eure arme Seele,
die jetzt scheiden soll von Eurem sündigen Leibe.‘

Bob hörte nicht.

‚Bob!‘ sprach abermals der Richter.

Bob fuhr auf. ‚Wollte etwas sagen!‘ entfuhr ihm wie im wahn=
sinnigen Tone. ‚Wollte etwas sagen!‘

‚Was habt Ihr zu sagen?‘

Bob stierte um sich, die Lippen zuckten, aber der Geist war offen=
bar nicht mehr auf dieser Erde.

‚Bob!‘ sprach abermals der Richter, ‚wir wollen für Eure Seele
beten.‘

‚Betet, betet!‘ stöhnte er, ‚werde es brauchen.‘

Der Richter betete langsam und laut, mit erschütterter und er=
schütternder Stimme: ‚Unser Vater, der du bist in dem Himmel!‘

Bob sprach ihm jedes Wort nach. Bei der Bitte: Vergib uns
unsere Schuld! stöhnte seine Stimme aus tiefster Brust herauf.

‚Gott sei seiner Seele gnädig!‘ schloß der Richter.

‚Amen!‘ sprachen ihm alle nach.

Einer der Korregidoren legte ihm nun die Lassoschlinge um den
Hals, ein anderer verband die Augen, ein dritter zog die Füße aus
den Steigbügeln, während ein vierter, die Peitsche hebend, hinter
seinen Mustang trat. All das geschah so unheimlich, still, schauer=
lich!

Jetzt fiel die Peitsche. Das Tier machte einen Sprung vor=
wärts. In demselben Augenblicke schnappte Bob in verzweifelter
Angst nach dem Zügel, stieß ein gellendes Halt aus.

Es war zu spät, er hing bereits.

Das nun in rasendster Verzweiflung herausgeheulte Halt des
Richters klingt mir noch in den Ohren, ich sehe ihn noch, wie er
wie wahnsinnig, den Peitschenführer überreitend, an die Seite des
Gehängten schoß, ihn in seine Arme riß, auf sein Pferd hob.

Mit der einen Hand den Gehängten haltend, mit der andern
die Schlinge zu öffnen bemüht, zitterte die ganze Riesengestalt des
Mannes in unbeschreiblicher Angst. Es war etwas Furchtbares
in diesem Anblicke. Der Prokurator, die Korregidoren, alle standen
wie erstarrt.

‚Whisky, Whisky! Hat keiner Whisky?‘ kreischte er.

Einer der Männer sprang mit einer Whiskyflasche herbei, ein
anderer hielt dem Gehängten den Leib, ein dritter die Füße. Der
Richter goß ihm einige Tropfen in den Mund.

Er stierte ihn dazu an, als ob von seinem Erwachen sein eigenes
Leben abhinge. Lange war alle Mühe vergebens; aber das Hals=
tuch, das man abzunehmen vergessen, hatte den Bruch des Genickes
verhindert; er schlug endlich die gräßlich verdrehten Augen auf.

‚Bob!‘ murmelte der Richter mit hohler Stimme.

Bob stierte ihn mit seinen verdrehten Augen an.

‚Bob!‘ murmelte abermals der Richter. ‚Ihr wolltet etwas
sagen, nicht wahr, von Johnny?‘

‚Johnny!‘ röchelte Bob. ‚Johnny!‘

‚Was ist mit Johnny?‘

‚Ist nach San Antonio, der John—ny!‘

‚Nach San Antonio?‘ murmelte der Richter. ·

Seine gewaltige Brust hob sich, als wollte sie zerspringen, seine Züge wurden starr.

‚Nach San Antonio zum Pater Jose!‘ röchelte wieder Bob. „Katholisch — hütet Euch!‘

‚Ein Verräter also!‘ murmelten alle wie erstarrt.

‚Katholisch!‘ murmelte der Richter.

Die Worte schienen ihm alle Kraft zu rauben, der Gehängte entsank seinen Armen, hing abermals am Lasso.

Einen Augenblick starrte er ihn an — die Männer.

‚Katholisch! Ein Verräter!‘

‚Ein Bürger und ein Verräter! Katholisch!‘ murmelten sie ihm nach.

‚So ists, Männer!‘ murmelte der Richter. ‚Haben aber keine Zeit zu verlieren,‘ zischte er in demselben unheimlichen Tone, sie anstarrend, ‚keine Zeit zu verlieren — müssen ihn haben.‘

‚Keine Zeit zu verlieren, müssen ihn haben!‘ murmelten sie alle.

‚Müssen sogleich nach San Antonio!‘ zischte wieder der Richter.

‚Nach San Antonio!‘ murmelten sie alle, wie Gespenster, der in die spanischen Moose gerissenen Öffnung zuschreitend und reitend.

Im Freien angekommen, schauten sie den Richter — einander noch einmal fragend an, die Abgestiegenen schwangen sich in ihre Sättel, und alle sprengten in der Richtung nach San Antonio davon.

Der Richter war allein zurückgeblieben, in tiefen Gedanken, leichenblaß, seine Züge eisig eisern, seine Augen starr auf die Davonreitenden gerichtet.

Plötzlich schien er aus seinen Träumen zu erwachen, er faßte mich am Arme.

‚Eilt nach meinem Hause, reitet, schont nicht Pferdefleisch. Nehmt zu Hause Ptoly und ein frisches Pferd, jagt nach San Felipe und sagt Stephan Austin, was geschehen, was Ihr gesehen, gehört.‘

‚Aber Richter!‘

‚Eilt, reitet, schont nicht Pferdefleisch, wenn Ihr Texas einen

Dienst erweisen wollt! Bringt meine Frau und Tochter nach Hause!'

So sagend, trieb er mich mit Händen und Füßen, dem ganzen Körper fort; in der Ungeduld nahmen seine Züge etwas so Furcht= bares an, daß ich, ganz außer mir, meinem Mustang die Sporen gab.

Er flog davon. — Wie ich um die vorspringende Waldesecke herumbog, zurückschaute, war der Richter verschwunden.

Ich ritt, was mein Pferd zu laufen vermochte, kam am Hause an, nahm Ptoly, ein frisches Pferd, jagte nach Felipe de Austin, meldete mich bei Oberst Austin.

Stephan Austin hörte mich an, wurde bleich, befahl Pferde zu satteln, sandte zu seinen Nachbarn.

Ehe ich noch mit der Frau und Stieftochter des Alkalden nach ihrem Hause aufbrach, sprengte er mit fünfzig bewaffneten Män= nern in der Richtung nach San Antonio hin.

Ich kehrte mit den beiden meinem Schutze anbefohlenen Damen nach ihrer Pflanzung zurück, war aber da kaum angekommen, als ich ohnmächtig zusammensank.

Wilde Phantasieen, ein heftiges hitziges Fieber ergriffen mich, brachten mich an den Rand des Grabes.

Mehrere Tage schwebte ich so zwischen Leben und Tod; endlich siegte meine jugendliche Natur. Ich erstand, aber — obwohl ich der liebevollsten, aufheiterndsten Pflege genoß — die schrecklichen Bil= der wollten mich nicht verlassen, standen immer und allenthalben vor mir. Erst als ich meinen Mustang bestiegen, um mit Anthony, dem Jäger Mister Neals, der mich endlich aufgefunden, nach des letzteren Pflanzung zurückzureiten, begannen heitere Gestalten auf= zutauchen.

Unser Heimweg führte am Patriarchen vorbei. Zahllose Raub= und Aasvögel umkreischten ihn. Ich wandte die Augen ab, hielt mir die Ohren zu — alles vergebens; es zog mich wie mit unsicht= barer Gewalt hin. Anthony war bereits durch die in die Moose gerissenen Öffnungen eingedrungen. Sein wildes Triumphgeschrei schallte aus dem Innern heraus.

In unbeschreiblicher Hast stieg ich ab, zog meinen Mustang durch die Öffnung, eilte dem Riesenstamme zu.

Eine Leiche hing etwa vierzig Schritte davon am Lasso von einem

Aste herab, demselben Aste, an dem Bob gehangen; aber er war es
nicht. Der Hängende war um vieles kleiner.

Ich trat näher, schaute.

,Ei, ein Kaitiff, wie die Welt nicht zwei aufweisen konnte!'
brummte Anthony, auf die Leiche deutend.

,Johnny!' rief ich schaudernd, ,das ist Johnny!'

,War es; ists, dem Himmel sei Dank! nicht mehr.'

Ich schauderte.

,Aber wo ist Bob?'

,Bob?' rief Anthony; ,ah, Bob! ja, Bob!'

Ich schaute, da war noch der Grabeshügel, wie ich ihn zuletzt
gesehen. Er schien mir größer, höher, und doch wieder nicht. Lag er
darunter, bei seinem Opfer?

,Wollen wir dem Elenden nicht den letzten Dienst erweisen,
Anthony?' fragte ich.

,Dem Kaitiff?' versetzte er. ,Will meine Hand nicht vergiften,
die Aasvögel mag er vergiften. Laß uns gehen!'

Und wir gingen."

Franz Grillparzer

Der arme Spielmann

In Wien ist der Sonntag nach dem Vollmonde im Monat Juli jedes Jahres samt dem darauffolgenden Tage ein eigentliches Volksfest, wenn je ein Fest diesen Namen verdient hat. Das Volk besucht es und gibt es selbst; und wenn Vornehmere dabei erscheinen, so können sie es nur in ihrer Eigenschaft als Glieder des Volks. Da ist keine Möglichkeit der Absonderung; wenigstens vor einigen Jahren noch war keine.

An diesem Tage feiert die mit dem Augarten, der Leopoldstadt, dem Prater in ununterbrochener Lustreihe zusammenhängende Brigittenau ihre Kirchweihe. Von Brigittenkirchtag zu Brigittenkirchtag zählt seine guten Tage das arbeitende Volk. Lange erwartet, erscheint endlich das saturnalische Fest. Da entsteht Aufruhr in der gutmütig ruhigen Stadt. Eine wogende Menge erfüllt die Straßen. Geräusch von Fußtritten, Gemurmel von Sprechenden, das hie und da ein lauter Ausruf durchzuckt. Der Unterschied der Stände ist verschwunden; Bürger und Soldat teilt die Bewegung. An den Toren der Stadt wächst der Drang. Genommen, verloren und wiedergenommen, ist endlich der Ausgang erkämpft. Aber die Donaubrücke bietet neue Schwierigkeiten. Auch hier siegreich, ziehen endlich zwei Ströme, die alte Donau und die geschwollene Woge des Volks, sich kreuzend quer unter- und übereinander, die Donau ihrem alten Flußbette nach, der Strom des Volkes, der Eindämmung der Brücke entnommen, ein weiter, tosender See, sich ergießend in alles deckender Überschwemmung. Ein neu Hinzugekommener fände die Zeichen bedenklich. Es ist aber der Aufruhr der Freude, die Losgebundenheit der Lust.

Schon zwischen Stadt und Brücke haben sich Korbwagen auf-

gestellt für die eigentlichen Hierophanten dieses Weihfestes: die
Kinder der Dienstbarkeit und der Arbeit. Überfüllt und dennoch im
Galopp durchfliegen sie die Menschenmasse, die sich hart vor ihnen
öffnet und hinter ihnen schließt, unbesorgt und unverletzt. Denn
es ist in Wien ein stillschweigender Bund zwischen Wagen und
Menschen: nicht zu überfahren, selbst im vollen Lauf; und nicht
überfahren zu werden, auch ohne alle Aufmerksamkeit.

Von Sekunde zu Sekunde wird der Abstand zwischen Wagen
und Wagen kleiner. Schon mischen sich einzelne Equipagen der
Vornehmeren in den oft unterbrochenen Zug. Die Wagen flie=
gen nicht mehr. Bis endlich fünf bis sechs Stunden vor Nacht die
einzelnen Pferde= und Kutschenatome sich zu einer kompakten Reihe
verdichten, die, sich selber hemmend und durch Zufahrende aus allen
Quergassen gehemmt, das alte Sprichwort: „Besser schlecht ge=
fahren, als zu Fuße gegangen" offenbar zuschanden macht. Be=
gafft, bedauert, bespottet, sitzen die geputzten Damen in den schein=
bar stillestehenden Kutschen. Des immerwährenden Anhaltens un=
gewohnt, bäumt sich der Holsteiner Rappe, als wollte er seinen
durch den ihm vorgehenden Korbwagen gehemmten Weg obenhin
über diesen hinaus nehmen, was auch die schreiende Weiber= und
Kinderbevölkerung des Plebejerfuhrwerks offenbar zu befürchten
scheint. Der schnell dahinschießende Fiaker, zum ersten Male sei=
ner Natur ungetreu, berechnet ingrimmig den Verlust, auf einem
Wege drei Stunden zubringen zu müssen, den er sonst in fünf
Minuten durchflog. Zank, Geschrei, wechselseitige Ehrenangriffe
der Kutscher, mitunter ein Peitschenhieb.

Endlich, wie denn in dieser Welt jedes noch so hartnäckige
Stehenbleiben doch nur ein unvermerktes Weiterrücken ist, er=
scheint auch diesem Statusquo ein Hoffnungsstrahl. Die ersten
Bäume des Augartens und der Brigittenau werden sichtbar. Land!
Land! Land! Alle Leiden sind vergessen. Die zu Wagen Gekom=
menen steigen aus und mischen sich unter die Fußgänger, Töne ent=
fernter Tanzmusik schallen herüber, vom Jubel der Neuankom=
menden beantwortet. Und so fort und immer weiter, bis endlich der
breite Hafen der Lust sich auftut und Wald und Wiese, Musik
und Tanz, Wein und Schmaus, Schattenspiel und Seiltänzer,
Erleuchtung und Feuerwerk sich zu einem pays de cocagne, einem
Eldorado, einem eigentlichen Schlaraffenlande vereinigen, das lei=

der, oder glücklicherweise, wie man es nimmt, nur einen und den
nächst darauffolgenden Tag dauert, dann aber verschwindet wie
der Traum einer Sommernacht und nur in der Erinnerung zurück-
bleibt und allenfalls in der Hoffnung.

Ich versäume nicht leicht, diesem Feste beizuwohnen. Als ein
leidenschaftlicher Liebhaber der Menschen, vorzüglich des Volkes,
so daß mir selbst als dramatischem Dichter der rückhaltlose Aus-
bruch eines überfüllten Schauspielhauses immer zehnmal inter-
essanter, ja belehrender war als das zusammengeklügelte Urteil
eines an Leib und Seele verkrüppelten, von dem Blut ausgesogener
Autoren spinnenartig aufgeschwollenen literarischen Matadors; —
als ein Liebhaber der Menschen sage ich, besonders wenn sie in
Massen für einige Zeit der einzelnen Zwecke vergessen und sich als
Teile das Ganzen fühlen, in dem denn doch zuletzt das Göttliche
liegt—als einem solchen ist mir jedes Volksfest ein eigentliches See-
lenfest, eine Wallfahrt, eine Andacht. Wie aus einem aufgeroll-
ten, ungeheuren, dem Rahmen des Buches entsprungenen Plutarch
lese ich aus den heitern und heimlich bekümmerten Gesichtern, dem
lebhaften oder gedrückten Gange, dem wechselseitigen Benehmen
der Familienglieder, den einzelnen, halb unwillkürlichen Äußerungen mir die Biographieen der unberühmten Menschen zusammen,
und wahrlich! man kann die Berühmten nicht verstehen, wenn man
die Obskuren nicht durchgefühlt hat. Von dem Wortwechsel wein-
erhitzter Karrenschieber spinnt sich ein unsichtbarer, aber ununterbrochener Faden bis zum Zwist der Göttersöhne, und in der jungen
Magd, die, halb wider Willen, dem drängenden Liebhaber seitab
vom Gewühl der Tanzenden folgt, liegen als Embryo die Julien,
die Didos und die Medeen.

Auch vor zwei Jahren hatte ich mich, wie gewöhnlich, den lust-
gierigen Kirchweihgästen als Fußgänger mit angeschlossen. Schon
waren die Hauptschwierigkeiten der Wanderung überwunden, und
ich befand mich bereits am Ende des Augartens, die ersehnte Brigittenau hart vor mir liegend. Hier ist nun noch ein, wenngleich der
letzte Kampf zu bestehen. Ein schmaler Damm, zwischen undurchdringlichen Befriedigungen hindurchlaufend, bildet die einzige Verbindung der beiden Lustorte, deren gemeinschaftliche Grenze ein in
der Mitte befindliches hölzernes Gittertor bezeichnet. An gewöhnlichen Tagen und für gewöhnliche Spaziergänger bietet dieser Ver-

bindungsweg überflüssigen Raum; am Kirchweihfeste aber würde
seine Breite, auch vierfach genommen, noch immer zu schmal sein
für die endlose Menge, die, heftig nachdrängend und von Rückkeh=
renden im entgegengesetzten Sinne durchkreuzt, nur durch die all=
seitige Gutmütigkeit der Lustwandelnden sich am Ende doch leidlich
zurechtfindet.

Ich hatte mich dem Zug der Menge hingegeben und befand mich
in der Mitte des Dammes, bereits auf klassischem Boden, nur lei=
der zu stets erneutem Stillestehen, Ausbeugen und Abwarten ge=
nötigt. Da war denn Zeit genug, das seitwärts am Wege Befind=
liche zu betrachten. Damit es nämlich der genußlechzenden Menge
nicht an einem Vorschmack der zu erwartenden Seligkeit mangle,
hatten sich links am Abhang der erhöhten Dammstraße einzelne
Musiker aufgestellt, die, wahrscheinlich die große Konkurrenz
scheuend, hier an den Propyläen die Erstlinge der noch unabgenütz=
ten Freigebigkeit einernten wollten. Eine Harfenspielerin mit wi=
derlich starrenden Augen. Ein alter invalider Stelzfuß, der auf
einem entsetzlichen, offenbar von ihm selbst verfertigten Instru=
mente, halb Hackbrett und halb Drehorgel, die Schmerzen seiner
Verwundung dem allgemeinen Mitleid auf eine analoge Weise
empfindbar machen wollte. Ein lahmer, verwachsener Knabe, er und
seine Violine einen einzigen ununterscheidbaren Knäuel bildend, der
endlos fortrollende Walzer mit all der hektischen Heftigkeit seiner
verbildeten Brust herabspielte. Endlich — und er zog meine ganze
Aufmerksamkeit auf sich — ein alter, leicht siebzigjähriger Mann
in einem fadenscheinigen, aber nicht unreinlichen Moltonüberrock
mit lächelnder, sich selbst beifallgebender Miene. Barhäuptig und
kahlköpfig stand er da, nach Art dieser Leute, den Hut als Sam=
melbüchse vor sich auf dem Boden, und so bearbeitete er eine alte,
vielzersprungene Violine, wobei er den Takt nicht nur durch Auf=
heben und Niedersetzen des Fußes, sondern zugleich durch überein=
stimmende Bewegung des ganzen gebückten Körpers markierte.
Aber all diese Bemühung, Einheit in seine Leistung zu bringen,
war fruchtlos; denn was er spielte, schien eine unzusammenhängende
Folge von Tönen ohne Zeitmaß und Melodie. Dabei war er ganz
in sein Werk vertieft: die Lippen zuckten, die Augen waren starr
auf das vor ihm befindliche Notenblatt gerichtet — ja wahrhaftig
Notenblatt! denn indes alle andern ungleich mehr zu Dank spielen=

den Musiker sich auf ihr Gedächtnis verließen, hatte der alte Mann mitten in dem Gewühle ein kleines, leicht tragbares Pult vor sich hingestellt mit schmutzigen, zergriffenen Noten, die das in schönster Ordnung enthalten mochten, was er so außer allem Zusammenhange zu hören gab. Gerade das Ungewöhnliche dieser Ausrüstung hatte meine Aufmerksamkeit auf ihn gezogen, so wie es auch die Heiterkeit des vorüberwogenden Haufens erregte, der ihn auslachte und den zum Sammeln hingestellten Hut des alten Mannes leer ließ, indes das übrige Orchester ganze Kupferminen einsackte. Ich war, um das Original ungestört zu betrachten, in einiger Entfernung auf den Seitenabhang des Dammes getreten. Er spielte noch eine Weile fort. Endlich hielt er ein, blickte, wie aus einer langen Abwesenheit zu sich gekommen, nach dem Firmament, das schon die Spuren des nahenden Abends zu zeigen anfing; darauf abwärts in seinen Hut, fand ihn leer, setzte ihn mit ungetrübter Heiterkeit auf, steckte den Geigenbogen zwischen die Saiten; „Sunt certi denique fines", sagte er, ergriff sein Notenpult und arbeitete sich mühsam durch die dem Feste zuströmende Menge in entgegengesetzter Richtung, als einer, der heimkehrt.

Das ganze Wesen des alten Mannes war eigentlich wie gemacht, um meinen anthropologischen Heißhunger aufs äußerste zu reizen. Die dürftige und doch edle Gestalt, seine unbesiegbare Heiterkeit, so viel Kunsteifer bei so viel Unbeholfenheit; daß er gerade zu einer Zeit heimkehrte, wo für andere seinesgleichen erst die eigentliche Ernte anging; endlich die wenigen, aber mit der richtigsten Betonung, mit völliger Geläufigkeit gesprochenen lateinischen Worte. Der Mann hatte also eine sorgfältigere Erziehung genossen, sich Kenntnisse eigen gemacht, und nun – ein Bettelmusikant! Ich zitterte vor Begierde nach dem Zusammenhange.

Aber schon befand sich ein dichter Menschenwall zwischen mir und ihm. Klein, wie er war, und durch das Notenpult in seiner Hand nach allen Seiten hin störend, schob ihn einer dem andern zu, und schon hatte ihn das Ausgangsgitter aufgenommen, indes ich noch in der Mitte des Dammes mit der entgegenströmenden Menschenwoge kämpfte. So entschwand er mir, und als ich endlich selbst ins ruhige Freie gelangte, war nach allen Seiten weit und breit kein Spielmann mehr zu sehen.

Das verfehlte Abenteuer hatte mir die Lust an dem Volksfeste

genommen. Ich durchstrich den Augarten nach allen Richtungen
und beschloß endlich, nach Hause zu kehren.

In die Nähe des kleinen Türchens gekommen, das aus dem Augarten nach der Taborstraße führt, hörte ich plötzlich den bekannten
Ton der alten Violine wieder. Ich verdoppelte meine Schritte, und
siehe da! der Gegenstand meiner Neugier stand, aus Leibeskräften
spielend, im Kreise einiger Knaben, die ungeduldig einen Walzer
von ihm verlangten. „Einen Walzer spiel!" riefen sie; „einen
Walzer, hörst du nicht?" Der Alte geigte fort, scheinbar ohne auf
sie zu achten, bis ihn die kleine Zuhörerschar schmähend und spottend verließ, sich um einen Leiermann sammelnd, der seine Drehorgel in der Nähe aufgestellt hatte.

„Sie wollen nicht tanzen", sagte wie betrübt der alte Mann,
sein Musikgeräte zusammenlesend. Ich war ganz nahe zu ihm
getreten. „Die Kinder kennen eben keinen andern Tanz als den
Walzer", sagte ich. — „Ich spielte einen Walzer", versetzte er,
mit dem Geigenbogen den Ort des soeben gespielten Stückes auf
seinem Notenblatte bezeichnend.

„Man muß derlei auch führen, der Menge wegen. Aber die
Kinder haben kein Ohr", sagte er, indem er wehmütig den Kopf
schüttelte. — „Lassen Sie mich wenigstens ihren Undank wieder
gutmachen", sprach ich, ein Silberstück aus der Tasche ziehend und
ihm hinreichend. — „Bitte! bitte!" rief der alte Mann, wobei er
mit beiden Händen ängstlich abwehrende Bewegungen machte, „in
den Hut! in den Hut!" — Ich legte das Geldstück in den vor ihm
stehenden Hut, aus dem es unmittelbar darauf der Alte herausnahm und ganz zufrieden einsteckte, „das heißt einmal mit reichem
Gewinn nach Hause gehen", sagte er schmunzelnd. — „Eben
recht", sprach ich, „erinnern Sie mich auf einen Umstand, der schon
früher meine Neugier rege machte! Ihre heutige Einnahme scheint
nicht die beste gewesen zu sein, und doch entfernen Sie sich in einem
Augenblicke, wo eben die eigentliche Ernte angeht. Das Fest
dauert, wissen Sie wohl, die ganze Nacht, und Sie könnten da
leicht mehr gewinnen als an acht gewöhnlichen Tagen. Wie soll ich
mir das erklären?"

„Wie Sie sich das erklären sollen?" versetzte der Alte. „Verzeihen Sie, ich weiß nicht, wer Sie sind, aber Sie müssen ein wohl-
tätiger Herr sein und ein Freund der Musik", dabei zog er das

Silberstück noch einmal aus der Tasche und drückte es zwischen
seine gegen die Brust gehobenen Hände. „Ich will Ihnen daher
nur die Ursachen angeben, obgleich ich oft deshalb verlacht worden
bin. Erstens war ich nie ein Nachtschwärmer und halte es auch
nicht für recht, andere durch Spiel und Gesang zu einem solchen
widerlichen Vergehen anzureizen; zweitens muß sich der Mensch in
allen Dingen eine gewisse Ordnung festsetzen, sonst gerät er ins
Wilde und Unaufhaltsame. Drittens endlich — Herr! ich spiele
den ganzen Tag für die lärmenden Leute und gewinne kaum kärg=
lich Brot dabei; aber der Abend gehört mir und meiner armen
Kunst.“

„Abends halte ich mich zu Hause, und“ — dabei ward seine Rede
immer leiser, Röte überzog sein Gesicht, sein Auge suchte den Bo=
den — „da spiele ich denn aus der Einbildung, so für mich ohne No=
ten. Phantasieren, glaub ich, heißt es in den Musikbüchern.“

Wir waren beide ganz stille geworden. Er, aus Beschämung
über das verratene Geheimnis seines Innern; ich, voll Erstaunen,
den Mann von den höchsten Stufen der Kunst sprechen zu hören,
der nicht imstande war, den leichtesten Walzer faßbar wiederzu=
geben. Er bereitete sich indes zum Fortgehen.

„Wo wohnen Sie?“ sagte ich. „Ich möchte wohl einmal Ihren
einsamen Übungen beiwohnen.“ — „O,“ versetzte er fast flehend,
„Sie wissen wohl, das Gebet gehört ins Kämmerlein.“ — „So
will ich Sie denn einmal am Tage besuchen“, sagte ich. — „Den
Tag über“, erwiderte er, „gehe ich meinem Unterhalt bei den Leu=
ten nach.“ — „Also des Morgens denn.“ — „Sieht es doch beinahe
aus,“ sagte der Alte lächelnd, „als ob Sie, verehrter Herr, der
Beschenkte wären, und ich, wenn es mir erlaubt ist zu sagen, der
Wohltäter; so freundlich sind Sie, und so widerwärtig ziehe ich
mich zurück. Ihr vornehmer Besuch wird meiner Wohnung immer
eine Ehre sein; nur bäte ich, daß Sie den Tag Ihrer Dahinkunft
mir großgünstig im voraus bestimmten, damit weder Sie durch Un=
gehörigkeit aufgehalten, noch ich genötigt werde, ein zur Zeit etwa
begonnenes Geschäft unziemlich zu unterbrechen. Mein Morgen
nämlich hat auch seine Bestimmung. Ich halte es jedenfalls für
meine Pflicht, meinen Gönnern und Wohltätern für ihr Geschenk
eine nicht ganz unwürdige Gegengabe darzureichen. Ich will kein
Bettler sein, verehrter Herr. Ich weiß wohl, daß die übrigen öf=

fentlichen Mufikleute fich damit begnügen, einige auswendig ge=
lernte Gaffenhauer, Deutfchwalzer, ja wohl gar Melodieen von un=
artigen Liedern, immer wieder von denfelben anfangend, fort und
fort herabzufpielen, fo daß man ihnen gibt, um ihrer loszuwerden,
oder weil ihr Spiel die Erinnerung genoffener Tanzfreuden oder
fonft unordentlicher Ergötlichkeiten wieder lebendig macht. Daher
fpielen fie auch aus dem Gedächtnis und greifen falfch mitunter, ja
häufig. Von mir aber fei fern, zu betrügen. Ich habe deshalb, teils
weil mein Gedächtnis überhaupt nicht das befte ift, teils weil es für
jeden fchwierig fein dürfte, verwickelte Zufammenfetzungen ge=
achteter Mufikverfaffer Note für Note bei fich zu behalten, diefe
Hefte mir felbft ins reine gefchrieben." Er zeigte dabei durchblät=
ternd auf fein Mufikbuch, in dem ich zu meinem Entfetzen mit forg=
fältiger, aber widerlich fteifer Schrift ungeheuer fchwierige Kompo=
fitionen alter berühmter Meifter, ganz fchwarz von Paffagen und
Doppelgriffen, erblickte. Und derlei fpielte der alte Mann mit fei=
nen ungelenken Fingern! „Indem ich nun diefe Stücke fpiele,"
fuhr er fort, „bezeige ich meine Verehrung den nach Stand und
Würden geachteten, längft nicht mehr lebenden Meiftern und Ver=
faffern, tue mir felbft genug und lebe der angenehmen Hoffnung,
daß die mir mildeft gereichte Gabe nicht ohne Entgelt bleibt durch
Veredlung des Gefchmackes und Herzens der ohnehin von fo vielen
Seiten geftörten und irregeleiteten Zuhörerfchaft. Da derlei aber,
auf daß ich bei meiner Rede bleibe" — und dabei überzog ein felbft=
gefälliges Lächeln feine Züge — „da derlei aber eingeübt fein will,
find meine Morgenftunden ausfchließend diefem Exerzitium be=
ftimmt. Die drei erften Stunden des Tages der Übung, die Mitte
dem Broterwerb, und der Abend mir und dem lieben Gott, das
heißt nicht unehrlich geteilt", fagte er, und dabei glänzten feine
Augen wie feucht; er lächelte aber.

„Gut denn," fagte ich, „fo werde ich Sie einmal morgens über=
rafchen. Wo wohnen Sie?" Er nannte mir die Gärtnergaffe. —
Hausnummer? Nummer 34 im erften Stocke. — „In der Tat!"
rief ich, „im Stockwerke der Vornehmen?" — „Das Haus", fagte
er, „hat zwar eigentlich nur ein Erdgefchoß; es ift aber oben neben
der Bodenkammer noch ein kleines Zimmer, das bewohne ich gemein=
fchaftlich mit zwei Handwerksgefellen." — „Ein Zimmer zu dreien?"
— „Es ift abgeteilt," fagte er, „und ich habe mein eigenes Bette."

„Es wird spät," sprach ich, „und Sie wollen nach Hause. Auf
Wiedersehen denn!" und dabei fuhr ich in die Tasche, um das
früher gereichte, gar zu kleine Geldgeschenk allenfalls zu verdop=
peln. Er aber hatte mit der einen Hand das Notenpult, mit der
andern seine Violine angefaßt und rief haftig: „Was ich devotest
verbitten muß. Das Honorarium für mein Spiel ist mir bereits
in Fülle zuteil geworden, eines andern Verdienstes aber bin ich mir
zur Zeit nicht bewußt." Damit machte er mir mit einer Abart vor=
nehmer Leichtigkeit einen ziemlich linkischen Kratzfuß und entfernte
sich, so schnell ihn seine alten Beine trugen.

Ich hatte, wie gesagt, die Luft verloren, dem Volksfeste für
diesen Tag länger beizuwohnen; ich ging daher heimwärts, den
Weg nach der Leopoldstadt einschlagend, und von Staub und Hitze
erschöpft, trat ich in einen der dortigen vielen Wirtsgärten, die, an
gewöhnlichen Tagen überfüllt, heute ihre ganze Kundschaft der
Brigittenau abgegeben hatten. Die Stille des Ortes, im Abstich
der lärmenden Volksmenge, tat mir wohl, und mich verschiedenen
Gedanken überlassend, an denen der alte Spielmann nicht den letz=
ten Anteil hatte, war es völlig Nacht geworden, als ich endlich des
Nachhausegehens gedachte, den Betrag meiner Rechnung auf den
Tisch legte und der Stadt zuschritt.

In der Gärtnergasse, hatte der alte Mann gesagt, wohne er.
„Ist hier in der Nähe eine Gärtnergasse?" fragte ich einen kleinen
Jungen, der über den Weg lief. „Dort, Herr!" versetzte er, indem
er auf eine Querstraße hinwies, die, von der Häusermasse der Vor=
stadt sich entfernend, gegen das freie Feld hinauslief. Ich folgte
der Richtung. Die Straße bestand aus zerstreuten einzelnen Häu=
sern, die, zwischen großen Küchengärten gelegen, die Beschäftigung
der Bewohner und den Ursprung des Namens Gärtnergasse augen=
fällig darlegten. In welcher dieser elenden Hütten wohl mein Ori=
ginal wohnen mochte? Ich hatte die Hausnummer glücklich ver=
gessen, auch war in der Dunkelheit an das Erkennen irgendeiner
Bezeichnung kaum zu denken. Da schritt, auf mich zukommend, ein
mit Küchengewächsen schwer beladener Mann an mir vorüber.
„Kratzt der Alte einmal wieder", brummte er, „und stört die ordent=
lichen Leute in ihrer Nachtruhe." Zugleich, wie ich vorwärts ging,
schlug der leise, langgehaltene Ton einer Violine an mein Ohr, der
aus dem offenstehenden Bodenfenster eines wenig entfernten ärm=

lichen Hauses zu kommen schien, das niedrig und ohne Stockwerk
wie die übrigen sich durch dieses in der Umgrenzung des Daches lie=
gende Giebelfenster vor den andern auszeichnete. Ich stand stille.
Ein leiser, aber bestimmt gegriffener Ton schwoll bis zur Heftig=
keit, senkte sich, verklang, um gleich darauf wieder bis zum lau=
testen Gellen emporzusteigen, und zwar immer derselbe Ton mit
einer Art genußreichem Daraufberuhen wiederholt. Endlich kam
ein Intervall. Es war die Quarte. Hatte der Spieler sich vorher
an dem Klange des einzelnen Tones geweidet, so war nun das gleich=
sam wollüstige Schmecken dieses harmonischen Verhältnisses noch
ungleich fühlbarer. Sprungweise gegriffen, zugleich gestrichen, auch
die dazwischenliegende Stufenreihe höchst holperig verbunden, die
Terz markiert, wiederholt. Die Quinte darangefügt, einmal mit
zitterndem Klang wie ein stilles Weinen ausgehalten, verhallend,
dann in wirbelnder Schnelligkeit ewig wiederholt, immer dieselben
Verhältnisse, die nämlichen Töne. — Und das nannte der alte
Mann Phantasieren! — Obgleich es im Grunde allerdings ein
Phantasieren war, für den Spieler nämlich, nur nicht auch für den
Hörer.

Ich weiß nicht, wie lange das gedauert haben mochte und wie
arg es geworden war, als plötzlich die Türe des Hauses aufging, ein
Mann, nur mit dem Hemde und lose eingeknöpftem Beinkleide an=
getan, von der Schwelle bis in die Mitte der Straße trat und zu
dem Giebelfenster emporrief: „Soll das heute einmal wieder gar
kein Ende nehmen?" Der Ton der Stimme war dabei unwillig,
aber nicht hart oder beleidigend. Die Violine verstummte, ehe die
Rede noch zu Ende war. Der Mann ging ins Haus zurück, das
Giebelfenster schloß sich, und bald herrschte eine durch nichts unter=
brochene Totenstille um mich her. Ich trat, mühsam in den mir un=
bekannten Gassen mich zurechtfindend, den Heimweg an, wobei ich
auch phantasierte, aber niemand störend, für mich, im Kopfe.

Die Morgenstunden haben für mich immer einen eigenen Wert
gehabt. Es ist, als ob es mir Bedürfnis wäre, durch die Beschäfti=
gung mit etwas Erhebendem, Bedeutendem in den ersten Stunden
des Tages mir den Rest desselben gewissermaßen zu heiligen. Ich
kann mich daher nur schwer entschließen, am frühen Morgen mein
Zimmer zu verlassen, und wenn ich ohne vollgültige Ursache mich
einmal dazu nötige, so habe ich für den übrigen Tag nur die Wahl

zwischen gedankenloser Zerstreuung oder selbstquälerischem Trüb-
sinn. So kam es, daß ich durch einige Tage den Besuch bei dem
alten Manne, der verabredetermaßen in den Morgenstunden statt-
finden sollte, verschob. Endlich ward die Ungeduld meiner Herr,
und ich ging. Die Gärtnergasse war leicht gefunden, ebenso das
Haus. Die Töne der Violine ließen sich auch diesmal hören, aber
durch das geschlossene Fenster bis zum Ununterscheidbaren gedämpft. Ich trat ins Haus. Eine vor Erstaunen halb sprachlose
Gärtnersfrau wies mich eine Bodentreppe hinauf. Ich stand vor
einer niedern und halb schließenden Türe, pochte, erhielt keine Antwort, drückte endlich die Klinke und trat ein. Ich befand mich in
einer ziemlich geräumigen, sonst aber höchst elenden Kammer, deren
Wände von allen Seiten den Umrissen des spitz zulaufenden Daches folgten. Hart neben der Türe ein schmutziges, widerliches ver-
störtes Bette, von allen Zutaten der Unordentlichkeit umgeben; mir
gegenüber, hart neben dem schmalen Fenster, eine zweite Lagerstätte, dürftig, aber reinlich, und höchst sorgfältig gebettet und bedeckt. Am Fenster ein kleines Tischchen mit Notenpapier und
Schreibgeräte, im Fenster ein paar Blumentöpfe. Die Mitte des
Zimmers von Wand zu Wand war am Boden mit einem dicken
Kreidenstriche bezeichnet, und man kann sich kaum einen grelleren
Abstich von Schmutz und Reinlichkeit denken, als diesseits und
jenseits der gezogenen Linie dieses Äquators einer Welt im Kleinen
herrschte.

Hart an dem Gleicher hatte der alte Mann sein Notenpult
hingestellt und stand, völlig und sorgfältig gekleidet, davor und —
exerzierte. Es ist schon bis zum Übelklang so viel von den Miß-
klängen meines, und ich fürchte beinahe, nur meines Lieblings die
Rede gewesen, daß ich den Leser mit der Beschreibung dieses hölli-
schen Konzertes verschonen will. Da die Übung größtenteils aus
Passagen bestand, so war an ein Erkennen der gespielten Stücke
nicht zu denken, was übrigens auch sonst nicht leicht gewesen sein
möchte. Einige Zeit Zuhörens ließ mich endlich den Faden durch
dieses Labyrinth erkennen, gleichsam die Methode in der Tollheit.
Der Alte genoß, indem er spielte. Seine Auffassung unterschied
hierbei aber schlechthin nur zweierlei, den Wohlklang und den
Übelklang, von denen der erstere ihn erfreute, ja entzückte, indes er
dem letztern, auch den harmonisch begründeten, nach Möglichkeit

aus dem Wege ging. Statt nun in einem Musikstücke nach Sinn und Rhythmus zu betonen, hob er heraus, verlängerte er die dem Gehör wohltuenden Noten und Intervalle, ja nahm keinen An= stand, sie willkürlich zu wiederholen, wobei sein Gesicht oft geradezu den Ausdruck der Verzückung annahm. Da er nun zugleich die Dissonanzen so kurz als möglich abtat, überdies die für ihn zu schwe= ren Passagen, von denen er aus Gewissenhaftigkeit nicht eine Note fallen ließ, in einem gegen das Ganze viel zu langsamen Zeitmaß vortrug, so kann man sich wohl leicht eine Idee von der Verwir= rung machen, die daraus hervorging. Mir ward es nachgerade selbst zu viel. Um ihn aus seiner Abwesenheit zurückzubringen, ließ ich absichtlich den Hut fallen, nachdem ich mehrere Mittel schon fruchtlos versucht hatte. Der alte Mann fuhr zusammen, seine Kniee zitterten, kaum konnte er die zum Boden gesenkte Violine halten. Ich trat hinzu. „O, Sie sinds, gnädiger Herr!" sagte er, gleichsam zu sich selbst kommend. „Ich hatte nicht auf Erfüllung Ihres hohen Versprechens gerechnet." Er nötigte mich zu sitzen, räumte auf, legte hin, sah einigemal verlegen im Zimmer herum, ergriff dann plötzlich einen auf einem Tische neben der Stubentür stehenden Teller und ging mit demselben zu jener hinaus. Ich hörte ihn draußen mit der Gärtnersfrau sprechen. Bald darauf kam er wieder verlegen zur Türe herein, wobei er den Teller hinter dem Rücken verbarg und heimlich wieder hinstellte. Er hatte offenbar Obst verlangt, um mich zu bewirten, es aber nicht erhalten können. „Sie wohnen hier recht hübsch", sagte ich, um seiner Verlegenheit ein Ende zu machen. „Die Unordnung ist verwiesen. Sie nimmt ihren Rückzug durch die Türe, wenn sie auch derzeit noch nicht über die Schwelle ist.—Meine Wohnung reicht nur bis zu dem Striche", sagte der Alte, wobei er auf die Kreidenlinie in der Mitte des Zim= mers zeigte. „Dort drüben wohnen zwei Handwerksgesellen." — „Und respektieren diese Ihre Bezeichnung?" — „Sie nicht, aber ich", sagte er. „Nur die Türe ist gemeinschaftlich." — „Und wer= den Sie nicht gestört von Ihrer Nachbarschaft?" — „Kaum", meinte er. „Sie kommen des Nachts spät nach Hause, und wenn sie mich da auch ein wenig im Bette aufschrecken, so ist dafür die Lust des Wiedereinschlafens um so größer. Des Morgens aber wecke ich sie, wenn ich mein Zimmer in Ordnung bringe. Da schel= ten sie wohl ein wenig und gehen."

Ich hatte ihn währenddessen betrachtet. Er war höchst reinlich
gekleidet, die Gestalt gut genug für seine Jahre, nur die Beine et=
was zu kurz. Hand und Fuß von auffallender Zartheit. — „Sie
sehen mich an", sagte er, „und haben dabei Ihre Gedanken?" —
„Daß ich nach Ihrer Geschichte lüstern bin", versetzte ich. — „Ge=
schichte?" wiederholte er. „Ich habe keine Geschichte. Heute wie
gestern und morgen wie heute. Übermorgen freilich und weiter
hinaus, wer kann das wissen? Doch Gott wird sorgen, der weiß
es." — „Ihr jetziges Leben mag wohl einförmig genug sein," fuhr
ich fort; „aber Ihre früheren Schicksale. Wie es sich fügte . . ." —
„Daß ich unter die Musikleute kam?" fiel er in die Pause ein, die
ich unwillkürlich gemacht hatte. Ich erzählte ihm nun, wie er mir
beim ersten Anblicke aufgefallen; den Eindruck, den die von ihm ge=
sprochenen lateinischen Worte auf mich gemacht hätten. „Latei=
nisch", tönte er nach. „Lateinisch? Das habe ich freilich auch ein=
mal gelernt oder vielmehr hätte es lernen sollen oder können. Lo=
queris latine?" wandte er sich gegen mich, „aber ich könnte es nicht
fortsetzen. Es ist gar zu lange her. Das also nennen Sie meine
Geschichte? Wie es kam? — Ja so! Da ist denn freilich allerlei
geschehen; nichts Besonderes, aber doch allerlei. Möchte ich mirs
doch selbst einmal wieder erzählen. Ob ichs nicht gar vergessen habe.
Es ist noch früh am Morgen", fuhr er fort, wobei er in die Uhr=
tasche griff, in der sich freilich keine Uhr befand. — Ich zog die
meine, es war kaum neun Uhr. — „Wir haben Zeit, und fast
kommt mich die Lust zu schwatzen an." Er war während des letzten
zusehends ungezwungener geworden. Seine Gestalt verlängerte
sich. Er nahm mir ohne zu große Umstände den Hut aus der Hand
und legte ihn aufs Bette; schlug sitzend ein Bein über das andere
und nahm überhaupt die Lage eines mit Bequemlichkeit Erzählen=
den an.

  „Sie haben" — hob er an — „ohne Zweifel von dem Hofrate***
gehört?" Hier nannte er den Namen eines Staatsmannes, der in
der Hälfte des vorigen Jahrhunderts unter dem bescheidenen Titel
eines Bureauchefs einen ungeheuren, beinahe ministerähnlichen
Einfluß ausgeübt hatte. Ich bejahte meine Kenntnis des Mannes.
„Er war mein Vater", fuhr er fort. — Sein Vater? des alten
Spielmanns? des Bettlers? Der Einflußreiche, der Mächtige sein
Vater? Der Alte schien mein Erstaunen nicht zu bemerken, son=

dern spann, sichtbar vergnügt, den Faden seiner Erzählung weiter.
„Ich war der mittlere von drei Brüdern, die in Staatsdiensten
hoch hinauf kamen, nun aber schon beide tot sind; ich allein lebe
noch", sagte er und zupfte dabei an seinen fadenscheinigen Bein=
kleidern, mit niedergeschlagenen Augen einzelne Federchen davon
herablesend. „Mein Vater war ehrgeizig und heftig. Meine Brü=
der taten ihm genug. Mich nannte man einen langsamen Kopf;
und ich war langsam. Wenn ich mich recht erinnere," sprach er
weiter, und dabei senkte er, seitwärts gewandt, wie in eine weite
Ferne hinausblickend, den Kopf gegen die unterstützende linke Hand
— „wenn ich mich recht erinnere, so wäre ich wohl imstande ge=
wesen, allerlei zu erlernen, wenn man mir nur Zeit und Ordnung
gegönnt hätte. Meine Brüder sprangen wie Gemsen von Spitze
zu Spitze in den Lehrgegenständen herum, ich konnte aber durchaus
nichts hinter mir lassen, und wenn mir ein einziges Wort fehlte,
mußte ich von vorne anfangen. So ward ich denn immer gedrängt.
Das Neue sollte auf den Platz, den das Alte noch nicht verlassen
hatte, und ich begann stockisch zu werden. So hatten sie mir die
Musik, die jetzt die Freude und zugleich der Stab meines Lebens
ist, geradezu verhaßt gemacht. Wenn ich abends im Zwielicht die
Violine ergriff, um mich nach meiner Art ohne Noten zu vergnü=
gen, nahmen sie mir das Instrument und sagten, das verdirbt die
Applikatur, klagten über Ohrenfolter und verwiesen mich auf die
Lehrstunde, wo die Folter für mich anging. Ich habe zeitlebens
nichts und niemand so gehaßt, als ich damals die Geige haßte.
Mein Vater, aufs äußerste unzufrieden, schalt mich häufig
und drohte, mich zu einem Handwerke zu geben. Ich wagte nicht zu
sagen, wie glücklich mich das gemacht hätte. Ein Drechsler oder
Schriftsetzer wäre ich gar zu gerne gewesen. Er hätte es ja aber
doch nicht zugelassen, aus Stolz. Endlich gab eine öffentliche Schul=
prüfung, der man, um ihn zu begütigen, meinen Vater beizuwohnen
beredet hatte, den Ausschlag. Ein unredlicher Lehrer bestimmte im
voraus, was er mich fragen werde, und so ging alles vortrefflich.
Endlich aber fehlte mir, es waren auswendig zu sagende Verse des
Horaz — ein Wort. Mein Lehrer, der kopfnickend und meinen
Vater anlächelnd zugehört hatte, kam meinem Stocken zu Hilfe
und flüsterte es mir zu. Ich aber, der das Wort in meinem Innern
und im Zusammenhange mit dem übrigen suchte, hörte ihn nicht.

Er wiederholte es mehrere Male; umsonst. Endlich verlor mein
Vater die Geduld. Cachinnum! (so hieß das Wort), schrie er mir
donnernd zu. Nun wars geschehen. Wußte ich das eine, so hatte
ich dafür das übrige vergessen. Alle Mühe, mich auf die rechte
Bahn zu bringen, war verloren. Ich mußte mit Schande auf=
stehen, und als ich, der Gewohnheit nach, hinging, meinem Vater
die Hand zu küssen, stieß er mich zurück, erhob sich, machte der Ver=
sammlung eine kurze Verbeugung und ging. ‚Ce gueux‘ schalt er
mich, was ich damals nicht war, aber jetzt bin. Die Eltern prophe=
zeien, wenn sie reden! Übrigens war mein Vater ein guter Mann.
Nur heftig und ehrgeizig.

Von diesem Tage an sprach er kein Wort mehr mit mir.
Seine Befehle kamen mir durch die Hausgenossen zu. So kündigte
man mir gleich des nächsten Tages an, daß es mit meinen Studien
ein Ende habe. Ich erschrak heftig, weil ich wußte, wie bitter es
meinen Vater kränken mußte. Ich tat den ganzen Tag nichts als
weinen und dazwischen jene lateinischen Verse rezitieren, die ich nun
aufs Und wußte mit den vorhergehenden und nachfolgenden dazu.
Ich versprach, durch Fleiß den Mangel an Talenten zu ersetzen,
wenn man mich noch ferner die Schule besuchen ließe, mein Vater
nahm aber nie einen Entschluß zurück.

Eine Weile blieb ich nun unbeschäftigt im väterlichen Hause.
Endlich tat man mich versuchsweise zu einer Rechenbehörde. Rech=
nen aber war nie meine Stärke gewesen. Den Antrag, ins Militär
zu treten, wies ich mit Abscheu zurück. Ich kann noch jetzt keine
Uniform ohne innerlichen Schauder ansehen. Daß man werte An=
gehörige allenfalls auch mit Lebensgefahr schützt, ist wohl gut und
begreiflich; aber Blutvergießen und Verstümmlung als Stand,
als Beschäftigung: Nein! Nein! Nein!" Und dabei fuhr er mit
beiden Händen über beide Arme, als fühlte er stechend eigene und
fremde Wunden.

„Ich kam nun in die Kanzlei unter die Abschreiber. Da war ich
recht an meinem Platze. Ich hatte immer das Schreiben mit Lust
getrieben, und noch jetzt weiß ich mir keine angenehmere Unterhal=
tung, als mit guter Tinte auf gutem Papier Haar= und Schatten=
striche aneinanderzufügen zu Worten oder auch nur zu Buchsta=
ben. Musiknoten sind nun gar überaus schön. Damals dachte ich
aber noch an keine Musik.

Ich war fleißig, nur aber zu ängstlich. Ein unrichtiges Unter=
scheidungszeichen, ein ausgelassenes Wort im Konzepte, wenn es
sich auch aus dem Sinne ergänzen ließ, machte mir bittere Stun=
den. Im Zweifel, ob ich mich genau ans Original halten oder aus
Eigenem beisetzen sollte, verging die Zeit angstvoll, und ich kam in
den Ruf, nachlässig zu sein, indes ich mich im Dienst abquälte wie
keiner. So brachte ich ein paar Jahre zu, und zwar ohne Gehalt,
da, als die Reihe der Beförderung an mich kam, mein Vater im
Rate einem andern seine Stimme gab und die übrigen ihm zufielen
aus Ehrfurcht.

Um diese Zeit . . . Sieh nur," unterbrach er sich, „es gibt
denn doch eine Art Geschichte. Erzählen wir die Geschichte! Um
diese Zeit ereigneten sich zwei Begebenheiten: die traurigste und die
freudigste meines Lebens. Meine Entfernung aus dem väterlichen
Hause nämlich und das Wiederkehren zur holden Tonkunst, zu
meiner Violine, die mir treu geblieben ist bis auf diesen Tag.

Ich lebte in dem Hause meines Vaters, unbeachtet von den
Hausgenossen, in einem Hinterstübchen, das in des Nachbars Hof
hinausging. Anfangs aß ich am Familientische, wo niemand ein
Wort an mich richtete. Als aber meine Brüder auswärts befördert
wurden und mein Vater beinahe täglich zu Gast geladen war – die
Mutter lebte seit lange nicht mehr –, fand man es unbequem, mei=
netwegen eine eigene Küche zu führen. Die Bedienten erhielten
Kostgeld; ich auch, das man mir aber nicht auf die Hand gab, son=
dern monatweise im Speisehause bezahlte. Ich war daher wenig
in meiner Stube, die Abendstunden ausgenommen; denn mein Va=
ter verlangte, daß ich längstens eine halbe Stunde nach dem Schluß
der Kanzlei zu Hause sein sollte. Da saß ich denn, und zwar,
meiner schon damals angegriffenen Augen halber, in der Dämme=
rung ohne Licht. Ich dachte auf das und jenes und war nicht trau=
rig und nicht froh.

Wenn ich nun so saß, hörte ich auf dem Nachbarshofe ein Lied
singen. Mehrere Lieder heißt das, worunter mir aber eines vorzüg=
lich gefiel. Es war so einfach, so rührend, und hatte den Nachdruck
so auf der rechten Stelle, daß man die Worte gar nicht zu hören
brauchte. Wie ich denn überhaupt glaube, die Worte verderben die
Musik." Nun öffnete er den Mund und brachte einige heisere,
rauhe Töne hervor. „Ich habe von Natur keine Stimme", sagte

er und griff nach der Violine. Er spielte, und zwar diesmal mit
richtigem Ausdrucke, die Melodie eines gemütlichen, übrigens gar
nicht ausgezeichneten Liedes, wobei ihm die Finger auf den Saiten
zitterten und endlich einzelne Tränen über die Backen liefen.

„Das war das Lied", sagte er, die Violine hinlegend. „Ich
hörte es immer mit neuem Vergnügen. So sehr es mir aber im
Gedächtnis lebendig war, gelang es mir doch nie, mit der Stimme
auch nur zwei Töne davon richtig zu treffen. Ich ward fast ungeduldig von Zuhören. Da fiel mir meine Geige in die Augen, die
aus meiner Jugend her, wie ein altes Rüststück, ungebraucht an
der Wand hing. Ich griff darnach, und — es mochte sie wohl der
Bediente in meiner Abwesenheit benützt haben — sie fand sich richtig
gestimmt. Als ich nun mit dem Bogen über die Saiten fuhr, Herr,
da war es, als ob Gottes Finger mich angerührt hätte. Der Ton
drang in mein Inneres hinein und aus dem Innern wieder heraus.
Die Luft um mich war wie geschwängert mit Trunkenheit. Das
Lied unten im Hofe und die Töne von meinen Fingern an mein
Ohr, Mitbewohner meiner Einsamkeit. Ich fiel auf die Kniee und
betete laut, und konnte nicht begreifen, daß ich das holde Gottes-
wesen einmal gering geschätzt, ja gehaßt in meiner Kindheit, und
küßte die Violine und drückte sie an mein Herz und spielte wieder
und fort.

Das Lied im Hofe — es war eine Weibsperson, die sang —
tönte derweile unausgesetzt; mit dem Nachspielen ging es aber nicht
so leicht.

Ich hatte das Lied nämlich nicht in Noten. Auch merkte ich
wohl, daß ich das Wenige der Geigenkunst, was ich etwa einmal
wußte, so ziemlich vergessen hatte. Ich konnte daher nicht das und
das, sondern nur überhaupt spielen. Obwohl mir das jeweilige
Was der Musik, mit Ausnahme jenes Lieds, immer ziemlich
gleichgültig war und auch geblieben ist bis zum heutigen Tag. Sie
spielen den Wolfgang Amadeus Mozart und den Sebastian Bach,
aber den lieben Gott spielt keiner. Die ewige Wohltat und Gnade
des Tons und Klangs, seine wundertätige Übereinstimmung mit
dem durstigen zerlechzenden Ohr, daß" — fuhr er leiser und schamrot
fort — „der dritte Ton zusammenstimmt mit dem ersten und der
fünfte desgleichen und die nota sensibilis hinaufsteigt wie eine erfüllte Hoffnung, die Dissonanz herabgebeugt wird als wissentliche

Bosheit oder vermessener Stolz, und die Wunder der Bindung und Umkehrung, wodurch auch die Sekunde zur Gnade gelangt in den Schoß des Wohlklangs. — Mir hat das alles, obwohl viel später, ein Musiker erklärt. Und, wovon ich aber nichts verstehe, die fuga und das punctum contra punctum und der canon a due, a tre, und so fort, ein ganzes Himmelsgebäude, eines ins andere greifend, ohne Mörtel verbunden und gehalten von Gottes Hand. Davon will niemand etwas wissen bis auf wenige. Vielmehr stören sie dieses Ein- und Ausatmen der Seelen durch Hinzufügung allenfalls auch zu sprechender Worte, wie die Kinder Gottes sich verbanden mit den Töchtern der Erde, daß es hübsch angreife und eingreife in ein schwieliges Gemüt. Herr," schloß er endlich halb erschöpft, „die Rede ist dem Menschen notwendig wie Speise, man sollte aber auch den Trank rein erhalten, der da kommt von Gott."

Ich kannte meinen Mann beinahe nicht mehr, so lebhaft war er geworden. Er hielt ein wenig inne. „Wo blieb ich nur in meiner Geschichte?" sagte er endlich. „Ei ja, bei dem Liede und meinen Versuchen, es nachzuspielen. Es ging aber nicht. Ich trat ans Fenster, um besser zu hören. Da ging eben die Sängerin über den Hof. Ich sah sie nur von rückwärts, und doch kam sie mir bekannt vor. Sie trug einen Korb mit, wie es schien, noch ungebackenen Kuchenstücken. Sie trat in ein Pförtchen in der Ecke des Hofes, da wohl ein Backofen inne sein mochte, denn immer fortsingend, hörte ich mit hölzernen Geräten scharren, wobei die Stimme einmal dumpfer und einmal heller klang, wie eines, das sich bückt und in eine Höhlung hineinsingt, dann wieder erhebt und aufrecht dasteht. Nach einer Weile kam sie zurück, und nun merkte ich erst, warum sie mir vorher bekannt vorkam. Ich kannte sie nämlich wirklich seit längerer Zeit. Und zwar aus der Kanzlei.

Damit verhielt es sich so. Die Amtsstunden fingen früh an und währten über den Mittag hinaus. Mehrere von den jüngeren Beamten, die nun entweder wirklich Hunger fühlten oder eine halbe Stunde damit vor sich bringen wollten, pflegten gegen elf Uhr eine Kleinigkeit zu sich zu nehmen. Die Gewerbsleute, die alles zu ihrem Vorteile zu benutzen wissen, ersparten den Leckermäulern den Weg und brachten ihre Feilschaften ins Amtsgebäude, wo sie sich auf Stiege und Gang damit hinstellten. Ein Bäcker verkaufte kleine Weißbrote, die Obstfrau Kirschen. Vor allem aber waren

gewiſſe Kuchen beliebt, die eines benachbarten Grieslers Tochter
ſelbſt verfertigte und noch warm zu Markt brachte. Ihre Kunden
traten zu ihr auf den Gang hinaus, und nur ſelten kam ſie, gerufen,
in die Amtsſtube, wo dann der etwas grämliche Kanzleivorſteher,
wenn er ihrer gewahr wurde, ebenſo ſelten ermangelte, ſie wieder
zur Türe hinauszuweiſen, ein Gebot, dem ſie ſich nur mit Groll
und unwillige Worte murmelnd fügte.

Das Mädchen galt bei meinen Kameraden nicht für ſchön. Sie
fanden ſie zu klein, wußten die Farbe ihrer Haare nicht zu beſtim=
men. Daß ſie Katzenaugen habe, beſtritten einige, Pockengruben
aber gaben alle zu. Nur von ihrem ſtämmigen Wuchs ſprachen
alle mit Beifall, ſchalten ſie aber grob, und einer wußte viel von
einer Ohrfeige zu erzählen, deren Spuren er noch acht Tage nach=
her gefühlt haben wollte.

Ich ſelbſt gehörte nicht unter ihre Kunden. Teils fehlte mirs
an Geld, teils habe ich Speiſe und Trank wohl immer — oft nur
zu ſehr — als ein Bedürfnis anerkennen müſſen; Luſt und Vergnü=
gen darin zu ſuchen aber iſt mir nie in den Sinn gekommen. Wir
nahmen daher keine Notiz voneinander. Einmal nur, um mich zu
necken, machten ihr meine Kameraden glauben, ich hätte nach ihren
Eßwaren verlangt. Sie trat zu meinem Arbeitstiſch und hielt mir
ihren Korb hin. ‚Ich kaufe nichts, liebe Jungfer‘, ſagte ich. ‚Nun,
warum beſtellen Sie dann die Leute?‘ rief ſie zornig. Ich entſchul=
digte mich, und ſowie ich die Schelmerei gleich weg hatte, erklärte
ich ihrs aufs beſte. ‚Nun, ſo ſchenken Sie mir wenigſtens einen
Bogen Papier, um meine Kuchen darauf zu legen‘, ſagte ſie. Ich
machte ihr begreiflich, daß das Kanzleipapier ſei und nicht mir
gehöre, zu Hauſe aber hätte ich welches, das mein wäre, davon
wollt ich ihr bringen. ‚Zu Hauſe habe ich ſelbſt genug‘, ſagte ſie
ſpöttiſch und ſchlug eine kleine Lache auf, indem ſie fortging.

Das war nur vor wenigen Tagen geſchehen, und ich gedachte
aus dieſer Bekanntſchaft ſogleich Nutzen für meinen Wunſch zu
ziehen. Ich knöpfte daher des andern Morgens ein ganzes Buch
Papier, an dem es bei uns zu Hauſe nie fehlte, unter den Rock und
ging auf die Kanzlei, wo ich, um mich nicht zu verraten, meinen
Harniſch mit großer Unbequemlichkeit auf dem Leibe behielt, bis
ich gegen Mittag aus dem Ein= und Ausgehen meiner Kameraden
und dem Geräuſch der kauenden Backen merkte, daß die Kuchen=

verkäuferin gekommen war, und glauben konnte, daß der Haupt=
andrang der Kunden bereits vorüber sei. Dann ging ich hinaus,
zog mein Papier hervor, nahm mir ein Herz und trat zu dem
Mädchen hin, die, den Korb vor sich auf dem Boden und den rech=
ten Fuß auf einen Schemel gestellt, auf dem sie gewöhnlich zu
sitzen pflegte, dastand, leise summend und mit dem auf den Schemel
gestützten Fuß den Takt dazu tretend. Sie maß mich vom Kopf
bis zu den Füßen, als ich näher kam, was meine Verlegenheit
vermehrte. ,Liebe Jungfer,' fing ich endlich an, ,Sie haben neu=
lich von mir Papier begehrt, als keines zur Hand war, das mir
gehörte. Nun habe ich welches von Hause mitgebracht und ...' da=
mit hielt ich ihr mein Papier hin. ,Ich habe Ihnen schon neulich
gesagt,' erwiderte sie, ,daß ich selbst Papier zu Hause habe. Indes
man kann alles brauchen.' Damit nahm sie mit einem leichten
Kopfnicken mein Geschenk und legte es in den Korb. ,Von den
Kuchen wollen Sie nicht?' sagte sie, unter ihrer Ware herum=
musternd; ,auch ist das Beste schon fort.' Ich dankte, sagte aber,
daß ich eine andere Bitte hätte. ,Nu, allenfalls?' sprach sie, mit
dem Arm in die Handhabe des Korbes fahrend und aufgerichtet
dastehend, wobei sie mich mit heftigen Augen anblitzte. Ich fiel
rasch ein, daß ich ein Liebhaber der Tonkunst sei, obwohl erst seit
kurzem, daß ich sie so schöne Lieder singen gehört, besonders eines.
,Sie? Mich? Lieder?' fuhr sie auf, ,und wo?' Ich erzählte ihr
weiter, daß ich in ihrer Nachbarschaft wohne und sie auf dem Hofe
bei der Arbeit belauscht hätte. Eines ihrer Lieder gefiele mir be=
sonders, so daß ichs schon versucht hätte, auf der Violine nachzu=
spielen. ,Wären Sie etwa gar derselbe,' rief sie aus, ,der so kratzt
auf der Geige?' — Ich war damals, wie ich bereits sagte, nur
Anfänger und habe erst später mit vieler Mühe die nötige Ge=
läufigkeit in diese Finger gebracht", unterbrach sich der alte Mann,
wobei er mit der linken Hand, als einer, der geigt, in der Luft
herumfingerte. „Mir war es", setzte er seine Erzählung fort,
„ganz heiß ins Gesicht gestiegen, und ich sah auch ihr an, daß das
harte Wort sie gereute. ,Werte Jungfer,' sagte ich, ,das Kratzen
rührt von daher, daß ich das Lied nicht in Noten habe, weshalb
ich auch höflichst um die Abschrift gebeten haben wollte.' ,Um die
Abschrift?' sagte sie. ,Das Lied ist gedruckt und wird an den
Straßenecken verkauft.' ,Das Lied?' entgegnete ich. ,Das sind

wohl nur die Worte.' — ,Nun ja, die Worte, das Lied.' — ,Aber
der Ton, in dem mans singt.' — ,Schreibt man denn derlei auch
auf?' fragte sie. — ,Freilich!' war meine Antwort, ,das ist ja eben
die Hauptsache. Und wie haben denn Sie's erlernt, werte Jung=
fer?' — ,Ich hörte es singen, und da sang ichs nach.' — Ich er=
staunte über das natürliche Ingenium; wie denn überhaupt die un=
gelernten Leute, oft die meisten Talente haben. Es ist aber doch
nicht das Rechte, die eigentliche Kunst. Ich war nun neuerdings
in Verzweiflung. ,Aber welches Lied ist es denn eigentlich?' sagte
sie. ,Ich weiß so viele.' — ,Alle ohne Noten?' — ,Nun freilich;
also welches war es denn?' — ,Es ist gar so schön', erklärte ich mich.
,Steigt gleich anfangs in die Höhe, kehrt dann in sein Inwendiges
zurück und hört ganz leise auf. Sie singens auch am öftesten.' —
,Ach, das wird wohl das sein!' sagte sie, setzte den Korb wieder ab,
stellte den Fuß auf den Schemel und sang nun mit ganz leiser
und doch klarer Stimme das Lied, wobei sie das Haupt duckte, so
schön, so lieblich, daß, ehe sie noch zu Ende war, ich nach ihrer her=
abhängenden Hand fuhr. ,Oho!' sagte sie, den Arm zurückhaltend,
denn sie meinte wohl, ich wollte ihre Hand unziemlicherweise anfas=
sen; aber nein, küssen wollte ich sie, obschon sie nur ein armes
Mädchen war. — Nun, ich bin ja jetzt auch ein armer Mann.

Da ich nun vor Begierde, das Lied zu haben, mir in die Haare
fuhr, tröstete sie mich und sagte: der Organist der Peterskirche
käme öfter um Muskatnuß in ihres Vaters Gewölbe, den wolle
sie bitten, alles auf Noten zu bringen. Ich könnte es nach ein paar
Tagen dort abholen. Hierauf nahm sie ihren Korb und ging, wo=
bei ich ihr das Geleite bis zur Stiege gab. Auf der obersten Stufe
die letzte Verbeugung machend, überraschte mich der Kanzleivor=
steher, der mich an meine Arbeit gehen hieß und auf das Mäd=
chen schalt, an dem, wie er behauptete, kein gutes Haar sei. Ich
war darüber heftig erzürnt und wollte ihm eben antworten, daß
ich, mit seiner Erlaubnis, vom Gegenteile überzeugt sei, als ich
bemerkte, daß er bereits in sein Zimmer zurückgegangen war, wes=
halb ich mich faßte und ebenfalls an meinen Schreibtisch ging.
Doch ließ er sich seit dieser Zeit nicht nehmen, daß ich ein lieder=
licher Beamter und ein ausschweifender Mensch sei.

Ich konnte auch wirklich desselben und die darauffolgenden
Tage kaum etwas Vernünftiges arbeiten, so ging mir das Lied

im Kopfe herum, und ich war wie verloren. Ein paar Tage vergangen, wußte ich wieder nicht, ob es schon Zeit sei, die Noten abzuholen oder nicht. Der Organist, hatte das Mädchen gesagt,
kam in ihres Vaters Laden, um Muskatnuß zu kaufen; die
konnte er nur zu Bier gebrauchen. Nun war seit einiger Zeit küh-
les Wetter und daher wahrscheinlich, daß der wackere Tonkünstler
sich eher an den Wein halten und daher so bald keiner Muskatnuß bedürfen werde. Zu schnell anfragen, schien eine unhöfliche
Zudringlichkeit, allzu langes Warten konnte für Gleichgültigkeit ausgelegt werden. Mit dem Mädchen auf dem Gange zu
sprechen, getraute ich mir nicht, da unsere erste Zusammenkunft
bei meinen Kameraden ruchbar geworden war und sie vor Begierde
brannten, mir einen Streich zu spielen.

Ich hatte inzwischen die Violine mit Eifer wieder aufgenommen und übte vorderhand das Fundament gründlich durch, erlaubte mir wohl auch von Zeit zu Zeit aus dem Kopfe zu spielen,
wobei ich aber das Fenster sorgfältig schloß, da ich wußte, daß mein
Vortrag mißfiel. Aber wenn ich das Fenster auch öffnete, bekam ich mein Lied doch nicht wieder zu hören. Die Nachbarin sang
teils gar nicht, teils so leise und bei verschlossener Türe, daß ich
nicht zwei Töne unterscheiden konnte.

Endlich — es waren ungefähr drei Wochen vergangen — vermochte ichs nicht mehr auszuhalten. Ich hatte zwar schon durch
zwei Abende mich auf die Gasse gestohlen — und das ohne Hut,
damit die Dienstleute glauben sollten, ich suchte nur nach etwas
im Hause —, sooft ich aber in die Nähe des Grieslerladens kam,
überfiel mich ein so heftiges Zittern, daß ich umkehren mußte, ich
mochte wollen oder nicht. Endlich aber — wie gesagt — konnte ichs
nicht mehr aushalten. Ich nahm mir ein Herz und ging eines
Abends — auch diesmal ohne Hut — aus meinem Zimmer die
Treppe hinab und festen Schrittes durch die Gasse bis zu dem
Grieslerladen, wo ich vorderhand stehen blieb und überlegte, was
weiter zu tun sei. Der Laden war erleuchtet, und ich hörte Stimmen darin. Nach einigem Zögern beugte ich mich vor und lugte
von der Seite hinein. Ich sah das Mädchen hart vor dem Laden-
tische am Lichte sitzen und in einer hölzernen Mulde Erbsen oder
Bohnen lesen. Vor ihr stand ein derber, rüstiger Mann, die Jacke
über die Schulter gehängt, eine Art Knüttel in der Hand, unge-

fährt wie ein Fleischhauer. Die beiden sprachen, offenbar in guter
Stimmung, denn das Mädchen lachte einige Male laut auf,
ohne sich aber in ihrer Arbeit zu unterbrechen oder auch nur auf=
zusehen. War es meine gezwungene, vorgebeugte Stellung oder
was sonst immer, mein Zittern begann wiederzukommen, als ich
mich plötzlich von rückwärts mit derber Hand angefaßt und nach
vorwärts geschleppt fühlte. In einem Nu stand ich im Gewölbe,
und als ich, losgelassen, mich umschaute, sah ich, daß es der Ei=
gentümer selbst war, der, von auswärts nach Hause kehrend, mich
auf der Lauer überrascht und als verdächtig angehalten hatte.
‚Element!‘ schrie er, ‚da sieht man, wo die Pflaumen hinkommen
und die Handvoll Erbsen und Rollgerste, die im Dunkeln aus den
Auslagkörben gemaust werden. Da soll ja gleich das Donnerwet=
ter dreinschlagen.‘ Und damit ging er auf mich los, als ob er wirk=
lich dreinschlagen wollte.

Ich war wie vernichtet, wurde aber durch den Gedanken, daß
man an meiner Ehrlichkeit zweifle, bald wieder zu mir selbst ge=
bracht. Ich verbeugte mich daher ganz kurz und sagte dem Un=
höflichen, daß mein Besuch nicht seinen Pflaumen oder seiner
Rollgerste, sondern seiner Tochter gelte. Da lachte der in der
Mitte des Ladens stehende Fleischer laut auf und wendete sich zu
gehen, nachdem er vorher dem Mädchen ein paar Worte leise zu=
geflüstert hatte, die sie gleichfalls lachend durch einen schallenden
Schlag mit der flachen Hand auf seinen Rücken beantwortete.
Der Griesler gab dem Weggehenden das Geleit zur Türe hin=
aus. Ich hatte derweil schon wieder all meinen Mut verloren und
stand dem Mädchen gegenüber, die gleichgültig ihre Erbsen und
Bohnen las, als ob das Ganze sie nichts anginge. Da polterte der
Vater wieder zur Türe herein. ‚Mordtausendelement noch einmal,‘
sagte er, ‚Herr, was solls mit meiner Tochter?‘ Ich versuchte ihm
den Zusammenhang und den Grund meines Besuches zu erklären.
‚Was Lied?‘ sagte er, ‚ich will euch Lieder singen!‘ wobei er den
rechten Arm sehr verdächtig auf und ab bewegte. — ‚Dort liegt
es‘, sprach das Mädchen, indem sie, ohne die Mulde mit Hülsen=
früchten wegzusetzen, sich samt dem Sessel seitwärts überbeugte
und mit der Hand auf den Ladentisch hinwies. Ich eilte hin und
sah ein Notenblatt liegen. Es war das Lied. Der Alte war mir
aber zuvorgekommen. Er hielt das schöne Papier zerknitternd in

der Hand. ‚Ich frage,‘ ſagte er, ‚was das abgibt? Wer iſt der
Menſch?‘ ‚Er iſt ein Herr aus der Kanzlei‘, erwiderte ſie, indem
ſie eine wurmſtichige Erbſe etwas weiter als die andern von ſich
warf. ‚Ein Herr aus der Kanzlei?‘ rief er, ‚im Dunkeln, ohne
Hut?‘ Den Mangel des Hutes erklärte ich durch den Umſtand,
daß ich ganz in der Nähe wohnte, wobei ich das Haus bezeichnete.
‚Das Haus weiß ich!‘ rief er. ‚Da wohnt niemand drinnen als
der Hofrat ***‘, hier nannte er den Namen meines Vaters —,
‚und die Bedienten kenne ich alle.‘ ‚Ich bin der Sohn des Hofrats‘, ſagte ich leiſe, als obs eine Lüge wäre. — Mir ſind im Leben
viele Veränderungen vorgekommen, aber noch keine ſo plötzliche,
als bei dieſen Worten in dem ganzen Weſen des Mannes vorging. Der zum Schmähen geöffnete Mund blieb offen ſtehen, die
Augen drohten noch immer, aber um den untern Teil des Ge-
ſichtes fing an eine Art Lächeln zu ſpielen, das ſich immer mehr
Platz machte. Das Mädchen blieb in ihrer Gleichgültigkeit
und gebückten Stellung, nur daß ſie ſich die losgegangenen Haare,
fortarbeitend, hinter die Ohren zurückſtrich. ‚Der Sohn des Herrn
Hofrats?‘ ſchrie endlich der Alte, in deſſen Geſichte die Aufhei-
terung vollkommen geworden war. ‚Wollen Euer Gnaden ſichs
vielleicht bequem machen? Barbara, einen Stuhl!‘ Das Mädchen
bewegte ſich widerwillig auf dem ihren. ‚Nu, wart, Duckmauſer!‘
ſagte er, indem er ſelbſt einen Korb von ſeinem Platze hob und den
daruntergeſtellten Seſſel mit dem Vortuche vom Staube reinigte.
‚Hohe Ehre‘, fuhr er fort. ‚Der Herr Hofrat — der Herr Sohn,
wollt ich ſagen, praktizieren alſo auch die Muſik? Singen vielleicht, wie meine Tochter, oder vielmehr ganz anders, nach Noten,
nach der Kunſt?‘ Ich erklärte ihm, daß ich von Natur keine
Stimme hätte. ‚Oder ſchlagen Klavizimbel, wie die vornehmen
Leute zu tun pflegen?‘ Ich ſagte, daß ich die Geige ſpiele. ‚Habe
auch in meiner Jugend gekratzt auf der Geige‘, rief er. Bei dem
Worte Kratzen blickte ich unwillkürlich auf das Mädchen hin und
ſah, daß ſie ganz ſpöttiſch lächelte, was mich ſehr verdroß.

‚Sollten ſich des Mädels annehmen, heißt das in Muſik‘,
fuhr er fort. ‚Singt eine gute Stimme, hat auch ſonſt ihre Qua-
litäten, aber das Feine, lieber Gott, wo ſolls herkommen?‘ wobei
er Daumen und Zeigefinger der rechten Hand wiederholt über-
einanderſchob. Ich war ganz beſchämt, daß man mir unverdienter-

weise so bedeutende musikalische Kenntnisse zutraute, und wollte
eben den wahren Stand der Sache auseinandersetzen, als ein
außen Vorübergehender in den Laden hereinrief: ‚Guten Abend
alle miteinander!' Ich erschrak, denn es war die Stimme eines
der Bedienten unseres Hauses. Auch der Griesler hatte sie erkannt.
Die Spitze der Zunge vorschiebend und die Schulter emporge-
hoben, flüsterte er: ‚Waren einer der Herren Bedienten des gnädigen Papa. Konnten Sie aber nicht erkennen, standen mit dem
Rücken gegen die Türe.' Letzteres verhielt sich wirklich so. Aber das
Gefühl des Heimlichen, Unrechten ergriff mich qualvoll. Ich
stammelte nur ein paar Worte zum Abschied und ging. Ja selbst
mein Lied hätte ich vergessen, wäre mir nicht der Alte auf die
Straße nachgesprungen, wo er mirs in die Hand steckte.

So gelangte ich nach Hause, auf mein Zimmer, und wartete
der Dinge, die da kommen sollten. Und sie blieben nicht aus. Der
Bediente hatte mich dennoch erkannt. Ein paar Tage darauf trat
der Sekretär meines Vaters zu mir auf die Stube und kündigte
mir an, daß ich das elterliche Haus zu verlassen hätte. Alle meine
Gegenreden waren fruchtlos. Man hatte mir in einer entfernten
Vorstadt ein Kämmerchen gemietet, und so war ich denn ganz aus
der Nähe der Angehörigen verbannt. Auch meine Sängerin bekam ich nicht mehr zu sehen. Man hatte ihr den Kuchenhandel
auf der Kanzlei eingestellt, und ihres Vaters Laden zu betreten,
konnte ich mich nicht entschließen, da ich wußte, daß es dem meinigen mißfiel. Ja, als ich dem alten Griesler zufällig auf der
Straße begegnete, wandte er sich mit einem grimmigen Gesichte
von mir ab, und ich war wie niedergedonnert. Da holte ich denn,
halbe Tage lang allein, meine Geige hervor und spielte und übte.

Es sollte aber noch schlimmer kommen. Das Glück unseres
Hauses ging abwärts. Mein jüngster Bruder, ein eigenwilliger,
ungestümer Mensch, Offizier bei den Dragonern, mußte eine un-
besonnene Wette, infolge der er, vom Ritt erhitzt, mit Pferd und
Rüstung durch die Donau schwamm — es war tief in Ungarn —,
mit dem Leben bezahlen. Der ältere, geliebteste, war in einer Pro-
vinz am Ratstisch angestellt. In immerwährender Widersetzlich-
keit gegen seinen Landesvorgesetzten und, wie sie sagten, heimlich
dazu von unserem Vater aufgemuntert, erlaubte er sich sogar un-
richtige Angaben, um seinem Gegner zu schaden. Es kam zur Un-

terfuchung, und mein Bruder ging heimlich aus dem Lande.
Die Feinde unferes Vaters, deren viele waren, benützten den An=
laß, ihn zu ftürzen. Von allen Seiten angegriffen und ohnehin in=
grimmig über die Abnahme feines Einfluffes, hielt er täglich die
angreifendften Reden in der Ratsfitzung. Mitten in einer derfel=
ben traf ihn ein Schlagfluß. Er wurde fprachlos nach Haufe ge=
bracht. Ich felbft erfuhr nichts davon. Des andern Tages auf der
Kanzlei bemerkte ich wohl, daß fie heimlich flüfterten und mit den
Fingern nach mir wiefen. Ich war aber derlei fchon gewohnt und
hatte kein Arges. Freitags darauf — es war Mittwochs gewefen —
wurde mit plötzlich ein fchwarzer Anzug mit Flor auf die Stube
gebracht. Ich erftaunte und fragte, und erfuhr. Mein Körper
ift fonft ftark und widerhältig, aber da fiels mich an mit Macht.
Ich fank befinnungslos zu Boden. Sie trugen mich ins Bette,
wo ich fieberte und irre fprach den Tag hindurch und die ganze
Nacht. Des andern Morgens hatte die Natur die Oberhand ge=
wonnen, aber mein Vater war tot und begraben.

Ich hatte ihn nicht mehr fprechen können; ihn nicht um Ver=
zeihung bitten wegen all des Kummers, den ich ihm gemacht; nicht
mehr danken für die unverdienten Gnaden — ja Gnaden! denn feine
Meinung war gut, und ich hoffe ihn einft wiederzufinden, wo wir
nach unfern Abfichten gerichtet werden und nicht nach unfern
Werken.

Ich blieb mehrere Tage auf meinem Zimmer, kaum daß ich
Nahrung zu mir nahm. Endlich ging ich doch hervor, aber gleich
nach Tifche wieder nach Haufe, und nur des Abends irrte ich in
den dunkeln Straßen umher, wie Kain, der Brudermörder. Die
väterliche Wohnung war mir dabei ein Schreckbild, dem ich forg=
fältigft aus dem Wege ging. Einmal aber, gedankenlos vor mich
hinftarrend, fand ich mich plötzlich in der Nähe des gefürchteten
Haufes. Meine Kniee zitterten, daß ich mich anhalten mußte.
Hinter mir an die Wand greifend, erkenne ich die Tür des Gries=
lerladens, und darin fitzend Barbara, einen Brief in der Hand,
neben ihr das Licht auf dem Ladentifche und hart dabei in auf=
rechter Stellung ihr Vater, der ihr zuzufprechen fchien. Und wenn
es mein Leben gegolten hätte, ich mußte eintreten. Niemanden zu
haben, dem man fein Leid klagen kann, niemanden, der Mitleid
fühlt! Der Alte, wußte ich wohl, war auf mich erzürnt, aber das

Mädchen sollte mir ein gutes Wort geben. Doch kam es ganz entgegengesetzt. Barabara stand auf, als ich eintrat, warf mir einen hochmütigen Blick zu und ging in die Nebenkammer, deren Tür sie abschloß. Der Alte aber faßte mich bei der Hand, hieß mich niedersitzen, tröstete mich, meinte aber auch, ich sei nun ein reicher Mann und hätte mich um niemanden mehr zu kümmern. Er fragte, wieviel ich geerbt hätte. Ich wußte das nicht. Er forderte mich auf, zu den Gerichten zu gehen, was ich versprach. In den Kanzleien, meinte er, sei nichts zu machen. Ich sollte meine Erbschaft im Handel anlegen. Knoppern und Früchte würfen guten Profit ab; ein Kompagnon, der sich darauf verstände, könnte Groschen in Gulden verwandeln. Er selbst habe sich einmal viel damit abgegeben. Dabei rief er wiederholt nach dem Mädchen, die aber kein Lebenszeichen von sich gab. Doch schien mir, als ob ich an der Türe zuweilen rascheln hörte. Da sie aber immer nicht kam und der Alte nur vom Gelde redete, empfahl ich mich endlich und ging, wobei der Mann bedauerte, mich nicht begleiten zu können, da er allein im Laden sei. Ich war traurig über meine verfehlte Hoffnung und doch wunderbar getröstet. Als ich auf der Straße stehen blieb und nach dem Hause meines Vaters hinüberblickte, hörte ich plötzlich hinter mir eine Stimme, die gedämpft und im Tone des Unwillens sprach: ‚Trauen Sie nicht gleich jedermann; man meint es nicht gut mit Ihnen.‘ So schnell ich mich umkehrte, sah ich doch niemand; nur das Klirren eines Fensters im Erdgeschosse, das zu des Grieslers Wohnung gehörte, belehrte mich, wenn ich auch die Stimme nicht erkannt hätte, daß Barbara die geheime Warnerin war. Sie hatte also doch gehört, was im Laden gesprochen worden. Wollte sie mich vor ihrem Vater warnen? oder war ihr zu Ohren gekommen, daß gleich nach meines Vaters Tode teils Kollegen aus der Kanzlei, teils andere ganz unbekannte Leute mich mit Bitten um Unterstützung und Nothilfe angegangen, ich auch zugesagt, wenn ich erst zu Geld kommen würde. Was einmal versprochen, mußte ich halten, in Zukunft aber beschloß ich, vorsichtiger zu sein. Ich meldete mich wegen meiner Erbschaft. Es war weniger, als man geglaubt hatte, aber doch sehr viel, nahe an elftausend Gulden. Mein Zimmer wurde den ganzen Tag von Bittenden und Hilfesuchenden nicht leer. Ich war aber beinahe hart geworden und gab nur, wo die Not am größten war. Auch Barbaras Va ter kam. Er schmälte, daß ich sie schon drei Tage nicht besucht, worauf ich der Wahrheit gemäß erwiderte, daß ich fürchte, seiner Tochter zur Last zu sein. Er aber sagte, das solle mich nicht kümmern, er habe ihr schon den Kopf zurechtgesetzt, wobei er auf eine boshafte Art lachte, so daß ich erschrak. Dadurch an Barbaras Warnung rückerinnert, verhehlte ich, als wir bald im Gespräche darauf kamen, den Betrag meiner Erbschaft; auch seinen Handels-vorschlägen wich ich geschickt aus.

Wirklich lagen mir bereits andere Aussichten im Kopfe. In der Kanzlei, wo man mich nur meines Vaters wegen geduldet hatte, war mein Platz bereits durch einen andern besetzt, was mich, da kein Gehalt damit verbunden war, wenig kümmerte. Aber der Sekretär meines Vaters, der durch die letzten Ereignisse brotlos geworden, teilte mir den Plan zur Errichtung eines Auskunfts-, Kopier- und Übersetzungs-Kontors mit, wozu ich die ersten Ein-richtungskosten vorschießen sollte, indes er selbst die Direktion zu übernehmen bereit war. Auf mein Andringen wurden die Kopier-arbeiten auch auf Musikalien ausgedehnt, und nun war ich in meinem Glücke. Ich gab das erforderliche Geld, ließ mir aber, schon vorsichtig geworden, eine Handschrift darüber ausstellen. Die Kaution für die Anstalt, die ich gleichfalls vorschoß, schien, ob-gleich beträchtlich, kaum der Rede wert, da sie bei den Gerichten hinterlegt werden mußte und dort mein blieb, als hätte ich sie in meinem Schranke.

Die Sache war abgetan, und ich fühlte mich erleichtert, erho-ben, zum ersten Male in meinem Leben selbständig, ein Mann. Kaum, daß ich meines Vaters noch gedachte. Ich bezog eine bessere Wohnung, änderte einiges in meiner Kleidung und ging, als es Abend geworden, durch wohlbekannte Straßen nach dem Griesler-laden, wobei ich mit den Füßen schlenkerte und mein Lied zwischen den Zähnen summte, obwohl nicht ganz richtig. Das B in der zweiten Hälfte habe ich mit der Stimme nie treffen können. Froh und guter Dinge langte ich an, aber ein eiskalter Blick Barbaras warf mich sogleich in meine frühere Zaghaftigkeit zurück. Der Vater empfing mich aufs beste, sie aber tat, als ob niemand zu-gegen wäre, fuhr fort Papiertüten zu wickeln und mischte sich mit keinem Worte in unser Gespräch. Nur als die Rede auf meine Erbschaft kam, fuhr sie mit halbem Leibe empor und sagte fast

drohend: ‚Vater!‘ worauf der Alte sogleich den Gegenstand än=
derte. Sonst sprach sie den ganzen Abend nichts, gab mir keinen
zweiten Blick, und als ich mich endlich empfahl, klang ihr ‚Guten
Abend!‘ beinahe wie ein ‚Gott sei Dank!‘

Aber ich kam wieder und wieder, und sie gab allmählich nach.
Nicht als ob ich ihr irgend etwas zu Danke gemacht hätte. Sie
schalt und tadelte mich unaufhörlich. Alles war ungeschickt; Gott
hatte mir zwei linke Hände erschaffen; mein Rock saß wie an
einer Vogelscheuche; ich ging wie die Enten, mit einer Anmahnung
an den Haushahn. Besonders zuwider war ihr meine Höflichkeit
gegen die Kunden. Da ich nämlich bis zur Eröffnung der Kopier=
anstalt ohne Beschäftigung war und überlegte, daß ich dort mit
dem Publikum zu tun haben würde, so nahm ich, als Vorübung,
an dem Kleinverkauf im Grieslergewölbe tätigen Anteil, was
mich oft halbe Tage lang festhielt. Ich wog Gewürz ab, zählte
den Knaben Nüsse und Welkpflaumen zu, gab klein Geld her=
aus; letzteres nicht ohne häufige Irrungen, wo denn immer Bar=
bara dazwischenfuhr, gewalttätig wegnahm, was ich eben in den
Händen hielt, und mich vor den Kunden verlachte und verspot=
tete. Machte ich einem der Käufer einen Bückling oder empfahl
mich ihnen, so sagte sie barsch, ehe die Leute noch zur Türe hinaus
waren: ‚Die Ware empfiehlt!‘ und kehrte mir den Rücken.
Manchmal aber wieder war sie ganz Güte. Sie hörte mir zu,
wenn ich erzählte, was in der Stadt vorging; aus meinen Kin=
derjahren; von dem Beamtenwesen in der Kanzlei, wo wir uns
zuerst kennen gelernt. Dabei ließ sie mich aber immer allein sprechen
und gab nur durch einzelne Worte ihre Billigung oder — was
öfter der Fall war — ihre Mißbilligung zu erkennen.

Von Musik oder Gesang war nie die Rede. Erstlich, meinte
sie, man müsse entweder singen oder das Maul halten, zu reden
sei da nichts. Das Singen selbst aber ging nicht an. Im Laden
war es unziemlich, und die Hinterstube, die sie und ihr Vater ge=
meinschaftlich bewohnten, durfte ich nicht betreten. Einmal aber,
als ich unbemerkt zur Tür hereintrat, stand sie auf den Zehen=
spitzen emporgerichtet, den Rücken mir zugekehrt, und mit den er=
hobenen Händen, wie man nach etwas sucht, auf einem der höheren
Stellbretter herumtastend. Und dabei sang sie leise in sich hinein.
— Es war das Lied, mein Lied! — Sie aber zwitscherte wie eine

Grasmücke, die am Bache das Hälslein wäscht und das Köpfchen
herumwirft und die Federn sträubt und wieder glättet mit dem
Schnäblein. Mir war, als ginge ich auf grünen Wiesen. Ich
schlich näher und näher und war schon so nahe, daß das Lied nicht
mehr von außen, daß es aus mir herauszutönen schien, ein Gesang
der Seelen. Da konnte ich mich nicht mehr halten und faßte mit
beiden Händen ihren in der Mitte nach vorn strebenden und mit
den Schultern gegen mich gesenkten Leib. Da aber kams. Sie
wirbelte wie ein Kreisel um sich selbst. Glutrot vor Zorn im Ge=
sichte, stand sie vor mir da; ihre Hand zuckte, und ehe ich mich ent=
schuldigen konnte . . .

Sie hatten, wie ich schon früher berichtet, auf der Kanzlei
öfters von einer Ohrfeige erzählt, die Barbara, noch als Kuchen=
händlerin, einem Zudringlichen gegeben. Was sie da sagten von
der Stärke des eher klein zu nennenden Mädchens und der
Schwungkraft ihrer Hand, schien höchlich und zum Scherze über=
trieben. Es verhielt sich aber wirklich so und ging ins Riesenhafte.
Ich stand wie vom Donner getroffen. Die Lichter tanzten mir vor
den Augen. — Aber es waren Himmelslichter. Wie Sonne,
Mond und Sterne; wie die Engelein, die Versteckens spielen und
dazu singen. Ich hatte Erscheinungen, ich war verzückt. Sie aber,
kaum minder erschrocken als ich, fuhr mit ihrer Hand wie begüti=
gend über die geschlagene Stelle. Es mag wohl zu stark ausgefallen
sein, sagte sie, und — wie ein zweiter Blitzstrahl — fühlte ich plötz=
lich ihren warmen Atem auf meiner Wange und ihre zwei Lip=
pen, und sie küßte mich; nur leicht, leicht; aber es war ein Kuß auf
diese meine Wange, hier!" Dabei klatschte der alte Mann auf seine
Backe, und die Tränen traten ihm aus den Augen. „Was nun
weiter geschah, weiß ich nicht", fuhr er fort. „Nur daß ich auf sie
losstürzte und sie in die Wohnstube lief und die Glastüre zu=
hielt, während ich von der andern Seite nachdrängte. Wie sie nun
zusammengekrümmt und mit aller Macht sich entgegenstemmend
gleichsam an dem Türfenster klebte, nahm ich mir ein Herz, ver=
ehrtester Herr, und gab ihr ihren Kuß heftig zurück, durch das
Glas.

,Oho, hier gehts lustig her!' hörte ich hinter mir rufen. Es
war der Griesler, der eben nach Hause kam. ,Nu, was sich
neckt . . .' sagte er. ,Komm nur heraus, Bärbe, und mach keine

Dummheiten! Einen Kuß in Ehren kann niemand wehren. —
Sie aber kam nicht. Ich selbst entfernte mich nach einigen, halb
bewußtlos gestotterten Worten, wobei ich den Hut des Grieslers
statt des meinigen nahm, den er lachend mir in der Hand aus=
tauschte. Das war, wie ich ihn schon früher nannte, der Glückstag
meines Lebens. Fast hätte ich gesagt: der einzige, was aber nicht
wahr wäre, denn der Mensch hat viele Gnaden von Gott.

Ich wußte nicht recht, wie ich im Sinne des Mädchens stand.
Sollte ich sie mir mehr erzürnt oder mehr begütigt denken? Der
nächste Besuch kostete einen schweren Entschluß. Aber sie war gut.
Demütig und still, nicht auffahrend, wie sonst, saß sie da bei einer
Arbeit. Sie winkte mit dem Kopfe auf einen nebenstehenden Sche=
mel, daß ich mich setzen und ihr helfen sollte. So saßen wir denn
und arbeiteten. Der Alte wollte hinausgehen. ‚Bleibt doch da,
Vater,‘ sagte sie; ‚was Ihr besorgen wollt, ist schon abgetan.‘ Er
trat mit dem Fuße hart auf den Boden und blieb. Ab und zu
gehend, sprach er von diesem und jenem, ohne daß ich mich in das
Gespräch zu mischen wagte. Da stieß das Mädchen plötzlich einen
kleinen Schrei aus. Sie hatte sich beim Arbeiten einen Finger ge=
ritzt, und obgleich sonst gar nicht weichlich, schlenkerte sie mit der Hand
hin und her. Ich wollt zusehen, aber sie bedeutete mich, fortzufah=
ren. ‚Alfanzerei und kein Ende!‘ brummte der Alte, und vor das
Mädchen hintretend, sagte er mit starker Stimme: ‚Was zu be=
sorgen war, ist noch gar nicht getan!‘ und so ging er schallenden
Trittes zur Türe hinaus. Ich wollte nun anfangen, mich von
gestern her zu entschuldigen; sie aber unterbrach mich und sagte:
‚Lassen wir das, und sprechen wir jetzt von gescheitern Dingen.‘

Sie hob den Kopf empor, maß mich vom Scheitel bis zur
Zehe und fuhr in ruhigem Tone fort: ‚Ich weiß kaum selbst mehr
den Anfang unserer Bekanntschaft, aber Sie kommen seit einiger
Zeit öfter und öfter, und wir haben uns an Sie gewöhnt. Ein
ehrliches Gemüt wird Ihnen niemand abstreiten, aber Sie sind
schwach, immer auf Nebendinge gerichtet, so daß Sie kaum im=
stande wären, Ihren eigenen Sachen selbst vorzustehen. Da wird
es denn Pflicht und Schuldigkeit von Freunden und Bekannten,
ein Einsehen zu haben, damit Sie nicht zu Schaden kommen. Sie
versitzen hier halbe Tage im Laden, zählen und wägen, messen und
markten; aber dabei kommt nichts heraus. Was gedenken Sie in

Zukunft zu tun, um Ihr Fortkommen zu haben?' Ich erwähnte
der Erbschaft meines Vaters. ‚Die mag recht groß sein', sagte sie.
Ich nannte den Betrag. ‚Das ist viel und wenig', erwiderte sie.
‚Viel, um etwas damit anzufangen; wenig, um vom Breiten zu
zehren. Mein Vater hat Ihnen zwar einen Vorschlag getan, ich
riet Ihnen aber ab. Denn einmal hat er schon selbst Geld bei derlei
Dingen verloren; dann', setzte sie mit gesenkter Stimme hinzu, ‚ist
er so gewohnt, von Fremden Gewinn zu ziehen, daß er es Freunden
vielleicht auch nicht besser machen würde. Sie müssen jemand an
der Seite haben, der es ehrlich meint.' — Ich wies auf sie. — ‚Ehr=
lich bin ich', sagte sie. Dabei legte sie die Hand auf die Brust, und
ihre Augen, die sonst ins Graulichte spielten, glänzten hellblau,
himmelblau. ‚Aber mit mir hats eigene Wege. Unser Geschäft
wirft wenig ab, und mein Vater geht mit dem Gedanken um, einen
Schenkladen aufzurichten. Da ist denn kein Platz für mich. Mir
bliebe nur Handarbeit, denn dienen mag ich nicht.' Und dabei
sah sie aus wie eine Königin. ‚Man hat mir zwar einen andern
Antrag gemacht,' fuhr sie fort, indem sie einen Brief aus ihrer
Schürze zog und halb widerwillig auf den Ladentisch warf; ‚aber
da müßte ich fort von hier.' — ‚Und weit?' fragte ich. — ‚Warum?
was kümmert Sie das?' — Ich erklärte, daß ich an denselben Ort
hinziehen wollte. — ‚Sind Sie ein Kind!' sagte sie. Das ginge nicht
an und wären ganz andere Dinge. ‚Aber wenn Sie Vertrauen zu
mir haben und gerne in meiner Nähe sind, so bringen Sie den
Putzladen an sich, der hier nebenan zu Verkauf steht. Ich verstehe
das Werk, und um den bürgerlichen Gewinn aus Ihrem Gelde
dürften Sie nicht verlegen sein. Auch fänden Sie selbst mit Rech=
nen und Schreiben eine ordentliche Beschäftigung. Was sich etwa
noch weiter ergäbe, davon wollen wir jetzt nicht reden. — Aber än=
dern müßten Sie sich! Ich hasse die weibischen Männer.'

Ich war aufgesprungen und griff nach meinem Hute. ‚Was
ist? wo wollen Sie hin?' fragte sie. ‚Alles abbestellen', sagte ich
mit kurzem Atem. — ‚Was denn?' — Ich erzählte ihr nun meinen
Plan zur Errichtung eines Schreib= und Auskunfts=Kontors. ‚Da
kommt nicht viel heraus', meinte sie. ‚Auskunft einziehen kann ein
jeder selbst, und schreiben hat auch ein jeder gelernt in der Schule.'
Ich bemerkte, daß auch Musikalien kopiert werden sollten, was
nicht jedermanns Sache sei. ‚Kommen Sie schon wieder mit sol=

chen Albernheiten?' fuhr sie mich an. ‚Lassen Sie das Musizieren
und denken Sie auf die Notwendigkeit! Auch wären Sie nicht
imstande, einem Geschäfte selbst vorzustehen.' Ich erklärte, daß ich
einen Kompagnon gefunden hätte. ‚Einen Kompagnon?' rief sie
aus. ‚Da will man Sie gewiß betrügen! Sie haben doch noch
kein Geld hergegeben?' — Ich zitterte, ohne zu wissen warum. —
‚Haben Sie Geld gegeben?' fragte sie noch einmal. Ich gestand
die dreitausend Gulden zur ersten Einrichtung. — ‚Dreitausend
Gulden?' rief sie, ‚so vieles Geld!' — ‚Das übrige', fuhr ich fort,
‚ist bei den Gerichten hinterlegt und jedenfalls sicher.' — ‚Also noch
mehr?' schrie sie auf. — Ich gab den Betrag der Kaution an. —
‚Und haben Sie die selbst bei den Gerichten angelegt?' — Es war
durch meinen Kompagnon geschehen. — ‚Sie haben doch einen
Schein darüber?' — Ich hatte keinen Schein. — ‚Und wie heißt
Ihr sauberer Kompagnon?' fragte sie weiter. Ich war einigermaßen beruhigt, ihr den Sekretär meines Vaters nennen zu können.

„‚Gott der Gerechte!' rief sie aufspringend und die Hände zu-
sammenschlagend. ‚Vater! Vater!' — Der Alte trat herein. —
‚Was habt Ihr heute aus den Zeitungen gelesen?' — ‚Von dem
Sekretarius?' sprach er. — ‚Wohl, wohl!' — ‚Nun, der ist durch-
gegangen, hat Schulden über Schulden hinterlassen und die Leute
betrogen. Sie verfolgen ihn mit Steckbriefen!' — ‚Vater,' rief sie,
‚den da hat er auch betrogen! Er hat ihm sein Geld anvertraut. Er
ist zugrunde gerichtet.' — ‚Potz Dummköpfe und kein Ende!' schrie
der Alte. ‚Hab ichs nicht immer gesagt? Aber das war ein Entschuldigen. Einmal lachte sie über ihn, dann war er wieder ein
redliches Gemüt. Aber ich will dazwischenfahren! Ich will zeigen,
wer Herr im Hause ist. Du, Barbara, marsch hinein in die Kammer! Sie aber, Herr, machen Sie, daß Sie fortkommen, und verschonen uns künftig mit Ihren Besuchen. Hier wird kein Almosen
gereicht.' — ‚Vater,' sagte das Mädchen, ‚seid nicht hart gegen ihn,
er ist ja doch unglücklich genug.' — ‚Eben darum', rief der Alte,
‚will ichs nicht auch werden. Das, Herr,' fuhr er fort, indem er auf
den Brief zeigte, den Barbara vorher auf den Tisch geworfen
hatte, ‚das ist ein Mann! Hat Grütz im Kopfe und Geld im Sack.
Betrügt niemanden, läßt sich aber auch nicht betrügen; und das ist
die Hauptsache bei der Ehrlichkeit.' — Ich stotterte, daß der Ver-

luſt der Kaution noch nicht gewiß ſei. — ‚Ja,‘ rief er, ‚wird ein
Narr geweſen ſein, der Sekretarius! Ein Schelm iſt er, aber
pfiffig. Und nun gehen Sie nur raſch, vielleicht holen Sie ihn
noch ein!‘ Dabei hatte er mir die flache Hand auf die Schulter
gelegt und ſchob mich gegen die Türe. Ich wich dem Drucke ſeit=
wärts aus und wendete mich gegen das Mädchen, die, auf den
Ladentiſch geſtützt, daſtand, die Augen auf den Boden gerichtet,
wobei die Bruſt heftig auf und nieder ging. Ich wollte mich ihr
nähern, aber ſie ſtieß zornig mit dem Fuße auf den Boden, und als
ich meine Hand ausſtreckte, zuckte ſie mit der ihren halb empor,
als ob ſie mich wieder ſchlagen wollte. Da ging ich, und der Alte
ſchloß die Türe hinter mir zu.

Ich wankte durch die Straßen zum Tor hinaus, ins Feld.
Manchmal fiel mich die Verzweiflung an, dann kam aber wieder
Hoffnung. Ich erinnerte mich, bei Anlegung der Kaution den Se=
kretär zum Handelsgerichte begleitet zu haben. Dort hatte ich un=
ter dem Torwege gewartet, und er war allein hinaufgegangen. Als
er herabkam, ſagte er, alles ſei berichtigt, der Empfangsſchein
werde mir ins Haus geſchickt werden. Letzteres war freilich nicht
geſchehen, aber Möglichkeit blieb noch immer. Mit anbrechendem
Tage kam ich zur Stadt zurück. Mein erſter Gang war in die
Wohnung des Sekretärs. Aber die Leute lachten und fragten, ob
ich die Zeitungen nicht geleſen hätte. Das Handelsgericht lag nur
wenige Häuſer davon ab. Ich ließ in den Büchern nachſchlagen,
aber weder ſein Name noch meiner kamen darin vor. Von einer
Einzahlung war keine Spur. So war denn mein Unglück gewiß.
Ja, beinahe wäre es noch ſchlimmer gekommen. Denn da ein Ge=
ſellſchaftskontrakt beſtand, wollten mehrere ſeiner Gläubiger auf
meine Perſon greifen. Aber die Gerichte gaben es nicht zu. Lob
und Dank ſei ihnen dafür geſagt! Obwohl es auf eines heraus=
gekommen wäre.

In all dieſen Widerwärtigkeiten war mir, geſtehe ichs nur,
der Griesler und ſeine Tochter ganz in den Hintergrund getreten.
Nun, da es ruhiger wurde und ich anfing zu überlegen, was etwa
weiter geſchehen ſollte, kam mir die Erinnerung an den letzten
Abend lebhaft zurück. Den Alten, eigennützig, wie er war, be=
griff ich ganz wohl; aber das Mädchen! Manchmal kam mir in
den Sinn, daß, wenn ich das Meinige zu Rate gehalten und ihr

eine Versorgung hätte anbieten können, sie wohl gar — Aber sie
hätte mich nicht gemocht." — Dabei besah er mit auseinanderfal=
lenden Händen seine ganze dürftige Gestalt. — „Auch war ihr
mein höfliches Benehmen gegen jedermann immer zuwider.

So verbrachte ich ganze Tage, sann und überlegte. Eines
Abends im Zwielicht — es war die Zeit, die ich gewöhnlich im La=
den zuzubringen pflegte — saß ich wieder und versetzte mich in
Gedanken an die gewohnte Stelle. Ich hörte sie sprechen, auf mich
schmähen, ja es schien, sie verlachten mich. Da raschelte es plötz=
lich an der Türe, sie ging auf, und ein Frauenzimmer trat herein.
— Es war Barbara. — Ich saß auf meinem Stuhl angenagelt,
als ob ich ein Gespenst sähe. Sie war blaß und trug ein Bündel
unter dem Arme. In die Mitte des Zimmers gekommen, blieb
sie stehen, sah rings an den kahlen Wänden umher, dann nach ab=
wärts auf das ärmliche Geräte und seufzte tief. Dann ging sie an
den Schrank, der zur Seite an der Mauer stand, wickelte ihr Pa=
ket auseinander, das einige Hemden und Tücher enthielt — sie hatte
in der letzten Zeit meine Wäsche besorgt —, zog die Schublade her=
aus, schlug die Hände zusammen, als sie den spärlichen Inhalt sah,
fing aber gleich darauf an, die Wäsche in Ordnung zu bringen
und die mitgebrachten Stücke einzureihen. Darauf trat sie ein
paar Schritte vom Schranke hinweg, und die Augen auf mich
gerichtet, wobei sie mit dem Finger auf die offene Schublade zeigte,
sagte sie: ‚Fünf Hemden und drei Tücher. So viel habe ich gehabt,
so viel bringe ich zurück.‘ Dann drückte sie langsam die Schublade
zu, stützte sich mit der Hand auf den Schrank und fing laut an zu
weinen. Es schien fast, als ob ihr schlimm würde, denn sie setzte sich
auf einen Stuhl neben dem Schranke, verbarg das Gesicht in ihr
Tuch, und ich hörte aus den stoßweise geholten Atemzügen, daß sie
noch immer fortweinte. Ich war leise in ihre Nähe getreten und
faßte ihre Hand, die sie mir gutwillig ließ. Als ich aber, um ihre
Blicke auf mich zu ziehen, an dem schlaff hängenden Arme bis
zum Ellenbogen emporrückte, stand sie rasch auf, machte ihre Hand
los und sagte in gefaßtem Tone: ‚Was nützt das alles? es ist nun
einmal so. Sie haben es selbst gewollt, sich und uns haben Sie un=
glücklich gemacht; aber freilich sich selbst am meisten. Eigentlich
verdienen Sie kein Mitleid‘ — hier wurde sie immer heftiger —,
‚wenn man so schwach ist, seine eigenen Sachen nicht in Ordnung

halten zu können; so leichtgläubig, daß man jedem traut, gleichviel ob es ein Spitzbube ist oder ein ehrlicher Mann. — Und doch tuts mir leid um Sie. Ich bin gekommen, um Abschied zu nehmen. Ja, erschrecken Sie nur. Ists doch Ihr Werk. Ich muß hinaus unter die groben Leute, wogegen ich mich so lange gesträubt habe. Aber da ist kein Mittel. Die Hand habe ich Ihnen schon gegeben, und so leben Sie wohl — für immer.' Ich sah, daß ihr die Tränen wieder ins Auge traten, aber sie schüttelte unwillig mit dem Kopfe und ging. Mir war, als hätte ich Blei in den Gliedern. Gegen die Türe gekommen, wendete sie sich noch einmal um und sagte: ‚Die Wäsche ist jetzt in Ordnung. Sehen Sie zu, daß nichts abgeht. Es werden harte Zeiten kommen.' Und nun hob sie die Hand auf, machte wie ein Kreuzeszeichen in die Luft und rief: ‚Gott mit dir, Jakob! — In alle Ewigkeit, Amen!' setzte sie leiser hinzu und ging.

Nun erst kam mir der Gebrauch meiner Glieder zurück. Ich eilte ihr nach, und auf dem Treppenabsatze stehend, rief ich ihr nach: ‚Barbara!' Ich hörte, daß sie auf der Stiege stehen blieb. Wie ich aber die erste Stufe hinabstieg, sprach sie von unten herauf: ‚Bleiben Sie!' und ging die Treppe vollends hinab und zum Tore hinaus.

Ich habe seitdem harte Tage erlebt, keinen aber wie diesen; selbst der darauffolgende war es minder. Ich wußte nämlich doch nicht so recht, wie ich daran war, und schlich daher am kommenden Morgen in der Nähe des Grieslerladens herum, ob mir vielleicht einige Aufklärung würde. Da sich aber nichts zeigte, blickte ich endlich seitwärts in den Laden hinein und sah eine fremde Frau, die abwog und Geld herausgab und zuzählte. Ich wagte mich hinein und fragte, ob sie den Laden an sich gekauft hätte? ‚Zur Zeit noch nicht', sagte sie. — Und wo die Eigentümer wären? — ‚Die sind heute frühmorgens nach Langenlebarn gereist.' — ‚Die Tochter auch?' stammelte ich. — ‚Nun freilich auch,' sagte sie, ‚sie macht ja Hochzeit dort.'

Die Frau mochte mir nun alles erzählt haben, was ich in der Folge von andern Leuten erfuhr. Der Fleischer des genannten Ortes nämlich — derselbe, den ich zur Zeit meines ersten Besuchs im Laden antraf — hatte dem Mädchen seit lange Heiratsanträge gemacht, denen sie immer auswich, bis sie endlich in den letzten Tagen, von ihrem Vater gedrängt und an allem übrigen verzweifelnd, einwilligte. Desselben Morgens waren Vater und Tochter dahin abgereist, und in dem Augenblick, da wir sprachen, war Barbara des Fleischers Frau.

Die Verkäuferin mochte mir, wie gesagt, das alles erzählt haben, aber ich hörte nicht und stand regungslos, bis endlich Kunden kamen, die mich zur Seite schoben, und die Frau mich anfuhr, ob ich noch sonst etwas wollte, worauf ich mich entfernte.

Sie werden glauben, verehrtester Herr," fuhr er fort, „daß ich mich nun als den unglücklichsten aller Menschen fühlte. Und so war es auch im ersten Augenblicke. Als ich aber aus dem Laden heraustrat und, mich umwendend, auf die kleinen Fenster zurückblickte, an denen Barbara gewiß oft gestanden und herausgesehen hatte, da kam eine selige Empfindung über mich. Daß sie nun alles Kummers los war, Frau im eigenen Hause, und nicht nötig hatte, wie wenn sie ihre Tage an einen Herd- und Heimatlosen geknüpft hätte, Kummer und Elend zu tragen, das legte sich wie ein lindernder Balsam auf meine Brust, und ich segnete sie und ihre Wege.

Wie es nun mit mir immer mehr herabkam, beschloß ich, durch Musik mein Fortkommen zu suchen; und solange der Rest meines Geldes währte, übte und studierte ich mir die Werke großer Meister, vorzüglich der alten, ein, welche ich abschrieb; und als nun der letzte Groschen ausgegeben war, schickte ich mich an, von meinen Kenntnissen Vorteil zu ziehen, und zwar anfangs in geschlossenen Gesellschaften, wozu ein Gastgebot im Hause meiner Mietfrau den ersten Anlaß gab. Als aber die von mir vorgetragenen Kompositionen dort keinen Anklang fanden, stellte ich mich in die Höfe der Häuser, da unter so vielen Bewohnern doch einige sein mochten, die das Ernste zu schätzen wußten, — ja endlich auf die öffentlichen Spaziergänge, wo ich denn wirklich die Befriedigung hatte, daß einzelne stehen blieben, zuhörten, mich befragten und nicht ohne Anteil weitergingen. Daß sie mir dabei Geld hinlegten, beschämte mich nicht. Denn einmal war gerade das mein Zweck, dann sah ich auch, daß berühmte Virtuosen, welche erreicht zu haben ich mir nicht schmeicheln konnte, sich für ihre Leistungen, und mitunter sehr hoch, honorieren ließen. So habe ich mich, obzwar ärmlich, aber redlich fortgebracht bis diesen Tag.

Nach Jahren sollte mir noch ein Glück zuteil werden. Barbara kam zurück. Ihr Mann hatte Geld verdient und ein Fleisch=hauergewerbe in einer der Vorstädte an sich gebracht. Sie war Mutter von zwei Kindern, von denen das älteste Jakob heißt wie ich. Meine Berufsgeschäfte und die Erinnerung an alte Zeiten erlaubten mir nicht, zudringlich zu sein, endlich ward ich aber selbst ins Haus bestellt, um dem ältesten Knaben Unterricht auf der Violine zu geben. Er hat zwar nur wenig Talent, kann auch nur an Sonntagen spielen, da ihn in der Woche der Vater beim Geschäft verwendet; aber Barbaras Lied, das ich ihn gelehrt, geht doch schon recht gut; und wenn wir so üben und hantieren, singt manchmal die Mutter mit darein. Sie hat sich zwar sehr verändert in den vielen Jahren, ist stark geworden und kümmert sich wenig mehr um Musik, aber es klingt noch immer so hübsch wie damals." Und damit ergriff der Alte seine Geige und fing an, das Lied zu spielen, und spielte fort und fort, ohne sich weiter um mich zu kümmern. Endlich hatte ichs satt, stand auf, legte ein paar Sil=berstücke auf den nebenstehenden Tisch und ging, während der Alte eifrig immer fortgeigte.

Bald darauf trat ich eine Reise an, von der ich erst mit ein=brechendem Winter zurückkam. Die neuen Bilder hatten die alten verdrängt, und mein Spielmann war so ziemlich vergessen. Erst bei Gelegenheit des furchtbaren Eisganges im nächsten Frühjahr und der damit in Verbindung stehenden Überschwemmung der niedrig gelegenen Vorstädte erinnerte ich mich wieder an ihn. Die Umgegend der Gärtnergasse war zum See geworden. Für des alten Mannes Leben schien nichts zu besorgen, wohnte er doch hoch oben am Dache, indes unter den Bewohnern der Erdgeschosse sich der Tod seine nur zu häufigen Opfer ausersehen hatte. Aber ent=blößt von aller Hilfe, wie groß mochte seine Not sein! Solange die Überschwemmung währte, war nichts zu tun, auch hatten die Behörden nach Möglichkeit auf Schiffen Nahrung und Bei=stand den Abgeschnittenen gespendet. Als aber die Wasser ver=laufen und die Straßen gangbar geworden waren, beschloß ich, meinen Anteil an der in Gang gebrachten, zu unglaublichen Sum=men angewachsenen Kollekte persönlich an die mich zunächst an=gehende Adresse zu befördern.

Der Anblick der Leopoldstadt war grauenhaft. In den Straßen

zerbrochene Schiffe und Gerätschaften, in den Erdgeschossen zum
Teil noch stehendes Wasser und schwimmende Habe. Als ich, dem
Gedränge ausweichend, an ein zugelehntes Hoftor hintrat, gab
dieses nach und zeigte im Torwege eine Reihe von Leichen, offen=
bar behufs der amtlichen Inspektion zusammengebracht und hin=
gelegt; ja, im Innern der Gemächer waren noch, hie und da auf=
recht stehend und an die Gitterfenster angekrallt, verunglückte Be=
wohner zu sehen, die — es fehlte eben an Zeit und Beamten, die
gerichtliche Konstatierung so vieler Todesfälle vorzunehmen.

So schritt ich weiter und weiter. Von allen Seiten Weinen
und Trauergeläute, suchende Mütter und irregehende Kinder.
Endlich kam ich an die Gärtnergasse. Auch dort hatten sich die
schwarzen Begleiter eines Leichenzuges aufgestellt, doch, wie es
schien, entfernt von dem Hause, das ich suchte. Als ich aber näher
trat, bemerkte ich wohl eine Verbindung von Anstalten und Hin=
und Hergehenden zwischen dem Trauergeleite und der Gärtners=
wohnung. Am Haustor stand ein wacker aussehender, ältlicher,
aber noch kräftiger Mann. In hohen Stiefeln, gelben Lederhosen
und langherabgehendem Leibrocke sah er einem Landfleischer ähn=
lich. Er gab Aufträge, sprach aber dazwischen ziemlich gleichgültig
mit den Nebenstehenden. Ich ging an ihm vorbei und trat in den
Hofraum. Die alte Gärtnerin kam mir entgegen, erkannte mich
auf der Stelle wieder und begrüßte mich unter Tränen. „Geben
Sie uns auch die Ehre?" sagte sie. „Ja, unser armer Alter! der
musiziert jetzt mit den lieben Engeln, die auch nicht viel besser sein
können, als er es war, schon hinieden. Die ehrliche Seele saß da
oben sicher in seiner Kammer. Als aber das Wasser kam und er
die Kinder schreien hörte, da sprang er herunter und rettete und
schleppte und trug und brachte in Sicherheit, daß ihm der Atem
ging wie ein Schmiedegebläs. Ja — wie man denn nicht überall
seine Augen haben kann — als sich ganz zuletzt zeigte, daß mein
Mann seine Steuerbücher und die paar Gulden Papiergeld im
Wandschrank vergessen hatte, nahm der Alte ein Beil, ging ins
Wasser, das ihm schon an die Brust reichte, erbrach den Schrank
und brachte alles treulich. Da hatte er sich wohl verkältet, und wie
im ersten Augenblicke denn keine Hilfe zu haben war, griff er in
die Phantasie und wurde immer schlechter und schlechter, ob wir
ihm gleich beistanden nach Möglichkeit und mehr dabei litten als

er selbst. Denn er musizierte in einem fort, mit der Stimme näm=
lich, und schlug den Takt und gab Lektionen. Als sich das Wasser
ein wenig verlaufen hatte und wir den Bader holen konnten und
den Geistlichen, richtete er sich plötzlich im Bette auf, wendete
Kopf und Ohr seitwärts, als ob er in der Entfernung etwas gar
Schönes hörte, lächelte, sank zurück und war tot. Gehen Sie nur
hinauf, er hat oft von Ihnen gesprochen. Die Madame ist auch
oben. Wir haben ihn auf unsere Kosten begraben lassen wollen, die
Frau Fleischermeisterin gab es aber nicht zu."

Sie drängte mich die steile Treppe hinauf bis zur Dachstube, die
offen stand und ganz ausgeräumt war bis auf den Sarg in der
Mitte, der, bereits geschlossen, nur der Träger wartete. An dem
Kopfende saß eine ziemlich starke Frau, über die Hälfte des Le=
bens hinaus, im bunt gedruckten Kattunüberrocke, aber mit schwar=
zem Halstuch und schwarzem Band auf der Haube. Es schien fast,
als ob sie nie schön gewesen sein konnte. Vor ihr standen zwei
ziemlich erwachsene Kinder, ein Bursche und ein Mädchen, denen
sie offenbar Unterricht gab, wie sie sich beim Leichenzuge zu beneh=
men hätten. Eben, als ich eintrat, stieß sie dem Knaben, der sich
ziemlich tölpisch auf den Sarg gelehnt hatte, den Arm herunter
und glättete sorgfältig die herausstehenden Kanten des Leichen=
tuches wieder zurecht. Die Gärtnersfrau führte mich vor; da fin=
gen aber unten die Posaunen an zu blasen, und zugleich erscholl
die Stimme des Fleischers von der Straße herauf: ‚Barbara, es
ist Zeit!' Die Träger erschienen, ich zog mich zurück, um Platz zu
machen. Der Sarg ward erhoben, hinabgebracht, und der Zug
setzte sich in Bewegung. Voraus die Schuljugend mit Kreuz und
Fahne, der Geistliche mit dem Kirchendiener. Unmittelbar nach
dem Sarge die beiden Kinder des Fleischers und hinter ihnen das
Ehepaar. Der Mann bewegte unausgesetzt, als in Andacht, die
Lippen, sah aber dabei links und rechts um sich. Die Frau las
eifrig in ihrem Gebetbuche, nur machten ihr die beiden Kinder zu
schaffen, die sie einmal vorschob, dann wieder zurückhielt, wie ihr
denn überhaupt die Ordnung des Leichenzuges sehr am Herzen zu
liegen schien. Immer aber kehrte sie wieder zu ihrem Buche zu=
rück. So kam das Geleite zum Friedhof. Das Grab war geöffnet.
Die Kinder warfen die ersten Handvoll Erde hinab. Der Mann
tat stehend dasselbe. Die Frau kniete und hielt ihr Buch nahe an

die Augen. Die Totengräber vollendeten ihr Geschäft, und der
Zug, halb aufgelöst, kehrte zurück. An der Türe gab es noch einen
kleinen Wortwechsel, da die Frau eine Forderung des Leichenbesor=
gers offenbar zu hoch fand. Die Begleiter zerstreuten sich nach allen
Richtungen. Der alte Spielmann war begraben.

Ein paar Tage darauf — es war ein Sonntag — ging ich, von
meiner psychologischen Neugierde getrieben, in die Wohnung des
Fleischers und nahm zum Vorwande, daß ich die Geige des Alten
als Andenken zu besitzen wünschte. Ich fand die Familie beisam=
men ohne Spur eines zurückgebliebenen besondern Eindrucks. Doch
hing die Geige mit einer Art Symmetrie geordnet neben dem
Spiegel und einem Kruzifix gegenüber an der Wand. Als ich
mein Anliegen erklärte und einen verhältnismäßig hohen Preis
anbot, schien der Mann nicht abgeneigt, ein vorteilhaftes Ge=
schäft zu machen. Die Frau aber fuhr vom Stuhle empor und
sagte: „Warum nicht gar! Die Geige gehört unserem Jakob, und
auf ein paar Gulden mehr oder weniger kommt es uns nicht an!"
Dabei nahm sie das Instrument von der Wand, besah es von allen
Seiten, blies den Staub herab und legte es in die Schublade, die
sie, wie einen Raub befürchtend, heftig zustieß und abschloß. Ihr
Gesicht war dabei von mir abgewandt, so daß ich nicht sehen konnte,
was etwa darauf vorging. Da nun zu gleicher Zeit die Magd mit
der Suppe eintrat und der Fleischer, ohne sich durch den Besuch
stören zu lassen, mit lauter Stimme sein Tischgebet anhob, in das
die Kinder gellend einstimmten, wünschte ich gesegnete Mahlzeit
und ging zur Türe hinaus. Mein letzter Blick traf die Frau.
Sie hatte sich umgewendet, und die Tränen liefen ihr stromweise
über die Backen.

E. T. A. Hoffmann

Der Elementargeist

Gerade am 20. November des Jahres 1815 befand sich Al=
bert von B., Obristleutnant in preußischen Diensten, auf
dem Wege von Lüttich nach Aachen. Das Hauptquartier des
Armeekorps, dem er beigegeben, sollte auf dem Rückmarsch aus
Frankreich an demselben Tage in Lüttich eintreffen und dort zwei
oder drei Tage raften. Albert war schon abends vorher angekom=
men; am andern Morgen fühlte er sich aber von einer sonderbaren
Unruhe ergriffen, und er mochte es sich selbst nicht gestehen, daß nur
dunkle Träume, die ihn die ganze Nacht hindurch nicht verlassen
und ihm ein sehr frohes Ereignis verkündet hatten, das seiner in
Aachen warte, den raschen Entschluß erzeugten, auf der Stelle
dorthin aufzubrechen. Indem er sich noch selbst über sein Begin=
nen höchlich verwunderte, saß er schon auf dem schnellen Pferde,
von dem getragen er die Stadt noch vor einbrechender Nacht zu
erreichen hoffte.

Ein rauher schneidender Herbstwind brauste über die kahlen
Felder hin und weckte die Stimmen des fernen entlaubten Gehölzes,
die hineinächzten in sein dumpfes Geheul. Raubvögel stiegen krei=
schend auf und zogen in Scharen den dicken Wolken nach, die im=
mer mehr zusammentrieben, bis der letzte Sonnenblick dahinschwand
und ein mattes, düftres Grau den ganzen Himmel überzog. Albert
wickelte sich fester in seinen Mantel ein, und indem er auf der
breiten Straße so vor sich hintrabte, entfaltete sich seinem innern
Sinn das Bild der letzten, verhängnisvollen Zeit. — Er gedachte,
wie er vor wenigen Monden denselben Weg gemacht, in umgekehr=
ter Richtung zur schönsten Jahreszeit. In üppiger Blüte stand
damals Feld und Flur; buntgewirkten Teppichen glichen die duf=

tenden Wiesen, und im lieblichen Schein der goldnen Sonnen=
strahlen glänzten die Büsche, in denen die Vögel fröhlich zwitscher=
ten und sangen. Festlich geschmückt hatte sich die Erde, wie eine
sehnsüchtige Braut, um die dem Tode geweihten Opfer, die im
blutigen Kampf gefallenen Helden, zu empfangen in ihrem dun=
keln Brautgemach. —

Albert war bei dem Armeekorps, dem er zugewiesen, angekom=
men, als schon die Kanonen an der Sambre donnerten; doch zeitig
genug, um noch teilzunehmen an den blutigen Gefechten bei Char=
leroi, Gilly, Gosselins. — Der Zufall wollte, daß Albert gerade da
immer zugegen war, wo sich Entscheidendes begab. So befand er sich
bei der letzten Erstürmung des Dorfes Planchenoit, die den Sieg
in der denkwürdigsten aller Schlachten (Belle=Alliance) vollends
herbeiführte. Ebenso kämpfte er den letzten Kampf des Feldzuges
mit, als die letzte Anstrengung der Welt, der grimmen Verzweif=
lung des Feindes sich an dem unerschütterlichen Kampfesmute der
Heldenschar brach, die, in dem Dorfe Issy festgefußt, den Feind,
der, unter dem furchtbarsten Kartätschenfeuer stürmend, Tod und
Verderben in die Reihen zu schleudern gedachte, zurücktrieb, so daß
Scharfschützen ihn bis ganz unfern der Barrieren von Paris ver=
folgten. In der Nacht darauf (vom 3. bis zum 4. Julius) wurde
bekanntlich die die Übergabe der Hauptstadt betreffende Militär=
konvention zu St. Cloud abgeschlossen.

Dies Gefecht bei Issy ging nun besonders hell auf vor Alberts
Seele. Er besann sich auf Dinge, die, wie es ihn bedünken mußte,
er während des Kampfs nicht bemerkt hatte, ja nicht bemerkt ha=
ben konnte. So trat ihm nun manches Gesicht einzelner Offiziere,
einzelner Bursche in den lebendigsten Zügen vor Augen, und tief
traf sein Gemüt der unnennbare Ausdruck nicht stolzer oder ge=
fühlloser Todesverachtung, sondern wahrhaft göttlicher Begeiste=
rung, der aus manches Auge strahlte. So hörte er Worte, bald
zum Kampf ermutigend, bald mit dem letzten Todesseufzer ausge=
stoßen, die der Nachwelt hätten aufbewahrt werden müssen, wie
die begeisternden Sprüche der Helden aus der antiken Heroenzeit.

Geht es mir, dachte Albert, nicht beinahe so wie dem, der beim
Erwachen zwar seines Traumes gedenkt, sich aber erst mehrere
Tage darauf aller einzelnen Züge desselben erinnert? — Ja, ein
Traum, — nur ein Traum, sollte man meinen, könne, mit mächti=

gen Schwingen Zeit und Raum überfliegend, das Gigantische, Ungeheure, Unerhörte geschehen lassen, was sich begab während der verhängnisvollen achtzehn Tage dieses die kühnsten Gedanken, die gewagtesten Kombinationen des spekulierenden Geistes verspottenden Feldzuges. — Nein! — der menschliche Geist erkennt seine eigne Größe nicht; die Tat überflügelt den Gedanken! — Denn nicht die rohe physische Gewalt, nein, der Geist schafft Taten, wie sie geschehen sind, und es ist die psychische Kraft jedes einzelnen wahrhaft Begeisterten, die der Weisheit, dem Genius des Feldherrn zunächst und das Ungeheure, nicht Geahnete vollbringen hilft! —

In diesen Betrachtungen wurde Albert durch seinen Reitknecht gestört, der ungefähr zwanzig Schritte hinter ihm zurückgeblieben und den er überlaut rufen hörte: „Ei der Tausend, Paul Talkebarth! wo kommst du daher des Weges?"

Albert wandte sein Pferd und gewahrte, wie der Reiter, der, von ihm nicht sonderlich beachtet, soeben vorbeigetrabt war, bei seinem Reitknecht stillhielt und die Backen der ansehnlichen Fuchsmütze, womit sein Haupt bedeckt, auseinanderschlug, so daß alsbald das ganze wohlbekannte, im schönsten Zinnober gleißende Antlitz Paul Talkebarths, des alten Reitknechts des Obristen Viktor von S., zum Vorschein kam.

Nun wußte Albert auf einmal, was ihn so unwiderstehlich von Lüttich fortgetrieben nach Aachen, und er konnte es nur gar nicht begreifen, wie der Gedanke an Viktor, an seinen innigsten, geliebtesten Freund, den er wohl in Aachen vermuten mußte, nur dunkel in seiner Seele gelegen und zu keinem klaren Bewußtsein gekommen war.

Auch Albert rief jetzt: „Sieh da! Paul Talkebarth, wo kommst du her? — wo ist dein Herr?"

Paul Talkebarth kurbettierte aber sehr zierlich heran und sprach, die flache Hand vor der viel zu großen Kokarde der Fuchsmütze, militärisch grüßend: „Alle Donnerwetter, Paul Talkebarth, ja das bin ich, mein gnädigster Herr Obristleutnant. — Böses Wetter hierzulande, Zermannöre (sur mon honneur)! Aber das macht die Kreuzwurzel. Die alte Liese pflegte das immer zu sagen — ich weiß nicht, ob Sie die Liese Pfefferkorn kennen, Herr Obristleutnant, sie wohnt in Genthin; wenn man aber in Paris gewesen ist

und den Muffel im Schartinpland (jardin des plantes) geſehen
hat — Nun, was man weit ſucht, findet man nah, und ich halte
hier vor dem gnädigen Herrn Obriſtleutnant, den ich ſuchen ſollte
in Lüttich. Meinem Herrn hats der Spirus familus (spiritus
familiaris) geſtern abend ins Ohr geraunt, daß der gnädige Herr
Obriſtleutnant in Lüttich angekommen. Zackernamthö (sacre nom
de Dieu), das war eine Freude! — Nun, es mag ſein, wie es will;
aber getraut habe ich dem Falben niemals. Ein ſchönes Tier, Zer=
mannöre, aber pur kindiſches Weſen, und die Frau Baroneſſe
tat ihr möglichſtes, das iſt wahr. — Liebe Leute hierzulande, aber
der Wein taugt nichts, und wenn man in Paris geweſen iſt! —
Nun, der Herr Obriſt hätte ebenſogut einziehen können wie einer
durch den Argen Trumph (Arc de triomphe), und ich hätte dem
Schimmel die neue Schabracke aufgelegt — Zacker, der hätte die
Ohren geſpitzt! — Aber die alte Lieſe — es war meine Muhme in
Genthin —, ja, die pflegte immer zu ſagen — Ich weiß nicht, Herr
Obriſtleutnant, ob Sie . . ."

„Daß die Zunge dir erlahme," unterbrach Albert den heilloſen
Schwätzer, „dein Herr iſt in Aachen, ſo laß uns ſchnell vorwärts,
wir haben noch über fünf Stunden Weges!"

„Halt," ſchrie Paul Talkebarth aus Leibeskräften, „halt, halt,
gnädigſter Herr Obriſtleutnant, das Wetter iſt ſchlecht hierzulande;
aber Futter! wer ſolche Augen hat wie wir, die blitzen im Ne=
bel . . ."

„Paul," rief Albert, „mache mich nicht ungeduldig, wo iſt
dein Herr? — nicht in Aachen?"

Paul Talkebarth lächelte dermaßen freudig, daß ſein ganzes
Antlitz zuſammenfuhr in tauſend Falten wie ein naſſer Handſchuh,
ſtreckte dann den Arm weit aus, zeigte nach den Gebäuden hin,
die hinter einem Gehölz auf einer ſanft emporſteigenden Anhöhe
ſichtbar wurden, und ſprach:„ Dort in jenem Schloß . . ." Ohne ab=
zuwarten, was Paul Talkebarth noch Weiteres zu ſchwatzen ge=
neigt, bog Albert ein in den Weg, der ſeitwärts von der Heer=
ſtraße ab nach dem Gehölz führte, und eilte fort im ſchärfſten
Trab. — Nach dem wenigen, was er geſprochen, muß der ehrliche
Paul Talkebarth dem geneigten Leſer als ein etwas wunderlicher
Kauz erſcheinen. Es iſt nur zu ſagen, daß er, Erbſtück des Vaters,
dem Obriſten Viktor von S., nachdem er Generalintendant und

Maître des Plaisirs aller Spiele und tollen Streiche seiner Kinderjahre und des ersten Jünglingsalters gewesen, von dem Augenblick an gedient hatte, als dieser zum erstenmal den Offizierdegen umgeschnallt. Ein alter, sehr absonderlicher Magister, der Hofmeister des Hauses zwei Generationen hindurch, vollendete durch alles, was er dem ehrlichen Paul Talkebarth an Unterricht und Erziehung zufließen ließ, die glücklichen Anlagen zu außerordentlicher Konfusion und seltener Eulenspiegelei, womit diesen die Natur gar nicht karg ausgestattet. Dabei war letzterer die treueste Seele, die es auf der Welt geben kann. Bereit, für seinen Herrn jeden Augenblick in den Tod zu gehen, konnte weder hohes Alter noch sonst irgendeine Betrachtung den guten Paul abhalten, mit seinem Herrn im Jahre 1813 ins Feld zu ziehen. Seine eisenfeste Natur ließ ihn alles Ungemach überstehen, aber weniger stark als sein körperliches bewies sich sein geistiges Naturell, das einen merklichen Stoß, oder wenigstens einen besonderen Schwung erhielt während seines Aufenthalts in Frankreich, vorzüglich in Paris. Paul Talkebarth fühlte nämlich nun erst, daß Herr Magister Sprengepilcus vollkommen recht gehabt, als er ihn ein großes Licht genannt, das einst noch gar hell leuchten werde. Dies Leuchten bemerkte Paul Talkebarth an der Gefügigkeit, mit der er in die Sitten eines fremden Volkes eingegangen war und ihre Sprache erlernt hatte. Damit brüstete er sich nicht wenig und schrieb es nur seiner herrlichen Geistesfähigkeit zu, daß er oft, was Quartier und Nahrung betrifft, das erlangte, was zu erlangen unmöglich schien. — Hans Talkebarths herrliche französische Redensarten (einige angenehme Flüche hat der geneigte Leser bereits kennen gelernt) gingen wo nicht durch die ganze Armee, doch wenigstens durch das Korps, bei dem sein Herr stand. Jeder Reiter, der auf einem Dorfe ins Quartier kam, rief dem Bauer mit Paul Talkebarths Worten entgegen: Pisang! — de Lavendel pur die Schewals (paysan, de l'avoine pour les chevaux)!

So wie es exzentrischen Naturen überhaupt eigen, so mochte Paul Talkebarth nicht gern, daß irgend etwas auf die gewöhnliche einfache Weise geschehe. Er liebte vorzüglich Überraschungen und suchte diese seinem Herrn auf alle nur mögliche Weise zu bereiten, der denn auch wirklich sehr oft überrascht wurde, wiewohl auf ganz andere Art, als es der ehrliche Talkebarth gewollt, dessen glücklichsten Pläne meistenteils in der Ausführung scheiterten. So bat er auch jetzt den Obristleutnant von B., als dieser geradezu auf das Hauptportal des Landhauses losritt, flehentlichst, doch einen Umweg zu machen und von hinten in den Hof hineinzureiten, damit sein Herr ihn nicht eher gewahre, als bis er in die Stube getreten. — Albert mußte es sich gefallen lassen, über eine morastige Wiese zu reiten und vom emporspritzenden Schlamm gar übel zugerichtet zu werden, dann ging es über die gebrechliche Brücke eines Grabens. Paul Talkebarth wollte, seine Reiterkünste zeigend, geschickt herübersetzen, fiel aber mit dem Pferde bis an den Bauch hinein und wurde mit Mühe von Alberts Reitknecht wieder auf festen Boden gerettet. Nun gab er aber voll fröhlichen Mutes laut jauchzend dem Pferde die Sporen und sprengte mit wildem Hussa hinein in den Hof des Landhauses. Da aber gerade alle Gänse, Enten, Puter, Hähne und Hühner der Wirtschaft versammelt waren, um zur Ruhe gebracht zu werden, da ferner von der einen Seite eine Herde Schafe, von der andern eine Herde jener Tiere, in die unser Herr einst den Teufel bannte, hereingetrieben wurde, so kann man denken, daß Paul Talkebarth, der, des Pferdes nicht recht mächtig, willkürlos in großen Kreisen auf dem Hofe umhergaloppierte, nicht geringe Verwüstungen in dem Hausstande anrichtete. Unter dem gräßlichen Lärm des quiekenden, schnatternden, blökenden, grunzenden Viehes, der bellenden Hofhunde, der keifenden Mägde hielt Albert seinen glorreichen Einzug, indem er den ehrlichen Paul Talkebarth mit samt seinem Überraschungsprojekt zu allen Teufeln wünschte.

Schnell schwang sich Albert vom Pferde und trat hinein in das Haus, das, ohne allen Anspruch auf Schönheit und Eleganz, doch ganz wirtlich sich ausnahm und bequem und geräumig genug schien. Auf der Treppe trat ihm ein nicht zu großer, wohlgenährter Mann mit braunrotem Gesicht, in einem kurzen grauen Jagdrock entgegen, der mit süßsauerm Lächeln fragte: „Einquartiert?" An dem Tone, mit dem der Mann dies Wort aussprach, erkannte Albert sogleich, daß er den Herrn des Hauses, mithin, wie er es von Paul Talkebarth wußte, den Baron von E. vor sich habe. Er versicherte, daß er keineswegs einquartiert, daß es vielmehr nur seine Absicht sei, seinen innigsten Freund, den Obristen Viktor von S., der sich hier befinden solle, zu besuchen und daß er die Gast-

freundschaft des Herrn Barons nur für diesen Abend und die
Nacht in Anspruch nehme, da er des andern Morgens in aller
Frühe wieder aufzubrechen gedenke.

Des Barons Gesicht heiterte sich merklich auf, und der volle
Sonnenschein, der gewöhnlich auf diesem gutmütigen, aber etwas
zu breiten Antlitz zu liegen schien, kehrte ganz wieder, als, die
Treppe mit dem Baron hinaufsteigend, Albert fallen ließ, daß
wahrscheinlich gar keine Truppenabteilung des Armeekorps, wel=
ches gerade auf dem Marsche befindlich, diese Gegend berühren
werde.

Der Baron öffnete eine Türe; Albert trat in einen freund=
lichen Saal und erblickte Viktor, der den Rücken ihm zugewendet
saß. Viktor drehte sich auf das Geräusch um, sprang auf und fiel
mit einem lauten Ausruf der Freude dem Obristleutnant in die
Arme. „Nicht wahr, Albert, du gedachtest meiner in der vorigen
Nacht? — Ich wußte es, mein innerer Sinn sagte es mir, daß du
dich in Lüttich befändest in demselben Augenblick, als du hinein=
geritten! — Alle meine Gedanken figierte ich auf dich, meine geisti=
gen Arme umfaßten dich; du konntest mir nicht entrinnen!"

Albert gestand, daß ihn wirklich, wie es der geneigte Leser be=
reits weiß, dunkle Träume, die nur zu keiner deutlichen Gestaltung
kommen konnten, von Lüttich fortgetrieben.

„Ja," rief Viktor ganz begeistert, „ja, es ist kein Wahn, keine
leere Einbildung; sie ist uns gegeben, die göttliche Kraft, die, über
Zeit und Raum gebietend, das Übersinnliche kundtut in der Sin=
nenwelt!"

Albert wußte nicht recht, was Viktor meinte, so wie ihm über=
haupt das Betragen des Freundes, das ganz außer seiner gewöhn=
lichen Weise lag, auf einen gespannten, überreizten Zustand zu
deuten schien. — Indessen war die Frau, die neben Viktor vor dem
Kamin gesessen, aufgestanden und hatte sich den Freunden ge=
nähert. Albert verbeugte sich gegen sie, indem er Viktor mit fra=
gendem Blick anschaute. „Die Frau Baronesse Aurora von E.,"
sprach dieser, „meine liebe gastfreundliche Wirtin, meine treue,
sorgsame Pflegerin in Krankheit und Ungemach!"

Albert überzeugte sich, indem er die Baronesse anschaute, daß
die kleine rundliche Frau noch nicht das vierzigste Jahr erreicht
haben könne, daß sie sonst wohl sehr fein gebaut gewesen sein

müsse, daß aber die nährende Landkost, und viel Sonnenschein
dazu, die Formen des Körpers ein wenig zu sehr über die Schön=
heitslinie hinausgetrieben, welches sogar dem niedlichen, noch frisch
genug blühenden Antlitz Eintrag tue, dessen dunkelblaue Augen
sonst wohl manchem gefährlich genug ins Herz gestrahlt haben
mochten. Den Anzug der gnädigen Frau fand Albert beinahe zu
wirtlich, indem der Zeug des Kleides, blendend weiß, zwar die
Vortrefflichkeit des Waschhauses und der Bleiche, zugleich aber
auch die niedrige Stufe der Industrie bewies, auf der die eigne
Spinnstube und Weberei noch stehen mußte. Ein grellbuntes
baumwollnes Tuch, nachlässig um den Nacken geschlagen, so daß
der weiße Hals sichtbar genug, erhöhte eben nicht den Glanz des
Anzugs. Was aber sehr verwunderlich sich ausnahm, war, daß
die Baronesse an den kleinen Füßchen die zierlichsten seidnen
Schuhe, auf dem Kopfe aber ein allerliebstes Spitzenhäubchen
nach dem neuesten Pariser Zuschnitt trug. Erinnerte dieses Häub=
chen nun zwar den Obristleutnant an eine niedliche Grisette, die
ihm einst der Zufall in Paris zuführte, so glitten ihm doch eben
deshalb eine Menge ungemein artiger Redensarten über die
Lippen, in denen er seine plötzliche Erscheinung entschuldigte. Die
Baronesse unterließ nicht, diese Artigkeiten gehörig zu erwidern.
Unaufhaltsam floß, nachdem sie den Mund geöffnet, der Strom
ihrer Rede, bis sie endlich darauf kam, daß man einen so lieben
Gast, den Freund des dem Hause so treuen Obristen, gar nicht
sorglich genug bewirten könne. Auf die hastig gezogene Klingel und
den gellenden Ruf: „Mariane! Mariane!" erschien ein altes
grämliches Weib, dem großen Schlüsselbunde nach zu urteilen,
der ihr am Gürtel hing, die Haushälterin. Mit dieser und dem
Herrn Gemahl wurde nun überlegt, was Schönes und Schmack=
haftes bereitet werden könne; es fand sich aber, daß alles Leckere,
z. B. Wildbret und dergleichen, entweder schon verzehrt oder erst
morgen anzuschaffen möglich sei. Mühsam seinen Unmut unter=
drückend, versicherte Albert, daß man ihn nötigen werde, augen=
blicklich in der Nacht wieder aufzubrechen, wenn man seinethalben
nur im mindesten die Ordnung des Hauses störe. Ein wenig kalte
Küche, ein Butterbrot genüge ihm zum Nachtessen. Es sei un=
möglich, erwiderte die Baronesse, daß der Obristleutnant sich nach
dem scharfen Ritt in dem rauhen, unfreundlichen Wetter behelfen

solle, ohne irgend etwas Warmes zu genießen; und nach langen
Beratungen mit Marianen wurde die Bereitung eines Glühweins
als ausführbar anerkannt und beschlossen. Mariane entwich klir=
rend und klappernd durch die Türe; doch in dem Augenblick, als
man Platz nehmen wollte, wurde die Baronesse herausgerufen
von einer bestürzten Hausmagd. Albert vernahm, daß vor der Türe
der Baronesse vollständiger Bericht erstattet wurde von der ent=
setzlichen Verheerung, die Paul Talkebarth angerichtet hatte;
dann folgte die nicht unansehnliche Liste sämtlicher Toten, Ver=
wundeten und Vermißten. Der Baron lief der Baronesse hinter=
her, und während draußen die Baronesse schalt und schmälte, der
Baron den ehrlichen Paul Talkebarth dorthin wünschte, wo der
Pfeffer wächst, und die Dienerschaft in ein allgemeines Lamento
ausbrach, erzählte Albert kürzlich seinem Freunde, was sich mit
Paul Talkebarth auf dem Hofe begeben. „Solche Streiche," rief
Viktor ganz unmutig, „solche Streiche macht nun der alte Eulen=
spiegel, und dabei meint es der Schlingel so aus Herzensgrunde
gut, daß man ihm nie etwas anhaben kann."

In dem Augenblick wurde es draußen ruhiger; die Großmagd
hatte die glückselige Nachricht gebracht, daß Hans Gucklick bloß
sehr erschrocken gewesen, daß er aber sonst ohne allen Schaden ab=
gekommen und gegenwärtig mit Appetit fresse.

Der Baron kehrte zurück mit heitrer Miene, wiederholte zu=
frieden, daß Hans Gucklick verschont worden von dem wilden,
Menschenleben nicht achtenden Paul Talkebarth und nahm Ge=
legenheit, sich sehr weitläufig über den landwirtschaftlichen Nutzen
der Hühnerzucht zu verbreiten. Hans Gucklick, der bloß sehr er=
schrocken und weiter nicht beschädigt, war nämlich der alte, allge=
mein geschätzte Haushahn, schon seit Jahren der Stolz und
Schmuck des ganzen Hühnerhofes.

Auch die Baronesse trat wieder herein, jedoch nur, um sich mit
einem großen Schlüsselbunde zu bewaffnen, das sie aus einem
Wandschrank nahm. Schnell eilte sie wieder von dannen, und nun
hörte Albert, wie beide, Hausfrau und Haushälterin, treppauf,
treppab klapperten und klirrten, dabei erschallten die gellenden
Stimmen gerufener Mägde, und aus der Küche herauf erklang
die angenehme Musik von Mörser und Reibeisen. — Gott im
Himmel, dachte Albert, wäre der General eingezogen mit dem

ganzen Hauptquartier, mehr Lärm könnt es nicht geben, als meine
unglücklichste Tasse Glühwein zu verursachen scheint! —

Der Baron der von der Hühnerzucht übergegangen zur Jagd,
war mit der verwickelten Erzählung von einem sehr schönen Hirsch,
der sich blicken lassen und den er n i ch t geschossen, noch nicht völlig
zu Ende, als die Baronesse wieder in den Saal trat, hinter ihr
aber niemand anders als Paul Talkebarth, der in zierlichem Por-
zellangeschirr den Glühwein herbeitrug. „Nur alles hierher gestellt, mein guter Paul," sprach die Baronesse sehr freundlich,
welches Paul Talkebarth mit einem unbeschreiblich süßen: „A fu
zerpire, Madame!" erwiderte. — Die Manen der auf dem Hofe
Erschlagenen schienen versöhnt und alles verziehen.

Man setzte sich nun erst wieder ruhig zueinander. Die Baronesse begann, nachdem sie das Getränk den Freunden kredenzt, an
einem ungeheuern wollnen Strumpf zu stricken, und der Baron
nahm Gelegenheit, sich weitläuftig über die Art des Gestricks, das
bestimmt, sei, auf der Jagd getragen zu werden, auszulassen. Währenddessen ergriff er die Kanne, um sich auch eine Tasse Glühwein einzuschenken. „Ernst!" rief ihm die Baronesse mit strafen-
dem Tone zu: augenblicklich stand er von seinem Vorhaben ab und
schlich an den Wandschrank, wo er ganz im stillen ein Schnäps-
chen genoß. — Albert nutzte diesen Augenblick, um endlich den
langweiligen Gesprächen des Barons ein Ziel zu setzen; indem er
angelegentlich nach seines Freundes Tun und Treiben forschte.
Viktor meinte dagegen, daß es noch Zeit genug geben werde, mit
zwei Worten zu sagen, was sich während der Zeit, als sie getrennt,
mit ihm begeben, daß er es aber gar nicht erwarten könne, aus
Alberts Munde alles Denkwürdige von den gewaltigen Ereignis-
sen der letzten verhängnisvollen Zeit zu vernehmen. Die Baronesse
versicherte lächelnd, daß sich nichts hübscher anhören lasse als Geschichten von Krieg, Mord und Totschlag. Auch der Baron, der
sich wieder zur Gesellschaft gesetzt, meinte, daß er gar zu gern von
Schlachten erzählen höre, wo es recht blutig hergegangen, da ihn
dies immer an seine Jagdpartieen erinnere. Er stand im Begriff,
wieder einzubiegen in die Geschichte von dem nicht geschossenen
Hirsch. Doch Albert unterbrach ihn, indem er vor innerm Unmut
laut auflachend versicherte, daß zwar auf der Jagd auch scharf
geschossen werde; übrigens aber die Einrichtung nicht übel sei, daß

die Hirsche, Rehe, Hasen usw., deren Blut es koste, nicht wieder schössen.

Albert fühlte sich von dem Getränk, das er genossen und das er von edlem Wein ganz vortrefflich bereitet gefunden, durch und durch erwärmt, und dies körperliche Wohlbehagen wirkte wohltätig auf sein geistiges und schlug den Mißmut völlig nieder, der ihn in der unheimischen Umgebung ergriffen. — Vor Viktors Augen entfaltete er nun das ganze schauerlich erhabene Gemälde jener furchtbaren Schlacht, die auf einmal alle Hoffnungen des geträumten Weltherrschers vernichtete. — Mit der glühendsten Begeisterung schilderte Albert den unbezwingbaren Löwenmut jener Bataillone, die zuletzt das Dorf Planchenoit erstürmten, und schloß mit den Worten: „O Viktor! — Viktor! wärst du dabei gewesen, hättest du mit mir gefochten!" —

Viktor war dicht an den Stuhl der Baronesse gerückt, hatte den ansehnlichen Knäuel Wolle, als er von dem Schoß der Baronesse herabgekugelt, ergriffen und spielte damit in den Händen, so daß die emsige Strickerin genötigt war, den Faden zwischen Viktors Fingern durchzuziehen und es nicht wohl vermeiden konnte, öfters mit den überlangen Stricknadeln seinen Arm zu treffen.

Bei jenen, mit erhöhter Stimme ausgesprochnen Worten Alberts schien Viktor plötzlich wie aus einem Traum zu erwachen. Er blickte seinen Freund an mit seltsamem Lächeln und sprach halbleise: „Ja, mein teurer Albert, es ist nur zu wahr, was du sagst! Der Mensch fängt sich oft selbst ganz früh in Schlingen, deren gordischen Knoten erst der Tod gewaltsam zerreißt! — Was aber die Teufelsbeschwörungen überhaupt betrifft, so ist das kecke Rufen des eignen furchtbaren Geistes wohl die bedrohlichste, die es geben mag. — Doch hier schläft schon alles!" Viktors unverständliche, geheimnisvolle Worte bewiesen hinlänglich, daß er nicht eine Silbe von dem vernommen, was Albert gesprochen, sondern sich vielmehr die ganze Zeit über Träumen überlassen, die noch dazu von gar seltsamer Natur sein mußten.

Man kann denken, daß Albert vor Befremden verstummte. Nun bemerkte er auch, um sich blickend, erst, daß dem Hausherrn, der mit vor dem Bauch gefalteten Händen in die Lehne des Sessels zurückgesunken, das müde Haupt auf der Brust lag und daß

die Baronesse, mit festgeschlossenen Augen, nur wie ein aufgezo=
genes Uhrwerk mechanisch fortstrickte.

Albert sprang schnell und mit Geräusch auf; doch in demselben
Augenblick erhob sich auch die Baronesse und näherte sich ihm mit
einem Anstande, der so frei, edel und anmutig zugleich war, daß
Albert nichts mehr von der kleinen, genährten, beinahe drolligen
Figur sah, sondern die Baronesse in ein anderes Wesen verwan=
delt glaubte. „Verzeihen Sie," sprach sie dann mit süßem Wohl=
laut, indem sie Alberts Hand faßte, „verzeihen Sie es, Herr
Obristleutnant, der vom Anbruch des Tages an beschäftigten
Hausfrau, wenn sie am Abend der Ermüdung nicht zu widerstehen
vermag, und wird auch zu ihr auf das herrlichste von den herrlich=
sten Dingen gesprochen; dasselbe mögen Sie dem rüstigen Jäger
verzeihen. Es ist unmöglich, daß Sie sich nicht darnach sehnen soll=
ten, mit Ihrem Freunde allein zu sein und sich recht aus dem Her=
zen auszusprechen, und da ist jeder Zeuge lästig. Gewiß wird es
Ihnen gemütlich scheinen, mit Ihrem Freunde allein das Nacht=
essen einzunehmen, das ich in seinen Zimmern bereiten lassen."

Gelegener konnte Albert kein Vorschlag sein. Auf der Stelle
beurlaubte er sich in den höflichsten Ausdrücken bei der freundlichen
Wirtin, der er jetzt das Schlüsselbund, den Jammer über den er=
schrockenen Hans Gucklick, sowie den Strickstrumpf nebst dem
Einnicken von Herzen verzieh.

„Lieber Ernst!" rief die Baronesse, als die Freunde sich bei dem
Baron empfehlen wollten; da dieser aber statt aller Antwort sehr
vernehmlich rief: „Huß—Huß—Tyras—Waldmann—Allons!"
und das Haupt auf die andere Seite hängen ließ, so mochte man
ihn in seinen süßen Träumen nicht weiter stören. --

„Sage," rief Albert, als er sich mit Viktor allein befand, „sage,
was ist mit dir vorgegangen? — Doch — erst laß uns essen, denn
mich hungert, und in der Tat, es scheint hier mehr vorhanden als
das bescheiden gewünschte Butterbrot."

Der Obristleutnant hatte recht; denn er fand einen gar zierlich
gedeckten, mit den leckersten kalten Speisen besetzten Tisch, dessen
vorzüglichste Zierde ein Bayonner Schinken und eine Pastete von
roten Rebhühnern schien. Paul Talkebarth meinte, als Albert
sein Wohlbehagen äußerte, schalkisch lächelnd, daß, wenn er nicht
gewesen wäre und der Jungfer Mariane alles gesteckt hätte, was

der Herr Obristleutnant gern genieße, als Suppenfink (super fin)
— aber noch könne er es der Muhme Liese nicht vergeſſen, daß ſie
an ſeinem Hochzeitstage den Reisbrei verbrannt, und er ſei nun
Witwer ſeit dreißig Jahren, und man könne nicht wiſſen, denn
Ehen würden im Himmel geſchloſſen, und Jungfer Mariane —
doch die gnädige Frau Baroneſſe habe ihm das Beſte ſelbſt zuge=
ſtellt, nämlich einen ganzen Korb mit Sellerie für die Herrn. —
Albert wußte nicht recht, wozu ihm die unbillige Menge Gemüſe
aufgetiſcht werden ſollte, war dann aber ſehr zufrieden, als Paul
Talkebarth den Korb, der nichts anders enthielt als ſechs Flaſchen
des ſchönſten Vin de Sillery, herbeitrug.

Während Albert es ſich nun recht wohl ſchmecken ließ, er=
zählte Viktor, wie er auf das Gut des Barons von E. gekommen.

Die der ſtärkſten Natur öfters unverwindlichen Strapazen des
erſten Feldzuges (1813) hatten Viktors Geſundheit zerrüttet. Die
Bäder in Aachen ſollten ihn herſtellen, und er befand ſich gerade
dort, als Buonapartes Flucht von Elba die Loſung gab zum
neuen blutigen Kampf. Als man ſich zum Feldzuge rüſtete, erhielt
Viktor von der Reſidenz aus die Weiſung, ſich, ſollte es ſein Ge=
ſundheitszuſtand erlauben, zu der Armee an den Niederrhein zu
begeben; das waltende Schickſal erlaubte ihm aber ſtatt deſſen nur
einen Ritt von vier bis fünf Stunden. Gerade vor dem Tor des
Landhauſes, in dem ſich jetzt die Freunde befanden, wurde Viktors
Pferd, ſonſt das ſicherſte, furchtloſeſte Tier von der Welt, geprüft
in dem wildeſten Getöſe der Schlacht, plötzlich ſcheu, bäumte ſich,
und Viktor ſtürzte herab, wie er ſelbſt ſagte, gleich einem Schul=
knaben, der zum erſtenmal ein Roß beſtiegen. Beſinnungslos lag
er da, indem das Blut einer bedeutenden Kopfwunde entſtrömte,
die er ſich an einem ſcharfen Stein geſchlagen. Man brachte ihn
in das Haus, und hier mußte er, da jeder Transport gefährlich
ſchien, ſeine Geneſung abwarten, die noch jetzt nicht ganz vollendet
ſchien, da ihn, unerachtet die Wunde längſt geheilt war, noch Fie=
beranfälle ermatteten. Viktor ergoß ſich in den wärmſten Lobes=
erhebungen rückſichts der ſorglichſten Wartung und Pflege, welche
ihm die Baroneſſe angedeihen laſſen.

„Nun," rief Albert laut auflachend, „nun, in der Tat, dar=
auf war ich nicht gefaßt, wunder denk ich, was du mir Außer=
ordentliches erzählen wirſt, und am Ende läuft es auf eine, nimm

mirs nicht übel, etwas einfältige Geschichte hinaus, wie sie in hun=
dert abgedroschenen Romanen zu finden, so daß sie kein Mensch
mehr selbst mit Anstand erleben kann. — Der wunde Ritter wird
ins Schloß getragen, die Herrin des Hauses pflegt ihn — und der
Ritter wird zum zärtlichen Amoroso! — Denn Viktor, daß du dei=
nem bisherigen Geschmack, ja deiner ganzen Lebensweise zum Trotz
dich plötzlich in eine ältliche dicke Frau verliebt hast, die so häus=
lich und wirtschaftlich ist, daß man darüber des Teufels werden
möchte, daß du noch dazu den sehnsüchtigen, schmachtenden Jüng=
ling spielst, der, wie es irgendwo heißt, seufzet wie ein Ofen und
Lieder macht auf seiner Liebsten Brauen — nun, das alles will ich
am Ende auch noch für Krankheit halten! — Das einzige, was dich
einigermaßen entschuldigen könnte und dich poetisch darstellen,
wäre der spanische Infant im ‚Arzt seiner Ehre‘, der, gleiches
Schicksal mit dir teilend, an dem Tor des Landhauses der Donna
Menzia auf die Nase fiel und am Ende die Geliebte fand, die ihm
unbewußt . . .“ „Halt,“ rief Viktor, „halt! — glaubst du denn
nicht, daß ich es vollkommen einsehe, begreife, wenn ich dir als ein
ganz alberner Geck vorkommen muß? — Doch! es ist hier noch
etwas andres, Geheimnisvolles im Spiel. — Nun laß uns trin=
ken!“ —

Der Wein und Alberts lebendiges Gespräch hatte Viktorn
wohltätig angeregt; er schien erwacht aus düstrer Träumerei. Als
nun aber endlich Albert, das volle Glas erhebend, sprach: „Nun,
Viktor, teurer Infant, Donna Menzia soll leben und aussehen
wie unsre kleine dicke Hausfrau!“ da rief Viktor lachend: „Nein,
ich kann es doch nicht ertragen, daß du mich für einen Gecken hal=
ten mußt! — Ich fühle mich im Innersten heiter und aufgelegt, dir
alles zu sagen, alles zu beichten! — Du mußt es dir aber gefallen
lassen, von einer ganz eignen Periode meines Lebens, die in meine
Jünglingsjahre fällt, zu hören, und es ist möglich, daß die halbe
Nacht darüber vergeht.“

„Erzähle,“ erwiderte Albert, „denn ich gewahre, daß noch hin=
länglicher Wein vorhanden, um die etwa sinkenden Lebensgeister
aufzufrischen. — Wär es nur nicht so entsetzlich kalt im Saal und
ein Verbrechen, jetzt noch jemanden von den Hausleuten aufzu=
stören.“

„Sollte,“ sprach Viktor, „sollte Paul Talkebarth nicht dafür

gesorgt haben?" — Wirklich versicherte dieser, in seiner bekannten
französischen Mundart höflich fluchend, daß er das vortrefflichste
Holz selbst klein zugeschnitten und bewahrt habe zum köstlichsten
Kaminfeuer, welches er sogleich anfachen werde. — „Es ist nur
gut," sagte Viktor, „daß es mir hier nicht so gehen kann, wie
einst bei einem Drogeriehändler in Meaux, wo der ehrliche Paul
Talkebarth mir ein Kaminfeuer angemacht, das wenigstens zwölf-
hundert Franken kostete. Der Gute hatte Sandel-Brasilienholz
ergriffen, zerhackt und in den Kamin gesteckt, so daß ich mir beinahe vorkam wie Andalosia, des bekannten Herrn Fortunatus
berühmter Sohn, dessen Koch das Feuer von Spezereien anschüren
mußte, als der König verboten, ihm Holz zu verkaufen."

„Du weißt," fuhr Viktor fort, als das Feuer lustig knisterte
und flammte und Paul Talkebarth sich aus dem Zimmer entfernt
hatte, „du weißt, mein teurer Freund Albert, daß ich meine mili-
tärische Laufbahn bei der Garde in Potsdam begann, sonst aber
von meiner Jünglingszeit wohl wenig mehr als das, da es nie besondere Gelegenheit gab, davon zu reden; mehr aber noch, weil das
Bild jener Jahre nur in halbverwischten Zügen vor meiner Seele
stand und erst hier wieder in hellen Farben aufleuchtete. — Meine
erste Erziehung in meines Vaters Hause kann ich nicht eben schlecht
nennen. Ich hatte eigentlich gar keine; man überließ mich meinen
Neigungen, und gerade diese schienen nichts weniger darzutun, als
meinen Beruf zu den Waffen. Offenbar fühlte ich mich zu wis-
senschaftlicher Bildung hingezogen, die mir der alte Magister, der
mein Hofmeister sein sollte und der froh war, wenn man ihn nur
in Ruhe ließ, nicht geben konnte. Erst in Potsdam gewann ich mit
Leichtigkeit Kenntnis neuerer Sprachen, so wie ich die dem Offizier nötigen Studien mit Eifer trieb und Erfolg. Außerdem las
ich mit einer Art von Wut alles, was mir in die Hände kam, ohne
Auswahl, ohne Rücksicht auf Nützlichkeit; indessen erhielt ich
doch, da mein Gedächtnis vortrefflich, eine Menge historischer
Kenntnisse, selbst wußte ich nicht wie. — Man hat mir später
die Ehre angetan, zu behaupten, es säße ein poetischer Geist in mir,
den ich nur selbst nicht recht anerkennen wolle; gewiß ist es aber,
daß mich die Meisterwerke der großen Dichter jener Periode in
einen Zustand der Begeisterung versetzten, von dem ich keine Ahnung
gehabt; ich erschien mir selbst als ein anderes Wesen, das nur erst

sich entwickelt zum regen Leben. — Ich will nur ‚Werthers Lei=
den‘, vorzüglich aber Schillers ‚Räuber‘ nennen. Einen ganz an=
dern Schwung aber gab meiner Phantasie ein Buch, das gerade
deshalb, weil es nicht vollendet ist, dem Geist einen Stoß gibt, so
daß er rastlos fortarbeiten muß in ewigen Pendulschwingungen. —
Ich meine Schillers ‚Geisterseher‘. Mag es sein, daß der Hang
zum Mystischen, zum Wunderbaren, der überhaupt tief in der
menschlichen Natur begründet ist, stärker bei mir vorwaltete; ge=
nug, als ich jenes Buch gelesen, das die Beschwörungsformeln der
mächtigsten schwarzen Kunst selbst zu enthalten scheint, hatte sich
mir ein magisches Reich voll überirdischer, oder besser unterirdi=
scher Wunder erschlossen, in dem ich wandelte und mich verirrte
wie ein Träumer. Einmal in diese Stimmung geraten, verschlang
ich mit Begierde alles, was nur zu jener Stimmung sich hinneigte,
und selbst Werke von weit geringerem Gehalt verfehlten keines=
wegs ihre Wirkung. So machte auch der ‚Genius‘ von Große auf
mich einen tiefen Eindruck, und ich darf mich auch jetzt dessen kei=
neswegs schämen, da wenigstens der erste Teil, dessen größere
Hälfte in den Schillerschen ‚Horen‘ abgedruckt stand, der Lebendig=
keit der Darstellung und auch wohl der geschickten Behandlung
des Stoffs halber, die ganze literarische Welt in Bewegung setzte.
Manchen Arrest mußte ich dulden, wenn ich auf der Wache, in
solch ein Buch oder auch nur in meine mystischen Träume vertieft,
das Herausrufen überhört hatte und erst vom Unteroffizier geholt
werden mußte. Gerade in dieser Zeit brachte mich der Zufall einem
sehr seltsamen Manne näher. — Es begab sich nämlich, daß ich an
einem schönen Sommerabend, als die Sonne schon gesunken und
die Dämmerung eingebrochen, in der Gegend eines Lustorts vor
Potsdam einsam, wie es meine Gewohnheit war, lustwandelte.
Da schien es mir, als vernähme ich aus dem Dickicht eines kleinen
Wäldchens, das seitwärts ab vom Wege lag, dumpfe Klagetöne
und dazwischen in einer mir unbekannten Sprache heftig ausge=
stoßene Reden. Ich glaubte jemanden hilfsbedürftig, eilte hin nach
der Stelle, von woher die Laute zu kommen schienen, und gewahrte
bald in dem Schimmer des Abendrots eine große breitschultrige
Figur, die, in einen gemeinen Soldatenmantel gehüllt, auf dem
Boden ausgestreckt lag. Ganz nahe hinzugetreten, erkannte ich zu
meinem nicht geringen Erstaunen den Major O’Malley von den

Grenadieren. ‚Mein Gott,' rief ich aus, ‚sind Sie es, Herr Ma=
jor? — in diesem Zustande? — Sind Sie krank — kann ich helfen?'
Der Major betrachtete mich mit starrem, wildem Blick und sprach
dann mit barschem Ton: ‚Welcher Teufel führt Euch her, Leut=
nant? Was kümmert es Euch, ob ich hier liege oder nicht, schert
Euch nach der Stadt!' — Die Leichenblässe, die auf O'Malleys
Gesicht lag, die ganze Art, wie ich ihn fand, ließ mich indessen
Unheimliches ahnen, und ich erklärte, daß ich ihn durchaus nicht
verlassen, sondern nur mit ihm zusammen nach der Stadt zurück=
kehren würde. ‚So?' sprach der Major ganz gelassen und kalt,
nachdem er einige Augenblicke geschwiegen, und versuchte sich auf=
zuraffen, worin ich ihm, da es ihm schwer zu werden schien, bei=
stand. Ich bemerkte nun, daß er, wie er es oft tat, wenn er noch
des Abends sich hinaus ins Freie machte, bloß über das Hemde,
ohne weiter angekleidet zu sein, einen gemeinen sogenannten Kom=
mißmantel geworfen, dazu aber Stiefeln angezogen und den Offi=
ziershut mit breiter goldner Tresse auf das kahle Haupt gedrückt
hatte. Eine Pistole, die auf der Erde neben ihm gelegen, ergriff
er schnell und steckte sie, um sie meinen Blicken zu entziehen, in die
Tasche des Mantels. Auf dem ganzen Wege nach der Stadt
sprach er keine Silbe mit mir, sondern stieß nur dann und wann
abgebrochene Reden aus in seiner Muttersprache (er war Irlän=
der von Geburt), die ich nicht verstand. Vor seinem Quartier an=
gekommen, drückte er mir die Hand und sprach mit einem Ton,
der in der Tat etwas Unbeschreibliches, nie Gehörtes hatte, so daß
er noch in meiner Seele wiederklingt: ‚Gute Nacht, Leutnant! —
Der Himmel beschütze Euch und gebe Euch gute Träume!' — Die=
ser Major O'Malley war wohl einer der allerwunderlichsten
Menschen, die es geben kann, und rechne ich vielleicht ein paar
etwas exzentrische Engländer ab, die mir vorgekommen, so müßte
ich keinen Offizier in der ganzen großen Armee, der in der äußern
Erscheinung mit O'Malley zu vergleichen. Ist es wahr, was viele
Reisende behaupten, daß die Natur sich eben nirgends solch ganz
besonderer Prägstöcke bedient als in Irland, weshalb denn jede
Familie die artigsten Kabinettsstückchen aufzuweisen hat, so konnte
der Major O'Malley billigerweise für einen Prototypus seiner
ganzen Nation gelten. Denke dir einen baumstarken Mann von
sechs Fuß Höhe, dessen Bau man gerade nicht ungeschickt nennen

kann, aber kein Glied paßt zum andern, und die ganze Figur
scheint zusammengewürfelt wie in jenem Spiel, in dem Figuren
aus einzelnen Teilen, deren Nummer die Würfel bestimmen, zusammengefügt werden. Die Adlernase, die fein geschlitzten Lippen
würden das Antlitz zum Edlen erheben; aber sind die hervorstehen-
den Glasaugen beinahe widrig, so tragen die hohen schwarzen bu-
schigen Augenbraunen den Charakter der komischen Maske. —
Sehr seltsam hatte des Majors Antlitz etwas Weinerliches,
wenn er lachte, wiewohl das selten geschah; dagegen war es, als ob
er lache, wenn ihn die Wut des wildesten Zorns übermannte: aber
dieses Lachen hatte so etwas Grauenhaftes, daß die ältesten, im Gemüt handfestesten Bursche sich davor entsetzten. Ebenso selten als
O'Malley lachte, ebenso selten ließ er sich aber auch hinreißen
vom Zorn. Ganz unmöglich schien es, daß dem Major jemals
hätte eine Uniform passen sollen. Die Kunst des geschicktesten Re-
gimentsschneiders scheiterte an des Majors unförmlicher Gestalt;
der nach dem genauesten Maß zugeschnittene Rock schlug schnöde
Falten, hing ihm am Leibe, als sei er aufgehängt zum Ausbürsten,
während der Degen an den Beinen schlotterte und der Hut in so
seltsamer Richtung auf dem Kopfe saß, daß man schon auf hundert
Schritte den militärischen Schismatiker erkannte. Was aber bei
der pedantischen Formkrämerei jener Zeit ganz unerhört scheinen
mußte: O'Malley trug — keinen Zopf. Freilich möchte auch dieser an den wenigen grauen Löckchen, die sich am Hinterhaupte
kräuselten, schwer gehaftet haben, da sonst der Kopf völlig haar-
los war. Ritt der Major, so glaubte man, er müsse jeden Augenblick vom Pferde fallen, focht er, jeden Augenblick vom Gegner
getroffen werden; und doch war er der beste Reiter, Fechter,
überhaupt der geübteste, gewandteste Gymnastiker, den es nur geben konnte. So viel, um dir das Bild eines Mannes zu geben, dessen ganzes Treiben geheimnisvoll zu nennen, da er bald
bedeutende Summen wegwarf, bald hilfsbedürftig erschien und,
jeder Kontrolle seiner Obern, jedem Dienstzwange entzogen, durchaus tat, was er wollte. Eben das, was er wollte, war aber meistenteils so exzentrisch oder vielmehr so spleenisch toll, daß man
um seinen Verstand besorgt werden konnte. — Man sprach davon,
daß der Major zu einer gewissen Zeit, in welcher Potsdam mit
seinen Umgebungen der Schauplatz seltsamer, in die Geschichte

des Tages eingreifender Mystifikationen war, eine wichtige Rolle
gespielt habe und noch in Verbindungen stehe, die das Unbegreifliche
seiner Stellung erzeugten. — Ein sehr verrufenes Buch, das damals (irr ich nicht unter dem Titel ‚Exkorporationen') erschien
und in welchem man das Bild eines Mannes fand, das dem Major ähnlich, nährte jenen Glauben; und auch ich, von dem mystischen Inhalt jenes Buchs angeregt, fühlte mich desto mehr geneigt,
O'Malley für eine Art Armenier zu halten, je länger und näher
ich sein wunderliches, wohl könnt ich sagen, spukhaftes Treiben
beobachtete. Dazu gab er mir nämlich selbst Gelegenheit, indem er
seit jenem Abende, als ich ihn krank oder auf andere Weise erschüttert im Walde antraf, eine ganz besondere Zuneigung zu
mir gewonnen hatte, so daß es ihm Bedürfnis schien, mich täglich
zu sehen. — Dir die ganz absonderliche Art dieses Umgangs zu
beschreiben, dir manches zu erzählen, was das Urteil der Burschen, welche keck behaupteten, der Major sei ein Doppeltgänger
und stehe überhaupt mit dem Teufel im Bunde, vollkommen zu
rechtfertigen schien, alles dessen bedarf es nicht, da du bald den unheimlichen Geist, der bestimmt war, auf verstörende Weise einzu-
greifen in mein Leben, hinlänglich kennen lernen wirst.

Ich hatte die Schloßwache, und dort besuchte mich mein Vetter, der Hauptmann von T., der noch mit einem jungen Offizier
aus Berlin nach Potsdam gekommen. Im traulichen Gespräch saßen wir beim Glase Wein, als, beinahe war es schon Mitternacht, der Major O'Malley eintrat. ‚Ich glaubte Euch allein,
Leutnant', sprach er, indem er meine Gäste verdrießlich anblickte,
und wollte sich wieder entfernen. Der Hauptmann erinnerte ihn
daran, daß sie ja alte Bekannte wären, und auf mein Bitten ließ
O'Malley es sich gefallen, bei uns zu bleiben.

‚Euer Wein,' rief O'Malley, als er ein Glas nach seiner
Weise schnell hinuntergestürzt, ‚Euer Wein, Leutnant, ist der
schnödeste Krätzer, der je eines ehrlichen Kerls Gedärme zerrissen;
laßt sehen, ob dieser hier von einer bessern Sorte!'

Damit holte er aus der Tasche des Kommißmantels, den er
über das Hemde gezogen, eine Flasche und schenkte ein. Wir fanden den Wein vortrefflich und hielten ihn für einen vorzüglich
feurigen Ungar.

Selbst weiß ich nicht, wie sich das Gespräch auf magische Ope-

rationen und zuletzt auf jenes verrufene Buch wandte, dessen ich
zuvor gedachte. Dem Hauptmann war, vorzüglich wenn er Wein
getrunken, ein gewisser spöttelnder Ton eigen, den nicht jeder gut
vertragen mag. In diesem Tone begann er von militärischen Gei-
sterbannern und Hexenmeistern zu sprechen, die zu jener Zeit aller-
liebste Dinge zustande gebracht, wofür man ihrer Macht noch
jetzt huldigen und Opfer bringen müsse. ‚Wen meint,‘ rief O'Malley mit dröhnender Stimme, ‚wen meint Ihr, Hauptmann? —
Meint Ihr etwa mich, so wollen wir das Geisterbannen beiseite
stellen; daß ich mich aber auf das Entgeistern verstehe, könnt ich
Euch beweisen, und dazu bedarf ich statt eines sonstigen Talismans
nur meines Degens oder eines guten Pistolenlaufs.‘

Zu nichts weniger war der Hauptmann aufgelegt, als mit
O'Malley Händel anzufangen; er versicherte daher, artig einlen-
kend, daß er zwar allerdings den Major gemeint, indessen nur
Scherz im Sinne gehabt, der vielleicht unzeitig gewesen. Im Ernst
wolle er aber jetzt den Major fragen, ob er nicht gut tun würde,
das alberne Gerücht, daß er wirklich über unheimliche Mächte
gebiete, zu widerlegen und so auch seinerseits dem dummen Aberglauben zu steuern, der nicht mehr in das aufgeklärte Zeitalter
passe. — Der Major lehnte sich über den ganzen Tisch, stützte den
Kopf auf beide Fäuste, so daß seine Nase kaum eine Spanne weit
von des Hauptmanns Antlitz entfernt war, und sprach dann, ihn
mit seinen hervorglotzenden Augen starr anblickend, sehr gelassen:
‚Hat Euch, mein Gönner, der Herr auch nicht etwa mit einem
sehr durchdringenden Geist erleuchtet, so werdet Ihr, hoff ich, doch
einzusehen vermögen, daß es die törichtste, einbildischste, ja, ich
möchte sagen, verruchteste Anmaßung wäre, wenn wir glauben
wollten, mit unserm geistigen Prinzip sei alles abgeschlossen, und
es gebe keine geistigen Naturen, die, anders begabt als wir, oft
nur sich selbst aus jener Natur allein die momentane Form bildend, sich uns offenbaren in Raum und Zeit, ja, die, nach irgendeiner Wechselwirkung strebend, hineinflüchten könnten in das Ton-
gebäcke, was wir Körper nennen. Ich will es Euch nicht zum Vorwurf machen, Hauptmann, daß Ihr in allen Dingen, die man
weder bei der Revue noch auf der Parade lernt, sehr unwissend
seid und nichts gelesen habt. Hättet Ihr aber nur etwas weniges in
tüchtige Bücher geguckt, kenntet Ihr den Cardanus, den Justinus

Martyr, den Lactanz, den Cyprian, den Clemens von Alexandrien, den Macrobius, den Trismegistus, den Nollius, den Dorneus, den Theophrastus, den Fludd, den Wilhelm Postel, den Mirandola, ja nur die kabbalistischen Juden, Joseph und Philo, Euch wäre vielleicht eine Ahnung aufgegangen von Dingen, die jetzt Euren Horizont übersteigen und von denen Ihr daher auch gar nicht reden solltet.'

Damit sprang O'Malley auf und ging mit starken gewaltigen Schritten auf und ab, so daß die Fenster und die Gläser zitterten.

Unerachtet, versicherte der Hauptmann etwas betreten, unerachtet er des Majors Gelehrsamkeit hoch in Ehren halte, unerachtet er gar nicht in Abrede stellen wolle, daß es höhere geistige Naturen gebe und geben müsse; so sei er doch fest überzeugt, daß irgendeine Verbindung mit einer unbekannten Geisterwelt durchaus gegen die Bedingung der menschlichen Natur, mithin unmöglich sei und alles, was als Beweis des Gegenteils gelten solle, auf Selbsttäuschung oder Betrug beruhe.

O'Malley blieb, als der Hauptmann schon einige Sekunden geschwiegen, plötzlich stehen und begann: ,Hauptmann, oder (sich zu mir wendend) Ihr, Leutnant, tut mir den Gefallen und setzt Euch hin und schreibt ein Heldengedicht, ebenso herrlich, so übermenschlich groß wie die Ilias!'

Wir erwiderten beide, daß uns das wohl nicht gelingen werde, da keinem der homerische Geist inwohne. ,Ha, ha,' rief der Major, ,seht Ihr wohl, Hauptmann! Weil Euer Geist unfähig ist, Göttliches zu empfangen und zu gebären, ja, weil Eure Natur nicht einmal von der Beschaffenheit sein mag, sich auch nur zur Erkenntnis zu entzünden, deshalb müßtet Ihr eigentlich leugnen, daß aus irgendeinem Menschen sich dergleichen gestalten könne. – Ich sage Euch, jener Umgang mit höheren geistigen Naturen ist bedingt durch einen besondern psychischen Organism; und wie die dichterische Schöpfungskraft, so ist auch jener Organism eine Gabe, mit der die Gunst des Weltgeistes seinen Liebling ausstattet.'

Ich las in des Hauptmanns Gesicht, daß er im Begriff stand, irgend etwas Spöttisches dem Major zu entgegnen. Um es nicht dazu kommen zu lassen, nahm ich das Wort und machte dem Major bemerklich, daß, soviel ich wüßte, doch die Kabbalisten gewisse Formen und Regeln aufstellten, um zu jenem Umgange mit unbekannten geistigen Wesen zu gelangen. Noch ehe der Major aber antworten konnte, sprang der Hauptmann, von Wein erhitzt, auf und sprach im bittern Ton: ‚Nun, was hilft hier alles Schwatzen; Ihr gebt Euch für eine höhere Natur aus, Major; Ihr wollt uns glauben machen, daß Ihr, aus besserm Stoff geschaffen als unsereins, den Geistern gebietet! — Erlaubt, daß ich Euch so lange für einen betörten Schwärmer halte, bis Ihr uns Eure psychische Kraft zutage gelegt.‘

Der Major lachte wild auf und sprach dann: ‚Ihr haltet mich für einen gemeinen Geisterbanner, für einen kläglichen Taschen= spieler, Hauptmann? — Das steht Euerm kurzsichtigen Sinne wohl an! — Doch! — Es soll Euch vergönnt sein, einen Blick in ein dunkles Reich zu tun, das Ihr nicht ahnet und das Euch verderb= lich erfassen kann! — Ich warne Euch indessen vorher und gebe Euch zu bedenken, daß Euer Gemüt nicht stark genug sein könnte, manches zu ertragen, das mir ein ergötzliches Spiel dünkt.‘

Der Hauptmann versicherte, daß er bereit sei, es mit allen Geistern und Teufeln aufzunehmen, die O'Malley zu beschwören imstande wäre, und nun mußten wir dem Major auf unser Ehren= wort versprechen, uns in der Nacht des Herbstäquinoktiums, und zwar Schlag zehn Uhr in dem dicht vor dem ***er Tor gelegenen Wirtshause einzufinden, wo wir das Weitere erfahren würden.

Es war indessen heller Tag geworden; die Sonne schien durch die Fenster. Da stellte sich der Major mitten ins Zimmer und rief mit donnernder Stimme: ‚Incubus! — Incubus! Nehmahmihah Scedim!‘ — warf den Mantel ab, den er bis jetzt nicht abgelegt, und stand da in voller Uniform.

In demselben Augenblick mußte ich heraus, da die Wache ins Gewehr trat. Als ich zurückkam, waren beide, der Major und der Hauptmann, verschwunden.

‚Ich blieb,‘ — sprach der junge Offizier, ein liebenswürdiger frommer Jüngling, den ich allein fand, — ‚ich blieb nur zurück, um Sie vor diesem Major, diesem entsetzlichen Menschen, zu warnen! — Fern von mir sollen seine fürchterlichen Geheimnisse bleiben, und mich gereut es, daß ich mein Wort gab, bei einem Akt zu sein, der vielleicht uns allen, gewiß aber dem Hauptmann verderblich sein kann. Sie werden mir zutrauen, daß ich nicht geneigt bin, jetzt mehr daran zu glauben, was die alte Wärterin dem Kinde vorerzählte;

aber — haben Sie wohl bemerkt, daß der Major nach und nach acht Flaschen aus der Tasche zog, die kaum groß genug schien, eine einzige zu fassen? — daß er zuletzt, unerachtet er unter dem Mantel nur das Hemde trug, plötzlich von unsichtbaren Händen angekleidet dastand?' — Es war dem so, wie der Leutnant sagte, und ich muß gestehen, daß eiskalte Schauer mich durchbebten. —

An dem bestimmten Tage fand sich der Hauptmann mit meinem jungen Freunde bei mir ein, und auf den Schlag zehn Uhr nachts waren wir, so wie wir es dem Major zugesagt, in dem Wirtshause. Der Leutnant war still und in sich gekehrt, desto lauter und lustiger aber der Hauptmann.

‚In der Tat,' rief dieser, als es schon halb eilf Uhr worden und O'Malley sich nicht blicken ließ, ‚in der Tat, ich glaube, der Herr Geisterbanner läßt uns im Stich mitsamt seinen Geistern und Teufeln!' ‚Das tut er nicht', sprach es dicht hinter dem Hauptmann, und O'Malley stand unter uns, ohne daß jemand bemerkt, wie er hereingekommen. — Dem Hauptmann erstarb die Lache, die er aufschlagen wollen. —

Der Major, wie gewöhnlich in seinen Soldatenmantel gekleidet, meinte, daß es, ehe er uns an den Ort führe, wo er gedenke, sein Versprechen zu erfüllen, noch Zeit sei, ein paar Gläser Punsch zu trinken; es würde uns gut tun, da die Nacht rauh und kalt sei und wir einen ziemlichen Weg zu machen hätten. Wir setzten uns an einen Tisch, auf den der Major einige zusammengebundene Fackeln und ein Buch legte.

‚Hoho,' rief der Hauptmann, ‚das ist wohl Euer Beschwörungsbuch, Major?' — ‚Allerdings', erwiderte O'Malley trokken.

Der Hauptmann ergriff das Buch, schlug es auf und lachte in demselben Augenblick so unmäßig, daß wir nicht wußten, was ihn denn so ganz toll lächerlich bedünken könne.

‚Nein,' sprach dann der Hauptmann, sich mit Mühe erholend, ‚nein, das ist zu arg! — Major, was zum Teufel, wollt Ihr denn Euern Scherz mit uns treiben, oder habt Ihr Euch vergriffen? — Freunde, Kameraden, schaut doch nur her!'

Du kannst dir, Freund Albert, unser tiefes Erstaunen denken, als wir gewahrten, daß das Buch, das uns der Hauptmann vor die Augen hielt, kein anderes war, als — Pepliers französische

Grammaire! — D'Malley nahm dem Hauptmann das Buch aus
der Hand, steckte es in die Manteltasche und sprach dann sehr
ruhig, wie er denn überhaupt in seinem ganzen Wesen ruhiger und
milder erschien, als sonst jemals: ,Sehr gleichgültig kann es Euch
sein, Hauptmann, welcher Mittel ich mich bedienen will, um mein
Versprechen zu erfüllen, welches in nichts anderm besteht, als Euch
sinnlich meine Gemeinschaft mit der Geisterwelt darzutun, die uns
umgibt, ja in der unser höheres Sein bedingt ist. Glaubt Ihr denn,
daß meine Kraft solcher armseliger Krücken bedarf, als da sind:
besondere mystische Formeln, Wahl einer besondern Zeit, eines
abgelegenen schauerlichen Orts, deren sich armselige kabbalistische
Schüler in nutzlosen Experimenten zu bedienen pflegen? — Auf off=
nem Markt, zu jeder Stunde könnt ich Euch beweisen, was ich ver=
mag; und daß ich damals, als Ihr mich verwegen genug in die
Schranken fordertet, eine besondere Zeit und, wie Ihr gleich sehen
werdet, einen Ort wählte, der Euch vielleicht schauerlich bedün=
ken möchte, war nur eine Artigkeit, die ich Eurethalben dem
erzeigen wollte, der in gewisser Art diesmal Euer Gast sein soll.
— Gäste empfängt man gern im Putzzimmer zur gelegensten
Stunde.'

Es schlug eilf Uhr; der Major nahm die Fackeln und gebot
uns, zu folgen.

Er schritt so schnell, daß wir Mühe hatten, ihm nachzukom=
men, voran auf dem großen Wege fort und bog, als wir das Zoll=
häuschen erreicht, rechts ein in den Fußsteig, der durch den dort gele=
genen dichten Tannenwald führt. Nachdem wir beinahe eine Stunde
gelaufen, stand der Major still und mahnte uns, dicht hinter ihm
zu bleiben, da wir uns sonst leicht im Dickicht des Waldes, in das
wir nun hinein müßten, verlieren könnten. Nun ging es quer durch
im dicksten Gestrüppe, so daß bald dieser, bald jener mit der Uni=
form oder mit dem Degen hängen blieb und sich mit Mühe los=
machen mußte, bis wir endlich einen freien Platz erreichten. Mon=
desstrahlen brachen durch das finstre Gewölk, und ich gewahrte die
Ruinen eines ansehnlichen Gebäudes, in welche der Major hinein=
schritt. Es wurde finstrer und finstrer; der Major rief uns zu,
stillzustehen, weil er jeden einzeln hinabführen wolle. Mit dem
Hauptmann machte er den Anfang; dann traf mich die Reihe. Der
Major hatte mich umfaßt und trug mich mehr, als ich ging, hin=

unter in die Tiefe. ‚Bleibt,' flüsterte O'Malley mir zu, ‚bleibt hier ruhig stehen, bis ich den Leutnant gebracht, dann beginnt mein Werk.'

Ich vernahm in der undurchdringlichen Finsternis die Atem=züge eines dicht neben mir Stehenden. ‚Bist du es, Hauptmann?' rief ich. ‚Allerdings!' erwiderte der Hauptmann; ‚gib acht, Vetter, es läuft alles auf dumme Taschenspielerei hinaus; aber es ist ein ganz verdammter Ort, wo uns der Major hingeführt, und ich wollte, ich säße wieder beim Punschnapf; denn mir beben alle Glie=der vor Frost und, wenn du willst, auch vor einer gewissen kindischen Bangigkeit.'

Mir gings nicht besser wie dem Hauptmann. Der rauhe Herbstwind pfiff und heulte durch die Mauern, und ein seltsames Flüstern und Ächzen antwortete ihm aus der Tiefe. Aufgescheuch=tes Nachtgeflügel rauschte und flatterte um uns her, während ein leises Winseln dicht über den Boden wegzuschleichen schien. — Wahrlich, wir beide, der Hauptmann und ich, konnten von den Schauern unseres Aufenthalts wohl dasselbe sagen, was Cervan=tes vom Don Quixote sagt, als er die verhängnisvolle Nacht vor dem Abenteuer mit den Walkmühlen übersteht: ‚Ein minder Be=herzter hätte alle Fassung verloren.' — An dem Wellengeplätscher eines nahen Wassers und an dem Heulen der Hunde gewahrten wir übrigens, daß wir uns nicht ferne von der Lederfabrik befinden mußten, die bei Potsdam dicht an dem Strom gelegen ist. Endlich vernahmen wir dumpfe Tritte, die sich immer mehr näherten, bis dicht bei uns der Major laut rief: ‚Nun sind wir beisammen, und es kann vollbracht werden, was begonnen!' — Mittelst eines chemi=schen Feuerzeuges zündete er die Fackeln an, die er mitgebracht, und steckte sie in den Boden. Es waren sieben an der Zahl. Wir be=fanden uns in einem verfallenen Kellergewölbe. O'Malley stellte uns in einen Halbkreis, warf Mantel und Hemde ab, so daß er bis an den Gürtel nackt dastand, schlug das Buch auf und begann mit einer Stimme, die mehr dem dumpfen Brüllen eines fernen Raubtiers, als dem Ton eines Menschen glich, zu lesen: ‚Mon-sieur, prêtez-moi un peu, s'il vous plaît, votre canif. — Oui, Monsieur, d'abord — le voilà — je vous le rendrai' —." — „Nein," unterbrach Albert hier den Freund, „nein, das ist zu arg! — Das Gespräch, ‚Vom Schreiben' aus Pepliers Grammaire als

Beschwörungsformel! — Und ihr lachtet nicht laut auf, und das ganze Spiel hatte nicht auf einmal ein Ende?" —

„Ich," fuhr Viktor fort, „ich komme nun zu einem Moment, von dem ich in der Tat nicht weiß, ob es mir gelingen wird, ihn dir darzustellen. Mag deine Phantasie meine Worte beleben! — Immer entsetzlicher wurde die Stimme des Majors, während der Sturm stärker brauste und der flackernde Schein der Fackeln die Wände mit seltsamen, im Fluge wechselnden Gebilden belebte. — Ich fühlte, wie kalter Schweiß auf meiner Stirne tropfte; mit Gewalt errang ich Fassung — da pfiff ein schneidender Ton durch das Gewölbe, und dicht vor meinen Augen stand ein Etwas ..."

„Wie," rief Albert, „ein Etwas, meinst du, Viktor? — eine entsetzliche Gestalt?"

„Es scheint," sprach Viktor weiter, „es scheint heilloser Unsinn, wenn ich von einer gestaltlosen Gestalt sprechen wollte, und doch kann ich kein anderes Wort finden, um das gräßliche Etwas zu bezeichnen, das ich gewahrte. — Genug, in demselben Moment stieß das Grausen der Hölle seine spitzen Eisdolche mir in die Brust, und ich verlor die Besinnung. — Am hellen Mittag fand ich mich wieder, entkleidet auf mein Lager ausgestreckt. Alle Schauer der Nacht waren verschwunden, ich fühlte mich völlig wohl und leicht. Mein junger Freund schlief in dem Lehnstuhl. Sowie ich mich nur regte, erwachte der Leutnant und bezeugte die lebhafteste Freude, als er mich ganz gesund fand. Von ihm erfuhr ich, daß er, sowie der Major sein düstres Werk begonnen, die Augen zugedrückt und sich bemüht, dem Gespräch aus Pepliers Grammaire fest zu folgen und durchaus sich an nichts weiter zu kehren. Dessenungeachtet hatte ihn eine furchtbare, nie gekannte Angst erfaßt, er indessen die Besinnung nicht verloren. Dem gräßlichen Pfeifen (so erzählte der Leutnant) folgte ein wildes, wüstes Gelächter. Nun schlug der Leutnant unwillkürlich die Augen auf und gewahrte den Major, der den Mantel wieder umgeworfen und im Begriff stand, den Hauptmann, der entseelt am Boden lag, auf die Schultern zu laden.

,Nehmt Euch Eures Freundes an', rief O'Malley dem Leutnant zu, gab ihm eine Fackel und stieg mit dem Hauptmann herauf. Jetzt redete der Leutnant mich, der ich regungslos dastand, an, indes vergeblich. Ich schien vom Starrkrampfe ergriffen, und nur mit

der äußersten Anstrengung brachte mich der Leutnant herauf ins
Freie. Plötzlich kehrte nun der Major zurück, packte mich auf die
Schultern und trug mich fort, wie erst den Hauptmann. Tiefes
Entsetzen faßte aber den Leutnant, als er, aus dem Walde herausgekommen, auf dem breiten Wege einen zweiten O'Malley gewahrte, der den Hauptmann trug. Still für sich betend, besiegte er
aber jenes Entsetzen und folgte mir, fest entschlossen, mich, möge
sich begeben, was da wolle, nicht zu verlassen, bis vor mein Quartier, wo O'Malley mich absetzte und sich davonmachte, ohne ein
Wort zu reden. Mit Hilfe meines Bedienten (das war damals
schon mein ehrlicher Eulenspiegel, Paul Talkebarth) brachte mich
nun der Leutnant auf mein Zimmer und ins Bette. Mein junger
Freund schloß seine Erzählung damit, daß er mich auf das rührend-
ste beschwor, jede Gemeinschaft mit dem furchtbaren O'Malley zu
vermeiden. Den Hauptmann hatte der herbeigerufene Arzt in jenem
Wirtshause vor dem Tore, wo wir uns versammelt, sprachlos,
vom Schlage getroffen gefunden. Er genas zwar, blieb aber un-
tauglich für den Dienst und mußte seinen Abschied nehmen. Der
Major war verschwunden; die Offiziere sagten, er sei auf Urlaub.
Mir war es lieb, daß ich ihn nicht wiedersah, da mit dem Entsetzen, das sein finstres Treiben mir verursacht, eine tiefe Erbitte-
rung in meine Seele gekommen war. Meines Verwandten Unglück war O'Malleys Werk, und blutige Rache zu nehmen, schien
eigentlich meine Pflicht. --

Geraume Zeit war vergangen, das Bild jener verhängnisvollen Nacht verblaßt. Die Beschäftigungen, die der Dienst erfor-
dert, unterdrückten meinen Hang zu mystischer Schwärmerei. Da
fiel mir ein Buch in die Hände, dessen Wirkung auf mein ganzes
Wesen mir selbst ganz unerklärlich dünkte. Ich meine jene wunderbare Erzählung Cazottes, die in einer deutschen Übersetzung ‚Teufel
Amor' benannt ist. – Die mir natürliche Blödigkeit, ja ein gewisses kindisches, scheues Wesen in der Gesellschaft hatte mich entfernt
gehalten von dem Frauenzimmer, so wie die besondere Richtung
meines Geistes jedem Aufwallen roher Begierde widerstand. Ich
kann mit Recht behaupten, daß ich ganz unschuldig war, da weder
mein Verstand noch meine Phantasie sich bis jetzt mit dem Verhältnis des Mannes zum Weibe beschäftigt hatte. Jetzt erst wurde
das Mysterium einer Sinnlichkeit in mir wach, die ich nicht ge-

ahnet. Meine Pulſe ſchlugen, ein verzehrendes Feuer durch=
ſtrömte Nerven und Adern bei jenen Szenen der gefährlichſten,
ja grauenvollſten Liebe, die der Dichter mit glühenden Lebensfarben
darſtellte. Ich ſah, ich hörte, ich empfand nichts als die reizende
Biondetta, ich unterlag der wollüſtigen Qual wie Alvarez." —

„Halt," unterbrach Albert hier den Freund, „halt — nicht ganz
lebhaft erinnere ich mich des ‚Diable amoureux' von Cazotte; aber
ſoviel ich weiß, dreht ſich die Geſchichte darum, daß ein junger Offi=
zier in der Garde des Königs von Neapel von einem myſtiſchen
Kameraden verführt wird, in den Ruinen von Portici den Teufel
heraufzubeſchwören. Als er die Bannformel geſprochen, ſtreckt ein
ſcheußlicher Kamelskopf mit langem Halſe aus einem Fenſter ſich
ihm entgegen und ruft mit gräßlicher Stimme: Che vuoi! — Alva=
rez, ſo iſt ja der junge Gardeoffizier geheißen, befiehlt dem Ge=
ſpenſt, in der Geſtalt eines Wachtelhündchens und dann eines
Pagen zu erſcheinen. Es geſchieht; bald aber wird aus dieſem Pa=
gen das reizendſte und zugleich verliebteſte Mädchen, das den Be=
ſchwörer ganz und gar beſtrickt. Doch wie Cazottes gar hübſches
Märlein endigt, das iſt mir entfallen." —

„Das," fuhr Viktor fort, „das tut vorderhand gar nichts zur
Sache, du wirſt wohl daran erinnert werden bei dem Schluſſe
meiner Geſchichte, — halt es meinem Hange zum Wunderbaren,
wohl aber auch dem Geheimnisvollen zugute, das ich erfahren,
wenn Cazottes Märchen mir bald ein Zauberſpiegel dünkte, in
dem ich mein eignes Schickſal erblickte. — War nicht O'Malley
für mich jener myſtiſche Niederländer, jener Soberano, der den
Alvarez mit ſeinen Künſten verlockte? —

Die Sehnſucht, die in meiner Bruſt glühte, das furchtbare
Abenteuer des Alvarez zu beſtehen, erfüllte mich mit Grauſen;
aber ſelbſt die Schauer dieſes Grauſens ließen mich erbeben vor un=
beſchreiblicher Wolluſt, die ich nie gekannt. Oft regte es ſich in
meinem Innern wie eine Hoffnung, daß O'Malley wiederkehren
und die Geburt der Hölle, der mein ganzes Ich hingegeben, in
meine Arme liefern würde, und nicht töten konnte dieſe ſündhafte
Hoffnung der tiefe Abſcheu, der dann wieder wie ein Dolch meine
Bruſt durchfuhr. Die ſeltſame Stimmung, die mein aufgeregter
Zuſtand erzeugte, blieb allen ein Rätſel; man hielt mich für ge=
mütskrank, man wollte mich aufheitern, zerſtreuen; unter dem

Vorwand eines Dienstgeschäftes schickte man mich nach der Residenz, wo die glänzendsten Zirkel mir offen standen. War ich aber jemals scheu und blöde gewesen, so verursachte mir jetzt Gesellschaft, vorzüglich aber jede Annäherung von Frauenzimmern, einen entschiedenen Widerwillen, da die reizendste mir nur Biondettas Bild, das ich im Innern trug, zu verhöhnen schien. Als ich nach Potsdam zurückgekommen, floh ich alle Gemeinschaft meiner Kameraden, und mein liebster Aufenthalt war jener Wald, der Schauplatz der grauenvollen Begebenheiten, die meinem armen Vetter beinahe das Leben gekostet. Dicht bei den Ruinen stand ich und war, von einer dunklen Begierde getrieben, im Begriff, mich durch das dicke Gestrüpp hineinzuarbeiten, als ich plötzlich O'Malley erblickte, der langsam herausschritt und mich gar nicht zu gewahren schien. Der lange verhaltene Zorn wallte auf; ich stürzte los auf den Major und erklärte ihm mit kurzen Worten, daß er sich meines Vetters halber mit mir schlagen müsse. ‚Das kann sogleich geschehen‘, sprach der Major kalt und ernst, warf den Mantel ab, zog den Degen und schlug mir den meinigen beim ersten Gange mit unwiderstehlicher Gewandtheit und Stärke aus der Hand. ‚Wir schießen uns‘, schrie ich in wilder Wut und wollte meinen Degen aufraffen, da hielt mich O'Malley fest und sprach mit mildem, ruhigem Ton, wie ich ihn beinahe noch niemals reden gehört: ‚Sei kein Tor, mein Sohn! du siehst, daß ich dir im Kampfe überlegen bin; ehe könntest du die Luft verwunden, als mich, und niemals werd ich es über mich gewinnen, dir feindlich gegenüberzustehen, da ich dir mein Leben verdanke und wohl noch etwas mehr.‘ – Der Major faßte mich jetzt unter den Arm, und indem er mich mit sanfter Gewalt fortzog, bewies er mir, daß an des Hauptmanns Unfall niemand anders schuld sei als er, der Hauptmann selbst, da er sich, alles Warnens unerachtet, Dinge zugetraut, denen er nicht gewachsen, und ihn, den Major, zu dem, was er getan, genötigt durch unzeitigen, verhöhnenden Spott. – Selbst weiß ich nicht, was für eine seltsame Zauberkraft in O'Malleys Worten, in seinem ganzen Benehmen lag; es gelang ihm nicht allein, mich zu beruhigen, sondern mich auch so anzuregen, daß ich ihm willkürlos das Geheimnis meines innern Zustandes, des zerrüttenden Kampfs meiner Seele, aufschloß. ‚Die besondere,‘ sprach O'Malley, als er alles erfahren, ‚die besondere Konstellation, die

über dich, mein guter Sohn, waltet, hat es nun einmal gefügt, daß
ein albernes Buch dich auf dein eigentliches inneres Wesen auf=
merkfam machen sollte. Albern nenne ich jenes Buch, weil darin
von einem Popanz die Rede ist, der sich widerlich zeigt und charak=
terlos. Das, was du der Wirkung jener lüsternen Bilder des Dich=
ters zuschreibst, ist nichts, als der Drang zur Vereinigung mit
einem geistigen Wesen aus einer andern Region, die durch deinen
glücklich gemischten Organismus bedingt ist. Hättest du mir größe=
res Vertrauen bewiesen, du stündest längst auf einer höheren Stufe;
doch nehme ich dich noch jetzt zu meinem Schüler an.' — D'Malley
fing nun an, mich mit der Natur der Elementargeister bekannt zu
machen. Ich verstand wenig von dem, was er sprach, indessen lief
alles so ziemlich auf die Lehre von Sylphen, Undinen, Salaman=
dern und Gnomen hinaus, wie du sie in den Unterredungen des
Comte de Cabalis finden kannst. Er schloß damit, daß er mir eine
besondere Lebensweise vorschrieb, und meinte, daß ich wohl in
Jahresfrist zu meiner Biondetta gelangen könne, die mir gewiß
nicht die Schmach antun werde, sich in meinen Armen zum leidigen
Satan umzugestalten. Mit derselben Hitze wie Alvarez versetzte
ich, daß ich in so langer Zeit sterben würde vor Sehnsucht und
Ungeduld und alles wagen wolle, früher mein Ziel zu erreichen.
Der Major schwieg einige Augenblicke, nachdenklich vor sich hin=
starrend, dann erwiderte er: ‚Es ist gewiß, daß ein Elementargeist
um Eure Gunst buhlt; das kann Euch fähig machen, in kurzer
Zeit das zu erlangen, wonach andere jahrelang streben. Ich will
Euer Horoskop stellen; vielleicht gibt sich Eure Buhle mir zu er=
kennen. In neun Tagen sollt Ihr mehr erfahren.' — Ich zählte
die Stunden. Bald fühlte ich mich von geheimnisvoll seliger Hoff=
nung durchdrungen, bald war es mir, als habe ich mich in gefähr=
liche Dinge eingelassen. Endlich am späten Abend des neunten
Tages trat der Major in mein Gemach und forderte mich auf,
ihm zu folgen. ‚Es geht nach den Ruinen?' so fragte ich. ‚Mit=
nichten,' erwiderte D'Malley lächelnd; ‚zu dem Werk, das wir
vorhaben, bedarf es weder eines abgelegenen, schauerlichen Orts
noch einer fürchterlichen Beschwörung aus Pepliers Grammaire.
Überdem darf auch mein Incubus keinen Teil haben an dem heu=
tigen Experiment, das Ihr eigentlich unternehmt, nicht ich.' Der
Major führte mich in sein Quartier und erklärte, daß es darauf

ankomme, mir das Etwas zu verschaffen, mittelst dessen mein Ich
dem Elementargeist erschlossen werde und dieser die Macht erhalte,
sich mir in der sichtbaren Welt kundzutun und mit mir Umgang zu
pflegen. Es sei das Etwas, das die jüdischen Kabbalisten ‚Thera=
phim‘ nennten. Nun schob O'Malley einen Bücherschrank zur
Seite, öffnete die dahinter verborgene Tür, und wir traten in ein
kleines gewölbtes Kabinett, in dem ich, außer allerlei seltsamem
unbekannten Gerät, einen vollständigen Apparat zu chemischen
oder, wie ich beinahe glauben mochte, zu alchimistischen Experimen=
ten gewahrte. Auf einem kleinen Herde schlugen aus den glühenden
Kohlen bläuliche Flämmchen. Vor diesem Herde mußte ich mich,
dem Major gegenüber, hinsetzen und meine Brust entblößen. Kaum
hatte ich dies getan, als der Major schnell, ehe ichs mir versah,
mich mit einer Lanzette unter der linken Brust ritzte und die weni=
gen Tropfen Bluts, die der leichten, kaum fühlbaren Wunde ent=
quollen, in einer kleinen Phiole auffing. Dann nahm er eine hell,
spiegelartig polierte Metallplatte, goß eine andere Phiole, die eine
rote blutähnliche Feuchtigkeit enthielt, dann aber die mit meinem
Blut gefüllte Phiole darauf aus und brachte mittelst einer Zange
die Platte dicht über das Kohlenfeuer. Mich wandelte ein tiefes
Grausen an, als ich zu gewahren glaubte, daß auf den Kohlen sich
eine lange, spitze, glühende Zunge emporschlängelte und begierig
das Blut von dem Metallspiegel wegleckte. Der Major befahl
mir nun, mit fest fixiertem Sinn in das Feuer zu schauen. Ich tat
es, und bald wurd es mir zumute, als säh ich, wie im Traum, ver=
worrene Gestalten aus dem Metall, das der Major noch immer
über den Kohlen festhielt, durcheinander blitzen. Doch plötzlich fühlte
ich in der Brust, da, wo der Major meine Haut durchritzt, einen
solchen stechenden, gewaltigen Schmerz, daß ich unwillkürlich laut
aufschrie. ‚Gewonnen, gewonnen‘, rief in demselben Augenblick
O'Malley, erhob sich von seinem Sitze und stellte ein kleines, etwa
zwei Zoll hohes Püppchen, zu dem sich der Metallspiegel geformt
zu haben schien, vor mir hin auf den Herd. ‚Das‘, sprach der Ma=
jor, ‚ist Euer Theraphim! Die Gunst des Elementargeistes gegen
Euch scheint ungewöhnlich zu sein; Ihr dürfet nun das Äußerste
wagen.‘ Auf des Majors Geheiß nahm ich das Püppchen, dem,
ungeachtet es zu glühen schien, nur eine wohltuende elektrische
Wärme entströmte, drückte es an die Wunde und stellte mich vor

einen runden Spiegel, von dem der Major die verhüllende Decke
herabgezogen. ‚Spannt,' sprach O'Malley mir nun leise ins Ohr,
‚spannt Euer Inneres nun zum inbrünstigsten Verlangen, welches
Euch, da der Theraphim wirkt, nicht schwer werden kann, und
sprecht mit dem süßesten Ton, dessen Ihr mächtig, das Wort!' --
In der Tat, ich habe das seltsam klingende Wort, das mir
O'Malley vorsprach, vergessen. Kaum war aber die Hälfte der
Silben über die Lippen, als ein häßliches, toll verzerrtes Gesicht
aus dem Spiegel mich hämisch anlachte. ‚Alle Teufel der Hölle,
wo kommst du her, verfluchter Hund!' so schrie O'Malley hinter
mir. Ich wandte mich um und erblickte meinen Paul Talkebarth,
der in der Türe stand und dessen schönes Antlitz sich in dem magischen Spiegel reflektiert hatte. Der Major fuhr wütend los auf
den ehrlichen Paul; doch ehe ich mich dazwischen werfen konnte, blieb
O'Malley dicht vor ihm regungslos stehen, und Paul nützte den
Augenblick, sich weitläufig zu entschuldigen, wie er mich gesucht,
wie er die Tür offen gefunden, wie er hereingetreten, usw. ‚Hebe
dich hinweg, Schlingel', sprach endlich O'Malley gelassen genug,
und da ich hinzufügte: ‚Geh nur, guter Paul, gleich komme ich
nach Hause', so machte sich der Eulenspiegel ganz erschrocken und
verblüfft von dannen.

Ich hatte das Püppchen fest in der Hand behalten, und
O'Malley versicherte, wie nur dieser Umstand es bewirkt, daß
nicht alle Mühe umsonst geblieben. Talkebarths unzeitiges Da-
zwischentreten habe indessen die Vollendung des Werks auf lange
Zeit verschoben. Er riet mir, den treuen Diener fortzujagen; das
konnte ich nicht übers Herz bringen. Übrigens belehrte mich der
Major, daß der Elementargeist, der mir seine Gunst geschenkt,
nichts Geringeres sei, als ein Salamander, wie er es schon vermutet, als er mein Horoskop gestellt, da Mars im ersten Hause
gestanden. — Ich komme wiederum zu Momenten, die du, da sie
keines Ausdrucks fähig, nur ahnen kannst. Vergessen war Teufel
Amor, war Biondetta; ich dachte nur — an meinen Theraphim.
Stundenlang konnte ich das Püppchen, vor mir auf den Tisch gestellt, anschauen, und die Liebesglut, die in meinen Adern strömte,
schien dann, gleich dem himmlischen Feuer des Prometheus, das
Bildlein zu beleben, und in lüsterner Begier wuchs es empor.
Doch ebenso schnell zerrann die Gestaltung, als ich sie dachte, und

zu der unnennbaren Qual, die mein Herz durchschnitt, gesellte sich ein seltsamer Zorn, der mich antrieb, das Püpplein, ein lächerliches, armseliges Spielwerk, von mir zu werfen. Aber indem ich es faßte, fuhr es durch alle meine Glieder wie ein elektrischer Schlag, und es war mir, als müßte mich die Trennung von dem Talisman der Liebe selbst vernichten. Gestehen will ich offen, daß meine Sehnsucht, unerachtet sie einem Elementargeiste galt, sich vorzüglich in allerlei zweideutigen Träumen auf Gegenstände der Sinnenwelt, die mich umgab, richtete, so daß meine erregte Phantasie bald dieses, bald jenes Frauenzimmer dem spröden Salamander unterschob, der sich meiner Umarmung entzog. — Ich erkannte zwar mein Unrecht und beschwor mein kleines Geheimnis, mir die begangene Untreue zu verzeihen; allein an der abnehmenden Kraft jener seltsamen Krise, die sonst meine tiefste Seele in glühender Liebe bewegte, ja an einer gewissen unbehaglichen Leere fühlte ich es wohl, daß ich mich immer mehr von meinem Ziel entfernte, statt mich ihm zu nähern. Und doch spotteten die Triebe des in voller Kraft blühenden Jünglings meines Geheimnisses, meines Widerstrebens. Ich erbebte bei der leisesten Berührung irgendeines reizenden Weibes, indem ich mich zugleich in glühender Scham erröten fühlte. — Der Zufall führte mich aufs neue nach der Residenz. Ich sah die Gräfin von L., das anmutigste, reizendste und zugleich eroberungssüchtigste Weib, das damals in den ersten Zirkeln Berlins prangte; sie warf ihre Blicke auf mich, und die Stimmung, in der ich mich damals befand, mußte es ihr sehr leicht machen, mich ganz und gar in ihre Netze zu verlocken, ja, sie brachte mich endlich dahin, ihr mein Inneres ohne allen Rückhalt zu erschließen, ihr mein Geheimnis zu entdecken, ja ihr das geheimnisvolle Bildlein, das ich auf der Brust trug, zu zeigen."

„Und," unterbrach Albert den Freund, „und sie lachte dich nicht wacker aus, schalt dich nicht einen betörten Jüngling?"

„Nichts," fuhr Viktor fort, „nichts von allem dem. Sie hörte mich mit einem Ernst an, der ihr sonst gar nicht eigen, und als ich geendet, beschwor sie mich, Tränen in den Augen, den Teufelskünsten des berüchtigten O'Malley zu entsagen. Meine beiden Hände fassend, mich mit dem Ausdruck der süßesten Liebe anblickend, sprach sie von dem dunkeln Treiben der kabbalistischen Adepten so gelehrt, so gründlich, daß ich mich nicht wenig darüber verwunderte. Bis zum höchsten Grad stieg aber mein Erstaunen, als sie den Major den ruchlosesten, abscheulichsten Verräter schalt, da ich ihm das Leben gerettet und er mich dafür durch seine schwarze Kunst ins Verderben locken wolle. Zerfallen mit dem Leben, in Gefahr, zu Boden gedrückt zu werden von tiefer Schmach, sei nämlich O'Malley im Begriff gewesen, sich zu erschießen, als ich dazwischengetreten und den Selbstmord gehindert, der ihm dann leid geworden, da das Unheil von ihm abgewandt. Habe mich, so schloß die Gräfin, der Major gestürzt in psychische Krankheit, so wolle sie mich daraus erretten, und der erste Schritt dazu sei, daß ich das Bildlein in ihre Hände liefere. Ich tat das gern und willig, weil ich mich dadurch auf die schönste Art von einer un- nützen Qual zu befreien glaubte. Die Gräfin müßte das nicht ge- wesen sein, was sie wirklich war, hätte sie nicht den Liebhaber lange Zeit schmachten lassen, ohne den brennenden Durst der Liebe zu stillen. So war es mir auch gegangen. Endlich sollte ich glücklich sein. Um Mitternacht harrte eine vertraute Dienerin meiner an einer Hinterpforte des Palastes und führte mich durch entlegene Gänge in ein Gemach, das der Gott der Liebe selbst ausgeschmückt zu haben schien. Hier sollte ich die Gräfin erwarten. Halb be- täubt von dem süßen Dufte des feinen Räucherwerks, der im Zim- mer wallte, bebend vor Liebe und Verlangen, stand ich in des Zimmers Mitte; da traf, durchfuhr wie ein Blitzstrahl mein in- nerstes Wesen ein Blick ..."

„Wie," rief Albert, „ein Blick und keine Augen dazu? und du sahst nichts? — wohl wieder eine gestaltlose Gestalt?"

„Magst," sprach Viktor weiter, „magst du das unbegreiflich finden, genug — keine Gestalt, nichts gewahrte ich, und doch fühlte ich den Blick tief in meiner Brust, und ein jäher Schmerz zuckte an der Stelle, die O'Malley verwundet. In demselben Augen- blick gewahrte ich auf dem Simse des Kamins mein Bildlein, faßte es schnell, stürzte heraus, gebot mit drohender Gebärde der er- schrockenen Dienerin, mich herabzuführen, rannte nach Hause, weckte meinen Paul und ließ packen. Der früheste Morgen traf mich schon auf dem Rückwege nach Potsdam. — Mehrere Mo- nate hatte ich in der Residenz zugebracht; die Kameraden freuten sich meines unverhofften Wiedersehns und hielten mich den gan- zen Tag über fest, so daß ich erst am späten Abend heimkehrte

in mein Quartier. Ich stellte mein liebes, wiedergewonnenes Bild=
lein auf den Tisch und warf mich, da ich der Ermüdung nicht
länger zu widerstehen vermochte, angekleidet auf mein Lager. Bald
kam mir aber das träumerische Gefühl, als umflösse mich ein strah=
lender Glanz! — Ich erwachte, ich schlug die Augen auf: wirk=
lich glänzte das Gemach in magischem Schimmer. — Aber — o
Herr des Himmels! — an demselben Tische, auf den ich das Püpp=
chen gestellt, gewahrte ich ein weibliches Wesen, die, den Kopf in
die Hand gestützt, zu schlummern schien. Ich kann dir nur sagen,
daß ich nie eine zartere, anmutigere Gestalt, nie ein lieblicheres
Antlitz träumte; dich den wunderbaren, geheimnisvollen Zauber,
der dem holden Bilde entstrahlte, in Worten auch nur ahnen zu
lassen, das vermag ich nicht. Sie trug ein seidnes feuerfarbnes Ge=
wand, das, knapp an Brust und Leib anschließend, nur bis an die
Knöchel reichte, so daß die zierlichen Füßchen sichtbar wurden.
Die schönsten, bis an die Schultern entblößten Arme, in Farbe
und Form wie hingehaucht von Tizian, schmückten goldene Span=
gen; in dem braunen, ins Rötliche spielenden Haar funkelte ein
Diamant. —“

„Ei,“ sprach Albert lachend, „deine Salamandrin hat keinen
sonderlichen Geschmack — rötlich braunes Haar, und dazu sich in
feuerfarbne Seide zu kleiden . . .“

„Spotte nicht,“ fuhr Viktor fort, „spotte nicht, ich wiederhol
es dir, daß, von geheimnisvollem Zauber befangen, mir der Atem
stockte. Endlich entfloh ein tiefer Seufzer der beängsteten Brust.
Da schlug sie die Augen auf, erhob sich, näherte sich mir, faßte
meine Hand! — Alle Glut der Liebe, des brünstigsten Verlan=
gens, zuckte wie ein Blitzstrahl durch mein Inneres, als sie meine
Hand leise drückte, als sie mir mit der süßesten Stimme zulispelte!
,Ja! — du hast gesiegt, du bist mein Herrscher, mein Gebieter, ich
bin dein!‘ ,O du Götterkind — himmlisches Wesen!‘ so rief ich laut,
umschlang sie und drückte sie an meine Brust. Doch in demselben
Augenblicke zerschmolz das Wesen in meinen Armen.“ —

„Wie,“ unterbrach Albert den Freund, „wie um tausend Him=
mels willen — zerschmolz?“ — „Zerschmolz“, sprach Viktor wei=
ter, „in meinen Armen; anders kann ich dir mein Gefühl des un=
begreiflichen Verschwindens jener Holden nicht beschreiben. Zu=
gleich erlosch der Schimmer, und ich fiel, selbst weiß ich nicht wie,

in tiefen Schlaf. Als ich erwachte, hielt ich das Püppchen in in
der Hand. Es würde dich ermüden, wenn ich von dem seltsamen
Verhältnisse mit dem geheimnisvollen Wesen, das nun begann
und mehrere Wochen fortdauerte, mehr sagen sollte, als daß in
jeder Nacht der Besuch sich auf dieselbe Weise wiederholte. So
sehr ich mich dagegen sträubte, ich konnte dem träumerischen Zu=
stande nicht widerstehen, der mich befiel und aus dem mich das
holde Wesen mit einem Kusse weckte. Doch immer länger und län=
ger weilte sie bei mir. Sie sprach manches von geheimnisvollen
Dingen, mehr horchte ich aber auf die süße Melodie ihrer Rede,
als auf die Worte selbst. Sie litt und erwiderte die süßesten Lieb=
kosungen. Glaubte ich indessen im Wahnsinn des glühendsten Ent=
zückens den Gipfel des Glücks zu erreichen, so entschwand sie mir,
indem ich in tiefen Schlaf versank. — Selbst bei Tage aber war
es mir oft, als fühle ich den warmen Hauch eines mir nahen We=
sens; ja ein Flüstern, ein Seufzen vernahm ich manchmal dicht
bei mir in der Gesellschaft, vorzüglich wenn ich mit einem Frauen=
zimmer sprach, so daß alle meine Gedanken sich auf meine holde,
geheimnisvolle Liebe richteten und ich stumm und starr blieb für
das, was mich umgab. Es geschah, daß einst ein Fräulein in einer
Gesellschaft sich mir verschämt nahte, um mir den im Pfänder=
spiel gewonnenen Kuß zu reichen. Indem ich mich aber zu ihr hin=
beugte, fühlte ich, noch ehe meine Lippen die ihrigen berührten,
einen heißen, schallenden Kuß auf meinem Munde glühen, und zu=
gleich lispelte eine Stimme: ‚Nur mir gehören deine Küsse.‘ Ich
und das Fräulein, beide waren wir etwas erschrocken, die übrigen
glaubten, w i r hätten uns wirklich geküßt. Dieser Kuß galt mir
indessen für ein Zeichen, daß Aurora (so nannte ich die geheimnis=
volle Geliebte) sich nun bald ganz und gar in Leben gestalten und
mich nicht mehr verlassen werde. Als die Holde in der folgenden
Nacht mir wieder erschien auf die gewöhnliche Weise, beschwor ich
sie in den rührendsten Worten, wie die hellodernde Glut der Liebe
und des Verlangens sie mir eingab, mein Glück zu vollenden, ganz
mein zu sein für immer in sichtbarer Gestalt. Sie wand sich sanft
aus meinen Armen und sprach dann mit mildem Ernst: ‚Du weißt,
auf welche Weise du mein Gebieter wurdest. Dir ganz anzuge=
hören, war mein seligster Wunsch; aber nur halb sind die Ketten
gesprengt, die mich an den Thron fesseln, dem das Volk, dem ich

angehöre, unterwürfig ist. Doch je stärker, je mächtiger deine
Herrschaft wird, desto freier fühle ich mich von der qualvollen
Sklaverei. Immer inniger wird unser Verhältnis, und wir ge=
langen zum Ziel, ehe vielleicht ein Jahr vorüber ist. Wolltest du,
Geliebter, voraneilen dem waltenden Schicksal, manches Opfer,
mancher dir bedenklich scheinende Schritt wäre vielleicht noch nötig.'
— ,Nein,' rief ich, ,nein, kein Opfer, keinen bedenklichen Schritt
gibt es für mich, um dich zu gewinnen ganz und gar! — Nicht
länger leben kann ich ohne dich, ich sterbe vor Ungeduld, vor namen=
loser Pein!' Da umschlang mich Aurora und lispelte mit kaum
hörbarer Stimme: ,Bist du selig in meinen Armen?' — ,Es gibt
keine andere Seligkeit,' rief ich und drückte, ganz Glut der Liebe,
ganz Wahnsinn des Verlangens, das holde Weib an meine Brust.
Brennende Küsse fühlte ich auf meinen Lippen, und diese Küsse
selbst waren melodischer Wohllaut des Himmels, in dem ich die
Worte vernahm: ,Könntest du wohl um den Preis meines Be=
sitzes der Seligkeit eines unbekannten Jenseits entsagen?' — Eis=
kalte Schauer durchbebten mich, aber in diesen Schauern raste
stärker die Begier, und ich rief in willkürloser Liebeswut: ,Außer
dir keine Seligkeit — ich entsage . . .'

Ich glaube noch jetzt, daß ich hier stockte. ,Morgen nachts
wird unser Bund geschlossen', lispelte Aurora, und ich fühlte,
wie sie verschwinden wollte aus meinen Armen. Ich drückte sie stär=
ker an mich, vergebens schien sie zu ringen, und indem ich bange
Todesseufzer vernahm, wähnte ich mich auf der höchsten Stufe
des Liebesglücks. — Mit dem Gedanken an jenen Teufel Amor,
an jene verführerische Biondetta erwachte ich aus tiefem Schlaf.
Schwer fiel es auf meine Seele, was ich getan in der verhängnis=
vollen Nacht. Ich gedachte jener heillosen Beschwörung des ent=
setzlichen O'Malley, der Warnungen meines frommen jungen
Freundes — ich glaubte mich in den Schlingen des Teufels, ich
glaubte mich verloren. — Im Innern zerrissen, sprang ich auf und
rannte ins Freie. Auf der Straße kam mir der Major entgegen
und hielt mich fest, indem er sprach: ,Nun, Leutnant, ich wünsche
Euch Glück. In der Tat, für so keck und entschlossen hätt ich Euch
kaum gehalten; Ihr überflügelt den Meister!' — Von Wut und
Scham durchglüht, nicht fähig, ein einziges Wort zu erwidern,
machte ich mich los und verfolgte meinen Weg. Der Major lachte

hinter mir her. Ich vernahm das Hohnlachen des Satans. —
In dem Walde, unfern von jenen verhängnisvollen Ruinen, er=
blickte ich eine verhüllte weibliche Gestalt, die, unter einem Baume
gelagert, sich einem Selbstgespräche zu überlassen schien. Ich
schlich behutsam näher und vernahm die Worte: ‚Er ist mein, er
ist mein — o Seligkeit des Himmels! — auch die letzte Prüfung
überstand er! — Sind die Menschen denn solcher Liebe fähig, was
ist dann ohne sie unser armseliges Sein!‘ — Du errätst, daß es
Aurora war, die ich fand. Sie schlug den Schleier zurück; die Liebe
selbst kann nicht schöner, nicht anmutiger sein. Die sanfte Blässe
der Wangen, der in süßer Schwermut verklärte Blick ließ mich
erbeben in namenloser Lust. Ich schämte mich meiner dunklen Ge=
danken; — doch in dem Augenblicke, als ich hinstürzen wollte zu
ihren Füßen, war sie verschwunden wie ein Nebelbild. Zu glei=
cher Zeit vernahm ich ein wohlbekanntes Räuspern im Gebüsche,
aus dem denn auch bald mein ehrlicher Eulenspiegel, Paul Talke=
barth, hervortrat. ‚Kerl, wo führt dich der Teufel her?‘ fuhr ich
ihn an. — ‚Ei nun,‘ versetzte er, indem er das lächelnde Fratzen=
gesicht zog, das du kennst, ‚ei nun, gerade h e r g e f ü h r t hat mich
der Teufel nicht, aber b e g e g n e t mag er mir wohl sein. Der
gnädige Herr Leutnant war so früh ausgegangen und hatte die
Pfeife vergessen und den Tabak — da dacht ich, so am frühen Mor=
gen in der feuchten Luft — denn meine Muhme in Genthin pflegte
zu sagen . . .‘ — ‚Halts Maul, Schwätzer, und gib her!‘ so rief ich
und ließ mir die angezündete Pfeife reichen. Doch kaum waren wir
ein paar Schritte weitergegangen, als Paul aufs neue ganz leise
begann: ‚Denn meine Muhme in Genthin pflegte immer zu sagen,
dem Wurzelmännlein sei gar nicht zu trauen, so ein Kerlchen sei
doch am Ende nichts weiter als ein Incubus oder Chezim und stieße
einem zuletzt das Herz ab. — Nun, die alte Kaffeeliese hier in der
Vorstadt — ach, gnädiger Herr Leutnant, Sie sollen nur sehen,
was die für schöne Blumen und Tiere und Menschen zu gießen
weiß. — Der Mensch helfe sich, wie er kann, pflegte meine Muhme
in Genthin zu sagen — ich war gestern auch bei der Liese und brachte
ihr ein Viertelchen feinen Mokka — Unsereins hat auch ein Herz
— Beckers Dörtchen ist ein schmuckes Ding; aber sie hat so was
Besonderes in den Augen, so was Salamandrisches.‘ —
‚Kerl, was sprichst du?‘ rief ich heftig. Paul schwieg, begann

aber wieder nach einigen Augenblicken: ‚Ja — die Liese ist dabei
eine fromme Frau — sie sagte, nachdem sie den Kaffeesatz beschaut:
mit der Dörte habe es nichts auf sich, denn das Salamandrische
in den Augen komme vom Brezelbacken oder dem Tanzboden, doch
solle ich lieber ledig bleiben; aber ein gewisser junger gnädiger Herr
sei in großer Gefahr. Die Salamander seien die schlimmsten
Dinge, deren sich der Teufel bediene, um eine arme Menschenseele
ins Verderben zu locken, weil sie gewisse Begierden — nun! man
müsse nur standhaft bleiben und Gott fest im Herzen behalten —
da erblickte ich denn auch selbst in dem Kaffeesatze ganz natürlich,
ganz ähnlich den Herrn Major O'Malley.‘

Ich hieß den Kerl schweigen, aber du kannst dirs denken, welche
Gefühle in mir aufgingen bei diesen seltsamen Reden Pauls, den
ich plötzlich eingeweiht fand in mein dunkles Geheimnis und der
ebenso unerwartet Kenntnisse von kabbalistischen Dingen kundtat,
die er wahrscheinlich der Kaffeewahrsagerin zu verdanken hatte. —
Ich brachte den unruhigsten Tag meines Lebens zu. Paul war
abends nicht aus der Stube zu bringen, immer kehrte er wieder
und machte sich etwas zu schaffen. Als er endlich, da es beinahe
Mitternacht worden, weichen mußte, sprach er leise, wie für sich
betend: ‚Trage Gott im Herzen, gedenke des Heils deiner Seele,
und du wirst den Lockungen des Satans widerstehen!‘ —

Nicht beschreiben kann ich, wie diese einfachen Worte meines
Dieners, ich möchte sagen auf furchtbare Weise, mein Inneres
erschütterten. Vergebens war mein Streben, mich wach zu erhal=
ten; ich versank in jenen Zustand des wirren Träumens, den ich
für unnatürlich, für die Wirkung irgendeines fremden Prinzips
erkennen mußte. Wie gewöhnlich weckte mich der magische Schim=
mer. Aurora, in vollem Glanze überirdischer Schönheit, stand vor
mir und streckte sehnsuchtsvoll die Arme nach mir aus. Doch wie
Flammenschrift leuchteten in meiner Seele Pauls fromme Worte.
‚Laß ab von mir, verführerische Ausgeburt der Hölle!‘ so rief ich;
da ragte aber plötzlich riesengroß der entsetzliche O'Malley empor,
und mich mit Augen, aus denen das Feuer der Hölle sprühte,
durchbohrend, heulte er: ‚Sträube dich nicht, armes Menschlein,
du bist uns verfallen!‘ — Dem fürchterlichen Anblicke des scheuß=
lichsten Gespenstes hätte mein Mut widerstanden — O'Malley
brachte mich um die Sinne, ich stürzte ohnmächtig zu Boden.

Ein starker Knall weckte mich aus der Betäubung, ich fühlte mich von Mannesarmen umschlungen und versuchte, mich mit der Gewalt der Verzweiflung loszuwinden. ‚Gnädiger Herr Leutnant, ich bin es ja!' so sprach es mir in die Ohren. Es war mein ehrlicher Paul, der sich bemühte, mich vom Boden aufzuheben. — Ich ließ ihn gewähren. Paul wollte erst nicht recht mit der Sprache heraus, wie sich alles begeben, endlich versicherte er geheimnisvoll lächelnd, daß er wohl besser gewußt, zu welcher gottlosen Bekanntschaft mich der Major verlockt, als ich ahnen können; die alte fromme Liese habe ihm alles entdeckt. Nicht schlafen gegangen sei er in voriger Nacht, sondern habe seine Büchse scharf geladen und an der Türe gelauscht. Als er nun mich laut aufschreien und zu Boden stürzen gehört, habe er, unerachtet ihm gar grausig zumute gewesen, die verschlossene Türe gesprengt und sei eingedrungen. ‚Da,' so erzählte Paul ungefähr in seiner närrischen Manier, ‚da standen der Herr Major O'Malley vor mir, gräßlich und scheußlich anzusehen, wie in der Kaffeetasse, und grinseten mich schrecklich an, aber ich ließ mich gar nicht irremachen und sprach: Wenn du, gnädiger Herr Major, der Teufel bist, so halte zu Gnaden, wenn ich dir keck entgegentrete als ein frommer Christ und also spreche: »Hebe dich weg, du verfluchter Satan Major, ich beschwöre dich im Namen des Herrn, hebe dich weg, sonst knalle ich los.« Aber der Herr Major wollte nicht weichen, sondern grinsete mich immerfort an und wollte sogar häßlich schimpfen. Da rief ich: »Soll ich losknallen? soll ich losknallen?« Und als der Herr Major immer noch nicht weichen wollte, knallte ich wirklich los. Aber da war alles verstoben — beide eilfertig abgegangen durch die Wand, der Herr Major Satan und die Mamsell Beelzebub! —'

Die Spannung der verflossenen Zeit, die letzten entsetzlichen Augenblicke warfen mich auf ein langwieriges Krankenlager. Als ich genas, verließ ich Potsdam, ohne O'Malley weiter zu sehen, dessen weiteres Schicksal mir auch unbekannt geblieben. Das Bild jener verhängnisvollen Tage trat in den Hintergrund zurück und verlosch endlich ganz, so daß ich die volle Freiheit meines Gemüts wieder gewann, bis hier . . ."

„Nun," fragte Albert, gespannt von Neugierde und Erstaunen, „hier hast du diese Freiheit wieder verloren? Ich begreife in aller Welt nicht, wie h i e r . . ."

„O," unterbrach Viktor den Freund, indem sein Ton etwas Feierliches annahm, „o, mit zwei Worten ist dir alles erklärt. — In den schlaflosen Nächten des Krankenlagers, das ich hier überstand, erwachten alle Liebesträume jener herrlichsten und schrecklichsten Zeit meines Lebens. Es war meine glühende Sehnsucht selbst, die sich gestaltete — Aurora — sie erschien mir wieder verklärt, geläutert in dem Feuer des Himmels; kein teuflischer O'Malley hat mehr Macht über sie — Aurora ist — die Baronesse!" — „Wie? — was?" rief Albert, indem er ganz erschrocken zurückfuhr. „Die kleine, rundliche Hausfrau, mit dem großen Schlüsselbunde, ein Elementargeist, ein Salamander!" murmelte er dann vor sich hin und verbiß mit Mühe das Lachen. —

„In der Gestalt", fuhr Viktor fort, „ist keine Spur der Ähnlichkeit mehr zu finden, d. h. im gewöhnlichen Leben; aber das geheimnisvolle Feuer, das aus ihren Augen blitzt, der Druck ihrer Hand . . ." — „Du bist," sprach Albert sehr ernst, „du bist recht krank gewesen, denn die Kopfwunde, die du erhieltest, war bedeutend genug, um dein Leben in Gefahr zu setzen; doch jetzt finde ich dich so weit hergestellt, daß du mit mir fort kannst. Recht aus innigem Herzen bitt ich dich, mein teurer, inniggeliebter Freund, diesen Ort zu verlassen und mich morgen nach Aachen zu begleiten." — „Meines Bleibens", erwiderte Viktor, „ist hier freilich länger nicht. — Es sei darum, ich gehe mit dir — doch Aufklärung — erst Aufklärung." —

Am andern Morgen, sowie Albert erwachte, verkündete ihm Viktor, daß er in einem seltsamen, gespenstischen Traum jenes Beschwörungswort gefunden, das ihm O'Malley vorgesprochen, als der Theraphim bereitet worden. Er gedenke zum letzten Male davon Gebrauch zu machen. Albert schüttelte bedenklich den Kopf und ließ alles vorbereiten zur schnellen Abreise, wobei Paul Talkebarth unter allerlei närrischen Redensarten die freudigste Tätigkeit bewies. „Zackernamthö," hörte ihn Albert für sich murmeln, „es ist gut, daß den irländischen Diafel Fuß der Diafel Bär längst geholt hat, der hätte hier noch gefehlt!" —

Viktor fand, wie er es gewünscht hatte, die Baronesse allein auf ihrem Zimmer mit irgendeiner häuslichen Arbeit beschäftigt. Er sagte ihr, daß er nun endlich das Haus verlassen wolle, wo er so lange die edelste Gastfreundschaft genossen. Die Baronesse versicherte, daß sie nie einen Freund bewirtet, der ihr teurer gewesen. Da faßte Viktor ihre Hand und fragte: „Warum Sie jemals in Potsdam? — Kannten Sie einen gewissen irländischen Major?" „Viktor," fiel ihm die Baronesse schnell und heftig ins Wort, „wir trennen uns heute, wir werden uns niemals wiedersehen, wir dürfen das nicht! — Ein dunkler Schleier liegt über meinem Leben! — Lassen Sie es genug sein, wenn ich Ihnen sage, daß ein düstres Schicksal mich dazu verdammt, beständig ein anderes Wesen zu scheinen, als ich wirklich bin. In dem verhaßten Verhältnisse, worin Sie mich gefunden und das mich geistige Qualen erdulden läßt, deren mein körperliches Wohlsein spottet, büße ich eine schwere Schuld — doch nun nichts mehr — leben Sie wohl!" — Da rief Viktor mit starker Stimme: „Nehelmiahmiheal!", und mit einem Schrei des Entsetzens stürzte die Baronesse bewußtlos zu Boden. — Viktor, von den seltsamsten Gefühlen bestürmt, ganz außer sich, gewann kaum Fassung, die Dienerschaft herbeizuklingeln; dann verließ er schnell das Zimmer. „Fort, auf der Stelle fort", rief er dem Freunde Albert entgegen und sagte ihm mit wenigen Worten, was geschehen. Beide schwangen sich auf die vorgeführten Pferde und ritten von dannen, ohne die Rückkunft des Barons abzuwarten, der auf die Jagd gegangen.

Alberts Betrachtungen auf dem Ritt von Lüttich nach Aachen haben gezeigt, mit welchem tiefen Ernst, mit welchem herrlichen Sinn er die Ereignisse der verhängnisvollen Zeit aufgefaßt hatte. Es gelang ihm, auf der Reise nach der Residenz, wohin beide Freunde nun zurückkehrten, seinen Freund Viktor ganz aus dem träumerischen Zustande zu reißen, worin er versunken, und indem Albert alles Ungeheure, welches die Tage des letzten Feldzuges geboren, nochmals vor Viktors Blicken in den lebendigsten Farben aufgehen ließ, fühlte sich dieser von demselben Geiste beseelt, der Alberten einwohnte. Ohne daß Albert sich jemals auf lange Widerlegungen oder Zweifel eingelassen, schien Viktor selbst sein mystisches Abenteuer bald für nichts Höheres zu achten als für einen l a n g e n , b ö s e n T r a u m . — —

Es konnte nicht fehlen, daß in der Residenz die Weiber dem Obristen, der reich, von herrlicher Gestalt, für den hohen Rang, den er bekleidete, noch jung und dabei die Liebenswürdigkeit selbst war, gar freundlich entgegenkamen. Albert meinte, daß er ein glücklicher

Mensch sei, der sich die Schönste zur Gattin wählen könne; da
erwiderte Viktor aber sehr ernst: „Mag es sein, daß ich, mysti=
fiziert, auf heillose Weise unbekannten Zwecken dienen sollte oder
daß wirklich eine unheimliche Macht mich verlocken wollte; die
Seligkeit hat es mich nicht gekostet, wohl aber das Paradies der
Liebe. Nie kann jene Zeit wiederkehren, da ich die höchste irdische
Lust empfand, da das Ideal meiner süßesten, entzückendsten Träume,
die Liebe selbst, in meinen Armen lag. Dahin ist Liebe und Lust,
seitdem ein entsetzliches Geheimnis mir die geraubt, die meinem
innigsten Gemüte wirklich ein höheres Wesen war, wie ich es auf
Erden nicht wiederfinde!" —

Der Obrist blieb unvermählt.

Wilhelm Hauff

Das kalte Herz

*

Erste Abteilung

Wer durch Schwaben reist, der sollte nie vergessen, auch ein wenig in den Schwarzwald hineinzuschauen; nicht der Bäume wegen, obgleich man nicht überall solch unermeßliche Menge herrlich aufgeschossener Tannen findet, sondern wegen der Leute, die sich von den andern Menschen ringsumher merkwürdig unter= scheiden. Sie sind größer als gewöhnliche Menschen, breitschultrig, von starken Gliedern, und es ist, als ob der stärkende Duft, der morgens durch die Tannen strömt, ihnen von Jugend auf einen freieren Atem, ein klareres Auge und einen festeren, wenn auch rauheren Mut als den Bewohnern der Stromtäler und Ebenen gegeben hätte. Und nicht nur durch Haltung und Wuchs, auch durch ihre Sitten und Trachten sondern sie sich von den Leuten, die außerhalb des Waldes wohnen, streng ab. Am schönsten kleiden sich die Bewohner des badenschen Schwarzwaldes; die Männer lassen den Bart wachsen, wie er von Natur dem Mann ums Kinn gegeben ist; ihre schwarzen Wämser, ihre ungeheuren, eng= gefalteten Pluderhosen, ihre roten Strümpfe und die spitzen Hüte, von einer weiten Scheibe umgeben, verleihen ihnen etwas Fremd= artiges, aber etwas Ernstes, Ehrwürdiges. Dort beschäftigen sich die Leute gewöhnlich mit Glasmachen; auch verfertigen sie Uhren und tragen sie in der halben Welt umher.

Auf der andern Seite des Waldes wohnt ein Teil desselben Stammes; aber ihre Arbeiten haben ihnen andere Sitten und Ge= wohnheiten gegeben als den Glasmachern. Sie handeln mit ihrem Wald; sie fällen und behauen ihre Tannen, flößen sie durch die Nagold in den Neckar und von dem obern Neckar den Rhein hin= ab, bis weit hinein nach Holland, und am Meer kennt man die

Schwarzwälder und ihre langen Flöße; sie halten an jeder Stadt,
die am Strom liegt, an und erwarten stolz, ob man ihnen Balken
und Bretter abkaufen werde; ihre stärksten und längsten Balken
aber verhandeln sie um schweres Geld an die Mynheers, welche
Schiffe daraus bauen. Diese Menschen nun sind an ein rauhes,
wanderndes Leben gewöhnt. Ihre Freude ist, auf ihrem Holz die
Ströme hinabzufahren, ihr Leid, am Ufer wieder heraufzuwan=
deln. Darum ist auch ihr Prachtanzug so verschieden von dem der
Glasmänner im andern Teil des Schwarzwaldes. Sie tragen
Wämser von dunkler Leinwand, einen handbreiten grünen Ho=
senträger über die breite Brust, Beinkleider von schwarzem Le=
der, aus deren Tasche ein Zollstab von Messing wie ein Ehrenzei=
chen hervorschaut; ihr Stolz und ihre Freude aber sind ihre Stie=
feln, die größten wahrscheinlich, welche auf irgendeinem Teil der
Erde Mode sind; denn sie können zwei Spannen weit über das
Knie hinauf gezogen werden, und die „Flözer" können damit in
drei Schuh tiefem Wasser umherwandeln, ohne sich die Füße naß
zu machen.

Noch vor kurzer Zeit glaubten die Bewohner dieses Waldes
an Waldgeister, und erst in neuerer Zeit hat man ihnen diesen tö=
richten Aberglauben benehmen können. Sonderbar ist es aber, daß
auch die Waldgeister, die der Sage nach im Schwarzwalde hau=
sen, in diese verschiedenen Trachten sich geteilt haben. So hat man
versichert, daß das „Glasmännlein", ein gutes Geistchen von drei=
einhalb Fuß Höhe, sich nie anders zeige als in einem spitzen Hütlein
mit großem Rand, mit Wams und Pluderhöschen und roten
Strümpfchen. Der „Holländer=Michel!" aber, der auf der an=
dern Seite des Waldes umgeht, soll ein riesengroßer, breitschul=
triger Kerl in der Kleidung der Flözer sein, und mehrere, die ihn
gesehen haben wollen, versichern, daß sie die Kälber nicht aus ihrem
Beutel bezahlen möchten, deren Felle man zu seinen Stiefeln brau=
chen würde. „So groß, daß ein gewöhnlicher Mann bis an den
Hals hineinstehen könnte", sagten sie und wollten nichts übertrie=
ben haben.

Mit diesen Waldgeistern soll einmal ein junger Schwarzwäl=
der eine sonderbare Geschichte gehabt haben, die ich erzählen will.
Es lebte nämlich im Schwarzwald eine Witwe, Frau Barbara
Munkin; ihr Gatte war Kohlenbrenner gewesen, und nach seinem

Tod hielt sie ihren sechzehnjährigen Knaben nach und nach zu dem=
selben Geschäft an.

Der junge Peter Munk, ein schlauer Bursche, ließ es sich ge=
fallen, weil er es bei seinem Vater auch nicht anders gesehen hatte,
die ganze Woche über am rauchenden Meiler zu sitzen oder, schwarz
und berußt und den Leuten ein Abscheu, hinab in die Städte zu
fahren und seine Kohlen zu verkaufen. Aber ein Köhler hat viel
Zeit zum Nachdenken über sich und andere, und wenn Peter
Munk an seinem Meiler saß, stimmten die dunkeln Bäume umher
und die tiefe Waldesstille sein Herz zu Tränen und unbewußter
Sehnsucht. Es betrübte ihn etwas, es ärgerte ihn etwas, er wußte
nicht recht was. Endlich merkte er sich ab, was ihn ärgerte, und
das war — sein Stand. „Ein schwarzer, einsamer Kohlenbren=
ner!" sagte er sich, „es ist ein elend Leben. Wie angesehen sind die
Glasmänner, die Uhrmacher, selbst die Musikanten am Sonntag
abends! Und wenn Peter Munk, rein gewaschen und geputzt, in
des Vaters Ehrenwams mit silbernen Knöpfen und mit nagel=
neuen roten Strümpfen erscheint, und wenn dann einer hinter mir
hergeht und denkt, wer ist wohl der schlanke Bursche? und lobt bei
sich die Strümpfe und meinen stattlichen Gang, — sieh, wenn er
vorübergeht und schaut sich um, sagt er gewiß: ‚Ach, es ist nur der
Kohlenmunk=Peter.' " —

Auch die Flözer auf der andern Seite waren ein Gegenstand
seines Neides. Wenn diese Waldriesen herüberkamen, mit statt=
lichen Kleidern, und an Knöpfen, Schnallen und Ketten einen hal=
ben Zentner Silber auf dem Leib trugen, wenn sie mit ausgespreiz=
ten Beinen und vornehmen Gesichtern dem Tanz zuschauten, hol=
ländisch fluchten und wie die vornehmsten Mynheers aus ellen=
langen kölnischen Pfeifen rauchten, da stellte er sich als das voll=
endetste Bild eines glücklichen Menschen solch einen Flözer vor.
Und wenn diese Glücklichen dann erst in die Taschen fuhren, ganze
Hände voll großer Taler herauslangten und um Sechsbätzner
würfelten, fünf Gulden hin, zehen her, so wollten ihm die Sinne
vergehen, und er schlich trübselig nach seiner Hütte; denn an man=
chem Feiertagabend hatte er einen oder den andern dieser „Holz=
herren" mehr verspielen sehen, als der arme Vater Munk in
einem Jahr verdiente. Es waren vorzüglich drei dieser Männer,
von welchen er nicht wußte, welchen er am meisten bewundern

sollte. Der eine war ein dicker, großer Mann mit rotem Gesicht
und galt für den reichsten Mann in der Runde. Man hieß ihn
den „dicken Ezechiel". Er reiste alle Jahre zweimal mit Bauholz
nach Amsterdam und hatte das Glück, es immer um so viel teurer
als andere zu verkaufen, daß er, wenn die übrigen zu Fuß heim=
gingen, stattlich herauffahren konnte. Der andere war der längste
und magerste Mensch im ganzen Wald, man nannte ihn den
„langen Schlurker", und diesen beneidete Munk wegen seiner
ausnehmenden Kühnheit; er widersprach den angesehensten Leu=
ten, brauchte, wenn man noch so gedrängt im Wirtshaus saß,
mehr Platz, als vier der Dicksten; denn er stützte entweder beide
Ellbogen auf den Tisch oder zog eines seiner langen Beine zu sich
auf die Bank, und doch wagte ihm keiner zu widersprechen, denn
er hatte unmenschlich viel Geld. Der dritte war ein schöner junger
Mann, der am besten tanzte weit und breit und daher den Namen
„Tanzbodenkönig" hatte. Er war ein armer Mensch gewesen und
hatte bei einem Holzherrn als Knecht gedient; da wurde er auf ein=
mal steinreich; die einen sagten, er habe unter einer alten Tanne
einen Topf voll Geld gefunden, die andern behaupteten, er habe
unweit Bingen im Rhein mit der Stechstange, womit die Flözer
zuweilen nach den Fischen stechen, einen Pack mit Goldstücken her=
aufgefischt, und der Pack gehöre zu dem großen Nibelungenhort,
der dort vergraben liegt; kurz, er war auf einmal reich geworden
und wurde von jung und alt angesehen wie ein Prinz.

An diese drei Männer dachte Kohlenmunk=Peter oft, wenn er
einsam im Tannenwald saß. Zwar hatten alle drei einen Haupt=
fehler, der sie bei den Leuten verhaßt machte; es war dies ihr un=
menschlicher Geiz, ihre Gefühllosigkeit gegen Schuldner und Arme;
denn die Schwarzwälder sind ein gutmütiges Völklein. Aber man
weiß, wie es mit solchen Dingen geht; waren sie auch wegen ihres
Geizes verhaßt, so standen sie doch wegen ihres Geldes in Ansehen;
denn wer konnte Taler wegwerfen wie sie, als ob man das Geld
von den Tannen schüttelte?

„So geht es nicht mehr weiter," sagte Peter eines Tages
schmerzlich betrübt zu sich; denn tags zuvor war Feiertag gewesen
und alles Volk in der Schenke; „wenn ich nicht bald auf den grü=
nen Zweig komme, so tu ich mir etwas zuleid; wär ich doch nur so
angesehen und reich wie der dicke Ezechiel oder so kühn und so ge=

waltig wie der lange Schlurker oder so berühmt und könnte den
Musikanten Taler statt Kreuzer zuwerfen wie der Tanzbodenkönig!
Wo nur der Bursche das Geld her hat?" Allerlei Mittel ging
er durch, wie man sich Geld erwerben könne, aber keines wollte
ihm gefallen; endlich fielen ihm auch die Sagen von Leuten bei, die
vor alten Zeiten durch den Holländer-Michel und durch das Glasmännlein reich geworden waren. Solang sein Vater noch lebte,
kamen oft andere arme Leute zum Besuch, und da wurde oft lang
und breit von reichen Menschen gesprochen, und wie sie reich geworden; da spielte nun oft das Glasmännlein eine Rolle; ja, wenn
er recht nachsann, konnte er sich beinahe noch des Versleins erinnern, das man am Tannenbühl in der Mitte des Waldes sprechen
mußte, wenn es erscheinen sollte. Es fing an:

> Schatzhauser im grünen Tannenwald,
> Bist schon viel hundert Jahre alt;
> Dir gehört all Land, wo Tannen stehn . . .

Aber er mochte sein Gedächtnis anstrengen, wie er wollte, weiter konnte er sich keines Verses mehr entsinnen. Er dachte oft, ob
er nicht diesen oder jenen alten Mann fragen sollte, wie das Sprüchlein heiße; aber immer hielt ihn eine gewisse Scheu, seine Gedanken zu verraten, ab; auch schloß er, es müsse die Sage vom Glasmännlein nicht sehr bekannt sein, und den Spruch müssen nur wenige wissen; denn es gab nicht viele reiche Leute im Wald, und —
warum hatten denn nicht sein Vater und die andern armen Leute
ihr Glück versucht? Er brachte endlich einmal seine Mutter auf
das Männlein zu sprechen, und diese erzählte ihm, was er schon
wußte, kannte auch nur noch die erste Zeile von dem Spruch und
sagte ihm endlich, nur Leuten, die an einem Sonntag zwischen eilf
und zwei Uhr geboren seien, zeigte sich das Geistchen. Er selbst
würde wohl dazu passen, wenn er nur das Sprüchlein wüßte;
denn er sei Sonntag mittags zwölf Uhr geboren.

Als dies der Kohlenmunk-Peter hörte, war er vor Freude und
vor Begierde, dies Abenteuer zu unternehmen, beinahe außer sich.
Es schien ihm hinlänglich, einen Teil des Sprüchleins zu wissen
und am Sonntag geboren zu sein, und Glasmännlein mußte sich
ihm zeigen. Als er daher eines Tages seine Kohlen verkauft hatte,
zündete er keinen neuen Meiler an, sondern zog seines Vaters
Staatswams und neue rote Strümpfe an, setzte den Sonntags-

hut auf, faßte seinen fünf Fuß hohen Schwarzdornstock in die
Hand und nahm von der Mutter Abschied: „Ich muß aufs Amt
in die Stadt; denn wir werden bald spielen müssen, wer Soldat
wird, und da will ich dem Amtmann nur noch einmal einschärfen,
daß Ihr Witwe seid und ich Euer einziger Sohn." Die Mutter
lobte seinen Entschluß, er aber machte sich auf nach dem Tannen=
bühl. Der Tannenbühl liegt auf der höchsten Höhe des Schwarz=
waldes, und auf zwei Stunden im Umkreis stand damals kein
Dorf, ja nicht einmal eine Hütte, denn die abergläubischen Leute
meinten, es sei dort „unsicher". Man schlug auch, so hoch und
prachtvoll dort die Tannen standen, ungern Holz in jenem Revier;
denn oft waren den Holzhauern, wenn sie dort arbeiteten, die Äxte
vom Stiel gesprungen und in den Fuß gefahren, oder die Bäume
waren schnell umgestürzt und hatten die Männer mit umgerissen
und beschädigt oder gar getötet; auch hätte man die schönsten
Bäume von dorther nur zu Brennholz brauchen können; denn die
Floßherren nahmen nie einen Stamm aus dem Tannenbühl unter
ein Floß auf, weil die Sage ging, daß Mann und Holz ver=
unglücke, wenn ein Tannenbühler mit im Wasser sei. Daher kam
es, daß im Tannenbühl die Bäume so dicht und so hoch standen,
daß es am hellen Tage beinahe Nacht war, und Peter Munk
wurde es ganz schaurig dort zumut; denn er hörte keine Stimme,
keinen Tritt als den seinigen, keine Axt; selbst die Vögel schienen
diese dichte Tannennacht zu vermeiden.

Kohlenmunk=Peter hatte jetzt den höchsten Punkt des Tannen=
bühls erreicht und stand vor einer Tanne von ungeheurem Umfang,
um die ein holländischer Schiffsherr an Ort und Stelle viele hun=
dert Gulden gegeben hätte. „Hier", dachte er, „wird wohl der
Schatzhauser wohnen", zog seinen großen Sonntagshut, machte
vor dem Baum eine tiefe Verbeugung, räusperte sich und sprach
mit zitternder Stimme: „Wünsche glückseligen Abend, Herr
Glasmann." Aber es erfolgte keine Antwort, und alles umher war
so still wie zuvor. „Vielleicht muß ich doch das Verslein sprechen",
dachte er weiter und murmelte:

> Schatzhauser im grünen Tannenwald,
> Bist schon viel hundert Jahre alt;
> Dir gehört all Land, wo Tannen stehn . . .

Indem er diese Worte sprach, sah er zu seinem großen Schrek=

ken eine ganz kleine, sonderbare Gestalt hinter der dicken Tanne
hervorschauen; es war ihm, als habe er das Glasmännlein gesehen,
wie man ihn beschrieben, das schwarze Wämschen, die roten
Strümpfchen, das Hütchen, alles war so, selbst das blasse, aber
feine und kluge Gesichtchen, wovon man erzählte, glaubte er ge=
sehen zu haben. Aber ach, so schnell es hervorgeschaut hatte, das
Glasmännlein, so schnell war es auch wieder verschwunden! „Herr
Glasmann," rief nach einigem Zögern Peter Munk, „seid so gü=
tig und haltet mich nicht für Narren. — Herr Glasmann, wenn
Ihr meint, ich habe Euch nicht gesehen, so täuschet Ihr Euch sehr,
ich sah Euch wohl hinter dem Baum hervorgucken." — Immer
keine Antwort, nur zuweilen glaubte er ein leises, heiseres Kichern
hinter dem Baum zu vernehmen. Endlich überwand seine Ungeduld
die Furcht, die ihn bis jetzt noch abgehalten hatte. „Warte, du
kleiner Bursche," rief er, „dich will ich bald haben!" sprang mit
einem Satz hinter die Tanne, aber da war kein Schatzhauser im
grünen Tannenwald, und nur ein kleines, zierliches Eichhörnchen
jagte an dem Baum hinauf.

Peter Munk schüttelte den Kopf; er sah ein, daß er die Be=
schwörung bis auf einen gewissen Grad gebracht habe und daß ihm
vielleicht nur noch ein Reim zu dem Sprüchlein fehle, so könne er
das Glasmännlein hervorlocken; aber er sann hin, er sann her, und
fand nichts. Das Eichhörnchen zeigte sich an den untersten Ästen
der Tanne und schien ihn aufzumuntern oder zu verspotten. Es
putzte sich, es rollte den schönen Schweif, es schaute ihn mit klugen
Augen an; aber endlich fürchtete er sich doch beinahe, mit diesem
Tier allein zu sein, denn bald schien das Eichhörnchen einen Men=
schenkopf zu haben und einen dreispitzigen Hut zu tragen, bald war
es ganz wie ein anderes Eichhörnchen und hatte nur an den Hinter=
füßen rote Strümpfe und schwarze Schuhe. Kurz, es war ein
lustiges Tier; aber dennoch graute Kohlenpeter, denn er meinte, es
ginge nicht mit rechten Dingen zu.

Mit schnelleren Schritten, als er gekommen war, zog Peter
wieder ab. Das Dunkel des Tannenwaldes schien immer schwär=
zer zu werden, die Bäume standen immer dichter, und ihm fing
an zu grauen, daß er im Trab davonjagte, und erst, als er in
der Ferne Hunde bellen hörte und bald darauf zwischen den
Bäumen den Rauch einer Hütte erblickte, wurde er wieder ruhiger.

Aber als er näher kam und die Tracht der Leute in der Hütte erblickte, fand er, daß er aus Angst gerade die entgegengesetzte Richtung genommen und statt zu den Glasleuten zu den Flözern gekommen sei. Die Leute, die in der Hütte wohnten, waren Holzfäller;
ein alter Mann, sein Sohn, der Hauswirt, und einige erwachsene
Enkel. Sie nahmen Kohlenmunk-Peter, der um ein Nachtlager
bat, gut auf, ohne nach seinem Namen oder Wohnort zu fragen,
gaben ihm Apfelwein zu trinken, und abends wurde ein großer
Auerhahn, die beste Schwarzwaldspeise, aufgesetzt.

Nach dem Nachtessen setzten sich die Hausfrau und ihre Töchter
mit ihren Kunkeln um den großen Lichtspan, den die Jungen mit
dem feinsten Tannenharz unterhielten, der Großvater, der Gast
und der Hauswirt rauchten und schauten den Weibern zu; die
Bursche aber waren beschäftigt, Löffel und Gabeln aus Holz zu
schnitzeln. Draußen im Wald heulte der Sturm und raste in den
Tannen, man hörte da und dort sehr heftige Schläge, und es schien
oft, als ob ganze Bäume abgeknickt würden und zusammenkrach-
ten. Die furchtlosen Jungen wollten hinaus in den Wald laufen
und dieses furchtbar schöne Schauspiel mit ansehen; ihr Großvater
aber hielt sie mit strengem Wort und Blick zurück. „Ich will keinem raten, daß er jetzt von der Tür geht," rief er ihnen zu, „bei
Gott, der kommt nimmermehr wieder; denn der Holländer-Michel
haut sich heute nacht ein neues Gstair (Floßgelenke) im Wald."

Die Kleinen staunten ihn an; sie mochten von dem Holländer-
Michel schon gehört haben, aber sie baten jetzt den Ehni einmal recht
schön, von jenem zu erzählen. Auch Peter Munk, der vom Holländer-Michel auf der andern Seite des Waldes nur undeutlich hatte
sprechen hören, stimmte mit ein und fragte den Alten, wer und wo
er sei. „Er ist der Herr dieses Waldes, und nach dem zu schließen,
daß Ihr in Eurem Alter dies noch nicht erfahren, müßt Ihr drüben über dem Tannenbühl oder wohl gar noch weiter zu Hause sein.
Vom Holländer-Michel will ich Euch aber erzählen, was ich weiß
und wie die Sage von ihm geht. Vor etwa hundert Jahren, so erzählte es wenigstens mein Ehni, war weit und breit kein ehrlicher
Volk auf Erden als die Schwarzwälder. Jetzt, seit so viel Geld im
Land ist, sind die Menschen unredlich und schlecht. Die jungen
Bursche tanzen und johlen am Sonntag und fluchen, daß es ein
Schrecken ist; damals war es aber anders, und wenn er jetzt zum

Fenster dort hereinschaute, so sag ichs und hab es oft gesagt, der Holländer-Michel ist schuld an all dieser Verderbnis. Es lebte also vor hundert Jahren und drüber ein reicher Holzherr, der viel Gesind hatte; er handelte bis weit in den Rhein hinab, und sein Geschäft war gesegnet, denn er war ein frommer Mann. Kommt eines Abends ein Mann an seine Türe, dergleichen er noch nie gesehen. Seine Kleidung war wie der Schwarzwälder Bursche, aber er war einen guten Kopf höher als alle, und man hatte noch nie geglaubt, daß es einen solchen Riesen geben könne. Dieser bittet um Arbeit bei dem Holzherrn, und der Holzherr, der ihm ansah, daß er stark und zu großen Lasten tüchtig sei, rechnet mit ihm seinen Lohn, und sie schlagen ein. Der Michel war ein Arbeiter, wie selbiger Holzherr noch keinen gehabt. Beim Baumschlagen galt er für drei, und wenn sechs an einem End schleppten, trug er allein das andere. Als er aber ein halb Jahr Holz geschlagen, trat er eines Tags vor seinen Herrn und begehrte von ihm: ,Hab jetzt lange genug hier Holz gehackt, und so möcht ich auch sehen, wohin meine Stämme kommen, und wie wär es, wenn Ihr mich auch mal auf den Floß ließet?'

Der Holzherr antwortete: ,Ich will dir nicht im Weg sein, Michel, wenn du ein wenig hinaus willst in die Welt; und zwar beim Holzfällen brauche ich starke Leute, wie du bist, auf dem Floß aber kommt es auf Geschicklichkeit an; aber es sei für diesmal!'

Und so war es; der Floß, mit dem er abgehen sollte, hatte acht Glaich (Glieder), und waren im letzten von den größten Zimmerbalken. Aber was geschah? Am Abend zuvor bringt der lange Michel noch acht Balken ans Wasser, so dick und lang, als man keinen je sah, und jeden trug er so leicht auf der Schulter wie eine Flözerstange, so daß sich alles entsetzte. Wo er sie gehauen, weiß bis heute noch niemand. Dem Holzherrn lachte das Herz, als er dies sah, denn er berechnete, was diese Balken kosten könnten; Michel aber sagte: ,So, die sind für mich zum Fahren; auf den kleinen Spänen dort kann ich nicht fortkommen.' Sein Herr wollte ihm zum Dank ein Paar Flözerstiefeln schenken, aber er warf sie auf die Seite und brachte ein Paar hervor, wie es sonst noch keine gab; mein Großvater hat versichert, sie haben hundert Pfund gewogen und seien fünf Fuß lang gewesen.

Der Floß fuhr ab, und hatte der Michel früher die Holzhauer

in Verwunderung gesetzt, so staunten jetzt die Flözer; denn statt
daß der Floß, wie man wegen der ungeheuren Balken geglaubt
hatte, langsamer auf dem Fluß ging, flog er, sobald sie in den
Neckar kamen, wie ein Pfeil; machte der Neckar eine Wendung
und hatten sonst die Flözer Mühe gehabt, den Floß in der Mitte
zu halten, um nicht auf Kies oder Sand zu stoßen, so sprang jetzt
Michel allemal ins Wasser, rückte mit einem Zug den Floß links
oder rechts, so daß er ohne Gefahr vorüberglitt, und kam dann eine
gerade Stelle, so lief er aufs erste Gstair (Gelenk) vor, ließ alle
ihre Stangen beisetzen, steckte seinen ungeheuren Weberbaum ins
Kies, und mit e i n e m Druck flog der Floß dahin, daß das Land
und Bäume und Dörfer vorbeizujagen schienen. So waren sie in
der Hälfte der Zeit, die man sonst brauchte, nach Köln am Rhein
gekommen, wo sie sonst ihre Ladung verkauft hatten; aber hier
sprach Michel: ‚Ihr seid mir rechte Kaufleute und versteht euren
Nutzen! Meinet ihr denn, die Kölner brauchen all dies Holz, das
aus dem Schwarzwald kömmt, für sich? Nein, um den halben
Wert kaufen sie es euch ab und verhandeln es teuer nach Holland.
Lasset uns die kleinen Balken hier verkaufen und mit den großen
nach Holland gehen; was wir über den gewöhnlichen Preis lösen,
ist unser eigener Profit.‘

So sprach der arglistige Michel, und die andern waren es zu=
frieden; die einen, weil sie gerne nach Holland gezogen wären, es zu
sehen, die andern des Geldes wegen. Nur ein einziger war redlich
und mahnte sie ab, das Gut ihres Herrn der Gefahr auszusetzen
oder ihn um den höheren Preis zu betrügen; aber sie hörten nicht
auf ihn und vergaßen seine Worte, aber der Holländer=Michel ver=
gaß sie nicht. Sie fuhren auch mit dem Holz den Rhein hinab,
Michel leitete den Floß und brachte sie schnell bis nach Rotterdam.
Dort bot man ihnen das Vierfache von dem früheren Preis, und
besonders die ungeheuren Balken des Michel wurden mit schwerem
Geld bezahlt. Als die Schwarzwälder so viel Geld sahen, wußten
sie sich vor Freude nicht zu fassen. Michel teilte ab, einen Teil dem
Holzherrn, die drei andern unter die Männer. Und nun setzten sie
sich mit Matrosen und anderem schlechten Gesindel in die Wirts=
häuser, verschlemmten und verspielten ihr Geld; den braven Mann
aber, der ihnen abgeraten, verkaufte der Holländer=Michel an einen
Seelenverkäufer, und man hat nichts mehr von ihm gehört. Von

da an war den Burschen im Schwarzwald Holland das Paradies und Holländer-Michel ihr König; die Holzherren erfuhren lange nichts von dem Handel, und unvermerkt kam Geld, Flüche, schlechte Sitten, Trunk und Spiel aus Holland herauf.

Der Holländer-Michel war aber, als die Geschichte heraus= kam, nirgends zu finden, aber tot ist er auch nicht; seit hundert Jah= ren treibt er seinen Spuk im Wald, und man sagt, daß er schon vielen behilflich gewesen sei, reich zu werden, aber — auf Kosten ihrer armen Seele, und mehr will ich nicht sagen. Aber so viel ist gewiß, daß er noch jetzt in solchen Sturmnächten im Tannenbühl, wo man nicht hauen soll, überall die schönsten Tannen aussucht, und mein Vater hat ihn eine vier Schuh dicke umbrechen sehen wie ein Rohr. Mit diesen beschenkt er die, welche sich vom Rechten ab= wenden und zu ihm gehen; um Mitternacht bringen sie dann die Gstäir ins Wasser, und er rudert mit ihnen nach Holland. Aber wäre ich Herr und König in Holland, ich ließe ihn mit Kartätschen in den Boden schmettern; denn alle Schiffe, die von dem Holländer= Michel auch nur e i n e n Balken haben, müssen untergehen. Da= her kommt es, daß man so viel von Schiffbrüchen hört; wie könnte denn sonst ein schönes, starkes Schiff, so groß als eine Kirche, zu= grund gehen auf dem Wasser? Aber sooft Holländer-Michel in einer Sturmnacht im Schwarzwald eine Tanne fällt, springt eine seiner alten aus den Fugen des Schiffes; das Wasser dringt ein, und das Schiff ist mit Mann und Maus verloren. Das ist die Sage vom Holländer-Michel, und wahr ist es, alles Böse im Schwarzwald schreibt sich von ihm her; o! er kann einen reich machen," setzte der Greis geheimnisvoll hinzu, „aber ich möchte nichts von ihm haben, ich möchte um keinen Preis in der Haut des dicken Ezechiel und des langen Schlurkers stecken; auch der Tanz= bodenkönig soll sich ihm ergeben haben!"

Der Sturm hatte sich während der Erzählung des Alten ge= legt; die Mädchen zündeten schüchtern die Lampen an und gingen weg; die Männer aber legten Peter Munk einen Sack voll Laub als Kopfkissen auf die Ofenbank und wünschten ihm gute Nacht.

Kohlenmunk-Peter hatte noch nie so schwere Träume gehabt wie in dieser Nacht; bald glaubte er, der finstere, riesige Holländer= Michel reiße die Stubenfenster auf und reiche mit seinem unge=

heuer langen Arm einen Beutel voll Goldstücke herein, die er
untereinanderschüttelte, daß es hell und lieblich klang; bald sah er
wieder das kleine, freundliche Glasmännlein auf einer ungeheuren
grünen Flasche im Zimmer umherreiten, und er meinte das heisere
Lachen wiederzuhören wie im Tannenbühl; dann brummte es ihm
wieder ins linke Ohr:

> In Holland gibts Gold,
> Könnets haben, wenn Ihr wollt,
> Um geringen Sold
> Gold, Gold!

Dann hörte er wieder in sein rechtes Ohr das Liedchen vom
Schatzhauser im grünen Tannenwald, und eine zarte Stimme
flüsterte: „Dummer Kohlenpeter, dummer Peter Munk, kannst
kein Sprüchlein reimen auf s t e h e n und bist doch am Sonntag
geboren Schlag zwölf Uhr. Reime, dummer Peter, reime!"

Er ächzte, er stöhnte im Schlaf, er mühte sich ab, einen Reim
zu finden; aber da er in seinem Leben noch keinen gemacht hatte,
war seine Mühe im Traum vergebens. Als er aber mit dem ersten
Frührot erwachte, kam ihm doch sein Traum sonderbar vor; er
setzte sich mit verschränkten Armen hinter den Tisch und dachte
über die Einflüsterungen nach, die ihm noch immer im Ohr lagen:
„Reime, dummer Kohlenmunk-Peter, reime", sprach er zu sich
und pochte mit dem Finger an seine Stirne, aber es wollte kein
Reim hervorkommen. Als er noch so dasaß und trübe vor sich hinschaute und an den Reim auf s t e h e n dachte, da zogen drei Bursche vor dem Haus vorbei in den Wald, und einer sang im Vorübergehn:

> Am Berge tat ich stehen
> Und schaute in das Tal,
> Da hab ich sie gesehen
> Zum allerletztenmal.

Das fuhr wie ein leuchtender Blitz durch Peters Ohr, und hastig
raffte er sich auf, stürzte aus dem Haus, weil er meinte, nicht recht
gehört zu haben, sprang den drei Burschen nach und packte den
Sänger hastig und unsanft beim Arm. „Halt, Freund!" rief er,
„was habt Ihr da auf s t e h e n gereimt? Tut mir die Liebe und
sprecht, was Ihr gesungen!"

„Was fichts dich an, Bursche?" entgegnete der Schwarzwälder. „Ich kann singen, was ich will, und laß gleich meinen Arm los, oder ...“

„Nein, sagen sollst du, was du gesungen hast!“ schrie Peter beinahe außer sich und packte ihn noch fester an; die zwei andern aber, als sie dies sahen, zögerten nicht lange, sondern fielen mit derben Fäusten über den armen Peter her und walkten ihn derb, bis er vor Schmerzen das Gewand des dritten ließ und erschöpft in die Kniee sank.

„Jetzt hast du dein Teil,“ sprachen sie lachend, „und merk dir, toller Bursche, daß du Leute, wie wir sind, nimmer anfällst auf offenem Wege.“

„Ach, ich will mir es gewißlich merken!“ erwiderte Kohlenpeter seufzend; „aber so ich die Schläge habe, seid so gut und saget deut= lich, was jener gesungen!“

Da lachten sie aufs neue und spotteten ihn aus; aber der das Lied gesungen, sagte es ihm vor, und lachend und singend zogen sie weiter.

„Also s e h e n ,“ sprach der arme Geschlagene, indem er sich mühsam aufrichtete, „s e h e n auf s t e h e n , — jetzt Glasmänn= lein, wollen wir wieder ein Wort zusammen sprechen.“ Er ging in die Hütte, holte seinen Hut und den langen Stock, nahm Ab= schied von den Bewohnern der Hütte und trat seinen Rückweg nach dem Tannenbühl an. Er ging langsam und sinnend seine Straße, denn er mußte ja einen Vers ersinnen; endlich, als er schon in dem Bereich des Tannenbühls ging und die Tannen höher und dichter wurden, hatte er auch seinen Vers gefunden und machte vor Freu= den einen Sprung in die Höhe. Da trat ein riesengroßer Mann in Flözerkleidung und eine Stange so lang wie ein Mastbaum in der Hand hinter den Tannen hervor. Peter Munk sank beinahe in die Kniee, als er jenen langsamen Schrittes neben sich wandeln sah; denn er dachte, das ist der Holländer=Michel und kein anderer. Noch immer schwieg die furchtbare Gestalt, und Peter schielte zu= weilen furchtsam nach ihm hin. Er war wohl einen Kopf größer als der längste Mann, den Peter je gesehen; sein Gesicht war nicht mehr jung, doch auch nicht alt, aber voll Furchen und Falten; er trug ein Wams von Leinwand, und die ungeheuren Stiefeln, über die Lederbeinkleider heraufgezogen, waren Peter aus der Sage wohlbekannt.

„Peter Munk, was tust du im Tannenbühl?" fragte der Waldkönig endlich mit tiefer, dröhnender Stimme.

„Guten Morgen, Landsmann," antwortete Peter, indem er sich unerschrocken zeigen wollte, aber heftig zitterte, „ich will durch den Tannenbühl nach Haus zurück."

„Peter Munk," erwiderte jener und warf einen stechenden, furchtbaren Blick nach ihm herüber, „dein Weg geht nicht durch diesen Hain."

„Nun, so gerade just nicht," sagte jener, „aber es macht heute warm, da dachte ich, es wird hier kühler sein."

„Lüge nicht, du, Kohlenpeter!" rief Holländer-Michel mit donnernder Stimme, „oder ich schlag dich mit der Stange zu Boden; meinst, ich hab dich nicht betteln sehen bei dem Kleinen?" setzte er sanft hinzu. „Geh, geh, das war ein dummer Streich, und gut ist es, daß du das Sprüchlein nicht wußtest; er ist ein Knauser, der kleine Kerl, und gibt nicht viel, und wem er gibt, der wird seines Lebens nicht froh. — Peter, du bist ein armer Tropf und dauerst mich in der Seele; so ein munterer, schöner Bursche, der in der Welt was anfangen könnte, und sollst Kohlen brennen! Wenn andere große Taler oder Dukaten aus dem Ärmel schütteln, kannst du kaum ein paar Sechser aufwenden; 's ist ein ärmlich Leben!"

„Wahr ists, und recht habt Ihr, ein elendes Leben."

„Na, mir solls nicht drauf ankommen," fuhr der schreckliche Michel fort; „hab schon manchem braven Kerl aus der Not geholfen, und du wärst nicht der erste. Sag einmal, wieviel hundert Taler brauchst du fürs erste?"

Bei diesen Worten schüttelte er das Geld in seiner ungeheuren Tasche untereinander, und es klang wieder wie diese Nacht im Traum. Aber Peters Herz zuckte ängstlich und schmerzhaft bei diesen Worten, es wurde ihm kalt und warm, und der Holländer-Michel sah nicht aus, wie wenn er aus Mitleid Geld wegschenkte, ohne etwas dafür zu verlangen. Es fielen ihm die geheimnisvollen Worte des alten Mannes über die reichen Menschen ein, und von unerklärlicher Angst und Bangigkeit gejagt, rief er: „Schön Dank, Herr! Aber mit Euch will ich nichts zu schaffen haben, und ich kenn Euch schon", und lief, was er laufen konnte. — Aber der Waldgeist schritt mit ungeheuren Schritten neben ihm her und murmelte dumpf und drohend: „Wirsts noch bereuen, Peter, wirst noch zu mir kommen; auf deiner Stirne stehts geschrieben, in deinem Auge ists zu lesen, du entgehst mir nicht. — Lauf nicht so schnell, höre nur noch ein vernünftig Wort, dort ist schon meine Grenze!"

Aber als Peter dies hörte und unweit vor ihm einen kleinen Graben sah, beeilte er sich nur noch mehr, über die Grenze zu kommen, so daß Michel am Ende schneller laufen mußte und unter Flüchen und Drohungen ihn verfolgte. Der junge Mann setzte mit einem verzweifelten Sprung über den Graben; denn er sah, wie der Waldgeist mit seiner Stange ausholte und sie auf ihn niederschmettern lassen wollte; er kam glücklich jenseits an, und die Stange zersplitterte in der Luft wie an einer unsichtbaren Mauer, und ein langes Stück fiel zu Peter herüber.

Triumphierend hob er es auf, um es dem groben Holländer-Michel zuzuwerfen; aber in diesem Augenblick fühlte er das Stück Holz in seiner Hand sich bewegen, und zu seinem Entsetzen sah er, daß es eine ungeheure Schlange sei, was er in der Hand hielt, die sich schon mit geifernder Zunge und blitzenden Augen an ihm hinaufbäumte. Er ließ sie los; aber sie hatte sich schon fest um seinen Arm gewickelt und kam mit schwankendem Kopfe seinem Gesicht immer näher; da rauschte auf einmal ein ungeheurer Auerhahn nieder, packte den Kopf der Schlange mit dem Schnabel, erhob sich mit ihr in die Lüfte, und Holländer-Michel, der dies alles von dem Graben aus gesehen hatte, heulte und schrie und raste, als die Schlange von einem Gewaltigern entführt ward.

Erschöpft und zitternd setzte Peter seinen Weg fort; der Pfad wurde steiler, die Gegend wilder, und bald fand er sich wieder an der ungeheuren Tanne. Er machte wieder wie gestern seine Verbeugungen gegen das unsichtbare Glasmännlein und hub dann an:

Schatzhauser im grünen Tannenwald,
Bist schon viel hundert Jahre alt;
Dein ist all Land, wo Tannen stehn,
Läßt dich nur Sonntagskindern sehn.

„Hasts zwar nicht ganz getroffen; aber weil du es bist, Kohlenmunk-Peter, so soll es hingehen", sprach eine zarte, feine Stimme neben ihm. Erstaunt sah er sich um, und unter einer schönen Tanne saß ein kleines, altes Männlein in schwarzem Wams und roten

Strümpfen und den großen Hut auf dem Kopf. Er hatte ein feines, freundliches Gesichtchen und ein Bärtchen so zart wie aus
Spinnweben; er rauchte, was sonderbar anzusehen war, aus einer
Pfeife von blauem Glas, und als Peter näher trat, sah er zu seinem Erstaunen, daß auch Kleider, Schuhe und Hut des Kleinen
aus gefärbtem Glas bestanden; aber es war geschmeidig, als ob
es noch heiß wäre, denn es schmiegte sich wie Tuch nach jeder Bewegung des Männleins.

„Du hast dem Flegel begegnet, dem Holländer-Michel?" sagte
der Kleine, indem er zwischen jedem Wort sonderbar hüstelte; „er
hat dich recht ängstigen wollen, aber seinen Kunstprügel habe ich
ihm abgejagt, den soll er nimmer wiederkriegen."

„Ja, Herr Schatzhauser," erwiderte Peter mit einer tiefen
Verbeugung, „es war mir recht bange. Aber Ihr seid wohl der
Herr Auerhahn gewesen, der die Schlange totgebissen? Da be-
danke ich mich schönstens. — Ich komme aber, um mich Rats zu
erholen bei Euch; es geht mir gar schlecht und hinderlich, ein Kohlenbrenner bringt es nicht weit, und da ich noch jung bin, dächte ich
doch, es könnte noch was Besseres aus mir werden; und wenn ich
oft andere sehe, wie weit die es in kurzer Zeit gebracht haben —
wenn ich nur den Ezechiel nehme und den Tanzbodenkönig, die haben Geld wie Heu."

„Peter," sagte der Kleine sehr ernst und blies den Rauch aus
seiner Pfeife weit hinweg, „Peter, sag mir nichts von diesen. Was
haben sie davon, wenn sie hier ein paar Jahre dem Schein nach
glücklich und dann nachher desto unglücklicher sind? Du mußt dein
Handwerk nicht verachten; dein Vater und Großvater waren
Ehrenleute und haben es auch getrieben, Peter Munk! Ich will
nicht hoffen, daß es Liebe zum Müßiggang ist, was dich zu mir
führt."

Peter erschrak vor dem Ernst des Männleins und errötete.

„Nein," sagte er, „Müßiggang, weiß ich wohl, Herr Schatzhauser im Tannenwald, Müßiggang ist aller Laster Anfang; aber
das könnet Ihr mir nicht übelnehmen, wenn mir ein anderer
Stand besser gefällt als der meinige. Ein Kohlenbrenner ist halt
so gar etwas Geringes auf der Welt, und die Glasleute und Flözer und Uhrmacher und alle sind angesehener."

„Hochmut kommt oft vor dem Fall," erwiderte der kleine Herr

vom Tannenwald etwas freundlicher; „ihr seid ein sonderbar Ge=
schlecht, ihr Menschen! Selten ist einer mit dem Stand ganz zu=
frieden, in dem er geboren und erzogen ist, und was gilts, wenn du
ein Glasmann wärest, möchtest du gern ein Holzherr sein, und
wärest du Holzherr, so stünde dir des Försters Dienst oder des Amt=
manns Wohnung an. Aber es sei! Wenn du versprichst, brav zu
arbeiten, so will ich dir zu etwas Besserem verhelfen, Peter. Ich
pflege jedem Sonntagskind, das sich zu mir zu finden weiß, drei
Wünsche zu gewähren. Die ersten zwei sind frei, den dritten kann
ich verweigern, wenn er töricht ist. So wünsche dir also jetzt etwas,
aber — Peter, etwas Gutes und Nützliches!"

„Heisa! Ihr seid ein treffliches Glasmännlein, und mit Recht
nennt man Euch Schatzhauser, denn bei Euch sind die Schätze zu
Hause. Nu — und also darf ich wünschen, wornach mein Herz be=
gehrt, so will ich denn fürs erste, daß ich noch besser tanzen könne
als der Tanzbodenkönig und jedesmal noch einmal so viel Geld ins
Wirtshaus bringe als er."

„Du Tor!" erwiderte der Kleine zürnend. „Welch ein erbärm=
licher Wunsch ist dies, gut tanzen zu können und Geld zum Spiel
zu haben! Schämst du dich nicht, dummer Peter, dich selbst so um
dein Glück zu betrügen? Was nützt es dir und deiner armen Mut=
ter, wenn du tanzen kannst? Was nützt dir dein Geld, das nach
deinem Wunsch nur für das Wirtshaus ist und wie das des elen=
den Tanzbodenkönigs dort bleibt? Dann hast du wieder die ganze
Woche nichts und darbst wie zuvor. Noch einen Wunsch gebe ich
dir frei; aber sieh dich vor, daß du vernünftiger wünschest!"

Peter kratzte sich hinter den Ohren und sprach nach einigem Zö=
gern: „Nun, so wünsche ich mir die schönste und reichste Glashütte
im ganzen Schwarzwald mit allem Zugehör und Geld, sie zu lei=
ten."

„Sonst nichts?" fragte der Kleine mit besorglicher Miene.
„Peter, sonst nichts?"

„Nu — Ihr könnet noch ein Pferd dazutun und ein Wägel=
chen . . ."

„O du dummer Kohlenmunk-Peter!" rief der Kleine und warf
seine gläserne Pfeife im Unmut an eine dicke Tanne, daß sie in
hundert Stücke sprang. „Pferde? Wägelchen? Verstand, sag ich
dir, Verstand, gesunden Menschenverstand und Einsicht hättest

du wünschen sollen, aber nicht Pferdchen und Wägelchen. Nun, werde nur nicht so traurig, wir wollen sehen, daß es auch so nicht zu deinem Schaden ist; denn der zweite Wunsch war im ganzen nicht töricht. Eine gute Glashütte nährt auch ihren Mann und Meister; nur hättest du Einsicht und Verstand dazu mitnehmen können, Wagen und Pferde wären dann wohl von selbst gekommen."

„Aber, Herr Schatzhauser," erwiderte Peter, „ich habe ja noch einen Wunsch übrig. Da könnte ich ja Verstand wünschen, wenn er mir so überaus nötig ist, wie Ihr meinet."

„Nichts da! Du wirst noch in manche Verlegenheit kommen, wo du froh sein wirst, wenn du noch einen Wunsch frei hast. Und nun mache dich auf den Weg nach Hause! Hier sind," sprach der kleine Tannengeist, indem er ein kleines Beutelein aus der Tasche zog, „hier sind zweitausend Gulden, und damit genug, und komm mir nicht wieder, um Geld zu fordern; denn dann müßte ich dich an die höchste Tanne aufhängen! So hab ichs gehalten, seit ich in dem Wald wohne. Vor drei Tagen aber ist der alte Winkfritz gestorben, der die große Glashütte gehabt hat im Unterwald. Dorthin gehe morgen frühe und mach ein Bot auf das Gewerbe, wie es recht ist. Halt dich wohl, sei fleißig, und ich will dich zuweilen besuchen und dir mit Rat und Tat an die Hand gehen, weil du dir doch keinen Verstand erbeten. Aber, das sag ich dir ernstlich, dein erster Wunsch war böse. Nimm dich in acht vor dem Wirtshauslaufen, Peter! 's hat noch bei keinem lange gut getan." Das Männlein hatte, während es dies sprach, eine neue Pfeife vom schönsten Beinglas hervorgezogen, sie mit gedörrten Tannenzapfen gestopft und in den kleinen, zahnlosen Mund gesteckt. Dann zog es ein ungeheures Brennglas hervor, trat in die Sonne und zündete seine Pfeife an. Als er damit fertig war, bot er dem Peter freundlich die Hand, gab ihm noch ein paar gute Lehren auf den Weg, rauchte und blies immer schneller und verschwand endlich in einer Rauchwolke, die nach echtem holländischen Tabak roch und, langsam sich kräuselnd, in den Tannenwipfeln verschwebte.

Als Peter nach Haus kam, fand er seine Mutter sehr in Sorgen um ihn; denn die gute Frau glaubte nicht anders, als ihr Sohn sei zum Soldaten ausgehoben worden. Er aber war fröhlich und

guter Dinge und erzählte ihr, wie er im Wald einen guten Freund
getroffen, der ihm Geld vorgeschossen habe, um ein anderes Geschäft
als Kohlenbrennen anzufangen. Obgleich seine Mutter schon seit
dreißig Jahren in der Köhlerhütte wohnte und an den Anblick be=
rußter Leute so gewöhnt war als jede Müllerin an das Mehlge=
sicht ihres Mannes, so war sie doch eitel genug, sobald ihr Peter
ein glänzenderes Los zeigte, ihren früheren Stand zu verachten, und
sprach: „Ja, als Mutter eines Mannes, der eine Glashütte be=
sitzt, bin ich doch was anderes als Nachbarin Grete und Bete und
setze mich in Zukunft vornehin in der Kirche, wo rechte Leute sitzen."
Ihr Sohn aber wurde mit den Erben der Glashütte bald han=
delseinig. Er behielt die Arbeiter, die er vorfand, bei sich und ließ
nun Tag und Nacht Glas machen. Anfangs gefiel ihm das Hand=
werk wohl; er pflegte gemächlich in die Glashütte hinabzusteigen,
ging dort mit vornehmen Schritten, die Hände in die Taschen ge=
steckt, hin und her, guckte dahin, guckte dorthin, sprach dies und
jenes, worüber seine Arbeiter oft nicht wenig lachten, und seine
größte Freude war, das Glas blasen zu sehen, und oft machte er
sich selbst an die Arbeit und formte aus der noch weichen Masse
die sonderbarsten Figuren. Bald aber war ihm die Arbeit entleidet,
und er kam zuerst nur noch eine Stunde des Tages in die Hütte,
dann nur alle zwei Tage, endlich die Woche nur einmal, und seine
Gesellen machten, was sie wollten. Das alles kam aber nur vom
Wirtshauslaufen; den Sonntag, nachdem er vom Tannenbühl
zurückgekommen war, ging er ins Wirtshaus, und wer schon auf
dem Tanzboden sprang, war der Tanzbodenkönig, und der dicke
Ezechiel saß auch schon hinter der Maßkanne und knöchelte um
Kronentaler. Da fuhr Peter schnell in die Tasche, zu sehen, ob ihm
das Glasmännlein Wort gehalten, und siehe, seine Tasche strotzte
von Silber und Gold. Auch in seinen Beinen zuckte und drückte es,
wie wenn sie tanzen und springen wollten, und als der erste Tanz
zu Ende war, stellte er sich mit seiner Tänzerin obenan neben den
Tanzbodenkönig, und sprang dieser drei Schuh hoch, so flog Peter
vier, und machte dieser wunderliche und zierliche Schritte, so ver=
schlang und drehte Peter seine Füße, daß alle Zuschauer vor Lust
und Verwunderung beinahe außer sich kamen. Als man aber auf
dem Tanzboden vernahm, daß Peter eine Glashütte gekauft habe,
als man sah, daß er, sooft er an den Musikanten vorbeitanzte,

ihnen einen Sechsbäßner zuwarf, da war des Staunens kein Ende.
Die einen glaubten, er habe einen Schatz im Wald gefunden, die
andern meinten, er habe eine Erbschaft getan, aber alle verehrten
ihn jetzt und hielten ihn für einen gemachten Mann, nur weil er
Geld hatte. Verspielte er doch noch an demselben Abend zwanzig
Gulden, und nichtsdestominder rasselte und klang es in seiner
Tasche, wie wenn noch hundert Taler darin wären.

Als Peter sah, wie angesehen er war, wußte er sich vor Freude
und Stolz nicht zu fassen. Er warf das Geld mit vollen Händen
weg und teilte es den Armen reichlich mit, wußte er doch, wie ihn
selbst einst die Armut gedrückt hatte. Des Tanzbodenkönigs Künste
wurden vor den übernatürlichen Künsten des neuen Tänzers zuschanden, und Peter führte jetzt den Namen Tanzkaiser. Die un-
ternehmendsten Spieler am Sonntag wagten nicht so viel wie er,
aber sie verloren auch nicht so viel. Und je mehr er verlor, desto
mehr gewann er. Das verhielt sich aber ganz so, wie er es vom
kleinen Glasmännlein verlangt hatte. Er hatte sich gewünscht, immer so viel Geld in der Tasche zu haben wie der dicke Ezechiel, und
gerade dieser war es, an welchen er sein Geld verspielte, und wenn
er zwanzig, dreißig Gulden auf einmal verlor, so hatte er sie alsbald wieder in der Tasche, wenn sie Ezechiel einstrich. Nach und
nach brachte er es aber im Schlemmen und Spielen weiter als die
schlechtesten Gesellen im Schwarzwald, und man nannte ihn öfter
Spielpeter als Tanzkaiser, denn er spielte jetzt auch beinahe an
allen Werktagen. Darüber kam aber seine Glashütte nach und
nach in Verfall, und daran war Peters Unverstand schuld. Glas
ließ er machen, soviel man immer machen konnte; aber er hatte mit
der Hütte nicht zugleich das Geheimnis gekauft, wohin man es am
besten verschleißen könne. Er wußte am Ende mit der Menge Glas
nichts anzufangen und verkaufte es um den halben Preis an herum-
ziehende Händler, nur um seine Arbeiter bezahlen zu können.

Eines Abends ging er auch wieder vom Wirtshaus heim und
dachte trotz des vielen Weines, den er getrunken, um sich fröhlich
zu machen, mit Schrecken und Gram an den Verfall seines Ver-
mögens. Da bemerkte er auf einmal, daß jemand neben ihm gehe;
er sah sich um, und siehe da — es war das Glasmännlein. Da geriet er in Zorn und Eifer, vermaß sich hoch und teuer und schwur,
der Kleine sei an all seinem Unglück schuld. „Was tu ich nun mit

Pferd und Wägelchen?" rief er, „was nutzt mich die Hütte und all mein Glas? Selbst als ich noch ein elender Köhlersbursch war, lebte ich froher und hatte keine Sorgen. Jetzt weiß ich nicht, wann der Amtmann kommt und meine Habe schätzt und mir vergantet der Schulden wegen!"

„So?" entgegnete das Glasmännlein; „so? Ich also soll schuld daran sein, wenn du unglücklich bist? Ist dies der Dank für meine Wohltaten? Wer hieß dich so töricht wünschen? Ein Glasmann wolltest du sein und wußtest nicht, wohin dein Glas verkaufen? Sagte ich dir nicht, du solltest behutsam wünschen? Verstand, Peter, Klugheit hat dir gefehlt."

„Was Verstand und Klugheit!" rief jener. „Ich bin ein so kluger Bursche als irgendeiner und will es dir zeigen, Glasmännlein", und bei diesen Worten faßte er das Männlein unsanft am Kragen und schrie: „Hab ich dich jetzt, Schatzhauser im grünen Tannenwald? Und den dritten Wunsch will ich jetzt tun, den sollst du mir gewähren; und so will ich hier auf der Stelle zweimalhunderttausend harte Taler und ein Haus und — o weh!" schrie er und schüttelte die Hand; denn das Waldmännlein hatte sich in glühendes Glas verwandelt und brannte in seiner Hand wie sprühendes Feuer. Aber von dem Männlein war nichts mehr zu sehen.

Mehrere Tage lang erinnerte ihn seine geschwollene Hand an seine Undankbarkeit und Torheit. Dann aber übertäubte er sein Gewissen und sprach: „Und wenn sie mir die Glashütte und alles verkaufen, so bleibt mir doch noch immer der dicke Ezechiel. Solange der Geld hat am Sonntag, kann es mir nicht fehlen."

Ja, Peter! Aber wenn er keines hat? — Und so geschah es eines Tages, und war ein wunderliches Rechenexempel. Denn eines Sonntags kam er angefahren ans Wirtshaus, und die Leute streckten die Köpfe durch die Fenster, und der eine sagte, da kommt der Spielpeter, und der andere, ja, der Tanzkaiser, der reiche Glasmann, und ein dritter schüttelte den Kopf und sprach: „Mit dem Reichtum kann man es machen, man sagt allerlei von seinen Schulden, und in der Stadt hat einer gesagt, der Amtmann werde nicht mehr lang säumen zum Auspfänden." Indessen grüßte der reiche Peter die Gäste am Fenster vornehm und gravitätisch, stieg vom Wagen und schrie: „Sonnenwirt, guten Abend, ist der dicke Ezechiel schon da?" Und eine tiefe Stimme rief: „Nur herein,

Peter! Dein Platz ist dir aufbehalten, wir sind schon da und bei
den Karten." So trat Peter Munk in die Wirtsstube und fuhr
gleich in die Tasche und merkte, daß Ezechiel gut versehen sein
müsse, denn seine Tasche war bis oben angefüllt.

Er setzte sich hinter den Tisch zu den andern und spielte und ge=
wann und verlor hin und her, und so spielten sie, bis andere ehr=
liche Leute, als es Abend wurde, nach Hause gingen, und spielten
bei Licht, bis zwei andere Spieler sagten: „Jetzt ists genug, und
wir müssen heim zu Frau und Kind." Aber Spielpeter forderte
den dicken Ezechiel auf zu bleiben. Dieser wollte lange nicht, endlich
aber rief er: „Gut, jetzt will ich mein Geld zählen, und dann
wollen wir knöcheln, den Satz um fünf Gulden; denn niederer ist es
doch nur Kinderspiel." Er zog den Beutel und zählte und fand
hundert Gulden bar, und Spielpeter wußte nun, wieviel er selbst
habe, und brauchte es nicht erst zu zählen. Aber hatte Ezechiel vor=
her gewonnen, so verlor er jetzt Satz für Satz und fluchte greulich
dabei. Warf er einen Pasch, gleich warf Spielpeter auch einen und
immer zwei Augen höher. Da setzte er endlich die letzten fünf Gul=
den auf den Tisch und rief: „Noch einmal, und wenn ich auch den
noch verliere, so höre ich doch nicht auf; dann leihst du mir von dei=
nem Gewinn, Peter, ein ehrlicher Kerl hilft dem andern." „Soviel
du willst, und wenn es hundert Gulden sein sollten", sprach der
Tanzkaiser, fröhlich über seinen Gewinn, und der dicke Ezechiel
schüttelte die Würfel und warf fünfzehn. „Pasch!" rief er, „jetzt
wollen wir sehen!" Peter aber warf achtzehn, und eine heisere be=
kannte Stimme hinter ihm sprach: „So, das war der letzte."

Er sah sich um, und riesengroß stand der Holländer=Michel hin=
ter ihm. Erschrocken ließ er das Geld fallen, das er schon eingezogen
hatte. Aber der dicke Ezechiel sah den Waldmann nicht, sondern
verlangte, der Spielpeter solle ihm zehn Gulden vorstrecken zum
Spiel. Halb im Traum fuhr dieser mit der Hand in die Tasche,
aber da war kein Geld; er suchte in der andern Tasche, aber auch
da fand sich nichts; er kehrte den Rock um, aber es fiel kein roter
Heller heraus, und jetzt erst gedachte der seines eigenen ersten Wun=
sches, immer so viel Geld zu haben als der dicke Ezechiel. Wie
Rauch war alles verschwunden.

Der Wirt und Ezechiel sahen ihn staunend an, als er immer
suchte und sein Geld nicht finden konnte, sie wollten ihm nicht glau=

ben, daß er keines mehr habe; aber als sie endlich selbst in seinen
Taschen suchten, wurden sie zornig und schwuren, der Spielpeter
sei ein böser Zauberer und habe all das gewonnene Geld und sein
eigenes nach Hause gewünscht. Peter verteidigte sich standhaft, aber
der Schein war gegen ihn. Ezechiel sagte, er wolle die schreckliche
Geschichte allen Leuten im Schwarzwald erzählen, und der Wirt
versprach ihm, morgen mit dem frühesten in die Stadt zu gehen
und Peter Munk als Zauberer anzuklagen, und er wolle es erle=
ben, setzte er hinzu, daß man ihn verbrenne. Dann fielen sie wütend
über ihn her, rissen ihm das Wams vom Leib und warfen ihn zur
Türe hinaus.

Kein Stern schien am Himmel, als Peter trübselig seiner Woh=
nung zuschlich; aber dennoch konnte er eine dunkle Gestalt erkennen,
die neben ihm herschritt und endlich sprach: „Mit dir ists aus,
Peter Munk, all deine Herrlichkeit ist zu Ende, und das hätt ich
dir schon damals sagen können, als du nichts von mir hören wolltest
und zu dem dummen Glaszwerg liefst. Da siehst du jetzt, was man
davon hat, wenn man meinen Rat verachtet. Aber versuch es ein=
mal mit mir, ich habe Mitleiden mit deinem Schicksal. Noch kei=
nen hat es gereut, der sich an mich wandte, und wenn du den Weg
nicht scheust, morgen den ganzen Tag bin ich am Tannenbühl zu
sprechen, wenn du mich rufst." Peter merkte wohl, wer so zu ihm
spreche, aber es kam ihn ein Grauen an; er antwortete nichts, son=
dern lief seinem Haus zu.

*

Zweite Abteilung

Als Peter am Montagmorgen in seine Glashütte ging, da waren
nicht nur seine Arbeiter da, sondern auch andere Leute, die man
nicht gerne sieht, nämlich der Amtmann und drei Gerichtsdiener.
Der Amtmann wünschte Petern einen guten Morgen, fragte, wie
er geschlafen, und zog dann ein langes Register heraus, und darauf
waren Peters Gläubiger verzeichnet. „Könnt Ihr zahlen oder
nicht?" fragte der Amtmann mit strengem Blick, „und macht es
nur kurz, denn ich habe nicht viel Zeit zu versäumen, und in den
Turm ist es drei gute Stunden." Da verzagte Peter, gestand, daß
er nichts mehr habe, und überließ es dem Amtmann, Haus und
Hof, Hütte und Stall, Wagen und Pferde zu schätzen; und als

die Gerichtsdiener und der Amtmann umhergingen und prüften
und schätzten, dachte er, bis zum Tannenbühl ists nicht weit; hat
mir der K l e i n e nicht geholfen, so will ich es einmal mit dem
G r o ß e n versuchen. Er lief dem Tannenbühl zu, so schnell, als
ob die Gerichtsdiener ihm auf den Fersen wären; es war ihm, als
er an dem Platz vorbeirannte, wo er das Glasmännlein zuerst gesprochen, als halte ihn eine unsichtbare Hand auf, aber er riß sich
los und lief weiter bis an die Grenze, die er sich früher wohl ge-
merkt hatte, und kaum hatte er, beinahe atemlos, „Holländer-
Michel! Herr Holländer-Michel!" gerufen, als auch schon der
riesengroße Flözer mit seiner Stange vor ihm stand.

„Kommst du?" sprach dieser lachend. „Haben sie dir die Haut
abziehen und deinen Gläubigern verkaufen wollen? Nu, sei ruhig!
Dein ganzer Jammer kommt, wie gesagt, von dem kleinen Glasmännlein, von dem Separatisten und Frömmler her. Wenn man
schenkt, muß man gleich recht schenken, und nicht wie dieser Knauser. Doch komm," fuhr er fort und wandte sich gegen den Wald,
„folge mir in mein Haus; dort wollen wir sehen, ob wir handelseinig werden."

„Handelseinig?" dachte Peter. „Was kann er denn von mir
verlangen, was kann ich an ihn verhandeln? Soll ich ihm etwa
dienen, oder was will er?" Sie gingen zuerst über einen steilen
Waldsteig hinan und standen dann mit einemmal an einer dunkeln,
tiefen, abschüssigen Schlucht; Holländer-Michel sprang den Felsen hinab, wie wenn es eine sanfte Marmortreppe wäre; aber bald
wäre Peter in Ohnmacht gesunken, denn als jener unten angekommen war, machte er sich so groß wie ein Kirchturm und reichte ihm
einen Arm, so lang als ein Weberbaum, und eine Hand daran, so
breit als der Tisch im Wirtshaus, und rief mit einer Stimme, die
heraufschallte wie eine tiefe Totenglocke: „Setz dich nur auf meine
Hand und halte dich an den Fingern, so wirst du nicht fallen."
Peter tat zitternd, wie jener befohlen, nahm Platz auf der Hand
und hielt sich am Daumen des Riesen.

Es ging weit und tief hinab, aber dennoch ward es zu Peters
Verwunderung nicht dunkler; im Gegenteil, die Tageshelle schien
sogar zuzunehmen in der Schlucht, aber er konnte sie lange in den
Augen nicht ertragen. Der Holländer-Michel hatte sich, je weiter
Peter herabkam, wieder kleiner gemacht und stand nun in seiner

früheren Gestalt vor einem Haus, so gering oder gut, als es reiche
Bauern auf dem Schwarzwald haben. Die Stube, worein Peter
geführt wurde, unterschied sich durch nichts von den Stuben anderer
Leute als dadurch, daß sie einsam schien.

Die hölzerne Wanduhr, der ungeheure Kachelofen, die breiten
Bänke, die Gerätschaften auf den Gesimsen waren hier wie über=
all. Michel wies ihm einen Platz hinter dem großen Tisch an, ging
dann hinaus und kam bald mit einem Krug Wein und Gläsern
wieder. Er goß ein, und nun schwatzten sie, und Holländer=Michel
erzählte von den Freuden der Welt, von fremden Ländern, schönen
Städten und Flüssen, daß Peter, am Ende große Sehnsucht dar=
nach bekommend, dies auch offen dem Holländer erzählte.

„Wenn du im ganzen Körper Mut und Kraft, etwas zu unter=
nehmen, hattest, da konnten ein paar Schläge des dummen Herzens
dich zittern machen; und dann die Kränkungen der Ehre, das Un=
glück, für was soll sich ein vernünftiger Kerl um dergleichen be=
kümmern? Hast du's im Kopf empfunden, als dich letzthin einer
einen Betrüger und schlechten Kerl nannte? Hat es dir im Magen
wehe getan, als der Amtmann kam, dich aus dem Haus zu werfen?
Was, sag an, was hat dir wehe getan?“

„Mein Herz“, sprach Peter, indem er die Hand auf die pochende
Brust preßte, denn es war ihm, als ob sein Herz sich ängstlich hin
und her wendete.

„Du hast, nimm mir es nicht übel, du hast viele hundert Gul=
den an schlechte Bettler und anderes Gesindel weggeworfen; was
hat es dich genützt? Sie haben dir dafür Segen und einen gesunden
Leib gewünscht; ja, bist du deswegen gesünder geworden? Um die
Hälfte des verschleuderten Geldes hättest du einen Arzt gehalten.
Segen, ja ein schöner Segen, wenn man ausgepfändet und ausge=
stoßen wird! Und was war es, das dich getrieben, in die Tasche zu
fahren, sooft ein Bettelmann seinen zerlumpten Hut hinstreckte? —
Dein Herz, auch wieder dein Herz, und weder deine Augen noch
deine Zunge, deine Arme noch deine Beine, sondern dein Herz; du
hast dir es, wie man richtig sagt, zu sehr zu Herzen genommen.“

„Aber wie kann man sich denn angewöhnen, daß es nicht mehr
so ist? Ich gebe mir jetzt alle Mühe, es zu unterdrücken, und den=
noch pocht mein Herz und tut mir wehe.“

„Du freilich,“ rief jener mit Lachen, „du armer Schelm, kannst

nichts dagegen tun; aber gib mir das kaum pochende Ding, und du
wirst sehen, wie gut du es dann hast."

„Euch, mein Herz?" schrie Peter mit Entsetzen, „da müßte ich
ja sterben auf der Stelle! Nimmermehr!"

„Ja, wenn dir einer euer Herren Chirurgen das Herz aus dem
Leib operieren wollte, da müßtest du wohl sterben; bei mir ist dies
ein anderes Ding; doch komm herein und überzeuge dich selbst!" Er
stand bei diesen Worten auf, öffnete eine Kammertüre und führte
Peter hinein. Sein Herz zog sich krampfhaft zusammen, als er
über die Schwelle trat, aber er achtete es nicht, denn der Anblick,
der sich ihm bot, war sonderbar und überraschend. Auf mehreren
Gesimsen von Holz standen Gläser, mit durchsichtiger Flüssigkeit
gefüllt, und in jedem dieser Gläser lag ein Herz; auch waren an
den Gläsern Zettel angeklebt und Namen darauf geschrieben, die
Peter neugierig las; da war das Herz des Amtmanns in F., das
Herz des dicken Ezechiel, das Herz des Tanzbodenkönigs, das Herz
des Oberförsters; da waren sechs Herzen von Kornwucherern, acht
von Werbeoffizieren, drei von Geldmäklern — kurz, es war eine
Sammlung der angesehensten Herzen in der Umgegend von zwan=
zig Stunden.

„Schau!" sprach Holländer=Michel, „diese alle haben des Le=
bens Ängsten und Sorgen weggeworfen; keines dieser Herzen
schlägt mehr ängstlich und besorgt, und ihre ehemaligen Besitzer be=
finden sich wohl dabei, daß sie den unruhigen Gast aus dem Hause
haben."

„Aber was tragen sie denn jetzt dafür in der Brust?" fragte
Peter, den dies alles, was er gesehen, beinahe schwindeln machte.

„Dies", antwortete jener und reichte ihm aus einem Schubfach
— ein steinernes Herz.

„So?" erwiderte er und konnte sich eines Schauers, der ihm
über die Haut ging, nicht erwehren. „Ein Herz von Marmelstein?
Aber, horch einmal, Herr Holländer=Michel, das muß doch gar
kalt sein in der Brust."

„Freilich, aber ganz angenehm kühl. Warum soll denn ein Herz
warm sein? Im Winter nützt dir die Wärme nichts, da hilft ein
guter Kirschgeist mehr als ein warmes Herz, und im Sommer,
wenn alles schwül und heiß ist, — du glaubst nicht, wie dann ein
solches Herz abkühlt. Und wie gesagt, weder Angst noch Schrecken,

weder törichtes Mitleiden noch anderer Jammer pocht an solch ein Herz."

„Und das ist alles, was Ihr mir geben könnet?" fragte Peter unmutig; „ich hoff auf Geld, und Ihr wollet mir einen Stein geben!"

„Nun, ich denke, an hunderttausend Gulden hättest du fürs erste genug. Wenn du es geschickt umtreibst, kannst du bald ein Millionär werden."

„Hunderttausend?" rief der arme Köhler freudig. „Nun, so poche doch nicht so ungestüm in meiner Brust, wir werden bald fertig sein miteinander. Gut, Michel; gebt mir den Stein und das Geld, und die Unruh könnet Ihr aus dem Gehäuse nehmen!"

„Ich dachte es doch, daß du ein vernünftiger Bursche seist," antwortete der Holländer freundlich lächelnd; „komm, laß uns noch eins trinken, und dann will ich das Geld auszahlen."

So setzten sie sich wieder in die Stube zum Wein, tranken und tranken wieder, bis Peter in einen tiefen Schlaf verfiel.

Kohlenmunk-Peter erwachte beim fröhlichen Schmettern eines Posthorns, und siehe da, er saß in einem schönen Wagen, fuhr auf einer breiten Straße dahin, und als er sich aus dem Wagen bog, sah er in blauer Ferne hinter sich den Schwarzwald liegen. Anfänglich wollte er gar nicht glauben, daß er es selbst sei, der in diesem Wagen sitze. Denn auch seine Kleider waren gar nicht mehr dieselben, die er gestern getragen; aber er erinnerte sich doch an alles so deutlich, daß er endlich sein Nachsinnen aufgab und rief: „Der Kohlenmunk-Peter bin ich, das ist ausgemacht, und kein anderer." Er wunderte sich über sich selbst, daß er gar nicht wehmütig werden konnte, als er jetzt zum erstenmal aus der stillen Heimat, aus den Wäldern, wo er so lange gelebt, auszog; selbst nicht, als er an seine Mutter dachte, die jetzt wohl hilflos und im Elend saß, konnte er eine Träne aus dem Auge pressen oder nur seufzen, denn es war ihm alles so gleichgültig. „Ach freilich," sagte er dann, „Tränen und Seufzer, Heimweh und Wehmut kommen ja aus dem Herzen, und dank dem Holländer-Michel, — das meine ist kalt und von Stein."

Er legte seine Hand auf die Brust, und es war ganz ruhig dort, und rührte sich nichts. „Wenn er mit den Hunderttausenden so gut

Wort hielt wie mit dem Herz, so soll es mich freuen", sprach er und fing an, seinen Wagen zu untersuchen. Er fand Kleidungs= stücke von aller Art, wie er sie nur wünschen konnte, aber kein Geld. Endlich stieß er auf eine Tasche und fand viele tausend Taler in Gold und Scheinen auf Handlungshäuser in allen großen Städten. „Jetzt hab ichs, wie ichs wollte", dachte er, setzte sich be= quem in die Ecke des Wagens und fuhr in die weite Welt.

Er fuhr zwei Jahre in der Welt umher und schaute aus seinem Wagen links und rechts an den Häusern hinauf, schaute, wenn er anhielt, nichts als den Schild seines Wirtshauses an, lief dann in der Stadt umher und ließ sich die schönsten Merkwürdigkeiten zeigen. Aber es freute ihn nichts, kein Bild, kein Haus, keine Mu= sik, kein Tanz; sein Herz von Stein nahm an nichts Anteil, und seine Augen, seine Ohren waren abgestumpft für alles Schöne. Nichts war ihm mehr geblieben als die Freude an Essen und Trinken und der Schlaf, und so lebte er, indem er ohne Zweck durch die Welt reiste, zu seiner Unterhaltung speiste und aus Langer= weile schlief. Hie und da erinnerte er sich zwar, daß er fröhlicher, glücklicher gewesen sei, als er noch arm war und arbeiten mußte, um sein Leben zu fristen. Da hatte ihn jede schöne Aussicht ins Tal, Musik und Gesang hatten ihn ergötzt, da hatte er sich stundenlang auf die einfache Kost, die ihm die Mutter zu dem Meiler bringen sollte, gefreut. Wenn er so über die Vergangenheit nachdachte, so kam es ihm ganz sonderbar vor, daß er jetzt nicht einmal lachen konnte, und sonst hatte er über den kleinsten Scherz gelacht. Wenn andere lachten, so verzog er nur aus Höflichkeit den Mund, aber sein Herz — lächelte nicht mit. Er fühlte dann, daß er zwar überaus ruhig sei — aber zufrieden fühlte er sich doch nicht. Es war nicht Heimweh oder Wehmut, sondern Öde, Überdruß, freudenloses Leben, was ihn endlich wieder zur Heimat trieb.

Als er von Straßburg herüberfuhr und den dunkeln Wald seiner Heimat erblickte, als er zum erstenmal wieder jene kräftigen Gestalten, jene freundlichen, treuen Gesichter der Schwarzwälder sah, als sein Ohr die heimatlichen Klänge, stark, tief, aber wohl= tönend, vernahm, da fühlte er schnell an sein Herz; denn sein Blut wallte stärker, und er glaubte, er müsse sich freuen und müsse wei= nen zugleich, aber — wie konnte er nur so töricht sein, er hatte ja ein Herz von Stein; und Steine sind tot und lächeln und weinen nicht.

Sein erster Gang war zum Holländer-Michel, der ihn mit alter Freundlichkeit aufnahm. „Michel," sagte er zu ihm, „gereist bin ich nun und habe alles gesehen, ist aber alles dummes Zeug, und ich hatte nur Langeweile. Überhaupt, Euer steinernes Ding, das ich in der Brust trage, schützt mich zwar vor manchem; ich erzürne nie, bin nie traurig, aber ich freue mich auch nie, und es ist mir, als wenn ich nur halb lebte. Könnet Ihr das Steinherz nicht ein wenig beweglicher machen, oder — gebt mir lieber mein altes Herz! Ich hatte mich in fünfundzwanzig Jahren daran gewöhnt, und wenn es zuweilen auch einen dummen Streich machte, so war es doch munter und ein fröhliches Herz."

Der Waldgeist lachte grimmig und bitter. „Wenn du einmal tot bist, Peter Munk," antwortete er, „dann soll es dir nicht fehlen; dann sollst du dein weiches, rührbares Herz wieder haben, und du kannst dann fühlen, was kommt, Freud oder Leid; aber hier oben kann es nicht mehr dein werden! Doch, Peter! gereist bist du wohl, aber so, wie du lebtest, konnte es dir nichts nützen. Setze dich jetzt hier irgendwo im Wald, bau ein Haus, heirate, treibe dein Vermögen um, es hat dir nur an Arbeit gefehlt; weil du müßig warst, hattest du Langeweile und schiebst jetzt alles auf dieses unschuldige Herz." Peter sah ein, daß Michel recht habe, was den Müßiggang beträfe, und nahm sich vor, reich und immer reicher zu werden. Michel schenkte ihm noch einmal hunderttausend Gulden und entließ ihn als seinen guten Freund.

Bald vernahm man im Schwarzwald die Märe, der Kohlenmunk-Peter oder Spielpeter sei wieder da und noch viel reicher als zuvor. Es ging auch jetzt wie immer; als er am Bettelstab war, wurde er in der ‚Sonne' zur Türe hinausgeworfen, und als er jetzt an einem Sonntagnachmittag seinen ersten Einzug dort hielt, schüttelten sie ihm die Hand, lobten sein Pferd, fragten nach seiner Reise, und als er wieder mit dem dicken Ezechiel um harte Taler spielte, stand er in der Achtung so hoch als je. Er trieb jetzt aber nicht mehr das Glashandwerk, sondern den Holzhandel, aber nur zum Schein. Sein Hauptgeschäft war, mit Korn und Geld zu handeln. Der halbe Schwarzwald wurde ihm nach und nach schuldig; aber er lieh Geld nur auf zehen Prozente aus oder verkaufte Korn an die Armen, die nicht gleich zahlen konnten, um den dreifachen Wert. Mit dem Amtmann stand er jetzt in enger Freund-

schaft, und wenn einer Herrn Peter Munk nicht auf den Tag bezahlte, so ritt der Amtmann mit seinen Schergen hinaus, schätzte
Haus und Hof, verkaufte es flugs und trieb Vater, Mutter und
Kind in den Wald. Anfangs machte dies dem reichen Peter einige
Unlust, denn die armen Ausgepfändeten belagerten dann haufen-
weise seine Türe, die Männer flehten um Nachsicht, die Weiber
suchten das steinerne Herz zu erweichen, und die Kinder winselten
um ein Stücklein Brot. Aber als er sich ein paar tüchtige Fleischer-
hunde angeschafft hatte, hörte diese Katzenmusik, wie er es nannte,
bald auf; er pfiff und hetzte, und die Bettelleute flogen schreiend
auseinander. Am meisten Beschwerde machte ihm das „alte Weib".
Das war aber niemand anders als Frau Munkin, Peters Mutter. Sie war in Not und Elend geraten, als man ihr Haus und
Hof verkauft hatte, und ihr Sohn, als er reich zurückgekehrt war,
hatte sich nicht mehr nach ihr umgesehen; da kam sie nun zuweilen,
alt, schwach und gebrechlich, an einem Stock vor das Haus. Hinein
wagte sie sich nimmer, denn er hatte sie einmal weggejagt, aber es
tat ihr wehe, von den Guttaten anderer Menschen leben zu müssen,
da der eigene Sohn ihr ein sorgenloses Alter hätte bereiten können.
Aber das kalte Herz wurde nimmer gerührt von dem Anblicke der
bleichen, wohlbekannten Züge, von den bittenden Blicken, von der
welken, ausgestreckten Hand, von der hinfälligen Gestalt. Mürrisch zog er, wenn sie Sonnabends an die Türe pochte, einen Sechsbätzner hervor, schlug ihn in ein Papier und ließ ihn hinausreichen
durch einen Knecht. Er vernahm ihre zitternde Stimme, wenn sie
dankte und wünschte, es möge ihm wohlgehen auf Erden; er hörte
sie hüstelnd von der Türe schleichen, aber er dachte weiter nicht mehr
daran, als daß er wieder sechs Batzen umsonst ausgegeben.

Endlich kam Peter auf den Gedanken zu heiraten. Er wußte,
daß im ganzen Schwarzwald jeder Vater ihm gerne seine Tochter
geben werde; aber er war schwierig in seiner Wahl, denn er wollte,
daß man auch hierin sein Glück und seinen Verstand preisen sollte;
daher ritt er umher im ganzen Wald, schaute hier, schaute dort,
und keine der schönen Schwarzwälderinnen deuchte ihm schön genug. Endlich, nachdem er auf allen Tanzböden umsonst nach der
Schönsten ausgeschaut hatte, hörte er eines Tages, die Schönste
und Tugendsamste im ganzen Wald sei eines armen Holzhauers
Tochter. Sie lebe still und für sich, besorge geschickt und emsig ihres

Vaters Haus und lasse sich nie auf dem Tanzboden sehen, nicht ein=
mal zu Pfingsten oder Kirmes. Als Peter von diesem Wunder des
Schwarzwalds hörte, beschloß er, um sie zu werben, und ritt nach
der Hütte, die man ihm bezeichnet hatte. Der Vater der schönen
Lisbeth empfing den vornehmen Herrn mit Staunen, und er staunte
noch mehr, als er hörte, es sei dies der reiche Herr Peter und er
wolle sein Schwiegersohn werden. Er besann sich auch nicht lange,
denn er meinte, all seine Sorge und Armut werde nun ein Ende
haben, sagte zu, ohne die schöne Lisbeth zu fragen, und das gute
Kind war so folgsam, daß sie ohne Widerrede Frau Peter Mun=
kin wurde.

Aber es wurde der Armen nicht so gut, als sie sich geträumt
hatte. Sie glaubte ihr Hauswesen wohl zu verstehen, aber sie konnte
Herrn Peter nichts zu Dank machen; sie hatte Mitleiden mit ar=
men Leuten, und da ihr Eheherr reich war, dachte sie, es sei keine
Sünde, einem armen Bettelweib einen Pfennig oder einem alten
Mann einen Schnaps zu reichen; aber als Herr Peter dies eines
Tages merkte, sprach er mit zürnenden Blicken und rauher Stim=
me: „Warum verschleuderst du mein Vermögen an Lumpen und
Straßenläufer? Hast du was mitgebracht ins Haus, das du weg=
schenken könntest? Mit deines Vaters Bettelstab kann man keine
Suppe wärmen, und wirfst das Geld aus wie eine Fürstin? Noch
einmal laß dich betreten, so sollst du meine Hand fühlen!" Die
schöne Lisbeth weinte in ihrer Kammer über den harten Sinn ihres
Mannes, und sie wünschte oft, lieber heim zu sein in ihres Vaters
ärmlicher Hütte, als bei dem reichen, aber geizigen, hartherzigen
Peter zu hausen. Ach, hätte sie gewußt, daß er ein Herz von Mar=
mor habe und weder sie noch irgendeinen Menschen lieben könnte,
so hätte sie sich wohl nicht gewundert. Sooft sie aber jetzt unter
der Türe saß, und es ging ein Bettelmann vorüber und zog den
Hut und hub an seinen Spruch, so drückte sie die Augen zu, das
Elend nicht zu schauen, sie ballte die Hand fester, damit sie nicht
unwillkürlich in die Tasche fahre, ein Kreuzerlein herauszulangen.
So kam es, daß die schöne Lisbeth im ganzen Wald verschrieen
wurde, und es hieß, sie sei noch geiziger als Peter Munk. Aber
eines Tages saß Frau Lisbeth wieder vor dem Haus und spann und
murmelte ein Liedchen dazu; denn sie war munter, weil es schön
Wetter und Herr Peter ausgeritten war über Feld. Da kömmt

ein altes Männlein des Weges daher, der trägt einen großen
schweren Sack, und sie hört es schon von weitem keuchen. Teil=
nehmend sieht ihm Frau Lisbeth zu und denkt, einem so alten, klei=
nen Mann sollte man nicht mehr so schwer aufladen.

Indes keucht und schwankt das Männlein heran, und als es
gegenüber von Frau Lisbeth war, brach es unter dem Sack beinahe
zusammen. „Ach, habt die Barmherzigkeit, Frau, und reichet mir
nur einen Trunk Wasser!“ sprach das Männlein; „ich kann nicht
weiter, muß elend verschmachten.“

„Aber Ihr solltet in Eurem Alter nicht mehr so schwer tragen“,
sagte Frau Lisbeth.

„Ja, wenn ich nicht Boten gehen müßte, der Armut halber und
um mein Leben zu fristen,“ antwortete er; „ach, so eine reiche Frau
wie Ihr weiß nicht, wie wehe Armut tut und wie wohl ein frischer
Trunk bei solcher Hitze.“

Als sie dies hörte, eilte sie ins Haus, nahm einen Krug vom Ge=
sims und füllte ihn mit Wasser; doch als sie zurückkehrte und nur
noch einige Schritte von ihm war und das Männlein sah, wie es
so elend und verkümmert auf dem Sack saß, da fühlte sie inniges
Mitleid, bedachte, daß ja ihr Mann nicht zu Hause sei, und so
stellte sie den Wasserkrug beiseite, nahm einen Becher und füllte
ihn mit Wein, legte ein gutes Roggenbrot darauf und brachte es
dem Alten. „So, und ein Schluck Wein mag Euch besser from=
men als Wasser, da Ihr schon so gar alt seid,“ sprach sie; „aber
trinket nicht so hastig und esset auch Brot dazu!“

Das Männlein sah sie staunend an, bis große Tränen in seinen
alten Augen standen; er trank und sprach dann:

„Ich bin alt geworden, aber ich hab wenige Menschen gesehen,
die so mitleidig wären und ihre Gaben so schön und herzig zu spen=
den wüßten wie Ihr, Frau Lisbeth. Aber es wird Euch dafür auch
recht wohlgehen auf Erden; solch ein Herz bleibt nicht unbelohnt.“

„Nein, und den Lohn soll sie zur Stelle haben“, schrie eine
schreckliche Stimme, und als sie sich umsahen, war es Herr Peter
mit blutrotem Gesicht.

„Und sogar meinen Ehrenwein gießest du aus an Bettelleute,
und meinen Mundbecher gibst du an die Lippen der Straßenläu=
fer? Da, nimm deinen Lohn!“ Frau Lisbeth stürzte zu seinen
Füßen und bat um Verzeihung; aber das steinerne Herz kannte

kein Mitleid, er drehte die Peitsche um, die er in der Hand hielt, und schlug sie mit dem Handgriff von Ebenholz so heftig vor die schöne Stirne, daß sie leblos dem alten Mann in die Arme sank. Als er dies sah, war es doch, als reuete ihn die Tat auf der Stelle; er bückte sich herab, zu schauen, ob noch Leben in ihr sei, aber das Männlein sprach mit wohlbekannter Stimme: „Gib dir keine Mühe, Kohlenpeter; es war die schönste und lieblichste Blume im Schwarzwald, aber du hast sie zertreten, und nie mehr wird sie wieder blühen."

Da wich alles Blut aus Peters Wangen, und er sprach: „Also Ihr seid es, Herr Schatzhauser? Nun, was geschehen ist, ist ge= schehen, und es hat wohl so kommen müssen. Ich hoffe aber, Ihr werdet mich nicht bei dem Gericht anzeigen als Mörder."

„Elender!" erwiderte das Glasmännlein. „Was würde es mir frommen, wenn ich deine sterbliche Hülle an den Galgen brächte? Nicht irdische Gerichte sind es, die du zu fürchten hast, sondern an= dere und strengere; denn du hast deine Seele an den Bösen ver= kauft."

„Und hab ich mein Herz verkauft," schrie Peter, „so ist nie= mand daran schuld als du und deine betrügerischen Schätze; du tückischer Geist hast mich ins Verderben geführt, mich getrieben, daß ich bei einem andern Hilfe suchte, und auf dir liegt die ganze Verantwortung." Aber kaum hatte er dies gesagt, so wuchs und schwoll das Glasmännlein und wurde hoch und breit, und seine Augen sollen so groß gewesen sein wie Suppenteller, und sein Mund war wie ein geheizter Backofen, und Flammen blitzten daraus hervor. Peter warf sich auf die Kniee, und sein steinernes Herz schützte ihn nicht, daß nicht seine Glieder zitterten wie eine Espe. Mit Geierskrallen packte ihn der Waldgeist im Nacken, drehte ihn um, wie ein Wirbelwind dürres Laub, und warf ihn dann zu Boden, daß ihm alle Rippen knackten. „Erdenwurm!" rief er mit einer Stimme, die wie der Donner rollte, „ich könnte dich zerschmettern, wenn ich wollte, denn du hast gegen den Herrn des Waldes gefrevelt. Aber um dieses toten Weibes willen, die mich gespeist und getränkt hat, gebe ich dir acht Tage Frist. Be= kehrst du dich nicht zum Guten, so komme ich und zermalme dein Gebein, und du fährst hin in deinen Sünden."

Es war schon Abend, als einige Männer, die vorbeigingen, den reichen Peter Munk an der Erde liegen sahen. Sie wanden ihn hin und her und suchten, ob noch Atem in ihm sei; aber lange war ihr Suchen vergebens. Endlich ging einer in das Haus und brachte Wasser herbei und besprengte ihn. Da holte Peter tief Atem, stöhnte und schlug die Augen auf, schaute lange um sich her und fragte dann nach Frau Lisbeth; aber keiner hatte sie gesehen. Er dankte den Männern für ihre Hilfe, schlich in sein Haus und schaute sich um, aber Frau Lisbeth war weder im Keller noch auf dem Boden, und das, was er für einen schrecklichen Traum gehalten, war bittere Wahrheit. Wie er nun so ganz allein war, da kamen ihm sonderbare Gedanken; er fürchtete sich vor nichts, denn sein Herz war ja kalt, aber wenn er an den Tod seiner Frau dachte — kam ihm sein eigenes Hinscheiden in den Sinn und wie belastet er dahinfahren werde, schwer belastet mit Tränen der Armen, mit tausend ihrer Flüche, die sein Herz nicht erweichen konnten, mit dem Jammer der Elenden, auf die er seine Hunde gehetzt, belastet mit der stillen Verzweiflung seiner Mutter, mit dem Blut der schönen guten Lisbeth; und konnte er doch nicht einmal dem alten Mann, ihrem Vater, Rechenschaft geben, wann er käme und fragte: „Wo ist meine Tochter, dein Weib?" Wie wollte er einem andern Frage stehen, dem alle Wälder, alle Seen, alle Berge gehören und — die Leben der Menschen?

Es quälte ihn auch nachts im Traume, und alle Augenblicke wachte er auf an einer süßen Stimme, die ihm zurief: „Peter, schaff dir ein wärmeres Herz!" Und wenn er erwacht war, schloß er doch schnell wieder die Augen, denn der Stimme nach mußte es Frau Lisbeth sein, die ihm diese Warnung zurief. Den andern Tag ging er ins Wirtshaus, um seine Gedanken zu zerstreuen, und dort traf er den dicken Ezechiel. Er setzte sich zu ihm, sie sprachen dies und jenes, vom schönen Wetter, vom Krieg, von den Steuern und endlich auch vom Tod und wie da und dort einer so schnell gestorben sei. Da fragte Peter den Dicken, was er denn vom Tod halte und wie es nachher sein werde. Ezechiel antwortete ihm, daß man den Leib begrabe, die Seele aber fahre entweder auf zum Himmel oder hinab in die Hölle.

„Also begräbt man das Herz auch?" fragte der Peter gespannt.

„Ei freilich, das wird auch begraben."

„Wenn aber einer sein Herz nicht mehr hat?" fuhr Peter fort.
Ezechiel sah ihn bei diesen Worten schrecklich an. „Was willst
du damit sagen? Willst du mich foppen? Meinst du, ich habe kein
Herz?"

„O, Herz genug, so fest wie Stein", erwiderte Peter.

Ezechiel sah ihn verwundert an, schaute sich um, ob es niemand
gehört habe, und sprach dann: „Woher weißt du es? Oder pocht
vielleicht das deinige auch nicht mehr?"

„Pocht nicht mehr, wenigstens nicht hier in meiner Brust!"
antwortete Peter Munk. „Aber sag mir, da du jetzt weißt, was
ich meine, wie wird es gehen mit unseren Herzen?"

„Was kümmert dich dies, Gesell?" fragte Ezechiel lachend.
„Hast ja auf Erden vollauf zu leben, und damit genug. Das ist ja
gerade das Bequeme in unsern kalten Herzen, daß uns keine Furcht
befällt vor solchen Gedanken."

„Wohl wahr; aber man denkt doch daran, und wenn ich auch
jetzt keine Furcht mehr kenne, so weiß ich doch wohl noch, wie sehr
ich mich vor der Hölle gefürchtet, als ich noch ein kleiner, unschul-
diger Knabe war."

„Nun — gut wird es uns gerade nicht gehen", sagte Ezechiel.
„Hab mal einen Schulmeister darüber befragt; der sagte mir, daß
nach dem Tod die Herzen gewogen werden, wie schwer sie sich ver-
sündiget hätten. Die leichten steigen auf, die schweren sinken hinab,
und ich denke, unsere Steine werden ein gutes Gewicht haben."

„Ach freilich," erwiderte Peter, „und es ist mir oft selbst unbequem, daß mein Herz so teilnahmlos und ganz gleichgültig ist, wenn
ich an solche Dinge denke."

So sprachen sie; aber in der nächsten Nacht hörte er fünf- oder
sechsmal die bekannte Stimme in sein Ohr lispeln: „Peter, schaff
dir ein wärmeres Herz!" Er empfand keine Reue, daß er sie getötet, aber wenn er dem Gesinde sagte, seine Frau sei verreist, so
dachte er immer dabei: „Wohin mag sie wohl gereist sein?" Sechs
Tage hatte er es so getrieben, und immer hörte er nachts diese
Stimme, und immer dachte er an den Waldgeist und seine schreckliche Drohung; aber am siebenten Morgen sprang er auf von seinem Lager und rief: „Nun ja, will sehen, ob ich mir ein wärmeres
schaffen kann, denn der gleichgültige Stein in meiner Brust macht
mir das Leben nur langweilig und öde." Er zog schnell seinen

Sonntagsstaat an und setzte sich auf sein Pferd und ritt dem Tannenbühl zu.

Im Tannenbühl, wo die Bäume dichter standen, saß er ab, band sein Pferd an und ging schnellen Schrittes dem Gipfel des Hügels zu, und als er vor der dicken Tanne stand, hub er seinen Spruch an:

> Schatzhauser im grünen Tannenwald,
> Bist viele hundert Jahre alt;
> Dein ist all Land, wo Tannen stehen,
> Läßt dich nur Sonntagskindern sehen.

Da kam das Glasmännlein hervor, aber nicht freundlich und traulich wie sonst, sondern düster und traurig; es hatte ein Röcklein an von schwarzem Glas, und ein langer Trauerflor flatterte herab vom Hut, und Peter wußte wohl, um wen es traure.

„Was willst du von mir, Peter Munk?" fragte es mit dumpfer Stimme.

„Ich hab noch einen Wunsch, Herr Schatzhauser", antwortete Peter mit niedergeschlagenen Augen.

„Können Steinherzen noch wünschen?" sagte jener. „Du hast alles, was du für deinen schlechten Sinn bedarfst, und ich werde schwerlich deinen Wunsch erfüllen."

„Aber Ihr habt mir doch drei Wünsche zugesagt; einen hab ich immer noch übrig."

„Doch kann ich ihn versagen, wenn er töricht ist," fuhr der Waldgeist fort; „aber wohlan, ich will hören, was du willst."

„So nehmet mir den toten Stein heraus und gebet mir mein lebendiges Herz!" sprach Peter.

„Hab ich den Handel mit dir gemacht?" fragte das Glasmännlein; „bin ich der Holländer-Michel, der Reichtum und kalte Herzen schenkt? Dort, bei ihm mußt du dein Herz suchen."

„Ach, er gibt es nimmer zurück", antwortete Peter.

„Du dauerst mich, so schlecht du auch bist", sprach das Männlein nach einigem Nachdenken. „Aber weil dein Wunsch nicht töricht ist, so kann ich dir wenigstens meine Hilfe nicht abschlagen. So höre, dein Herz kannst du mit keiner Gewalt mehr bekommen, wohl aber durch List, und es wird vielleicht nicht schwer halten; denn Michel bleibt doch nur der dumme Michel, obgleich er sich ungemein klug dünkt. So gehe denn geraden Weges zu ihm

hin und tue, wie ich dir heiße!" Und nun unterrichtete er ihn in
allem und gab ihm ein Kreuzlein aus reinem Glas: „Am Leben
kann er dir nicht schaden, und er wird dich freilassen, wenn du ihm
dies vorhalten und dazu beten wirst. Und hast du denn, was du
verlangt hast, erhalten, so komm wieder zu mir an diesen Ort!"

Peter Munk nahm das Kreuzlein, prägte sich alle Worte ins
Gedächtnis und ging weiter nach Holländer-Michels Behausung.
Er rief dreimal seinen Namen, und alsobald stand der Riese vor
ihm. „Du hast dein Weib erschlagen?" fragte er ihn mit schreck-
lichem Lachen, „hätt es auch so gemacht; sie hat dein Vermögen an
das Bettelvolk gebracht. Aber du wirst auf einige Zeit außer Landes gehen müssen, denn es wird Lärm machen, wenn man sie nicht
findet, und du brauchst wohl Geld und kommst, um es zu holen?"

„Du hasts erraten," erwiderte Peter, „und nur recht viel diesmal, denn nach Amerika ists weit."

Michel ging voran und brachte ihn in seine Hütte; dort schloß
er eine Truhe auf, worin viel Geld lag, und langte ganze Rollen
Gold heraus. Während er es so auf den Tisch hinzählte, sprach
Peter: „Du bist ein loser Vogel, Michel, daß du mich belogen hast,
ich hätte einen Stein in der Brust und du habest mein Herz!"

„Und ist es denn nicht so?" fragte Michel staunend; „fühlst du
denn dein Herz? Ist es nicht kalt wie Eis? Hast du Furcht oder
Gram, kann dich etwas reuen?"

„Du hast mein Herz nur stillestehen lassen, aber ich hab es noch
wie sonst in meiner Brust, und Ezechiel auch, der hat es mir gesagt,
daß du uns angelogen hast; du bist nicht der Mann dazu, der einem
das Herz so unbemerkt und ohne Gefahr aus der Brust reißen
könnte; da müßtest du zaubern können."

„Aber ich versichere dich," rief Michel unmutig, „du und Ezechiel und alle reichen Leute, die es mit mir gehalten, haben solche
kalte Herzen wie du, und ihre rechten Herzen habe ich hier in meiner
Kammer."

„Ei, wie dir das Lügen von der Zunge geht!" lachte Peter. „Das
mach du einem andern weis! Meinst du, ich hab auf meinen Reisen
nicht solche Kunststücke zu Dutzenden gesehen? Aus Wachs nach-
geahmt sind deine Herzen hier in der Kammer. Du bist ein reicher
Kerl, das geb ich zu; aber zaubern kannst du nicht."

Da ergrimmte der Riese und riß die Kammertüre auf. „Komm

herein und lies die Zettel alle, und jenes dort, schau, das ist Peter
Munks Herz; siehst du, wie es zuckt? Kann man das auch aus
Wachs machen?"

„Und doch ist es aus Wachs", antwortete Peter. „So schlägt
ein rechtes Herz nicht; ich habe das meinige noch in der Brust.
Nein, zaubern kannst du nicht!"

„Aber ich will es dir beweisen!" rief jener ärgerlich; „du sollst es
selbst fühlen, daß dies dein Herz ist."

Er nahm es, riß Peters Wams auf und nahm einen Stein aus
seiner Brust und zeigte ihn vor. Dann nahm er das Herz, hauchte
es an und setzte es behutsam an seine Stelle, und alsobald fühlte
Peter, wie es pochte, und er konnte sich wieder darüber freuen.

„Wie ist es dir jetzt?" fragte Michel lächelnd.

„Wahrhaftig, du hast doch recht gehabt", antwortete Peter,
indem er behutsam sein Kreuzlein aus der Tasche zog. „Hätt ich
doch nicht geglaubt, daß man dergleichen tun könne!"

„Nicht wahr? Und zaubern kann ich, das siehst du; aber komm,
jetzt will ich dir den Stein wieder hineinsetzen."

„Gemach, Herr Michel!" rief Peter, trat einen Schritt zurück
und hielt ihm das Kreuzlein entgegen. „Mit Speck fängt man
Mäuse, und diesmal bist du der Betrogene." Und zugleich fing er
an zu beten, was ihm nur beifiel.

Da wurde Michel kleiner und immer kleiner, fiel nieder und
wand sich hin und her wie ein Wurm und ächzte und stöhnte, und
alle Herzen umher fingen an zu zucken und zu pochen, daß es tönte
wie in der Werkstatt eines Uhrmachers. Peter aber fürchtete sich,
es wurde ihm ganz unheimlich zumut, er rannte zur Kammer und
zum Haus hinaus und klimmte, von Angst getrieben, die Felsen-
wand hinan; denn er hörte, daß Michel sich aufraffte, stampfte
und tobte und ihm schreckliche Flüche nachschickte. Als er oben war,
lief er dem Tannenbühl zu; ein schreckliches Gewitter zog auf,
Blitze fielen links und rechts an ihm nieder und zerschmetterten die
Bäume, aber er kam wohlbehalten in dem Revier des Glasmännleins an.

Sein Herz pochte freudig, und nur darum, weil es pochte. Dann
aber sah er mit Entsetzen auf sein Leben zurück wie auf das Gewitter, das hinter ihm rechts und links den schönen Wald zersplitterte. Er dachte an Frau Lisbeth, sein schönes, gutes Weib, das

er aus Geiz gemordet; er kam sich selbst wie der Auswurf der Menschen vor, und er weinte heftig, als er an Glasmännleins Hügel kam.

Schatzhauser saß schon unter dem Tannenbaum und rauchte aus einer kleinen Pfeife, doch sah er munterer aus als zuvor. „Warum weinst du, Kohlenpeter?" fragte er. „Hast du dein Herz nicht erhalten? Liegt noch das kalte in deiner Brust?"

„Ach Herr!" seufzte Peter, „als ich noch das kalte Steinherz trug, da weinte ich nie, meine Augen waren so trocken als das Land im Juli; jetzt aber will es mir beinahe das alte Herz zerbrechen, was ich getan! Meine Schuldner hab ich ins Elend gejagt, auf Arme und Kranke die Hunde gehetzt, und Ihr wißt es ja selbst — wie meine Peitsche auf ihre schöne Stirne fiel!"

„Peter! Du warst ein großer Sünder!" sprach das Männlein. „Das Geld und der Müßiggang haben dich verderbt, bis dein Herz zu Stein wurde, nicht Freud, nicht Leid, keine Reue, kein Mitleid mehr kannte. Aber Reue versöhnt, und wenn ich nur wüßte, daß dir dein Leben recht leid tut, so könnte ich schon noch was für dich tun."

„Will nichts mehr", antwortete Peter und ließ traurig sein Haupt sinken. „Mit mir ist es aus, kann mich mein Lebtag nicht mehr freuen; was soll ich so allein auf der Welt tun? Meine Mutter verzeiht mir nimmer, was ich ihr getan, und vielleicht hab ich sie unter den Boden gebracht, ich Ungeheuer! Und Lisbeth, meine Frau! Schlaget mich lieber auch tot, Herr Schatzhauser, dann hat mein elend Leben mit einmal ein Ende."

„Gut," erwiderte das Männlein, „wenn du nicht anders willst, so kannst du es haben; meine Axt hab ich bei der Hand." Er nahm ganz ruhig sein Pfeiflein aus dem Mund, klopfte es aus und steckte es ein. Dann stand er langsam auf und ging hinter die Tannen. Peter aber setzte sich weinend ins Gras, sein Leben war ihm nichts mehr, und er erwartete geduldig den Todesstreich. Nach einiger Zeit hörte er leise Tritte hinter sich und dachte: „Jetzt wird er kommen."

„Schau dich noch einmal um, Peter Munk!" rief das Männlein. Er wischte sich die Tränen aus den Augen und schaute sich um und sah — seine Mutter und Lisbeth, seine Frau, die ihn freundlich anblickten. Da sprang er freudig auf: „So bist du nicht

tot, Lisbeth? Und auch Ihr seid da, Mutter, und habt mir ver=
geben?"

„Sie wollen dir verzeihen," sprach das Glasmännlein, „weil
du wahre Reue fühlst, und alles soll vergessen sein. Zieh jetzt heim
in deines Vaters Hütte und sei ein Köhler wie zuvor; bist du brav
und bieder, so wirst du dein Handwerk ehren, und deine Nachbarn
werden dich mehr lieben und achten, als wenn du zehen Tonnen Gol=
des hättest." So sprach das Glasmännlein und nahm Abschied
von ihnen.

Die drei lobten und segneten es und gingen heim.

Das prachtvolle Haus des reichen Peters stand nicht mehr, der
Blitz hatte es angezündet und mit all seinen Schätzen niederge=
brannt; aber nach der väterlichen Hütte war es nicht weit; dort=
hin ging jetzt ihr Weg, und der große Verlust bekümmerte sie
nicht.

Aber wie staunten sie, als sie an die Hütte kamen! Sie war zu
einem schönen Bauernhaus geworden, und alles darin war ein=
fach, aber gut und reinlich.

„Das hat das gute Glasmännlein getan!" rief Peter.

„Wie schön!" sagte Frau Lisbeth, „und hier ist mir viel hei=
mischer als in dem großen Haus mit dem vielen Gesinde."

Von jetzt an wurde Peter Munk ein fleißiger und wackerer
Mann. Er war zufrieden mit dem, was er hatte, trieb sein Hand=
werk unverdrossen, und so kam es, daß er durch eigene Kraft wohl=
habend wurde und angesehen und beliebt im ganzen Wald. Er
zankte nie mehr mit Frau Lisbeth, ehrte seine Mutter und gab
den Armen, die an seine Türe pochten. Als nach Jahr und Tag
Frau Lisbeth von einem schönen Knaben genas, ging Peter nach
dem Tannenbühl und sagte sein Sprüchlein. Aber das Glas=
männlein zeigte sich nicht. „Herr Schatzhauser!" rief er laut, „hört
mich doch; ich will ja nichts anderes als Euch zu Gevatter bitten
bei meinem Söhnlein!" Aber er gab keine Antwort; nur ein kur=
zer Windstoß sauste durch die Tannen und warf einige Tannen=
zapfen herab ins Gras. „So will ich dies zum Andenken mitneh=
men, weil Ihr Euch doch nicht sehen lassen wollet", rief Peter,
steckte die Zapfen in die Tasche und ging nach Hause; aber als er
zu Hause das Sonntagswams auszog und seine Mutter die Ta=
schen umwandte und das Wams in den Kasten legen wollte, da

fielen vier stattliche Geldrollen heraus, und als man sie öffnete, waren es lauter gute, neue badische Taler, und kein einziger fal= scher darunter. Und das war das Patengeschenk des Männleins im Tannenwald für den kleinen Peter.

So lebten sie still und unverdrossen fort, und noch oft nachher, als Peter Munk schon graue Haare hatte, sagte er: „Es ist doch besser, zufrieden zu sein mit wenigem, als Gold und Güter haben und ein kaltes Herz."

Adalbert Stifter

Der Hagestolz

Gegenbild

Auf einem schönen grünen Platze, der bergan steigt, wo Bäume stehen und Nachtigallen schlagen, gingen mehrere Jüng=
linge in dem Brausen und Schäumen ihres jungen, kaum erst beginnenden Lebens. Eine glänzende Landschaft war rings um sie geworfen. Wolkenschatten flogen, und unten in der Ebene blickten die Türme und Häuserlasten einer großen Stadt.

Einer von ihnen rief die Worte: „Es ist nun für alle Ewigkeit ganz gewiß, daß ich nie heiraten werde."

Es war ein schlanker Jüngling mit sanften, schmachtenden Augen, der dieses gesagt hatte. Die andern achteten nicht sonder=
lich darauf, mehrere lachten, knickten Zweige, bewarfen sich und schritten weiter.

„Ha, wer wird denn heiraten," sagte einer, „die lächerlichen Bande eines Weibes tragen und wie der Vogel auf den Stangen eines Käfiges sitzen?"

„Ja, du Narr, aber tanzen, verliebt sein, sich schämen, rot werden, gelt?" rief ein dritter, und es erschallte wieder Gelächter.

„Dich nähme ohnehin keine."

„Dich auch nicht."

„Was liegt daran?"

Die nächsten Worte waren nicht mehr verständlich. Es kam noch durch die Stämme der Bäume ein lustiges Rufen zurück und dann nichts mehr; denn die Jünglinge gingen bereits auf der schie=
fen Fläche, die sich von dem Platze wegzieht, empor und setzten die Gebüsche der Fläche in Bewegung. Rüstig schritten sie in der funkelnden Sonne hinan, ringsum sind grünende Zweige, und auf ihren Wangen und in ihren Augen leuchtet die ganze unerschütter=

liche Zuverſicht in die Welt. Um ſie herum liegt der Frühling, der
ebenſo unerfahren und zuverſichtlich iſt wie ſie.

Der Jüngling, aus deſſen Munde der Entſchluß der Nichtver=
mählung hervorgegangen war, hatte in der Sache nichts mehr ge=
ſprochen, und ſie war vergeſſen.

Ein neues Geplauder und ein fröhliches Sprechen tanzte von
den beweglichen Zungen. Sie redeten zuerſt von allem und oft alle
zugleich. Dann reden ſie von dem Höchſten, und dann von dem
Tiefſten und haben beides ſchnell erſchöpft. Dann kommt der
Staat. Es wird in ihm die unendlichſte Freiheit vorgeſchlagen,
die größte Gerechtigkeit und unbeſchränkteſte Duldſamkeit. Wer
gegen dieſes iſt, wird niedergeworfen und beſiegt. Der Landesfeind
muß zerſchmettert werden, und von dem Haupte der Helden leuch=
tet dann der Ruhm. Während ſie ſo, wie ſie meinten, von dem
Großen redeten, geſchieht um ſie her, wie ſie ebenfalls meinten,
nur das Kleine; es grünen weithin die Büſche, es keimt die brü=
tende Erde und beginnt mit ihren erſten Frühlingstierchen wie mit
Juwelen zu ſpielen.

Hierauf ſingen ſie ein Lied, dann jagen ſie ſich, ſtoßen ſich ge=
genſeitig in den Hohlweg oder ins Gebüſch, ſchneiden Ruten und
Stäbe und kommen dabei immer höher auf den Berg und über
die Wohnungen der Menſchen.

Wir müſſen hier bemerken: welch ein rätſelhaftes, unbeſchreib=
liches, geheimnisreiches, lockendes Ding iſt die Zukunft, wenn wir
noch nicht in ihr ſind — wie ſchnell und unbegriffen rauſcht ſie als
Gegenwart davon — und wie klar, verbraucht und weſenlos liegt
ſie dann als Vergangenheit da! Alle dieſe Jünglinge ſtürmen
ſchon in ſie hinein, als könnten ſie dieſelbe gar nicht erwarten. Der
eine prahlt mit Dingen und Genüſſen, die über ſeine Jahre gehen,
der andere tut langweilig, als hätte er ſchon alles erſchöpft, und
der dritte redet Worte, die er bei ſeinem Vater Männer und
Greiſe hatte reden gehört. Dann haſchen ſie nach einem vorüberflat=
ternden Schmetterlinge und finden auf dem Wege einen bunten
Stein.

Immer höher ſtreben ſie hinauf. Oben an dem Waldesrande
ſchauen ſie auf die Stadt zurück. Sie ſehen allerlei Häuſer und
Gebäude und wetten, ob ſie es ſind oder nicht. Dann dringen ſie in
die Schatten der Buchen hinein.

Der Wald geht faſt mit ebenem Boden dahin. Jenſeits des=
ſelben aber ſteigen glänzende Wieſen mit einzelnen Fruchtbäumen
beſetzt in ein Tal hinab, das ſtill und heimlich um die Bergeswöl=
bungen läuft und von dieſen Bergen zwei ſpiegelhelle dahinſchie=
ßende Bäche empfängt. Die Waſſer rieſeln luſtig über die ge=
glätteten Kieſel, an dichten Obſtwäldern, Gartenplanken und
Häuſern vorbei und von dort wieder in die Weinberge hinaus.
Alles dieſes iſt ſo ſtille, daß man in mancher klaren Nachmittags=
luft weithin den Hahn krähen hört oder den einzelnen Glockenſchlag
vernimmt, der von dem Turme der Kirche fällt. Selten beſucht
ein Städter das Tal, und noch keiner hat in demſelben ſeine Som=
merwohnung aufgeſchlagen.

Unſere Freunde aber laufen mehr, als ſie gehen, über die Wieſe
in die ſanft geſchwungene Wiege hinab. Lärmend kommen ſie an
den Gartengehegen herunter, ſchreiten über den erſten Steg, über
den zweiten, gehen dem Waſſer entlang und dringen endlich in einen
Garten hinein, der von Flieder, Nußbäumen und Linden ſtrotzt.
Es iſt der Garten eines Gaſthauſes. Hier umringen ſie einen der
Tiſche, wie ſie mit den Füßen in dem Graſe ſtecken, aufgenagelte
Platten haben und auf den Platten eingeſchnittene Herzen und
Namen von denen zeigen, die vorlängſt an dem Tiſche geſeſſen wa=
ren. Sie beſtellten ſich ein Mittageſſen, und zwar ein jeder das=
jenige, was er wollte. Als ſie es verzehrt hatten, ſpielten ſie eine
Weile mit einem Pudel, der ſich in dem Garten vorfand, zahlten
und gingen dann fort. Sie gingen durch die Mündung des Tales
in ein anderes, breiteres hinaus, in welchem ein Strom fließt. An
dem Strome nahmen ſie ein angebundenes Schiffchen und fuhren
an einer bekannt gefährlichen Stelle über, ohne daß ſie es wußten.
Zufällig vorübergehende Frauen erſchraken ſehr, als ſie die jun=
gen Leute da fahren ſahen. Jenſeits des Stromes dingten ſie einen
Mann, der den Kahn wieder zurückführen und an der Stelle an=
binden ſollte, wo ſie ihn genommen hatten.

Dann drangen ſie durch Röhrichte und Auen vor, bis ſie zu
einem Damme gelangten, auf dem eine Straße lief und ein
Wirtshaus ſtand. Bei dem Wirte mieteten ſie einen offenen Wa=
gen, um nun jenſeits des Stromes in die Stadt zurückzufahren.
Sie flogen an Auen, Gebüſchen, Feldern, Anlagen, Gärten und
Häuſern vorbei, bis ſie die erſten Gebäude der Vorſtädte erreichten

und abſtiegen. Als ſie ankamen, lag die Sonne, die ſie heute ſo
freundlich den ganzen Tag begleitet hatte, weit draußen am Him=
mel als glühende, erlöſchende Kugel. Da ſie untergeſunken war,
ſahen die Freunde die Berge, auf welchen ſie heute ihre Morgen=
freuden genoſſen hatten, als einfaches blaues Band gegen den gel=
ben Abendhimmel emporſtehen.

Sie gingen nun gegen die Stadt und deren ſtaubige, bereits
dämmernde Gaſſen. An einem beſtimmten Platze trennten ſie ſich
und riefen einander fröhlichen Abſchied zu.

„Lebe wohl“, ſagte der eine.

„Lebe wohl“, antwortete der andere.

„Gute Nacht, grüße mir Roſina.“

„Gute Nacht, grüße morgen den Auguſt und Theobald.“

„Und du den Karl und Lothar.“

Es kamen noch mehrere Namen; denn die Jugend hat viele
Freunde, und es werben ſich täglich neue an. Sie gingen ausein=
ander. Zwei derſelben ſchlugen den nämlichen Weg ein, und es
ſagte der eine zu dem andern: „Nun, Viktor, kannſt du die Nacht
bei mir bleiben, und morgen gehſt du hinaus, ſobald du nur willſt.
Iſt es auch wirklich wahr, daß du gar nicht heiraten willſt?“

„Ich muß dir nur ſagen,“ antwortete der Angeredete, „daß ich
wirklich ganz und gar nicht heiraten werde und daß ich ſehr un=
glücklich bin.“

Aber die Augen waren ſo klar, da er dieſes ſagte, und die Lip=
pen ſo friſch, da der Hauch der Worte über ſie ging.

Die zwei Freunde ſchritten noch eine Strecke in der Gaſſe
entlang, dann traten ſie in ein wohlbekanntes Haus und gingen
über zwei Treppen hinauf an Zimmern vorbei, die mit Men=
ſchen und Lichtern angefüllt waren. Sie gelangten in eine einſame
Stube.

„So, Viktor,“ ſagte der eine, „da habe ich dir neben dem mei=
nen ein Bett herrichten laſſen, daß du eine gute Nacht haſt, die
Schweſter Roſina wird uns Speiſen heraufſchicken, wir bleiben
hier und ſind fröhlich. Das war ein himmliſcher Tag, und ich
mag ſein Ende gar nicht mehr unten bei den Leuten zubringen. Ich
habe es der Mutter ſchon geſagt; iſt es nicht ſo recht, Viktor?“

„Freilich,“ entgegnete dieſer, „es iſt bei dem Tiſche deines Va=
ters ſo langweilig, wenn zwiſchen den Speiſen ſo viele Zeit ver=

geht und er dabei so viele Lehren gibt. Aber morgen, Ferdinand,
ist es nicht anders, ich muß mit Tagesanbruch fort."

„Du kannst, sobald du willst," antwortete Ferdinand, „du
weißt, daß der Hausschlüssel innen in der Tornische liegt."

Während dieses Gespräches begannen sie sich zu entkleiden und
sich der lästigen, staubigen Stiefel zu entledigen. Ein Stück der
Kleider ward hierhin, das andere dorthin gelegt. Ein Diener
brachte Lichter und eine Magd ein Speisebrett, mit reichlicher
Nahrung versehen. Sie aßen schnell und ohne Auswahl. Dann
schauten sie bald bei dem einen, bald bei dem andern Fenster hinaus, gingen in dem Zimmer herum, besahen die Geschenke, die
Ferdinand erst gestern bekommen hatte, zählten die roten Abend-
wolken, kleideten sich vollends aus und legten sich auf ihre Betten.
In denselben redeten sie noch fort; aber ehe einige Minuten vergingen, war keiner mehr mächtig, weder zu reden noch zu denken;
denn sie lagen beide in tiefem Schlafe.

Das nämliche mochte auch mit den andern sein, welchen dieselbe Lust mit ihnen heute zuteil geworden war. — —

Während die Jünglinge diesen Tag so gefeiert hatten, war auf
einer andern Stelle etwas anderes gewesen: ein Greis hatte den
Tag damit zugebracht, daß er im Sonnenscheine auf der Bank
vor seinem Hause gesessen war. Weit von dem grünen Baum-
platze, wo die Nachtigallen geschlagen und die Jünglinge so fröhlich gelacht hatten, lag hinter den glänzenden blauen Bergen, die
die Aussicht des Platzes besäumten, eine Insel mit dem Hause.
Der Greis saß an dem Hause und zitterte vor dem Sterben. Man
hätte ihn vorher schon viele Jahre können sitzen sehen, wenn er
überhaupt gerne Augen zugelassen hätte, ihn zu sehen. Weil er
kein Weib gehabt hatte, saß an dem Tage keine alte Gefährtin
neben ihm auf der Bank, so wie an allen Orten, wo er vor der
Erwerbung des Inselhauses gewesen sein mag, nie eine Gattin bei
ihm war. Er hatte nie Kinder gehabt und nie eine Qual oder
Freude an Kindern erlebt, es trat daher keines in den Schatten,
den er von der Bank auf den Sand warf. In dem Hause war es
sehr schweigsam, und wenn er zufällig hineinging, schloß er die
Tür selbst, und wenn er herausging, öffnete er sie wieder selbst.
Während die Jünglinge auf ihrem Berge emporgestrebt waren
und ein wimmelndes Leben und dichte Freude sie umgab, war er

auf seiner Bank gesessen, hatte auf die an Stäbe gebundenen Frühlingsblumen geschaut, und die leere Luft und der vergebliche Sonnenschein hatten um ihn gespielt. Als die Jünglinge nach Vollbringung des Tages auf ihr Lager gesunken und in Schlummer verfallen waren, lag er auch in seinem Bette, das in einer wohlverwahrten Stube stand, und drückte die Augen zu, damit er schlafe. —

Die nämliche Nacht ging mit dem kühlen Mantel aller ihrer Sterne gleichgültig herauf, ob junge Herzen sich des entschwundenen Tages gefreut und nie an einen Tod gedacht hatten, als wenn es keinen gäbe — oder ob ein altes sich vor gewalttätiger Verkürzung seines Lebens fürchtete und doch schon wieder dem Ende desselben um einen Tag näher war.

*

Eintracht

Als das erste blasse Licht des andern Tages leuchtete, ging Viktor schon in den öden Gassen der Stadt dahin, daß seine Tritte hallten. Es war anfänglich noch kein Mensch zu erblicken; dann begegnete ihm manche verdrießliche, verschlafene Gestalt, die zu früher Arbeit mußte; und ein beginnendes fernes Wagenrasseln zeigte, daß man schon anfange, Lebensmittel in die große, bedürfende Stadt zu führen. Er strebte dem Stadttore zu. Außer demselben wurde er von dem kühlen, feuchten Grün der Felder empfangen. Der erste Sonnenrand zeigte sich am Erdsaume, und die Spitzen der nassen Gräser hatten rotes und grünes Feuer. Die Lerchen wirbelten freudig in der Luft, während die nahe Stadt, die doch sonst so lärmte, fast noch völlig stumm war.

Als er sich außer den Mauern fühlte, schlug er sogleich einen Weg durch die Felder gegen jenen grünen Baumplatz ein, von welchem wir sagten, daß gestern dort die Nachtigallen geschlagen und die Jünglinge gescherzt hatten. Er erreichte ihn nach einer nicht ganz zweistündigen Wanderung. Von da machte er den nämlichen Weg wie gestern mit den Freunden. Er stieg die schiefe Berglehne mit den Gebüschen hinan, er kam an den Rand des Waldes, sah sich da nicht um, drang unter die Bäume ein, eilte fort und stieg dann über die Wiese mit den Fruchtbäumen in das

Tal hinab, von dem wir sagten, daß es so stille ist und daß in dem=
selben die zwei spiegelnden Bäche rinnen.

Als er in dem Grunde des Tales angekommen war, ging er
über den ersten Steg, nur daß er heute, gleichsam wie zu einer Be=
grüßung, ein wenig auf die glänzenden Kiesel hinabsah, über welche
das Wasser dahinrollte. Dann ging er über den zweiten Steg und
ging an dem Wasser dahin. Aber er ging heute nicht bis zu dem
Gasthausgarten, in welchem sie gestern gegessen hatten, sondern
viel früher bog er an einer Stelle, wo ein großer Fliederbusch stand,
der seine Äste und Wurzeln mit dem Wasser spielen ließ, von dem
Wege ab und ging in den Flieder und das Gebüsche hinein. Dort
war eine aschgraue Gartenplanke, die ihre Farbe von den unzäh=
ligen Regen und Sonnenstrahlen erhalten hatte, und in der
Planke war ein kleines Türchen. Das Türchen öffnete Viktor und
ging hinein. Es war wie ein Gartenplatz hier, und etwas ferner
auf dem Platze blickte die lange weiße Wand eines niederen Hau=
ses, sich sanft von Holundergesträuchen und Obstbäumen abhebend,
herüber. Das Haus hatte glänzende Fenster, und hinter denselben
hingen ruhige, weiße Vorhänge nieder.

Viktor ging an dem Gebüschrande gegen die Wohnung zu.
Als er auf den freien Sandplatz vor dem Hause gekommen war,
auf dem der Brunnen stand und ein bejahrter Apfelbaum war,
an den sich wieder Stangen und allerlei andere Dinge lehnten,
wurde er von einem alten Spitz angewedelt und begrüßt. Die
Hühner, ebenfalls freundliche Umwohner des Hauses, scharrten
unter dem Apfelbaume unbeirrt fort. Er ging in das Haus hin=
ein und über den knisternden Flursand in die Stube, aus welcher
ein reiner, gebohnter Fußboden heraussah.

In der Stube war bloß eine alte Frau, die gerade ein Fenster
geöffnet hatte und damit beschäftigt war, von den weißgescheuerten
Tischen, Stühlen und Schreinen den Staub abzuwischen und die
Dinge, die sich etwa gestern abends verschoben hatten, wieder zu=
rechtzustellen. Durch das Geräusch des Hereintretenden von ihrer
Arbeit abgelenkt, wendete sie ihr Antlitz gegen ihn. Es war eines
jener schönen alten Frauenantlitze, die so selten sind. Ruhige,
sanfte Farben waren auf ihm, und jedes der unzähligen kleinen
Fältchen war eine Güte und eine Freundlichkeit. Um alle diese
Fältchen waren hier noch die unendlich vielen andern einer schnee=

weißen gekrauſeten Haube. Auf jeder der Wangen ſaß ein klei=
nes, feines Fleckchen Rot.

„Schau, biſt du ſchon da, Viktor," ſagte ſie, „ich habe auch die
Milch wieder vergeſſen, daß ich ſie warm gehalten hätte. Es ſteht
wohl alles an dem Feuer, aber dasſelbe wird ausgegangen ſein.
Warte, ich will es wieder anblaſen."

„Ich bin nicht hungrig, Mutter," ſagte Viktor; „denn ich
habe bei Ferdinand, ehe ich fortging, zwei Schnitten Kaltes von
dem geſtrigen Abendmahle, das noch daſtand, gegeſſen."

„Du mußt aber hungrig ſein," antwortete die Frau, „weil du
ſchon bei vier Stunden in der Morgenluft und dann durch den
feuchten Wald gegangen biſt."

„So weit iſt es ja nicht über die Thurnwieſe herüber."

„Ja, weil du immer läufſt und meinſt, die Füße dauern ewig
— aber ſie dauern nicht ewig — und im Gehen merkſt du auch die
Müdigkeit nicht, aber wenn du eine Weile ſitzeſt, dann ſchmerzen
die Füße."

Sie ſagte nichts weiter und ging in die Küche hinaus. Viktor
ſetzte ſich indeſſen auf einen Stuhl nieder.

Als ſie wieder hereingekommen war, ſagte ſie: „Biſt du müde?"

„Nein", antwortete er.

„Du wirſt wohl müde ſein — freilich müde — warte nur,
warte ein wenig, es wird gleich alles warm ſein."

Viktor antwortete nicht darauf, ſondern tief niedergebückt ge=
gen den Spitz, der mit ihm hereingegangen war, ſtrich er mit
der flachen Hand über die weichen, langen Haare desſelben,
der ſich ebenfalls liebkoſend an dem Jünglinge aufgerichtet
hatte und beſtändig in ſeine Augen ſchaute — er ſtrich immer an
der nämlichen Stelle und blickte auch immer auf dieſe nämliche
Stelle, als wäre eine recht ſchwere, tiefe Bewegung in ſeinem
Herzen.

Die alte Mutter ſetzte indeſſen ihr Geſchäft fort. Sie war ſehr
fleißig. Wenn ſie den Staub nicht erreichen konnte, ſo ſtellte ſie
ſich auf die Spitzen ihrer Zehen, um den unſauberen Gaſt fortzu=
bringen. Hiebei ſchonte und liebte ſie die älteſten, unbrauchbarſten
Dinge. Da lag auf einem Schreine ein altes Kinderſpielzeug, das
ſchon lange nicht gebraucht worden war und vielleicht nie mehr ge=
braucht werden wird — es war ein Pfeifchen mit einer hohlen Ku=

gel, in der klappernde Dinge waren — sie wischte es ringsum sau=
ber ab und legte es wieder hin.

„Aber warum erzählst du denn nichts?" sagte sie plötzlich, da
sie das ringsum herrschende Schweigen zu bemerken schien.

„Weil mich schon gar nichts mehr freut", antwortete Viktor.

Die Frau sagte kein Wort, kein einzig Wörtlein auf diese
Rede, sondern sie setzte ihr Abwischen fort und ihr stetes Aus=
schlingen des Tuches beim offenen Fenster.

Nach einer Weile sagte sie: „Ich habe dir oben den Koffer und
die Kisten schon hergerichtet. Da du gestern aus warest, habe ich
den ganzen Tag damit verbracht. Die Kleider habe ich zusammen=
gelegt, wie sie in den Koffer getan werden müssen. Auch die
Wäsche, welche ausgebessert ist, liegt dabei. Die Bücher mußt du
schon selber besorgen und ebenso das, was du in das Ränzlein zu
tun gedenkst. Ich habe dir einen weichen, feinen Lederkoffer ge=
kauft, wie du einmal gesagt hast, daß sie dir so gefallen. — Aber
wo willst du denn hin, Viktor?"

„Einpacken."

„Mein Gott, Kind, du hast ja noch nicht gegessen. Warte nur
ein Weilchen. Jetzt wird es wohl schon warm sein."

Viktor wartete. Sie ging hinaus und brachte zwei Töpfchen,
eine Schale, eine Tasse und ein Stück Milchbrot auf einem run=
den, reinen, messingberänderten Brette herein. Sie stellte alles
nieder, schenkte ein, kostete, ob es gut und gehörig warm sei, und
schob dann das Ganze vor den Jüngling hin, es dem Dufte der
Dinge überlassend, ob er ihn anlocken werde oder nicht. Und in der
Tat: ihre Erfahrung täuschte sie nicht; denn der Jüngling, der
anfangs nur ein wenig zu kosten begann, setzte sich endlich wieder
nieder und aß mit all dem guten Behagen und Gedeihen, das so
sehr der Jugend eigen ist.

Sie war indessen allgemach fertig geworden, und ihre Abwisch=
tücher zusammenlegend, schaute sie zuzeiten freundlich und lä=
chelnd auf ihn hin. Als er endlich alles Hereingebrachte verzehrt
hatte, gab sie dem Spitz noch die kleinen Überreste, die da waren,
und trug dann das Geschirr wieder in die Küche hinaus, daß es
von der Magd gereinigt werde, wenn sie nach Hause komme,
denn dieselbe war auf den Kirchenplatz des Tales hinausgegangen,
um manche Bedürfnisse für den heutigen Tag einzukaufen.

Als ſie wieder von der Küche hereingekommen war, ſtellte ſich
die Frau vor Viktor hin und ſagte: „Jetzt haſt du dich erquickt,
und nun höre mich an. Wenn ich wirklich deine Mutter wäre,
wie du mich immer nennſt, ſo würde ich recht böſe auf dich wer=
den, Viktor; denn ſiehe, ich muß dir ſagen, daß dein Wort groß
Unrecht iſt, welches du erſt ſagteſt, daß dich nichts mehr freue.
Du verſtehſt es jetzt nur noch nicht, wie unrecht es iſt. Wenn es
ſelbſt etwas Trauriges wäre, das auf dich harrt, ſo ſollteſt du ein
ſolches Wort nicht ſagen. Siehe mich an, Viktor, ich bin jetzt
bald ſiebenzig Jahre alt und ſage noch nicht, daß mich nichts mehr
freue, weil einen alles, alles freuen muß, da die Welt ſo ſchön iſt und
noch immer ſchöner wird, je länger man lebt. Ich muß dir nur
geſtehen — und du wirſt ſelber auf meine Erfahrung kommen,
wenn du älter wirſt —: als ich achtzehn Jahre alt war, ſagte ich
auch alle Augenblicke, mich freut nichts mehr — ich ſagte es näm=
lich, wenn mir diejenige Freude verſagt wurde, die ich mir gerade
einbildete. Dann wünſchte ich alle Zeit weg, welche mich noch von
einer künftigen Freude trennte, und bedachte nicht, welch ein koſt=
bares Gut die Zeit iſt. Wenn man älter wird, lernt man die
Dinge und Weile, welche auch noch immer kürzer wird, erſt recht
ſchätzen. Alles, was Gott ſendet, iſt ſchön, wenn man es auch nicht
begreift — und wenn man nur recht nachdenkt, ſo ſieht man, daß
es bloß lauter Freude iſt, was er gibt; das Leid legen wir nur ſel=
ber dazu. Haſt du im Hereingehen nicht geſehen, wie der Salat
an der Holzplanke, von dem noch geſtern kaum eine Spur war,
heute ſchon aller hervor iſt?“

„Nein, ich habe es nicht geſehen“, antwortete Viktor.

„Ich habe ihn vor Sonnenaufgang angeſchaut und mich dar=
über gefreut“, ſagte die Frau. „Ich werde es mir von nun an ſo=
gar ſo einrichten, daß kein Menſch von mir mehr ſagen kann, er
habe mich eine Träne aus Schmerz weinen geſehen, wenn auch
ein Schmerz käme, der doch wieder nur eine andere Art Freude
iſt. In meiner Jugend habe ich große, große und heiße Schmerzen
gehabt; aber ſie ſind alle zu meinem Wohle und zu meiner Beſſe=
rung — oft ſogar zu irdiſchem Glücke ausgefallen. Ich ſage das
alles, Viktor, weil du bald fortgehſt. Du ſollteſt Gott ſehr danken,
mein Kind, daß du die jungen Glieder und den geſunden Körper
haſt, um hinauszugehen und alle die Freuden und Wonnen auf=

suchen zu können, die nicht zu uns hereinkommen. — — Siehe, du hast kein Vermögen — dein Vater hat von dem Mißgeschicke, das ihn hinieden traf, vieles selbst verschuldet, jenseits wird er wohl die ewige Seligkeit haben; denn er war ein guter Mann und hat immer ein weiches Herz gehabt wie du. Als sie dich nach der Ver= ordnung des Testamentes deines verstorbenen Vaters zu mir brach= ten, damit du bei mir lebest und auf dem Dorfe für dich lernest, um was sie dich dann immer in der Stadt fragen würden, hattest du so viel als nichts. Aber du bist herangewachsen, und nun hast du sogar das Amt erhalten, um welches so viele geworben haben und um welches sie dich beneiden. Daß du jetzt fort mußt, ist nichts und liegt in der Natur begründet; denn alle die Männer müssen von der Mutter und müssen wirken. Du hast daher lauter Gutes erfahren. Du sollst deshalb zu Gott dein Gebet verrichten, daß er dir alles gegeben hat, und du sollst demütig sein, daß du die Gaben hast, es zu verdienen. — — Siehst du, Viktor, alles das zusammen= gefaßt, würde ich über deine Rede böse sein, wenn ich deine Mutter wäre, weil du Gott den Herrn nicht erkennst: aber weil ich deine Mutter nicht bin, so weiß ich nicht, ob ich dir so viel Liebes und Gutes getan habe, daß ich mich sonst auch erzürnen darf und zu dir sagen: Kind, das ist nicht recht von dir, und es ist ganz und gar nicht gut."

„Mutter, ich habe es auch in dem Sinne nicht gemeint, wie Ihr es nehmt", sagte Viktor.

„Ich weiß, mein Kind, und betrübe dich auch nicht zu sehr über meine Rede", erwiderte die Mutter. „Ich muß dir nun auch sa= gen, Viktor, daß du jetzt gar nicht so arm bist, als du vielleicht denken magst. Ich habe dir oft gesagt, wie ich erschrocken bin — das heißt, aus Freude bin ich erschrocken —, als ich erfahren habe, dein Vater hätte in sein Testament gesetzt, daß du bei mir erzogen werden sollest. Er hat mich schon recht gut gekannt und hat das Vertrauen zu mir gehabt. Ich glaube, es wird nicht getäuscht wor= den sein. Viktor, mein liebes, mein teures Kind, ich werde dir jetzt sagen, was du hast. Du hast an Linnen — das ist der auserlesenste Teil unserer Kleider, weil er am nächsten an dem Körper ist und ihn schützt und gesund erhält — so viel, daß du täglich wechseln kannst, wie du es bei mir gelernt hast. Wir haben alles ausgebes= sert, daß kein Faden davon schadhaft ist. Für die Zukunft wirst

du immer noch erhalten, was du brauchſt. Hanna bleicht draußen
Stücke, wovon die Hälfte ſchon für dich gerechnet iſt — und Strik=
ken, Nähen, Ausbeſſern werden wir beſorgen. Im andern Ge=
wande biſt du anſtändig; du kannſt dich dreimal anders anziehen, das
nicht gerechnet, was du eben am Leibe haſt. Es iſt jetzt alles feiner
hergerichtet worden, als du es bisher gehabt haſt; denn ein Mann,
Viktor, der ſein erſtes Amt antritt, iſt wie ein Bräutigam, der
ausgeſtattet wird — und er ſoll auch im Stande der Gnade ſein
wie ein Bräutigam. Das Geld, welches ſie mir alle Jahre für
deinen Unterhalt geben mußten, habe ich angelegt und habe im=
mer die Zinſen wieder dazugetan. Das haſt du nun alles. Der Vor=
mund weiß es nicht und braucht es auch nicht zu wiſſen; denn du
mußt ja auch etwas für dich haben, daß du es ausgeben kannſt,
wenn ſich andere ſehen laſſen, damit dir das Herz nicht zu wehe
tut. Wenn dir dein Oheim das kleine Gütchen entreißt, welches
noch da iſt, ſo betrübe dich nicht, Viktor; denn es ſind ſo viele
Schulden darauf, daß kaum mehr ein einziger Dachziegel dazu ge=
hört. Ich bin in dem Amte geweſen und habe mir es für dich auf=
ſchlagen laſſen, damit ich es weiß. Manches Mal einen Not=
pfennig bekommſt du ſchon von mir auch noch. So iſt alles gut. —
Zu deinem Oheime mußt du nun ſchon die Reiſe machen, ehe du
in das Amt eintrittſt, weil er es ſo wünſcht. Wer weiß, wozu es
gut iſt — du verſtehſt das noch nicht. Der Vormund erkennt auch
die Notwendigkeit, daß du dich dem Wunſche einer Fußwanderung
zu dem Oheime fügeſt. Haſt du geſtern Roſina geſehen?"

„Nein, Mutter; wir ſind ſpät abends zurückgekommen, haben
in dem Zimmer Ferdinands geſpeiſet, und heute bin ich mit Ta=
gesanbruch fortgegangen, weil ſo viel zu tun iſt. Der Vormund
hat geſagt, daß ich meine Fußreiſe über die Stadt antreten und
bei dieſer Gelegenheit von ihnen allen Abſchied nehmen ſoll."

„Siehſt du, Viktor, Roſina könnteſt du einmal zu deiner Frau
bekommen, wenn du in deinem Berufe recht tätig biſt. Sie iſt ſehr
ſchön, und denke, wie ihr Vater mächtig iſt. Er hat die läſtige
Vormundſchaft über dich ſehr redlich und fleißig verwaltet und iſt
dir nicht abgeneigt; denn er hatte immer viele Freude, wenn du
deine Prüfungen gut gemacht hatteſt. Aber laſſen wir das, zu die=
ſer Heirat iſt es noch weit hin. — — Dein Vater könnte jetzt auch
ſo hoch ſein oder noch höher; denn er hat einen gewaltigen Geiſt

gehabt, den sie nur nicht kannten. Deine eigene leibliche Mutter
hat ihn nicht einmal gekannt. Und gut ist er gewesen, so sehr gut,
daß ich jetzt noch manchmal daran denke, wie er gar so gut ge=
wesen ist. Deine Mutter ist auch recht lieb und fromm gewesen,
nur ist sie viel zu frühe für dich gestorben. — — Sei nicht traurig,
Viktor — gehe nun hinauf in deine Stube und bringe alles in
Ordnung. Die Kleider mußt du nicht auseinanderreißen, sie lie=
gen schon so, wie sie in den Koffer passen. Sei bei dem Hineinlegen
sorgsam, daß nichts zu sehr verknittert wird. — So. — — Ehe du
hinaufgehst, Viktor, höre noch eine Bitte von deiner Ziehmutter:
wenn du heute oder morgen noch mit Hanna zusammentriffst, so
sage ihr ein gutes Wort; es ist nicht recht gewesen, daß ihr euch
nicht immer gut vertragen habt! — So, Viktor, gehe nun; denn
ein Tag ist gar nicht so lange."

Der Jüngling sagte gar nichts auf diese Rede, sondern er stand
auf und ging hinaus wie einer, dem das Herz in Wehmut
schwimmt. Und wie man oft bei innerer Bewegung in der äußern
ungeschickt ist, geschah es ihm auch, daß er die Schulter an die Fas=
sung der Tür anstieß. Der Spitz ging mit ihm hinauf.

Oben in seiner Stube, in der er nun so viele Jahre gewohnt
hatte, war es erst recht traurig; denn nichts stand so, wie es in
den Tagen der ruhig dauernden Gewohnheit gestanden war. Nur
eines war noch so: der große Holunderbusch, auf den seine Fenster
hinaussahen, und das rieselnde Wasser unten, das einen feinen,
zitternden Lichtschein auf die Decke seines Zimmers heraufsandte;
die Berge waren noch, die sonnenhell schweigend und hütend das
Tal umstehen; und der Obstwald war noch, der im Grunde des
Tales in Fülle und Dichte das Dorf umhüllt und recht fruchtbar
und segenbringend in der warmen Luft ruht, die zwischen die
Berge geklemmt ist. Alles andere war anders. Die Laden und Fä=
cher der Kästen waren herausgerissen und leer, und ihr Inhalt lag
außen auf ihnen herum: die blütenweiße Linnenwäsche, nach Stük=
ken geordnet — dann die Kleider, rein zusammengelegt und in ge=
hörige Stöße abgeteilt —, andere Dinge, die teils in den Koffer ge=
packt werden sollten, teils in das Wanderränzchen gehörten, das
schon geöffnet auf einem Sessel lag und wartete — auf dem Bette
waren fremde Sachen, auf dem Boden stand der Koffer mit ge=
löstem Riemzeug und lagen zerrissene Papiere: nur die Taschen=

uhr, auf ihrem gewöhnlichen Plaße hängend, pickte wie ſonſt, und
nur die Bücher ſtanden in den Schreinen wie ſonſt und harrten
auf ihren Gebrauch.

Viktor ſah das alles an, aber er tat nichts. Statt einzupacken,
ſeßte er ſich auf einen Stuhl, der in der Ecke des Zimmers ſtand,
und drückte den Spiß an ſein Herz. Dann blieb er ſißen.

Die Klänge der Turmuhr kamen durch die offenen Fenſter
herein, wie ſie die Stunde ausſchlug, aber Viktor wußte nicht, die
wievielte es ſei — die Magd, welche zurückgekommen war, hörte
man aus dem Garten herauf ſingen — auf den fernen Bergen glit-
zerte es zuweilen, als wenn ein blankes Silberſtück oder ein Glas-
täfelchen dort läge—das Lichtzittern auf der Stubendecke hatte aufgehört, weil die Sonne ſchon zu hoch hinübergegangen war — das
Horn des Hirten war zu vernehmen, der auf den Bergen ſeine
Tiere trieb — die Uhr ſchlug wieder: aber der Jüngling ſaß immer auf dem Stuhle, und der Hund ſaß vor ihm und ſchaute ihn
unbeweglich an.

Endlich, als er die Tritte ſeiner Mutter über die Treppe herauf
hörte, ſprang er plötzlich auf und ſtürzte an ſein Geſchäft. Er riß
die Flügel des Bücherkaſtens auseinander und begann ſchnell die
Bücher ſtoßweiſe auf den Boden herauszulegen. Die Frau aber
ſteckte bloß ein wenig den Kopf bei der gelüfteten Tür herein, und
da ſie ihn ſo beſchäftigt ſah, zog ſie ſich wieder zurück und ging auf
den Zehen davon. Er aber, da er ſich einmal in Tätigkeit geſeßt
hatte, blieb auch dabei und arbeitete feuereifrig fort.

Alle Bücher wurden aus den zwei Bücherkäſten herausgetan,
bis ſie leer waren und die ledigen Fächer in das Zimmer ſtarrten.
Dann band er die Bücher in Stöße und legte ſie in eine bereit-
ſtehende Kiſte, deren Deckel er, als die Bücher untergebracht waren, feſtſchraubte und mit einer Aufſchrift verſah. Hierauf ging
er an ſeine Papiere. Alle Fächer des Schreibtiſches und der zwei
andern Tiſche wurden herausgezogen und alle Schriften, die darin waren, Stück für Stück unterſucht. Einiges wurde bloß angeſchaut und an beſtimmten Stellen zum ſofortigen Einpacken zu-
ſammengelegt, anderes wurde geleſen, manches zerriſſen und auf
die Erde geworfen und manches in die Rock- oder Brieftaſche gelegt. Endlich, da auch alle Tiſchfächer leer waren und auf ihren
Boden nichts zeigten als den traurigen Staub, der die langen

Jahre her hineingerieselt war, und die Spalten, die sich unterdes=
sen in dem Holze gebildet hatten, band er auch die hingelegten
Schriften in Bündel und legte sie in den Koffer. Nun ging er an
die Kleider und an das Kofferpacken. Manches Gedenkstück frühe=
rer Tage, als ein kleines silbernes Handleuchterchen, ein Fut=
teral mit einer Goldkette, ein Fernrohr, zwei kleine Pistolen und
endlich seine geliebte Flöte, wurden unter die weiche, schonende
Wäsche untergebracht. Als alles beendet war, wurde der Deckel
geschlossen, das Riemzeug verschnallt, das Schloß gesperrt und
oben eine Aufschrift aufgeklebt. Der Koffer und die Kiste muß=
ten fortgesendet werden, das Ränzchen aber, welches noch auf dem
Stuhle lag, sollte die Dinge enthalten, welche er auf seine Fuß=
wanderung mitnehmen würde. Er packte es schnell voll und schnallte
es dann mit seinem Riemzeug zusammen.

Als er nun mit allem fertig war, schaute er noch einmal in dem
Zimmer und an den Wänden herum, ob nichts liege oder hänge,
was noch eingepackt werden müsse: aber es war nichts mehr da,
und die Stube blickte ihn verwüstet an. Unter dem Gewirre der
fremden Dinge und der ebenfalls gleichsam fremd gewordenen Ge=
räte stand das einzige Bett noch wie bisher; aber auch auf ihm lag
verunreinigender Staub oder lagen Stücke zerrissenen Papieres.
So stand er eine Weile. Der Spitz, der bisher dem Treiben mit
Verdacht schöpfenden Augen zugeschaut hatte und, keinen ein=
zigen Handgriff außer acht lassend, bald rechts, bald links aus=
gewichen war, je nachdem er den Jüngling hinderte, stand nun
auch ruhig vor ihm und blickte empor, gleichsam fragend: „Was
nun?"

Viktor aber wischte sich mit der flachen Hand und mit dem
Tuche den Schweiß von der Stirne, nahm eine Bürste, die dalag,
fegte damit den Staub von seinen Kleidern und stieg dann die
Treppe hinab.

Es war indessen viele Zeit vergangen, und die Dinge hatten sich
unten geändert. In der Stube war niemand. Die Morgensonne,
welche so freundlich hereingeschienen und die Fenstervorhänge so
schimmerweiß gemacht hatte, als er heute früh aus der Stadt ge=
kommen war, ist nun eine Mittagssonne geworden und stand ge=
rade über dem Dache, ihr blendend Licht und ihren warmen Strom
auf das graue Holz desselben niedersenkend. Die Obstbäume stan=

den ruhig, ihre am Morgen ſo naſſen und funkelnden Blätter
ſind trocken geworden, glänzen nur mehr matt, regen ſich nicht,
und die Vögel in den Zweigen picken ihr Futter. Die Fenſtervor-
hänge ſind zurückgeſchlagen, die Fenſter offen, und die heiße Land-
ſchaft ſchaut herein. In der Küche lodert ein glänzendes, rauch-
loſes Feuer, die kochende Magd ſteht dabei. — Alles iſt in jener
tiefen Stille, von der die Heiden einſt ſagten: „Pan ſchläft.“

Viktor ging in die Küche und fragte, wo die Mutter ſei.

„In den Garten oder ſonſtwo herum“, antwortete die Magd.

„Und wo iſt Hanna?“ fragte Viktor wieder.

„Sie iſt vor wenigen Augenblicken hier geweſen,“ erwiderte
die Magd, „ich weiß nicht, wo ſie hingegangen iſt.“

Viktor ging in den Garten hinaus und ging zwiſchen reinlichen
Beeten dahin, die er ſo lange gekannt hatte und auf denen die verſchiedenen Dinge knoſpeten und grünten. Der Gartenknecht ſetzte
Pflanzen, und ſein Söhnlein pumpte Waſſer, wie es ſonſt oft
geweſen war. Viktor fragte um die Mutter: man hatte ſie in dem
Garten nicht geſehen. Er ging weiter an Johannisbeeren, Sta-
chelbeeren, an Obſtbäumen und Hecken vorüber. Zwiſchen den
Stämmen ſtand das hohe Gras, und in den Einfaſſungen blühten
manche Blümlein. Von der Gegend des Glashauſes, deſſen Fenſter
in der Wärme offen ſtanden, tönte eine Stimme herbei: „Viktor,
Viktor!“

Der Gerufene, welcher durch ſeine feurige Arbeit in ſeiner
Stube oben einen Teil der Bekümmernis zerſtreut hatte, die wegen der nahen Fortreiſe über ihn gekommen war, wendete bei dieſem Rufe ſein erheitertes Antlitz gegen die Glashäuſer. Es ſtand
ein ſchönes, ſchlankes Mädchen dort, welches ihm winkte. Er
ſchritt den nächſten Weg durch das Gartengras zu ihr hinüber.

„Viktor,“ ſagte ſie, als er bei ihr angelangt war, „biſt du denn
ſchon da, ich habe ja gar nichts davon gewußt, wann biſt du denn
gekommen?“

„Ja, ſehr früh morgens, Hanna!“

„Ich bin mit der Magd einkaufen geweſen, darum habe ich
dich nicht ankommen geſehen. Und wo biſt du denn dann darauf
geweſen?“

„Ich habe in meiner Stube meine Sachen eingepackt.“

„Die Mutter hat mir auch gar nicht geſagt, daß du ſchon da

seiest, und so habe ich gemeint, du würdest etwas lange geschlafen haben und erst nachmittags aus der Stadt herüberkommen."

„Das war eine törichte Meinung, Hanna. Werde ich denn bis in den Tag schlafen, oder bin ich denn ein Schwächling, der einen Spaziergang vom Tage vorher durch Ruhe verwinden muß, oder ist es etwa weit herüber, oder soll ich die Mittagshitze wählen?"

„Warum hast du denn gestern gar nicht auf unsere Fenster her= übergeschaut, Viktor, da ihr vorbeiginget?"

„Weil wir Ferdinands Geburtstag feierten und nach Einver= ständnis der Eltern den ganzen Tag für uns besaßen. Deswegen hatten wir keinen Vater, keine Mutter, noch sonst jemanden, der uns etwas befehlen durfte. Darum war auch unser Dorf bloß der Ort, wo wir zu Mittag essen wollten, weil es so schön ist, weiter nichts. Verstehst du es!"

„Nein; denn ich hätte doch herübergeschaut."

„Weil du alles vermengst, weil du neugierig bist und dich nicht beherrschen kannst. Wo ist denn die Mutter? Ich habe ihr etwas Notwendiges zu sagen: erst war ich nur nicht gleich gefaßt, da sie mit mir redete, jetzt weiß ich aber schon, was ich antworten soll."

„Sie ist auf der Bleiche."

„Da muß ich also hinübergehen."

„So gehe, Viktor", sagte das Mädchen, indem es sich um die Ecke des Glashauses herumwendete.

Viktor ging sofort, ohne sonderlich auf sie zu achten, gegen die ihm wohlbekannte Bleiche.

Es ist hinter dem Garten ein Platz mit kurzem, samtenem Grase, auf welchem weithin in langen Streifen die Leinwand aufge= spannt lag. Dort stand die Mutter und betrachtete den wirklichen Schnee zu ihren Füßen. Zuweilen prüfte sie die Stellen, ob sie schon trocken seien, zuweilen befestigte sie eine Schlupfe an dem Haken, mit dem das Linnen an den Boden gespannt war, zuweilen hielt sie die flache Hand wie ein Dächlein über die Augen und schaute in der Gegend herum.

Viktor trat zu ihr.

„Bist du schon fertig," sagte sie, „oder hast du dir etwas auf Nachmittag gelassen? Nicht wahr, es ist viel, wie wenig es auch aussieht. Du bist heute weit gegangen, tue den Rest nach dem Essen oder morgen. Ich hätte gestern alles selber packen können und wollte es auch tun; aber da dachte ich: er muß ſelber darangehen, daß er es lernt."

„Nein, Mutter," antwortete er, „ich habe nichts übriggelaſſen, ich bin ſchon ganz fertig."

„So?" ſagte die Mutter, „laß ſehen."

Bei dieſen Worten griff ſie gegen ſeine Stirne. Er neigte ſich ein wenig gegen ſie, ſie ſtreifte ihm eine Locke, die ſich bei der Arbeit niedergeſenkt hatte, weg und ſagte: „Du haſt dich recht erhitzt."

„Es iſt ſchon der Tag ſo warm", antwortete er.

„Nein, nein, es iſt auch vom Arbeiten. Und wenn du alles getan haſt, ſo mußt du heute und morgen ſchon in deinen Reiſekleidern bleiben, und was wirſt du denn da immer tun?"

„Ich gehe an dem Bache hinauf, an dem Buchengewände und ſo herum. Die Kleider behalte ich an. — — Aber ich bin wegen etwas anderem herausgekommen, Mutter, und möchte gerne etwas ſagen, aber es wird Euch erzürnen."

„So erſchrecke mich nicht, Kind, und rede. Willſt du noch etwas? Geht noch irgendein Ding ab?"

„Nein, es geht keines ab, eher iſt um eines zu viel. Ihr habt heute eine Rede getan, Mutter, die mir gleich damals nicht zu Sinne wollte und die ich nun doch nicht wieder aus demſelben bringe."

„Welche Rede meinſt du denn, Viktor?"

„Ihr habt geſagt, daß Euch zu meinem Unterhalte ein Geld angewieſen worden ſei, das Ihr alle Jahre empfangen ſolltet. — Ihr habt geſagt, daß Ihr das Geld empfangen habt — und ferner habt Ihr geſagt, daß Ihr das Geld für mich auf Zinſen angelegt und allemal auch die Zinſen dazugetan habt."

„Ja, das habe ich geſagt, und das habe ich getan."

„Nun ſeht, Mutter, da ſagt mir mein Gewiſſen, daß es nicht recht ſei, wenn ich das Geld von Euch annehme, weil es mir nicht gebührt — und da bin ich gekommen, um es Euch vorher lieber im guten zu ſagen, als daß ich nachher das Geld ausſchlüge und Euch erzürnte. — Seid Ihr böſe?"

„Nein, ich bin nicht böſe," ſagte ſie, indem ſie ihn mit freudeſtrahlenden Augen anſah; „aber ſei kein törichtes Kind, Viktor! Du ſiehſt wohl ein, daß ich dich nicht des Gewinnes wegen in mein Haus aufgenommen habe — um des Gewinnes willen hätte ich nie

ein Kind genommen — daher ift ja das, was von dem Gelde jähr=
lich übriggeblieben ift, von Rechts wegen dein. Höre mich an, ich
werde es dir erklären. Die Kleider hat der Vormund herbeige=
schafft, für Speifen haft du keine Auslagen verurfacht — du aßeft
ja kaum wie ein Vogel, und das Gemüfe und das Obft und das
andere, wovon du genoffeft, das hatten wir ja alles felbft. Siehft
du nun? — Und daß ich dich fo liebgewonnen habe, das hat mir dein
Vater nicht aufgetragen, das ftand auch in keinem Teftamente,
und dafür kannft du nichts. Begreifft du nun alles?"

„Nein, ich begreife es nicht, und es ift auch nicht fo. Ihr feid nur
wieder zu gut, daß Ihr nichts als Scham auf mein Herz ladet.
Wenn nach Abzug der Koften wirklich in jedem Jahre etwas
übriggeblieben wäre und Ihr hättet das für mich aufbewahrt, fo
wäre es fchon nur eine Liebe und Güte gewefen; und nun fagt Ihr,
daß alles übriggeblieben ift, — was man faft nur mit Schmerzen
anhören kann. — Ihr habt ohnedies getan, was kaum zu verant=
worten ift: Ihr habt mir nicht nur eine fchöne Stube gegeben, fon=
dern habt auch gerade das hineingeftellt, was mir lieb und wert
war; Ihr habt mir Speife und Trank verfchafft und Euch nur
Arbeit. Das ganze Reifegeräte habt Ihr jetzt wieder gekauft;
von Euren Feldern und Gärten habt Ihr das Nötige abgekargt,
daß fchöne Linnen und anderes in meiner Lade liegen — — und
wenn ich in früheren Zeiten alles hatte, was ich bedurfte, fo ginget
Ihr hin und gabet mir noch etwas — und wenn ich auch das hatte,
fo ftecktet Ihr mir jeden Tag noch heimlich zu, was Euch deuchte,
daß es mich freuen wird. — Ihr habt mich lieber gehabt als
Hanna!"

„Nein, mein Viktor, da tuft du mir unrecht. Du verftehft das
Gefühl noch nicht. Was nicht vom Herzen geht, geht nicht wieder
zu Herzen. Hanna ift meine leibliche Tochter — ich habe fie im
Schoße unter dem eigenen Herzen getragen, das ihrer Ankunft
entgegenfchlug — ich habe fie dann geboren: in fpätem Alter ift
mir das Glück zuteil geworden, als ich fchon hätte ihre Großmut=
ter fein können — mitten unter dem Schmerze über den Tod ihres
Vaters habe ich fie doch mit Freuden geboren — dann habe ich fie
erzogen — — und fie ift mir daher auch lieber. Ich habe aber auch
dich fehr geliebt, Viktor. Seit du in diefes Haus gekommen und
aufgewachfen bift, liebte ich dich fehr. Oft war es mir, als hätte

ich dich wirklich unter dem Herzen getragen — — und ich hätte dich
ja eigentlich unter dieſem Herzen tragen ſollen; es war Gottes
Wille, wenn es auch nachher anders geworden iſt — ich werde
dir das erzählen, wenn du älter geworden biſt. — Und zuletzt,
daß ich es ſage, um Gott und der Wahrheit die Ehre zu geben,
ihr werdet mir wohl beide gleich lieb ſein. — — Mit dem Gelde
machen wir es ſo, Viktor: man muß keinem Menſchen in ſeinem
Gewiſſen Gewalt antun, und ich dringe daher nicht mehr in dich;
laſſen wir das Geldanliegen bleiben, wo es jetzt liegt, ich werde
eine Schrift verfertigen, daß es dir und Hanna ausgefolgt werde,
wenn ihr großjährig ſeid; dann könnt ihr es teilen oder ſonſt dar=
über verfügen, wie ihr wollt. Iſt es dir ſo recht, Viktor?“

„Ja, dann kann ich ihr alles geben.“

„Laſſe das nur jetzt ruhen. Wenn die Zeit kömmt, wird ſich
ſchon finden, was mit dem Gelde zu machen ſei. Ich will dir noch
auf das andere antworten, was du geſagt haſt, Viktor. Wenn ich
dir heimlich Gutes tat, ſo tat ich es auch Hanna. Die Mütter
machen es ſchon ſo. Seit du in unſer Haus gekommen biſt, iſt es
beinahe, als wäre ein größerer Segen gekommen. Ich konnte für
Hanna jährlich mehr erſparen als ſonſt. Die Sorge für zwei iſt
geſchicktere und geübtere Sorge, und wo Gott für zwei zu ſegnen
hat, ſegnet er oft für drei. — — O Viktor! die Zeit iſt recht ſchnell
vergangen, ſeit du da biſt. Wenn ich ſo zurückdenke an meine ein=
ſtige Jugend, ſo iſt es mir: wo ſind denn die Jahre hingekommen,
und wie bin ich denn ſo alt geworden? Da iſt noch alles ſo ſchön
wie geſtern — die Berge ſtehen noch, die Sonne ſtrahlt auf ſie her=
unter, und die Jahre ſind dahin als wie ein Tag. — Wenn du
nachmittag, wie du ſagſt, oder etwa morgen noch einmal in den
Wald hinaufgehſt, ſo ſuche eine Stelle auf — man könnte ſie von
hier beinahe ſehen — ſiehſt du, dort oben in der Bergrinne, wo das
Licht gleichſam über die grünen Buchen herabrieſelt. — Die Stelle
iſt für dich bedeutſam. Es quillt ein Brünnlein hervor und fließt
in die Bergrinne nieder, über das Brünnlein legt ſich ein breiter,
flacher Stein, und eine ſehr alte Buche ſteht dabei, welche unten
einen langen Aſt ausſtreckt, auf den man Tücher legen oder einen
Frauenhut aufhängen kann.“

„Ich kenne die Stelle nicht, Mutter, aber wenn Ihr wollt,
werde ich hinaufgehen und ſie aufſuchen.“

„Nein, Viktor, dir ist sie doch nicht so nahe wie mir — auch
wirst du andere wissen, die in deinen Augen schöner sind. Lassen
wir das. Sei über alles ruhig, denke nicht mehr an das Geld, und
sei nicht traurig. Ich weiß es, der Schmerz über die Scheidung ist
schon in dir, und da nimmst du alles tiefer auf, als es ist. — — Du
sagtest, daß du heute noch an dem Buchengewände hinaufgehen
willst: hast du aber auch gesehen, wie sich kein Zweiglein in dem
Garten rührt und die Baumwipfel gleichsam in den Lüften stok=
ken; ich denke, es könnte ein Gewitter kommen, du mußt nicht zu
weit gehen.“

„Ich gehe nicht zu weit, und ich kenne schon die Gewitterzei=
chen; wenn sich einige zeigen, gehe ich nach Hause.“

„Ja, Viktor, halte es so, und es ist gut. Willst du nach einem
Weilchen mit mir in die Stube hineingehen — es ist schon bald
Mittag —, oder willst du noch lieber hier herum sein, bis es Zeit
zum Essen wird?“

„Ich will noch ein wenig in dem Garten bleiben.“

„So bleibe in dem Garten. Ich werde hier noch die Schlupfen
befestigen und nachsehen, ob mir das Geflügel nicht wieder die
Leinwand verunreinigt hat.“

Er blieb noch eine Zeit bei ihr stehen und sah ihr zu. Dann ging
er in den Garten, und sie blickte ihm nach.

Hierauf befestigte sie die eine Schlupfe und dann die andere, bis
keine mehr fehlte. Sie wischte das Stückchen Erde weg, das ein
Gänsefuß oder ein anderer auf das Linnen gebracht hatte. Sie
lüftete jetzt diese und jetzt jene Stelle, daß sie nicht zu sehr an dem
Grase klebe. — — Und sooft sie aufsah, sah sie sich nach Viktor um
und erblickte ihn vor dem einen oder dem andern Busche des Gar=
tens stehend oder herumgehend oder über die Planke hinaus nach
der Gegend schauend. Dies dauerte so lange, bis plötzlich in der
stillen, heißen Luft das klare Mittagsglöcklein klang — für die
Gemeinde das Zeichen zum Gebete und für dieses Haus nach ste=
tiger Gewohnheit zugleich das Zeichen, daß man sich zum Mit=
tagsessen versammeln solle. Die Mutter sah noch, wie sich Viktor
auf den Schall des Glöckleins umwandte und dem Hause zuschritt.
Dann folgte sie ihm.

Als der Jüngling in das Haus trat, sah er, daß unterdessen
Gäste gekommen waren, nämlich der Vormund und seine Familie.

Man hatte, wie es bei solchen Gelegenheiten oft geschieht, Viktor eine Überraschung machen und nebstbei einen Tag auf dem Lande zubringen wollen.

„Du siehst, mein lieber Mündel," sagte der Vormund zu dem erstaunten Jünglinge, „daß wir artig sind. Wir wollen dich heute noch einmal sehen und ein Abschiedsfest feiern. Du kannst dann übermorgen, oder wann deine Reiseanstalten fertig sind, deinen geraden Weg über die Berge wandern, ohne, wie wir verabredet haben, noch einmal die Stadt zu berühren, um von uns Abschied zu nehmen. Genieße dann nur recht deine wenigen noch übrigen Tage der Freiheit, bis du in das Joch der harten Arbeit mußt."

„Sei mir gegrüßt, mein Sohn", sagte die Gattin des Vormunds und küßte Viktor, der sich auf ihre Hand niederbeugen wollte, auf die Stirne.

„Nicht wahr, das ist schön geworden, wie es jetzt ist?" sagte Ferdinand, der Sohn, indem er dem Freunde die Hand schüttelte.

Rosina, die Tochter, welche ein wirklich recht schönes zwölfjähriges Mädchen war, stand seitwärts, sah freundlich um sich und sagte nichts.

Viktors Ziehmutter mußte um den bevorstehenden Besuch gewußt haben: denn der Tisch war gerade für so viele Menschen gedeckt, als da waren. Sie grüßte alle sehr freundlich, als sie hereinkam, ordnete an, in welcher Reihe man an dem Tische sitzen sollte, und sagte: „Siehst du, Viktor, wie dich alle doch liebhaben."

Die Speisen kamen, und das Mahl begann.

Der Vormund und seine Gattin saßen obenan, neben Rosinen wurde Hanna, die Ziehschwester Viktors, gesetzt, den Mädchen gegenüber waren die Jünglinge, und ganz unten hatte sich als Wirtin die Mutter hingesetzt, die häufig aus und ein zu gehen und zu sorgen hatte.

Man genoß die ländlichen Gerichte.

Der Vormund erzählte Reiseabenteuer, die er selbst erlebt hatte, da er noch in den Schulen war, er gab Regeln, wie man mit mäßigem Frohsinne die Welt genießen solle, und unterwies Viktor, wie er sich nun zunächst zu benehmen habe. Die Gattin des Vormunds spielte auf eine künftige Braut an, und Ferdinand sagte, er würde den Freund sehr bald besuchen, wenn derselbe nur einmal in seinen Standort würde eingerückt sein. Viktor redete wenig und versprach, alles genau zu befolgen, was ihm der Vormund anriet und einprägte. Den Brief, den er ihm an den Oheim mitgab, zu welchem Viktor nun unmittelbar, und zwar auf die ausdrückliche, sonderbare und etwas eigensinnige Forderung des Oheims selbst zu Fuße zum Besuche kommen mußte, ver= sprach er recht gut aufzubewahren und sogleich bei der Ankunft abzugeben.

Als es gegen Abend ging, machten sich die Stadtbewohner auf den Heimweg. Sie ließen ihren Wagen, der in dem Gasthause gehalten hatte, in dem engeren Tale bis zu seiner Mündung in das weitere vorausgehen und wurden von ihrer Wirtin und Vik= tor und Hanna begleitet.

„Lebt wohl, Frau Ludmilla," sagte der Vormund, als er in den Wagen stieg, „lebe wohl, Viktor, und befolge alles, was ich dir gesagt habe."

Als er in den Wagen gestiegen war, als Viktor noch einmal ge= dankt und man sich allseitig empfohlen hatte, flogen die Pferde davon.

Es war heute schon zu spät, daß Viktor noch weit in den Wald hinaufgegangen wäre. Er blieb zu Hause, sah verschiedene Dinge in dem Garten an und untersuchte noch einmal alle Habe, die er in sein Ränzchen gepackt hatte.

*

Abschied

Der andere Tag, der letzte, den Viktor in diesem Hause zuzubrin= gen hatte, brachte nichts Ungewöhnliches. Man packte noch man= ches, man ordnete das schon Geordnete noch einmal, man tat, wie es in solchen Fällen sehr gewöhnlich ist, gegeneinander, als sollte gar nichts vorfallen, und so war der Vormittag bald vorüber.

Nach dem Mittagsessen, als man kaum aufgestanden war, ging Viktor schon an dem Bache durch die Gegend hinauf und wandelte für sich allein dem Buchengewände und dessen Stein= hängen zu.

„Laß ihn gehen, laß ihn gehen," sagte die alte Frau für sich, „das Herz wird ihm schwer sein."

„Mutter, wo iſt denn Viktor?" fragte Hanna einmal im Laufe des Nachmittages.

„Er iſt Abſchied nehmen gegangen," antwortete dieſe, „von der Gegend iſt er Abſchied nehmen gegangen. Mein Gott! er hat ja nichts anders. Der Vormund, ein ſo vortrefflicher und vorſorg= licher Mann er iſt, iſt ihm doch ferne, und ſo ſind es auch die An= gehörigen des Vormundes."

Hanna erwiderte auf dieſe Worte nichts — — gar nicht den lei= ſeſten Laut erwiderte ſie darauf und ging zwiſchen das Gebüſche der kleinen Pflaumenbäume hinein.

Der Reſt des Nachmittages verging in dieſem Hauſe wie ge= wöhnlich. Die Menſchen verbrachten ihn mit den Arbeiten, die ihnen zukamen, die Vögel in ihren Bäumen verzwitſcherten ihn, die Hühner gingen in dem Hofe herum, die Gräſer und Pflanzen gediehen ein wenig weiter, und die Berge ſchmückten ſich mit Abendgold.

Als die Sonne ſchon von dem Himmel verſchwunden war und nur mehr die goldblaſſe, ahnungsreiche Kuppel über dem Tale ſtand — darum ahnungsreich, weil ſie morgen als ebenſo goldblaſſe Frühkuppel über dem Tale ſtehen und denjenigen auf immer fort= führen wird, den hier alle ſo lieben — als dieſe Kuppel über dem Tale glänzte, kam Viktor von ſeinem Gange, auf den er ſich ſo eilig nach dem Eſſen begeben hatte, zurück. Er ging längs der Gar= tenplanke, um das Pförtchen zu gewinnen, das von der Leinwand= bleiche hineinführt. Die weißen Linnenſtreifen waren nicht mehr da, nur das grünere und naſſere Gras wies die Stellen, wo ſie unter Tags gelegen waren — manche Fenſter waren über die Gartenbeete gedeckt, weil der blanke Himmel eine kühle Nacht ver= ſprach — von dem Hauſe ſtieg ein dünnes Rauchſäulchen auf, weil die Mutter ſchon vielleicht für das Abendeſſen ſorgte. Viktor hatte ſein Angeſicht dem Abendhimmel zugewendet, es wurde von demſelben ſanft beleuchtet, die kühlere Luft floß durch ſeine Haare, und der Himmel ſpiegelte ſich in dem trauernden Auge.

Hanna hatte ihn beinahe dicht an ſich vorübergehen geſehen, da ſie an der innern Wand der Gartenplanke ſtand, aber ſie hatte nicht den Mut gehabt, ihn anzureden. Das Mädchen war beſchäf= tigt, von einem ſtruppigen, geſchorenen Buſche Stücke eines Sei= denſtoffes herabzuleſen, die in einem getrennten Kleide beſtanden,

gefärbt worden waren und unter Tags zum Trocknen sich auf
dem Busche befunden hatten. Stück nach Stück nahm sie herab
und legte sie auf ein Häufchen zusammen. Da sie nach einer Weile
umblickte, sah sie Viktor im Garten bei der großen Rosenhecke
stehen.

Später sah sie ihn wieder bei der Hecke des blauen Holunders
stehen, der schon Knospen hatte. Der Holunder aber war viel
näher gegen sie her als die Rosenhecke. Dann ging er wieder ein
wenig weiter, und endlich kam er zu ihr herzu und sagte: „Ich
will dir etwas hineintragen helfen, Hanna."

„Ach nein, Viktor, ich danke dir," antwortete sie, „es sind ja
nur ein paar leichte Läppchen, die ich färbte und hier trocknen
ließ."

„Hat sie die Sonne denn nicht sehr ausgezogen?"

„Nein, dieses Blau muß man in die Sonne legen, vorzüglich
in die Frühlingssonne, da wird es immer schöner."

„Nun, und ist es schön geworden?"

„Sieh her."

„Ach, ich verstehe es doch nicht."

„Es ist nicht so schön geworden wie die Bänder im vorigen
Jahre, aber doch schön genug."

„Es ist sehr feine Seide."

„Sehr fein."

„Gibt es noch feinere?"

„Ja, es gibt noch viel feinere."

„Und möchtest du recht viele schöne seidene Kleider haben?"

„Nein; sie sind zum Festtagsgewande sehr vorzüglich; aber da
man nicht viel Festgewand braucht, so wünsche ich nicht viel Seide.
Die andern Kleider sind auch schön, und Seide ist immer ein stol=
zes Tragen."

„Ist der Seidenwurm nicht ein recht armes Ding?"

„Warum, Viktor?"

„Weil man ihn töten muß, um sein Gewebe zu bekommen."

„Tut man das?"

„Ja, man siedet sein Gespinst im Wasserdunst oder räuchert es
in Schwefel, damit das Tier drinnen stirbt; denn sonst frißt es die
Fäden durch und kömmt als Schmetterling heraus."

„Armes Tier!"

„Ja, — und in unſern Zeiten trennt man ihn auch von ſeinem
armen Vaterlande — ſiehſt du, Hanna, — wo er auf ſonnigen
Maulbeerbäumen herumkriechen könnte, und füttert ihn in un=
ſern Stuben mit Blättern, die draußen wachſen und auch nicht ſo
heiter ſind wie in ihrem Vaterlande. — — Und die Schwalben und
die Störche und die andern Zugvögel gehen im Herbſte von uns
fort, vielleicht weit, weit in die Fremde; aber ſie kommen im Früh=
linge wieder. — — Es muß die Welt doch eine ungeheure, unge=
heure Größe haben.“

„Mein armer Viktor, rede nicht ſolche Dinge.“

„Ich möchte dich um etwas fragen, Hanna.“

„So frage mich, Viktor.“

„Ich muß dir noch vielmal danken, Hanna, daß du mir die
ſchöne Geldbörſe gemacht haſt. Das Gewebe iſt ſo fein und
weich, und die Farben ſind recht ſchön. Ich habe ſie mir aufbe=
wahrt und werde kein Geld hineintun.“

„Ach, Viktor, das iſt ja ſchon lange her, daß ich dir die Börſe
gab, und es iſt nicht der Mühe wert, daß du mir dankſt. Tue
du nur dein Geld hinein, ich werde dir eine neue machen, wenn
dieſe ſchlecht wird, und ſo immerfort, daß du nie einen Mangel
haben ſollſt. Ich habe dir zu deiner jetzigen Abreiſe noch etwas
gemacht, das viel ſchöner iſt als die Börſe, aber die Mutter
wollte, daß ich es dir erſt heute abends oder morgen früh geben
ſollte.“

„Das freut mich, Hanna, das freut mich ſehr.“

„Wo biſt du denn den ganzen Nachmittag geweſen, Viktor?“

„Ich bin an dem Bache hinaufgegangen, weil ich ſo Langeweile
hatte. Ich habe in das Waſſer geſchaut, wie es ſo eilig und emſig
unſerm Dorfe zurieſelt, wie es ſo dunkel und wieder helle iſt,
wie es um die Steine und um den Sand herumtrachtet, um nur
bald in das Dorf zu kommen, in welchem es dann doch nicht bleibt.
Ich habe das Steinübergehänge angeſchaut, das da ſteht und un=
aufhörlich in die Wellen blickt. Zuletzt bin ich in den Buchenwald
hinaufgegangen, wo die Stämme ſchön ſein werden, wenn ein
oder zwei oder gar zehn Jahre verfloſſen ſind. Die Mutter hat mir
von einem Platze erzählt, wo ein flacher Stein über ein Brünnlein
liegt und eine alte Buche mit einem tiefen, langen Aſte ſteht. Ich
konnte den Platz nicht finden.“

„Das ist das Buchenbrünnlein im Hirschkar. Es wachsen gute
Brombeeren herum, ich weiß den Platz recht gut und werde ihn dir
morgen zeigen, wenn du willst."

„Morgen bin ich ja nicht mehr da, Hanna."

„Ach so, morgen bist du nicht mehr da. Ich meine immer, daß
du stets da sein sollst."

„Ach nein. — — Liebe Hanna, teile diese seidenen Flecke ab, ich
will sie dir doch hineintragen helfen."

„Ich weiß nicht, wie du heute bist, Viktor; die Dinge da sind
ja so leicht, daß ein Kind das Zehnfache davon zu tragen vermöchte."

„Es ist auch nicht wegen der Schwere, sondern ich möchte sie
dir nur tragen."

„Nun, so trage einen Teil, ich werde sie gleich ordnen. Willst
du schon in das Haus hineingehen, so raffen wir schnell zusammen,
was noch da ist, und gehen."

„Nein, nein, ich will nicht hineingehen — es ist ja nicht so spät,
ich möchte noch in dem Garten bleiben. — — Und das von der Börse
ist es auch nicht allein, was ich dir zu sagen habe."

„So sprich, Viktor, was ist es denn?"

„Die vier Tauben, die ich bisher ernährt habe — sie sind frei=
lich nicht so schön, aber sie erbarmen mir doch, wenn sie nun nie=
mand pflegt."

„Ich will sorgen, Viktor, ich will ihnen den Schlag am Mor=
gen öffnen und am Abende schließen; ich will Sand streuen und
ihnen Futter geben."

„Dann muß ich dir noch für die viele Leinwand danken, die ich
mitbekomme."

„Um Gottes willen, ich habe sie dir ja nicht gegeben, sondern
die Mutter — auch haben wir ja noch genug in unsern Schrei=
nen, daß wir ihren Abgang nicht empfinden."

„Das kleine silberne Kästchen von meiner verstorbenen Mutter,
weißt du, das wie ein Trühelchen aussieht, mit der durchbrochenen
Arbeit und dem kleinen Schlüsselchen, das dir immer so gefallen
hat — das habe ich dir gar nicht eingepackt, weil ich es dir zum Ge=
schenke da lasse."

„Nein, das ist zu schön, das nehme ich nicht."

„Ich bitte dich, nimm es, Hanna, du tust mir einen sehr großen
Gefallen, wenn du es nimmst."

„Wenn ich dir einen großen Gefallen tue, ſo will ich es nehmen und es dir aufheben, bis du kommſt, und es dir ſorgfältig bewah= ren.“

„Und die Nelken pflege, die armen Dinger an der Planke — hörſt du — und vergiß den Spitz nicht; er iſt zwar ſchon alt, aber ein treues Tier.“

„Nein, Viktor, ich vergeſſe ihn nicht.“

„Aber ach, das iſt es ja alles nicht, was ich eigentlich zu ſagen habe — — ich muß etwas anderes ſagen.“

„Nun ſo rede, Viktor!“

„Die Mutter hat geſagt, ich möchte heute noch ein freundliches Wort zu dir ſagen, weil wir öfter miteinander gezankt haben — ich möchte noch gut reden, ehe ich auf immer fortgehe — — und da bin ich gekommen, Hanna, um dich zu bitten, daß du nicht auf mich böſe ſeieſt.“

„Wie redeſt du nur, ich bin ja in meinem ganzen Leben nicht böſe auf dich geweſen.“

„O ich weiß es jetzt recht gut, du biſt immer die Gequälte und Geduldige geweſen.“

„Viktor, ängſtige mich nicht, das iſt dir nur heute ſo.“

„Nein, du warſt immer gut, ich dachte es nur nicht ſo. Höre mich an, Hanna, dir will ich mein ganzes Herz ausſchütten: ich bin ein unbeſchreiblich unglücklicher Menſch.“

„Heiliger Gott! Viktor, mein lieber Viktor! Was iſt dir denn ſo ſchwer?“

„Siehſt du, den ganzen Tag hängen mir die niederziehenden Tränen in dem Haupte, ich muß ſie zurückhalten, daß ſie mir nicht aus den Augen fallen. Als ich nach dem Mittageſſen an dem traurigen Waſſer und an dem Buchengewände hinaufging, war es nicht eigentlich Langeweile, ſondern daß mich nur keine Augen anſchauen möchten — — und da dachte ich mir: ich habe gar nie= mand auf der ganzen großen, weiten Erde, keinen Vater, keine Mutter, keine Schweſter. Mein Oheim bedroht mir meine we= nigen Habſeligkeiten, weil ihm mein Vater ſchuldig war, und die einzigen, die mir Gutes tun, muß ich verlaſſen.“

„O Viktor, lieber Viktor, kränke dich nicht zu ſehr. Dein Vater und deine Mutter ſind freilich geſtorben; aber das iſt ſchon lange her, daß du ſie kaum gekannt haſt. Dafür haſt du eine andere

Mutter gefunden, die dich so liebt wie eine wahre – und du hast
ja zeither keine Klage wegen der verstorbenen getan. Daß wir jetzt
scheiden müssen, ist sehr, sehr traurig; aber versündige dich nicht an
Gott, Viktor, der uns die Prüfung auferlegt hat. Trage sie ohne
Murren – ich trug sie auch schon den ganzen Tag her und murrte
nicht; ich hätte sie auch getragen, wenn du gar nicht mehr zu mir
gekommen wärest, um mit mir zu reden."

„O Hanna, Hanna!"

„Und wenn du auch fort bist, werden wir sorgen, was wir dir
schicken sollen, wir werden für dich beten, und ich werde alle Tage
in den Garten gehen und auf die Berge schauen, über die du fort=
gegangen bist."

„Nein, tue es nicht, sonst wäre es gar zu kläglich."

„Warum denn?"

„Weil doch alles nichts hilft – und weil es nicht das allein ist,
daß ich scheiden muß und daß wir uns trennen müssen."

„Was ist denn?"

„Daß alles vorüber ist und daß ich der einsamste Mensch auf
Erden bin."

„Aber Viktor, Viktor!"

„Ich werde nie heiraten – es kann nicht sein – – es wird nicht
möglich werden. Du siehst also, ich werde keine Heimat haben, ich
gehöre niemanden an; die andern werden mich vergessen – und
es ist gut. – Begreifst du es? – – ich habe es nie gewußt, aber
jetzt ist es klar – ganz klar. Siehst du es nicht? – – Warum
schweigst du denn plötzlich, Hanna?"

„Viktor!"

„Was, Hanna?"

„Dachtest du schon?"

„Ich dachte."

„Nun?"

„Nun – nun – es ist alles vergeblich, alles umsonst."

„Bleibe ihr treu, Viktor."

„Ewig, ewig; aber es ist umsonst."

„Warum denn?"

„Ich sagte dir ja, daß mir mein Oheim das Gut, das einzige,
was übrigblieb, nimmt. Sie ist wohlhabend, ich bin arm und kann
noch lange, lange Zeit kein Weib ernähren. Da wird einer um

ſie werden kommen, der ſie ernähren, ihr ſchöne Kleider und Ge-
ſchenke geben kann, und den wird ſie nehmen."

„Nein, nein, nein, Viktor, das tut ſie nicht — das tut ſie ewig
nicht. Sie wird dich ihr ganzes Leben lang lieben, wie du ſie, und
wird dich nicht verlaſſen, wie du ſie nicht verläßt."

„O liebe, liebe Hanna!"

„Lieber Viktor!"

„Und es wird gewiß eine Zeit kommen, wo ich wieder zurück-
komme — da werde ich nie ungeduldig werden, und wir werden leben
wie zwei Geſchwiſter, die ſich über alles, alles lieben, was nur immer dieſe Erde tragen kann, und die ſich ewig, ewig treu bleiben
werden."

„Ewig, ewig", ſagte ſie, indem ſie raſch ſeine dargebotenen Hände
ergriff.

Sie brachen in bitterliche Tränen aus.

Viktor zog ſie ſanft gegen ſich her, und ſie folgte. Sie lehnte
das Haupt und das Angeſicht an das Tuch ſeines Rockes, und
gleichſam als wären jetzt bei ihr alle Schleuſen recht geöffnet worden, weinte und ſchluchzte ſie ſo ſehr, als drückte es ihr das Herz ab,
weil ſie ihn verlieren müſſe. Er legte den Arm um ſie, wie be-
ſchützend und beſchwichtigend, und drückte ſie an ſein Herz. Er
drückte ſie immer feſter, wie ein hilfloſes Weſen. Sie ſchmiegte ſich
an ihn, wie an einen Bruder, der jetzt gar ſo, gar ſo gut iſt. Er
ſtreichelte mit der einen Hand über ihre Locken, die ſie geſcheitelt
auf dem Haupte trug, dann beugte er ſich nieder und küßte ihre
Haare — aber ſie hob ihr Angeſicht zu ihm empor und küßte ihn
ſo heiß auf ſeine Lippen, ſo heiß, wie ſie nie gedacht habe, daß ſie
etwas küſſen könne.

Dann ſtanden ſie noch eine Weile und ſprachen nichts.

Da kam der Gärtnerknabe und ſagte, daß ihn die Mutter
ſchicke und ihnen ſagen laſſe, daß ſie zu dem Abendeſſen kommen
möchten.

Die ſeidenen Flecke, welche das Geſpräch eingeleitet hatten,
hielten ſie noch immer in den Händen, aber ſie waren verknittert,
und manche waren von den Tränen Hannas naß. Sie nahmen daher dieſelben zuſammen, wie es ſich eben fügen wollte, und gingen
Hand in Hand auf dem Gartenwege gegen das Haus. Als ſie
die Mutter kommen ſah und die rotgeweinten Augen ihrer

Kinder erblickte, lächelte sie und ließ dieselben in die Stube treten.

Hier wurden die Gerichte aufgetragen, die Mutter legte jedem von den beiden vor, wie sie glaubte, daß es ihnen am liebsten sei, sie fragte nicht, was sie gesprochen haben, und so aßen die drei, wie sie an jedem Abende in aller bisher vergangenen Zeit gegessen hatten.

Hanna hatte sehr große braune Augen, die sich während dem Essen jeden Augenblick ohne Anlaß mit Tränen füllen wollten.

Als man fertig war und ehe man sich zum Schlafengehen anschickte, mußte noch Hannas Geschenk herbeigebracht werden. Es war eine Brieftasche, die mit schneeweißer Seide gefüttert war und schon das Reisegeld enthielt, das die Mutter hineingelegt hatte.

„Das Geld tue ich heraus", sagte Viktor, „und hebe mir die Brieftasche auf."

„Nein, nein," sagte die Mutter, „das Geld lasse drinnen; siehst du, wie schön die gedruckten feinen Papiere in der weißen Seide ruhen? Nebst andern Dingen muß dich Hanna auch immer mit Brieftaschen versehen."

„Ich werde sehr darauf achthaben", antwortete Viktor.

Die Mutter schloß nun mit dem winzig kleinen Schlüsselchen das Fach der Brieftasche zu, in welchem das Geld war, und zeigte ihm, wie man das Schlüsselchen berge.

Hierauf trieb sie zum Schlafengehen.

„Lasse das, lasse das," sagte sie, als sie Viktor anmerkte, daß er für das Reisegeld danken wolle, „gehet nun zu Bette. Um fünf Uhr des Morgens mußt du schon auf den Bergen sein, Viktor. Ich habe gesorgt, daß uns der Knecht bei rechter Zeit wecke, wenn ich mich etwa selber verschlafen sollte. Du mußt noch ein recht gutes Frühmahl einnehmen, ehe du fortgehst. — So, Kinder, gute Nacht, schlafet wohl."

Sie hatte während dieser Worte, wie sie es jeden Abend tat, zwei Kerzen für die Kinder angezündet, jedes nahm die seine von dem Tische, wünschte der Mutter eine ehrerbietige gute Nacht und begab sich auf seine Stube.

Viktor konnte noch nicht sein Lager suchen. Die vielen unordentlichen Schatten, die die herumstehenden Dinge warfen, machten das Zimmer unwirtlich. Er ging an ein Fenster und sah hinaus.

Der Holunderſtrauch war ein ſchwarzer Klumpen geworden, und
das Waſſer war gar nicht mehr ſichtbar: eine lichtloſe Tafel war
an der Stelle, wo es fließen ſollte — nur ein von Zeit zu Zeit auf=
zuckender Funke zeigte, daß es da war und ſich bewege. Als alle
Stimmen des Hauſes und des Dorfes verſtummt waren, zeigte
auch ein leiſes, leiſes Rieſeln, das bei dem offenen Fenſter hereinkam,
von dem Freunde, der ſo viele Jahre an dem Lager des Jünglings
vorbeigeronnen war. Viele tauſend Sterne brannten an dem Him=
mel, aber es erglomm nicht ein einziger, nicht der ſchmalſte Sichel=
ſtreifen des Mondes.

Viktor legte ſich endlich auf das Bett, um die letzte Nacht hier
zu verſchlafen und den Morgen zu erwarten, der ihn vielleicht auf
immer fortführen ſollte, wo er, ſeit er denken konnte, ſein Leben
zugebracht hatte.

Dieſer Morgen kam ſehr bald! Als Viktor noch kaum geglaubt
hatte, die erſten erquickenden Atemzüge des Schlafes getan zu
haben, klopfte es leiſe an ſeine Türe, und die Stimme der Mut=
ter, die keinen Knecht zum Aufwecken bedurft hatte, ließ ſich ver=
nehmen: „Vier Uhr iſt es, Viktor, kleide dich an, vergiß nichts
und komme dann hinunter. Hörſt du es?"

„Ich höre es, Mutter."

Sie ging wieder die Treppe hinab; er aber ſprang von ſeinem
Lager empor. In der doppelten Beklemmung, der des Schmerzes
und der der Reiſeerwartung, kleidete er ſich an und ging in das
Speiſezimmer hinunter. Im Morgengrauen ſtand ſchon ein Früh=
mahl auf dem Tiſche — man hatte nie ein ſo frühes verzehrt.
Schweigend aß man davon. Die Mutter ſah faſt unverwandt
Viktor an; Hanna getraute ſich nicht, ihre Augen auf irgend etwas
emporzuheben. Viktor hörte bald zu eſſen auf. Er erhob ſich von
ſeinem Stuhle und nahm ſich zuſammen. Er ging ein paar Male
in dem Zimmer herum, und dann ſagte er: „Mutter, es wird ge=
rade Zeit ſein; ich gehe."

Er nahm das Ränzchen über die Schultern und zog die Rie=
men feſt, daß es gut ſaß. Dann nahm er den Hut, griff an die
Bruſt, ob er die Brieftaſche habe, und unterſuchte, ob er überhaupt
nichts vergeſſe. Da dieſes vorüber war, ging er gegen die Mutter,
die mit Hanna aufgeſtanden war, und ſagte: „Ich danke Euch für
alles, liebe Mutter . . ."

Mehr konnte er kaum über die Lippen bringen, und sie ließ ihn auch nicht reden. Sie führte ihn zu dem Weihwasser an die Tür, besprißte ihn mit ein paar Tropfen, machte ihm das Zeichen des Kreuzes auf Stirne, Mund und Brust und sagte: „So, mein Kind, gehe jeßt ruhig fort. Sei gut, wie du bisher gut gewesen bist, und behalte das weiche, sanfte Herz. Schreibe oft und ver= schweige nicht, wenn du etwas brauchst. Gott wird deine Wege schon segnen, die du gehst, weil du stets so folgsam gewesen bist."

Bei diesen Worten träufelten ihr die Tränen hervor, und sie rührte nur mehr die Lippen und konnte nichts sagen.

Nach einem Weilchen ermannte sie sich wieder und sprach: „Die Kissen, welche noch oben sind, und den Koffer wirst du schon an dem Bestimmungsorte deines Amtes vorfinden, wenn du dort ein= triffst. Halte Vorsicht auf das Geld und auf die Empfehlungs= briefe, welche dir der Vormund gab, erhiße dich nicht und trinke nicht kalt. Es wird alles gut werden. Das Fortgehen ist auch nicht so böse, und du findest überall gute Leute, die dir geneigt sein wer= den. Wenn ich nicht so lange an unsere Berge und an den Apfel= baum gewohnt wäre, so ginge ich mit Freuden in die Fremde. Und so lebe wohl, mein Viktor, lebe wohl."

Sie hatte ihn bei diesen Worten auf die Wangen geküßt. Ganz stumm reichte er die Hand an die vor Tränen vergehende Hanna und ging hinaus. Vor der Tür standen noch die Dienstleute und der Gärtner. Ohne zu sprechen, gab er rechts und links die Hand — sie gingen auseinander, und er schlug den schmalen Gartenweg gegen das Pförtchen ein.

„Wie er schön ist," brach die Mutter fast laut weinend aus, da sie ihm mit Hanna nachsah, „wie er schön ist, die braunen Haare, der schöne Gang, die liebliche, die unbeschüßte Jugend. Ach mein Gott!"

Und die Tränen rannen ihr an den nassen Händen herunter, die sie vor das Angesicht und vor die Augen hielt.

„Du hast einmal zu mir und Viktor gesagt," sprach Hanna, „daß dich niemand mehr aus Schmerz weinen sehen wird — und nun weinst du doch aus Schmerz, Mutter."

„Nein, mein Kind," antwortete die Mutter, „das sind Freu= dentränen, daß er so geworden ist, wie er ist. Es ist doch sonderbar: er hat seinen Vater gar nicht gekannt, und wie er da hinausging,

hatte er das Haupt, den Gang und die Haltung ſeines Vaters.
Er wird ſchon gut werden, und meine Tränen, mein Kind, ſind
Freudentränen."

„Ach, die meinen nicht, die meinen nicht", ſagte Hanna, indem
ſie ihr Tuch neuerdings vor die unerſättlich ſchmerzlichen Augen
hielt.

Viktor war unterdeſſen durch das Pförtchen hinausgegangen.
Er ging an dem großen Fliederbuſch vorbei, er ging über die bei=
den Stege, an den vielen durch ſo lange Jahre bekannten Obſt=
bäumen vorüber und ſtieg gegen die Wieſen und gegen die Felder
hinan. Auf dieſer Höhe blieb er ein wenig ſtehen, und da er unter
den ſchwachen, undeutlichen Tönen des Dorfes auch das wütende
Heulen des Spitzes vernahm, den man hatte fangen und anbinden
müſſen, damit er nicht mitgehe: ſo brachen auf einmal die ſieden=
den Tränen hervor, und er rief faſt laut in die Lüfte: „Wo werde
ich denn wieder eine ſolche Mutter finden und ſolche Geſchöpfe, die
mich ſo lieben? — — Vorgeſtern eilte ich ſo ſehr aus der Stadt hin=
aus, um noch einige Stunden in dem Tale zuzubringen, und heute
gehe ich fort, um alle, alle Zeit anderswo zu ſein."

Da er endlich an eine Stelle gekommen war, die nicht mehr
weit von der höchſten Schneide des Berges entfernt war, ſchaute
er noch einmal, das letztemal, zurück. Das Haus konnte er noch er=
kennen, ebenſo den Garten und die Planke. Im Grünen ſah er
etwas, das ſo rot war wie Hannas Tuch. Aber es war nur das
Dächelchen eines Schornſteins.

Dann ging er noch die Strecke bis zu der Bergſchneide empor —
er blickte doch wieder um — ein glänzend ſchöner Tag lag über dem
ganzen Tale. — — Hierauf ging er die wenigen Schritte um die
Kuppe herum, und alles war hinter ihm verſchwunden, und ein
neues Tal und eine neue Luft war vor ſeinen Augen. Die Sonne
war indeſſen ſchon ziemlich weit heraufgekommen, trocknete die
Gräſer und ſeine Tränen und ſenkte ihre wärmeren Strahlen
auf die Länder. Er ging ſchief an dem Berghange fort, und da
er nach einer Weile ſeine Uhr hervorgezogen hatte, zeigte ſie halb
acht.

„Jetzt wird das Bettgeſtelle ſchon leer daſtehen," dachte er, „das
letzte Geräte, das mir blieb. Die Linnen werden herausgenommen
ſein, und das ungaſtliche Holz wird hervorblicken. Oder vielleicht

arbeiten die Mägde schon in meinem Gemache, um ihm eine ganz
andere Gestalt zu geben."

Und dann wandelte er weiter.

Er kam immer höher empor, der Raum legte sich zwischen ihn
und das Haus, das er verlassen hatte, und die Zeit legte sich zwischen seine jetzigen Gedanken und die letzten Worte, die er in dem
Hause geredet hatte. Sein Weg führte ihn stets an Berghängen
hin, über die er nie gegangen war – bald kam er aufwärts, bald
abwärts, im ganzen aber immer höher. Es war ihm lieb, daß er
nicht mehr in die Stadt hatte gehen müssen, um sich zu beurlauben,
weil er die Bekannten heute nicht gerne gesehen hätte. Die Meier-
höfe und Wohnungen, die ihm aufstießen, lagen bald rechts, bald
links von seinem Wege – hie und da ging ein Mensch und achtete
seiner nicht.

Der Mittag zog herauf, und er wandelte fort und fort.

Die Welt wurde immer größer, wurde glänzender und wurde
ringsum weiter, da er vorwärts schritt – und überall, wo er ging,
waren tausend und tausend jubelnde Wesen.

*

Wanderung

Und noch größer und noch glänzender wurde die Welt, die tausend jubelnden Wesen waren überall, und Viktor schritt von Berg
zu Berg, von Tal zu Tal, den großen kindischen Schmerz im
Herzen und die frischen, staunenden Augen im Haupte tragend.
Jeder Tag, den er ferne von der Heimat zubrachte, machte ihn
fester und tüchtiger. Die unermeßliche Öde der Luft strich durch
seine braunen Locken; die weißen, wie Schnee glänzenden Wolken
bauten sich hier auf, wie sie sich in seinem mütterlichen Tale auf-
gebaut hatten; seine schönen Wangen waren bereits dunkler gefärbt, das Ränzlein trug er auf seinem Rücken und den Reisestab
in der Hand. Das einzige Wesen, das ihn an die Heimat band,
war der alte Spitz, der furchtbar abgemagert neben ihm herlief.
Am dritten Tage nach der Abreise war er ihm nämlich unvermutet und unbegreiflich nachgekommen. Viktor ging eben in sehr
früher Morgenstunde auf einem kühlen, breiten, feuchten Land-
wege durch einen Wald empor, als er umschauend, wie er es öfter

zu tun pflegte, um ſich an den Blitzen der naſſen Tannen zu er=
götzen, ein Ding gewahrte, das ſich eilfertig gegen ihn heran=
bewegte. Aber wie ſtaunte er, als die dunkle Kugel, näher gekom=
men, an ihm emporſprang und ſich als den alten, ehrlichen Spitz
ſeiner Ziehmutter auswies. Aber in welchem Zuſtande war er:
die ſchönen Haare hatten ſich durch Kot verklebt und waren bis zur
Haut hinein mit weißem Straßenſtaube angefüllt, die Augen
waren rot und entzündet; da er raſche Freudentöne ausſtoßen
wollte, konnte er nicht; denn ſeine Stimme war heiſer geworden,
und da er auch Freudenſprünge verſuchte, fiel er mit dem Hinter=
teile in den Graben.

„Du armer, lieber Spitz,“ ſagte Viktor, indem er ſich zu ihm
niederkauerte; „ſiehſt du nun, du altes törichtes Haus, was du da
für Unſinn unternommen haſt?“

Aber der Spitz wedelte auf dieſe Worte, als hätte er das größte
Lob empfangen.

Das erſte, was der Jüngling tat, war, daß er ihn mit einem
Tuche etwas abwiſchte, damit er doch beſſer ausſähe. Dann nahm
er zwei Brote heraus, die er heute früh zu ſich geſteckt hatte, wenn
ihm etwa ein Bettelmann begegnete, ſetzte ſich auf einen Stein
und begann, ſie dem Spitze ſtückweiſe vorzuwerfen, der ſie heiß=
hungrig und eilig verſchlang und zuletzt noch immer auf die Hände
des Jünglings ſchaute, als dieſe ſchon längſtens leer waren.

„Jetzt habe ich nichts mehr,“ ſagte Viktor, „aber wenn wir
zu dem erſten Bauernhauſe kommen, kaufen wir eine Schüſſel
Milch, die du ganz allein ausfreſſen darfſt.“

Der Spitz ſchien beruhigt, als hätte er die Worte verſtanden.

Einige Schritte weiter weg, wo von einem mooſigen Felſen ein
dünnes Waſſerfädlein herabrann, fing Viktor in ſeinem ledernen
Reiſebecher, den ihm die Mutter gegeben hatte, ſo viel Waſſer
auf, bis er voll war, und wollte dem Spitz zu trinken geben. Allein
dieſer koſtete nur ein wenig und ſchaute dann den Geber erwartend
an; denn er war nicht durſtig und mochte wohl aus allen den hun=
dert Gräben und Bächen getrunken haben, über die er gekommen
war.

Dann gingen ſie miteinander weiter, und in dem erſten Wirts=
hauſe ſchrieb Viktor einen Brief an die Mutter zurück, daß der
Spitz bei ihm ſei und daß ſie ſich nicht kränken möge.

In Hinsicht der Milch hatte Viktor redlich Wort gehalten. Auch sonst bekam der Spitz von nun an so viel, als er nur unter= zubringen vermochte; allein, obgleich er auf diesem Wege in einem Tage mehr verzehrte, als zu Hause kaum in dreien, so verfiel er doch durch die Nachwirkung der ungewohnten Anstrengung, die weiß Gott wie furchtbar gewesen sein mag, so sehr, daß er gleich= sam nur mehr in seiner eigenen Haut hängend neben dem Jüng= linge hertrabte.

„Es wird sich schon bessern, es wird sich schon bessern", dachte dieser, und sie schritten weiter.

Grübelig blieb es Viktor immer, warum ihm denn das Tier gerade dieses eine Mal nachgekommen sei, da es doch sonst, wenn er auch tagelang fort war, auf einen einfachen Befehl zu Hause geblieben sei und auf ihn gewartet habe. Aber dann schloß er nicht unrecht, daß der Spitz, dessen ganze Lebensaufgabe es war, das Tun und Lassen seines höheren Freundes, des Knaben, zu be= obachten, ganz wohl gewußt habe, daß dieser nun auf immer fort= gehe und daß er darum das Äußerste unternommen habe, um ihm zu folgen.

Und so schritten sie nun miteinander fort; über Hügel zu Hü= geln, über Felder zu Feldern — und oft konnte man den Jüngling sehen, wie er an einem Wiesenbache den Hund wusch und ihn mit Gräsern und Laubwerk trocknete — oft, wie sie ruhig nebeneinander gingen — und oft, wie der Hund neben seinem Herrn stand und die Augen zu ihm emporrichtete, wenn dieser auf einer Anhöhe stille= hielt und weit und breit über die Auen schaute, über die langen Streifen der Felder, über die dunkeln Flecken der Wäldchen und über die weißen Kirchtürme der Dörfer.

An dem Wege des Wanderers wallten oft die Wellen des Kor= nes, das jemanden gehören mußte, Zäune umgaben es, die jemand gezogen haben mußte, und Vögel flogen nach diesen und jenen Richtungen, wie nach verschiedenen Heimaten. Viktor hatte seit Tagen mit keinem Menschen gesprochen, als wenn ihn etwa ein Fuhrmann oder ein Wanderer grüßte oder der Wirt zum Ab= schiede das Käppchen lüftete und sagte: „Glückliche Reise — auf Wiedersehen."

Am achten Tage, nachdem er die Mutter und sein Tal ver= lassen hatte, kam er in eine Gegend, die ungleich mancher unwirt=

lichen, über die er bisher gewandert war, reinlich und wohltätig über sanften Hügeln dahinlag, wieder den Wechsel der Obstwälder zeigte wie zu Hause in seinem Tale, mit wohlhabenden Häusern geziert war und kein handgroßes Stücklein aufwies, das nicht benützt war und auf dem nicht etwas wuchs. In dem weiten Grün dahin war der Silberblick eines Stromes, und ferne war ein gar so sanftes, fast sehnsuchtreiches Blau der Berge. Diese Berge hatte er schon lange an seiner Linken hinziehend gehabt, nun aber schwangen sie sich in einem Bogen näher gegen die Straße und zeigten schon die mattfärbigen Lichter und Spalten in ihren Wänden.

„Wie weit ist es denn noch bis Attmaning?" frug er einen Mann, der in der Gartenlaube eines Dorfwirtshauses saß und einen kühlen Trunk tat.

„Wenn Ihr heute noch ein gutes Stück geht, so könnt Ihr es morgen bei rechter Zeit erreichen," erwiderte dieser, „aber da müßt Ihr den Steig nehmen und Euch schon ob der Afel gegen das Gebirge schlagen."

„Ich will eigentlich in die Hul."

„In die Hul? — Da werdet Ihr schlechte Aufnahme finden. Aber wenn Ihr noch über die Grisel steigen wollt, rechts am See, da kommt Ihr zu einem lustigen Hammerschmiede, den ich Euch empfehlen kann, wo es schon ein anderes Geschicke hat."

„Ich muß aber in die Hul."

„Nun da habt Ihr von Attmaning noch drei schwache Stunden hinein."

Viktor hatte sich während des Gespräches zu dem Manne niedergesetzt und sich und den Hund gelabt. Nachdem er mit seinem Nachbar noch einiges hin und her geredet hatte, machte er sich wieder auf und ging an diesem Tage nach dem Rate seines Gönners noch ein gutes Stück, bis er zu der Afel kam, die ein blaues, klar fließendes Wasser war. Am andern Tage, als kaum die erste Dämmerung leuchtete, sah man ihn schon auf dem von seinem Ratgeber angezeigten und von ihm näher erfragten Fußwege von der Straße ab gegen das Gebirge wandeln. Die riesigen, hohen Lasten schritten immer näher gegen ihn und zeigten im Laufe des Vormittages mannigfaltige freundliche, schönfärbige Zeichnungen. Rauschende Wässer begegneten ihm, Kohlbauern fuhren; manch-

mal ging schon ein Mann mit spitzem Hute und Gemsbarte — und
ehe es zwölf Uhr war, saß Viktor bereits unter dem Überdache des
Gasthauses zu Attmaning, wo er wieder zu der Straße gekommen
war, und sah gegen die Gebirgsöffnung hinein, wo alles in blauen
Lichtern flimmerte und ein schmaler Wasserstreifen wie ein Sen=
senblitz leuchtete.

Attmaning ist der letzte Ort des Hügellandes, wo es an das
Hochgebirge stößt. Seine hellgrünen Bäume, die nahen Gebirge,
sein spitzer Kirchturm und die sonnige Lage machen es zu dem
lieblichsten Orte, den es nur immer auf unserer Erde geben
kann.

Viktor blieb bis gegen vier Uhr an seinem Gassentischchen —
welcher Gebrauch ihn sehr freute — sitzen und ergötzte sich an dem
Anblicke dieser hohen Berge, an ihrer schönen blauen Farbe und
an den duftigen, wechselnden Lichtern darinnen. Dergleichen hatte
er nie in seinem Leben gesehen. Was ist der größte, mächtigste Berg
seiner Heimat dagegen? Als es vier Uhr schlug und die blauen
Schatten allgemach längs ganzer Wände niedersanken und ihm
die früher geschätzten Fernen derselben wunderlich verrückten, fragte
er endlich, wohinaus die Hul liege.

„Da oben am See", sagte der Wirt, indem er auf die Öffnung
zeigte, auf welche Viktor am Nachmittage so oft hingesehen
hatte.

„Wollt Ihr denn heute noch in die Hul?" fragte er nach einer
Weile.

„Ja," sagte Viktor, „und ich will die jetzige kühle Abendzeit
dazu benützen."

„Da müßt Ihr nicht säumen," erwiderte der Wirt, „und wenn
Ihr niemanden andern habt, so will ich Euch meinen Buben durch
das Holz geben, daß er Euch dann weiterweise."

Viktor meinte zwar keines Führers zu bedürfen; denn die Berg=
mündung stand ja so freundlich und nahe drüben: aber er ließ es
dennoch geschehen und richtete indessen seine hingelegten Reisesachen
in Ordnung.

Seltsam war es ihm auch, daß die Leute, wenn sie von der Hul
sprachen, immer „oben" sagten, während für seine Augen die
Berge dort so duftschön zusammengingen, daß er den Wasserschein
tief unten liegend erachtete; obwohl er anderseits auch sah, daß die

Afel gerade von jener Gegend springend und schäumend gegen Attmaning daherkam.

„Geh, Rudi, führe den Herrn da auf den Hals hinauf und zeige ihm dann in die Hul hinunter", rief der Wirt in das Haus hinein.

„Ja", tönte eine kindliche Stimme heraus.

Alsbald kam auch ein blondhaariger, rotbackiger Bube zum Vorscheine, sah Viktor mit freundlichen blauen Glotzaugen an und sagte: „So gehe, Herr."

Viktor hatte seine Rechnung berichtigt und war zum Aufbruche fertig. Gleich von der Wirtsgasse aus verließ der Knabe mit ihm die Straße und führte ihn seitwärts auf einem steinigen Wege zwischen dichte, riesig große Eichen und Ahornen hinein. Der Weg ging bald bergan, und Viktor konnte manchmal durch die Wipfel der nach abwärts stehenden Bäume auf die Bergeslasten hinaus= sehen, die immer ernster zusammenrückten und desto dunkler wur= den, je tiefer die Sonne stand, und die auch ein desto schöneres Blau gewannen, je glänzender und schimmeriger der Strahl des Abends das grüne Laub der Bäume an seiner Seite färbte. Endlich wurde der Wald ganz dicht, das Laubholz verlor sich, und die zwei Wan= derer gingen in struppigem, undurchsichtigem Nadelwalde hin, der nur zuweilen durch herabgehende erstarrte Steinströme unterbro= chen war. Viktor hatte von Attmaning aus den Wald gar nicht gesehen und hätte nie geglaubt, daß eine solche Wildnis zwischen ihm und dem schönen Wasserblitz liegen könne, der so nahe heraus= gegrüßt hatte. Immer gingen sie fort. Stets glaubte Viktor, jetzt werde man bergab steigen, aber der Weg wickelte sich längs eines Hanges fort, der sich immer selber gebar, als rückte der Wald hin= aus und schöbe auch den See vor sich her. Der Knabe lief barfuß auf dem spitzigen Steingerölle neben ihm. Endlich, da fast zwei Stunden vergangen waren, blieb der kleine Führer stehen und sagte: „Da ist der Hals. Wenn du jetzt diesen Weg da, nicht den andern, hinuntergehst, nämlich an dem Bilde des gemarterten Gilbert vorbei und um das Seeeck herum, wo die vielen Steine herabgefallen sind, da wirst du Häuser sehen, die sind die Hul. Schaue nur immer durch die Zweige hinaus, daß du das Wasser siehst, weil auch ein Weg in den Afelschlag geht, der wäre ge= fehlt."

Diese Worte sagte der Knabe, und nachdem er von Viktor einen Lohn empfangen hatte, lief er desselben Weges zurück, den er den Jüngling herangeführt hatte.

Der Platz aber, von dem der Knabe so unbeachtend weglief, als wäre er eben nichts, war für Viktor von der unerwartetsten Wirkung. Die Gebirgsleute nennen häufig einen „Hals" einen mäßigen Bergrücken, der quer zwischen höheren läuft und sie verbindet. Da er immer auch zwei Täler scheidet, so geschieht es nicht selten, daß, wenn man von dem einen langsam hinansteigt, man plötzlich ohne Erwartung den überraschendsten Überblick in das andere hat. So war es auch hier. Der Wald hatte sich auseinandergerissen, der See lag dem Jünglinge zu Füßen, und alle Berge, die er von dem flachen Lande und Attmaning aus schon gesehen hatte, standen nun um das Wasser herum, so stille, klar und nahe, daß er darnach langen zu können vermeinte -- aber dennoch waren ihre Wände nicht grau, sondern ihre Schluchten und Spalten waren von einem luftigen Blau umhüllt, und die Bäume standen wie kleine Hölzlein darauf oder waren an andern gar nicht sichtbar, die schier mit einem ganz geglätteten Rande an dem Himmel hinstrichen.

Nicht ein Häuschen, nicht einen Menschen, nicht ein einziges Tier sah Viktor. Der See, den er von Attmaning aus als weiße Linie gesehen hatte, war hier weit und dunkel, nicht einen einzigen Lichtfunken, sondern nur das Dämmern der Schleiermauern, die ihn umstanden, gebend; und an den fernen Ufern lagen lichte Dinge, die er nicht kannte und die sich bloß in den ruhigen Wassern spiegelten.

Eine Weile stand Viktor und betrachtete das Ding. Er empfand den Harzduft und hörte aber nicht das Wehen des Nadelwaldes. Von Regungen war gar nichts zu verspüren, man müßte nur das Weiterrücken des späten Lichtes rechnen, das an dem Schwunge der Wände hinüberging und sich die farbenkühlen Schatten folgen ließ.

Fast Furcht vor dieser Größe, die ihn hier umgab, im Herzen tragend, machte sich Viktor daran, seinen Weg weiter zu verfolgen. Er ging den Pfad, den ihm der Knabe gezeigt hatte, hinunter. Die Berge sanken allgemach in den Wald, die Bäume nahmen ihn wieder auf, und wie es schon auf dem Halse gewesen war, daß der

flache See gleichsam die Berge, die er säumte, hinauszurücken
schien, damit das Auge das zarte Duftbild schauen könne, das sich
von dem Grün der Tannennadeln hinauswarf, so blickte auch hier
immer das dämmerige Gewebe von Berg und Wasser links durch
die Baumäste herauf. So wie er beim Hinaufgehen gemeint hatte,
der Berg nehme kein Ende, so ging er nun auch wieder unaufhör=
lich und sachte hinunter. Stets hatte er den See zur Linken, als
sollte er die Hand eintauchen können, und stets konnte er ihn nicht
erreichen. Endlich wich der letzte Baum hinter ihm zurück, und er
stand wieder unten an der Afel, wo sie eben den See verließ und
durch steilrechtes Geklippe forteilte, nicht einmal einen handbreiten
Saum lassend, daß man einen Pfad für wandelnde Menschen an=
legen könnte. Viktor meinte, hundert Meilen von Attmaning ent=
fernt zu sein, so einsam war es hier. Nichts war da als er und
das flache Wasser, das sich unaufhörlich und brausend in die Afel
hinaus leerte. Hinter ihm stand der grüne, stumme Wald, vor
ihm war die schwanke Fläche, geschlossen durch eine blaue Wand,
die sich tief ins Naß zu erstrecken schien. Das einzige Werk von
Menschenhand sah er in dem Stege, der über die Afel lag, und in
einem Wasserbeschlage, durch den sie hindurch mußte. Langsam
ging er über den Steg, und der Spitz mäuschenstille und zitternd
hinter ihm her. Jenseits gingen sie auf Rasengrund neben Felsen.
Bald war auch der Platz zu erkennen, von dem der Knabe gespro=
chen hatte: eine Menge durcheinandergeworfener Steine lag herum
und erstreckte sich in den See hinaus, daß man leicht erkennen
konnte, hier mochte ein Bergsturz stattgefunden haben. Viktor bog
um eine scharfe Bergecke, und sogleich lag auch die Hul vor ihm:
fünf oder sechs graue Hütten, die nicht weit entfernt auf dem See=
ufer hin standen und von hohen, grünen Bäumen umgeben waren.
Auch der See, den ihm die vorspringende Ecke früher verdeckt hatte,
erweiterte sich hier, und manche Berge und Wände, die sich ihm
entzogen hatten, standen wieder da.

Als Viktor zu den Häusern gekommen war, sah er, daß jedes
mit einem Schoppen in den See hinausging, unter welchem ange=
bundene Kähne lagen. Eine Kirche sah er nicht, aber auf einer
der Hütten war ein Türmchen aus vier rot angestrichenen Pfäh=
len, zwischen denen eine Glocke hing.

„Ist hier nicht ein Ort, der Klause heißt?" fragte er einen

Greis, den er gleich an der ersten Hütte unter der Tür sitzen fand.

„Ja," erwiderte der Greis, „auf der Insel ist die Klause."

„Könnt Ihr mir nicht sagen, wer mich dahin überführen möchte?"

„Jeder Mensch in der Hul könnte Euch hinüberführen."

„Also könntet Ihr es auch tun?"

„Ja — aber Ihr werdet nicht aufgenommen."

„Ich bin in die Klause bestellt und werde erwartet."

„Wenn Ihr Geschäfte dort habt und bestellt seid, da ist es anders. Fahrt Ihr gleich wieder zurück?"

„Nein."

„So wartet hier ein wenig."

Nach diesen Worten ging der Alte in die Hütte hinein, von der er aber bald wieder in Begleitung eines jungen, starken, rot= wangigen Mädchens zurückkam, das sich daran machte, mit ihren entblößten Armen einen Kahn weiter in das Wasser hinauszuschie= ben, während der Alte seinen Rock anzog und zwei Ruder herbei= trug. Man hatte für Viktor einen hölzernen Lehnsitz auf dem Kahne befestigt, auf den er sich niederließ, sein Ränzlein neben sich legend und den Kopf des Spitzes haltend, der sich gegen seinen Schoß schmiegte. Der Alte hatte verkehrt sitzend am Schiffsschna= bel Platz genommen, und das Mädchen stand im Hinterteile, das Ruder in der Hand haltend. Gleichzeitig von beiden geschah der erste Schlag ins Wasser, der Kahn tat einen Stoß, glitt in die weichen Fluten hinaus und schnitt bei jedem Ruderschlage ruck= weise weiter in die dunkler werdende, säuselnde Fläche. Viktor war nie auf einem so großen Wasser gefahren. Das Dorf zog sich zurück, und die Wände um den See begannen sehr langsam zu wandern. Nach einer Weile streckte sich eine buschige Landzunge hervor und wuchs immer mehr in das Wasser. Endlich riß dieselbe gar von dem Lande ab und zeigte sich als eine Insel. Gegen diese Insel richteten die zwei Rudernden ihre Fahrt. Je näher man kam, desto deutlicher hob sie sich empor, und desto breiter wurde der Raum, der sie von dem Lande trennte. Ein Berg hatte ihn früher gedeckt. Man unterschied endlich sehr große Bäume auf ihr, an= fangs so, als wüchsen sie gerade aus dem Wasser empor, dann aber auf bedeutend hohem Felsenufer prangend, das fallrecht mit schar=

fen Klippen in die Flut niederging. Hinter dem Grün dieſer
Bäume wanderte ein ſanfter Berg, der von dem Abende lieblich
gerötet war.

„Das iſt die Griſel am jenſeitigen Seeufer," ſagte der Alte auf
Viktors Frage, „ein bedeutender Berg, der aber doch nicht gar ſo
beſchwerlich iſt. Es geht ein Pfad über ihn hinüber in die Blumau
und ins Geſcheid, wo die Hammerſchmiede ſind."

Viktor blickte den ſchönen Berg an, der ſo wandelte und in das
Grün der Bäume ſank, wie ſie näher kamen.

Man war endlich in den grünen Widerſchein gelangt, den die
Baumlaſten der Inſel in das Waſſer des Sees ſenkten, und fuhr
in dem Raume desſelben dahin. Da tönte von der Hul herüber
das Glöcklein, das zwiſchen den vier Pfählen hing, und forderte
zum Abendgebete auf. Die zwei Schiffenden zogen ſogleich ihre
Ruder ein und beteten ſtill ihren Abendſegen, während der Kahn
im Zuge gleichſam von ſelbſt längs der grauen Felſen hinging, die
von der Inſel in den See niederſtanden. Auf den Bergen herum
war hie und da ein irrendes Licht. Der See hatte ſogar Streifen
bekommen, deren einige glänzten und ſelbſt Funken emporwarfen,
obwohl die Sonne ſchon ſeit längerer Zeit untergegangen war.
Über alles das kamen die fortwährenden emſigen Klänge des Glöck=
leins herüber, gleichſam von unſichtbaren Händen tönend; denn die
Hul war nicht zu ſehen, und rings um den See war kein Flecklein,
das nur entfernt einem menſchlichen Aufenthalte ähnlich geſehen
hätte.

„Im Kloſter der Klauſe muß auch noch eine Glocke ſein. Ich
glaube, eine ſchöne Aveglocke," ſagte der Alte, nachdem er ſeine
Mütze wieder aufgeſetzt und das Ruder ergriffen hatte, aber man
läutet ſie nie; ich wenigſtens habe den Ton derſelben nie gehört.
Auch nicht einmal eine Uhr hört man ſchlagen. Mein Großvater
hat geſagt, daß es ſehr ſchön war, wenn in den vergangenen Tagen
das ganze Geläute auf dem See lag — denn damals waren noch
die Mönche — und wenn es in dem lichten Morgennebel daher=
tönte, ohne daß man wußte, woher es komme; denn Ihr werdet ge=
ſehen haben, daß wir den Berg umfahren haben und daß man von
der Hul aus die Inſel nicht ſehen kann. Es iſt der hohe Orla, die=
ſer Berg, und zwei Mönche haben ihn einmal bei klafterhohem
Schnee überſtiegen, da der See gefroren war, aber nicht trug, und

da sie keine Lebensmittel mehr hatten. Sie hieben mit den Knech=
ten, die sie in dem Schiffe hatten, eine Straße in das Eis, daß
der Kahn gehen konnte, und als sie an dem Berge waren, stiegen
sie über den Gipfel in die Hul; denn zwischen dem Berge und dem
See ist kein Fußweg möglich. Es sind seitdem wohl über hundert
Jahre vergangen, und selten geschieht es, daß der See überall mit
einer Decke von Eis überzogen ist."

„Sind also einmal Mönche auf der Insel gewesen?" fragte
Viktor.

„Ja", antwortete der Greis. „In sehr alter, alter Zeit sind
fremde Mönche hiehergekommen, da noch gar kein Haus an dem
ganzen See stand und da noch nichts in ihm schwamm als ein
Baum, der von dem Felsen in ihn herabgefallen war. Sie sind auf
Flößen und Tannenästen nach der Insel übergefahren und haben
zuerst die Klause gebaut, aus der nach und nach das Kloster ent=
standen ist und in späteren Jahren auch die Hul, wo christliche
Leute fischten und zur Klause in die Messe fuhren; denn damals
waren die Landesherren draußen noch ganz und gar Heiden, und
sie schlugen mit ihren Knappen, die grausam und wild waren, die
Priester tot, welche aus dem Schottenlande mit dem Kreuze her=
überkamen, um zu bekehren. Auf der Insel, die sie sich suchten, fan=
den die Väter Schutz; denn Ihr werdet es schon erkennen, daß diese
Steine, die da niedersteigen, wie eine Festung sind. Es ist hier ein
Schaum, wenn nur ein wenig Wind geht, daß er jedes Schiff in
sich begraben kann. Nur an einer einzigen Stelle kann man lan=
den, wo nämlich die Felsen zurückweichen und eine Öffnung lassen,
in der das Wasser gegen guten Sand ausläuft. Es sind daher die
Väter geschützt gewesen, so wie der alte Mann geschützt ist, der
sich die Insel zur Wohnung auserkoren hat. Aus dieser Ursache
fischt man auch hier nur an ganz schönen und stillen Tagen, wie
der heutige einer ist."

Während dieser Rede war man nach und nach eine geraume
Strecke an dem Ufer der Insel hingefahren und hatte sich dem
Orte genähert, wo die Felsen niederer sind und eine sanfte, sandige
Bucht bilden, die in abdachendes Waldland hinaufsteigt. Sowie
die Ruderer diese Stelle gewannen, lenkten sie sogleich die Spitze
des Kahnes hinein und ließen dieselbe gegen den Sand laufen. Der
Alte stieg aus, zog das Schiffchen an der Kette des Schnabels noch

weiter gegen das Land, damit Viktor trockenen Fußes aussteigen
konnte. Dieser schritt über den Schiffsschnabel hinaus, und der
Spitz sprang ihm nach.

„Wenn Ihr nun diesen Pfad, der sich da gleich zeigen wird,
fortgeht," sagte der Greis, „so werdet Ihr in die Klause kommen.
Es ist zwar auch ein sehr starkes Bohlenhaus auf der Griselseite,
das die Mönche einmal in den absteigenden Felsen zur Aufnahme
ihrer Schiffe gebaut haben, aber man kann dort nicht einfahren,
weil die Bohlen immer geschlossen sind. Gott behüte Euch nun,
junger Herr — und wenn Ihr Euch nicht zu lange aufhaltet und
wenn der Eigentümer der Klause Euch zur Überfahrt keinen Kahn
gibt, so laßt mir nur durch den alten Christoph Nachricht zukom-
men, und ich werde Euch an diesem Platze wieder abholen. In der
Klause haben sie nicht allemal Zeit, ein Schiff abzusenden."

Viktor hatte unterdessen das bedungene Überfahrtsgeld aus sei-
ner kleinen Börse hervorgesucht und es dem Manne gereicht.
Hierauf sagte er zu ihm: „Lebt wohl, alter Freund, und wenn Ihr
es erlaubt, so werde ich bei der Rückfahrt ein wenig in Eurem
Hause einsprechen, und Ihr werdet mir vielleicht noch etwas von
Euren alten Geschichten erzählen."

Zu dem Mädchen, das unbeweglich in dem Hinterteile stehen
geblieben war, getraute er sich nicht etwas zu sagen.

Der Greis aber antwortete: „Ei, wie werden denn meine
Geschichten einem so jungen und gelehrten Herrn gefallen kön=
nen?"

„Vielleicht mehr, als Ihr Euch denkt, und mehr als die, die
aus den Büchern herauszulesen sind", sagte Viktor.

Der alte Mann lächelte, weil ihm die Antwort gefiel, aber er
sagte nichts darauf, sondern bückte sich nieder, rollte die kurze Kette
in den Schiffsschnabel zurück und machte Anstalt zum Abfahren.

„Nun in Gottes Namen, junger Herr", sagte er noch, gab dem
Schiffe mit dem Fuße einen Stoß, sprang schnell in dasselbe ein,
und das getroffene Fahrzeug schwankte in das Wasser zurück.
Nach wenigen Augenblicken sah Viktor schon die beiden Ruder
taktmäßig steigen und fallen, und das Schiff schob sich in den
Wasserspiegel hinaus.

Er stieg mit einigen Schritten das Ufer vollends hinan, bis er
von dem oberen Rande weit über den See schauen konnte. Er

blickte den Abfahrenden nach und sagte zu seinem Begleiter, gleich=
sam als wäre er vernünftig und könnte die Worte verstehen: „Gott
sei gedankt, da wären wir an dem Ziele unserer Wanderung. Der
Herr hat uns gut und wohlbehalten geführt, das andere mag sich
fügen, wie es will."

Er tat noch einen Blick in die weite, schöne, von dem Abende
andunkelnde Fläche des Sees hinaus, dann wendete er sich um und
ging dem Pfade nach, der vor ihm lag, in die Büsche hinein.

Der Weg ging anfangs noch immer bergan zwischen Gebüsch
und Laubbäumen hindurch — dann aber führte er eben hin. Das
Gestrüppe hatte aufgehört, und nur mehr ungemein starke Ahorne
standen auf einer dunkeln Wiese fast nach einer gewissen Ordnung
und Regel umher. Es war unverkennbar, daß hier einmal eine
gute Fahrstraße gegangen war, aber sie war verkümmert und
überall von wucherndem Krüppelgesträuche eingeengt. Viktor ging
durch den seltsamen Ahorngarten hindurch. Hierauf gelangte er
durch neuerdings beginnendes Buschwerk an einen sonderbaren Ort.
Er war wie eine Wiese, auf der kleine und zum Teile verkommene
Obstbäume standen. Aber mitten unter diesen Bäumen war in
dem Grase eine runde steinerne Brunneneinfassung, und allent=
halben zwischen den Baumstämmen standen graue steinerne Zwer=
ge, welche Dudelsäcke, Leiern, Klarinetten und überhaupt musi=
kalische Gerätschaften in den Händen hielten. Manche davon wa=
ren verstümmelt, und es ging auch kein Weg oder gebahnter Platz
von einem zum andern, sondern sie standen lediglich in dem hohen,
emporstrebenden Grase. Viktor schaute diese seltsame Welt eine
Weile an, dann strebte er weiter. Sein Weg ging von diesem Gar=
ten über eine alte Steintreppe in einen Graben hinab und jenseits
wieder hinauf. Wie überall Gebüsche war, so war es auch hier,
aber hinter dem Gebüsche sah Viktor eine hohe, fensterlose Mauer,
in welcher ein Eisengitter stand, an dem der Weg endete.

Viktor schloß nicht mit Unrecht, daß hier der Eingang in die
Klause sein müsse, und er näherte sich deshalb dem Gitter. Als er
angekommen war, fand er es verschlossen, und es war keine Glocke
und kein Klöppel daran. Daß hier der Eingang in das Haus sei,
zeigte sich nun deutlich. Hinter dem Eisengitter war ein geebneter,
sandiger Platz, auf welchem Blumen standen. An dem Platze war
ein Haus, von dem aber nur der Vorderteil sichtbar war, der Hin=

terteil ſich hinter Gebüſche verlief. Unmittelbar von dem Sand=
platze ging eine hölzerne Treppe in das erſte Geſchoß des Hauſes
hinauf. Jenſeits des Platzes, der abermals mit Gebüſchen geſäumt
war, mußte wieder der See beginnen; denn es war hinter dem
Grün der feine, ſanfte Dunſt, der gerne über Bergwäſſern iſt, und
es ſtiegen die rötlich ſchimmernden Wände der Griſel hinan.

Während Viktor ſo durch die Eiſenſtäbe hineinſchaute und an
ihnen allerlei Verſuche machte, ob er nicht eine Vorrichtung fände,
durch die das Gitter aufgehe, trat ein alter Mann aus dem Ge=
büſche und ſah nach Viktor hin.

„Habt die Freundſchaft,“ ſagte dieſer, „öffnet mir das Tor und
führt mich zu dem Herrn des Hauſes, wenn nämlich dieſes Ge=
bäude die Klauſe heißt.“

Der Mann ſagte auf die Worte nichts, ſondern ging näher,
ſchaute Viktor eine Weile an und fragte dann:

„Biſt du zu Fuße gekommen?“

„Bis zu der Hul bin ich zu Fuße gegangen“, antwortete Viktor.

„Iſt es aber auch wahr?“

Viktor wurde glühend rot im Angeſichte; denn er hatte nie ge=
logen.

„Wenn es nicht ſo wäre,“ antwortete er, „ſo würde ich es nicht
ſagen. Wenn Ihr mein Oheim ſeid, wie es faſt ſcheint, ſo habe ich
hier einen Brief von meinem Vormunde, der Euch dartun wird,
wer ich bin und daß ich nur auf Euer ausdrückliches Verlangen
die Fußreiſe hieher angetreten habe.“

Mit dieſen Worten zog der Jüngling das reinlich erhaltene
Schreiben, wie es ihm ſeine Ziehmutter anbefohlen hatte, hervor
und reichte es zwiſchen den Eiſenſtäben hinein.

Der alte Mann nahm das Schreiben und ſteckte es ungeleſen
ein.

„Dein Vormund iſt ein Narr und ein beſchränkter Menſch,“
ſagte er, „ich ſehe, daß du deinem Vater ganz und gar gleichſiehſt,
da er anhob, die Streiche zu machen. Ich habe dich ſchon über den
See fahren geſehen.“

Viktor, der in ſeinem Leben keine rückſichtsloſen Worte gehört
hatte, war ſtumm und wartete nur, daß der andere das Gitter öff=
nen werde.

Dieſer aber ſagte: „Nimm eine Schnur mit einem Steine und

ertränke diesen Hund in dem See, dann komme wieder hieher, ich
werde derweilen öffnen."

„Wen soll ich ertränken?" fragte Viktor.

„Nun, den Hund, den du da mitgezogen."

„Und wenn ich es nicht tue?"

„So öffne ich dir diese Pforte nicht."

„So komme, Spitz", sagte Viktor.

Er kehrte sich bei diesen Worten um, lief über die Treppe in den
Graben, stieg jenseits empor, lief durch den Zwerggarten, durch die
Ahornanlage, durch das folgende Gestrüppe und langte an der
Seebucht an, mit allen Kräften, deren sein Körper fähig war,
hinausrufend: „Schiffer! – alter Schiffer!"

Aber es war unmöglich, daß ihn dieser hören konnte. Den Knall
eines Scheibengewehres hätte man in dieser Entfernung nicht mehr
vernommen. Wie eine schwarze Fliege stand das Schiffchen neben
der dunkeln Fußspitze des Orlaberges, die weit in den Abendglanz
des Sees hinausstach. Viktor nahm sein Sacktuch hervor, knüpfte
es an seinen Stab und tat allerlei Schwenkungen in die Luft, damit
er gesehen würde. Allein man sah ihn nicht, und zuletzt, wie er
noch immer schwenkte, war auch die schwarze Fliege um die Berg-
spitze verschwunden. Der See war ganz leer, und nur die leise
schäumende Brandung sah Viktor im Abendwinde, der sich indessen
gehoben hatte, längs den Felsen der Insel spielen.

„Es tut nichts – es tut auch nichts," sagte er; „komme, Spitz,
wir werden uns da am Ufer ins Gebüsche setzen und die Nacht
über sitzen bleiben. Morgen zeigt sich wohl ein Kahn, den wir her-
zuwinken werden."

Was er sagte, tat er auch. Er suchte eine Stelle, wo das Gras
des Rasens kurz und trocken war und wo die Büsche dicht über-
hingen, ohne ihm die Aussicht auf den See zu benehmen.

„Siehst du," sagte er, „wie es gut ist, wenn man täglich frühmorgens etwas zu sich steckt. Du erprobest es auf dieser Reise schon
zum zweiten Male."

Bei diesen Worten zog er die zwei Brote heraus, die er heute
früh in dem Afelwirtshause mitgenommen hatte, und begann teils
selber davon zu essen, teils den Hund damit zu füttern. Da dieses
Geschäft vollendet war, saß der Wanderer, der das Ziel seiner
Reise erreicht zu haben glaubte, heute zum ersten Male in der ein-

fachen Herberge des freien Himmels und ſchaute die Gegenſtände
um ſich herum an. Die Berge, die ſchönen Berge, die ihm, da er
gegen ſie herankam, gar ſo ſehr gefallen hatten, wurden immer
ſchwärzer und legten drohende, dunkle und zerſplitterte Flecke auf
den See, auf welchem noch das Blaßgold des Abendhimmels lag,
das ſelbſt in den dunklen Bergſpieglungen zuweilen aufzuckte. Und
immer ſonderbarer, in die Schatten der Nacht ſich hüllend, wur=
den die Gegenſtände um ihn herum. Die Schlacken und das
ſchwache Gold des Sees rührten ſich und floſſen öfters durchein=
ander, zum Zeichen, daß ein ſanfter Luftzug dort herrſchen müſſe.
Viktors Auge, freilich nur an die ſchönen, heiteren Eindrücke des
Tages gewöhnt, konnte ſich doch auch nicht wegwenden von dieſem
allmählichen Verfärben der Dinge und von dem Einhüllen zur
Ruhe der Nacht. Die große Ermüdung ſeiner Glieder ließ ihm
das Sitzen auf dem weichen Graſe und geſchützt von den deckenden
Geſträuchen recht angenehm erſcheinen. Er ſaß mit dem Spitze an
ſeiner Seite ſo lange, bis endlich das Dunkel mit immer größerer
Schnelligkeit ſich über See, Gebirge und Himmel webte. Dann
beſchloß er, ſich niederzulegen. Er machte alle Knöpfe ſeines Rockes
zu, wie es ihn die Ziehmutter gelehrt hatte, daß er ſich nicht ver=
kühle — er band das Halstuch, das er unter Tags abgetan hatte,
wieder um — er tat ſein Regenmäntelchen aus Wachstaffet her=
aus und nahm es über — dann richtete er ſich das Ränzchen als
Kiſſen und legte das Haupt darauf, da die Finſternis ſchon wie
eine Mauer um ihn ſtand. Das Begehren nach Schlummer zog
ſich, da er lag, bald durch alle ſeine ermüdeten Glieder. Die Ge=
ſträuche flüſterten, da ſich das Lüftchen von dem See bis hieher ge=
zogen hatte, und die Brandung murmelte deutlich von Wand zu
Wand.

In dieſe Eindrücke, deren Wirkungen immer ſchwächer wur=
den, verſanken ſeine Sinne, und das Bewußtſein wollte eben ver=
ſchwinden, als er durch ein leiſes Knurren ſeines Hundes geweckt
wurde. Er ſchlug die Augen auf — da ſtand einige Schritte vor
ihm dicht am Landungsplatze eine menſchliche Geſtalt, ſich dunkel
gegen das ſchillernde Waſſer des Sees werfend. Viktor ſtrengte
ſeine Augen an, mehr von der Geſtalt zu erkennen, aber die Um=
riſſe zeigten nur, daß ſie ein Mann ſei, und es ließ ſich nicht ermit=
teln, ob jung oder alt. Die Geſtalt ſtand ganz ruhig und ſchien un=

verwandt auf das Wasser hinauszuschauen. Viktor richtete sich zu
sitzender Stellung empor und blieb ebenfalls ruhig. Auf ein neues,
stärkeres Knurren des Hundes drehte sich die Gestalt plötzlich um
und rief: „Seid Ihr da, junger Herr?"

„Ein junger Wandersmann mit seinem Hunde ist da," sagte
Viktor, „was wollt Ihr?"

„Daß Ihr zum Abendessen kommt, denn die Stunde ist fast
schon vorüber."

„Zum Abendessen? — zu wessen Abendessen? — und wer ist es,
den Ihr suchet?"

„Ich suche unsern Neffen; denn der Oheim wartet schon eine
Viertelstunde."

„Seid Ihr sein Gesellschafter oder sein Freund?"

„Ich bin sein Diener, namens Christoph."

„Des Herrn der Klause, meines Oheims?"

„Des nämlichen. Er hat die Anzeige Eurer Herreise erhalten."

„Nun so sagt ihm," sprach Viktor, „daß ich hier die ganze
Nacht sitzen will und daß ich mir eher einen Stein um den Hals
hänge und mich in den See werfen lasse, als daß ich den Hund
ertränke, der mit mir ist."

„Ich werde es ihm sagen."

Mit diesen Worten kehrte sich der Mann und wollte fortgehen.
Viktor rief ihm noch einmal nach: „Christoph, Christoph."

„Was wollt Ihr, junger Herr?"

„Ist kein anderes Haus oder eine Hütte oder sonst ein Ding auf
der Insel, in welchem man übernachten könnte?"

„Nein, es ist nichts da," antwortete der Diener, „das alte Klo=
ster ist zugesperrt, die Kirche auch, die Speicher sind mit altem Ge=
räte vollgepfropft, ebenfalls verschlossen, und sonst ist nichts da."

„Es ist auch gut," sprach Viktor, „das Haus meines Oheims
besuche ich durchaus nicht — von diesem Hause verlange ich keinen
Schutz. — — Mir deucht, der alte Schiffmann, der mich herüber=
geführt hat, hat Euren Namen genannt und hat gesagt, daß Ihr
manchmal in die Hul hinauskämet."

„Ich hole unsere Lebensmittel und andere Dinge herüber."

„So hört mich an, ich will Euch Euren Fährlohn reichlich zah=
len, wenn Ihr mich heute noch in die Hul hinüberschifft."

„Und wenn Ihr noch mehr zahltet, als ich verlangen wollte, so

wäre es dreimal unmöglich. Erſtens ſtehen alle Kähne in dem
Bohlenverſchluſſe, das Tor iſt geſperrt, und jeder Kahn liegt noch
mit einem Schloſſe an ſeinen Balken angeſchloſſen, wovon ich kei=
nen Schlüſſel habe. Zweitens, wenn auch ein Kahn wäre, ſo wäre
kein Fährmann. Ich werde es Euch erklären. Seht Ihr dort gegen
den Orla zu die weißen Flecke, die auf dem See ſind? Das ſind
Nebelflecken, die gleichſam auf den Steinen des Orlaufers ſitzen.
Wir heißen ſie die Gänſe. Und wenn die Gänſe einmal in einer
Reihe daſitzen, dann kömmt Nebel. Wenn die Abendwehe, das iſt
der Wind, der nach jedem Sonnenuntergange aus den Schluchten
auf den See herausgeht, aufhört, dann iſt in einer halben Stunde
der See mit Nebel angefüllt, und da kann man nicht wiſſen, wo=
hin ein Kahn zu leiten iſt. Unter dem Waſſer laufen die Gebirgs=
grate hin, die oft nur ein wenig bedeckt ſind. Wenn man zu einem
ſolchen Grate geriete und ein Leck in das Schiff ſtieße, da müßte
man ausſteigen und in dem Waſſer ſtehen bleiben, bis man am
Tage von jemanden geſehen würde. Aber man würde von nie=
manden geſehen, weil die Fiſcher niemals zu den Gebirgsgraten
hinzufahren. Begreifet Ihr das, junger Herr?"

„Ja, ich begreife es", antwortete Viktor.

„Und zum dritten kann ich Euch nicht überführen, weil ich ſonſt
ein ungetreuer Diener wäre. Der Herr hat mir keinen Auftrag
gegeben, Euch in die Hul zu führen, und wenn er dies nicht tut, ſo
führe ich Euch nicht über."

„Gut," antwortete Viktor, „ſo bleibe ich hier ſo lange ſitzen,
bis morgen ein Fahrzeug ſo nahe kömmt, daß ich es herzuzuwinken
vermag."

„Es kömmt aber kein Fahrzeug ſo nahe," erwiderte der Diener;
„es iſt über unſeren See kein Warenzug, weil der einzige Weg,
der vom andern Ufer weiterführt, nur ein Fußweg über die Griſel
iſt und die Wanderer zu dieſem Fußwege an dem unſerer Inſel
entgegengeſetzten Seeufer hinfahren. Dann iſt die Brandung an
den Geſtaden der Inſel ſo groß, daß ſich wenige Fiſche da auf=
halten und ſelten Fiſcherboote ſo nahe kommen. Es könnten acht
oder mehr Tage vergehen, ehe Ihr eines ſeht."

„So muß mich morgen mein Oheim in die Hul zurückführen
laſſen, weil ich auf ſein Verlangen hierhergekommen bin und weil
ich nicht mehr länger dableiben will", ſagte Viktor.

„Es kann sein, daß er es tut," antwortete der Diener, „ich weiß das nicht, aber jetzt wartet er mit dem Abendessen auf Euch."

„Wie kann er warten," sagte Viktor, „da er gemeint hat, ich solle meinen Spitz ertränken, da er gesagt hat, daß er nicht öffnen wolle, wenn ich es nicht tue, und da er mich hierauf fortgehen sah und mich nicht zurückgerufen hat."

„Das weiß ich alles nicht," erwiderte Christoph, „aber Eure Ankunft ist in der Klause bekannt, und es war auf dem Tische für Euch gedeckt. Der Herr hat mir aufgetragen, Euch zu rufen, weil Ihr die Eßstunde nicht wißt, sonst hat er nichts gesagt. Weil ich es aber gesehen habe, wie Ihr vor dem Eisengitter fortgelaufen seid, so dachte ich gleich, als er mir den Auftrag gab, Euch zum Essen zu rufen, ich müsse an diesen Ort gehen, ich würde Euch hier finden. Anfangs, da ich Euch nicht sah, meinte ich gar, Ihr seid gleich wieder über das Wasser davongefahren, aber es war ja nicht möglich, der Mann, der Euch gebracht hat, muß ja schon um die Orlaspitze zurückgewesen sein, als Ihr hieher wieder zurückkamet."

Als Viktor hierauf nichts erwiderte, stand der Mann noch ein Weilchen, dann sagte er wieder: „Der Herr wird gewiß bereits zu essen begonnen haben; denn er hat seine festgesetzten Stunden und geht davon nicht ab."

„Das ist mir eine gleichgültige Sache," antwortete Viktor, „er mag essen und sich sättigen, von seinem Mahle verlange ich nichts; denn ich und mein Spitz haben unsere Brote, die ich mir aufge= hoben habe, schon verzehrt."

„Nun, so muß ich also gehen und ihm das melden," sprach der Diener weiter, — „aber das müßt Ihr bedenken, daß Ihr, wie Ihr vorher selber sagtet, gekommen seid, weil es der Oheim begehrt hat, daß er also mit Euch zu sprechen wünscht und daß Ihr das selber unmöglich macht, wenn Ihr in dem Gebiete seines Hauses unter freiem Himmel sitzen bleibt."

„Ich wollte zu ihm gehen," erwiderte Viktor, „ich wollte mit ihm sprechen und ihn ehrerbietig grüßen, die Mutter hat mir auch gesagt, daß es gut sei, und der Vormund hat es auch befohlen — aber ehe ich dem Tiere, das mich mit Lebensgefahr aufgesucht und begleitet hat, etwas zuleide tun lasse, will ich selber eher Verwun= dung und Tod ertragen."

„Es wird dem Tiere nichts geschehen," sagte Christoph, „der

Herr hat Euch nur einen guten Rat gegeben; wenn Ihr ihn nicht
befolgt, so kümmert es ihn nicht. Er denkt gewiß nicht mehr daran;
denn sonst hätte er mich ja nicht geschickt, Euch zum Essen zu
holen."

„Wenn Ihr mir verbürgen könnt, daß dem Hunde nichts geschieht, so will ich mit Euch gehen", sagte Viktor.

„Das kann ich Euch verbürgen," antwortete der Diener, „der
Herr vergaß der Geringfügigkeit eines Hundes und wird ihm nichts
anhaben."

„So komme, lieber Spitz", sagte Viktor, indem er aufstand.

Er suchte gleichsam mit zitternden Händen eine Schnur aus
seinem Ränzlein hervor, dergleichen er immer zu verschiedenen
Dingen im Vorrate mitzuführen pflegte, und befestigte dieselbe an
dem Ringe des Halsbandes, das der Spitz trug. Hierauf nahm er
das Ränzlein auf die Schulter, hob seinen Reisestab vom Boden
auf und folgte dem alten Christoph, der ihn den nämlichen Weg
führte, den er in der Abenddämmerung gegangen und dann wieder
zurückgelaufen war. Er wäre in der Nacht schwer zu finden gewesen, wenn nicht der alte Christoph vorangegangen wäre. Sie
gingen durch das Gesträppe, durch die Ahorne, durch den Zwerggarten, durch den breiten Graben und kamen zu dem eisernen Gitter. Christoph zog hier ein kleines Ding aus seiner Tasche, das
Viktor für einen Schlüssel hielt; aber es war ein Pfeifchen, und
der Diener tat damit einen gellenden Pfiff. Sogleich öffnete sich
das Tor von unsichtbaren Händen — Viktor begriff es gar nicht —
und schlug sich hinter ihnen wieder krachend zu. Viktor blickte von
dem Sandplatze, auf dem sie nun waren, sogleich auf das Haus.
An der ganzen Vorderseite desselben waren nur drei Fenster erleuchtet, zwei im oberen und eines im Erdgeschosse, alles andere war
in Finsternis. Christoph führte den Jüngling über die Holztreppe,
welche gut gedeckt war, von dem Sandplatze in das erste Geschoß
hinauf. Sie kamen in einen Gang und von demselben in das Zimmer, dem die zwei erleuchteten Fenster angehörten. In dem Zimmer ließ Christoph den Jüngling, ohne weiter ein Wort zu sagen,
stehen und ging wieder rückwärts hinaus. An dem Tische dieses
Zimmers saß der Oheim Viktors ganz allein und aß. Er hatte
abends, da ihn Viktor zum ersten Male sah, einen weiten, grau-
tuchenen Rock angehabt, jetzt hatte er diesen abgelegt und stak in

einem weiten, großblumigen Schlafrock und hatte ein rotes, gold=
gerändertes Käppchen auf.

„Ich bin nun schon an den Krebsen," sprach er zu dem ein=
tretenden Jünglinge, „du bist zu lange nicht gekommen, ich habe
meine festgesetzte Stunde, wie es die Gesundheit fordert, und gehe
von derselben nicht ab. Man wird dir gleich etwas auftragen.
Setze dich auf den Stuhl, der mir gegenübersteht."

„Die Mutter und der Vormund lassen Euch viele Grüße sa=
gen", hob Viktor an, indem er mit dem Ränzlein auf dem Rücken
stehen blieb und zuerst die Aufträge seiner Angehörigen, dann seine
eigene Ehrerbietung und Begrüßung darbringen wollte.

Der Oheim aber tat mit beiden Händen, in deren jeder er ein
Stück eines zerbrochenen Krebsen hielt, einen Zug durch die Luft
und sagte: „Ich kenne dich ja schon an dem Angesichte — so fange
an, hier zu sein, wohin ich dich beschieden habe und wo ich dich als
den Beschiedenen erkenne. Wir sind jetzt bei dem Essen, daher setze
dich nieder und iß. Was sonst alles zu tun ist, wird schon geschehen."

Viktor legte also sein Ränzlein auf einen Stuhl, den Wander=
stab lehnte er in einen Winkel, und dann ging er gegen den ange=
wiesenen Stuhl, den Spitz an der Schnur hinter sich herzerrend.
Der alte Mann, dem er gegenübersaß, hielt sein mageres Ange=
sicht gegen den Teller nieder, und das Angesicht rötete sich während
dem Essen. Er riß mit den Händen die Krebse sehr geschickt aus=
einander, löste das Fleisch aus und saugte den Saft aus dem Korbe
des Oberleibes und dem Geflechte der Füße. Dem Jünglinge war
das wohlwollende Herz, das er hieher hatte bringen wollen, er=
stickt, und er saß stumm dem Verwandten gegenüber, der ebenfalls
stumm in dem Geschäfte seines Essens fortfuhr. Es standen mehrere
verschieden gestaltete und verschiedenfärbige lange Flaschen auf
dem Tische, in denen verschiedene Weine sein mußten und aus
denen der Oheim wahrscheinlich schon getrunken hatte; denn bei
jeder Flasche stand ein eigentümliches Glas mit einem Restchen
Wein am Boden. Nur eine Flasche stand noch neben dem Teller,
und aus derselben schenkte der alte Mann von Zeit zu Zeit ein
Schlückchen in ein kleines, grünbauchiges Stengelglas. Für Vik=
tor war indessen eine Suppe gebracht worden, von welcher er mit
seiner rechten Hand aß, während er mit der Linken das Haupt des
unten sitzenden Spitzes an sein Knie drückte. In der Zeit, in welcher

er ſeine Suppe aß, waren von einem alten Weibe nach und nach
ſo viele Speiſen für ihn herbeigetragen worden, daß er in Verwun=
derung geriet. Er aß davon, bis er ſatt war, dann ließ er das übrige
ſtehen. Der Oheim hatte ihm von den Weinen nichts angetragen,
Viktor verabſcheute auch noch den Wein, ſondern ſchenkte ſich von
dem Waſſer, das in einer kriſtallſchönen Flaſche von derſelben
alten Frau, die aufwartete, alle Augenblicke erneuert wurde, ein
und erkannte, daß er nie ein ſo vortreffliches, friſches, pralles und
ſtarkes Waſſer getrunken habe. Während er ſich ſättigte, aß der
Oheim noch ein Stückchen Käſe, dann allerlei Früchte und Zuk=
kerwerk. Hierauf trug der alte Mann die verſchiedenen Teller,
auf denen Glasglocken über den Dingen des Nachtiſches ſtanden,
eigenhändig in Schreine, die in die Mauern gefügt waren, und
ſperrte ſie ein. Dann tat er die Reſtchen Wein jedes in ſeine Flaſche
und ſchloß die Flaſchen in ähnliche Schreine ein.

Auf der Stelle des Zimmers, auf welcher der Oheim während
dem Eſſen geſeſſen war, war ein dichter Teppich gebreitet, und auf
dem Teppiche lagen drei alte, fette Hunde, denen der Greis von
Zeit zu Zeit bald eine Krebsſchere, bald eine Mandel, bald ein
Stückchen Zuckerwerk hinabgereicht hatte. Schon als Viktor mit
dem Spitz eingetreten war, hatten alle drei geknurrt, und während
dem Eſſen, wenn er dem armen Spitz ein Stückchen hinabreichte,
grinſten ſie wieder und ließen ein ſchwaches Murren hören.

Solange der Oheim bei ſeinem Nachtmahle beſchäftigt geweſen
war, hatte er zu Viktor nicht geſprochen, gleichſam als wäre zu
keinem andern Dinge Zeit; jetzt aber ſagte er: „Haſt du das Ge=
rippe doch wieder mitgeſchleppt? Wer ein Tier hat, muß es auch
ernähren können. Ich habe dir den Rat gegeben, daß du es in den
See würfeſt, aber du haſt ihn nicht befolgt. Die Hunde der Stu=
denten habe ich nie leiden können; ſie ſind wie traurige Geſpenſter.
Und gerade dieſes Volk will immer Hunde haben. Wo haſt du ihn
denn mitgenommen und brachteſt ihn zu mir, ohne ihm unterwegs
etwas zu freſſen zu geben?“

„Es iſt der Hund meiner Ziehmutter, Oheim,“ ſagte Viktor,
„ich habe ihn nirgends mitgenommen, weder gekauft noch ertauſcht;
ſondern am dritten Tage nach meiner Abreiſe iſt er mir nachge=
kommen. Er muß ſtark gerannt ſein, was er in ſeinem früheren
Leben nicht gewohnt war; er muß auch große Angſt ausgeſtanden

haben, wozu er ebenfalls bei der Ziehmutter nie Ursache gehabt
hatte — und deshalb ist er in den darauffolgenden Tagen so mager
geworden, wie er nie gewesen ist, obwohl ich ihm gegeben habe,
was er nur immer verlangte. Erlaubt daher, daß ich ihn in Eurem
Hause bei mir behalte, damit ich ihn der Ziehmutter wieder über=
geben kann, sonst müßte ich sogleich zurückreisen und ihn ihr über=
bringen."

„Und da hast du ihn immer so Tag und Nacht bei dir gehabt?"

„Freilich."

„Daß er dir einmal die Kehle abfrißt."

„Das tut er ja nie. Wie fiele ihm denn das ein? Er ist bei mei=
nen Füßen gelegen, wenn ich rastete oder schlief, er hat sein Haupt
auf dieselben gelegt, und er würde eher verhungern, ehe er mich
verließe oder mir ein Leid täte."

„So gib ihm zu essen und denke auf das Wasser, daß er nicht
wütend wird."

Das alte Weib hatte, als das Abendmahl aus war, nach und
nach die Schüsseln, Teller und andere Reste desselben fortgetragen;
jetzt kam auch Christoph, den Viktor, seit er mit ihm hiehergekom=
men war, nicht mehr gesehen hatte.

Der Oheim sagte zu dem hereintretenden Diener: „Sperre
ihnen die Stalltür gut zu, daß keiner herauskomme, lasse sie aber
vorher auf dem Sande unten ein wenig herumgehen."

Auf diese Worte erhoben sich die drei Hunde wie auf ein be=
kanntes Zeichen. Zwei folgten Christoph von selber, den dritten
nahm er bei dem Balge und schleppte ihn hinaus.

„Ich werde dir deine Schlafkammer selber zeigen", sagte der
Oheim zu Viktor.

Er ging bei diesen Worten in die Tiefe des Zimmers, wo es be=
deutend dunkel war, weil nur ein Licht auf dem Tische brannte.
Dort nahm er von einem Gestelle oder sonst von etwas, das man
nicht erkennen konnte, einen Handleuchter, kam wieder hervor, zün=
dete die Kerze des Handleuchters an und sagte: „Jetzt folge
mir."

Viktor nahm sein Ränzlein mit dem einen Riemen in den Arm,
faßte seinen Stab, zog den Spitz an der Schnur und ging hinter
dem Oheime her. Dieser führte ihn bei der Tür hinaus in einen
Gang, in welchem der Reihe nach uralte Kästen standen, dann

rechtwinklig in einen andern, und endlich ebenſo in einen dritten,
der durch ein eiſernes Gitter verſchloſſen war. Der Oheim öffnete
das Gitter, führte Viktor noch einige Schritte vorwärts, öffnete
dann eine Tür und ſagte: „Hier ſind deine zwei Zimmer."

Viktor trat in zwei Gemächer, wovon das erſte größer, das
zweite kleiner war.

„Du kannſt den Hund in die Nebenkammer einſperren, daß
er dir nichts tut," ſagte der Oheim, „und die Fenſter verſchließe
wegen der Nachtluft."

Mit dieſen Worten zündete er die auf dem Tiſche des erſten
Zimmers ſtehende Kerze an und ging ohne weiteres fort. Viktor
hörte, daß er das Gitter des Ganges zuſperrte, dann verklang der
ſchleifende Tritt der Pantoffeln, und es war die Ruhe der Toten
im Hauſe. Um ſich zu überzeugen, daß er hinſichtlich des Gitters
recht gehört habe, ging Viktor auf den Gang hinaus, um nachzu-
ſehen. Es war in der Tat ſo: das eiſerne Gitter war mit ſeinen
Schlöſſern verſchloſſen.

„Du armer Mann," dachte Viktor, „fürchteſt du dich etwa vor
mir?"

Dann ſtellte er die Kerze, die er auf den Gang mit hinausge-
nommen hatte, wieder auf den Tiſch neben das zinnene, verbogene
Waſchbecken und ſchritt gegen das große, vergitterte Fenſter vor.
Es waren zwei hart nebeneinander in ſteinene Simſe gefügte Fenſter. Viktor ſah, da das Glas geöffnet ſtand, durch das eiſerne Gitter in die Nacht hinaus, und der Druck, der gleichſam auf ſeiner
Seele lag, begann ſich zu löſen. Es war ein blaſſer, mit wenigen
Sternen beſetzter Nachthimmel, der zu ihm hereinblickte. Es mochte
ein kleiner Ranft des wachſenden Mondes hinter dem Hauſe
ſtehen, denn Viktor ſah das ſchwache Licht desſelben auf den Blättern eines Baumes glänzen, der vor dem Hauſe war -- aber die
Berge, die gegenüberſtanden, zeigten ſich völlig lichtlos. Die im
Laufe dieſes letzten Tages vielfach genannte Griſel erkannte er
gleich. Sie ſtand wie ein flacher, ſchwarzer Schattenriß auf dem
Silber des Himmels, bog ſich niedergehend ein wenig aus, und
an dem Buge ſtand ein Stern wie ein niederhängendes irdiſches
Ordensſternlein.

Viktor ſchaute lange hinaus.

„Nach welcher Gegend hin", dachte er, „wird das Tal meiner

Mutter sein und wird das liebe schimmernde Häuschen zwischen den dunkeln Büschen stehen?"

Er hatte nämlich durch die vielfachen Windungen des Weges an der Afel herein und durch die Kreuzgänge des Hauses die Richtung der Weltgegenden verloren.

„Jetzt werden dort auch die Sterne niederscheinen, der Holunder wird stille sein, und die Wasser werden rieseln. Mutter und Hanna werden schlummern, oder sie sitzen noch an dem Tische, wo sie das Abendmahl verzehrt haben, mit ihrer Arbeit und denken an mich oder reden wohl gar von mir."

Vor seinen jetzigen Fenstern war wohl auch ein Wasser, ein viel größeres als der Bach in seinem Muttertale, aber er konnte es nicht sehen; denn ein ruhiger weißer Nebel lag darauf, der oben durch eine waagrechte, gleichsam feste Linie abgeschnitten war.

„Von der Stube, in welcher ich schlief, schaut jetzt niemand nieder, um die Funken in dem regsamen Bache zu sehen, um die Bäume zu sehen, die herumstehen, oder auch die Berge, auf welche sich die Felder emporziehen."

Es kam, während er so hinausschaute, nach und nach eine kalte, sehr feuchte Nachtluft durch die Fenster herein. Viktor schloß sie also zu und besah, ehe er sich niederlegte, auch das zweite Gemach. Es war wie das erste, nur daß es kein Bett hatte. Ein rußiges Bild sah von einer Nische nieder, darauf ein Mönch abgemalt war. Viktor schloß auch hier das schmale Fenster und ging zu seiner Lagerstätte hinaus. Den Spitz hatte er unwillkürlich immer an der Schnur mit sich geführt; nun aber lösete er den Knoten an dem Ringe, nahm ihm das Halsband ab und sagte: „Lege dich hin, wo du willst, Spitz, wir werden uns wechselweise nicht absperren."

Der Hund sah ihn an, als wollte er deutlich sagen, daß ihm alles befremdend vorkomme und daß er nicht wisse, wo er sei.

Viktor schloß nun auch seinerseits das Schloß seines Zimmers zu und entkleidete sich. Es fiel ihm während dieser Handlung auf, daß er heute abends in dem ganzen Hause nur drei Menschen gesehen habe — und daß diese lauter alte gewesen sind.

Als er sein Nachtgebet, das er gewissenhaft seit den ersten Tagen seiner Kindheit immer verrichtete, gesprochen hatte, legte er sich in das Bett. Er ließ eine Weile noch das Licht auf seinem Bett-

tiſchchen brennen, bis ihm die Augenlider zu ſchwer wurden und
die Sinne zu ſchwinden begannen. Dann löſchte er die Kerze aus
und drehte ſich gegen die Wand.

Der Spitz lagerte ſich, wie gewöhnlich, zu den Füßen ſeines
Bettes, tat ihm nichts Leides, und beiden ermüdeten Weſen war
die Nacht wie ein Augenblick.

*

Aufenthalt

Als Viktor des andern Morgens erwachte, erſchrak er über die
Pracht, die ſich ihm darſtellte. Die Griſel ſtand drüben in allen
ihren Spalten funkelnd und leuchtend, und obwohl ſie in der
Nacht der höchſte Berg geſchienen hatte, ſo ſtanden doch nun höhere
neben ihr, die er in der Nacht nicht geſehen hatte und die nun
ſanft blau niederſchienen und an vielen Stellen Schneeflecken zeig=
ten, die ſich wie weiße Schwäne in die Spalten duckten. Alles
glänzte und flimmerte durcheinander, hohe Bäume ſtanden vor
dem Hauſe in einer ſolchen Näſſe, wie er ſie nie geſehen hatte,
die Gräſer troffen, überall gingen breite Schatten nieder, und das
Ganze erſchien noch einmal in dem See, der, von jeder Flocke Ne=
bel rein gefegt, wie der zarteſte Spiegel dahinlag. Viktor hatte
ſeine Fenſter aufgeriſſen und ſteckte das blühende Angeſicht zwi=
ſchen den Eiſenſtäben hinaus. Sein' Erſtaunen war außerordent=
lich. Mit alle dem Getümmel an Lichtern und Farben herum bil=
dete das todähnliche Schweigen, mit dem dieſe ungeheuren Ber=
geslaſten herumſtanden, den ſchärfſten Gegenſatz. Kein Menſch
war zu ſehen — auch vor dem Hauſe nicht — nur einige Vögel
zwitſcherten zeitweilig in den Ahornen. Welch ein Morgenlärm
mochte nicht in all dieſen Höhen ſein, aber er war nicht zu verneh=
men, weil ſie zu ferne ſtanden. Viktor ſtreckte den Kopf, ſoweit er
konnte, hinaus, um herumſchauen zu können. Er ſah einen ziem=
lichen Teil des Sees. Überall ſchritten Wände an demſelben hin,
und der Jüngling konnte durchaus nicht erraten, wo er hereinge=
kommen war. Auch die Sonne war an einem ganz andern Orte
aufgegangen, als er erwartet hatte, nämlich hinter dem Hauſe,
und ſeine Fenſter waren noch im Schatten, was eben das Licht
der gegenüberliegenden Wände noch erhöhte. Mit dem Monde,

den er geſtern ſeiner Lichtwirkung nach höchſtens für eine ſchmale
Sichel gehalten hatte, war er ebenfalls im Irrtume; denn er ſtand
nun als Halbmond noch am Himmel, gegen die Zacken der Gebirge ſich niederneigend. Viktor kannte die Wirkung der Lichter
in den Bergen noch nicht. Welche Flut hätte auf die fernen
Wände fallen müſſen, daß ſie ſo erleuchtet dageſtanden wären wie
der Kirchturm ſeines Dorfes, der im Mondenſcheine immer ſo
ſchimmernd weiß und ſcharf in die dunkelblaue Nachtluft emporge-
ſtanden war. Obwohl die Sonne ſchon ziemlich hoch ſtand, ſo war
doch die Luft, die zu ſeinen Fenſtern hereinſtrömte, noch ſo kalt
und naß, wie er ſie zu Hauſe nicht gewohnt war; allein ſie be-
läſtigte ihn nicht, ſondern ſie war zugleich ſo feſt und hart, daß
ſie alle ſeine Lebensgeiſter anregte.

Er trat endlich von dem Fenſter zurück und fing an, ſein Ränzlein auszupacken, um ſich anders anzukleiden, als er auf der Reiſe
geweſen war; denn heute, dachte er, wird der Oheim zu ihm ſprechen und wird ihm erklären, warum er ihn zu ſich auf dieſe verein-
ſamte Inſel habe kommen laſſen. Er legte reine Wäſche heraus,
er bürſtete den Staub von dem zweiten Anzuge, den er außer dem
Reiſekleide noch mit ſich führte, er benützte reichlich das ſpiegel-
klare in dem zinnenen Kruge vorhandene Waſſer, um den Reiſe-
ſtaub von ſich zu waſchen, und zog ſich dann ſo zuſammenſtimmend
und paſſend an, wie er es in dem überreinlichen Hauſe ſeiner Ziehmutter gelernt hatte. Selbſt den Spitz, der ein ſo unwillkommener
Gaſt in dieſem Hauſe war, hatte er vorher noch gekämmt und ge-
bürſtet. Dann legte er ihm wieder das Halsband um und knüpfte
ſeine Schnur an den Ring desſelben. Als ſie beide ganz und gar
fertig waren, ſchloß er ſeine Tür auf und wollte in das Zimmer
gehen, wo ſie geſtern abends gegeſſen hatten, um den Oheim zu
ſuchen. Als er aber auf dem Gange war, fiel ihm ein, daß er
heute zum erſten Male ſein Morgengebet vergeſſen habe. Es
mußte in der Wirkung der großen, nie gekannten Eindrücke des
heutigen Morgens geſchehen ſein. Er ging daher noch einmal in
das Zimmer zurück, ſtellte ſich wieder an das Fenſter und ſagte die
einfachen Worte, die er ſich einſt heimlich und ohne daß jemand
etwas davon wußte, zu dieſem Zwecke zuſammengedacht hatte.
Dann trat er zum zweiten Male den Weg zu dem Oheime an.

Das eiſerne Gitter am Gange war nicht mehr verſperrt, er

trat durch dasſelbe hindurch und fand leicht den Gang, aus wel=
chem er geſtern in das Speiſezimmer war geführt worden — aber
der Gang hatte gar keine Tür, die in ein Gemach hätte leiten kön=
nen, ſondern es ſtanden in demſelben lauter alte Käſten, die er
ſchon geſtern beim Schlafengehen im Kerzenſcheine geſehen hatte.
Die Gangfenſter waren von unten gegen oben mit Brettern ver=
ſchlagen, nur eine kleine Öffnung war oben frei, daß durch das
Glas das Licht hereinfallen konnte, gleichſam als ſcheute man die
Freiheit und Klarheit des Lichtes und liebte die Finſternis in die=
ſen Gängen. Da Viktor ſo ſuchte, trat aus einem der Käſten die
alte Frau heraus, die geſtern zum Abendeſſen die Speiſen gebracht
hatte. Sie trug Taſſen und Schalen und ging wieder in einen ſol=
chen Kaſten hinein. Da Viktor an dem, wo ſie herausgekommen
war, näher ſchaute, entdeckte er, daß derſelbe ein verlarotes Tür=
futter ſei und zur Hinterwand die Tür habe, durch die er geſtern
zu dem Oheime hineingegangen war, wie er an dem Ringe und
Klöppel erkannte, die er geſtern beim Lichte bemerkt hatte. Er
klopfte leicht mit dem Klöppel, und auf einen Laut drinnen, der
wie „herein" klang, öffnete er und ging hinein. Er gelangte wirk=
lich in das geſtrige Speiſezimmer und traf den Oheim.

Die vielen gleichen Käſten, die ſich etwa in dem Gebäude vorge=
funden hatten, ſchienen nur darum in den Gang geſtellt worden
zu ſein, daß jemand, der in unredlicher Abſicht durch eine Tür hin=
eingehen wollte, dieſe Abſicht nicht leicht erreiche, weil er die koſt=
barſte Zeit durch Unterſuchung der wahren und falſchen Tür=
käſten vergeuden mußte. Zu demſelben Zwecke größerer Sicherheit
ſchienen auch die Gänge verfinſtert worden zu ſein.

Der Oheim hatte heute den grauen, weiten Rock an, in dem
ihn Viktor geſtern an dem Eiſengitter hatte ſtehen geſehen. Er
ſtand jetzt im Zimmer auf einem Schemel und hatte einen ausge=
ſtopften Vogel in der Hand, von dem er mit einem Pinſel den
Staub abbürſtete.

„Ich werde dir heute die Stundeneinteilung meines Hauſes ge=
ben, die durch Chriſtoph aufgeſchrieben iſt, daß du dich darnach rich=
ten kannſt; denn ich habe mein Frühſtück ſchon nehmen müſſen,
weil die Zeit da war", ſagte er zu dem hereingekommenen Viktor
ohne weiteren Morgengruß oder ſonſtiger Bewillkommung.

„Ich wünſche Euch einen ſehr guten Morgen, Oheim," ſagte

Viktor, „und bitte um Verzeihung, daß ich die Frühmahlstunde versäumt habe, ich wußte sie nicht."

„Freilich konntest du sie nicht wissen, Narr, und es verlangte niemand, daß du sie einhaltest. Gieße dem Hunde in jenen hölzernen Trog Wasser ein."

Mit diesen Worten stieg er von dem Schemel herunter, ging zu einer Leiter, bestieg sie und setzte den Vogel in das obere Fach eines Glasschreines. Für den hineingestellten nahm er einen andern heraus und fing dasselbe Bürsten mit ihm an.

Viktor konnte jetzt bei Tage erst sehen, wie ungemein hager und verfallen der Mann sei. Die Züge drückten kein Wohlwollen und keinen Anteil aus, sondern waren in sich geschlossen, wie von einem, der sich wehrt und der sich selber unzählige Jahre geliebt hat. Der Rock schlotterte an den Armen, und von dem Kragen desselben ging der rötliche, runzlige Hals empor. Die Schläfe waren eingesunken, und das zwar noch nicht völlig ergraute, aber aus vielen mißhelligen Farben gemischte Haar war struppig um dieselben herum, niemals, seit es wuchs, von einer liebenden Hand gestreichelt. Die Augen, die unter den herabgesunkenen Brauen hervorgingen, hafteten auf dem kleinen Umkreise des toten Vogels. Der Rockkragen war an seinem oberen Rande sehr schmutzig, und an dem Ärmel sah ein gebauschtes Stück Hemd hervor, das ebenfalls schmutziger war, als es Viktor je bei seiner Ziehmutter gesehen hatte. Und überall waren leblose oder verdorbene Dinge um den Mann herum. Es befanden sich in dem Zimmer eine Menge Gestelle, Fächer, Nägel, Hirschgeweihe und dergleichen, an welchen allen etwas hing und auf welchen allen etwas stand. Es wurde aber mit solcher Beharrung gehütet, daß überall der Staub darauf lag und daß sich vieles schon jahrelang nicht von dem Platze gerührt hatte. In den Halsbändern der Hunde, wovon ein ganzer Bündel dahing, war innerlich der Staub; die Falten der Tabaksbeutel waren erstarrt und undenklich lange schon nicht geändert worden; die Röhre der Pfeifensammlung klafften, und die Papiere unter den unzähligen Schwersteinen waren gelb. Das Zimmer, welches statt der Decke ein bedeutend spitzes Gewölbe hatte, war ursprünglich bemalt gewesen, aber die Farbe in ihren Lichtern und Schatten war in ein gleichmäßiges uraltes Dunkel übergegangen. Auf dem Fußboden lag ein ausgebleichter Teppich, und

nur dort, wo der Mann während des Speisens zu sitzen pflegte,
war ein neuerer, kleinerer mit blühenden Farben gelegt. Jetzt
wälzten sich eben die drei Hunde auf ihm. — Es war ein sehr star=
ker Gegensatz, wie Viktor in dem Zimmer dieses alten Mannes
stand. — Sein schönes Angesicht blühte in fast mädchenhafter Un=
schuld, es war voll Lebenslust und Kraft, die einfärbigen dunkeln
Haare lagen gut geordnet um dasselbe, und in seinem Anzuge war
er so rein, als wäre derselbe in diesem Augenblicke von liebreichen
Mutterhänden besorgt worden.

Er blieb, wie er in das Zimmer getreten war, stehen und sah
dem Oheime zu. Dieser aber fuhr in seinem Geschäfte fort, als
wenn gar niemand zugegen wäre. Er mußte es schon sehr lange
nicht verrichtet haben und heute bei Anbruch des Tages darange=
gangen sein; denn es war bereits eine ziemlich Zahl Vögel geputzt,
und die andern standen noch ganz grau vom Staube hinter ihren
Gläsern. Die alte Frau, welche vorhin an Viktor vorübergegangen
war, ohne ihn anzureden, brachte jetzt auf einem Brette ein Früh=
stück herein und setzte es ebenfalls schweigend auf den Tisch. Viktor
schloß, daß es für ihn sei, da es eben bei seinem Erscheinen gebracht
worden war. Er setzte sich daher dazu und verzehrte davon so viel,
als er morgens zu essen gewohnt war; denn es stand auf dem Brette
weit mehr, als er bedurfte. Es war ein Frühmahl, wie es in Eng=
land gebräuchlich ist, von Tee und Kaffee angefangen bis zu
Eiern, Käse, Schinken und kalten Rindsbraten. Der Spitz hatte
es hiebei am besten; denn Viktor gab ihm so viel, als er vielleicht
niemals zu seinem Morgenmahle bekommen hatte.

„Hast du schon Wasser in den Trog gegossen?" fragte der
Oheim.

„Nein," entgegnete Viktor, „ich vergaß es in dem Augenblicke,
aber ich tue es gleich."

Wirklich hatte der Jüngling im Anschauen seines Oheims auf
den Wunsch desselben vergessen. Er nahm daher den großen glä=
sernen Krug, der mit demselben herrlichen Quellwasser wie gestern
auf dem Tische stand, und goß davon einen Teil in einen kleinen
hölzernen, wohlgebohnten Trog, der an der Wand neben der Tür
stand. Nachdem der Spitz getrunken hatte, ging der Oheim von
seinem Geschäfte weg und rief seine Hunde zu dem Wasser; da
aber keiner Lust bezeigte, weil sie wahrscheinlich ohnehin schon ge=

tränkt waren, so drückte der Oheim an einem Stabe, der von der
Wand des Troges emporstand, nieder, worauf sich im Boden des
Gefäßes eine metallene Platte öffnete und die Flüssigkeit abrin=
nen ließ. Viktor lächelte fast über diese Einrichtung; denn zu
Hause bei ihm war das alles einfacher und freundlicher: der Spitz
war in freier Luft, er trank am Bache und verzehrte sein Essen
unter dem Apfelbaume.

„Ich zeige dir vielleicht einmal das Bildnis deines Vaters,"
sagte der Oheim, „daß du siehst, wie ich dich gleich erkannte."

Nach diesen Worten stieg der alte Mann wieder auf die Lei=
ter und nahm einen neuen Vogel heraus. Viktor stand immer in
dem Zimmer und wartete, daß der Oheim mit ihm über die Ange=
legenheit seiner Herreise zu sprechen beginnen werde. Aber dieser
tat es nicht und putzte stets an seinen Vögeln fort. Nach einer
Weile sagte er: „Das Mittagmahl ist genau um zwei Uhr.
Stelle deine Uhr nach dieser dort und komme darnach."

Viktor erstaunte und fragte: „Ihr werdet mich also vor dieser
Zeit gar nicht mehr zu sprechen verlangen?"

„Nein", antwortete der Oheim.

„So will ich hinausgehen, um Euch in Eurer Zeitverwendung
nicht zu stören, und will den See, die Berge und die Insel be=
trachten."

„Tue, was dir immer gefällt", sagte der Oheim.

Viktor ging eilig hinaus, allein er fand die Tür der hölzernen
Treppe verschlossen. Daher ging er wieder zu dem Oheime zurück
und bat, daß er möchte öffnen lassen.

„Ich werde dir selber aufmachen", sagte dieser.

Er stellte seinen Vogel hin, ging mit Viktor hinaus, zog einen
Schlüssel aus seinem grauen Rocke und schloß damit die Tür der
Holztreppe auf, die er hinter dem Jünglinge sogleich wieder ver=
sperrte.

Dieser lief die Treppe auf den Sandplatz hinab. Da hier die
Flut des Lichtes seinen erfreuten Augen entgegenschlug, wendete
er sich ein wenig um, um das Haus von außen zu betrachten. Es
war ein festes, dunkles Gebäude mit dem einzigen Geschosse, in
welchem er die heutige Nacht geschlafen hatte. An den offenen
Fenster erkannte er seine Zimmer. Denn alle andern waren zu
und prangten vielfach mit den schönen Farben der Verwitterung.

Sie ſtanden ſämtlich hinter feſten, ſtarken Eiſengittern. Das
Haupttor war verrammelt, und die hölzerne überdeckte Treppe zu
dem Sandplaße herab ſchien der einzige Eingang zu ſein. Wie war
das anders als zu Hauſe, wo Fenſter an Fenſter offen ſtand, weiße,
ſanfte Vorhänge wehten und man von dem Garten aus das luſtige
Küchenfeuer flackern ſehen konnte.

Viktor wendete ſeine Augen nun gegen den freien Plaß, der
von dem düſteren Hauſe wegging. Er war das Freundlichſte dieſer
Umgebung. Hinten an den Seiten des Hauſes hatte er hohe
Bäume, dann war er mit Sand beſtreut, hatte hie und da ein
Bänklein, mehrere Blumenſtellen und lief gegen den See in
einen wirklichen Blumengarten und dann in Gebüſch aus. Zu bei=
den Seiten waren Bäume und Geſträuche. Viktor ging auf die=
ſem Plaße herum, und Luft und Sonnenſchein taten ihm ſehr
wohl.

Dann aber ſtrebte er weiter, um die Dinge hier zu ſehen. Eine
uralte Lindenallee war ihm aufgefallen, die von dem Gebäude des
Oheims weiterführte. Die Bäume waren ſo hoch und dicht, daß
der Boden unter ihnen feucht war und das Gras ſich mit dem
ſchönſten, zarteſten Grün färbte. Viktor ging in der Mitte dieſer
Allee fort. Er gelangte zu einem andern Gebäude, deſſen hohes,
breites Tor verſchloſſen und eingeroſtet war. Über dem Bogen des
Tores ſtanden die ſteinernen Zeichen geiſtlicher Hoheit, Stab und
Inful, nebſt den andern Wappenzeichen des Ortes. Am Fuße des
Bogens und des ganzen Holztores war weiches, dichtes Gras, zum
Zeichen, daß hier lange kein menſchlicher Tritt gewandelt war.
Viktor ſah, daß er durch dieſe Pforte nicht in das Gebäude kom=
men konnte, er ging daher an demſelben außen entlang und be=
trachtete es. Das Mauerwerk war ein aſchgraues Viereck mit
faſt ſchwarzem Ziegeldache. Die überwuchernden Bäume der Inſel
waren hoch darüber hinausgewachſen. Die Fenſter hatten Gitter,
aber hinter den meiſten derſelben ſtanden ſtatt des Glaſes graue,
vom Regen ausgewaſchene Bretter. Es war wohl noch ein Pfört=
chen in dieſes Haus, aber dasſelbe war wie der Haupteingang ver=
rammelt. Weiter zurück war eine hohe Mauer, welche wahrſchein=
lich den ganzen Zuſammenhang von Gebäuden und Gärten um=
ſchloß und als Eingang das Eiſengitter des Oheims hatte. In
einem ausſpringenden Winkel dieſer Mauer lag der Kloſtergar=

ten, von dem aus Viktor die zwei dicken, aber ungewöhnlich kur=
zen Türme der Kirche erblickte. Die Obstbäume waren sehr ver=
wildert und hingen häufig zerrissen darnieder. Einen Gegensatz mit
dieser trauernden Vergangenheit machte die herumstehende blü=
hende, ewig junge Gegenwart. Die hohen Bergwände schauten
mit der heitern Dämmerfarbe auf die grünende, mit Pflanzen=
leben bedeckte Insel herein, und so groß und so überwiegend war
ihre Ruhe, daß die Trümmer der Gebäude, dieser Fußtritt einer
unbekannten menschlichen Vergangenheit, nur ein graues Pünkt=
lein waren, das nicht beachtet wird in diesem weithin knospenden
und drängenden Leben. Dunkle Baumwipfel schatteten schon dar=
über, die Schlingpflanze kletterte mauerwärts und nickte hin=
ein, unten blitzte der See, und die Sonnenstrahlen feierten auf
allen Höhen ein Fest in Gold= und Silbergeschmeide.

Viktor hätte recht gerne die ganze Insel durchgewandert, die
nicht groß sein mußte und die er gerne erkundschaftet hätte, aber
er überzeugte sich schon, daß wirklich, wie er vermutet hatte, das
ehemalige Kloster samt allen Nebengebäuden und Gartenanlagen
von einer Mauer umfangen war, wenn auch oft blühende Ge=
büsche die Steine derselben verdeckten. Er ging wieder auf den
Sandplatz zurück. Hier stand er eine gute Weile vor dem Gitter=
tore, sah die Stäbe an und versuchte an dem Schlosse. Doch zu
dem Oheime hinaufgehen und ihn bitten, daß er öffnen lasse —
das vermochte er nicht, er hatte einen Widerwillen davor. Außer
den zwei alten Dienern, dem betagten Christoph und der alten
Frau, war es wie ausgestorben in dem ganzen Gebäude. Er ließ
daher von dem Gitter ab und wandelte auf dem offenen Platze
vorwärts gegen den See, um von dem Felsenufer, wenn hier auch
eines wäre, in das Wasser hinabzuschauen. Es war ein Felsen=
ufer, und zwar, da er am äußersten Rande draußen stand, ein
häuserhohes. Unten säumte das Wasser sanft den Strand; ge=
genüber stand die Grisel mit freundlichem Bergfuße, der seine
weißen Steine und seine schimmernden Dinge im Wasser spie=
gelte. Und wenn er auf die Bergmauern ringsum schaute, an
denen das Wasser dunkel, reglos und faltenlos lag, so war ihm
wie in einem Gefängnisse und als sollte es ihm hier beinahe ängst=
lich werden. Er versuchte, ob nicht eine Stelle zum Hinunterklet=
tern an das Wasser zu finden wäre, aber die von Regen und

Sturm gepeitschte Wand war glatt wie Eisen, ja sie ging sogar gegen das Wasser zu einwärts und überwölbte sich. Wie groß müssen erst die Wände der Grisel sein, dachte Viktor, die, schon von hier aus gesehen, wie Paläste emporsteigen, während das Felsenufer der Insel, da wir herfuhren, nur wie ein weißer Sandstreifen erschienen war.

Als er hier wieder eine Weile gestanden war, ging er längs des Saumes dahin, bis er an die Einfangungsmauer an der Seite des Klosters käme. Er kam dahin, und die Mauer stieg mit glattem Rande fallrecht in das Wasser nieder. Dann wendete er um und wandelte wieder an dem Saume fort, bis er neuerdings an die Mauer an der dem Kloster entgegenliegenden Seite käme. Aber ehe er dahingelangte, traf er etwas anderes. Es stand eine gemauerte Höhlung da wie die Tür eines Kellers, die hinter sich abwärtsgehende Stufen zeigte. Viktor meinte, dies könnte eine Treppe sein, die zum See hinabführte, um etwa Wasser heraufzuholen. Sogleich schlug er den Weg hinab ein, der in der Tat wie eine überwölbte Kellerstiege war und auf unzählige Stufen niederführte. Er gelangte wirklich an das Wasser, aber wie erstaunte er, als er statt eines armen Schöpfungsplatzes, wie etwa zum Begießen der Pflanzen nötig wäre, einen wahrhaften Wassersaal erblickte. Da er aus dem Dunkel der Treppe herauskam, sah er zwei Seitenwände aus großen Quadern in den See hinauslaufen, steinerne Simse an ihren Seiten führend, daß man auf ihnen neben dem Wasserspiegel, der den Fußboden der Halle bildete, hingehen konnte. Oben war ein festes Dach, die Mauern hatten keine Fenster, und alles Licht kam durch die gegen den See gerichtete Wand herein, die ein Gitter aus sehr starken Eichenbohlen war. Die vierte, nämlich die Rückwand, bildete der Fels der Insel. Viele Pflöcke waren in den Grund getrieben, und an manchen derselben hing mittels eines Eisenschlosses ein Kahn. Der Raum war sehr groß und mußte einst viele solche Kähne in sich liegen gehabt haben, wie das vielfach abgeschliffene Ansehen der Eisenringe der Pflöcke zeigte; aber jetzt waren nur mehr vier da, die ziemlich neu waren, sehr gut gebaut und mit Ketten und versperrten Schlössern in den Ringen hingen. Das Bohlenwerk hatte mehrere Türen zum Hinausfahren in den See, aber sie waren alle verschlossen, und die Balken gingen unersichtlich tief in das Wasser hinab.

Viktor blieb stehen und sah in die grünblinkenden Lichter des
Sees, die zwischen den schwarzen Balken des Eichenholzes herein-
schienen. Er setzte sich dann nach einer Weile auf den Rand eines
Kahnes, um mit der Hand die Wärme des Seewassers zu prüfen.
Es war nicht so kalt, als er es wegen seiner durchsichtigen Klarheit
geschätzt hatte. Seit seiner Kindheit war das Schwimmen eines
seiner liebsten Vergnügen gewesen. Als er daher gehört hatte,
das Haus seines Oheims liege auf einer Insel, nahm er sein
Schwimmkleid in dem Ränzlein mit, um dieser Übung recht oft
nachzugehen. Dies fiel ihm hier in dem Wassersaale augenblicklich ein, und er begann, die Stellen wegen künftigen Schwimm-
übungen mit den Augen zu prüfen, aber er erkannte gleich die Unmöglichkeit; denn wo die Kähne hingen, war es zu seicht, und wo
es tiefer wurde, gingen gleich die Bohlen in das Wasser nieder.
Zum Durchkommen durch die Bohlen war ebenfalls keine Aussicht vorhanden; denn sie waren so enge aneinander, daß sich nicht
der schlankste Körper hätte hinauszwängen können. Es blieb daher
nichts übrig, als sich dieses Wasserhaus für die Zukunft zum bloßen Badeplatze zu bestimmen.

Zum Teile erfüllte er diese Absicht gleich auf der Stelle. Er
legte so viel von seinen Kleidungsstücken ab, als nötig war, einige
Körperteile, namentlich Schultern, Brust, Arme und Füße zu
waschen. Den Spitz badete er ebenfalls. Hierauf legte er seine Kleider wieder an und stieg die Stufen zurück empor, die er herabge-
gangen war. Als er sodann an dem Ufer fortging, traf er an das
andere Ende der Einschlußmauer. Es ging wie das erste fallrecht in
den See nieder und war so aus dem Felsen herausgebaut, daß
kaum ein Kaninchen um den Mauerrand hätte herumschlüpfen
können. Viktor blieb eine Weile lässig an dieser Stelle stehen —
dann war, sozusagen, sein Tagwerk aus. Er ging auf den Sandplatz zurück und setzte sich dort auf eine Bank, um von dem Bade
auszuruhen und den Spitz zu trocknen. Das Haus des Oheims,
welches er nun gegenüber hatte, war, wie es am Morgen gewesen
war. Nur die Fenster des Zimmers, in welchem er geschlafen
hatte, standen offen, weil er sie selbst geöffnet hatte, alles andere
war zu. Niemand ging heraus, niemand ging hinein. Die Schatten wendeten sich nach und nach, und die Sonne, die morgens hinter
dem Hause gestanden war, beleuchtete nun die vordere Seite des-

selben. Viktor war es, wie er so dasaß und auf die dunkeln Mauern
schaute, als sei er schon ein Jahr von seiner Heimat entfernt.
Endlich wies der Zeiger seiner Uhr auf zwei. Er hob sich daher,
ging die Holztreppe empor, der Oheim öffnete ihm auf sein Klopfen mit dem Klöppel die Stiegentür, ließ ihn hinter sich in das
Speisezimmer gehen, und sofort setzten sich beide zu Tische.

Das Mittagsmahl unterschied sich von dem gestrigen Abendmahle nur darin, daß beide, Oheim und Neffe, zusammen aßen.
Sonst war es wie gestern. Der Oheim sprach wenig oder eigentlich
soviel wie nichts; die Speisen aber waren mannigfaltig und gut.
Es standen wieder mehrere Weine auf dem Tische, und der Oheim
trug Viktor sogar davon an, wenn er nämlich schon Wein trinke;
dieser aber schlug das Anerbieten aus, indem er sagte, daß er bisher immer Wasser getrunken habe und dabei bleiben wolle. Der
Oheim sprach auch heute nichts von dem Reisezwecke, sondern da
das Essen aus war, stand er auf und beschäftigte sich mit allerlei
Dingen, die in dem Gemache waren, und kramte in denselben herum. Viktor begriff sogleich, daß er entlassen sei, und begab sich seiner Neigung zufolge ins Freie.

Nachmittags, da die Hitze in diesem Talbecken, so wie morgens
die Kühle, sehr groß war, sah Viktor, da er über den Blumenplatz ging, den Oheim auf einer Bank mitten in den Sonnenstrahlen sitzen. Derselbe rief ihn aber nicht hinzu, und Viktor ging auch
nicht hinzu.

So war der erste Tag aus. Das Abendessen, wozu Viktor um
neun Uhr beschieden war, endete für ihn wie gestern. Der Oheim
führte ihn in seine Zimmer und sperrte das Eisengitter des Ganges ab.

Den alten Christoph hatte Viktor den ganzen Tag nicht gesehen,
nur die alte Frau allein wartete bei Tische auf — wenn man nämlich das „aufwarten" nennen kann, daß sie die Speisen brachte
und forttrug. Alles andere hatte der Oheim selber getan; auch die
Käse und Weine hatte er wieder eingesperrt.

Als man des andern Morgens vom Frühstücke aufgestanden
war, sagte er zu Viktor: „Komme ein wenig herein da."

Mit diesen Worten schloß er eine kaum erkennbare Tapetentür des Speisezimmers auf und schritt in ein anstoßendes Gemach,
wohin ihm Viktor folgte. Das Gemach war wüste eingerichtet und

enthielt mehr als hundert Feuergewehre, die nach Gattungen und
Zeiten in Glasschreinen waren. Hifthörner, Weidtaschen, Pulver=
gefäße, Jagdstöcke und noch tausenderlei dieser Dinge lagen her=
um. Sie gingen durch dieses Zimmer hindurch, dann durch das
anstoßende, das wieder leer war, bis sie in ein drittes kamen, in dem
einige alte Geräte standen. An der Wand hing ein einziges Bild.
Es war rund wie die Schilde, worauf man die Wappen zu malen
pflegt, und war von einem breiten, ausgeflammten und durchbro=
chenen Goldrahmen hohen Alters umschlossen.

„Das ist das Bild deines Vaters, dem du sehr gleich siehst“,
sagte der Oheim.

Ein blühend schöner Jüngling, fast eher noch ein Knabe zu nen=
nen, war in einem bauschigen, braunen, mit Goldtressen besetzten
Kleide auf dem runden Schilde abgebildet. Die Malerei, obwohl
kein Meisterstück ersten Ranges, war doch mit jener Genauigkeit
und Tiefe der Behandlung begabt, wie wir sie noch recht oft auf
den Familienbildern des vorigen Jahrhunderts sehen. Jetzt nimmt
Oberflächlichkeit und Roheit der Farbe überhand. Besonders rein
waren die Goldborten ausgeführt, die noch jetzt mit düsterem
Lichte funkelten und von den schneeweiß eingestaubten Locken und
dem lieblichen Angesichtchen, dessen Schatten ganz besonders rein
und durchsichtig waren, sich gut abhoben.

„Es ist in der adeligen Schule die närrische Sitte gewesen,“
sagte der Oheim, „daß alle Zöglinge zum Andenken abgebildet und
in solchen runden Schildern mannigfaltig bald in Gängen, bald in
Vorsälen und gar in Zimmern aufgehängt wurden. Die Rahmen
kauften sie sich selber dazu. Dein Vater ist immer eitel gewesen
und ließ sich malen. Ich war viel schöner als er und saß nicht. Als
die Schule einging, kaufte ich das Bild hieher.“

Viktor, der sich seines Vaters sowie seiner Mutter gar nicht
mehr erinnern konnte, da sie ihm beide, zuerst die Mutter und
sehr bald darauf der Vater, in frühester Kindheit weggestorben
waren, stand nun vor dem Bilde dessen, dem er das Leben ver=
dankte. In das weiche Herz des Jünglings kam nach und nach das
Gefühl, das Waisen oft haben mögen, wenn sie, während andere
ihre Eltern in Leib und Leben vor sich haben, bloß vor den gemal=
ten Bildern derselben stehen. Es ist ein von einer tiefen Wehmut
reiches und doch einen traurig=süßen Trost gebendes Gefühl. Das

Bild wies in eine weite, längst vergangene Zeit zurück, wo der
Abgebildete noch glücklich, jung und hoffnungsreich gewesen war,
so wie der Betrachter jetzt noch jung und voll der unerschöpf=
lichsten Hoffnungen für diese Welt ist. Viktor konnte sich nicht
vorstellen, wie vielleicht derselbe Mann später in dunklem, ein=
fachem Rocke und mit dem eingefallenen, sorgenvollen Angesichte
vor seiner Wiege gestanden sein mag. Noch weniger konnte er sich
vorstellen, wie er dann auf dem Krankenbette gelegen ist und wie
man ihn, da er tot und erblaßt war, in einen schmalen Sarg ge=
tan und in das Grab gesenkt habe. Das alles ist in eine sehr frühe
Zeit gefallen, wo Viktor die Eindrücke der äußeren Welt noch
nicht hatte oder dieselben nicht für die nächste Stunde zu bewahren
vermochte. Er sah jetzt in das ungemein liebliche, offene und sor=
genlose Angesichtchen des Knaben. Er dachte, wenn er noch lebte,
so würde er jetzt auch alt sein wie der Oheim; aber er konnte sich
nicht vorstellen, daß der Vater dem Oheime ähnlich sehen würde.
Da er noch lange stand, keimte in ihm der Entschluß, wenn er
überhaupt mit dem Oheime auf einen bessern Fuß zu stehen käme,
als er jetzt stand, daß er ihm die Bitte vortragen wolle, ihm das
Bild zu schenken, denn dem Oheime könne ja so viel nicht daran ge=
legen sein, da er es in diesem ungeordneten Zimmer ganz allein auf
der Wand hängen und den vielen Staub auf dem Rahmen liegen
lasse.

Der Oheim stand indessen an der Seite und sah das Bild und
den Jüngling an. Er hatte keine sonderliche Teilnahme gezeigt,
und wie Viktor die erste Bewegung machte, sich von dem Bilde zu
entfernen, ging er gleich voran, um ihn aus den Zimmern zu füh=
ren, wobei er weder von dem Bilde noch von dem Vater etwas an=
ders sagte als die Worte: „Es ist eine erstaunliche Ähnlichkeit.“

Als sie wieder in das Tafelzimmer gekommen waren, schloß
er sorgfältig die Tapetentür und begann, auf die gewöhnliche
Weise in dem Gemache herumzugehen und in den herumliegenden
und =stehenden Sachen zu greifen, zu stellen und zu ordnen, woraus
Viktor aus Erfahrung erkannte, daß er jetzt vorderhand nichts
mehr mit ihm zu tun haben wolle.

Er beschloß daher, wieder auf die Insel hinunterzugehen. Die
Treppentür war abermals geschlossen. Viktor wollte nicht zu dem
Oheime gehen, daß er ihm öffne, sondern er dachte an den Kasten,

in welchen gestern das alte Weib mit den Schalen hineingegangen war, und vermutete, daß durch denselben ein Ausweg sein müsse. Er fand den Kasten bald, öffnete ihn und sah wirklich abwärts führende Stufen, die er einschlug. Allein er gelangte auf denselben nicht in das Freie, sondern in die Küche, in welcher er niemanden traf als das alte Weib, welches mit der Herrichtung der vielen verschiedenen Dinge beschäftigt war, die zu dem Mittagsmahle gehörten. Nur noch ein jüngeres, beinahe blödsinnig aussehendes Mädchen unterstützte sie hiebei. Viktor fragte das Weib, ob sie ihn nicht in den Garten hinauslassen könne.

„Freilich", sagte sie, führte ihn dieselbe Treppe hinauf, die er heruntergekommen war, und holte den Oheim heraus, welcher sofort öffnete und den Jüngling hinausließ.

Viktor erkannte nun, daß die Holztreppe der einzige Ausgang sei und daß man den mit solchem Mißtrauen geschlossen halte, obwohl das Ganze ohnehin mit einer undurchdringlichen Mauer umgeben sei.

Der Tag verging wie der gestrige. Viktor kam um zwei Uhr zum Mittagessen und ging dann wieder fort. Gegen Abend ereignete sich etwas Ungewöhnliches. Viktor sah ein Schiff gegen die Insel kommen und gerade gegen das Wasserbohlenwerk zufahren, das er gestern entdeckt hatte. Viktor lief eilig die Treppen zum Wasserhause hinab. Das Schiff kam herzu, das Bohlentor wurde von außen mit einem Schlüssel geöffnet, und der alte Christoph fuhr ganz allein in einem Kahne herein. Er hatte Lebensmittel und andere Bedürfnisse geholt und war deswegen in der Hul und in Attmaning gewesen. Viktor begriff nicht, da er die Ladung sah, wie der alte Mann diese Menge Dinge herbeigeschafft und über den See gerudert habe. Auch war ihm leid, daß ihm die Abfahrt des alten Dieners nicht bekannt gewesen sei, weil er ihm einen Brief mitgegeben hätte, der an die Mutter laufen sollte. Christoph fing an, die Dinge auszuladen und die verschiedenen Fleischgattungen mit Hilfe des blödsinnigen Mädchens auf einer Tragbahre in die Eisgrube zu tragen. Viktor sah hiebei ein ganz niederes eisernes Türchen an der Hinterseite des Hauses öffnen. Als er über die Treppen hinter dem Türchen hinabging, erblickte er im Scheine der Laterne, die man dort angezündet hatte, eine gewaltige Last Eises, auf der allerlei Vorratsdinge herumlagen und die eine fürchterliche Kälte in diesem Raume verbreitete. In später Dämmerung war die Arbeit des Ausladens voll= endet.

Der dritte Tag verging wie die ersten zwei. Und es verging der vierte, und es verging der fünfte. Drüben stand immer die Grisel, rechts und links standen die bläulichen Wände, unten dämmerte der See, und mitten leuchtete das Grün der Baumlast der Insel, und in diesem Grün lag wie ein kleiner grauer Stein das Kloster mit dem Hause. Der Orla ließ manches blaue Stück durch die Baum= zweige darauf niederschimmern.

Viktor war bereits an allen Stellen der Einfassungsmauer ge= wesen, auf allen Bänken des Sandplatzes oder Gartens war er gesessen, und auf allen Vorgebirgen des Ufersaumes des eingefaß= ten Platzes war er gestanden.

Am sechsten Tage konnte er es nicht mehr so aushalten, wie es war, und er beschloß, der Sache ein Ende zu machen.

Er kleidete sich frühmorgens sorgfältiger an, als er es gewöhn= lich tat, und erschien so bei dem Frühstücke. Nachdem dasselbe vor= über war und er schon neben dem Oheime in dem Zimmer stand, sagte er: „Oheim, ich wünschte mit Euch etwas zu reden, wenn Ihr nämlich Zeit habt, mich anzuhören.“

„Rede“, sagte der Oheim.

„Ich möchte Euch die Bitte vortragen, mir in Gefälligkeit den Grund zu eröffnen, weshalb ich auf diese Insel kommen mußte, wenn Ihr nämlich einen besonderen Grund hattet; denn ich werde morgen meine Abreise wieder antreten.“

„Die Zeit bis zur Übernahme deines Amtes dauert ja noch über sechs Wochen“, antwortete der Oheim.

„Nicht mehr lange, Oheim,“ sagte Viktor, „nur noch fünf= unddreißig Tage. Ich möchte aber noch einige Zeit, bevor ich in das Amt trete, in meinem zukünftigen Aufenthaltsorte zubringen und möchte deshalb morgen abreisen.“

„Ich entlasse dich aber nicht.“

„Wenn ich Euch darum bitte und wenn ich Euch ersuche, mich morgen oder, wie es Euch gefällig ist, übermorgen in die Hul hin= überführen zu lassen, so werdet Ihr mich entlassen“, sagte Viktor bestimmt.

„Ich entlasse dich erst an dem Tage, an dem du notwendig ab=

reifen mußt, um zu rechter Zeit bei deinem Amte eintreffen zu können", erwiderte hierauf der Oheim.

„Das könnt Ihr ja nicht", sagte Viktor.

„Ich kann es wohl," antwortete der Oheim; „denn die ganze Besitzung ist mit einer starken Mauer umfangen, die noch von den Mönchen herrührt, die Mauer hat das Eisengitter zum Aus= gange, das niemand anderer als ich zu öffnen versteht, und der See, welcher die fernere Grenze macht, hat ein so steiles Felsen= ufer, daß niemand zu dem Wasser hinunterkommen kann."

Viktor, der von Kindheit an nie die kleinste Ungerechtigkeit hatte dulden können und der offenbar das Wort „können" im sitt= lichen Sinne genommen hatte, wie es sein Oheim im stofflichen nahm, wurde bei den letzteren Worten im ganzen Angesichte mit der tiefsten Röte des Unwillens übergossen und sagte: „So bin ich ja ein Gefangener?"

„Wenn du es so nennst und meine Anstalten es so fügen, so bist du einer", entgegnete der Oheim.

Viktors Lippen bebten nun, er konnte vor Erregung kein Wort sagen — dann aber rief er doch zu dem Oheime: „Nein, Oheim! das können Eure Anstalten nicht fügen, was Ihr beliebig wollt; denn ich gehe an das Felsenufer hinvor und stürze mich gegen den See hinunter, daß sich mein Körper zerschmettert."

„Tue das, wenn du die Schwäche besitzest", sagte der Oheim.

Nun konnte Viktor in der Tat keine Silbe mehr hervorbrin= gen — er schwieg eine Weile, und es stiegen in ihm Gedanken auf, daß er sich an der Härte dieses abscheulichen Mannes rächen werde. Auf der andern Seite schämte er sich auch seiner kindischen Dro= hung und erkannte, daß sich selber zu verletzen kein wesentlicher Widerstand gegen den Mann wäre. Er beschloß daher, ihn durch Duldung auszutrotzen. Darum sagte er endlich: „Und wenn der Tag gekommen ist, den Ihr genannt habt, lasset Ihr mich dann in die Hul hinüberführen?"

„Ich lasse dich dann in die Hul hinüberführen", antwortete der Oheim.

„Gut, so bleibe ich bis dahin," entgegnete Viktor; „aber das sage ich Euch, Oheim, daß von nun an alle Bande zwischen uns zerschnitten sind und daß wir nicht mehr in einem verwandtschaft= lichen Verhältnisse stehen können."

„Gut", antwortete der Oheim.

Viktor setzte noch im Zimmer sein Barett auf das Haupt, zerrte den Spitz, den er bei sich hatte, an der Schnur hinter sich her und ging zur Tür hinaus.

Der Jüngling betrachtete sich nun von jeder Rücksicht, die er sonst gegen den Oheim beobachten zu müssen geglaubt hatte, frei und beschloß, fortan jede Handlungsweise sich zu erlauben, die ihm nicht von seinem Sittlichkeitsgefühle verboten oder von den Gren= zen der offenbaren Gewalt unmöglich gemacht worden wäre.

Er ging von dem Oheime in sein Zimmer und schrieb dort über zwei Stunden. Dann ging er ins Freie. An der Treppentür war von innen und außen ein Ring, der das Klöppel diente. Wollte Viktor von nun an entweder hinein oder hinaus, so ging er nicht mehr, wie bisher, zu dem Oheime, daß er ihm öffne, sondern er stellte sich an die Tür und schlug mit dem Klöppel gegen dieselbe. Auf dieses Zeichen kam der Oheim allemal, wenn er in seinem Zimmer war, heraus und öffnete. War er selber im Freien, so stand die Tür ohnehin offen. Bei dem Mittagmahle des ersten Tages redete Viktor nichts, der Oheim fragte ihn auch nichts, und als das Essen vorüber war, standen beide auf, und Viktor ging so= gleich fort. Auf dieselbe Weise war das Abendmahl.

Viktor ging nun daran, alle Teile des eingeschlossenen Raumes zu durchforschen. Er drang in die Gebüsche, welche hinter dem Hause standen, er ging von Baum zu Baum und sah jeden an und untersuchte ihn um seine Eigenschaften und um seine Gestalt. Ein= mal drang er durch alle Gebüsche und Schlinggewächse, welche an der Innenseite der Einschlußmauer des Besitztumes waren, längs der ganzen Mauer dahin. Sie war, wie dumpfig und morsch sie auch an vielen Stellen von den unsäglichen Gewächsen, die an ihr wuchsen, war, dennoch überall ganz genug und fest genug. In dem Hause, in welchem er mit dem Oheime wohnte, durchsuchte er alles treppauf, treppab, gangaus, gangein; aber es war bei die= sen Untersuchungen nicht viel zu finden. Überall, wo sich eine Tür oder ein Tor zeigte, waren die Schlösser gut versperrt, zum Teile standen große, schwere Kästen davor, in denen einst Getreide oder dergleichen gewesen sein mochte, und hinderten auf ewig das Öff= nen, wie ja auch die meisten Fenster der Gänge, wie Viktor gleich am ersten Tage bemerkt hatte, bis auf einen kleinen Teil, durch

den das Licht kam, mit Brettern verschlagen waren. Außer den
Gängen, die zwischen dem Speisezimmer und seinen zwei Wohn=
zimmern liefen, und außer der Treppe, über welche er in die
Küche hinabgelangen konnte — welche zwei Dinge er ohnehin
schon lange kannte — entdeckte er im Hause seines Oheims nichts
als etwa die Treppe, welche einst abwärts zu dem Ausgange ge=
führt hatte, nun aber an einem Tor endete, das niedrig, verschlossen
und mit Rost bedeckt war.

Was Viktor am meisten reizte, war das alte Kloster. Er ging an
allen Seiten des grauen einsamen Vierecks herum, und eines Tages,
da er in dem verfallenen Klostergarten war, von dem man die Tür=
me sehen konnte, gelang es ihm, über eine niedere Quermauer, aus
welcher er mehrere Ziegel herausbrechen konnte, in einen Zwin=
ger zu steigen und aus demselben in innere, nicht verschlossene
Räume zu kommen. Er wanderte durch einen Gang, wo die alten
Äbte aus= und eingegangen waren, abgebildet waren, aus schwar=
zen Bildern niedersahen und blutrote Namen und Jahreszahlen
zu ihren Füßen hatten. In die Kirche gelangte er und stand an den
von Gold und Silber entblößten Altären — dann war er über
manche von ewigem Treten zerschleifte Steinschwelle in zufällig
offen stehende Zellen gekommen, in denen es nun hallte und wo
dumpfe Luft stand. Zuletzt war er in die Türme gestiegen und hatte
die ruhigen, verstaubten Glocken hängen gesehen. Als er wieder über
die Quermauer in den Obstgarten hinausgeklettert war, lösete er
den Spitz, den er an einem Strunke angebunden hatte und der
indessen stille dagesessen war, wieder los und ging mit ihm fort.

Mehrere Tage darnach, als er mit dem Oheime den seltsamen
Auftritt gehabt hatte, ging er einmal in das Bohlenhaus hinab,
um sich, wie er es öfters getan hatte, mehrere Teile seines Körpers
in dem erquickenden Wasser zu waschen. Als er auf den letzten
Stufen so saß und, um sich abzukühlen, vor sich hinschaute, bemerkte
er in der Tiefe des Wassers, weil ein ganz besonders schöner Tag
war oder weil er jetzt überhaupt alles schärfer beobachtete, daß
einer der Bohlenzähne des Tores, die in das Wasser hinabragten,
kürzer sei als die andern und so eine Lücke bilde, durch die man
vielleicht mittels Tauchen in den See hinausgelangen könne. Er
beschloß auf der Stelle, den Versuch zu machen. Zu diesem Zwecke
ging er in seine Stube und holte sich sein Schwimmkleid. Da er

mit demselben zurückgekommen war, sich ausgekühlt und entkleidet
hatte, ging er der größeren Tiefe des Wassers zu, legte den Körper längs der Fläche, tauchte vorsichtig, schwamm vorwärts, hob
das Haupt und war außer den Bohlen. Selbst den Spitz, welchem
er die Schnur abgenommen hatte, konnte er, weil er schlank war,
zwischen den Bohlen zu sich hinausbringen. Nun schwamm er
freudig in großen Kreisen aufwärts und abwärts des Bohlen-
tores in dem tiefen See herum. Der Spitz neben ihm. Als seine
Kraft gesättigt war, näherte er sich wieder der Bohlenlücke, tauchte
und kam unter die Kahnpflöcke und unter das Bohlenhaus hinein.
Er kleidete sich nach diesem Bade an und ging fort. Das tat er
nun alle Tage. Wenn die größte Hitze sich milderte, ging er in das
Schiffhaus, machte sich schwimmgerecht und schwamm, solange es
ihm gefiel, außer dem Bohlentore herum.

Es fiel ihm wohl in dieser Zeit ein, daß er seine Kleider nebst
einem Vorrate von Brot durch die Bohlen hinausschaffen und
sie, an eine Schnur gebunden, schwimmend hinter sich herziehen
könnte, bis er das nächste hereingehende Ende der Anschlußmauer
umschwommen hätte. Dort könnte er aussteigen, in einem Verstecke die Kleider trocknen und sie dann anziehen. Es würde doch
möglich sein, wenn das Brot nur aushielte, eine Zeit zu erwarten,
in der man ein auf dem See fischendes Schiffchen herzurufen
könnte. Ja selbst das fiel ihm in Zeitpunkten der erregtesten Einbildungskraft ein, daß er mit einiger Anstrengung seiner Körper-
kräfte und mit Aufrufung seines Geistes von der Insel etwa bis
an den Orlaberg hinüberschwimmen könnte, wo er sich dann durch
Klettern und Wandern in die Hul hinüberfinden müßte. Es kam
ihm die Ungeheuerlichkeit dieses Wagestückes nicht so ungeheuer vor,
weil ja auch die Mönche einmal über den Orla in die Hul gestiegen
sind und noch dazu im Winter; aber das bedachte er nicht, daß die
Mönche Männer waren, die das Gebirge kannten, er aber ein
Jüngling sei, der in diesen Dingen gar keine Erfahrung besitze.
Aber wie lockend auch alle diese Vorspiegelungen sein mochten, so
konnte er doch keiner derselben eine Folge geben, weil er dem Oheime versprochen hatte, bis zu dem notwendigen Tage dazubleiben —
und dieses Versprechen wollte er halten. Darum kam er von dem
Schwimmen immer wieder unter dem Bohlentore herein.

Außer dem Schwimmen brachte er die andere Zeit mit ande-

ren Dingen hin. Er hatte jede und alle Stellen des eingeschlosse=
nen Raumes schon besucht und kennen gelernt. Er wurde nun auf
das Gehen und Kommen der Lichter auf den Bergen aufmerksam
und erkannte nach und nach die Schauer der Farben, die über sie
gingen, wenn gemach die Tageszeiten wechselten oder wenn die
Wolken schneller an der blanken Decke des Himmels hinliefen.
Oder er horchte durch die toten Lüfte, wenn er so saß, wenn die
Sonne am Mittag stand oder eben am Bergrande untergegangen
war, ob er denn nicht das Gebetglöcklein der Hul hören könne —
denn auf der Insel war wirklich weder der Schlag einer Turmuhr
noch der Klang einer Glocke zu vernehmen: — aber er hörte nie=
mals etwas, denn die grüne, dichte Baumwand des größeren Teiles
der Insel war zwischen seinem Ohre und dem Klange, den er da=
mals abends so schön an dem Felsenufer gehört hatte. — Es waren
nach lange dauernden Sternnächten — denn Viktor war zur Zeit
des abnehmenden Mondes gekommen — endlich auch sehr schöne
Mondnächte erschienen. Viktor öffnete da gerne seine Fenster und
sah, da er von Menschen geschieden war, das zauberhafte Flim=
mern und Glitzern und Dämmern auf See und Felswänden und
sah die schwarzen, vom Lichte nicht getroffenen Blöcke mitten in
dieser Flirrwelt wie Fremdlinge schweben.

Mit Christoph und der alten Magd, wenn sie ihm begegneten,
redete er kein Wort, weil er es nicht für würdig hielt, da er schon
mit dem Herrn nicht spreche, mit seinen Dienern Reden zu wech=
seln.

So ging die Zeit nach und nach dahin.

Eines Tages, als er gegen fünf Uhr über den Blumenplatz gegen
das Bohlenhaus zuschritt, um zu schwimmen, und wie gewöhnlich
den armen Spitz an der Schnur hinter sich herzog, redete ihn der
Oheim, der nach seiner Art auf einer Bank in der Sonne saß,
an und sagte: „Du darfst den Hund nicht so an der Schnur führen,
du kannst ihn schon frei mit dir gehen lassen, wenn du willst."

Viktor warf seine Augen erstaunt gegen den Mann und sah
wenigstens keine Unehrlichkeit in seinem Angesichte, wenn auch
sonst nichts anderes.

Am folgenden Tage ließ er den Spitz des Nachmittags ver=
suchsweise frei. Es geschah ihm nichts, und er ließ ihn von nun an
alle Tage frei mit sich gehen.

So verfloß wieder einige Zeit.

Ein anderes Mal, als Viktor eben ſchwamm und zufällig ſeine
Augen emporrichtete, ſah er den Oheim in einer Tür, die ſich aus
dem Dache des Bohlenhauſes öffnete, ſtehen und auf ihn herunter-
ſchauen. In den Mienen des alten Mannes ſchien ſich Anerken-
nung auszuſprechen, wie der Jüngling ſo geſchickt die Waſſer-
fläche teilte und öfter mit freundlichen Augen auf den Hund ſah,
der neben ihm herſchwamm. Auch die hohe Schönheit des Jünglings war eine ſanfte Fürbitte für ihn, wie die Waſſer ſo um die
jugendlichen Glieder ſpielten und um den unſchuldsvollen Körper
floſſen, auf den die Gewalt der Jahre wartete und die unenträtſel-
bare Zukunft des Geſchickes. — Ob ſich auch etwas Verwandt-
ſchaftsneigung in dem alten Manne gegen das junge, einzige Weſen regte, das ihm an Blut näher ſtand als alle übrigen auf der
Erde — wer kann es wiſſen? Auch ob er heute das erſtemal oder
ſchon öfter zugeſchaut hatte, war ungewiß: denn Viktor hatte
früher nie gegen das Bohlentor emporgeblickt; — aber am andern
Tage um fünf Uhr nachmittags, als Viktor über den Gartenplatz ging, den Oheim an den Blumen, der einzigen lieblichen Be-
ſchäftigung, bei der er ihn je erblickt hatte, herumarbeiten ſah und,
ohne ihn anzureden, vorübergegangen war, fand er zu ſeiner größten Überraſchung, da er in das Schiffhaus gekommen war, eine
der Bohlentüren offen ſtehen. Er war geneigt, dieſes Ereignis
irgendeinem ihm unbekannten Umſtande zuzuſchreiben; allein am
nächſten Tage und alle folgenden Tage ſtand um fünf Uhr das
Bohlenhaus offen, während es den ganzen übrigen Teil des Tages
immer geſperrt war.

Viktor wurde durch dieſe Sachen aufmerkſam und erkannte
leicht, daß er von dem Oheime beobachtet werde.

Als er, weil die Zeit gar ſo todlangſam hinging, wieder einmal,
was er ſeit ſeiner Gefangenſchaft aus Stolz nie getan hatte, ſehn-
ſüchtig an dem eiſernen Gitter der Einſchlußmauer ſtand und ſein
Angeſicht zwiſchen zwei Stäbe legte, um hinauszuſchauen, hörte
er plötzlich in dem Eiſen ein Raſſeln; eine Kette, die er ſchon öfter
an den Stäben bemerkt hatte, wie ſie emporging und ſich in die
Mauer verlor, bewegte ſich, und in dem Augenblicke fühlte er an
dem ſanften Nachgeben der Stäbe auswärts, daß das Gitter offen
ſei und ihn hinauslaſſe. Er ging hinaus und ging in einigen Teilen

der Insel herum. Er hätte jetzt die Gelegenheit zur Flucht benützen können, aber weil ihn der Oheim freiwillig hinausgelassen hatte, benützte er sie nicht und begab sich wieder freiwillig in sein Gefängnis. Bei seiner Annäherung an das Gitter war dasselbe zu, öffnete sich aber, als er herantrat, und ließ ihn herein, sich hinter ihm wieder schließend.

Durch alle diese Sachen hätte Viktor weicher werden müssen, wenn der Mann nicht schon vorher am sanftesten sein Herz dadurch gerührt hätte, daß er ihm den Spitz freigemacht hatte.

Der Jüngling fing nun folgerechterweise auch seinerseits an, den Greis näher zu beobachten und oftmals zu denken: „Wer weiß, ob er so hart ist und ob er nicht vielmehr ein unglücklicher alter Mann sei."

So lebten die zwei Menschen nebeneinander hin, zwei Sprossen desselben Stammes, die sich hätten näher sein sollen als alle andern Menschen und die sich so ferne waren wie keine andern — zwei Sprossen desselben Stammes und so sehr verschieden: Viktor das freie, heitere Beginnen, mit sanften Blitzen des Auges, ein offener Platz für künftige Taten und Freuden — der andere das Verkommen, mit dem eingeschüchterten Blicke und mit einer herben Vergangenheit in jedem Zuge, die er sich einmal als einen Genuß, also als einen Gewinn, aufgeladen hatte. In dem ganzen Hause lebten nur vier Personen: der Oheim, der alte Christoph, Rosalie, so hieß die alte Haushälterin und Köchin, und endlich das blödsinnige, auch schon alte Mädchen Agnes, welche Rosaliens Handlangerin war. Unter diesen alten Menschen und neben dem alten Gemäuer ging Viktor herum wie ein nicht hieher gehöriges Wesen. Sogar die Hunde waren sämtlich alt; die Obstbäume, die sich vorfanden, waren alt; die steinernen Zwerge, die Bohlen im Schiffhause waren alt! Nur einen Genossen hatte Viktor, der blühend war wie er, nämlich die Laubwelt, die lustig in der Verfallenheit sproßte und keimte.

Viktor hatte sich schon früher öfter mit einer Tatsache beschäftigt, die ihn nachdenken machte. Er wußte nämlich nicht, wo sein Oheim das Schlafzimmer habe, und konnte es trotz aller Beobachtungen nicht entdecken. Er dachte daher, vielleicht verberge er es gar aus Mißtrauen. Einmal, da der Jüngling über die Treppe in die Küche hinabgeriet, hörte er eben die Haushälterin sagen: „Er

traut ja niemanden; wie könnte man ihm denn beibringen, daß er
aus der Hul einen Menschen in Dienst nehme? das tut er nicht.
Er rasiert sich darum selbst, daß ihm niemand den Hals abschneide,
und er sperrt nachts die Hunde ein, daß sie ihn nicht fressen."

An diese Umstände äußerster Hilflosigkeit mußte Viktor nun
immer denken, und dies um so mehr, als sich gerade jetzt gegen ihn
mildere Zeichen einstellten. Die eiserne Gittertür im Gange zu
seinem Schlafzimmer wurde nicht mehr gesperrt, das Bohlentor
stand zur Schwimmzeit regelmäßig offen, und zum eisernen Haupt=
gitter der Mauer hatte Viktor statt eines Schlüssels ein Pfeif=
chen von dem Oheime empfangen, auf dessen Pfiff das Gitter sich
öffnete; denn es war nicht wie gewöhnlich zu sperren und zu öffnen,
sondern durch eine Vorrichtung von einem Zimmer des Oheims
aus, man wußte nur nicht, von welchem.

Die ersten ordentlichen Unterredungen zwischen den zwei Ver=
wandten wurden durch eine seltsame Veranlassung eingeleitet,
man könnte sagen: aus Neid. Da nämlich eines Abends Viktor
von einem Streifzuge durch die Insel, wie er sie jetzt öfters machte,
in Begleitung aller vier Hunde zurückkam — auch der des Oheims;
denn sie hatten sich schon länger an ihn angeschlossen und waren in
seiner und des Spitzes Gesellschaft lustiger und rühriger geworden,
als sie es früher gewesen waren —, sagte der Oheim, der zufälliger=
weise noch in dem Garten war und dieses sah: „Dein Spitz ist auch
weit besser als meine drei Bestien, denen nicht zu trauen ist. Ich
weiß nicht, wie sie sich so an dich hängen?"

Dem Jünglinge fuhren auf diese Rede die Worte, weil sie ihm
so nahelagen, aus dem Munde: „Habt sie nur lieb, wie ich den
Spitz, und sie werden auch so gut sein."

Der Mann sah ihn mit sonderbar forschenden Augen an und
sagte gar nichts auf diese Rede. Aber sie wurde der Anker, an den
abends bei Tische andere Gespräche über andere Gegenstände ange=
knüpft wurden. Und so ging es dann weiter, und Oheim und Neffe
sprachen jetzt wieder miteinander, wenn sie zusammenkamen, was
namentlich bei den drei Mahlzeiten des Tages der Fall war.

Besonders lebhaft wurde Viktor einmal, da ihn der Greis zu=
fällig oder absichtlich veranlaßte, von seiner Zukunft und von seinen
Plänen zu reden. Er werde jetzt in sein Amt eintreten, sagte Vik=
tor, werde arbeiten, wie es nur seine Kraft vermag, werde jeden

Fehler, den er antreffe, verbessern, werde seinen Obern alles vor=
legen, was zu ändern sei, werde kein Schlendern und keinen Unter=
schleif dulden — in freien Stunden werde er die Wissenschaften
und Sprachen Europas vornehmen, um sich auf künftige Schrift=
stellerarbeiten vorzubereiten, dann wolle er auch das Kriegswesen
kennen lernen, um in dem höheren Staatsdienste einmal den ganzen
Zusammenhang überschauen zu können oder in Zeiten der Gefahr
selbst zu Feldherrndiensten tauglich zu sein. Wenn er sonst noch
Talent habe, so möchte er auch die Musen nicht ganz vernachläsſi=
gen, ob ihm vielleicht etwas gelänge, was sein Volk begeistern und
zu entflammen vermöge.

Der Oheim hatte während dieser Rede Kügelchen aus Brot
gedreht und hatte, lächelnd mit den schmalen, zusammengekniffe=
nen Lippen, zugehört.

„Wenn du nur das alles zusammenbringst," sagte er, „jetzt
kannst du schon gut schwimmen, das heißt ziemlich gut; ich habe
dir gestern wieder eine Weile zugeschaut — aber der Bogen der
rechten Hand ist noch ein wenig zu kurz, es ist, als zögest du die
Hand zurück, und die Fußbewegung ist auch noch zu heftig. Willst
du denn nicht auch einmal zu jagen versuchen? Verstehst du ein
Gewehr loszuschießen und zu laden? Ich gebe dir ein paar aus
meiner Gewehrkammer, und du kannst damit durch die ganze
Insel herumgehen."

„Freilich verstehe ich ein Feuergewehr zu behandeln," antwor=
tete Viktor, „aber die Singvögel, die ich hier sehe, mag ich nicht
schießen; denn sie erbarmen mir zu viel, und auf der ganzen Insel
sehe ich nur veraltete Obstbäume und junges, darüber wachsendes
Waldlaub, da wird schwerlich ein Fuchs oder ein anderes schieß=
bares Wild sein."

„Du wirst schon finden, nur muß man das Suchen verstehen."

Mit diesen Worten trank der Oheim seinen Wein aus, aß sein
Zuckerwerk und ließ den Gegenstand fallen. Hierauf gingen sie
bald schlafen. Viktor wurde jetzt nicht mehr wie in den ersten Ta=
gen von seinem Oheime in das Schlafgemach geleitet, sondern seit
das Schlafgitter nicht mehr gesperrt wurde, zündete er sich nach
Beendigung des Mahles ein Licht an, wünschte dem Oheim gute
Nacht und verfügte sich mit dem Spitz, der jetzt auch in Eintracht
mit den andern Hunden aß, in seine zwei Gemächer.

In dieſen Verhältniſſen verging endlich alle Zeit, die Viktor
nach dem eigentlich erzwungenen Vertrage noch auf der Inſel zu
verleben gehabt hatte. Er war nie in Verſuchung gekommen, etwas
über dieſe Sachlage zu ſagen, weil er zu ſtolz war. Aber als der
letzte Tag vergangen war, den er noch da ſein konnte, um dann
zu rechter Zeit in ſein Amt einzutreffen, pochte ihm das Herz in
dem Leibe. Man war mit dem Abendmahle fertig. Der Oheim
war aufgeſtanden und kramte in allerlei Papieren und ſchob ſie
nach Art des Alters mit ungeſchickten Händen durcheinander.
Dann legte er ſie aber ſamt und ſonders in einen Winkel und ließ
ſie dort liegen. Viktor ſah ſchon aus dem ganzen Benehmen, daß
der Greis nichts mehr über den Gegenſtand ſagen werde, er nahm
daher ſein Licht und begab ſich zu Bette.

Das Frühſtück wurde am andern Tag mit derſelben Langſam=
keit verzehrt wie bisher immer. Viktor hatte auf ſeiner Stube
ſein Ränzlein vollſtändig gepackt und ſaß jetzt auf ſeinem Früh=
mahlſtuhle und wartete, was der Oheim beginnen werde. Der
alte Mann, der mit dem ſchlotternden grauen Rocke angetan war,
ſtand auf und ging ein paarmal durch die Tapetentür ein und aus.
Dann ſagte er zu Viktor: „Du wirſt dieſer Tage, heute oder mor=
gen, fort wollen?"

„Heute, Oheim, muß ich fort, wenn ich nicht zu ſpät kommen
ſoll", antwortete Viktor.

„Du kannſt ja draußen in Attmaning Fahrgelegenheit nehmen."

„Das iſt ſchon eingerechnet, das muß ich ohnehin tun," ſagte
Viktor; „denn da Ihr nichts über die Sache erwähnet, habe ich
bis zu dem letzten Augenblicke gewartet."

„Du mußt alſo heute," ſagte der Greis zögernd, — „du mußt
— wenn du alſo mußt, ſo ſoll dich Chriſtoph überführen, wie ich es
geſagt habe. Sind deine Habſeligkeiten ſchon in Ordnung?"

„Ich habe bereits geſtern alles eingepackt."

„Geſtern haſt du ſchon eingepackt — — und freuſt dich alſo ſehr
— ſo, ſo, ſo! — — Ich wollte doch noch etwas zu dir ſagen — — was
wollte ich ſagen? — — Höre, Viktor!"

„Was, Oheim?"

„Ich denke — und meine — wenn du es nun verſuchteſt, wenn
du freiwillig noch ein wenig bei einem alten Manne bliebeſt, der
niemanden hat."

„Wie kann ich denn?"

„Deinen Urlaub hätte ich da -- warte, in den Pfeifentisch, glaube ich, habe ich ihn gelegt."

Mit diesen Worten schob der Oheim nun mehrere Fächer an dem Tische und Schreine, auf denen die Pfeifen und Beutel waren, aus und ein, bis er aus einem ein Papier hervorzog und es an Viktor hinreichte.

„Siehst du da."

Der Jüngling war im höchsten Grade erstaunt und verlegen; denn das Papier war in der Tat ein Urlaub auf unbestimmte Zeit.

„Du kannst es nun halten, wie du willst", sagte der Oheim. „Ich lasse dich sogleich überführen — aber ich habe dich ersucht, noch ein wenig dazubleiben, ob wir vielleicht gut miteinander lebten. Du kannst während der Zeit in die Hul, oder wohin es dir sonst gefällt, fahren, und wenn du endlich abreisen willst, so kannst du abreisen."

Viktor wußte nicht, wie ihm war. Er hatte lange auf den heutigen Tag gewartet — nun sah er den merkwürdigen Mann, den er eigentlich haßte, vor sich stehen und bitten. Das alte, eingeschrumpfte Angesicht kam ihm unsäglich verlassen vor — je es war ihm, als zittere sogar irgendein Gefühl darinnen. Das gute, schöne Herz, das der Jüngling immer gehabt hatte, regte sich in ihm. Nur einen Augenblick stand er, dann sagte er mit der Offenheit, die ihm eigen war: „Ich will gerne noch eine Zeit dableiben, Oheim, wenn Ihr es wünscht und nach Einsicht und Gründen für gut erachtet."

„Ich habe keinen andern Grund, als daß du noch ein wenig da seist", sagte der alte Mann.

Dann nahm er das Papier, welches den Urlaub enthielt, von dem Tische und legte es, nachdem er drei Fächer versucht hatte, in ein viertes, in dem Steine staken.

Viktor, der heute morgens, nicht ahnend, daß sich die Sache so entwickeln werde, seine Zimmer verlassen hatte, begab sich nun in dieselben zurück und packte langsam sein Ränzlein aus. Er war nun doppelt ungewiß und doppelt gespannt, wohin das alles ziele und was das sei, daß der Oheim sich eigens Mühe gegeben habe, ihm schon einen Urlaub auszuwirken, ehe er noch in das Amt ein=

gerückt sei. — Einen Augenblick zuckte es ihm durch das Haupt: wie? wenn es Zuneigung wäre, wenn der Mann doch ein lebendiges, menschliches Wesen lieber hätte als die tote, starre Fülle von Dingen und Kram, womit er sich umringte? Aber dann fiel ihm ein, mit welcher Gleichgültigkeit der Greis das Papier von dem Tische weggenommen und ein Fach gesucht habe, in das er es verbergen könne. Viktor hatte überhaupt schon länger bemerkt, daß der Oheim nie ein Ding wieder in die nämliche, sondern stets in eine neue Lade lege. Und bei dem Herumsuchen hatte er den Jüngling nicht beobachtet und ihn hinausgehen lassen, ohne ihn anzureden.

So war er also wieder da.

In dem Hause hatte der Oheim ein Bücherzimmer, aber er las seit langem nichts mehr, so daß Staub und Motten in den Werken waren. Zu diesem Zimmer gab er Viktor den Schlüssel, und diesen freute die Sache sehr. Er hatte nie eine Büchersammlung gesehen, außer den öffentlichen der Stadt, in denen er aber, wie es begreiflich ist, nicht herumsuchen durfte. Er merkte sich den Gang und ging oft in das Zimmer. Er stellte die Leiter an alle Fächer, putzte zuerst alle Bücher, und dann las und betrachtete er die Dinge, wie sie ihm in die Hand kamen und wie sie ihn anzogen.

Großes Vergnügen gewährte es ihm auch, wenn er auf die Diele des Bohlenhauses gehen und aus der Tür, von der ihm der Oheim zugeschaut hatte, in den See hinabspringen konnte. Die Mönche hatten die Tür und die Diele gehabt, um Dinge aus dem Schiffe gleich aufziehen zu können, die sonst schwer über die Treppe emporzubringen gewesen wären. Aus dem Büchsenschranke des Oheims hatte er sich doch ein schönes altdeutsches Gewehr herausgenommen und freute sich, es zu putzen und trotz seiner Ungefügigkeit loszuschießen. Seit langem mochten das wieder die ersten Knalle auf der Insel sein, welche den Widerhall der Berge erweckten. Christoph hatte dem Jünglinge einen finstern Gang gezeigt, durch welchen man gleich aus dem Hause des Oheims in das Kloster hinübergehen konnte. Auch hatte er dem Jünglinge manche Räume aufgesperrt, die sonst immer verschlossen waren. Er zeigte ihm den großen Saal, in welchem goldene Leisten und Verzierungen waren, die Fenster weiß, grau und blau bemalt schimmerten, lange hölzerne Bänke an der Wand hinliefen, auf denen die Mönche geses-

ſen waren, und ein ungemein großer Ofen ſtand, in welchem die
einzelnen Täfelchen bunt eingebrannte Heiligenbilder und Geſchich=
ten enthielten. Er zeigte ihm das Kapitelzimmer, wo beraten wurde
und jetzt nur mehr die ſchlichten rohen Holzbänke ſtanden und we=
nige dagelaſſene wertloſe Bilder hingen. Er zeigte ihm die leere
Schatzkammer, er zeigte ihm die Sakriſtei, wo die Fächer der
Kelche offen ſtanden und nichts als die verſchoſſene, einſt dunkelrote
Ausfütterung zeigten und wo die Laden, einſt der Aufbewahrungs=
ort der Paramente, nun Staub enthielten. Zurück gingen ſie durch
die Kirche, die Kreuzgänge und die Sommerabtei, wo noch manch
ſchönes Bild, manche Holz= und Steinverzierung unberührt ſtarrte,
weil man deren Wert nicht gekannt hatte, als man die Dinge aus
dieſer Gotteswohnung fortſchaffte.

Nicht bloß in den Gebäuden und auf der ganzen Inſel durfte
Viktor herumgehen und alles unterſuchen, ſondern der Oheim bot
ihm auch an, daß er ihn in einem Kahne an alle Punkte des
Sees fahren laſſen wolle, wohin er nur verlange. Der Jüngling
hatte wenig Gebrauch davon gemacht, weil er eigentlich, der nie
in dem hohen Gebirge geweſen war, nicht wußte, wie er die Schätze
desſelben heben ſoll, daß ſie ihm freude= und gewinnbringend wür=
den. Er fuhr nur ſelber zweimal zu dem Orla hinüber und ſtand
an dem Ufer und ſah die hohen, grauen und zeitweiſe flimmernden
Wände an.

Trotz allem begann ſich allgemach in Viktor die Reue zu regen,
daß er wieder dageblieben ſei; namentlich da er nicht Zweck und
Urſache des ganzen Verfahrens zu ermitteln imſtande war.

„Ich werde dich doch nun bald fortlaſſen“, ſagte der Oheim
eines Tages nach dem Mittagtiſche, da eben ein prachtvolles Ge=
witter über die Griſel ging und den rauſchenden Regen wie Dia=
mantengeſchoſſe in den See niederſandte, daß er ſich in kleinen
Sprüngen regte und wallte. Sie waren aus der Urſache dieſes
Gewitters etwas länger bei dem Tiſche ſitzen geblieben.

Viktor antwortete auf die Rede gar nichts, ſondern horchte, was
ferner kommen würde.

„Es iſt zuletzt doch alles vergeblich,“ hob der Oheim wieder mit
langſamer Stimme an, „es iſt doch vergeblich — Jugend und Alter
taugen nicht zuſammen. Siehe, du biſt gut genug, du biſt feſt und
aufrichtig und biſt mehr, als dein Vater in dieſen Jahren war.

Ich habe dich die Zeit her beobachtet, und man dürfte vielleicht
auf dich bauen. Du hast einen Körper, den die natürliche Kraft
stark und schön gemacht hat, und du übst gerne die Kraft, sei es,
daß du unter den Felsen herumgehst oder in der Luft wanderst oder
in dem Wasser schwimmst — — aber was hilft das alles? Es ist für
mich ein Gut, das weit, ja sehr weit jenseits aller Räume liegt.
Mir sagte schon immer die heimliche Stimme: du wirst es nicht
erreichen, daß sein Auge auf dich schaut, du wirst das Gut seines
Herzens nicht erlangen, weil du es nicht gesäet und gepflanzt hast.
Ich erkenne, daß es so ist. Die Jahre, die da zu nützen gewesen
wären, sind nun vorüber, sie neigen jenseits der Berge hinunter,
und keine Gewalt kann sie auf die erste Seite herüberzerren, auf
der nun schon die kalten Schatten sind. Darum gehe nur zu dem
alten Weibe, von dem du kaum mehr einen Brief erwarten kannst
— gehe hin und sei dort heiter und freudig."

Viktor war im äußersten Maße betroffen. Der Greis saß ge=
rade so, daß die Blitze in sein Antlitz leuchteten, und manchmal
war es in dem dämmrigen Zimmer, als ob das Feuer durch die
grauen Haare des Mannes flösse und ein rieselndes Licht über seine
verwitterten Züge ginge. War dem Jünglinge früher das inhalt=
lose Schweigen und die tote Gleichgültigkeit an dem Manne öde
und bekümmernd gewesen, so war er nun durch diese Aufregung
um so ergriffener. Der Alte hatte seinen langen Körper in dem
Lehnstuhle aufgerichtet, und er zeigte fast tiefe Bewegung. Eine
Weile antwortete der Jüngling nichts auf die Rede des Oheims,
die er mehr ahnte als verstand. Dann aber sagte er: „Ihr habt
von Briefen geredet, Oheim; ich bekenne aufrichtig, daß es mich
schon sehr unruhig gemacht, daß ich auf die mehreren Briefe, die
ich nach Hause sandte, noch immer keine Antwort habe, obwohl
Christoph schon mehr als zwanzigmal, seit ich hier bin, in der Hul
und in Attmaning draußen gewesen ist."

„Ich wußte es wohl," antwortete der Oheim, „aber du kannst
gar keine Antwort erhalten."

„Warum denn nicht?"

„Weil ich es so eingerichtet und mit ihnen verabredet habe, daß
sie dir, solange du hier bist, nicht schreiben. Sie sind im übrigen,
wenn du bekümmert sein solltest, alle wohl und gesund."

„Das ist nicht gut, Oheim, daß Ihr das getan habt," sagte

Viktor ergriffen, „die Worte, welche mir meine Ziehmutter in einem Briefe geschickt hätte, hätte ich sehr gerne empfangen."

„Siehst du, wie du das alte Weib liebst," sagte der Oheim, „ich habe es immer gedacht!"

„Wenn Ihr jemanden liebtet, so würde Euch wieder jemand lieben", antwortete Viktor.

„Dich hätte ich geliebt", schrie der Greis heraus, daß Viktor fast erzitterte. Es war einige Augenblicke stille.

„Und der alte Christoph liebt mich," fuhr er fort, „und viel= leicht auch die alte Magd."

„Was schweigst du denn?" sagte er nach einiger Zeit zu dem Jünglinge — „wie sieht es denn mit der Gegenliebe aus? nun, so rede einmal."

Viktor schwieg und wußte kein einziges Wort herauszubringen.

„Siehst du," sagte der Greis wieder, „ich habe es ja gewußt. Sei nur ruhig, es ist alles gut, es ist schon gut. Du willst fort, und ich werde dir ein Schiff geben, daß du fort kannst. — So lange wirst du doch warten, bis der Regen vorüber ist?"

„So lange und noch länger, wenn Ihr Ernstliches mit mir zu reden habt," sagte der Jüngling, „aber das werdet Ihr doch er= kennen müssen, daß keine bloße bittere Willkür einen Menschen binden könne. Es ist doch seltsam, wenn man das geringste Wort dafür wählen soll, daß Ihr mich anfangs auf dieser Insel gefan= gen hieltet, auf die Ihr mich zuvor gerufen habt und auf die ich im Vertrauen kam, weil Ihr es verlangtet und weil der Vormund und die Mutter mir es ans Herz legten. Ferner ist es seltsam, daß Ihr mich von den Briefen meiner Mutter abschneidet, und noch seltsamer ist es, was vielleicht vorher vorgefallen ist, vielleicht nicht."

„Du redest, wie du es verstehst", antwortete der Oheim, indem er den Jüngling lange ansah. „Dir mag manches herbe erscheinen, dessen Ziel und Ende du nicht begreifst. Es ist da nichts Seltsames in dem, was ich tat, sondern es ist klar und deutlich. Ich wollte dich sehen, weil du einmal mein Geld erbst, und ich wollte dich des= halb lange sehen. Es hat mir niemand ein Kind geschenkt, weil alle Eltern die ihrigen selber behalten; wenn einer meiner Bekannten gestorben ist, bin ich irgendwo anders hingezogen, und endlich kam ich auf diese Insel, deren Grund und Boden samt dem Hause, das

einmal das Gerichtshaus der Mönche geweſen iſt, ich erworben
habe, und wo ich Gras und Bäume wachſen laſſen wollte, wie ſie
wuchſen, um unter ihnen herumzuwandeln. Ich wollte dich ſehen.
Ich wollte doch deine Augen, deine Haare, deine Glieder, und wie
du ſonſt biſt, ſehen, ſo wie man einen Sohn anſieht. — Ich mußte
dich daher allein haben und feſthalten. Wenn ſie dir immer ſchrei=
ben, ſo halten ſie dich in derſelben ſüßlichen Abhängigkeit wie bis=
her. Ich mußte dich in die Sonne und in die Luft hervorreißen,
ſonſt wirſt du ein weiches Ding, wie dein Vater, und wirſt, wie
er, ſo nachhaltlos, daß du das verrätſt, was du zu lieben meineſt.
Du biſt wohl ſtärker geworden als er, du ſtößeſt mit deinen Waf=
fen wie ein junger Habicht zu; das iſt ſchon recht, ich lobe es: aber
du ſollteſt doch dein Herz nicht an bebenden Weibern üben, ſondern
an Felſen — und ich wäre eher ein Fels als etwas anders. Daß ich
dich ſo feſtgehalten habe, mußte ſein; wer zuweilen nicht den Stein=
block der Gewalttat ſchleudern kann, der vermag auch nicht von
Urgrund aus zu wirken und zu helfen. Du weiſeſt bei Gelegenheit
die Zähne und haſt doch ein gutes Herz. Das iſt recht. Du wäreſt
endlich doch ein Sohn geworden, es hätte dich hingeriſſen, mich zu
achten und zu lieben — und wenn du das getan hätteſt, dann wären
dir die andern zahm und klein geweſen, die auch an mir nie bis
zum Innern dringen konnten. Aber ich erkannte, daß, bis du da=
hin kämeſt, eher hundert Jahre vergingen, und darum gehe, wohin
du willſt, es iſt alles aus. — — Wie oft habe ich dich verlangt, daß
ſie dich ſenden ſollen, ehe ſie es taten. Dein Vater hätte dich mir
geben ſollen — aber er hat gemeint, ich ſei ein Raubtier, das dich
zerriſſe; ich hätte dich eher zu einem Adler gemacht, der die Welt
in ſeinen Fängen hält und ſie auch, wenn es ſein muß, in den Ab=
grund wirft. Allein er hat zuerſt das Weib geliebt, dann hat er
es verlaſſen und war doch nicht ſtark genug, dasſelbe auf immer
von hinnen zu tun, ſondern er dachte ſtets an dasſelbe und ſteckte
dich, da er ſtarb, unter die Flügel desſelben, daß du faſt eine Henne
würdeſt, um Küchlein zu locken und nur zu kreiſchen, wenn ein
Pferdehuf eins zertritt. Schon dieſe wenigen Wochen bei mir biſt
du mehr geworden, da du gegen Gewalt und Druck ankämpfen
mußteſt, und du würdeſt immer mehr werden. Ich habe verlangt,
daß du den Weg zu Fuße hieher machteſt, daß du die Luft, die
Müdigkeit, die Selbſtbezwingung ein wenig kennen lernteſt. Was

ich nach dem Tode deines Vaters Hippolyts tun konnte, tat ich,
du wirst es gleich später hören. Ich ließ dich auch zu dem Zwecke
zu mir kommen, daß ich dir nebst andern, was du hier solltest, einen
guten Rat gäbe, den dir weder der Federmann, dein Vormund,
noch das Weib geben können und den du dann beliebig befolgen
kannst oder nicht. Weil du vielleicht heute noch, gewiß aber morgen
fortgehen willst, will ich dir den Rat sagen. Höre mich. Du hast
also im Sinne, in ein Amt zu treten, das sie dir verschafften, da=
mit du dein Brot hast und versorgt bist?"

„Ja, Oheim."

„Siehst du, und ich habe dir schon einen Urlaub ausgewirkt.
Wie nötig mußt du also sein, und wie wichtig das Amt, das un=
ausgefüllt auf dich warten kann. Einen Urlaub auf unbestimmte
Zeit habe ich hier. Ich kann jeden Augenblick einen Abschied
haben, sobald ich nur will. Das Amt bedarf also nicht deiner ein=
zelnen bestimmten Fähigkeiten, ja es harrt schon einer, der nach
deinem Austritte das Amt braucht. Du kannst auch jetzt noch in
der Tat gar nichts leisten, was wirklich des Antrittes eines Amtes
wert wäre, da du kaum ein Jüngling geworden bist und kaum erst
ein Sandkorn von der Erde bekommen hast, daß du es kennen ler=
nest — und du kennst es noch nicht einmal. Wenn du also jetzt ein=
trätest, so könntest du höchstens etwas wirken, was niemand frommt
und was dir doch langsam das Leben aus dem Körper frißt. Ich
wüßte dir etwas anderes. Das Größte und Wichtigste, was du
jetzt zu tun hast, ist: heiraten mußt du."

Viktor richtete sein klares Auge gegen ihn und fragte: „Was?!"

„Heiraten mußt du — eben nicht auf der Stelle, aber jung mußt
du heiraten. Ich werde dir das zeigen. Jeder ist um sein selbst
willen da. Das sagen wohl nicht alle, aber sie handeln alle so. Und
die es nicht sagen, deren Handlungen sind oft desto ungeschlachter
selbstsüchtig. Das wissen die auch recht gut, die sich dem Amte
widmen: denn das Amt ist ihnen der Acker, welcher Früchte geben
soll. Jeder ist seiner selbst willen da; aber nicht jeder kann es
machen, daß er da ist, und mancher streckt sein Leben für etwas
dahin, das weniger ist als sieben Pfennige. Der Mann, der zu
deinem Schutze aufgestellt ist, meinte gut zu sorgen, wenn er bei=
zeiten dein junges Blut einpferche, ganz allein dazu, damit du
immer satt zu essen und zu trinken habest; das Weib in ihrer kleinen

Gutherzigkeit darbte ein Sümmchen zuſammen, ich weiß ſogar genau, wie groß es iſt, ein Sümmchen, wofür du dir auf einige Zeit Strümpfe anſchaffen kannſt. Sie hat es wohl gut gemeint, wohl am beſten; denn ſie iſt in ihrem Willen vortrefflich. Aber was ſoll das alles? — — Jeder iſt um ſein ſelbſt willen da, aber nur dann iſt er da, wenn alle Kräfte, die ihm beſchieden worden ſind, in Arbeit und Tätigkeit geſetzt werden — denn das iſt Leben und Genuß —, und wenn er daher dieſes Leben ausſchöpft bis zum Grunde. Und ſobald er ſo ſtark iſt, ſeinen Kräften allen, den großen und kleinen, nur allen, dieſen Spielraum zu gewinnen, ſo iſt er auch für andere am beſten da, wie er nur immer da zu ſein vermochte, wie es ja gar nicht anders ſein kann, als daß wir auf die wirken, die rings um uns gegeben ſind; denn Mitleid, Anteil, Hilfreichigkeit ſind ja auch Kräfte, die ihre Tätigkeit verlangen. Ich ſage dir ſogar, daß die Hingabe ſeiner ſelbſt für andere — ſelber in den Tod —, wenn ich den Ausdruck gebrauchen darf, gerade nichts anders iſt als das ſtärkſte Aufplatzen der Blume des eigenen Lebens. Wer aber in ſeiner Armut nur eine Lebenskraft einſpannt, um nur eine einzige Forderung zu ſtillen, etwa gar die des Hungers, der iſt für ſich ſelber in einer einſeitigen und kläglichen Verrückung, und er verdirbt die, die um ihn ſind. — O Viktor, kennſt du das Leben? kennſt du das Ding, das man Alter heißt?"

„Wie ſollte ich, Oheim, da ich noch ſo jung bin?"

„Ja du kennſt es nicht, und du kannſt es auch nicht kennen. Das Leben iſt unermeßlich lange, ſolange man noch jung iſt. Man meint immer, noch recht viel vor ſich zu haben und erſt einen kurzen Weg gegangen zu ſein. Darum ſchiebt man auf, ſtellt dieſes und jenes zur Seite, um es ſpäter vorzunehmen. Aber wenn man es vornehmen will, iſt es zu ſpät, und man merkt, daß man alt iſt. Darum iſt das Leben ein unabſehbares Feld, wenn man es von vorne anſieht, und es iſt kaum zwei Spannen lang, wenn man am Ende zurückſchaut. Auf dem Felde zeitigen ſo manche andere Früchte, als man zu ſäen geglaubt hat. Es iſt ein ſchillernd Ding, das ſo ſchön iſt, daß man ſich gerne hineinſtürzt und meint, es müſſe ewig währen — — und das Alter iſt ein Dämmerungsfalter, der recht unheimlich um unſere Ohren weht. Darum möchte man die Hände ausſtrecken, um nicht fort zu müſſen, weil man ſo viel verſäumt hat. Wenn ein uralter Mann auf einem Hügel mannig-

faltiger Taten steht, was nützt es ihm? Ich habe vieles und aller=
lei getan und habe nichts davon. Alles zerfällt im Augenblicke,
wenn man nicht ein Dasein erschaffen hat, das über dem Sarge
noch fortdauert. Um wen bei seinem Alter Söhne, Enkel und Ur=
enkel stehen, der wird oft tausend Jahre alt. Es ist ein vielfältig
Leben derselben Art vorhanden, und wenn er fort ist, dauert das
Leben doch noch immer als dasselbe, ja man merkt es nicht einmal,
daß ein Teilchen dieses Lebens seitwärts ging und nicht mehr kam.
Mit meinem Tode fällt alles dahin, was ich als Ich gewesen bin
– – –. Darum mußt du heiraten, Viktor, und mußt sehr jung
heiraten. Darum mußt du auch Luft und Raum haben, um alle
deine Glieder rühren zu können. Dafür nun habe ich gesorgt, weil
ich wußte, daß es alle jene nicht konnten, denen man dich anver=
traut hat. Nach dem Tode deines Vaters nahm man mir die
Macht, und ich habe doch besser gesorgt als die andern. Ich habe
mich daran gemacht, dein Gut zu retten, das sonst verloren war.
Staune nicht, sondern höre mich lieber. Wozu soll dir auch das
Sümmchen deiner Mutter oder die ewige Versorgung deines Vor=
mundes? Zu nichts, als daß du zerknickt und verkümmert würdest.
Ich bin geizig gewesen, aber vernünftiger geizig, als mancher frei=
gebig ist, der sein Geld wegwirft und dann weder sich noch andern
helfen kann. Deinem Vater lieh ich bei Lebzeiten kleine Summen,
wie Brüder sonst einander schenken, er gab mir Bescheinigungen
darüber, die ich auf sein Besitztum eintragen ließ. Da er nun tot war
und die andern Gläubiger, die ihn verlockt hatten, kamen, um das
arme Nest zu plündern, da war ich schon da und entriß es mit mei=
nem Rechte ihnen und deinem Vormunde, der auch ein kleines
Restchen für dich erstreiten wollte. Die Kurzsichtigen! – – Den
Gläubigern gab ich nach und nach, was sie eingesetzt hatten, samt
den Zinsen, aber nicht, was sie hatten erschinden wollen. Nun ist
das Gut schuldenfrei, und der fünfzehnjährige Ertrag liegt für dich
in der Bank. Morgen, ehe du fortgehst, gebe ich dir die Papiere:
denn da ich jetzt das alles gesagt habe, ist es gut, daß du bald fort=
gehest. Ich habe den Christoph in die Hul geschickt, daß dich der
Fischer, der dich gebracht hat, morgen an dem Landungsplatze wie=
der hole; denn Christoph hat keine Zeit, dich hinüberzuführen.
Willst du morgen nicht fahren, sondern später, so können wir dem
Fischer sein Fahrgeld geben und ihn wieder leer zurückgehen lassen.

— Ich meine, du ſollſt ein Landwirt ſein, wie es auch die alten Rö=
mer gerne geweſen ſind, die recht gut gewußt haben, wie man es
anfangen ſoll, daß alle Kräfte recht und gleichmäßig angeregt wer=
den. — Aber du kannſt übrigens tun, wie du willſt. Genieße nach
deiner Art, was du haſt. Biſt du weiſe, ſo iſt es gut: biſt du ein
Tor, ſo kannſt du im Alter dein Leben bereuen, wie ich das meinige
bereut habe. Ich habe vieles getan, was gut war, ich habe ſehr
vieles genoſſen, was das Leben hat und mit Recht zum Genuſſe
gibt — das war gut: aber ich habe vieles unterlaſſen, was die Reue
und das Nachdenken erweckte, als beide vergebens waren. Denn
das Leben flog, ehe es erhaſcht werden konnte. Du biſt wahrſchein=
lich auch mein Erbe, und darum möchte ich, daß du beſſer täteſt als
ich. Daher iſt mein Rat — ich ſage ‚Rat‘, nicht Bedingung; denn
kein Menſch ſoll gebunden werden. — Reiſe jetzt zwei bis drei
Jahre, komme dann zurück, heirate, behalte anfangs den Verwal=
ter, den ich dir auf das Gut geſetzt habe; denn er wird dich gehörig
anweiſen. — Das iſt meine Meinung, du aber tue, wie du willſt.‟
    Nach dieſen Worten hatte der alte Mann zu reden aufgehört.
Er legte ſein Tellertuch, wie er es gewöhnlich tat, zuſammen,
rollte es zu einer Walze und ſchob es ſo in den ſilbernen Reif, den
er zu dieſem Zwecke hatte. Dann ſtellte er die verſchiedenen Flaſchen
in eine gewiſſe Ordnung zuſammen, legte die Käſe und Zucker=
bäckereien auf ihre Teller und ſtürzte die gehörigen Glasglocken dar=
auf. Von all den Sachen trug er aber nichts von dem Tiſche weg,
wie er es ſonſt immer pflegte, ſondern ließ ſie ſtehen und blieb davor
ſitzen. Das Gewitter war indeſſen vorübergegangen, es zog mit
ſanfteren Blitzen und ſchwächerem Rollen jenſeits der öſtlichen
Gebirgszacken hinunter, die Sonne kämpfte ſich wieder hervor und
füllte das Gemach allmählich mit lieblichem Feuer. Viktor ſaß dem
Oheime gegenüber, er war erſchüttert und konnte kein Wort
ſagen.
    Nach einer bedeutenden Weile fing der Greis, der immer ſo vor
ſeinen Dingen dageſeſſen war, wieder zu reden an und ſagte:
„Wenn du ſchon eine Vorneigung zu einer Frauenperſon haſt, ſo
tut das bei dem Heiraten gar nichts, es iſt nicht hinderlich und för=
dert oft nicht, nimm ſie nur: haſt du aber keine ſolche Vorneigung,
ſo iſt es auch gleichgültig; denn derlei Dinge ſind nicht beſtändig,
ſie kommen und vergehen, wie es eben iſt, ohne daß man ſie lockt

und ohne daß man sie vertreibt. Ich habe einmal eine solche Empfindung gehabt, du wirst es ohnehin wissen — und weil ich gerade
davon rede, so werde ich dir das Bild zeigen, wie sie damals aus-
gesehen hat — ich habe sie selber malen lassen — — warte, vielleicht
finde ich noch das Bild."

Bei diesen Worten stand der Greis auf und suchte lange in seinen Laden herum, bald in diesem Zimmer, bald in einem andern,
aber er konnte das Bild nicht finden. Endlich zog er es mit einer
staubigen goldenen Kette aus einem Fache hervor. Er wischte das
Glas des Bildes mit dem grauen Rockärmel ab, reichte es Viktor
und sagte: „Siehst du!"

Dieser aber wurde eine Purpurflamme und rief: „Das ist
Hanna, meine Schwester."

„Nein," sagte der Oheim, „das ist Ludmilla, ihre Mutter.
Wie kannst du denn auf Hanna kommen? Diese war noch lange
nicht geboren, als das Bild gemalt wurde. Hat dir denn deine
Ziehmutter nichts von mir erzählt?"

„Ja, sie hat von Euch erzählt, daß Ihr mein Oheim seid und
in großer Abgeschiedenheit auf der Insel eines entfernten Ge-
birgssees lebet."

„Sie hält mich für den ärgsten Bösewicht."

„Nein, Oheim, das tut sie nicht. Sie hat noch von gar niemanden Böses gesagt, und wenn sie von Euch redete, so sprach sie immer so, daß wir meinten, Ihr seid sehr weit in der Welt herum-
gereist, seid alt geworden und lebet nun sehr einsam und von der
Welt getrennt, die Ihr sonst gerne in allen Teilen besucht habt."

„Und sonst sagte sie gar nichts von mir?"

„Nein, Oheim, gar nichts."

„Hm — — das ist schön von ihr. Ich hätte mir das schon wohl
denken können. Wenn sie nur um ein weniges stärker gewesen wäre
und den klaren Verstand, der ihr Anteil war, nur über ein größer
Stück Welt hätte ausdehnen können — alles wäre anders geworden. Und daß ich dir dein Gütchen rauben wolle, davon sagte sie
auch nichts?"

„Rauben sagte sie nie, sondern daß Ihr das Recht darauf
habt."

„Das habe ich auch, aber ich bin schon in der Jugend sehr tätig
gewesen, habe Handelschaft begonnen, habe meine Geschäfte aus-

gedehnt und mehr erworben, als mir je not tut, so daß ich des klei=
nen Besitztumes schon gar nicht bedürftig bin."

„Die Ziehmutter hat auch schon immer in der Zeit her darauf
gedrungen, daß ich zu Euch komme, als Ihr es begehrtet, aber der
Vormund hat es gehindert."

„Siehst du!? — — dein Vormund hat überall einen guten Wil=
len, aber der Tisch, auf dem er schreibt, deckt ihm die Welt und
das Meer und alles zu. Er hat etwa gedacht, du vergessest, wenn
du bei mir bist, einige Dinge, die du lerntest und die dir für das
ganze Leben hindurch unnütz sind. -- Deine Ziehmutter habe ich
einmal zu meiner Gattin machen wollen, wie du siehst; das wird
sie dir also auch nicht gesagt haben?"

„Nein, sie nicht und der Vormund nicht."

„Wir sind sehr jung gewesen, sie war eitel, und ich sagte ein=
mal, daß ich ihr Bild wolle malen lassen. Sie willigte ein, und
der Künstler, der mit mir von der Stadt kam, hat sie auf dieser
länglichen Elfenbeinplatte gemalt. Ich behielt das Bild und ließ
später den goldenen Reif darum und die goldene Kette daran ma=
chen. Ich war ihr darnach sehr zugeneigt und erwies ihr viele Auf=
merksamkeiten. Wenn ich von den Reisen, die ich machte, um meine
Handelsfreunde kennen zu lernen und um allerlei neue Geschäfte
und Verbindungen anzuknüpfen, nach Hause kam, war ich sehr
freundlich und brachte ihr auch das eine und andere sehr schöne
Geschenk mit. Sie aber gab mir meine Aufmerksamkeiten nicht
zurück, sie war freundlich, aber nicht zugeneigt, ohne daß sie mir
einen Grund sagte, und sie nahm meine Geschenke nicht an, ohne
daß sie mir ebenfalls einen Grund sagte. Als ich ihr endlich ge=
radezu erklärte, ich würde sie ohne weiteres zu meiner Gattin ma=
chen, wenn sie es nur jetzt oder etwa späterhin so wolle, antwortete
sie, das sei allerdings sehr ehrenvoll, aber sie könne die Neigung
nicht empfinden, die ihr für eine lebenslängliche Verbindung not=
wendig erscheine. Als ich nach einiger Zeit einmal zu dem Buchen=
brünnlein im Hirschkar hinaufging, sah ich sie auf dem breiten
Steine sitzen, der neben dem Brünnlein liegt. Ihr Tuch, das sie
gerne an kühleren Tagen um die Schultern trug, hing an dem
flachen Aste einer Buche, die etwas weiter zurücksteht und nicht
hoch vom Boden diesen Ast gerade wie eine Stange zum Aufhän=
gen ausstreckt. Ihr Hut war gleichfalls neben dem Tuche. Auf

dem Steine aber saß bei ihr mein Bruder Hippolyt, und sie hiel=
ten sich umschlungen. Es war dieser Ort schon lange der ihrer Zu=
sammenkünfte gewesen, ich habe dies erst viel später erfahren. An=
fangs wollte ich ihn ermorden, dann aber riß ich das Tuch, das
mich wie ein Vorhang verbarg, herunter und schrie: ‚So wäre es
ja am Ende besser, Ihr tätet alles öffentlich und heiratet ein=
ander.‘ — Von diesem Tage fing ich an, seine Liegenschaften zu
ordnen und sein Amt zu befördern, daß sie sich nehmen könnten.
Als aber dein Vater auf einige Zeit fort mußte, um noch etwas
höher zu steigen, als er dort einen väterlichen Freund, der in einer
augenblicklichen Verlegenheit Amtsgelder verwendete, von Pflicht
wegen anzeigen sollte, als man in der Stadt schon davon flüsterte,
als der Alte sich töten wollte, dein Vater noch in der Nacht hin=
lief, das Geld erlegte, zur Entkräftung jedes Gerüchtes die Toch=
ter des Mannes, deine nachherige Mutter, zur Frau begehrte,
und als die Verbindung wirklich vollzogen war, trat ich mit Hohn
vor Ludmilla hin und zeigte ihr, wie sie ihren Verstand und ihr
Herz nicht verwenden konnte. — Sie zog mit ihrem späteren Gat=
ten auf das Gütchen hinaus, wo sie nun lebt. — Aber das sind alte
Geschichten, Viktor, die sind schon lange, lange geschehen und sind
in Vergessenheit geraten."

Nach diesen Worten nahm er das Bild von dem Tische, wo
er es, während er wieder in seinem Sessel gesessen war, liegen ge=
lassen hatte, stand auf, umwickelte es mit der Kette und steckte es
in ein kleines Fach neben der Pfeifensammlung.

Das Gewitter war indessen völlig aus geworden, nur sammelten
sich, wie es in dergleichen Fällen vorkommt, noch immer gelegent=
liche Nebel und Wolkenteile in dem Gebirgskessel, welche die Son=
ne, die ihre heißen Blicke schon länger hervorgeschossen hatte, bald
durchscheinen ließen, bald verhüllten.

Wenn der Oheim nach dem Essen einmal aufgestanden war,
so setzte er sich nicht leicht wieder nieder. So geschah es auch jetzt.
Er nahm seine Flaschen von dem Tische, tat sie in ihre Wand=
kästchen und sperrte zu. Ebenso verfuhr er mit dem Käse und mit
den Zuckersachen und goß zur Vorsicht den Hunden noch einmal
frisches Wasser in ihren Trog.

Als er mit allem dem fertig war, trat er an das Fenster und
schaute auf den Gartenplatz hinunter.

„Siehst du," sprach er zu Viktor, „es ist genau so, wie ich dir neulich sagte. Der Sand ist beinahe trocken, und in einer Stunde wird man sehr bequem auf ihm herumgehen können. Es ist eine Eigenschaft des hiesigen Quarzbodens, der nur locker auf dem Fel= sengrunde aufliegt, daß er den Platzregen einschluckt wie ein Sieb. Darum muß ich bei den Blumen immer so viel Humus nachführen lassen, und darum vergehen die Obstbäume der Mönche so gerne, während die Rüstern, die Eichen, die Buchen und die andern un= serer Bergbäume so gedeihen, weil sie den Felsen suchen, dort Spalten treiben und in sie eindringen."

Viktor ging ebenfalls zu dem Fenster hin und schaute hinunter.

Als später die Haushälterin kam und den Tisch abräumte und als Christoph, der von der Hul schon zurück war, die Hunde hin= ausführte, ging der Oheim durch die Tapetentür in sein Gewehr= zimmer.

Der Jüngling aber, der eigentlich nach dem Gewitter im Freien in Weite und Breite herumgeschweift wäre, ging jetzt in seine Zimmer und starrte bei dem Fenster hinaus. — —

Nach einer Weile sah er den Oheim, wie er unten auf dem Gartenplatze Blumen an die Stäbe band.

Da er dann noch längere Zeit in dem einen Zimmer hin und her gegangen war, schritt er doch wieder bei der Tür hinaus und ging in das Freie. Er ging über den Sandplatz, den der Oheim verlassen hatte, gegen das Seeufer zu, wo ein erhöhter Platz des Felsensaumes war, der eine bedeutende Umsicht gewährte. Dort blieb er stehen und schaute in die Gegend hinaus. Es war unterdes= sen schon der Abend gekommen. Einige Berge lagen mit dunkeln Wolkenstücken in Umarmung, andere ragten wie glühende Kohlen aus den Trümmern, und Inseln blassen Himmels schillerten unge= sehen über dem Haupte des Jünglings. Dieser schaute in das Bild so hinaus, bis nach und nach alles verglomm und erlosch und nichts mehr als die dichte Finsternis da war.

In derselben ging er, an den schwarzen Geistern der Bäume vorbei, langsam und nachdenkend in das Haus.

Er hatte beschlossen, morgen doch die Insel zu verlassen.

Als die Zeit des Abendessens gekommen war, begab er sich aus seinem Gemache über den Gang ins Speisezimmer. Der Oheim saß schon an dem Tische, und sofort wurde aufgetragen. Der

Greis eröffnete dem Jünglinge, daß der alte Christoph von der Hul die Nachricht gebracht habe, daß der Fischer morgen mit Tagesanbruch an dem Landungsplatze harren werde, wo er Viktor bei seiner Ankunft ausgesetzt habe.

„Du kannst also", schloß der Oheim, „morgen nach dem Frühstücke fortfahren, wenn du es dir so vorgenommen hast; denn du bist vollkommen dein Herr und kannst tun, wie es dir gefällt."

„Ich habe mir wohl in den Sinn genommen, morgen fortzureisen," entgegnete Viktor, „aber ich lege es doch in Eure Hand, Oheim, und werde tun, was Ihr für gut haltet."

„Wenn es so ist," sagte der Oheim, „so halte ich, wie ich schon am Mittage sagte, für gut, daß du morgen gehest. Was die Zukunft bringen kann, das bringt sie, und wie du meinen Rat befolgen willst, so befolgst du ihn. Du bist in allen Stücken ohne Bande."

„Ich werde also morgen den Fischer auf dem Landungsplatze aufsuchen", entgegnete Viktor.

Diese Worte waren die einzigen, welche die zwei Verwandten über ihre Verhältnisse während des Abendessens gesprochen haben. Über fremde Gegenstände redeten sie noch mehreres. Namentlich erzählte der Oheim, daß der alte Christoph schon vor dem Gewitter in die Hul hinausgefahren sei, daß das Gewitter dort und besonders gegen den Ausfluß der Afel hin fürchterlich gewirtschaftet habe, es seien bei dem Bergsturze neue, und zwar ungeheure Trümmer herabgefallen, und es habe das Wasser die Ufer in erschreckender Weise ausgestoßen.

„Und bei uns, da es über die Grisel ging," fuhr er fort, „war es so sanft und zahm, daß es mir die Blumen gut befeuchtete und kaum einige von ihren Stäben herabgeschlagen hat. Christoph, der nach dem Gewitter herübergefahren war, wunderte sich, daß er bei uns so wenig Verwüstung antraf."

Als das Abendmahl vorüber war, wünschten sich die beiden Verwandten zum letzten Male gute Nacht und begaben sich zu Bette. Nur Viktor packte noch, und wie er dachte, dieses Mal gewiß mit Erfolg, sein Ränzchen und richtete sich die Reisekleider auf einen Sessel.

Als der andere Morgen anbrach, kleidete er sich in diese Kleider, nahm seinen Reisestab in die Hand und hing das Ränzlein mit

einem der Tragriemen an seinen Arm. Der Spitz, der das alles
verstand, tanzte vor Freuden.

Das Frühstück wurde unter unbedeutenden Gesprächen verzehrt.

„Ich werde dich bis zu dem Gitter begleiten", sagte der Oheim,
als Viktor aufgestanden war, sein Ränzlein auf den Rücken genommen hatte und Miene machte, sich zu beurlauben.

Der Greis war in ein Nebenzimmer gegangen und mußte dort
auf eine Feder gedrückt haben oder sonst einer Vorrichtung zugegangen sein; denn Viktor hörte in dem Augenblicke das Rasseln
des Gitters und sah durch das Fenster, wie dasselbe sich langsam
öffnete.

„So," sagte der Oheim, indem er herausging, „es ist in Bereitschaft."

Viktor griff nun nach dem Stabe und setzte seinen Hut auf das
Haupt. Der Greis ging mit ihm über die Treppe hinab und über
den Gartenplatz bis zu dem Gitter. Beide sagten sie auf dem Wege
kein Wort. An dem Tore blieb der Oheim stehen, zog ein Päck-
chen aus der Tasche und sagte: „Hier hast du die Papiere."

Viktor aber antwortete: „Erlaubt mir, Oheim, daß ich sie nicht
annehme."

„Was? nicht annehmen? was kömmt dir denn bei?"

„Erlaubt es mir und tut meinen Gefühlen keine Gewalt an,"
sagte Viktor, „lasset mir in diesem Dinge meine Weise, daß
Ihr seht, daß ich uneigennützig bin."

„Ich zwinge dich nicht", sagte der Greis und schob seine Papiere wieder in die Tasche.

Viktor sah ihn eine Weile an. Aus den hellen Augen drangen
ihm die schimmernden Tränen — Zeugen eines tiefen Gefühles —,
dann bückte er sich plötzlich nieder und küßte heftig die runzlige
Hand.

Der alte Mann gab einen dumpfen, unheimlichen Laut von
sich — es war wie Schluchzen — und stieß den Jüngling bei dem
Gitter hinaus.

Man vernahm gleich darauf den rasselnden Laut und den Stoß,
wie sich das Tor zumachte und in das Schloß fiel. Viktor wendete
sich um und sah den Greis von rückwärts, wie er, mit seinem
grauen Rocke angetan, seinem Hause zuschritt. Der Jüngling
drückte sein Tuch gegen die Augen, die heftig strömten und nicht

enden wollten. Dann kehrte er sich gleichfalls wieder ab und be=
gab sich auf den Weg, der ihn zu der Stelle führte, wo er zum
ersten Male diese Insel betreten hatte. Er ging an der einen
Seite in den Graben hinab, an der andern hinauf, er ging durch
den Zwerggarten, durch das Wäldchen der großen Bäume und
durch das Gestrüpp. Als er an dem Landungsplatze angekommen
war, waren seine Augen zwar schon getrocknet, aber noch sanft ge=
rötet. Der Greis aus der Hul erwartete ihn schon hier, und auch
das freundliche, blauäugige Mädchen stand in dem Hinterteile
des Schiffes. Viktor stieg mit dem Spitze ein und setzte sich nieder.
Sofort wurde das Schiff zurückgeschoben, wendete mit seinem
Schnabel um, nach auswärts zu, und schwankte in die Wässer
hinaus, während die Insel zurücktrat.

Als man an die Spitze des Orla gekommen war, war sie schon
weit zurück und ragte, wie einst, mit ihren grünen Bäumen aus
dem Wasser heraus. Da das Schiffchen nun mit seinem Körper
die Wendung machte, um den Grat des Orla herum, so deckte
derselbe die Insel und ließ sie wie eine grüne Zunge hervorschauen,
die, wie sie sich bei der Herreise verlängert hatte, sich nun hinter
die Wände zurückzog. Zuletzt, als sie sich der Hul näherten, waren
wie damals, als Viktor ankam, nur mehr die blauen Wände um
das einsame Wasser, und der blaue Widerschein war in ihm.

In der Hul hielt sich Viktor ein wenig auf, um mit dem alten
Fischer etwas zu reden und ihm den Fährlohn zu geben. An die
Märchen aber, von denen bei der Hinfahrt die Rede gewesen war,
dachte man nicht.

In der Hul hatte der Jüngling schon die Verwüstungen des
gestrigen Gewitters an den Durchfurchungen des Bodens und an
den Zerstörungen der Ufer gesehen. Bei dem Steinsturze aber la=
gen furchtbare Trümmer herunten, die sich bei dem Eindringen des
Wassers gelöst hatten und von der Höhe herabgefallen waren. Er
ging von diesem Bilde der Zertrümmerung vorwärts gegen den
Ausfluß der Afel und von da durch den langen Waldweg empor.

An dem Halse blieb er stehen und schaute auf den See zurück.
Der Grisel war kaum ein wenig zu sehen, aber die kahle, däm=
mernde Wand, die er bei seiner ersten Hieherkunft so bewundert
hatte, war der Orlaberg. Er schaute ihn jetzt eine Zeit an und
dachte, hinter ihm ist die Insel, und auf derselben wird es jetzt sein

wie ſo oft, wenn er von ſeinen Ausflügen zurückgekommen iſt —
von den wehenden Ahornen, von der rauſchenden Brandung —,
daß nämlich irgendwo die zwei einſamen Greiſe ſitzen, der eine
hier, der andere dort, und daß keiner mit dem andern redet.

Nach zwei Stunden war er in Attmaning, und da er aus den
dunkeln Bäumen gegen den Ort hinausſchritt, hörte er zufällig
das Läuten der Glocken deſſelben, und nie hat ihm ein Ton ſo ſüß
gedeucht als dieſes Läuten, das ſo lieblich in ſeine Ohren fiel, weil
er dieſen Klang ſo lange nicht gehört hatte. Auf der Wirtsgaſſe
waren Viehhändler mit den ſchönen braunen Tieren des Gebirges,
die ſie gegen das Flachland hinaustrieben, und in der Stube war
alles voll Menſchen, da eben Wochenmarkt war. Viktor war es,
als hätte er unterdeſſen lange geträumt und wäre jetzt wieder in
der Welt.

Nachdem er bei dem Wirte, der ihm damals den Knaben mitgegeben hatte, ſein Mahl verzehrt hatte, begab er ſich diesmal
nicht mit dem Knaben, ſondern mit dem ſtattlichen Wirtswägel-
chen auf die Weiterreiſe, das mit ihm dem Laufe der Afel entlang
in die offeneren Länder hinausrollte.

Als er wieder zu den Feldern der Menſchen, zu ihren Fahr-
ſtraßen und ihrem luſtigen Treiben hinausgekommen war, als ſich
die Fläche, mit ſanften Hügeln geſchmückt, in unermeßliche Länge
und Breite vor ihm ausdehnte und die verlaſſenen Gebirge nur
mehr wie ein blauer Kranz hinter ihm ſchwebten: ging ihm das
Herz in dieſer großen Umſicht auseinander und eilte ihm weit,
weit über jenen fernen, kaum ſichtbaren Strich des Geſichtskreiſes
voraus, hinter dem die über alles geliebte Ziehmutter und ihre
Tochter Hanna wohnen mußten.

*

Rückkehr

Nachdem Viktor, weil ihm das Gehen bei weitem lieblicher
dünkte, das gemietete Fuhrwerk verlaſſen und ſich für den Reſt
der Reiſe auf die gewöhnliche Wanderung begeben hatte, nachdem
er auf dem langen Wege zur Mutter, den er darum eingeſchlagen
hatte, um auch ſie, die verehrte und geliebte, um Rat zu fragen,
was nun bei der neuen Geſtalt der Dinge zunächſt zu tun ſei, viele

Zeit zugebracht hatte: ging er nach so manchem Tage, an dem er
durch Felder und Wälder, über Höhen und Niederungen mit
seinem Spitze gewandert war, wieder über die glänzenden Wiesen
in das mütterliche Tal hinab, über die er vor so vielen Wochen mit
seinen Freunden hinabgegangen war. Er ging über den ersten Steg,
er ging über den zweiten, an dem großen Holunder vorbei und
durch das alte kleine Gartenpförtchen hinein. Als er näher gegen das Haus gekommen war, sah er die Mutter auf der Gasse
vor dem Apfelbaume in der reinen weißen Schürze stehen, die sie
gewöhnlich an Vormittagen umhatte, wo sie in der Küche und in
dem ganzen Wirtschaftskreise nachsehen mußte.

„Mutter!" rief er, „da bring ich Euch den Spitz wieder, er
ist gut versorgt und erhalten gewesen — und auch ich komme noch
einmal, weil ich manches mit Euch zu reden habe."

„Ach, Viktor, du bist es!" dief die alte Frau; „so sei gegrüßt,
mein Sohn, sei tausendmal gegrüßt, du liebes Kind."

Mit diesen Worten ging sie ihm entgegen, schob das Käppchen,
das er aufhatte, ein wenig zurück, streichelte mit der Hand über
die Stirne und die Locken, nahm ihn mit der andern bei seiner
Rechten und küßte ihn auf die Stirn und auf die Wange.

Der Spitz, welcher von der Gartenpforte an gegen das Haus
vorausgeschossen war, tanzte nun um die Mutter herum und
bellte furchtbar.

Die Fenster und Türen des Hauses standen, wie gewöhnlich
an schönen Tagen, offen, daher lief auf diese Schalle, die sie hinein
gehört hatte, Hanna aus dem Hause heraus und blieb plötzlich
stehen, ohne ein Wort hervorbringen zu können.

„So grüßet euch, Kinder, grüßt euch nach der ersten Abwesenheit voneinander, die ihr erlebt habt", sagte die Mutter.

Viktor ging näher und sagte verschämt: „Gott grüße dich, liebe
Hanna."

„Gott grüße dich, lieber Viktor", antwortete sie, indem sie die
dargereichte Hand annahm.

„Nun geht aber hinein, Kinder," sagte die Mutter, „Viktor
muß seine Sachen ablegen und muß sagen, was er bedarf, ob er
etwa müde ist und was wir ihm zu essen geben können."

Bei diesen Worten machte sie Anstalt, hineinzugehen und die
zwei Kinder, wie sie sie nannte, mitzunehmen. Viktor legte in dem

großen Zimmer an dem Tiſche, den er nicht ſo bald wieder zu
ſehen gehofft hatte, ſein Ränzlein ab, lehnte den Reiſeſtab in einen
Winkel und ſetzte ſich auf einen Stuhl nieder. Die Mutter ſetzte
ſich in den großen Lehnſeſſel neben ihn.

Der Spitz, gleichſam weil er ſo wichtig geworden war und zu
den Angekommenen gehörte, ging mit hinein; aber als man zu
reden und ſich zu erzählen angefangen hatte, ging er wieder hinaus,
und weil er recht gut eingeſehen hatte, daß nun alle Gefahr, von
ſeinem Freunde Viktor getrennt zu werden, verſchwunden war,
ſah man ihn ſpäter in ſeiner Hütte unter dem Apfelbaume liegen
und die Müdigkeit, die er ſich auf all dieſen durchgemachten We=
gen geſammelt hatte, behaglich verſchlafen.

Als die Mutter, da ſie bei dem Tiſche ſaßen, in Viktor gedrun=
gen war, daß er ſage, ob er Hunger habe, ob er ſonſt irgend etwas
bedürfe, daß er tun ſolle, was er wolle, um ſich zu erholen — als
er geantwortet hatte, daß er nichts bedürfe, daß er nicht müde ſei,
daß er ſpät das Morgenmahl genoſſen habe und daher ſchon bis
zu der gewöhnlichen Mittagsſtunde warten könne — als ſie endlich
hinausgegangen war, um für ein hinlänglicheres und beſſeres
Mahl Anſtalten zu treffen, kam ſie wieder herein, ſetzte ſich zu
ihm und begann über ſeine Angelegenheiten zu reden.

„Viktor,“ ſagte ſie, „als du mehrere Tage fort warſt, kam ein
Brief von dem Oheime, in welchem er verlangte, daß wir die
ganze Zeit, die du bei ihm ſein wirſt, nicht an dich ſchreiben ſollten.
Ich dachte, daß er einen Grund zu dieſer Forderung haben müſſe,
daß er vielleicht etwas Nützliches mit dir vorhabe, und willigte
ein. Du wirſt dich recht gekränkt haben, da du keine Silbe, kei=
nen Gruß und kein freundliches Wort von uns vernommen
haſt.“

„Mutter, der Oheim iſt ein herrlicher, vortrefflicher Mann“,
fiel Viktor ein.

„Es iſt geſtern wieder ein Brief und allerlei Schriften von ihm
an den Vormund gekommen,“ ſagte die Mutter, „der Vormund
iſt zu uns herausgefahren und hat uns den Brief vorgeleſen. Der
Oheim meinte, daß du ſchon bei uns ſein müſſeſt, und verlangte,
daß man dir den Brief mitteile. Nun, du wirſt ſchon erfahren,
was er enthält. — Ja, er iſt ein vortrefflicher Mann, niemand
kann das beſſer wiſſen als ich; darum habe ich auch immer darauf

gedrungen, daß man dich zu ihm gehen lasse, wie er es verlangte, bis der Vormund einwilligte. Aber, mein Viktor, er hat auch eine rauhe und harte Seite, darum hat er es nie machen können, daß ihn jemand liebe. Mir fiel manches Mal bei ihm der Spruch der heiligen Bücher ein, wo einmal die göttliche Gestalt erscheinen sollte: sie war nicht in dem Rollen des Donners, sie war nicht in dem Brausen des Sturmes; aber in dem Säuseln des Lüftchens war sie, das längs des Baches hinab durch die fruchtbaren Büsche ging. Ich habe einmal, da wir noch alle jung waren, gar nicht gewußt, daß ich ihn hochachten müsse. Ich werde dir einstens, wenn du älter geworden bist, etwas von uns erzählen."

„Mutter, er hat es mir erzählt", sagte Viktor.

„Er hat es dir erzählt, Kind?" erwiderte die alte Frau, „dann ist er dir geneigter gewesen, als ich dachte."

„Er hat mir die Tatsache nur in kurzen Worten gesagt."

„Ich werde sie dir einmal in längeren erzählen, dann wirst du sehen, welche kummervollen, traurigen Tage über mich gegangen sind, bis alles so freundlich und herbstlich mit mir geworden ist, wie es ist. Dann wirst du auch einsehen, warum ich dich so sehr liebe, du mein armer, lieber Viktor."

Mit diesen Worten tat sie nach Art des Alters ihren Arm um sein Haupt, zog es etwas näher und legte ihre Wangen an seine Locken, als wäre sie tief gerührt.

Als sie sich wieder gefaßt und zurückgeneigt hatte, sagte sie: „Viktor, in dem Briefe ist gestanden, was er in der letzten Zeit mit dir geredet hat und was er für dich getan hat."

Hanna ging, als die Mutter diese Worte sagte, schnell aus dem Zimmer hinaus.

„Er hat die Papiere," fuhr die Mutter fort, „welche dir das Eigentum des Gutes übergeben. an den Vormund geschickt. du sollst es mit Freude ı

„Es ist schwer, Mutter, es ist so seltsam . . ."

„Der Vormund sagt, daß du alles genau so erfüllen sollest, wie es der Oheim begehrt. Du brauchst jetzt gar nicht mehr in dein Amt zu treten, in das er dich hat bringen wollen; denn diese Wendung der Dinge hat niemand vorhersehen können, und es steht dir ein herrliches Leben bevor."

„Wird aber Hanna wollen?" sagte Viktor.

„Wer spricht denn von Hanna?" antwortete die Mutter mit vor Freude glänzenden Augen.

Viktor aber konnte vor glühender Verwirrung nichts sagen, er saß da, als müßten ihm vor Schamrot die Wangen zerspringen.

„Sie wird schon wollen," sagte die Mutter wieder, „laß es nur gut sein, Kind, es wird alles zum besten ausfallen. Jetzt werden wir an deiner Ausrüstung zu der großen Reise arbeiten. Du bist jetzt dein eigener Herr, der Mittel hat — da muß alles anders werden, und auch wegen der Reise müssen die Sachen nach anderer Art hergerichtet werden. Es wird dies schon meine Sorge sein. Jetzt aber muß ich auch für das Mittagessen sorgen, sieh dir indessen das Haus an, ob sich nichts verändert hat, oder tue, was dir gefällt — die Speisestunde wird ohnehin bald heranrücken."

Mit diesen Worten erhob sie sich und ging in die Küche.

Als das Mittagmahl bereitet und aufgetragen war, saßen die drei wieder bei dem Tische, wie sie jetzt lange nicht beieinander gesessen waren.

Nachmittag ging Viktor in die Gegend hinaus und besuchte alle Plätze, die ihm einst lieb und bekannt gewesen waren: Hanna aber lief in dem Hause herum und tat alles verkehrt.

Als er abends nach dem Essen schlafen gehen wollte und die Mutter mit der Kerze in der Hand mit ihm ging, führte sie ihn in seine alte Stube, und da sie eintraten, sah er, daß sie gar nicht verändert worden war, wie er es sich doch so lebhaft bei seiner Abreise vorgespiegelt hatte. Sogar der Koffer und die Kisten standen da, wie er sie eingepackt hatte.

„Siehst du," sagte die Mutter, „wir haben alles stehen gelassen, weil der Oheim schrieb, daß wir nichts fortschicken sollen, indem es noch ungewiß ist, wie sich dein Schicksal gestalten werde. -- Und nun gute Nacht, Viktor."

„Gute Nacht, Mutter."

Und er sah, da sie fort war, durch seine Fenster wieder auf die dunkeln Büsche nieder und auf das rieselnde Wasser, in welchem sich die Sternlein spiegelten. Und als er schon im Bette lag, hörte er noch das Rieseln der Wässer, wie er es so viele Abende seiner Kindheit und seiner Jünglingszeit gehört hatte.

*

Beschluß

Wenn wir zu dem in den obigen Abschnitten dargestellten Jünglingsbilde noch etwas hinzufügen dürfen, so kann es folgendes sein:

Nachdem die Ausrüstung fertig war, welche die Mutter für Viktors Reise ins Werk zu setzen hatte, und nachdem man über alles, was in der Zukunft für das Wohl des jungen Mannes ersprießlich sein könnte, im reinen war, ereignete sich im tiefen Herbste desselben Jahres wieder ein Abschied — aber derselbe war kein so trauriger wie der erste, da er nicht sozusagen für das ganze Leben, sondern nur für eine kleine Zeit notwendiger Abwesenheit galt, auf welche kleine Zeit dann eine lange, schöne, glückselige folgen sollte.

Daß Hanna recht gerne eine sehr nahe Teilnehmerin jener glücklichen Zeit werden wollte, zeigten ihre feurigen, heftigen Küsse, mit denen sie die Lippen Viktors bedeckte, als sie einen einsamen Abschied voneinander nahmen, als er sie heftig und schmerzlich an sich drückte und von ihr nicht lassen zu können vermeinte. Die zwei Ziehgeschwister weinten bei diesem glückverheißenden Abschiede so sehr, als ob er der trennendste und zerreißendste gewesen wäre und lange nicht oder vielleicht nie mehr eine Wiedervereinigung hoffen ließe.

Die Mutter Ludmilla aber ging in stiller Freudigkeit herum, sie segnete den Sohn beim Abschiede und dachte immer, wie sie es denn durch das wenige Gute, das sie in ihrem Leben stets mehr ausführen gewollt als gekonnt hatte, verdient habe, daß sie nun Gott in ihrem Alter so sehr belohne, ach so sehr, so sehr belohne.

Als er fort war, begann das stille, einfache Leben in dem Tale und Hause wieder, wie es bisher immer geführt worden war. Die Mutter tat in Unschuld die Geschäfte des Hauses, besorgte alles auf das beste, erwies Gutes, wo sie es konnte, und ließ eine Fülle häuslicher Habe und Bequemlichkeit für eine nahe Zeit ausrüsten und arbeiten: Hanna war eine ergebene Tochter, die nur immer den Willen der Mutter tat und in innerer Bewegung und Erregung wartete, was die Zukunft bringen werde.

Als vier Jahre herum waren und die Briefe aus fremden Ländern, die alle dieselben lieben und bekannten Schriftzüge trugen, zu einem sehr großen Stoße angewachsen waren, kam der Brief-

schreiber selber, und die Briefe hörten auf. Viktor kam so ver=
ändert zurück, daß selber die Ziehmutter staunte und überrascht
wurde; denn aus dem fast kindischen Jünglinge war in der kur=
zen Zeit ein Mann geworden. Aber nur sein Verstand und sein
Geist hatten sich herausgebildet, das gute Herz, das sie in ihn ge=
legt, war unausrottbar geblieben, es war ebenso kindlich und un=
versehrt, wie sie es ihm in der zarten Kindheit gegeben und dann
weitergepflegt hatte; denn ihr Herz vermochte sie ihm zu geben;
was aber der starke Mann braucht und was das harte Leben
von ihm heischt, nicht. Hanna sah an Viktor keine Veränderung;
denn sie hielt ihn von Kindheit auf für gewandter und tüchtiger
als sich; daß sie aber eine gute, einfache, große Seele habe, welche
unbeugsam das Gute tut, wie das Wasser abwärts fließt, das
wußte sie nicht, und das setzte sie als ein Gemeingut bei allen
Menschen voraus.

Nicht sehr lange Zeit nach seiner Zurückkunft stand Viktor mit
Hanna zur ewigen Verbindung an dem Altare — zwei Wesen,
deren Antlitze die Abbilder von zwei anderen waren, die einmal
auch gerne vor demselben Altare gestanden wären, aber durch Un=
glück und Verschuldung auseinandergerissen worden waren und
dann lebenslänglich bereuten.

Alle Freunde, die einst jenen Spaziergang zur Feier von Fer=
dinands Geburtstag mitgemacht hatten, waren bei diesem Feste
Viktors und Hannas zugegen. Dann war auch noch der Vor=
mund und seine Gattin, dann Rosina, jetzt selber schon eine junge
Frau, dann Rosinas und Hannas Gespielinnen und noch andere
Menschen.

Nach Vollendung der Festlichkeiten führte Viktor Hanna mit
Triumph auf sein Gut. Die Mutter ging nicht mit; sie sagte,
sie werde schon noch sehen, wie sich alles fügen werde.

Der Oheim war trotz der Bitten Viktors, der selber bei ihm
gewesen war, nicht zu der Vermählung seines Neffen gekommen.
Er saß ganz einsam auf seiner Insel; denn wie er einmal selber ge=
sagt hatte, es war alles, alles zu spät, und was versäumt war, war
nicht nachzuholen.

Wenn man von dem Manne das Gleichnis des unfruchtbaren
Feigenbaumes anwenden wollte, so dürfte man vielleicht die Worte
sagen: „Der gütige, milde und große Gärtner wirft ihn nicht in

das Feuer, sondern er sieht an jedem Frühlinge in das früchtelose
Laub und läßt es jeden Frühling grünen, bis einmal auch die
Blätter immer weniger sind und zuletzt nur die dürren Äste em=
porragen. Dann wird der Baum aus dem Garten weggetan und
seine Stelle weiters verwendet. Die übrigen Gewächse aber blü=
hen und gedeihen fort, und keines kann sagen, daß es aus seinen
Körnern entsprossen ist und die süßen Früchte tragen wird wie er."
Dann scheint immer und immer die Sonne nieder, der blaue
Himmel lächelt aus einem Jahrtausend in das andere, die Erde
kleidet sich in ihr altes Grün, und die Geschlechter steigen an der
langen Kette bis zu dem jüngsten Kinde nieder: aber er ist aus allen
denselben ausgetilgt, weil sein Dasein kein Bild geprägt hat,
seine Sprossen nicht mit hinuntergehen in dem Strome der Zeit.
— Wenn er aber auch noch andere Spuren gegründet hat, so er=
löschen diese, wie jedes Irdische erlischt — und wenn in dem Ozean
der Tage endlich alles, alles untergeht, selbst das Größte und das
Freudigste, so geht er eher unter, weil an ihm schon alles im Sin=
ken begriffen ist, während er noch atmet und während er noch
lebt.

www.ingramcontent.com/pod-product-compliance
Lightning Source LLC
Chambersburg PA
CBHW020646110726
47901CB00001B/67